當代第一女說書人

吳蔚——著

大漢公主

PRINCESS
OF THE
HAN DYNASTY

目錄

推薦導讀

在歷史的密室裡一聲長嘆

文／廖彥博
政大歷史系碩士
美國維吉尼亞大學歷史系博士班

這不正是從秦代蜿蜒至今
迷我，惑我／餵以我的血，我的肉
而昂行／而翻騰
而凜凜然蟠踞／於我體內的那條龍嗎？
而今，我已登臨／爬上了居庸關，直上八達嶺
極目萬里／仍不見歷史的盡頭
守關人何在？
飛將軍李廣呢？

只見一隻兀鷹在烽火臺的上空盤旋／在搜尋／那支被巨石吞沒的箭
上有鬱鬱蒼天／下有壘壘荒塚
我在長城上披髮當風
手指著夕陽：那就是漢家陵闕？

——洛夫，〈我在長城上〉

守關人何在？在小說裡，作者吳蔚老師是這樣介紹他們出場的：

亭燧備有積薪，其實就是巨大的柴草堆，白天點燃觀其濃煙，夜間則熊熊大火，日夜兼用，幾十里外相望不絕。《烽火品約》規定：「敵五十人至五百人燔一積薪；五百人至千燔二積薪；三千人以上入塞，或攻克亭障特急者燔三或四積薪；萬人以上入塞燔五積薪。」按照目前入塞的匈奴兵人數，只到點燃一積薪的程度。駐守亭燧的漢軍燧卒亦大聲鼓噪，盡數湧出亭燧，手執弩機和兵器，趕來增援。

飛將軍李廣呢？小說開場時，李廣為右北平郡守，正坐在轄境平剛城南的一家酒肆裡：

大漢食俗有明顯的等級性——天子一日四餐，一爲平旦食，少陽之始也，二爲晝食，太陽之始也，三爲餔食，少陰之始也，四爲暮食，太陰之始也，一頓飯多達二十六道菜；貴族官宦階層則是三餐制，稱朝食、晝食和餔食。當初周勃等人誅滅諸呂恢復漢室天下，就是利用餔食晚餐時間進攻，令正在吃飯的呂氏猝不及防；而民間飲食通常是日食兩餐，這是先秦時期傳下來的用餐習慣，以適應「日出而作，日入而息」的勞作生活，早餐在上午辰時，稱「大食」，晚餐在下午申時，稱「小食」，軍營中也是如此。此時還不到正午，剛過大食不久，距離小食時間還遠，李廣其實並不餓，只是突然很想痛飲一場，一醉方休。

熟悉吳蔚歷史探案小說風格的讀者一定清楚，小說在交代人物登場的同時，也清楚的介紹所處朝代的典章制度、軍事戰備，以及社會風俗。頭一次看吳蔚小說的讀者，或許不明白，為什麼作者要如此不厭其煩，鉅細靡遺的將人、事、時、地、物，全都清楚述其始末源流？沒關係，我來解釋。

作者在構築一間探案推理的巨大密室。這間密室的名字，叫做歷史。

精湛的故事鋪場

在《大漢公主》中，一連串謎案起始的時間，標定在漢武帝元朔三年（西元前一二六年）。推理小說中能看到的符碼，舉凡突然出現的屍體、匪夷所思的殺人手法、難以追蹤的疑犯線索，層層相扣的連環案情，隨著故事展開，全部一一出現。而以我們熟知的真實歷史人物負責推理，是吳蔚老師的歷史探案小說最引人入勝之處。這一次，擔負推理破案重任的主角，是兩組師徒搭檔。按照情節發展，前半部是有「天下第一聰明人」之稱的東方朔和漢武帝劉徹的愛女，夷安公主劉曼；後半部接續解謎的，則是東方朔與他新收的弟子，楚國公主劉解憂。小說裡，東方朔可不僅只是妙語如珠、詼諧狂放，他還扮演穿針引線，承接劇情轉折，和讀者一起分析案情的重要角色。

活躍在情節當中的著名歷史人物，除了前面說過的飛將軍李廣，還有衛青、衛子夫、霍去病、霍光、李陵、司馬相如、卓文君、蘇武、關東大俠郭解、長安大俠朱安世、以及漢武帝劉徹等人，而且，上述各人可都不是客串出場，他們與案情全有著重大的關係！作者賦予他們鮮明立體又複雜的性格，比如衛青之不想得罪人，連下屬都要討好，比如劉徹之深情至性，卻多疑雄猜，比如霍去病之氣吞萬里，卻囂張跋扈，又比如少年霍光的沉默怯懦，李陵的玉樹臨風、文武全才，從中透露出的線索，常讓我讀後反覆掩卷推敲，欲罷不能。

在這巨大的史實密室裡發生的謀殺命案，使讀者難以釋卷，非得追到最後，才能在層層解謎之後知道真相全貌。吳蔚老師苦心搭建（或是還原）出的歷史舞台，更讓一波未平、一波又起的連串謎案，顯得疑影重重而又合情合理。探案或推理小說常被讀者詬病之處，是「為了解謎而設謎」；偵探所到之處，周遭人等的死亡率高得不符實情。可是，在《大漢公主》裡，出現屍體不是為了推理；西漢與匈奴、中亞各國外交征伐的政軍格局，使得一件件的疑案看來像是巨大陰謀的冰山一角。符合史實又能製造懸疑，《大漢公主》的格局與創意讓人驚嘆。

格局浩大的推理小說

吳蔚老師以歷史人物進行命案推理的格局和創意，往往出人意料。讓我來舉個例子：匈奴軍臣單于死後，太子於單爭位失敗，投奔漢朝。因為他是歷來匈奴投靠漢朝貴族中地位最高者，武帝封其為涉安侯，準備以於單做為政治號召，還要將夷安公主嫁給他。沒想到，在長樂宮大夏殿的晚宴中場休息時，於單竟被發現暴死於後院園林中！大殿上滿朝勳貴、加上宮女侍從與郎官，個個都有嫌疑。這時，夷安公主不避嫌疑挺身而出，向父皇劉徹請旨調查：

劉徹本是性情中人，立即被深深打動了，道：「朕准夷安所奏。郎中令，你分派一些人手留下來，供公主查案差遣。至於那些賓客什麼的，等夷安問完話再放他們離去。」李廣躬身道：「臣奉旨。」夷安公主忙道：「父皇要去哪裡？」劉徹一愣，隨口答道：「當然要回去未央宮了。」夷安公主道：「不，父皇也是嫌疑人，要等問完話才能走。」劉徹愈發覺得新奇有趣，笑道：「想不到朕也有被親生女兒審的時候。你問吧。」

看見了嗎？漢武帝本人也沒有不在場證明，也需要接受問話調查！於單投漢不久暴死是史實，而吳蔚筆下這場晚宴，將史實推演成一幕密室殺人事件。其背後影影綽綽、呼之欲出的政治黑影，又讓人不得不相信實際情況很可能就是如此。吳蔚這種大手筆、大格局，放眼中外推理小說，也很罕見。君不見，「謀殺女王」阿嘉莎．克莉絲蒂（Agatha Christie）筆下最有名的偵探白羅（Hercule Poirot），即便「一生」屢破無數疑案，即便《紐約時報》都為他這個虛構人物刊登訃聞——可曾有過機會，在白金漢宮向國王陛下問話，釐清他今晚的行蹤？

於單遭到謀害，只是故事當中的一段情節，牽扯到匈奴在漢朝內部埋伏的內應，以及朝廷鎮國之寶——高帝斬白蛇劍當中埋藏的祕密。從小說開場不久就發生的平剛城南客棧無頭雙屍命案開始，衍生出一幕幕懸疑凶險的陰謀、命案、毒殺、以及鬥爭。東方朔師徒（兩組）在其中抽絲剝繭，試圖找出謎團真相，幾次遭遇危險，夷安公主的結局更是讓人料想不及，總感覺作者伏線千里，下筆卻毫不心慈手軟。當然，這裡且先賣個關子，讀者可得細細留神，不放過任何一處線索才行。

故事人物與歷史悲劇的相互疊映

《大漢公主》道出漢武帝一朝的盛衰起伏，故事中出現多位公主，像前半部擔任偵探的夷安公主、下嫁衛青的皇帝之姐平陽公主、和親途中突生變故的昭陽公主、正邪難分，心機深沉的淮南國翁主劉陵、遠嫁烏孫，肩負外交重要使命的江都公主劉細君，以及後半部的主角人物楚國公主劉解憂。她們的人生與愛情，都和政治有所牽扯，甚至成為國家戰略底下的犧牲品。「為什麼國家的命運、天下的安寧，要這些弱女子來承擔呢？」作者如此問道。而這還不是王昭君抱琵琶出關的衰弱年代，而是「犯我強漢者，雖遠必誅」的武帝年間呢！

答案在小說謎團層層揭曉之間逐漸浮現。人心的詭譎難測、愛情的悽惻婉轉、竭盡全力也難以挽回的悲劇，史筆如鐵，史冊皇皇，身在局中，無可逃脫——這也是吳蔚探案小說與其他推理小說最大不同之處。小說後半部，李陵無可如何的遭遇，蘇武堅持到底的孤獨，霍光飽經世事後的冷酷，即使我們早就知道結局，仍然可以在小說充滿情感的字裡行間（尤其是劉解憂與李陵相見的一幕），感受到無可奈何的巨大悲愴。

「爬上了居庸關，直上八達嶺／極目萬里／仍不見歷史的盡頭。」是的，鬱鬱蒼天，壘壘荒塚，歷史的密室何其巨大，看不見盡頭，卻難以逃脫。透過吳蔚感人的筆觸，我們竟然聽見了兩千年前的那一聲長嘆。

引子

西元前二〇〇年十月朔日[1]，漢代開國皇帝劉邦正式遷都長安，在新落成的長樂宮舉行盛大的慶賀典禮。按照大漢所採用的曆法，這一天正好是新年的第一天。

中國傳統以金、木、水、火、土五行象徵帝德，以五行相生相剋表示王朝的嬗替——黃帝得土德；夏得木德；殷得金德；周得火德。秦始皇統一天下後，因從前秦文公出獵時曾獲得一條黑龍，認為這是秦得水德的符應，由此來定制度：衣、服、旄、旌、節、旗，色尚黑；數以六為紀，符、法冠定方式為六寸，輿軌寬六尺[2]，又以六尺為步，乘六馬；更改「黃河」名字為「德水」，稱百姓為「黔首」；水主陰，陰主刑殺，行政以剛毅嚴峻為上，事事依決於法度，摒棄仁恩和義，以合水德。

劉邦出身平民，對禮制一無所知，入關後聽說秦代祭祀白、青、黃、赤四帝，就理所當然地以為所缺黑帝祠是等改朝換代者補上的，於是立黑帝祠，以符合五行。

大漢既自命水德，因而也襲用秦正朔服色，所有參加朝賀典禮的王公大臣均是一襲黑色襌衣，頭上則戴著劉氏冠[3]。負責警戒的車騎步卒雖然內穿絳色絮衣及紅色褲子，然而戎服外還罩著玄色的鐵短甲，手中所執旄旗也盡是黑色。放眼望去，長樂宮內外盡是黑壓壓一片。

這是大漢立國以來第一次舉行朝儀大典，由曾經擔任秦朝待詔博士的叔孫通制定禮制——諸侯群臣在執禮官謁者的引導下依次魚貫而入殿門，功臣、列侯、諸將軍、軍吏按次序站在西方，文官自丞相以下按次序站在東方。車騎步卒組成的儀仗左右分站，夾陛而立，衛官張旗，郎中執戟，氣氛森嚴異常。頃刻，只聽鐘鼓齊鳴，皇帝劉邦和皇后呂雉緩步登殿，面南升坐。

劉邦本人戴著垂著白玉珠旒的冕冠，穿著一身端莊華貴的的冕服，黑色衣服上繪著日、月、星辰、龍、山、火、華蟲、宗彝八種圖案，稱「八章」——其中日、月、星辰取其照臨之意；龍象徵應變；山象徵穩重；火代表光明；華蟲是一種善鬥、不易屈服的雉鳥，象徵文麗；宗彝則是祭祀用的器皿，象徵忠孝。自春秋戰國以來，貴族均有配飾兵器的禮俗，劉邦的腰間也佩掛著一柄黃裏寶劍，正是昔日他用來斬斷白蛇的那柄傳奇寶劍。他身側的皇后呂雉頭戴步搖，穿著袖口極其寬大的黑褐色袍服，上面繪著五彩野雞圖案。一張臉繃得老緊，愈發令她顯得老氣橫秋。

這時，掌管宗廟、禮儀的大行高聲呼叫，命群臣依次上前拜見。場面宏闊，秩序井然。群臣無不俯伏垂首，震恐肅敬，再也不敢喧譁失禮。大行又傳語平身，群臣才敢起身趨退，仍舊依次站立兩廂。接著，便分排宴席，稱為「法酒」。劉邦坐在龍案宴飲，其他人則依次分席侍宴。

劉邦本人起自草澤，是中國歷史上第一個平民出身的皇帝，手下功臣除張良、張蒼、叔孫通三人出身尊貴外，其餘均為布衣將相，粗疏淳樸，不識禮儀。他還是第一次見到王公大臣如此尊卑有序，欣喜萬分，道：「朕今日才知道身為皇帝的尊貴。」當即授叔孫通為太常，賜黃金五百斤。

---

1 中國古代採用夏曆紀年，因誕生於夏代，故稱。它是世界上三大曆法中歷史最悠久、天體定標點最多的曆法，以月亮的週期為月長，又參考了二十四節氣，所以是陰陽合曆，又稱農曆。夏曆將朔日定為每月的第一天，即初一。以建寅月（今農曆一月）為正月（歲首，一年的第一個月），殷曆以建丑月（今農曆十二月）為正月，周曆以建子月（今農曆十一月）為正月，史稱三正（讀作「征」）。秦始皇統一中國後，以建亥月（夏曆十月）為歲首，但不改正月。漢初沿襲秦制，直到漢武帝太初元年（西元前一〇四年）才由太史令司馬遷主持改制，改建寅月為歲首。

2 尺：漢代一尺等於廿三點一釐米。十寸為一尺。十尺為一丈。

3 劉氏冠：又稱長冠、齋冠，高七寸，廣三寸，促漆纚為之，制如板，用竹皮編製，形似鵲尾。劉邦寒微未發家時，經常戴著此冠四處招搖，所以又被稱為「劉氏冠」。

然而，對於立國不久的大漢而言，天下尚不太平，劉邦還沒有高興幾天，韓王韓信[4]又在封地太原郡發動叛亂，並勾結北方匈奴，一同揮師南下。

韓王信是六國貴族後裔，身高八尺五寸，長得一表人才，他在楚漢相爭時堅定不移地站在漢軍一方，唯劉邦馬首是瞻，立下不少戰功，因而在大漢立國後被封為韓王，封地潁川，定王都於陽翟。劉邦本是市井無賴出身，為人刻薄寡恩，天下初定後，即開始有計畫地剷除異姓王，將為大漢立下汗馬功勞的楚王韓信冠以企圖謀反的罪名逮捕至京師，貶為淮陰侯後軟禁起來。而韓王信雄壯勇武，封地潁川又是兵家必爭的戰略重地，亦深為劉邦所忌。不久，劉邦以防禦匈奴為藉口，將韓王信封地遷至太原郡，以晉陽為王都。韓王信雖遭遷徙貶斥，卻猶自存有忠君之心，特上書劉邦，告知「國被邊，匈奴數入，晉陽去塞遠」，請求遷王都至馬邑[5]。馬邑在雁門關外，靠近邊境，韓王信將王都遷至更危險的地方，無非是想禦敵於國門之外，保內郡平安。然而匈奴人反應極快，就在他遷都後不久，匈奴冒頓單于率大軍包圍了馬邑。韓王信兵少勢弱，無力還擊，不得已只能利用匈奴人貪利的天性，多次派使者出城，奉上金銀珠寶，請求冒頓單于退兵。劉邦得知消息後，懷疑韓王信暗通匈奴，下書切責，韓王信擔心會被漢廷誅殺，便乾脆以馬邑之地請降匈奴。

劉邦自認對韓王信有知遇之恩，忽聽到他勾結匈奴謀反，勃然大怒，決意親自率兵平定。當年冬天，劉邦率領三十二萬大軍出征太原郡，帳下謀士如雲，猛將如雨，一路凱歌高奏，擊潰了韓王信的軍隊，韓王信本人也逃竄北方，投靠匈奴。

時值冬季，天寒地凍，風雪交加，十之二、三的漢軍兵卒不耐嚴寒，凍壞了手腳，難以持續作戰。但劉邦獲勝心切，打算乘勝追擊，徹底擊退匈奴，還是揮師進軍到晉陽一帶，欲與匈奴主力決一死戰。

匈奴是中國北方的少數民族，又被稱為「胡」，傳說其先祖是夏后氏[6]後人，生活以遊牧為主，逐水草而居。到戰國時期，匈奴逐漸強大，經常南下，掠奪內地的人口、牲畜與生活物資，相鄰的燕、趙、秦三國深受其害。到戰國後期，各諸侯爭霸中原，無暇北顧，匈奴趁機占領了河套地區。秦統一中國後，方士盧生有「亡秦者胡也」的讖語，令秦始皇深為忌憚，命大將蒙恬率領三十萬秦軍北擊匈奴，卻匈奴七百餘里。在秦軍的強力打擊下，匈奴首領頭曼單于率部向北退卻，胡人從此不敢南下牧馬。

秦漢之際，匈奴冒頓殺死生父頭曼單于，自立為單于，東擊東胡，西攻月氏，北服丁零，南併樓煩、白羊河南王[7]，統一了匈奴各部，達到其史上最強大、最鼎盛的時期。又趁楚漢相爭之機，重新奪回了當年蒙恬所收復的失地，嚴重威脅到中原的利益。一浪未平，一浪又起，韓王信的叛降，無異於令大漢北方邊事雪上加霜，難怪劉邦一聽就火冒三丈，堅持要御駕親征了。

對仗韓王信的節節勝利堅定了劉邦要擊敗匈奴、解決邊患的決心，他聽說冒頓單于駐紮在代谷[8]，便想擒賊擒王，先後派出十幾批偵騎查探虛實。前哨探軍打聽到匈奴駐在代谷的盡是老弱殘兵和瘦弱牲畜，劉邦更是獲勝心切，急欲出擊。只有出使過匈奴的郎中劉敬[9]持反對意見，道：「兩國交戰，宜誇矜其長，而臣出使匈奴時只見到老弱羸畜，必然是冒頓單于有意匿藏了精銳士兵和肥壯牛馬，故意示弱，好做誘敵之計，仗奇兵爭利。」極言不可輕易出擊

4 韓王韓信：此韓信為戰國時期韓國韓襄王庶孫，非同時期淮陰侯韓信，史書上為避免混淆，往往稱其為韓王信，本小說亦沿襲此稱呼。

5 陽翟：今河南禹州。晉陽：今山西太原。馬邑：今山西朔州。

6 夏后氏：中國第一個世襲王朝夏朝的氏稱，夏皇族以國為氏，所以稱夏后氏。夏代多位君主稱呼前均冠以「后」字，如「后啟」、「后相」、「后羿」、「后少康」等。先秦時代姓、氏含義不同，夏后氏為姒姓。

7 東胡原分布於大興安嶺南端，因居於匈奴之東而得名。大月氏原分布於河西地區，匈奴打敗大月氏後占有了河西走廊，並進而控制了分布於祁連山以南的羌人。丁零原分布於今俄羅斯貝加爾湖一帶；樓煩、白羊河南王則在黃河河套以南。

8 代谷：今山西繁峙西北。

9 劉敬：即婁敬。漢初齊人（今山東），漢高祖五年（西元前二〇二年）戍隴西時經過洛陽，以戍卒的身份通過齊人虞將軍求見劉邦，向劉邦提出遷都長安的建議，得到採納，被賜姓劉，拜為郎中，號為奉春君。

匈奴。

劉邦聞言勃然大怒，怒罵道：「你不過是個以口舌得官的齊虜，今日竟敢在朕面前妄言沮軍。」下令逮捕劉敬，給他手足戴上刑具後囚禁起來，預備凱旋回師時殺其祭旗。

劉邦隨即親自帶領先頭輕騎部隊進軍到平城，預備搶先截斷匈奴退路，與後軍南北夾擊，生擒冒頓單于。孰料平地裡忽然冒出無數匈奴伏兵來，將漢軍團團圍困在白登山[10]。劉邦這才知道中了匈奴誘兵之計，後悔不聽劉敬勸告。

包圍白登山的四十萬匈奴騎兵盡是精銳，劉邦一行既無力突圍，在外的漢軍也難以援救。被圍七天七夜後，漢軍斷糧斷水，瀕臨危困的邊緣。多虧護軍中尉陳平出謀劃策，想出一招「美人計」來——即用重金賄賂冒頓單于的閼氏[11]，又另外附上美女畫像和書信，信中稱如果單于繼續圍困白登山，漢天子將送許多美女給單于以解困厄。閼氏見那畫中女子千嬌百媚，擔心漢女得寵後自己的地位受到威脅，於是稱漢主有神靈保佑，極力勸說冒頓撤軍。

冒頓本與韓王信舊部曼丘臣和王黃約好共圍漢軍，但二人遲遲不到會師地點，冒頓懷疑他們已經投降漢軍，又聽說漢軍援兵即將趕到，時值天降大霧，冒頓唯恐局面對自己不利，遂採納閼氏的建議，打開包圍圈的一角，讓漢軍撤出。之後，冒頓率軍離去，劉邦也收兵而歸。

劉邦脫險後，立即將先前進言可擊匈奴的十幾名探軍斬首，並赦免下獄待決的劉敬，賜關內侯爵位。漢初承襲秦代二十等爵以賞軍功，本來列侯有自己的封國，享受食其租稅的特權，但關內侯是二十等軍功爵制之第十九級，是僅次於列侯的高爵，因而是空爵，沒有食邑。劉邦因劉敬深謀遠慮，有先見之明，特詔其食祿兩千戶，號建信侯。

「白登之圍」後，冒頓單于仗著兵強馬壯，經常侵擾劫掠大漢邊郡。劉邦兄長劉喜本被封為代王，率兵鎮守晉陽，然而當匈奴來攻時，他恐懼得不能自已，竟然棄國逃走。臨陣脫逃本是死罪，但劉邦顧念兄弟之情，不忍致法，只廢劉喜為合陽侯，另立皇子劉如意為代王。

直到這時，劉邦才徹底意識到天下初定，師勞兵疲，極需恢復元氣，而匈奴騎兵來去如風，難以用武力征服，既然力不如人，只能用一時之計，遂採納劉敬之對策，決意與匈奴和親——即將親生女兒魯元公主劉樂嫁給冒頓單于，以女子和財物來換取和平。由於皇后呂雉強烈反對，劉邦最終選宮人所生之女冒充嫡長公主嫁往匈奴，由此開中國和親之始。

白送的嬌美公主和大批財物終於討得了匈奴的歡心，冒頓單于與大漢約定結為兄弟，各自以長城為界，漢人不出塞，匈奴不入塞。除了以公主出嫁外，大漢每年還要送給匈奴大批衣物、絲絮、絲綢、糧食、酒等，稱為「歲奉」，單于可謂人財兩得，此即後世所稱「漢家青史上，計拙是和親」[12]之來歷。

和親換來了安邊的局面，雖然兩國邊境一帶小規模的戰鬥從未間斷，但冒頓單于去世後，匈奴確實沒有再大規模地入侵中原，兩國的關係得到暫時的緩和，大漢也得以休養生息。

從漢高帝[13]劉邦到漢惠帝劉盈，再到漢文帝劉恒，冒頓單于歷經三朝，總共娶過三位大漢公主。冒頓死後，其子老上單于又先後娶了兩位漢公主，到其孫軍臣單于時，則達到了頂峰，不但娶到五位漢公主，第四位昭陽公主和第五位孫公主更分別是漢景帝劉啟和漢武帝劉徹的親生女兒，是貨真價實的大漢公主。

儘管大漢自開國皇帝劉邦開始，便刻意用女子和財物來籠絡匈奴，然而匈奴單于性本貪婪，且無信義，經常違背盟約，越界劫掠漢地。漢文帝和漢景帝在位期間，匈奴先後多次侵入邊郡。最嚴重的一次，戰火甚至燒到京畿之地甘

---

10 平城、白登山：均在今山西大同。

11 閼氏：讀作「煙支」，匈奴單于妻妾稱號，正妻稱「大閼氏」。閼氏地位很高，常常跟隨單于出師。又，匈奴沒有文字，來往書信使用漢文。

12 見唐代詩人戎昱《詠史》。和親起初只是一種委屈求全，正如魯迅先生所言，是「以美女作苟安的城堡，美其名以自欺曰和親」。

13 本小說中出現多位皇帝，採用謚號稱謂來區分。劉邦廟號太祖，通稱高祖，謚高皇帝。劉盈無廟號，謚孝惠。劉恒廟號太宗，謚孝文。劉啟無廟號，謚孝景。劉徹廟號世宗，謚孝武。

泉，距長安僅數十里，京師震動，全城戒嚴。軍臣單于甚至還在「七國之亂」時與趙王、吳王等人勾結，意圖趁火打劫，干擾中原政局。漢廷對於匈奴的入侵堅決地予以抵抗，李廣、程不識均是在邊界備戰、抗擊匈奴中湧現出來的傑出將領。只是，漢廷從始至終採取守勢，只要匈奴稍微示和，便又既往不咎，繼續奉上公主與財物。

和親雖然多少帶有屈辱苟安的性質，卻還是為大漢王朝贏得了寶貴的恢復之機。由於社會安定，漢初幾任皇帝均推行與民休息的政策，中國經濟迅速發展，終於出現了歷史上第一個治世「文景之治」——只要不遇水旱之災，百姓總是人給家足；各郡國的倉廩堆滿了糧食；太倉[14]裡的糧食由於陳陳相因，充溢露積於外，致腐爛而不可食；國庫中錢財有千百萬，連串錢的繩子都朽斷了。

到漢武帝劉徹即位時，天下殷富，國力雄厚。雖然劉徹登上皇位之初即申明和親約束，並步景帝後塵，以親生女兒孫公主[15]出嫁匈奴，以示和親誠意，孫公主由此成為第五位嫁給軍臣單于的大漢公主。然而年僅十六歲的劉徹首創帝王年號，詔舉賢良方正、直言極諫之士，下令罷黜百家、獨尊儒術。一切的一切，表明新天子年紀雖輕，卻是意氣風發，雄才大略，令人耳目一新。

劉徹初登帝位，即調名將李廣任未央宮衛尉，另一名將程不識則出任長樂宮衛尉，並時常召兩位老將徹夜長談，以更多地瞭解匈奴情況。傳說劉徹不避閒言，親信男寵韓嫣[16]，甚至到了同起同臥的地步，也是因為其祖父韓頹當在匈奴生活多年，而韓嫣本人亦熟知胡人的兵器和陣法。有見識的人們暗中推測，在這一任天子手裡，大漢對匈奴一貫妥協的局勢必將有所改變。

建元六年，西元前一三五年，匈奴軍臣單于致書大漢皇帝劉徹，稱孫公主已然病歿，要求再娶大漢公主，此時距離孫公主離開長安還不到五年。胡地生活艱難，出嫁匈奴的公主大多妙齡早逝，少則兩年，多則數年，便會在精神和肉體的雙重折磨下鬱鬱而終。但漢廷素來重視和親，犧牲幾個女子算不得什麼，只是劉徹心中總有一股怨氣，特意召集群臣在未央宮宣室廷議。

大行王恢是北方燕地人，擔任過邊吏，熟悉邊境情況，慨然道：「匈奴與漢和親，常常維持不過幾年便違背盟約，不如興兵討伐。」御史大夫韓安國素以能言善辯著稱，當即反駁道：「匈奴逐水草遷徙，居無定處，難得而制。如果出兵數千里與之爭利，人馬疲乏，如強弩之末，勢不能穿魯縞，衝風之極，力不能起鴻毛。匈奴則可盡全力制漢之憊，這是很危險的。不如繼續與匈奴和親。」

朝臣大多贊成韓安國的意見，劉徹不得已只能同意下詔與匈奴和親，並選中同父異母兄江都王劉非之女劉徵臣，預備封為公主出嫁匈奴。劉徵臣時年十七歲，既是皇帝的親姪女，又美貌可人，知書達禮，可謂再合適不過的人選。

正當和親事宜緊鑼密鼓地籌備之時，太皇太后竇漪房突然病逝。竇漪房是漢文帝劉恒皇后，因生男劉啟而母憑子貴，劉啟即位後為皇太后，劉徹即位後為太皇太后，其人好黃帝老子言，對子、孫兩朝政事影響極大——劉啟不得不讀《老子》並尊崇其術以迎合母親；劉徹即位後欲興事更化，隆推儒術，即因祖母反對而作罷。竇漪房的死非同小可，代表著「無為而治」[17]時代的結束，被她箝制了許久的大漢天子終於得以舒展手腳，完全按己意行事。

最引人注目的變化是——劉徹立即下詔停止準備劉徵臣出嫁匈奴事宜；免去周昌丞相職，提拔之前被竇漪房強行罷去太尉官職的母舅田蚡為丞相；任命未央宮衛尉李廣為驍騎將軍，屯守雲中；長樂宮衛尉程不識為車騎將軍，屯駐

---

14 太倉：西漢最大的國家倉庫，漢初由丞相蕭何主持修建，位於長安城東南。

15 劉徹即位之初才十六歲，其女應當還是幼童，似乎不大可能在這一年出嫁匈奴，而軍臣單于已在位二十一年，年紀已然不輕。但《漢書・武帝紀》中明確記載劉徹口稱「飾子女以配單于」。本小說對此點不多作考據，僅根據史籍設定孫公主為劉徹之女。

16 韓嫣：韓王信曾孫。韓王信投降匈奴時生下一子名韓頹當，後韓王信與漢軍作戰被殺，韓頹當在胡地長大，成人後任匈奴相國，於漢文帝十四年（西元前一六六年）率部投歸漢朝，在平定吳楚七國之亂時立下大功，被封為弓高侯。韓嫣為韓頹當庶出孫（非正妻所生，無權繼承爵位）。

17 無為而治：中國古代的一種治國理論，最早由春秋末期的老子提出。漢初的黃老之學吸取了道家無為而治的思想，強調清靜無為，主張輕徭薄賦、與民休息，對人民的政治生活和經濟生活採取不干涉主義或少干涉主義，藉以安定民心，發展社會生產。

雁門[18]；十月，又改年號「建元」為「元光」，宣布大赦天下。

一切的變動都隱藏著動機與祕密。一個舊時代的終結，即意味著一個新時代的到來。真正改變的契機始於一個名叫聶壹的富商。

邊塞始終是商人們趨之若鶩的地方——匈奴渴求中原的生活物資，大漢需要匈奴的馬匹，總需要有人居中牽線交易，因而無論大漢、匈奴兩國之間是戰是和，邊界的關市始終存在，一些大商人甚至還是雙方朝中的座上賓，這位雁門馬邑豪商聶壹就同時是大行王恢和軍臣單于的貴客。

元光元年，西元前一三四年，王恢暗中將聶壹引見給皇帝劉徹。王恢歷來主張對匈奴用兵，他也很清楚年輕皇帝霸道多欲的心思，現下既再無太皇太后箝制，必然要放開手腳大幹一場。果然劉徹一見到聶壹，便迫不及待地詢問匈奴詳細情形。聶壹數次到過匈奴王庭，與軍臣單于熟識，稱自高皇帝和親之後大漢已完全取信於匈奴，只要依計行事，誘之以利，必定能將其擊潰。劉徹深為心動，立即召集群臣廷議。

大行王恢憤然道：「匈奴之眾，不過漢一大縣，以大漢四海之大，卻困於一縣，是為羞也。」一位列三公的御史大夫韓安國則堅決反對與匈奴開戰，道：「昔日高皇帝被圍困在平城，七天不得飲食，後來解圍，並沒有因憤怒而尋求報復，這是聖人的胸襟，以天下為重。」

群臣大多附和韓安國，九卿中只有大行王恢和衛尉李廣堅決支持開戰，然而李廣不善言辭，難以與口若懸河的韓安國對仗。經過激烈的爭辯後，廷議中主和派最終占了上風。但劉徹正值年輕氣盛，決意力排眾議，採納大行王恢的提議——對匈奴宣戰，執行聶壹誘敵深入的計畫，並為此作出了周密安排：命李廣為驍騎將軍；太中大夫李息為材官將軍；太僕公孫賀為輕車將軍；大行王恢為將屯將軍。最令人驚奇的是，皇帝居然又任命主和的御史大夫韓安國為護軍將軍[19]，總督諸軍。年滿五旬的老將李廣更是被劉徹寄予厚望。諸將率領步兵、騎兵、戰車共三十萬人，在馬邑一帶的山谷中埋伏。

最關鍵的人物聶壹則以自身做餌，親到匈奴王庭面見軍臣單于，稱自己有數百同夥混進了馬邑城內，有機會斬殺馬邑縣令，舉城投降，若是匈奴及時派大軍來接應，阻擋增援漢軍，便可盡得全城財物。軍臣單于貪利，聞言很是歡喜，立即開始集結騎兵。

聶壹回到漢地後，殺了兩名死囚，將首級掛在城門上，告訴匈奴使節道：「我已經殺了馬邑縣令和縣丞，請單于速來接收馬邑城。」

軍臣單于聞報後立即親率十萬騎兵趕來馬邑。當大軍來到距馬邑城一百餘里的地方時，軍臣單于意外發現山坡上牛羊遍地，卻沒有放牧人，而且沿途也沒有遇到一個行人，不由得起了疑心。正巧不遠處有一個專門瞭望敵情的漢軍亭燧，軍臣單于便下令繞道攻打。亭燧由雁門尉史率領一百名漢兵駐守，難以抵擋匈奴大軍，很快被攻破，尉史本人也被俘獲。在匈奴人的威脅下，尉史將漢軍馬邑之謀的計畫原原本本地講了出來。軍臣單于大驚失色，倉皇引退，一直奔出長城外才敢放慢腳步，一邊拂拭額頭的汗珠，一邊長舒一口氣，道：「我得到尉史，才沒有上漢天子的當，真是上天所賜。」於是封尉史為「天王」。

當時三十萬漢軍主力由護軍將軍韓安國、驍騎將軍李廣、輕車將軍公孫賀率領，埋伏在馬邑附近。將屯將軍王恢和材官將軍李息則率領三萬人出代郡[20]，負責從側翼襲擊匈奴輜重並斷其退路，協助李廣等人攻殲匈奴主力。王恢最先得到匈奴軍撤退的消息，但他非軍人出身，從來沒有帶兵打仗的經歷，自思己部不過三萬人，敵不過匈奴十萬大

18 雲中：今內蒙古托克托東北。雁門：今山西代縣。

19 將軍：在秦代以前，中國的武職將軍名號只有左右前後將軍，武帝劉徹時開始設立各種名將軍，稱雜號將軍，又稱列將軍。這些將軍的雜號是針對某次戰役而特別授予的。西漢軍制，軍隊平時分隸衛將軍和諸校尉，戰時任命雜號將軍指揮。等到戰爭結束後，這些雜號將軍所率領的部隊或解散，或交還中央，名號也就不再存在。等到下次戰役，皇帝根據需要，再對不同的人任命不同的軍銜，讓他們率領部隊作戰。

20 代郡：今河北蔚縣東北。

軍，因而徘徊不前，任憑軍臣單于從自己眼皮底下溜了過去。

而韓安國、李廣等人埋伏馬邑境內，好幾天不見動靜，也決定改變原定計畫主動出擊，出兵後才知道匈奴早已退出塞外，追之莫及。此即歷史上有名的「馬邑之謀」。事雖不成，之後大行王恢也因畏敵觀望的罪名被逼自殺，然而它卻直接宣告了和親時代的結束，大漢公主們從此再也不必遠嫁匈奴。從此，漢匈關係徹底破裂，拉開了大規模兵戎相見的序幕。

卷一　秦月漢關

長城氣吞萬里，彷若一條矯健的巨龍，伏踞在廣袤遼闊的東方。「因地形，用險制塞」，一路翻崇山，越峻嶺，跨深壑，依絕壁，經草原，穿流沙，破雲斬霧，昂首翹尾，大有奔騰欲飛之勢。

這條磅礡偉岸的萬里長城原先只是春秋戰國時期各諸侯國為了防禦他國入侵所修築的烽火臺，北方遊牧民族強大後，時常南下劫掠中原人口和財富，與其相鄰的燕、趙、秦三國為了阻抑胡人騎兵南下，各自用磚、石以及泥土修築起長長的城牆，將烽火臺連接起來，形成最早的長城。

校尉羽書，單于獵火；旌旗逶迤，摐金伐鼓；白刃相搏，山川震眩；關山別情，胡笳起舞。自建成之日起，長城內外就是金戈鐵馬的逐鹿戰場，飲滿了豪情壯志，悲歡離合，鮮血淚水，邊愁哀思，成為歷史的生動縮影——夢想與勇氣，權力與欲望，激昂與慷慨，慘烈與悲壯，在這片蒼莽大地上反覆交織上演。

秦始皇統一天下後，為解決北方邊患，派大將蒙恬北擊匈奴，收復河南[1]，並攻占了原屬於匈奴的河套地區。又調發大量人力，將秦、趙、燕三國長城連接在一起，西起臨洮[2]，延袤起伏向東，直抵遼東大海之濱，蜿蜒萬餘里，

1 河南：泛指關中盆地往北的黃河以南地區。河套：在今內蒙古和寧夏境內，為沖積平原，地勢平坦，土壤肥沃，有黃河灌溉之利。

2 臨洮：今甘肅岷縣。遼東：郡名，治所在襄平，今遼寧遼陽。今人所見長城為明代長城（西起甘肅嘉峪關，東至山海關），秦漢長城的位置比其要北許多。

巍峨粗獷，雄偉壯觀，氣勢恢宏，號稱「萬里長城」，象徵堅不可摧、永存於世的意志和力量。前後共徵調近百萬丁壯軍士、民夫，花費十餘年時間，工程浩大，古無其匹。繁重的勞動全部由人力以血肉之軀完成，以致「道路死者以溝量」，堪稱血淚澆灌的世界奇蹟，民間廣泛流傳的「孟姜女哭長城」的故事便來源於此。

為了進一步鞏固邊境，秦始皇大肆推行「移民實邊」，特別設置九原郡，增設四十四縣，從內地強徵三萬刑徒到這一帶屯墾。經過數年的迅猛發展，農耕區域逐漸推進陰山[3]腳下。長城以南地區更是處處阡陌相連、村落相望，新興農業繁榮，堪與關中地區相媲美，因而被稱為「新秦中」[4]，成為天下人嚮往的地方。

然而到了秦漢戰亂之際，情形有了很大改變——匈奴不但重新占領了河套與河南地，而且時常越過長城搶掠內郡。大漢立國不久，開國皇帝劉邦即遭逢白登之圍，險些葬身在匈奴人之手。中原既無力應付強悍的匈奴騎兵，只能採取守勢，委曲求全，採取「和親」的綏靖政策，用漢家公主出嫁單于和陪嫁大量財物來換取和平。雙方約定以長城為界，漢軍不出塞，匈奴不入塞。儘管如此，邊塞的居民還是時不時會遭受匈奴小規模的侵擾，漢軍始終只處於防禦的被動狀態，敵來則擋，寇去則止。有能力的百姓大多舉家逃往內郡，以背井離鄉的代價來換取相對安寧的生活。

和親時期尚且如此，馬邑之謀後，大漢、匈奴絕親，局面更加惡化。匈奴為報復大漢，連年越關攻城屠邑，驅掠畜產。不願離開家鄉的邊境漢民要麼被掠走為奴，要麼被殘忍殺害，遭遇奇慘。殺氣沖塞，胡風吹邊，昔日繁茂如煙的新秦中漸漸變成了荒蕪靜寂的白地，長城內外只剩下戍守的漢兵。秦時的明月照著漢時的關塞，山河依舊，氣象隨移，景致未變，人事已非，格外令人感慨。

右北平郡[5]一帶的長城是燕長城，修建於戰國燕昭王時期，堪稱中國最古老的長城。當年燕昭王即位於燕國危難存亡之際，發憤自雄，在易水邊築起高臺，以千斤黃金置於臺上，廣招天下賢士，樂毅、鄒衍、劇辛等賢良紛紛從四面八方趕來，燕國國勢由此大盛。燕昭王又派大將秦開[6]打敗了經常侵邊的東胡，將燕國的北部疆土一舉拓展到遼東。為了進一步防禦東胡，燕國修築了長城，自造陽到襄平，長達一千多里，並緣邊設置上谷、漁陽、右北平、遼西、遼東五郡[7]。匈奴強大後，代替東胡成為中原北邊的勁敵，因而五郡依然是邊防重郡，駐有重兵。

元朔三年，西元前一二六年，新年伊始之際，邊塞降下一場瑞雪，長城內外銀裝素裹，白茫茫一片。新徵調到右北平的戍卒初登長城，不及欣賞壯美雪景，便爭相向老士卒們打聽飛將軍的事蹟。飛將軍的奇聞軼事素來是軍營中的熱門話題，領頭的假屯長[8]任文當即笑道：「說起飛將軍的故事，話可就長了，怕是幾天幾夜也講不完。」一名來自淮南國[9]的新戍卒東京門道：「其實飛將軍名滿天下，他的故事我們大多聽過，只是想知道得更詳細些。」

眾人口中所稱的「飛將軍」，即指現任右北平郡太守李廣，其出身名門，是擒獲燕太子丹之秦名將李信七世孫。其人弓馬嫻熟，精於騎射，行動矯捷如風，忽來忽去，因而匈奴人給他起一個外號，叫「漢之飛將軍」。

3 陰山：陰山山脈橫亙於內蒙古中部，東段進入河北西北部，連綿一千二百多公里，南北寬五十至一百公里，是黃河流域的北部界線，季風與非季風分界線，也是中國古代遊牧文化與農耕文化的分界線。

4 秦中：秦中含義與狹義的關中略同，指今陝西中部平原地區，因春秋戰國時地屬秦國而得名。新秦中範圍包括今寧夏中部、北部及陝西北部。

5 右北平：治平剛，今內蒙古寧城黑城古城。一說為今河北平泉，另一說為今遼寧凌源西南，各自有考古依據，作者的取捨即代表個人傾向和觀點。實際上，三處位置均相距不到百里。

6 秦開：燕國名將，曾在東胡當過人質。與荊軻一同刺殺秦始皇的燕國勇士秦舞陽即是秦開之孫。

7 上谷郡：治沮陽，今河北懷來西南，燕長城起點造陽也在這一帶。漁陽郡：治漁陽，今北京密雲西南。遼西郡：治今遼寧義縣西。

8 假屯長：漢時軍隊編制實行部曲制，通常萬人為一軍，由雜號將軍統領。一軍分為五部，各有校尉一人，比二千石，軍司馬一人，比千石；部下有曲，曲有軍侯一人，比六百石；曲下有屯，屯長一人，比二百石。又有軍假司馬、假侯、假屯等，均為副職。部曲到魏晉南北朝時指家兵、私兵，隋唐時期指介於奴婢與良人之間屬於賤口的社會階層。

9 淮南國：漢代實行郡國制，即中央朝廷直轄的郡縣制（如秦代）和諸侯國分封制（如周代）並存。淮南國國都壽春（今安徽壽縣），時淮南王為劉安。

任文笑道：「那麼你們一定沒有聽過射石飲羽的故事，這可是最近才發生的奇事。」

新戍卒們聞言更加按捺不住，連聲催問究竟。任文便咳嗽一聲，清了清嗓子，洋洋灑灑講了起來：「你們往北看，那一大片土地都是匈奴左賢王的駐牧地，咱們戍守的右北平郡與其接壤，因而素來是胡人騎兵入侵搶掠的重地。兩年前，材官將軍韓安國就是在這裡被匈奴人打敗，損失了大量兵士及牲畜。」

有戍卒好奇問道：「是曾經位列三公的前任御史大夫韓安國麼？」任文道：「不錯，正是那位死灰復燃的韓安國韓大夫。」

韓安國字長孺，早先在梁國梁王劉武手下為官。劉武是漢景帝劉啟的同產弟[10]，仗著太后竇漪房的寵愛，一度覬覦帝位，引來兄長猜忌。韓安國曾作為使臣到長安，以言辭緩和了景帝和梁王的關係，由此得到竇太后的好感。回去梁國後，因犯法被囚禁於監獄中。大漢律法嚴酷，獄吏任意妄為，開國名將絳侯周勃也曾有「吾嘗將百萬軍，安知獄吏之貴也」之嘆。有獄吏田甲對韓安國百般凌辱虐待，韓安國吃盡了苦頭，怒道：「死灰難道不會再燃燒嗎？」暗示對方最好客氣點，自己將來有可能還會復職。誰知道田甲竟狠狠回擊道：「要是死灰再復燃，我就撒一泡尿澆滅它。」不久，因竇太后之命，韓安國被任為梁國內史，從囚徒身份一舉躍為二千石大官。田甲畏懼遭到報復，棄官逃走。韓安國命人召回田甲，笑道：「你可以撒尿了。」既往不咎，一笑了之，由此傳為佳話。

眾人均聽說過這則典故，聞言一齊會意地笑了起來。有人打趣道：「韓大夫對獄吏自有胸襟和度量，可是對匈奴就少了一份豪氣和膽量。」任文道：「正是如此！韓大夫是最堅定的主和派，歷來主張跟匈奴和親，當今天子也是個武斷有個性之人，偏要委以他軍職，派他屯駐在邊郡要塞，對抗匈奴。可惜一介文人，實在難以擔當重任，屢戰屢敗不說，兩年前還被匈奴兵攻破了營壘，遼西太守被殺。天子派使者切責，韓大夫又內疚又抑鬱，氣急之下，吐血身亡，埋骨在右北平。之後匈奴兵愈發張狂不可一世，不斷攻破邊郡，殺掠數千人。一直到李廣老將軍上任右北平郡太守後，局面才陡然轉變，匈奴人畏懼飛將軍之威名，居然主動避讓風頭，從此再也不敢入侵右北平。」

任文從軍前當過小吏，口齒本就伶俐，又多次講述過飛將軍的傳奇事蹟，早深諳抑揚之道，見戍卒們已然聽得入神，用力一拍大腿，話鋒一轉，道：「可就算沒有了胡人入侵，右北平的百姓們還是不能安居樂業。你們知道原因麼？因為右北平還有另外一個大大的禍害。」

戍卒們見他刻意頓住話頭，紛紛追問道：「什麼還能比匈奴為害更甚？到底是什麼人？請屯長君快說！」任文賣足關子，這才嘻嘻笑道：「它可不是人，而是老虎！諸位，右北平沒有了匈奴兵進犯，可是這一帶山巒眾多，時常有老虎出來傷害人畜。飛將軍決意為民除害，只要聽說哪兒有老虎，總是親自趕去射殺。有一次，惡虎驀然撲出，飛將軍猝不及防受了傷，他臨危不懼，急避一旁，最終帶傷射死了這隻老虎。不過，更精彩的還在後頭——兩個月前的一天，飛將軍巡防後回去平剛城，當時天光已暗，暮色正濃。忽然一陣秋風掠過，樹葉紛紛墜落，飛將軍猛然瞧見前面山腳下草叢裡蹲著一隻斑斕大虎，立即飛快地取出弓箭，朝猛虎射出一箭。老虎中箭，一動不動。隨從連忙舉起兵器上前捉虎，走近一瞧，全部都愣住了，原來中箭的不是老虎，而是一塊大石頭。而且箭陷得很深，幾個人想去拔也拔不出來。飛將軍過來看見後自己也很納悶，於是又回到原地，對準那塊石頭射了幾箭，然而箭頭撞到石頭，只迸出火星兒，卻再也射不進去了。這就是『射石飲羽』的故事。」

眾人聽說李廣的箭能射穿石頭，又是驚異，又是佩服，發出一片「嘖嘖」的讚嘆聲，真恨不得當晚自己也在場，好親眼目睹飛將軍神力。

來自河內溫縣[11]的戍卒裴喜忽然插口道：「李廣將軍箭法如神，精絕天下，這是公認的事實。不過屯長君不惜貶斥韓安國大夫來抬高李將軍，不免有些過分了。對匈奴作戰，韓大夫確實沒有打過勝仗，可李將軍自己不也是常敗將

10 同產：同母兄弟。

11 河內郡：中國古以黃河以北為河內，漢置河內郡，轄今豫北的西部，郡治懷縣（今河南武陟西南）。溫縣：今河南溫縣。

軍麼？八年前，馬邑之謀無功而返。三年前，天子派李將軍率一萬騎兵出雁門，結果一萬精騎全軍覆沒不說，連李將軍本人也當了匈奴人的俘虜。這可是我大漢開國以來最大的一場敗仗，比較起來，韓大夫之敗又算得了什麼？」

原來三年前的春天，匈奴再度興兵南下侵犯漢境，大肆殺掠吏民。自馬邑之謀勞師動眾卻一無斬獲後，皇帝劉徹在對匈奴問題上一直保持沉默，到此刻終於決定重新反擊，派驍騎將軍李廣、輕車將軍公孫賀、車騎將軍衛青、騎將軍公孫敖分四路出擊——四人中，以李廣年紀最大，資歷也最老，他自十八歲起從軍抗擊匈奴，戎馬倥傯，久經沙場，歷文帝、景帝、武帝三朝，迄今已經四十載；其次是公孫賀，他是平曲侯公孫昆邪之孫，祖先是匈奴人，少為騎士，景帝時曾參與抗擊匈奴，後成為太子劉徹的親信，劉徹即皇帝位後，將他由太子舍人擢為太僕，位列九卿之中。公孫賀又娶了皇后衛子夫之姊衛君孺為妻，愈發得到劉徹寵信，曾參與馬邑之謀；而衛青則是第一次領兵作戰，他本是皇帝長姊平陽公主家的騎奴，許多人並不看好這位還不到三十歲的沉默憨厚的男子，認為皇帝拜他為將，不過因為他是正受寵幸的皇后衛子夫的弟弟；衛青是沾其姊姊衛子夫的光，公孫敖則是沾衛青的光，他自小與衛青交好。昔日皇后陳阿嬌與衛子夫爭寵，陳氏之母館陶公主劉嫖派人捉住衛青，預備處死。公孫敖與好友張次公等人拚死將衛青奪了回來，這才救了他一命。之後衛青被劉徹召入宮中任太中大夫，公孫敖也跟著平步青雲，以郎官的身份侍從皇帝左右。

四位大將軍各率一萬騎兵，約期同時異道出擊，結果卻令人大跌眼珠——公孫賀部未遇到匈奴軍，一無所得；公孫敖部遭遇匈奴軍後吃了敗仗，損失七千騎；李廣一部一出雁門關就被匈奴主力包圍，激戰之下寡不敵眾，漢軍損失殆盡，李廣本人受傷被俘，在押送途中裝死，趁敵人不備時奪弓掠馬，終仗著神奇箭術逃生；只有衛青一部進軍到匈奴單于祭天、聚會的龍城，斬殺七百胡人。

皇帝劉徹對這樣的戰果自然很不滿意，僅加封衛青為關內侯，另兩名主將李廣和公孫敖均被逮捕下獄，交由執掌軍法的軍正論罪。大漢軍法為開國名將韓信申定，條文眾多，律令森嚴，對違犯者處罰量刑也比普通刑律要重許多。按照軍律，亡失兵士過多要追究主將的責任，李廣、公孫敖各自損失了大半部眾，犯下死罪。尤其李廣折損全部人馬，自己也被敵人俘虜，論刑該當腰斬。但因為對匈奴用兵在即，朝廷正需良將，劉徹特詔准許二人用錢贖罪[12]。李廣和公孫敖各自交納了三十萬錢，削職成為平民。此戰中只有衛青一枝獨秀，被賜關內侯，由騎馬躋身高爵之列。

任文聽裴喜語氣中對飛將軍大有不敬之意，也絲毫沒有將自己這個假屯長放在眼裡，很是不快，沉下臉道：「你這話可就不對了。當年四路人馬出擊匈奴，只有飛將軍一軍遭遇匈奴主力，一萬人對敵方數萬人馬，任誰也難有回天之力。」

裴喜道：「那可不一定。李將軍是出了名的意氣行事，治軍不嚴，部屬鬆垮，士兵自便，夜間不打更巡邏自衛，上戰場從不佈陣，不講謀略，殺敵全靠他的匹夫之勇。若是換作程不識將軍在世，以程將軍的治軍嚴格，佇列整齊，陣式分明，即使不能以少勝多，也斷然不會是全軍覆沒的結局。」

原來李廣與程不識同為名將，治軍卻有著天壤之別：李廣訥口少言，與部下很易相處，率軍出征時，往往畫地為軍陣，以射為戲，軍中很少作文書記錄，很少派兵自衛，甚至不派出偵察兵，治軍極為簡易；程不識卻是截然相反，率軍一旦駐紮下來，就馬上派出偵察兵，安排輪防的士卒，文書登錄也嚴格，每個人都是各司其職。因為治軍苛嚴，士卒往往叫苦不迭。程不識本人也直言不諱地談論過自己與李廣治軍的差別，道：「李將軍治軍簡易，匈奴兵襲擊容易得手，但士卒們都喜歡這種方式，願意為他死；我治軍雖然苛刻繁瑣，但是卻無隙可乘，匈奴人難以從我這裡占到便宜。」

裴喜續道：「據說文帝在世，稱李將軍當高皇帝時，必定能封萬戶侯。以他這種好惡隨意的性格，即使他真的生在高皇帝的時代，也只能是樊噲，不可能是韓信。」

12 大漢律令，民有罪，允准買爵三十級以贖死罪，爵位一級約值萬錢。漢代黃金和銅錢是官方流通貨幣，黃金為上幣，銅錢為下幣，一金（黃金一斤）約折合一萬銅錢。按照當時物價和消費水準，有十萬錢已算是中產家庭。

戍卒們大多是各郡國徵發來的農民，沒太多見識，聽裴喜侃侃而談，言辭難以反駁，便各自沉默下來。

裴喜見眾人用異樣的眼光看著自己，敵意甚重，顯是對他非議李廣不滿，便乾脆冷笑道：「大夥兒不是想聽飛將軍的故事麼？屯長君也別揀好的說，何不講講李將軍是如何促狹斬殺霸陵尉[13]的，正好可以比照韓安國大夫的『死灰復燃』的故事。」

新戍卒們均是頭一次聽說霸陵尉之事，好奇心大起，一齊朝任文望去。

任文只是瞪視著裴喜，沉聲問道：「你到底是什麼人？」裴喜道：「臣[14]河內溫縣公乘裴喜。」

漢初承襲了秦代的賜爵制度，以軍功論賞爵位。爵位分為二十級，從一級到二十級分別為：公士、上造、簪裊、不更、大夫、官大夫、公大夫、公乘、五大夫、左庶長、右庶長、左更、中更、右更、少上造、大上造、駟車庶長、大庶長、關內侯、列侯。有爵者可以為官，可以得到田宅，可以用來贖罪或贖奴隸，有許多特權和利益，爵位越高，利益越大，十九級關內侯和二十級列侯大體可相當於三公。漢高帝劉邦死後，其皇后呂雉把持朝政，為籠絡人心，發布了一個大規模的賜爵詔令，將二十等爵位分為官爵和民爵，以八級公乘為界，八級以上為官爵，以下為民爵。這樣，就等於取消了以軍功賜爵的基本條件，之後凡有皇帝即位、立後、立太子等所謂大事時，朝廷均賜天下民爵，以示普天同慶，因而漢家男子幾乎人人都有爵位。但普通百姓最高爵位不能過公乘，漢初劉氏冠風行民間，劉邦特下詔令：「非公乘以上，不得冠劉氏冠。」即是令有公乘以上爵位的男子才有資格戴劉氏冠。這裴喜不過二十歲出頭，竟已有八級公大夫的爵位，這可是民爵的最高爵，按律令可以免除其個人徭役，完全不必來邊關苦寒之地戍邊。

任文聞言很是驚奇，問道：「你年紀輕輕，竟已是公乘？」裴喜道：「嗯。屯長君，大夥兒可都等著聽飛將軍怒殺霸陵尉的故事呢。君如此吞吞吐吐，不如由臣來代勞好了。」

任文正待阻止，新戍卒們卻是心癢難耐，都嚷了起來，催道：「快講，快講。」裴喜道：「嗯，這件事的起因就發生在三年前李廣將軍兵敗贖罪賦閒後……」

人群後面不知道何時多了幾人，任文無意中瞥了一眼，驀地臉色大變，斥道：「快些住口！」急命戍卒們列隊站好，趕過去向一名黑甲將軍躬身行禮，道：「小李將軍。」

小李將軍約莫二十七、八歲，豹頭環眼，虎背熊腰，腰佩長劍，腰帶上結成官印，斜背著大弓箭筒，正是李廣幼子李敢。他常年隨父從軍，亦以英勇善戰著稱，現任都尉，負責右北平郡地方軍務。自兩年前李廣上任右北平郡太守，匈奴不敢來犯，邊境晏然無事，李廣掛名太守官職，郡縣地方事務不少，父子二人多待在距離長城邊塞二百餘里的平剛城中，並不常來長城軍營。

任文既不明白李敢為何突然輕騎趕來邊塞，不驚動軍營當值校尉僕多便自行登上長城，也不知道適才裴喜那些非議李廣的話被對方聽到了多少，一想到小李將軍那剛烈如火的脾性，心中更是惴惴難安，訕訕問道：「這般大冷的天，小李將軍如何來了這裡？」李敢冷冷擺手道：「你們不必管我，這幾位是天子派來犒軍的貴客，本都尉只是奉命領他們到長城看看。」

任文這才留意到李敢身後的隨從中有四人並非尋常士卒的赤色戎服打扮，而是穿著虎紋襌衣，戴著鶡鳥形狀的武冠，腳上皮靴的靴頭還裝飾有花紋，貴氣無比，顯是在京師皇宮中當值的郎官。

郎官隸屬於九卿之一的郎中令，又分議郎、中郎、侍郎、郎中等，是最親近皇帝的高級侍衛，掌宮殿門戶禁衛，負責貼身保衛皇帝的安全。因有與天子朝夕相處的機會，許多高官名將都由郎官崛起，著名者如衛青、蘇建、司馬相如、主父偃等，飛將軍李廣也曾在漢文帝宮中任郎官。能成為郎官當然不是件容易的事，要麼是權貴子弟，要麼是有

---

13 霸陵尉：漢文帝劉恒陵墓名霸陵，按慣例陵地設霸陵縣（今陝西長安縣），建制同其他縣，有縣令、縣尉等。

14 臣：漢代男子最常用的自謙詞，下級對上級、大臣對君王也使用此謙稱。漢代女子自謙稱「妾」，非自謙稱「姎」，均是「我」的意思。「賤妾」表示加重自謙，年長女性自稱「老妾」。「公」、「君」、「卿」、「足下」均為對男子的尊稱。

一技之長的才子俊傑。這四人既能近身侍奉天子，不是有些來頭，便是有相當的過人之處。

那四人中有兩人年紀稍大，均是三十歲出頭，一人儀表偉岸，風度翩翩，另一人容貌醜陋，面目可憎。餘下兩人則是十四、五歲的少年，一人劍眉朗目，英氣冷傲，另一人則一副老實笨拙的樣子，露出幾分怯生生的稚氣來。

任文心中揣度，兩名年紀大些的郎官當是以才學顯名的賢良之士，而那兩名少年年紀輕輕得任郎官，一定是名宦顯貴之後，有心詢問四人姓名，好上前參見，只是見小李將軍臉色不善，最終未敢開口。

李敢揮手斥退任文和眾戍卒，領先來到城牆垛口，指著北方道：「東方大夫，幾位郎中君請看，那邊就是匈奴左賢王的駐牧地了。」

東方大夫正是那外貌風姿出眾之人。他複姓東方，單名朔，字曼倩，平原厭次[15]人氏，父母早逝，由兄嫂撫養長大，成人後發憤讀書，學識淵博。當今天子即位後徵召天下文學賢良之士，東方朔應詔上書，稱自己文武雙全，具備各種才幹和美德，文辭不遜，高自稱譽，因而得了「狂人」的稱號。皇帝劉徹花了近兩個月才讀完這份多達三千片木簡的上書，不怪反喜，十分讚賞他的氣概。漢代制度，天下上章、四方貢獻均由公車司馬令掌管，凡上書合皇帝之意者，均會被召到京師，養以俸祿，稱為待詔公車。然而公車署中俸祿不多，東方朔也一直沒有機會覲見皇帝。不久，他去找幾名同樣待詔公車的侏儒，恐嚇道：「你還不知道麼？你的死期要到了！像你這樣矮小的人，活在世上無益，你力不能耕作，也不能做官治理百姓，更不要說拿兵器到前方去作戰。像你這樣的人，無益於國家，只是活在世上糟蹋糧食，所以皇上打算殺掉你們。」侏儒們大驚失色，嚇得啼哭起來。東方朔假意安慰道：「暫時不要哭，皇上馬上就要來了，你們趕快去叩頭謝罪。」不一會兒，劉徹果然乘輦經過。侏儒們奔過來跪伏在地，號哭不止，連連磕頭。劉徹覺著奇怪，問是怎麼回事。侏儒回答道：「東方朔說陛下要殺掉我們這些身材矮小的人。」劉徹大為驚訝，立即召來東方朔，問他為何要借皇帝之名嚇唬侏儒。東方朔回答道：「侏儒身長不過三尺許，他們一月能得到一袋口糧，還有二百四十錢俸金，撐飽了還有剩餘。我身高九尺三，每月也是一袋口糧、二百四十錢俸金，食不飽肚，衣不蔽體，這實在是有欠公平。如果陛下認為我是可用之才，就應給予優厚待遇。如果認為我是平庸無用之輩，就該及早遣散回家。不然我就要淪為長安城中的乞丐了。」劉徹聞言哈哈大笑，非但沒有責備東方朔，反而命他待詔司馬門[16]，成為供皇帝隨時徵召諮詢的官員。不久，東方朔便因為擅長射覆，晉升為常侍郎，得侍天子身邊。其人聰明伶俐，滑稽詼諧，經常直言諷諫，天子愛他能言善辯，幽默風趣，也不怪罪。

而今這位狂人已被拜為太中大夫加給事中。太中大夫是本官，跟郎官一樣隸屬於郎中令，官秩比一千石，衛青任將軍前即任此職。給事中則是加官。漢初相權極重，且丞相全部由功臣宿將出任，在朝政中起著舉足輕重的作用。當今天子劉徹好大權獨攬，親政後採取措施來抑制相權，授予一些親信侍從及有才幹的文人侍中、給事中等頭銜，讓他們參與處理朝政。這些官職帶「中」的官員均可以出入宮禁，能在宮中辦公，因而被稱為「內朝」，雖然官小職微，卻因為代表天子，得以與以丞相為首的外朝官員分庭抗禮。加給事中者給事宮禁中，常侍天子左右，備顧問應對，每日上朝謁見，分平尚書奏事，負責實際政務，為內朝要職，多以名儒國親充任。東方朔得加此銜，任意出入禁中，已是天子身邊的親信寵臣。

比東方朔年紀略小的郎中名叫徐樂，右北平無終人氏[17]，雖然外表奇醜，卻是才華橫溢。他本是默默無名之輩，八年前赴闕上書，稱「天下之患，在於土崩，不在瓦解」，以陳涉、吳廣起義比擬土崩，以吳楚七國之亂比擬瓦解，指明國安的關鍵在於民安——當民困多怨時，陳涉這樣無千乘之尊、無尺土之地的窮苦百姓一聲呼喚，天下也紛紛響應；反之，當民安其處時，就連吳王劉濞、楚王劉戊這樣的萬乘之君舉兵造反，帶甲數十萬，威足以嚴其境內，財足

15 平原郡厭次縣：今山東惠明。

16 司馬門：通指漢皇宮外門，因每門設司馬（司馬主武，兵禁之意）一人，比千石，隸屬於衛尉，掌門禁，故名。待詔的司馬門實際上指未央宮北門魯班門，漢武帝晚期征伐大宛後在此門放置銅馬，改名為金馬門，因而後世又稱待詔金馬門。

17 右北平郡無終縣：今天津薊縣。

以勸其士民，卻也不能西攘尺寸之地。劉徹閱書後即拍案而起，立即召見徐樂，大有相見恨晚之慨，當場拜為郎中，給事左右。但其人外貌欠佳，為人行事不似東方朔那般張狂，名氣亦遠遠不及。他這次來到右北平郡，是奉皇帝之命犒賞邊郡太守及戍軍。

兩名少年郎中一人名叫霍去病，是當今皇后衛子夫和關內侯衛青的外甥。另一人名韓說，是弓高侯韓穨當的庶孫，其同產兄長即是一度與皇帝劉徹親密到同起同臥程度的韓嫣。

李敢官任郡都尉，佩二千石銀印，比四人中官秩最高的東方朔猶要高出一倍，只因四人既是朝廷使者，又是天子近臣，雖然心中不喜，亦不得不俯首充任嚮導，一路陪同遊山玩水。

東方朔轉頭笑道：「右北平郡是徐卿故里，此次重遊故地，不知有何感想？」徐樂只「嗯」了一聲，凝神注視眼前的美景，似有無窮心事。

此處長城地勢極高，自垛口憑高遠眺，視野極其開闊，大有羽化飛升、君臨寰宇之感。空曠的大地覆蓋著皚皚白雪，在陰沉的天幕下閃爍著銀輝，寧靜而神祕，寂寥又迷離。觀景者也被滿眼的清亮晶瑩挾裹了起來，煩囂盡滌，神清氣爽，似乎就此脫離塵世，達到了榮辱皆忘的境界。

霍去病忽道：「我想出塞看看，還請都尉君通融。」

李敢本不大情願，可眼前這少年是皇親國戚，將來說不定跟其舅衛青一樣拜將封侯，自己少不得也會成為其下屬，微一遲疑，還是滿口應承道：「郎中君有此雅興，李敢怎麼敢不相陪。」

東方朔卻不肯吃苦，只願意與徐樂留在城牆上欣賞醉人美景。

韓說亦有所遲疑，支支吾吾地道：「我……我還是留下來，跟徐使君、東方大夫一起。」霍去病道：「那好，你跟東方大夫他們一起留在這裡賞雪，我一個人去。」

扈從使者一行的衛隊長韓延年聞言忙道：「臣也想跟隨霍君出塞看看。」

李敢便領著霍去病、韓延年二人下來長城，帶上隨從士卒，策馬來到關口，解下腰間青綬銀印出示。把守城門的軍侯不敢怠慢，急命士卒打開關口。

一行十餘人踏雪出關，積雪剛好沒過馬蹄，踩之即實，行走還不算太艱難。唯獨塞外風大，冷風似刀，刮在臉上生生作疼，對於頭一次來到塞外的人，是個不小的考驗，難以吃消。李敢本以為霍去病一介翩翩貴公子，不過少年好奇心性，想到長城外隨意看看，哪知道他竟不避嚴寒，堅持要走得遠一些。

往北馳出幾十里，霍去病指著前面一座石砌的高堡問道：「那就是亭燧麼？」李敢道：「不錯。這是第一座，往北還有五座，均有燧長帶領燧卒駐守，多是熟悉地形的本郡人氏。若有敵人來襲，白日舉煙，夜間舉火，遙相呼應，傳遞示警。不過自家父到右北平郡上任，亭燧上的烽火臺再也沒有點燃過。」語氣中又是驕傲，又是遺憾。

大漢雖然廣賜爵位，但要封高爵如關內侯、列侯等仍需要卓著的軍功。李廣雖然僅憑飛將軍之名就能拒敵於長城之外，但像他這樣不善言辭、不懂做官的人，無仗可打，就沒有任何封侯拜相的希望，聲名反而成了他建功立業的絆腳石。

霍去病年紀雖小，居然也立即明白了李敢的言外之意，點頭道：「飛將軍的威名的確是雙刃劍……」忽然住了口，直直盯著前方，露出警惕的神情來，問道：「軍中近來可有兵力調動？」李敢不明所以，答道：「沒有，亭燧的燧卒才剛剛更換過一輪……」陡然也感覺到什麼，駐馬舉目，朝北眺望。

空曠的天地間有輕微的馬蹄聲、呼喝聲傳來。過得片刻，聲音漸大，北方天際處陡然出現了一群人馬。

李敢一望見便驚叫道：「呀，是匈奴人！」

他常年在邊塞，曾向俘虜學習匈奴法，望塵知馬步多少，嗅地知軍遠近。然而今日地面落雪，塵土不揚，無法判知對方實際人數，但似乎來犯敵人數目不多。一時不及思慮這隊匈奴騎兵如何能避過漢軍亭燧，轉頭命士卒道：

「快！你們幾個護送二位郎官君回關塞，其餘人隨我斷後。」拈弓搭箭，自箭箙[18]中取出一支鳴鏑向南射出。那鳴鏑發出清脆響亮的聲音，呼嘯著朝南飛去。

霍去病非但不肯勒轉馬頭，反而請戰道：「都尉君，關塞甚遠，鳴鏑信號難以抵達。敵人數量應該不過百人，又是遠道而來，鋒銳盡去，不如就近召集亭燧燧卒攔截。我與韓延年願意追隨都尉君身後，與匈奴人決一死戰。」

大漢豪邁開放，習武成風，尤其當今天子酷好武藝，因而即便是官宦子弟也多精於騎射，少有嬌弱之徒。列侯權貴的子弟更是從小要在北軍中學習騎馬射箭之術，成績優異者可以順利進入皇宮當郎官侍衛。但霍去病不過一少年，第一次來到塞外，遭遇到十倍於己的敵人，即主張迎戰，這份膽識豪氣還是極少見。正因為這份罕見的沉著冷靜，他的提議在旁人眼中反而成了不知天高地厚的冒失。

李敢心道：「你一個小孩子懂什麼，當這裡是上林苑[19]的狩獵場麼？哪有百名匈奴騎兵入寇長城的道理，那不等於白白送死？」

他本是勇猛果決之人，承襲了其父飛將軍李廣好戰的天性，兩位兄長又均是在與匈奴作戰中戰死，胸中早憋著一股復仇之氣，換作平時一定徑直衝上前廝殺，絕不會顧及己方人多人少，然而眼下卻不得不優先考慮霍去病和韓延年的安危，這二位畢竟是朝廷使者的身份，萬一有所差池，不但他會受到軍法處置，還會牽連一大堆地方官吏。見霍去病躍躍欲試，忙道：「魯莽不得！這百騎人馬肯定是前鋒，一定還有大隊敵人在後面！」

霍去病道：「果真有大隊敵人來襲的話，一定避不過周邊亭燧的監視，早該有烽煙燃起。」李敢尚在猶豫之中，霍去病卻甚是堅定，決然道：「臨陣對敵，事不宜遲，請都尉君立即持印章去召燧卒。」儼然是以主將的身份下令，隨即拔出長劍，朝匈奴人迎去。韓延年微一遲疑，也拔出兵器，策馬跟上。

李敢見二人勢難勸回，只得解下都尉銀印，交給一名心腹士卒，命他速去亭燧點燃烽煙、召集燧卒，自己帶領餘人去追霍去病、韓延年二人。

急馳出幾里地，與敵方人馬漸漸接近，終於可以勉強分辨敵情——原來是數十名全副武裝的匈奴騎兵在追趕三男兩女。五人盡是匈奴人打扮，其中一男一女已受了箭傷，半伏在馬背上，身後猶自箭矢如雨，情形十分危急。

邊塞偶爾也會有被匈奴擄走的漢民不堪虐待，思念故鄉，冒險從胡地逃歸，但匈奴派騎兵入塞追殺逃人之事卻絕少發生。李敢常年屯駐邊塞，都是頭一回聽說，心道：「父親大人曾被匈奴人俘虜，押送途中趁敵人不備才奪馬逃回。這五人一定也是我大漢子民，匈奴人不惜捨棄數十人之性命入塞追殺，說不定內中有什麼了不得的關鍵人物。」一念及此，忙大聲下令道：「前面五人是自己人，讓過他們再放箭。」

他自己卻輕舒猿臂，自背上取下大弓，又向一旁士卒要過一張單弓，同時挽起兩弓，拈箭上弦。李家箭法世代相傳，獨步天下，急馳中一隻羽箭呼嘯而出，登時將追兵領頭的匈奴百夫長射下馬來。

其時，匈奴騎兵之箭力尚不能追及奔逃的五人，而距離更遠的李敢卻能力挽雙弓，將箭射到匈奴陣中，登時引來一陣驚呼，有匈奴人叫道：「飛將軍！」

李敢高聲叫道：「飛將軍在這裡！」手上毫不停頓，接連射出三支羽箭，又有三名匈奴騎兵應聲掉下馬來。匈奴人駭然而驚，盡皆勒馬頓住——令他們停住的並非孤軍深入漢地的巨大危險，而是那有百步穿楊神技的飛將軍大名。

遲疑片刻，離得最近的亭燧的烽火臺冒出一道粗厚的濃煙，在寒風中瑟瑟縮縮，疲軟無力地升向空中。亭燧備有積薪，其實就是巨大的柴草堆，白天點燃觀其濃煙，夜間則熊熊大火，日夜兼用，幾十里外相望不絕。

---

18 箙：讀作「符」，用竹、木或獸皮做成的盛箭的器具。鳴鏑即響箭，發明自匈奴，專門用來傳遞信號，其箭鏃以牛角製成，拇指大小，頭部中空，射發後發出聲音。

19 上林苑：皇家園林，位於長安城外西面，規模極大，僅周圍圍繞的垣牆就長達四百餘里。

《烽火品約》[20]規定：「敵五十人至五百人燔一積薪；五百人至千燔二積薪；三千人以上入塞，或攻克亭障特急者燔三或四積薪；萬人以上入塞燔五積薪。」按照目前入塞的匈奴兵人數，只到點燃一積薪的程度。駐守亭燧的漢軍燧卒亦大聲鼓噪，盡數湧出亭燧，手執弩機和兵器，趕來增援。

匈奴騎兵見五名逃亡者已與前面的小隊漢軍接上，便紛紛拉轉馬頭，往北退卻。匈奴民族生性好利，利則進聚，不利則作鳥獸散，從不認為逃跑是一件羞恥的事情。就像麻雀一樣，有食來聚，遇危險各自飛走，連蹤影都難找到。不像中原人，據地死守，以敗退為恥，因而自古以來防備和追擊匈奴都甚為困難。

那奔逃的五人連日亡命，本已精疲力竭，山窮水盡，滿以為會被射死長城下，忽得大援到來，頓時鬆了一口氣，馬速也慢了下來，受箭傷最重的男子更是掉下馬來。

李敢見匈奴兵退走，因己方騎兵少，便不命追擊，躍下馬來，扶起那受傷的男子，待看清他面孔，不由地吃了一驚，道：「你不是張騫張卿麼？」

張騫非但傷重無力，更是神智不清，問道：「你……你是……」李敢急道：「我是李敢呀，飛將軍第三子，我兩位兄長李當戶、李椒曾與你同為郎官。」張騫道：「啊，原來你是阿敢！十幾年不見，你完全變了樣子！」喜見昔日好友之弟，激動之下，竟然暈了過去。

李敢忙命士卒抱他上馬，帶回軍營救治。又招手叫過那名滿臉絡腮鬍鬚的匈奴人，問明幾人姓名來歷——絡腮鬍名甘父，當真是匈奴人，景帝在位時入侵漢關被漢軍俘虜，賜給堂邑侯陳午為奴，所以又稱堂邑父，後因熟悉匈奴地形、箭法精良，被舉薦為張騫的侍從，跟隨其出使西域。那名二十七、八歲的男子是漢民，名叫趙破奴，太原人氏，幼年時被匈奴人入侵中原時擄走，一直淪落在胡地為奴，這次匈奴內亂之際，是他最先向張騫通風報信，幾人約好一起逃回漢地。中箭受傷的女子名叫王寄，原是長樂宮宮女，十多年前作為陪嫁侍女跟隨孫公主出嫁匈奴，這次也是趁亂跟趙破奴逃走。另一名匈奴女子乳名阿月，是張騫在胡地為奴時娶的妻子。

李敢聽說匈奴發生內亂，又驚又喜，忙追問究竟。甘父漢話說得不好，於政事更一竅不通，支支吾吾也說不明白，倒是那趙破奴從旁敘述，這才將事情經過說清楚——原來匈奴軍臣單于新近病死，他生前已經立愛子於單[21]為太子，按理該由太子繼位。然而軍臣之弟伊稚斜封左谷蠡王，野心勃勃，一直暗中窺測單于王位，在軍臣寵臣中行說[22]的支持下自立為單于。於單自然不甘心就此失位，興兵討伐伊稚斜。叔姪二人便各領人馬，真刀真槍地打了起來。幾乎所有的王公貴族都捲入這場爭奪單于之位的大戰，匈奴境內一片大亂，張騫幾人這才有機會擺脫看守監視，奪馬逃往漢地。匈奴與漢地交接的邊境漫長，大致可分為右賢王駐牧的河西、樓煩王白羊王駐牧的河南以及左賢王駐牧的東方。兩年前漢將軍衛青奉命率四萬騎兵反擊匈奴，大獲全勝，迫使匈奴樓煩王、白羊王率部逃遁，一舉收復了黃河以南所有地區，現下正與遊擊將軍蘇建一道率領軍民修築朔方城，以鞏固邊塞。匈奴有意重新奪回河南地，在那一帶緣邊布有重兵，逃往漢地者難以通過。而右賢王駐牧的河西與西域相連，距離漢地太遠。張騫幾人只剩下唯一的選擇，只能取道左賢王駐牧的東方。幾人在匈奴也屢屢聽說飛將軍李廣大名，得知匈奴人畏之如虎，不敢輕易冒犯，便一路逃往李廣駐守的右北平郡。不想在距離燕長城兩百多里的地方被追兵發現，一路窮趕猛追，張騫和王寄均受了箭傷，若不是湊巧遇到霍去病、李敢出長城遊玩，怕是難以活著回到漢地了。

李敢聞言大喜道：「匈奴內亂，正是我大漢揚威的最佳時機。」

此時長城內漢軍望見烽火，已趕出大隊騎兵出塞增援。校尉僕多親自領隊，簡略問了幾句，便率領輕騎前去追擊逃走的匈奴騎兵，李敢等人則護送昏迷不醒的張騫回來關塞軍營救治。

---

20 烽火品約：漢代烽火制度由中央朝廷、郡太守、郡都尉三級逐級頒發，中央朝廷頒發的稱《品》，郡太守和郡都尉頒發的稱《品約》。

21 於單：讀作「屋單」，根據胡語音譯。

22 中行說：讀作「中航越」，姓中行，名說。

東方朔早年在宮中與張騫同為郎官，時常一道持戟宿衛未央宮，頗為熟稔，一見面就認了出來，大為意外。

徐樂也特意叮囑道：「張騫是皇帝親自挑選派去西域聯絡大月氏共擊匈奴的特使，多年來念念不忘。想不到事隔十二年，他還活在人間。匈奴人不惜冒險入塞追殺，可見他身懷重大機密，務必要救活他。」

軍醫聞言深感為難，反而不敢下手救治，道：「箭入張君背心甚深，不拔出來，總還能維持一口氣在，一定要強取的話，後果實在難以預料。依小臣看，這箭暫時還是不要拔的好。」

李敢只好道：「那麼先回平剛城再說，城裡或許能覓得良醫。」徐樂嘆了口氣，道：「不用尋了，郡府中即有良醫。」

李敢愣了一愣，才應道：「郡府掾史暴利長倒是懂得一些醫術，可他的能力遠遠不及軍醫。」東方朔道：「徐卿指的不是郡府官吏，而是暫住在那裡的貴客。」

李敢大奇道：「貴客？難道是夷安公主麼？」東方朔搖了搖頭，道：「不是公主本人，而是公主的主傅義姁，她曾經是太后的御醫，是天下最好的醫師。」

黑色山脊向前伸延著，強勁的北風呼嘯而過，拂動著燕山的山巒。幾道河流都結了冰，河面猶自帶著北國土地冷峻的膚色。

平剛城位於燕山北口的峽谷之中，正當青龍河、瀑河、老哈河南北分流的隘口，東、西兩面均是大山，山勢險峻，森林密茂，地勢崢嶸，是築城的天然絕險之地。既是一郡治所，又是控扼東北五郡的中心，理所當然地成為邊關重地。城邑周遭十餘里，城牆外挖有壕溝。城內不但駐有大量兵力，也聚居了許多平民客商，繁密程度雖遠遠不及京師長安，卻也是邊郡第一大城。

郡府[23]位於城池的正中心，是一處方形的宅院，四周牆垣圍繞，一座大柵欄門開於北牆西側。宅子分東西兩院，兩院間以長廊相隔。東院為兩進，前堂後院，屋宇宏敞，為郡太守辦公居住之所。西院樓舍齊備，是郡地方官吏辦公所在，院西北角有望樓，西南有監獄。

郡太守李廣正坐在堂中，心不在焉地檢閱案牘。雖說政平訟理是太守的職責，可他更多的是一名軍人，總覺得自己應該待在戰場上，或是軍營裡，而不是白白在這些瑣碎的文書上消耗光陰。

也難怪李廣悶悶不樂，自三年前遭逢雁門大戰，他就此跌入了人生中的低谷——雁門大戰是他一生中最慘重的失敗，損失了全部人馬，長子李當戶和次子李椒均在此戰中力竭戰死，他自己也差點被俘虜到匈奴王庭。雖然贖罪削職後又被皇帝重新起用為邊郡太守，可偏偏匈奴人畏懼他飛將軍之名，對右北平秋毫無犯，他已然三年沒有打過仗了，哪怕是一場小小的追逐戰。兩年前，天子決意反擊匈奴，他上書請求領兵出戰被拒，天子只任命其內弟衛青為將軍，率領四萬騎兵出擊。那騎奴出身的衛青當真是運氣好，首上戰場便因直搗匈奴單于祭天的蘢城而封關內侯，這一仗又完全收復了河南地，全甲兵而還，開創大漢立國以來對匈奴作戰的最大勝利。因立下大功，衛青被封為長平侯，食邑三千八百戶。之前許多看不起衛青的人也由此刮目相看——雖有椒戚之名，卻有實實在在的戰功。而他李廣雖有赫赫威名，卻無尺寸之功——馬邑之謀無功而返尚情有可原，雁門之戰一敗塗地再也無可推託。此時此刻，衛青正率領十萬軍民在河南大築朔方城，那一帶水草肥美，形勢險要，勢必將成為漢匈雙方下一輪爭奪的焦點，建功立業指日可待。比照之下，右北平平靜得像一潭死水，他如何能安坐郡太守之位呢？

正鬱鬱寡歡之時，忽有門下掾進來稟報道：「將軍，無終人氏管敢又來到府門外敲擊桴鼓，指名要找將軍告狀。」

23 郡府：漢代郡官署稱府，長官郡太守被尊稱為明府。邊郡太守職責不同於內郡太守，其主要職責是防邊，權力比內郡郡守更大，所以往往稱郡將或將軍。縣官署稱廷，長官縣令（小縣為縣長）被稱為明廷。

桴鼓又稱「建鼓」、「植鼓」，是懸掛在郡府、縣廷等地方官署門前的大鼓，往往作為召集號令之用。漢承秦制，地方實行行政與司法合一體制。民間若發生案情，也可擊鼓報警。所謂「桴鼓不絕」，即整日報警鼓聲不斷。

李廣正嫌地方政務繁瑣，哪裡有心思聽取訟訴，皺眉道：「他是不是昨日來過？老夫不是說過麼，既是無終人氏，將案子發回，命無終縣令決斷便是。」門下掾道：「小臣也這般告訴苦主了，可那少年管敢堅持稱其父留有遺命，有訟事一定要來郡府，且不要掾史決獄，一定要找郡太守本人。」

李廣心念一動，問道：「苦主是個少年？名字也叫敢？」門下掾道：「是，正好跟小李將軍同名，才十五歲。被告是他同父異母的姊姊，名叫管媚，與她夫君陽安一道在府門外。依小臣的看法，被告若不是心裡有鬼，斷然是不會一路跟著苦主來郡府的。」李廣想了一想，道：「讓他們進來。」又想到自己不習律令，命道：「先去叫軍正來。」

郡太守秩俸二千石，掌一郡大小事務，等同於封疆大吏。因事務繁劇，府中置有不少屬官，如郡丞、長史、掾史等，協助郡守處理各種政務，譬如決曹掾史負責斷罪決獄，辭曹掾史主辟訟事等。然而李廣在軍營待得久了，軍人習性根深蒂固，有事總是先叫軍中屬官，而不是郡府官吏。

軍正執掌一軍軍法，須得熟知律令。自秦代秦始皇焚書坑儒以來，學習律令只能以吏為師[24]，因而軍中軍正多是小吏出身，大大有別於軍士。李廣一軍的軍正名叫魯謁居，原是長安小吏，新派來右北平軍中不久。李廣治軍寬鬆，為人清廉樸素，吃住多與士卒一起，朝廷有賞賜也是均分給部下，因而他總能得軍中死力，為士卒真心愛戴。若士卒犯法違律，他總是想方設法予以庇護，不令軍正知曉。魯謁居名為軍正，反而成了協助地方斷罪決獄的掾史，斷的大多是民間案子，跟軍營毫無干係。他倒也自得其所，從不抱怨。

魯謁居聞召迅即趕來堂下，李廣尚不及命人帶告狀人管敢進來，一名士卒飛奔進來，急聲稟告道：「將軍，長城上有烽煙燃起。」

李廣聞言不禁大奇——匈奴騎兵入關劫掠，多選在秋高馬肥之際，抑或是凍土化開、新草發芽的春季，從來沒聽過有冬月來進攻的。況且自他上任右北平太守，從沒有半個匈奴人越塞，如何會忽然有狼煙升起？事情如此不合常理，會不會跟那幾名京師來的郎官有關？那太中大夫東方朔行事荒誕出格，這次奉詔來邊郡犒軍，居然還帶著夷安公主，當真匪夷所思，聞所未聞，會不會是他在玩烽火戲諸侯的把戲？

一時不及思慮更多，心中多少有些興奮起來，鬱積之氣一掃而空，竟暗暗盼著烽煙警情真有其事。當即召來兵曹掾史暴利長，授以太守印綬和符節，命他速去西山軍營徵發郡兵。

暴利長為難地道：「李都尉陪同使者去了長城遊玩，沒有都尉印符，如何能徵發郡兵？」李廣不悅道：「老夫奉天子令鎮守邊郡，佩二千石太守印，領一萬騎兵備胡，難道還調不動區區幾千郡兵麼？況且都尉李敢是我兒子，若他人在這裡，豈敢多說半個不字？」暴利長微一遲疑，還是說了出來：「可這不合朝廷制度。」

大漢軍制採用徵兵制，按照法律規定，男子年滿二十歲[25]時必須到官府登記，叫做「傅」，即附著於名籍，要為國家義務服兵役兩年：一年在原籍當兵，稱為郡國兵，根據本地實際情況，或當材官，或當騎士，或當樓船，接受相應的軍事訓練。材官即為普通步兵，多為能開強弓硬弩者。騎士又名車騎，分車兵和騎兵，車兵有輕車和武剛車兩類，輕車便捷用於作戰，武剛車用於後勤運輸，兼作駐紮佈陣的防禦。騎兵分輕騎和重騎，輕騎奔襲突擊，重騎負重耐遠，長途行軍。樓船即水兵；另一年要麼到京師當衛士，宿衛長安，稱為「番上」，要麼屯駐邊疆當戍卒，稱為

24 以吏為師：早在西周時，典章文物俱掌於官府，禮、樂、射、舞器都藏於宗廟。民間無書無器，學術專為官有，教育非官莫屬，非官莫能。學也在官府，官師合一。至春秋戰國時期，學術繁榮，百家爭鳴，官學衰落，私學興起，教育終衝破了「以吏為師」的局限。到秦代，秦始皇為統制輿論、箝制思想，重新在全國確立了「以法為教，以吏為師」的教育制度：下令焚毀除秦國以外的列國史書；除博士官外，私藏百家之書、私議百家學說者均受到嚴懲；只有醫藥、卜筮、種樹等實用性書籍可以保存；想學習法律的人只能以吏為師，在實踐中掌握。

25 漢初十五歲始傅，漢景帝二年改為二十歲始傅，漢昭帝時改為二十三歲始傅，此即為後世史學家強調的仁政——因為參軍者絕大部分是農民，男子二十成丁，可獨立耕種，而「三年耕，有一年之蓄」，改男子二十三歲服兵役，正好其家庭有一年儲蓄。

「戍邊」。不服兵役的年份，每年還須為地方官府服役一個月，即所謂「月為更卒」，直到五十六歲才能免除，稱為「免老」。不願或不能服役者，可出兩千錢交官府雇人代替，稱為「過更」，所出之錢即為更賦。完成兩年強制兵役後的男子即轉為預備役士卒。遇到重大戰事，天子以虎符徵調各地郡國兵，臨時擇命將帥出戰。戰罷，將帥罷職，士兵各歸郡國。兵員不足時，還會臨時謫發刑徒罪人。

右北平郡既是邊郡，郡內軍隊除了來自天下郡國的戍卒外，還有本郡良家子弟組成的郡兵，主要是騎士，非常時期還會屯駐有直屬中央朝廷的屯兵，比如李廣曾以驍騎將軍屯守雲中。按照慣例，戍卒為邊軍，駐紮在長城邊塞，負責日常防禦，由各校尉統領，最高長官為郡太守。而服役中的郡兵則是地方軍隊一系，駐在平剛城西的軍營中，有戰事才會出征，最高長官是郡都尉。大漢制度，徵發郡國兵需天子虎符，即使遇到緊急情況，也需太守與都尉兩名二千石官員的印綬、符節合用，如此規定的用意，是讓地方行政長官與軍事長官互相牽制，任何一方都不能擅自調發軍隊。

暴利長本是善意提醒，卻不知正巧觸動了李廣最敏感的神經，拍案大怒道：「軍情緊急，你還在這裡婆婆媽媽講什麼朝廷制度，殊不知『軍中只聞將軍令，不聞天子之詔』。」喝令左右將暴利長拿下。

暴利長抗聲問道：「將軍為何拿我？」軍正魯謁居忙斥道：「你不立即遵從長官命令，逡巡質疑，在戰時可是死罪。」

暴利長冷笑道：「下臣是郡地方官吏，似乎輪不到軍正用軍法來治臣的罪。況且，臣只是按朝廷制度提醒李將軍，有何過錯？臣要向長安廷尉府上訴。」不及說完，便被強行帶了出去。

李廣心急如焚，一時等不及再遣人去軍營徵發郡兵，乾脆取過鎧甲兵器，披掛停當，匆忙點齊郡府中當值的士卒，不到百人，均是輕騎快馬，一路急馳出城。

行不多遠，迎面遇上一名尉吏[26]飛騎趕來，稟報說長城上烽煙已熄，警報解除，或許是誤報也說不準。

李廣心中不免大為失望，悻悻罵了一句，卻不願意就此打道回府，便命士卒們回去郡府，自己則帶了幾名親信隨從，往城南酒肆而來。

大漢食俗有明顯的等級性——天子一日四餐，一為平旦食，少陽之始也，二為晝食，太陽之始也，三為餔食，少陰之始也，四為暮食，太陰之始也，一頓飯多達二十六道菜；貴族官宦階層則是三餐制，稱朝食、晝食和餔食。當初周勃等人誅滅諸呂恢復漢室天下，就是利用餔食晚餐時間進攻，令正在吃飯的呂氏猝不及防；而民間飲食通常是日食兩餐，這是先秦時期傳下來的用餐習慣，以適應「日出而作，日入而息」的勞作生活，早餐在上午辰時，稱「大食」，晚餐在下午申時，稱「小食」，軍營中也是如此。此時還不到正午，剛過大食不久，距離小食時間還遠，李廣其實並不餓，只是突然很想痛飲一場，一醉方休。

城南酒肆不算太大，小本經營，卻是家祖傳老店，自製的馬奶酒和醬肉別具風味，在平剛一帶享有盛名，尤其馬奶酒酒味醇厚，有「平剛一絕」之稱。肆主羊田聽到馬蹄聲，迎接出來，認出飛將軍，驚喜異常，連說話的聲音都顫抖起來，忙不迭地引領到堂中正首食案前。

李廣解下佩劍放在食案上，道：「來一斤肝，一斤鹹羊肉，都切好了，再來二斤馬奶酒。嗯，有別的酒菜也都端上來。」羊田應聲道：「是，飛將軍請稍候，酒菜馬上就好。」又請李廣隨從到一旁食案坐下。

李廣擺手道：「不必費事，他們跟老夫同坐一案，我們在軍中一向如此。」羊田先是一愣，隨即笑道：「久聞飛將軍愛兵如子，今日一見，才知道不是虛傳。」心中更加敬慕，親自往廚下去準備酒菜。

26 尉吏：漢在軍事要塞周圍每百里設三名尉吏，專門擔任傳令、通訊等聯絡工作。小說中所涉及重要官職之注釋請參看附錄《西漢官職簡表》。

大漢嚴禁聚眾飲酒，律令明文規定三人以上無故群飲須罰金四兩，朝廷有慶典才特許臣民聚會換飲，稱作「賜酺」，因而漢家酒肆通常只是賣酒的商鋪，客人打完酒提了就走，雖也招待酒客，卻不是主要營生，酒肆的廳堂從來都是稀稀落落，尤其在這樣的時分，連打酒的主顧都少。但今日除了李廣一行五人外，堂中居然還有兩名酒客，各坐一案——一名男子二十來歲，身材頎長瘦削，穿著光鮮的銀色鼯鼠皮襖，席坐在東首窗下；另一男子四十歲出頭，短小精悍，健壯結實，穿著一身粗糙的棕色皮衣和皮套褲，正是民間黔首最常見的服飾，倚坐在北首牆角。二人均深埋著頭，慢條斯理地飲酒，完全沉醉在自己的世界中，對身旁之事置若罔聞。

李廣一眼瞥見那年輕男子擱置在案几上的佩劍，一留神之下，再也難以移開目光。他是糾糾武夫，對神兵利器有一種天然的鍾愛。那長劍為銅鑄就，劍長四尺，劍身尚插在劍鞘中，便已有黯黯精光射出，一望就知道不是尋常之物。

隨從任立衡跟隨李廣日久，立時猜到飛將軍心意，起身欲去請那年輕男子過來相見。最年輕的隨從任立政甚是機警，忙扯住兄長，低聲道：「那兩個人似乎有些古怪，還是小心些好。」

他一提示，任立衡便立即想到了，的確古怪——李廣雖為人親和，在百姓面前從不端將軍架子，然其箭法名動天下，漢地、胡地沒有不知道他名字的，每當他來往於民間，被人認出時，總是圍觀者如堵，場面十分熱烈。酒肆肆主羊田迎接李廣進來，大呼小叫，恨不得左右鄰居都知道飛將軍來了酒肆做客，那兩人竟沒有好奇扭頭看上一眼，實在不合情理。試問天下間怎麼可能有這樣完全無動於衷的人？

任立衡扶劍走到窗下，問道：「足下面孔陌生得緊，理該不是本地人氏，敢問高姓大名？」

年輕男子只凝望著手中的銅酒杯入神，似正思慮什麼要緊事情，如此寒冷的天氣，鼻尖還滲出幾粒汗珠來。任立衡又叫了一聲，那男子這才回過神來，慌忙離座起身，答道：「臣姓雷名被，長安人氏。」

任立衡見他神色張皇，不由疑心更重，道：「足下可攜有關傳[27]？」雷被道：「當然有。」從懷中取出一枚竹簡，遞了過來。

任立衡略略一掃，見竹簡上刻著一行小字，內中有「內史黯」和「大夫被」的字樣。「黯」是指簽發關傳的現任右內史汲黯，「被」則是持傳者本人雷被了，「大夫」則是他的爵位。

任立衡見關傳上刻的出關原因及時間均能對上，便遞傳還給雷被，道：「原來雷君是來平剛探親訪友，多有冒犯。」向座上搖了搖頭，示意並無可疑。

雷被道：「敢問這位軍侯，座上那位明公莫非就是大名鼎鼎的飛將軍？」任立衡道：「正是。」

雷被「啊」了一聲，忙走到堂中，朝李廣深深揖拜，道：「適才小子心中想事，又貪戀杯中之物，竟沒有留意飛將軍一行進來。久聞將軍大名，今日無意得見，實乃三生有幸。」

李廣名氣雖大，卻是個質樸單純的人，不善交際，拙於言辭，只微微點點頭。

任立衡順勢問道：「雷君這柄佩劍看起來很不尋常，不知可否取出來一觀？」雷被道：「樂意之極。」到案前拿起長劍，剛及轉身，那一直埋頭坐在牆角的中年男子驀地抬起頭來，冷冷瞪了雷被一眼，眼中精光暴射，凜然如刀，竟讓他心頭一震，手不由自主地抖了一下，險些握不住長劍。幸好酒肆肆主羊田與打雜的小廝阿胡正用大木盤托著酒菜出來，遮住了李廣幾人的視線，這才無人留意到雷被的失態。

漢代陳設餐食頗有講究，帶骨的菜肴放在左邊，切好的純肉放在右邊，飯食靠著人的左手方，漿水和羹湯放在右手方。羊田依照習俗將菜肴、碗筷一一擺放整齊，恭謹地道：「請將軍慢用。」

27 關傳：漢代有嚴密的關傳制度，凡過關津者，須持有「傳」（一種文書）才能通過，又叫「移過所文書」。通商者過關，所持文書更有特殊要求，稱「斗檢封」，其形方，上有封檢，其內有書，則周時印章，上書其物識事而已。關傳主要是防範各諸侯國，禁止漢民（直屬漢中央朝廷的郡縣的百姓）流往諸侯國（均是劉姓諸王王國，如淮南王國）中。漢文帝十二年（西元前一六八年）曾廢關傳，漢景帝四年（西元前一五三年）因七國之亂復置諸關，用傳出入。

按照慣例，飲酒通常是在飯後，且按巡而飲，一人飲盡，再飲一人，而不是眾人一齊乾杯，依次盡爵，遍飲為一巡。李廣在軍中粗疏慣了，從不計較這些禮儀，見有菜有飯有湯，唯獨缺酒，忙道：「勞煩肆主將酒先端上來。」羊田道：「天冷得很，小人以為將軍想喝點熱酒暖暖身子，剛剛才燒了開水燙酒。」忙命阿胡先去取兩角酒來。那小廝阿胡卻恍若未聞，只癡癡傻傻地盯著李廣不放。羊田拿手往他後腦打了一下，賠笑道：「鄉下來的窮小子，沒有見過世面，見到飛將軍光臨小店，都驚喜得呆了。」李廣道：「無妨。」羊田擔心阿胡失禮，忙拉了他衣袖扯進去內堂。

李廣舉手叫道：「雷君，也請過來一起相坐。」雷被大喜過望，道：「飛將軍有命，小子豈敢不遵從。」牆角的中年男子忽然重重咳嗽了一聲，雷被聞聲頓住腳步，微有遲疑。李廣瞧在眼中，不由得轉頭打量那中年男子——那男子始終只是悶坐埋頭飲酒，看不清面孔，但他身上散發出一股獨特的氣勢，凜凜逼人，令李廣頓時生出警覺來，這人一定是個了不得的遊俠豪傑人物。正要命人去問那男子姓名身份，忽聽見門外有清脆的女子聲音道：「就是這家酒肆。我打聽過了，這家馬奶酒最好，是平剛一絕。」另一女聲接道：「我不信能比長安甘泉酒肆的上樽酒[28]還要好。」又有一柔媚的女音道：「我們偷偷來這種地方，會不會不太好？」

漢代風氣開放，男女交往、結伴步行、同車而行，或相逢駐車致意，在當時均是正常現象。女子一般都有專門職業，可以在公開場合中與男子飲酒歡聚，單獨會見男賓。西漢初年，劉邦還沛，當地男女「日樂飲極歡」，許多地方習俗均是「娼優、男女雜坐」。在酒肆中遇到女酒客也是常見之事，雷被卻彷彿撞見了天大的稀奇事，但聞人聲，便掉頭直望著門口，臉上寫滿不可名狀的驚訝。

嬌笑聲中，簾子掀起，三名少女輕盈地步入堂中。不僅雷被呆在那裡，李廣等人亦立即驚得離座站了起來。

一名身穿紫色衣裙的少女道：「怎麼沒人來招呼咱們？店家……」一語未畢，便即愣住，結結巴巴地道：「李將軍，你……你不是出城了麼？」

身穿粉衣的少女甚是伶俐，忙一拉身旁的黃衫同伴，低聲道：「公主，李將軍人在這裡，咱們還是快些走吧。」黃衫女子尚在遲疑，她明知今日已難盡恣意暢飲之歡，可還是不甘心就此離去。

這黃衫少女正是當今天子劉徹愛女夷安公主，芳名劉曼。紫衣少女名叫劉陵，是淮南王劉安之女，堂而皇之的淮南國翁主[29]。粉衣少女名叫司馬琴心，是大名士司馬相如和他那同樣聲名顯赫的夫人卓文君的獨生愛女。兩人與夷安公主年紀相仿，是她的伴讀。

公主巡邊，曠古未聞。實際上夷安公主這次微服來到邊郡，不過是一時好奇心起。按照慣例，每逢辭舊迎新之際，朝廷都會派出使者攜帶大批財物前往邊郡賞賜邊將，以示恩寵優遇。這次選派來右北平郡的使者是郎中徐樂，霍去病和韓說二人則是主動請纓，請當使者隨從。夷安公主向來與霍去病親近，聽到消息後也想跟著一道出門遠遊。她幼年喪母，雖為父皇鍾愛，卻也知道劉徹定然不會同意，遂預先去求助以才智聞名的太中大夫東方朔，許以重金。剛好當日大雨新止，東方朔遂教了公主一計。劉徹在未央宮前殿處理完政事，忽然看到女兒神情古怪，站在殿階旁屈指獨語，大是好奇，忙召問究竟。夷安公主道：「殿後柏樹上有一隻靈鵲，立在枯枝上，向東鳴叫呢。」劉徹派人查看，果見有鵲如此，便問女兒何以知道。夷安公主神祕一笑，道：「告訴阿翁可以，但須得答應我一件事。」劉徹素來喜愛這個活潑可愛的女兒，只有她敢像民間孩子那樣叫他「阿翁」，而不是「父皇」，當即滿口應承。夷安公主道：「風從東方來，鵲尾長，傍風則傾，背風則蹶，必然順風而立。阿翁，女兒想跟去病哥哥去右北平郡，你事先答應了女兒，可不能反悔。」劉徹何等精明，微一沉吟，即省悟過來，道：「這一定是東方朔教你的法子。」命召來其人，道：「你給公主出的好主意！朕要罰你，現下將公主交給你，你負責護送她去右北平郡。」東方朔忙拜謝道：

28 上樽酒：稻米一斗得酒一斗為上樽，稷米一斗得酒一斗為中樽，粟米一斗得酒一斗為下樽。

29 翁主：漢制，皇帝之女稱公主，諸侯王之女稱翁主。公主位比列侯，下置官署，有家令和丞等多名屬官，專為其起居生活效力。

「臣多謝陛下。」

出使邊郡是件極艱苦的差事，路途遙遠，來回最少也要兩、三個月，使者一般上年入秋就得動身出發，才能正好趕上十月的新年，遠些的邊郡搞不好連正月元旦也要搭在裡面，失去與親人佳節團聚的機會，所以朝中官吏多不願意接這種差事。丞相府往往會從本郡人氏中選拔，譬如徐樂出使右北平郡，其故里就是右北平，允准使者公私兼顧，出使完畢後歸里還鄉，以近人情。

劉徹見東方朔不沮反喜，這才恍然大悟：「他一定早料到會被指派護送公主，他故里是平原郡，正在通往右北平的必經之路上，出主意明幫公主，其實是幫他自己。」

皇帝省悟過來，又好氣又好笑，有意沉下臉，故作嚴肅道：「記住，一路不可暴露公主身份，不可驚擾地方。若有差池，唯你是問。」東方朔道：「諾。」

又因為夷安公主一個少女外出多有不便，劉徹特命主傅義姁陪侍。夷安公主又趁機請求帶上要好的女伴劉陵和司馬琴心。劉徹為人豪邁，不拘一格，當即答應，道：「我大漢女子也該如男子一般，到外頭見見世面。」遂成夷安公主右北平郡之行。

四女均扮男裝，打扮成隨從模樣混在使者隊伍中，一路小心翼翼隱藏身份。夷安公主體會到民間率性之樂，反而玩得更加盡興。到右北平後，她還想繼續偽裝下去，誰料李廣曾任未央宮衛尉，多次見過夷安公主，她雖然個子長高不少，可樣貌並沒有太大改變，一見之下便立即認了出來，驚得瞠目結舌。夷安公主身份暴露，由此多了許多拘束。徐樂、東方朔等人要去遊覽長城時，夷安公主也想跟去，李廣堅決不贊同——倒不是因為別的，而是因為婦女素來是軍營大忌，被認為會嚴重沮喪士卒鬥志和膽氣。夷安公主自然不依，幸好霍去病不知道用什麼法子說服她留在郡府中，這才沒有多起風波。本以為公主會就此安分守己，老老實實地待在郡府中，哪知道李廣前腳出城，她後腳就甩開了老成持重的主傅義姁，與兩位女伴溜了出來，若不是湊巧在酒肆被李廣撞見，真不知道後面會有什麼樣的意外——

邊郡多戰之地，民風勇悍，任俠尚武之風極盛，民間黔首個個精於騎射，上街閒逛也要隨身攜帶刀劍弓矢，夷安公主性情奔放，又爭強好勝，萬一有發生爭執，後果真是不堪設想。

公主位比列侯，地位、秩級遠在郡太守之上，李廣雖然意外著惱，還是不得不過來行禮參見，以免日後被人彈劾「不敬」、「失禮」，又低聲勸道：「公主是千金之軀，不可在酒肆這等閒雜之地逗留，臣這就護送公主回去郡府。」

夷安公主老大不情願就此離去，眼珠轉了幾轉，悄聲笑道：「李將軍，本公主這次微服出遊，就是特意要到民間走走看看，酒肆也是民間，哪裡是什麼閒雜之地？你且退下，咱們就裝作不認識，你喝你的酒，我喝我的酒，咱們互不干涉。」

李廣道：「公主……」劉陵忙上前一步，低聲道：「公主是遠道慕名而來，將軍可不能掃興。這酒肆中只有寥寥兩名外人，只要將軍不聲張，誰會知道公主的真實身份？況且將軍人也在這裡，決計出不了亂子，是也不是？」

她伶牙俐齒，聽起來句句在理。李廣本木訥寡言，一時難以反駁。夷安公主見他被劉陵噎住，得意一笑，遂扯了女伴自行到一張食案坐下。

這家酒肆坐西朝東，以上首為最尊位，也就是李廣所在食案。夷安公主所坐位置靠近櫃檯，坐南面北，比牆角那坐北面南的中年男子還低了一級。她自是毫不在意，任立衡等人卻是面面相覷，既不敢攔阻，也不敢動，只望著李廣，等他示下。李廣也不知道該如何是好，只能勉強回到自己的食案坐下，滿桌的酒菜無論如何是再也吃不下了。

正巧小廝阿胡端酒出來，夷安公主舉手叫道：「店家，快給我們這桌上些好酒好菜。」

阿胡卻理也不理，徑直朝李廣食案走去。夷安公主道：「喂，你……」劉陵笑道：「公主別生氣，這裡的百姓眼中只有飛將軍。」夷安公主道：「嗯，也對。」

李廣忙道：「這位小哥，酒先給那桌送去。」阿胡陰惻惻地道：「不行，這酒是專門為李廣將軍你準備的。」

李廣聽他語氣極其怪異，正待轉頭，忽聽見有物體破空之聲，聽風辨形，舉手一抄，竟是一隻銅酒杯，正是牆角那神祕的中年男子揮手擲出！

這一擲正對著李廣頭頂，勁道十足，絕非酒醉之人亂性所為。任立衡等隨從一齊起身，拔出兵器，朝那男子怒目而視。那男子巍然不動，不著急取身側兵刃，並無動手反抗之意，只舉起右手，朝南側指了兩指。

任立衡不明所以，喝問道：「你是什麼人？鬼鬼祟祟做什麼？」忽聽見司馬琴心直身驚叫道：「刺……刺客……」

她坐在食案旁側，面朝西向，側對著上首。當眾人注意力被那憑空飛來的酒杯吸引之時，她正好見到阿胡從托盤底下取出一柄匕首，以迅雷不及掩耳之勢朝李廣頸中扎去。

李廣注意力一直在那中年男子身上，聽見司馬琴心呼喊，本能地將手一舉，只聽見「鐺」的一聲，他適才接住的銅酒杯適時擋住了匕首，可謂湊巧驚險之極。任立衡等隨從回過頭來，這才會意那中年男子要擲的其實是阿胡手中的托盤，意在提醒諸人盤下有刀，不過酒杯半途被李廣截住。

阿胡還待再刺，李廣已然抓起佩劍，向旁側滾開。隨從們趕過來，舉刀將阿胡圍在中間。阿胡見無幸逃出，毫不遲疑，立即回腕自刭。一股血箭自頸間噴射而出，他丟下匕首，捂住傷口，朝李廣不住冷笑。

這一下大出眾人意料，任立衡忙搶過來扶住阿胡，喝問道：「你是什麼人？為何要行刺飛將軍？」

阿胡慢慢坐倒在地，斷斷續續地道：「我與李廣仇深似海，可惜我殺不了他，報不了父仇……」

李廣聞言俯身問道：「你父親是誰？如何會與老夫結怨？」驀然想到什麼，道：「肆主叫你阿胡，莫非你姓胡？你……你是……」阿胡卻不理睬，自顧自地道：「李廣，你心胸狹隘，背信棄義，將來……總有一天……總有……一天……」不及說完，頭一歪，就此斷氣。

羊田正端酒出來，見狀驚得目瞪口呆，手中的酒菜也跌落了一地。兩名隨從忙舉刀上前制住他，押到一旁。

任立政道：「將軍，酒肆不宜久留，還是先回去郡府，再派人來料理這裡不遲。」

李廣沒有回答，眼睛睜得老大，表情極其怪異，望著阿胡屍首發呆，似是打開了記憶深處塵封已久的事情。

任立政問道：「將軍認得這刺客麼？」李廣遲疑了好大一會兒，最終還是搖了搖頭，道：「不認得。你們先送公主回府。」

任立政道：「諾。」轉過頭去，這才發現夷安公主幾人不知道何時不見了，這一驚非同小可，問道：「公主人呢？」

不獨夷安公主三人，就連適才扔出酒杯的中年男子和劍客雷被也一同消失不見了。李廣心中隱隱覺得不妙，忙解下腰間印綬交付給任立衡，道：「快，快去傳令，立即封閉城門，搜尋公主下落。」

隨從押了肆主羊田過來，盤問之下，阿胡的身份也迅即查明——他原是一名來自隴西的商販的馬夫，一年前那商販付不起酒錢，臨時將他作為贅子[30]抵押在酒肆，後來商販一直未回來贖取，羊田也樂得占個天大的便宜，多一個不要錢的奴僕。

阿胡既自稱與李廣有刻骨仇恨，那麼他一定是追蹤李廣行跡來到右北平郡。推斷起來，他原來的所謂主人隴西商販也一定是他的同黨，有意付不出酒錢，好將他抵押在酒肆。漢代行政組織嚴密，郡下有縣，縣下有鄉，鄉下有里，里中十家為什，五家為伍，戶籍管理相當完善，商人還有單獨的市籍。阿胡沒有本地戶籍，很難在平剛城中謀生居住，即使勉強安頓下來，勢必會引起里正等基層官吏的注意，但做了酒肆贅子，就輕而易舉地擺脫了身份的麻煩，雖然地位低下，少不得要被新主人打罵，卻絕不會惹官府起疑。

---

30 贅子：「贅」在漢時意為質押，「贅子」即以人為抵押，帶有家奴性質，若是三年不能贖回，遂成為奴婢。另有「贅婿」，指男子因家貧無力聘娶，不得不就婚於女家，社會地位等同於商人，極其低下。

既問明事情最終與城南酒肆無干，李廣也不願意多牽連無辜，以免平剛城從此少了一絕，命人釋放羊田，將阿胡屍首交由平剛縣令安葬。羊田經此一事，驚嚇得不輕，再也不敢隨意收留陌生人。

回到郡府，李廣焦躁難安，在堂中走來走去，當年他以區區幾百人馬被匈奴大軍包圍，也從來沒有這樣慌亂過——阿胡行刺固然令他耿耿於懷，但更令他心煩的還是夷安公主失蹤一事。他自是知道公主一旦有事，許多人包括他自己都要大禍臨頭，堂堂男子不能戰死沙場，反倒要因公主失蹤受牽連遭誅，想想就覺得窩囊。煩惱之下，只能不斷地下令，派出郡府中見過夷安公主樣貌的官吏率領士卒在城中搜索，又命掾史立即發出緝捕雷被和中年男子的告示。

負責起草文書的錄事掾史記錄中年男子的外貌特徵時，驀然發出一聲驚呼，道：「將軍，小臣記得這名男子，他一定就是天子親自詔書名捕[31]的關東大俠郭解，形狀描述跟緝捕文書中一模一樣。」

李廣隨從任立衡當即「啊」了一聲，顫聲道：「他……他就是郭解？難怪，難怪能有那樣的氣勢。」

李廣也驚得張大了嘴巴，他本來早已猜到刺客阿胡的真實身份，現下因為掾史認出了郭解而更加確認——阿胡肯定是胡豐的兒子。兩年前，他下令在郡府門前將胡豐斬首示眾，胡豐始終不肯伏法，不斷掙扎高喊道：「李廣，你聽好了，關東大俠郭解一定會為我報仇的。」這胡豐，就是李廣削職賦閒時偶然結怨的前任霸陵尉了。

三年前，李廣出雁門擊匈奴，兵敗塗地，自己也被匈奴所俘，因傷重用繩索網置兩馬之間。他假裝昏死，行走十餘里時忽騰上旁側一名匈奴兵馬背，奪其弓，策馬南奔，終於僥倖逃回。但也因全軍覆沒被軍正判了腰斬死刑，遭受人生中最大的挫折和失意，幸虧天子開恩，准許贖罪為庶人。之後他落職民間，意志非常消沉，常與潁陰侯灌嬰的孫子灌強到蘭田山中打獵，以此作為排遣。某天他帶著幾名隨從外出，在田野間飲酒作樂，誤了歸家時辰。漢代制度嚴禁夜行，李廣一行摸黑回家，一路安然無事，唯獨在路過霸陵時被霸陵尉胡豐攔截喝止。李廣的隨從說：「這是前任李將軍。」胡豐道：「律令嚴禁夜行，即使是現任將軍，也不准通行，何況是前任呢。」下令吏卒扣押李廣，讓他停宿在霸陵亭[32]下。這本是件小事，胡豐不過是依法行事，次日也釋放了李廣，然而當英雄落魄之時，他也就不再是英雄，李廣在人生最低谷時聽到「前任」、「後任」之類的話，認定胡豐是在刻意嘲諷他，心中怨恨不已，發誓將來一定要找機會報復。過了不久，匈奴又在邊境騷擾，殺死遼西太守，大將韓安國奉命出擊，漢軍大敗，一退再退。皇帝不得不考慮重新起用名聲卓著的李廣，遂任命他為右北平太守。李廣特意請求帶霸陵尉胡豐一起赴任。劉徹根本不了解二人的恩怨，還以為他打算重用胡豐，於是允准。一到任上，李廣就下令將胡豐斬首。胡豐大恨，臨死前高呼關東大俠郭解一定會為他報仇。大俠郭解的名字李廣原也聽過，可並沒有放在心上，那郭解武藝再高，名氣再大，又如何能與他李廣相提並論？殺了胡豐後，李廣向上書自陳謝罪。劉徹回書道：「將軍者，國之爪牙也。《司馬法》曰：『登車不式，遭喪不服，振旅撫師，以征不服；率三軍之心，同戰士之力，故怒形則千里竦，威振則萬物伏；是以名聲暴於夷貉，威稜憺乎鄰國。』夫報忿除害，捐殘去殺，朕之所圖於將軍也；若乃免冠徒跣，稽顙請罪，豈朕之指哉！將軍其率師東轅，彌節白檀，以臨右北平盛秋。」

漢代風氣本就任俠仗義，民間黔首和朝廷士大夫均以快意恩仇為樂事，正當用將之際，劉徹更不願意因為胡豐一案而指責李廣。李廣雖然嘴上不說，心中也著實得意了一陣子——他斬殺律法上無罪之人，天子也不敢多說什麼。

但得意很快轉為了新的失意，自那以後，天子似乎有意無意地與李廣疏遠了，以往每逢有匈奴戰事，李廣所部都是絕對的主力，可去年反擊匈奴之戰，劉徹卻只派了衛青、李息為將，衛青更是一舉奪回河南之地，成為舉世矚目的軍事新銳，鋒頭和威望遠遠超過了李廣，飛將軍的光芒陡然黯淡了。

31 詔書名捕：朝廷發下詔書，指名逃犯的姓名及其他特徵，通告全國，加以追捕，是級別最高的通緝文書。漢代關東指函谷關以東地區。

32 亭：秦漢時期提供旅客住宿的客舍，大約十里一亭。亭設亭長，管轄亭舍，供旅客之宿。西漢全國大約有將近三萬個亭，京師長安周圍有亭一百二十多個。

更巧合的事情是，胡豐臨死前聲稱會為他報仇的關東大俠郭解居然一度成為了李廣在茂陵的鄰居。茂陵即是當今天子劉徹的陵墓，劉徹即位後第二年開始興建，因地屬槐里縣茂鄉，故稱茂陵。劉徹為了鼓勵百姓移居茂陵，下令給每一戶移民發放二十萬安家費，賜田二頃。又半強制性地命令大批官吏移居，著名者如司馬相如、董仲舒、魏相、司馬談等。李廣祖籍就在槐里，後來才遷居隴西成紀[33]，也樂得響應天子的號召，建元三年從長安城裡搬家到了茂陵，迄今已十二年。去年中大夫主父偃上書稱：「茂陵初立，地方廣大，人戶稀少。如果將天下豪強大族都遷到茂陵，既可以繁榮京師，又可以防止他們在地方上依勢橫行，這叫做不誅而害除。」漢初劉敬也曾向漢高帝劉邦獻強本弱末之計，徙居十萬六國後裔及豪傑充實關中。劉徹極讚賞主父偃之建議，詔令各郡國調查戶口，凡財產在三百萬錢以上的富翁豪強都必須遷到茂陵居住。名義為遷，其實就是舉家被地方官吏押解到京師，對於被點到名的人來說，不亞於一場大災難，這其中就有郭解。

郭解字翁伯，河內軹縣[34]人，其人果敢狠毒，年輕時做過許多壞事，如專門藏匿亡命之徒，私鑄錢幣，盜挖陵墓等。旁人稍微得罪他，就會被他舉刀殺死，手段極其殘忍，被他殺死的人數不勝數。但另一方面，他為人講義氣，重承諾，為朋友出面報仇，即使豁出性命也要幹到底。因為帶有濃厚的傳奇色彩，郭解在民間名氣很大，運氣也格外好，每每到被官府追捕的危急時刻，不是有人協助他脫險，就是適時趕上皇帝大赦天下。

十年前，郭解不知如何忽然脫胎換骨，性情大變，彷彿完全變了個人——以前他揮霍無度，現在變得折節為儉；以前他睚眥必報，現在卻以德報怨，厚施而薄望，救人危難而不矜其功。如此一來，名望越來越大，紅極一時。不僅百姓敬畏他，許多王侯權貴爭相與其結交，將軍衛青出征匈奴路過河內也曾慕名拜訪。

不過郭解雖然有名，家產尚達不到三百萬遷居茂陵的標準，但事情壞就壞在他的名氣上。軹縣主管遷徙的廷掾楊昭認為郭解即使資產不夠，也屬於在地方上橫行無忌的豪族，斷然將他列在了名單上。消息傳到長安，將軍衛青特意求見皇帝，為郭解說情，請求讓他留在故里。劉徹當即道：「一介布衣，居然能使朝中將軍出面為之說情，說明他家裡不窮。」連天子都開了金口，郭解再不情願，遷居還是成為鐵板釘釘的事實，人們爭相趕來送行，送給他的錢財多達一千多萬。

郭解的姪子郭棄氣急敗壞，暗中刺殺了「罪魁禍首」廷掾楊昭，砍下首級。楊昭父親楊季主雖無實證，卻知道是郭解一派的人所為，發誓要報仇，郭、楊兩家遂成死敵。軹縣縣令不敢過問其事，生怕惹禍上身。

郭解入關後，在茂陵的住處恰好與李廣家相鄰，關中豪傑賢士爭相與他交往。其家每日車水馬龍，高朋滿座，到半夜夜禁後，門前還常常停有十餘輛車子，李家頗受其驚擾之苦。

盈滿則虧，災難最終還是降臨了。楊季主哀傷愛子慘死，更痛恨地方官吏畏懼郭解勢力，決定親自到長安向天子伏闕控訴，結果出發當日又被人殺死在軹縣縣境內。楊季主家人變賣全部家產，以千金尋得死士赴京上書。死士剛到未央宮北闕下，便被預先守候多時的刺客一刀刺死。正好御史大夫公孫弘入宮奏事，撞見了這一幕，雖未捕獲刺客，卻及時截留住死士身上的告書，楊季主父子的慘劇這才得以傳入天子耳中。劉徹震怒，詔令廷尉立即逮捕郭解，下獄窮治。當吏卒趕到茂陵時，郭解早聽到風聲，安頓好家小，偽科關傳，單身逃亡出了關中。據說沿途暗中幫助郭解逃走的人不計其數，他逃到臨晉時，關吏籍少公發現他的關傳是偽造，郭解不得已說出真實姓名，籍少公立即放他出關不說，還在追兵到來後自殺，以免自己受不了酷刑拷掠，交代出郭解的去向。從那以後，郭解便消失在茫茫人海，徹底失去了音訊蹤跡。

李廣雖曾與郭解為鄰，但他常駐邊關，並沒有見過這位聲名鼎沸的奇人，今日在城南酒肆偶然留意到他凌人的氣度，猜到這是個來歷非凡的人物，卻從來沒有想過他就是天子詔命追捕的逃犯郭解，若非錄事掾史熟記公文，只怕還

33 槐里：今陝西興平。隴西成紀：今甘肅秦安。
34 河內軹縣：今河南濟源。薄昭（漢文帝劉恒母薄太后之弟）曾封軹侯。

是難以猜破其中究竟——前霸陵尉胡豐既然臨死前稱郭解會為他報仇，說明他與郭解有很深的交情。那刺客阿胡一定是胡豐的親人，與郭解密謀，要在酒肆刺殺他。郭解先扔出銅酒杯，想來只是要吸引眾人注意力，好讓阿胡有機會下手行刺。萬一事不成，他還可以謊稱是要提醒李廣。當阿胡一擊未中後，他便迅疾離開酒肆，以免身份暴露。

只是有一點疑問，李廣雖然好酒，但向來只在府中暢飲，極少來到民間酒肆，今日他本來是要出城，臨時才轉道城南酒肆，郭解、阿胡二人又如何知道他會到來，還能及時安排好行刺計畫？或許是他二人本來就約好在酒肆中密謀，不過湊巧李廣來了酒肆，遂臨時決定鋌而走險，倉促上陣？

另外，夷安公主失蹤一事也甚蹊蹺。綁架公主是滅族大罪，也只有郭解這樣的人才有這樣的勇氣和膽量。當時事出突然，李廣能從阿胡匕首下逃生實屬僥倖，驚嚇出一身冷汗，一時未能及時覺察到公主動向，情有可原，可郭解只有一人，如何能在那麼短的時間內將公主、劉陵、司馬琴心三人悄無聲息地帶走？除非是那年輕劍客雷被加入其中。如果他和郭解都是阿胡同夥的話，為何不立即挾持公主換取阿胡性命？反正都是死罪，不過是死法的不同而已。

李廣越想越覺得費解，忽見公主主傅義姁板著臉闖進堂中，更覺頭疼無比。

義姁年近四旬，河東人氏，雖是女子，卻有一身不亞於男子的本領，不但知書達禮，見聞廣博，且醫術極其高明，原是長樂宮中專門侍奉太后王娡的女御醫，近來王太后年老，又愛惜孫女，特命義姁做了夷安公主的屬官，負責輔導、保育公主。她這次奉命跟隨夷安公主前來右北平郡，心中頗不情願，又處處告誡約束公主，公主煩不勝煩，乾脆甩掉她溜出郡府。

李廣見義姁面色不善，忙道：「主傅君，老夫正要派人去找你。」義姁肅色道：「將軍，我看到郡府人進人出，是不是出了大事？」李廣道：「嗯，這個……」他料到難以隱瞞，還是原原本本說了事情經過。

義姁大驚失色道：「哎呀，郭解的祖父、父親均死在朝廷手裡，他自己又被天子詔書名捕，恨朝廷入骨，夷安公主落到他手裡，還有活命的機會麼？」

原來郭解的祖、父均是名噪一時的豪俠，多有違法亂紀之事，祖父在帶頭搶劫富豪時被射殺，父親在漢文帝時因劫獄救人被逮捕處死，均死在官府手裡。郭解自小受家庭習氣浸濡，所以才心狠手辣，凶殘歹毒，下手殺人從不留情。

李廣全心全意都在軍事上，對郭解這種江湖豪俠所知不多，也沒有多大興趣瞭解，只道：「老夫已下令封鎖城門，滿城搜捕，劫質者出不了城，也許會主動放了公主。」

義姁連連跺腳，顯然並不相信李廣的話，驀然想到什麼，忙道：「快，將軍快派人去邊塞請東方朔回來，眼下只有他才能救公主，救我們大家。」

李廣亦聽過許多關於東方朔的奇聞軼事，但這種靠自吹自擂和小聰明博天子一笑而得居官位的人，在他眼中不過是佞臣之流，雖然也如義姁所請，立即派出驛卒去召李敢一行回來，卻無論如何不相信東方朔能有什麼解決問題的法子。

到夜間戌時，東方朔居然風塵僕僕地趕回了郡府，渾身寒氣，滿面霜土。

李廣想不到對方會回來得如此之快，又見只有他和徐樂二人，大是愕然，忙迎下堂來。東方朔也不理睬人，徑直奔到堂中火盆邊，一屁股坐在青磚上，嚷道：「累死我了，我得喘口氣。」又道：「長城那邊下了不小的雪，平剛怎麼半點雪影子也不見？這裡可比邊塞暖和多了。」

李廣道：「平剛環山依水，雖是同一郡，氣候卻與邊塞大有區別。怎麼只見兩位，其他人呢？」徐樂忙道：「李敢將軍帶著傷者在後面，腳程要慢一些，還得一、兩個時辰才能進城。」不及多做說明，轉頭道：「主傅君，你在這裡太好了，麻煩你快些去做準備，有一男一女中了匈奴人的羽箭，傷勢很重，人已經昏迷過去，一回來郡府就得立即救治。」

義姁道：「還是先救跟前的人要緊！東方大夫，你如此模樣，成何體統，快起來，夷安公主被郭解劫走了！」

徐樂先「啊」了一聲，道：「是那個正被皇帝詔書名捕的郭解麼？」義姁道：「除了他，還有誰能如此膽大包天？徐使君，東方大夫，若是不趕緊想法子解救公主，我們的性命都要搭上。」

東方朔皺眉道：「這郭解正被朝廷全力緝捕，不找個地方躲起來等待大赦，跑來右北平郡做什麼？他可真會找事。我是真累了，一口氣跑了二百里地呢，你們讓我歇會兒。」

徐樂卻很是不解，道：「就算郭解知道夷安公主的身份，以他的名氣和為人，怎會向手無寸鐵的弱女子動手？」大略問明事情經過，亦深感棘手，不由得轉頭去看東方朔。

東方朔道：「看我做什麼？」徐樂與他交往已久，深知他生性自大，既愛逞能，又喜人吹捧，道：「郭解曾經在茂陵居住，東方卿見過他幾次，況且這件事也只有卿才能解決，我們不是看你，而是唯卿馬首是瞻。」

東方朔果然很是受用，當即起身，拍著胸脯道：「找回公主的事包在我東方朔身上。」徐樂忙道：「既然東方大夫滿口答應了，還請主傅君盡快去預備救人的湯藥。」

義姁見東方朔答應得爽快，雖相信其能，還是不免半信半疑，問道：「大夫君當真有把握找回公主？」東方朔笑道：「主傅君大可放心，我受皇命護送公主，公主有事，第一個要掉腦袋的人就是我東方朔，我能不盡心盡力地找她回來麼？」

義姁這才略略放心，問道：「受傷的是什麼人？」徐樂道：「男子是出使西域的使者張騫，女子是孫公主的貼身侍女王寄，都是新從匈奴逃回的，主傅君務必要救活他們。」

義姁道：「這二人的名字我都曾聽太后提過。不過我問的不是這個，是他們的年紀、體貌、受傷部位、箭傷深淺，我才能預先有所準備。」徐樂道：「一聽這話就知道是行家，我早料到主傅君會有此問，所以特意請求東方大夫與我一道先行趕回來。」

原來張騫遇救後始終昏迷不醒，又開始發高燒，傷勢有日趨嚴重之勢，徐樂便想自己先趕回平剛知會義姁，讓她有所準備，又因為東方朔過目不忘，口才好，記憶力奇佳，遂拉了他同行。果然義姁詳細詢問清楚傷者傷勢，東方朔描述得一清二楚。義姁點頭道：「我知道了，得先做些準備。」親自出去往藥鋪抓藥。

李廣從徐樂口中得知匈奴內亂正酣後，欣喜若狂，竟不再以夷安公主之生死為慮，忙召來長史暴勝之，口述文書，由暴勝之記錄，修飾潤色後封以太守印章，連夜派人馳傳京師，將軍情奏報天子，請求出戰匈奴。

漢代為保障政令通達，自有一套完備的官方驛傳系統，以車傳送稱「傳」，步遞稱「郵」，馬遞稱「驛」，驛傳中間停駐之站稱「置」，步遞停留之處稱「亭」。其中「傳」速度最快，級別最高。平剛到長安五千餘里，長路漫漫，律令對留遲失期者處罰極為嚴厲，傳卒見簡上寫明了最低日行走里程，不敢怠慢，立即動身出發。

只是這位老將軍的行徑在徐樂等旁人看來未免很有些奇怪——匈奴一百騎兵追擊張騫入塞，沿途漢軍亭燧一無所知，及至長城下才被意外發現，這是邊將嚴重失職，而且被朝廷使者當場撞見，難以隱瞞，李廣不立即派人逮捕各燧長治罪，反而著急上書請戰匈奴，於慣例不合。難怪久傳李廣治軍不嚴、對待下屬寬厚。徐樂和東方朔回到平剛城時已是半夜，按律城池晝啟夜閉均有定時，即使是郡太守本人也不能隨意進出，然而徐樂、東方朔及隨從夜叩城門，也未多受守城士卒盤問即被放入城，雖然士卒認得為首二人是朝廷使者，又有救人如救火的前提，但亦是軍紀不嚴的明證。

徐樂好黃老之學，素來主張無為而治，對匈奴採取和親之策，見李廣在堂中走來走去，不斷搓手，顯是為即將到來的戰事興奮不止，不由得搖了搖頭，心道：「李將軍一聞有戰機便急不可待，若非天性好戰，便是急於立功封侯，如此有失名將風度，怕是最終難以功成。」

他本不是多嘴多舌之人，然而想到飛將軍箭術天下無雙，威名遠揚，連匈奴人都敬畏有加，只怕天底下再難出第二個這樣的英雄人物，正待好言勸諫幾句，卻被東方朔適時扯住衣袖，心念微動，便將溜到嘴邊的話又嚥了回去，問道：「東方卿是想要去尋找公主麼？」

東方朔點點頭，道：「李將軍，我和徐樂要出去逛上一逛，還得借用一下今日扈從你到城南酒肆的隨從。」

李廣猜想他連夜出去，必定是與尋找夷安公主有關，見他神色疲倦，知道他一路擊鞭錘鐙急馳回平剛城受了不少累，對他的印象多少有些改觀，忙命身邊最得力的任立衡、任立政兄弟侍從。

大漢制度禁止夜行，街道上除了搜尋公主的官吏士卒，極少能看到行人。街道上颳著北風，寒氣撲面而來，直滲入人的肺腑，冰冷得透骨。

東方朔四人騎馬出了郡府，直朝城南酒肆而來。酒肆早已經打烊，內中卻燃著燈火，可見肆主羊田為白日之事依然耿耿難寐。

東方朔把門叫開，安慰羊田道：「沒有別的事，我們就是來飲酒。」羊田見又是官家的人到來，嚇得面色如土，只連連點頭。

幾人進來堂中。室中點著漢地最流行的「當戶燈」，「當戶」是匈奴的官名，即是以匈奴人的形象作為燈具。雕刻的銅人身穿直襟短衣，左胸袒露，腳著長靴，頗為生動有趣。

東方朔問明白日刺殺情形，在酒肆轉了一圈，堂前、堂後均仔細看過，又依次往李廣、郭解、雷被坐過的食案坐過一遍，每逢有不解之事，便詢問任氏兄弟，又不厭其煩地追問郭解、雷被、阿胡等人的樣貌、高矮等。

任立衡心道：「有在這裡瞎耗的工夫，還不如往各處去搜尋公主。」忙道：「經過已然很明白，是郭解、雷被二人勾結阿胡要刺殺飛將軍，見事不成，就乾脆將夷安公主擄走。」

東方朔搖頭道：「不，郭解、雷被、阿胡各不相識，他們只是湊巧同時出現在這家酒肆。肆主是最好的旁觀者。肆主，依你看，他們三個人互相認識麼？」

羊田愣了好半晌，才奇道：「那短小的男子竟然就是郭解大俠？呀！呀！呀！」一連驚叫了三聲，才道：「不，阿胡完全不認得他，他是第一次來酒肆，是小人親自招待，阿胡跟他都沒有說過一句話。那個叫雷被的年輕人也是一樣。」東方朔笑道：「瞧，我說的沒錯吧？所以說一切只是湊巧。」

徐樂道：「這三人聚在這裡雖是巧合，倒也不足為奇，酒肆本來就是趨來送往、聚散離合之地。」東方朔道：「不錯，但李將軍臨時來到這裡則是更大的巧合，因為偏偏這三個人中，有兩個人各自對李將軍別有目的——一人是阿胡，另一人卻不是你們所想的郭解，而是那年輕劍客雷被。」

任立政大奇，問道：「大夫君如何會這樣認為？」東方朔道：「李將軍和你們幾個進來時，郭解和雷被都佯作不知，你甚至也因此起疑，是也不是？」任立政道：「不錯，肆主出迎，認出飛將軍，這二人在堂內一定聽得一清二楚，以飛將軍的名頭，他二人沒有任何反應著實不合情理。」

徐樂道：「李將軍是一郡太守，郭解則是逃犯，他擔心李將軍看過通緝文書而不敢抬頭張望，這是情理之中的事，可那雷被沒有反應就顯得相當可疑了。」任立衡道：「當時我等也起過疑心，不過我過去問雷被姓名時，他又主動問起飛將軍，稱心中想事，沒有留意到左右，聽起來倒也有幾分道理。」

東方朔卻斥道：「呸，有什麼道理？是你們幾個太笨，才被雷被糊弄了過去。」

他是有名的矜才使氣，目中無人，極不好相處，但任立衡兄弟也是隴西大家子弟，被他當面斥責「太笨」，絲毫不留情面，未免有些下不來臺，任立政還好，任立衡當即便拉下臉來。

徐樂忙道：「雷被身上還有什麼破綻麼？我可是也沒看出來呢，快請你這個聰明人指點出來。」東方朔傲然道：「這不是明擺著的事嗎？眼下正是冬季，是邊塞最寒最苦的時候，尋常人哪會選這個時節探親訪友？就算真有其事，你們兄弟剛才也說過了，雷被穿的是鼲鼠皮衣，天下皮衣以燕地鼲鼠皮和代地黃狼皮最為有名，他的皮衣既是簇新，當是來平剛後購置，說明他來這裡已有幾日，將一切安排妥當後，才會有閒工夫到市集置辦新衣裳。那麼，他探的親呢？他訪的友呢？不陪同外地貴客一起到酒肆飲酒，這豈是豪爽熱情的燕人的待客之道？我敢說，這雷被來邊郡一定有所圖謀，身上的關傳多半是假的，說不定連姓名都是假的。」

任立政張大了眼睛，吃驚地道：「大夫君僅憑雷被身上一件皮衣就能推出這麼多事情來？」東方朔得意地笑道：「怎麼樣，我很厲害吧？雷被不巧遇到我東方朔，只能怪他倒楣。」

任立政心中確實佩服不已，但見對方大言不慚、毫不謙遜，不免又有些不服氣，道：「就算雷被是有所圖謀而來，未必是針對飛將軍。也許他跟郭解一樣。是個在逃的逃犯，所以不敢抬頭。」

東方朔道：「不，雷被一定是為飛將軍而來，全靠郭解才能證實這一點。小任君，你提過郭解曾重重咳嗽一聲，似是有意為之，湊巧就在李將軍邀請雷被來上首座席時，對不對？」任立政道：「嗯，咳嗽聲很重，引起了我們所有人的注意，雷被當即也站在了那裡。」東方朔道：「那聲咳嗽，應該是郭解警告雷被不要妄動。」

任立衡越聽越糊塗，忍不住問道：「大夫君是說雷被本要過來刺殺飛將軍，卻因為郭解一聲咳嗽才沒有動手？可你不是說他二人根本不認識麼？這……這怎麼可能？」東方朔笑道：「不是可能不可能，而是事情本來就是這樣——肆主迎出酒肆，見到飛將軍，欣喜異常。雷被在堂內聽到飛將軍到來時，一定有所反應，或是表情，或是動作，飛將軍和你們幾個人雖未進來，但卻落入了郭解眼中，他由此知道此人心懷歹意。我家也住在茂陵，曾經見過郭解幾面，他外貌普通，身材矮小，可身上有一股懾人的氣度。雷被應該留意到這一點，知道這人不是個普通人。後來當飛將軍留意到寶劍鋒利、有意邀雷被同坐時，本來對他是個大好機會，但郭解那一聲咳嗽震懾了他。至於之後所發生的種種意外情形，更非他所能預料。」

任立政道：「郭解既然肯預先提醒飛將軍提防雷被，那麼應該不會在後來與阿胡勾結行刺飛將軍，他預先擲出酒杯，其實是要提醒將軍。」東方朔道：「你說的不錯，郭解座席正對內堂出口，阿胡掀開簾子出來時，他就已經看見了托盤下的凶器。不過以他的逃犯身份，不便公然提示，所以他擲出了酒杯。李將軍身材高大，手臂也比尋常人要長許多，根據你們的說法，他席坐在這裡，舉手截住酒杯，高度大致在阿胡胸間，所以我猜想郭解原本是想要打中阿胡手腕，這樣托盤落地，凶刀自現，陰謀也就暴露了。只不過酒杯湊巧飛過李將軍頭頂時被斷然截住，反倒弄巧成拙，將你們注意力引向他本人。」

任立衡道：「如大夫君所言，雷被也是對飛將軍別有所圖，為何不趁亂下手呢？」東方朔道：「阿胡突然發難行刺飛將軍時，對雷被確實是最佳的機會，但就因為郭解在場，他有所畏懼，才沒有動手。可以說，郭解先後兩次救了你們李將軍。好啦，案情真相大白啦，郭解既肯冒著暴露身份的危險提醒李將軍有危險，當然也不會綁架夷安公主。雷被不是那種當機立斷的人，不然不會幾次遲疑，錯失良機，況且有郭解在場，他不敢輕舉妄動，要將公主三人同時帶走，他也沒有那麼大的本事。」

任立政道：「可是夷安公主未進來前，雷被僅聽到聲音便驚然回過頭去，似乎是認得公主。」東方朔道：「嗯，雷被是關中一帶口音，他自稱長安人氏或許是真。夷安公主最喜歡出宮遊玩，他說不定見過公主，聽到她的聲音，料不到公主會出現在這裡，吃驚極了，本能地轉頭去看，連掩飾都忘記了。其實照我看，這個人是不適合做刺客的，遇事不穩，臨場不決，誰會雇他行刺呢？推斷起來，他應該跟李將軍有私仇才是。」

任立政道：「夷安公主進來後，飛將軍曾上前行禮，旁人就算不知道公主身份，也該猜到她身份不低。大夫君，你說了這麼一大堆，還沒有說到底要如何找回夷安公主呢。」東方朔神祕一笑，道：「明日一早，夷安公主必然會回來郡府。」

任立衡道：「啊，是真的麼？大夫君如何能肯定？」東方朔笑道：「這裡面自有玄機，具體情形我暫時不能告訴你。你們兄弟這就回去郡府，將事情經過一字不差地告訴李將軍，讓他召回那些搜尋公主的士卒，別白費功夫了。我和徐卿還得坐下來好好喝幾杯。」

任立衡親眼見到東方朔來到酒肆轉了幾圈，問了一番話，就洋洋灑灑推出白日情形，思慮之縝密，著實令人信服，雖對他稱「夷安公主明早會回來郡府」的話半信半疑，還是道：「那好，臣等這就回去郡府稟告將軍。」

徐樂一直死死盯著北首郭解坐過的座席，彷彿那裡有什麼線索一般。東方朔轉頭看見，不禁有些奇怪，問道：「徐卿在看什麼？」徐樂道：「唔，我曾經見過郭解……」

任立衡聞言立即轉身，捉住徐樂手臂，急問道：「徐使君在哪裡見過郭解？」他力氣奇大，這一捏又出了大力，徐樂疼得直齜牙咧嘴。

東方朔笑道：「郭解被追捕，不過是因為其姪和門客殺人，他本人罪不至死。就算他是棄市死罪，大任君捕到他，頂多只有十兩的賞金，何須如此心急？」任立衡忙鬆開手，道：「恕臣失禮。臣哪會稀罕賞金，實在是因為擔心郭解會對飛將軍不利。」

徐樂忙道：「是我沒有把話說清楚，我見郭解是八年前的事了。當年我離開家鄉到京師上書，途中路過河內，受人之託去拜見過郭解一次。」任立衡道：「原來如此，是臣魯莽了。」

任立政忽道：「大夫君認定夷安公主會平安回來，基本前提應該是郭解對飛將軍和公主均無惡意，對吧？小子愚笨，還請將內中詳情相告。」東方朔笑道：「告訴你也無妨。我推測當時情形，應該是夷安公主三人不願意回去郡府那個憋氣的地方，借機溜出去。她三人一動，雷被就跟著動了，雷被一動，郭解也就跟著動了。郭解不會對公主動手，當然也不會允准雷被對公主動手，所以我猜想這二人互相牽制，各有顧忌，而完全不知情的公主三人反而得以脫離危險，去了什麼好玩的地方。」

任立政肅色道：「可是有一點大夫君並不知情，郭解確實是我們將軍的大仇人，他這次來右北平郡，就是要來刺殺飛將軍。」東方朔不禁一愣。

徐樂連連搖頭道：「不可能，郭解如果要殺飛將軍，何必要在今日兩次預先警示呢？他來到邊郡，一定是有別的原因。」任立政道：「我想以郭解之為人，定然視阿胡、雷被為宵小之輩，不願意飛將軍死在他們手中，所以有意警示，他其實是想要親自動手報仇。」

東方朔本已席地坐下，聞言立即直起身來，問道：「郭解跟李將軍雖是茂陵鄰里，應該沒有機會見過面，如何會結下深仇？」

經歷今晚，任立政對東方朔的智慧欽佩不已，知道要查明真相，非得借助對方的聰明才智不可，也顧不上為李廣隱諱，老老實實說了前霸陵尉胡豐被殺時曾提到郭解會為他報仇的話。

東方朔神情嚴肅了起來，道：「霸陵尉胡豐之事我早有所聞，只是料不到他會與郭解扯上干係。」任立政道：「我們原以為是胡豐不甘心赴死，信口胡說八道。但今日遇到郭解，才知道當日他話出有因。郭解一定是為飛將軍而來。聽說他有一諾千金之名，其諾必誠，其行必果，大夫君，你可一定要在他向將軍下手前設法捉住他。」

東方朔道：「可這還是說不通。李將軍認定阿胡是胡豐之子，對不對？」任立政道：「是，因為阿胡臨死時說他與將軍仇深似海，可惜報不了父仇。」

東方朔道：「郭解果真是來找李將軍報胡豐之仇的話，阿胡一定不是胡豐後人，這樣才能解釋得通。」又問道：「你們可有搜過阿胡住處，有沒有什麼特別的私人物品？」任立政道：「搜過，並沒有發現異常。對了，這是他用來行刺的匕首。」東方朔道：「呀，原來他用的是匕首。」

任立政見他語氣很是意外，奇道：「這不過是柄普通匕首，有何出奇之處麼？」東方朔道：「我進來酒肆的時候到廚下看過，那裡邊有好幾把解肉尖刀，隨手可得，且日日磨礪使用，極其鋒銳。阿胡不取尖刀，一定要用匕首行刺，可見這匕首對他意義非凡。而且他既然將匕首隨時隨地隨身攜帶，定是日夜思慮報仇，這仇可不是一般的深。你們將軍還有哪些仇家？」

任立政道：「飛將軍一生戎馬，天下最恨他的當然是匈奴人，可那是公仇，若論私恨，只有胡豐一人。也許郭解與阿胡只是互相不認識而已。」東方朔道：「你太小瞧郭解了！且不說他幹過的那些驚天動地的事，單是這世上無數人肯為他赴死一點，你們李將軍也及不上！他若與胡豐熟識，會不知道他有一個一心復仇的兒子阿胡麼？」

任立衡聞言大是不滿，道：「郭解不過是個逃犯，大夫君怎可將他跟我們將軍相提並論？」東方朔「嘿嘿」一聲，似不屑與他辯駁，只轉頭問徐樂道：「徐卿怎麼看這件事？」

徐樂面色凝重，一張醜臉在燈光的映照下愈發猙獰，思索了好一會兒，才深沉地答道：「事情怕是有些複雜了。」東方朔便將匕首收入自己懷中，道：「既然無趣飲酒，咱們還是快些回去吧。」

任立政道：「那麼夷安公主之事該怎麼辦？」東方朔道：「如果夷安公主落入了郭解抑或是雷被之手，他們的最終目標還是李將軍，一定會派人來郡府談條件的。如果是我，還會主動釋放三個中的一個，譬如價值最小的司馬琴心。咱們先回去，靜候消息。」

幾人出來酒肆，打馬朝郡府趕來。到郡府門前，正遇上李敢等人回來。

東方朔忙上前扯住霍去病，道：「要尋回夷安公主，非得借助霍君不可。」霍去病聽完經過，皺眉道：「我能有什麼法子找回公主？」東方朔道：「霍君也沒有法子麼？那好，我去睡覺了。你們該救人的救人，該找人的找人，明日一早再叫醒我。」說罷居然真的撇下眾人，大模大樣地回去房間關門睡覺。

郡府當晚忙亂異常，既有夷安公主失蹤在先，又有張騫等人歸來在後，李廣、李敢等人自然徹夜守候堂中，不敢離開半步。但這一夜，始終沒有公主的半點消息傳來。

次日一早，事情居然如同東方朔最初預言的那般——夷安公主和劉陵、司馬琴心三女安然無恙地回來郡府，令所有人大吃了一驚。

卷二 金劍之謎

夷安公主也不等人問，擺手道：「我睏了，要先回房歇息，有事回頭再說。」斥退聞訊趕來侍從的韓延年等人，自與女伴回去房間歇息，丟下李廣等人愣在當場，渾然不知道發生過什麼事。

李廣昨夜已從心腹隨從任立衡兄弟口中得知東方朔在城南酒肆的種種推測，如郭解、雷被心懷不軌，會利用夷安公主要脅等，回思也頗覺有理，但最終情形卻完全不是那麼回事，不由得對這位傳說中的天下第一聰明人又起了輕視之心，命任立政立即去後院將公主回來的消息告知使者一行。

使者不分男女，均住在後院。這是一處坐南朝北的院子，正屋原是太守李廣住處，他特意讓了出來給夷安公主幾人，東、西兩邊各是一排廂房，徐樂等一干使者以及救回來的張騫等人分住在各房間中。

夷安公主三人邊說邊笑，剛進來院門，便見霍去病急急迎上前來，問道：「沒事麼？」臉色焦灼無比。他因為姨母衛子夫的關係，在皇帝身邊長大，少年得意，不大會也不願意掩飾自己的真實情感，見三女完好無損，並無受傷，這才長舒一口氣，道：「可算回來了。」

夷安公主低聲道：「有勞去病哥哥惦記。」

這還是她第一次看見霍去病這樣的神情——焦眉皺眼，憂心忡忡，皮靴上結滿冰霜，顯是反覆在院子裡徘徊，一夜未睡——心中很是感動，然而當她意識到他的目光落在一旁的司馬琴心身上，根本沒有留意聽她的話，心中「咯噔」一下，這才恍然大悟，他在意的人原來是琴心！這讓她又委屈又無地自容。她是眾星捧月的公主，實在受不了這樣的冷落。

正好主傅義姁打起簾子出來，叫道：「公主。」夷安公主少不得忍上一忍，就像尋常女孩家兒那樣，賭氣甩手進屋去了。

霍去病的注意力一直在司馬琴心身上，絲毫未覺察到旁人異樣，又上前一步，追問道：「還好麼？」司馬琴心紅了臉，低頭道：「一切都好。」挽了劉陵的手，側身讓過霍去病，匆忙進了屋。

正好李廣心腹隨從任立政趕來，霍去病忙問道：「公主昨夜到底去了哪裡？」任立政搖搖頭，道：「公主沒說。飛將軍說使者君一行也累了，既然公主已平安回來，請諸位先好好歇息，日後再問清楚不遲。」霍去病道：「也好。」

任立政來到東方朔房前，敲了敲門，無人相應，便乾脆推門而入。東方朔睡得正香，忽被人推醒，迷迷濛濛地問道：「是司馬琴心回來了麼？」任立政道：「不僅司馬琴心，還有夷安公主，淮南翁主，她們三個都自己回來了！」

東方朔這才驚醒，驀然坐起身來，不相信地道：「公主回來了？」任立政笑道：「一切正如大夫君最初所預料的那樣，怎麼反倒吃驚起來了？」

東方朔撓撓腦袋，大是困惑，道：「這可奇怪了。公主人呢？」任立政道：「回房間歇息去了。看情形是玩了一夜，疲累得很。」

東方朔道：「嗯，回來就好，這件事回頭再問公主不遲。」還想倒頭再多睡一會兒，偏偏徐樂一腳踏進門檻，叫道：「東方卿，既然公主找到了，咱們也該快些回京覆命才是。」東方朔道：「著什麼急？咱們才來平剛幾天，馬奶酒都還沒喝上呢。」

徐樂道：「而今匈奴內亂，邊郡也是多事之地，為著公主的安危著想，還是早日啟程的好。」東方朔笑道：「我倒覺得這平剛城好玩得緊，刺客啊，劍客啊，逃犯啊，一個一個出現，在京師哪有這般熱鬧可瞧？多留幾日也沒什麼打緊。」

徐樂忽然一改往日的好脾氣，板起臉肅色道：「東方大夫，雖然你官秩比我高，可這次出使我是正使，你只是副使，何時回京由我說了算。」

東方朔一骨碌坐起來，道：「你我朋友一場，你跟我來真的？那好，回京可以，但須得帶上張騫幾人。你也說了，邊郡不太平，他們身上一定有重要軍情。」徐樂道：「我也是這個意思，正要去探望張君。」

東方朔忙披上衣服，跟著徐樂往隔壁張騫住處而來。義姁正好從房裡出來，道：「張騫和王寄身上的箭鏃都已經取出來了，男的傷重，女的身子弱，都需要調理靜養一些日子。」東方朔大喜道：「真乃天助我也。」臉上不無得意之情。

徐樂忙道：「若是帶著張騫幾人一起上路，有主傅君照顧他們傷勢，應該無大礙吧？」義姁道：「這一路風雪，道路泥濘，就算乘車，傷者也經不起顛簸。徐使君想要盡快回京，我是極贊同的，但兩位傷者還得傷勢穩定後才能上路。」轉頭問道：「大夫君答應我找回公主……」

東方朔往南一指，道：「公主回來了，正在她自己房裡。」義姁「啊」了一聲，又驚又喜，又難以置信，忙趕去房中查看。

東方朔和徐樂一道步進房中，張騫猶自昏迷未醒，妻子阿月紅著眼睛守在床邊。徐樂問了幾句，阿月只懂簡單的漢話，實在難以交流，只得悻悻出來。

東方朔跟出來問道：「你忽然這般著急回京師，一定有什麼特別的理由。嗯，我猜猜看，你是怕意外與郭解相遇，他認出了你，你難以自處，對也不對？」徐樂沒好氣地道：「郭解是通緝要犯，我是朝廷使者，你這般聰明，認為他會『意外』跟我相遇麼？我知道瞞不過你，實話說，我不是著急回京師，是想早些回去我故里無終，行了吧？」

東方朔道：「原來如此。那麼你先帶上幾名士卒回去故里，這裡都交給我。等你探完親訪完友，再回來這裡相會。」徐樂尚在遲疑之中。東方朔道：「難道你想帶著公主回去故里？那麼我問你，公主是在郡府安全，還是跟你去無終縣安全？」徐樂一想有理，只得道：「東方卿可千萬要看好公主，別再惹出亂子來。」自回房去收拾行裝。

東方朔打發走徐樂，正想重新回房補覺，忽見那跟隨張騫一道逃回的男子趙破奴正在院中朝他招手，便走過去問道：「你是叫我麼？」

趙破奴點點頭，道：「我有一件重要大事要稟告大夫君，阿寄先後在王庭侍奉匈奴單于和單于之母閼氏，她曾經偷聽軍臣單于和大臣中行說的對話，知道匈奴人正在實施一個極大的陰謀……」

東方朔道：「是那個投降了匈奴人的閹人中行說麼？他居然還活著？」趙破奴點頭道：「非但活著，而且活得很好，歷任單于均對他信任有加，言聽計從。」

他二人口中的中行說原是漢皇宮宦者，為人機智多計，高后[1]呂雉執政時已忌憚其人精明，欲派其出使匈奴。當時漢使大多被匈奴扣押，呂雉此舉不過是想借匈奴人之手除掉中行說，結果為大臣欒布諫止。漢文帝劉恒即位後，延續與匈奴和親的政策。漢文帝前六年，冒頓單于病死，太子稽粥繼立，號老上單于。劉恒選了一名宗室女子，封為公主，出嫁老上單于。又因為中行說是燕地人，熟悉邊關情狀，選中其為主傅，作為公主屬官前往匈奴。中行說推辭不成，發狠道：「一定讓我去胡地，我將成為漢朝的禍患。」一到匈奴就投降了老上單于，因其熟悉漢朝和匈奴兩方情況，又富於謀略，備受寵信。

當時匈奴人雖然衣皮毛、食腥羶，卻都非常喜歡大漢精美的繒絮絲織物及可口美味的食物，中行說告誡道：「匈奴的人口不及大漢的一個郡，武力卻非常強大，根本原因就在於衣服飲食有自己的特性。如果單于改變習俗，喜歡漢朝的東西，如此下去，匈奴就會完全歸屬漢朝了。所以，只要得到漢朝的繒絮，單于就讓人穿著去雜草棘叢中馳騁一番，把衣裳都撕破磨碎，表明它們遠遠不如匈奴的皮毛堅固耐用，得到漢朝的食物，就統統扔掉，表明它們不如匈奴的乳酪甘美。這樣，才能保持匈奴人的特性，保證對漢朝的優勢。」老上單于深以為然，也如此照做。

中行說還向匈奴人傳授分條記事的方法，以便核算他們的人口和牲畜的數目。大漢送給匈奴單于的書信通常是寫在一尺一寸長的木牘上，開頭的文詞總是「皇帝敬問匈奴大單于無恙」，然後才是贈送的物品及其他要說的話。中行說為了在禮儀上壓過大漢，教單于用一尺二寸的木牘寫回信，印章和封泥的尺寸都特意加長加寬加大，開頭的文詞故意寫得居高臨下，如「天地所生日月所置匈奴大單于敬問漢皇帝無恙」等，以表示匈奴單于高過漢朝皇帝一頭。

漢朝使節看不慣匈奴原始落後的風俗制度，中行說就親自出面和漢使辯論。譬如匈奴風俗，父親死後，所有妻妾全歸兒子所有，只有親生母親除外。兄弟死後，妻妾也全由弟兄接收分配，就和牛羊與其他財產一樣。漢朝使者譏諷匈奴人亂倫，中行說辯解道：「父子兄弟死後，妻子如果另嫁，便是絕種，不如娶為己妻，還可保全種姓。所以匈奴雖亂，其實是出於立宗種的考慮。中國總說倫理，但親族日疏，互相殘殺，屢見不鮮。所以中國的倫理其實是有名無實，徒事欺人，不足稱道！」

他還教會匈奴人怎麼選擇有利的進攻時機和最佳的進攻地點，在他的謀劃下，匈奴屢屢侵入漢境，殺傷百姓，擄掠牲畜，成為漢朝最大的邊患。匈奴騎兵一度逼近皇帝離宮甘泉宮，長安震動，也是由於中行說巧計所致。

老上單于死後，其子軍臣單于即位，中行說又繼續侍奉新單于，使出渾身解數，教胡人如何算計漢朝，如何從漢朝那裡巧取豪奪。大漢自漢文帝劉恒到漢景帝劉啟，再到當今天子劉徹，祖孫三代無不恨中行說入骨，卻又無可奈何。此人當真長壽，算起來已有八十歲年紀，依然能左右匈奴局勢，挑動左谷蠡王伊稚斜自立為單于，與太子於單爭位。

---

1 高后：人從丈夫之號封諡，呂雉因是高祖皇帝劉邦之妻，故諡號為「高皇后」。

趙破奴提到中行說時也是咬牙切齒，道：「我父母被害，自己淪落胡地為奴二十年，也全是拜這老匹夫所賜。」

自高帝劉邦採取和親政策，用公主、財物與匈奴結盟以來，匈奴還算守信，一直沒有大規模侵擾漢地。然而中行說投降匈奴後，告訴單于大漢嫁以公主實是居心叵測，單于遂撕毀盟約，多次發大軍南下。而匈奴人攻破漢地後的習慣作法是：年老病弱者全部殺光，年輕力壯的男女全部帶走。俘虜們要在匈奴騎兵撤退時幫他們背負擄掠品，回到營地後，就跟牛羊一樣分歸匈奴將士，男的做奴隸，女的則做婢女或是充當妻妾，主人玩厭時可互相交換或是買賣。趙破奴就是在年幼時家鄉被匈奴鐵騎踏破，父母被殺，自己被擄去胡地為奴，受盡苦楚。

東方朔也道：「中行說詭計多端，不斷教唆單于攻我大漢，當真是個勁敵。」趙破奴道：「嗯，聽說漢朝廷中有大官是匈奴奸細，兩方預備裡應外合，阿寄曾親眼見到大官派去胡地的使者……」

前面忽然傳來一陣桴鼓聲，打斷了話頭。東方朔忙道：「你所言盡是機密大事，我只是臨時出使邊郡的使者，不該予聞軍情。這些話，你該直接稟報李廣將軍才是。」趙破奴道：「我適才去告訴過李將軍，可他說既然是陰謀，直接來找東方大夫便是。」

東方朔恍然大悟，知道李廣志在上戰場殺敵，不願相信或者不想花時間相信所謂的「陰謀」，之所以將趙破奴打發給他，其實是要嘲諷他昨晚在城南酒肆的那番推論。只聽見前面桴鼓越來越密集，似是有什麼緊急軍情發生，一時顧不上許多，忙道：「這件事，你回頭再跟我細說。」

匆忙趕來堂前，桴鼓已然止歇，士卒正帶著二男一女進來。東方朔這才會意是有人擊桴鼓告狀，正要轉身走開，那名三十餘歲的男子忽然叫道：「那不是東方君麼？你不認得我了？我是陽安呀。」

東方朔道：「你是大乳母侯媼的兒子？」陽安歡喜異常，道：「正是。家母可還好？」東方朔道：「令慈正在長樂宮頤養天年，與太后同起同坐，錦衣玉食，享盡榮華富貴，有何不好？」

陽安聞言，不由怔怔落下淚來。他妻子管媚斥道：「哭什麼？還嫌不夠丟人現眼麼？」陽安慌忙舉袖抹淚，低下頭去，顯是十分畏懼妻子。

這陽安雖然怯弱，當眾被妻子喝斥，但其母侯媼卻一度是個風雲長安的人物，倒不是她有什麼特別的本事，僅僅因為當今天子劉徹小時候吃過她的奶。劉徹對乳母很有感情，長大後做了皇帝仍然尊稱她為「大乳母」，賞賜無數不說，凡是大乳母的要求總是予以滿足，甚至特許她可以走皇帝專用的馳道。侯媼受到皇帝敬愛，其子女甚至奴僕都因此而驕橫起來，經常公然在長安大街上阻攔車馬，搶奪財物，為所欲為，無法無天。有一次，這些人又來到有名的甘泉酒肆尋釁滋事，稱甘泉酒肆與甘泉宮同名，是大逆不道，以此為要脅，將肆主的美麗女兒搶走，正好被當時任主爵都尉的汲黯撞見。

汲黯字長孺，濮陽[2]人，出身名門，七世為卿大夫。為人剛直不阿，有「直黯」之名，連皇帝都怕他幾分。將軍衛青入侍宮中，劉徹可以蹲在廁所內接見。御史大夫公孫弘有事求見，劉徹連帽子也懶得戴。唯獨見汲黯時，劉徹不敢有絲毫怠慢。有一次他坐在武帳中，適逢汲黯前來奏事，來不及戴帽，連忙躲進帳內，只敢派近侍出面。這樣一個人，眼中自然容不下沙子，汲黯親眼見到侯媼家人及奴僕的不法之事後，立即上奏天子。劉徹雖有心庇護大乳母，可又畏懼汲黯的不依不饒，更加惱恨侯媼家人的胡作非為，只得下令有司依法查處。

漢代刑名基本上因襲秦制，種類複雜，懲罰殘酷。就大類而言，可以分為死刑、肉刑、徒刑、遷刑幾類。死刑又分腰斬、棄市、梟首、族刑四類：腰斬即用鍘刀或斧鉞將犯人攔腰斬斷，通常用於大逆不道之罪及各種違犯軍法的罪行；棄市是在鬧市中將罪人斬首，是最常用的死刑，適用於性質嚴重的罪行；梟首則是在處死犯人後將其頭顱懸於高空以警示眾人，凡無尊上、非聖人、不孝者，斬首梟之；族刑則是舉族而誅。在漢朝，大逆不道罪，犯者腰斬，父母妻子同族無論少長皆棄市。族刑也有等級差別，最重的是夷三族，漢初開國名將韓信、彭越等人都被處以

2 濮陽：今河南濮陽西南。

此刑。

肉刑分為黥、劓、斬左右趾和宮四種：黥是指刻破犯人額頭的皮膚，將黑色染料滲入其下，從而留下清晰印跡的刑罰。在漢朝，黥在肉體刑中是最重的刑罰；劓是指將犯人鼻子割掉。漢文帝廢肉刑後，用笞刑來代替劓刑，規定應當劓者，笞三百；斬左右趾是斬去左腳小趾頭和右腳小趾頭的合稱，一般是先斬右趾，後斬左趾。斬右趾的刑罰比斬左趾重得多，已屬於死刑。漢文帝廢肉刑後規定當斬左趾者，笞五百，當斬右趾者，棄市。宮刑又稱腐刑，是一種殘害男女生殖器官的酷刑。漢景帝時規定，犯死罪者可以用腐刑代替。

徒刑按照犯人罪行輕重，主要分為五種：其一，髡鉗城旦舂，是死刑之下的刑名，適用於重罪，髡即剃去罪犯頭髮，鉗即用鐵鉗束頸，強制勞役。男為城旦，築城伺望敵情，女為舂，替官府舂米，五歲刑；其二，完城旦舂，完是指去其鬢而完其髮，也不在其頸上戴鐵鉗，四歲刑，可以贖罪；其三，鬼薪、白粲。鬼薪，男為祠祀鬼神伐山木；白粲，女為祠祀擇米使白，三歲刑；其四，司寇作，男備守，女役作，兩歲刑；其五，複作，男為戍罰作，女為複作，複作的刑期最短，僅一年或數月，也不用遭受髡鉗。

遷刑則是將罪犯從原住地遷徙到荒僻地方的一種刑罰，由古代流刑演變而來，是對死刑和肉刑從寬處理而設置的刑罰。秦漢曾廣泛使用，凡新征服的邊遠地方，通常是把罪犯遷過去，讓他們去充實當地，發展生產。凡遷刑犯人，家屬須隨同前往「遷所」。

侯媼家人所犯屬於「劫人」，按照《二年律令》[3]中《盜律》一條規定：「劫人、謀劫人求錢財，雖未得若未劫，皆磔之。罪其妻子，以為城旦舂。」也就是說，主犯要處最重的死刑，其家人都要被判徒刑。當時經辦此案的是侍御史張湯，他深知劉徹左右為難的心意，有意判處侯媼家人遷刑，令其舉家遷居邊郡。表面是寬大處理，實是為了讓天子徹底擺脫麻煩。劉徹果然大悅，立即批准執行。

侯媼養尊處優慣了，自然捨不得離開京師，可皇命難違。她撫育劉徹長大，深知其人武斷專伐，最反感旁人質疑其決定，出面求情者十之八九要失敗——馬邑之謀無功而返，主持此事的大行王恢被逮捕下獄，廷尉判他「曲行避敵，觀望不前」，應當腰斬。王恢暗中送給丞相田蚡一千金，請他出面圓緩。田蚡是皇帝的舅舅，卻也不敢直接出面向劉徹求情，只能去找同母異父姊王娡，道：「王恢首倡馬邑誘敵之計，雖沒有成功，但如果就此殺了王恢，等於是替匈奴報仇。」當劉徹來長樂宮朝見時，王娡就將田蚡的話對兒子重新說了一遍，希望他能下詔赦免王恢。劉徹道：「母后有所不知，最先倡議馬邑之計的人是王恢，朕為此調動天下幾十萬士兵，全是因為他一句話。即使馬邑誘敵失敗，捉不到單于，王恢的軍隊已經抄近匈奴退路，如果全力攻擊匈奴後軍，依然能有所斬獲，由此可以安慰軍心。然而他膽小畏死，不敢出擊，如果不誅殺他，實在無以謝天下。」王娡無奈，只得將原話轉告弟弟，田蚡又轉告王恢，王恢知道勢難扭轉，乾脆自殺了事。郭解有今日的處境，實際上也是衛青親自出面向劉徹求情不果的緣故。

但世事無絕對。如果這世上還有一個人能從劉徹的龍威下救得性命，這人一定是東方朔。昔日有人射殺了皇家園林上林苑的鹿，劉徹勃然大怒，下令有司立即將射鹿者腰斬處死。東方朔在一旁道：「這人實在太該死了！令陛下因鹿殺人，一該死；天下人從此知道陛下看重鹿而輕賤百姓，二該死；若是匈奴來犯，只能用鹿來對付敵人，三該死。」劉徹聽後默然不語，最終命人釋放了射鹿者。

侯嫗別無辦法，只得使出最後一招，奉上千金向東方朔問計。東方朔是長安有名的狂人，每年都要換娶一名新妻子，樂此不疲，俸祿和賞賜都花在了聘禮上。他當時正好缺一筆聘金，當即滿口答應幫助侯嫗。次日，侯嫗按照東方朔的囑咐，來未央宮向劉徹辭行，一句話不說，只在離開時頻頻回頭，目光中有戀戀不捨之意。東方朔在一旁當值，立即大聲罵道：「咄，老女人，還不快走！陛下已經長大，難道還需要你的乳水才能存活嗎？還有什麼好回頭的？」

3 二年律令：指漢高后二年（西元前一八六年）頒行的全部律令的總稱，包括二十七種律和一種令，內容涉及政治、經濟、軍事、地理、社會生活等多方面。

劉徹大受觸動，忙召回侯媼，請她搬到長樂宮居住，但其子女家人卻依舊遷徙到右北平郡無終縣，這是邊郡中距離侯媼家鄉東武[4]最近的城邑，已經是格外開恩的結果。

陽安知道當初母親能夠繼續留在京師安享榮華富貴全仗東方朔的巧計，此刻忽然在郡府遇到，如同捉到一根救命稻草，喜從天降，掉了幾滴眼淚，忙上前拜道：「東方君，請你也幫幫我，請皇上准許我回京奉養老母。」東方朔道：「這個怕是有些難度。你是來郡府告狀麼？」陽安道：「這個，唔……」

一旁士卒道：「他和這女子是被告，那少年才是原告。快些進去，別讓飛將軍久候。」連聲催促，領著三人進去大堂。

東方朔見那原告不過是一名十四、五歲的羸弱少年，一時好奇，也跟了進來，站在旁側吏卒身後，側耳聆聽。

這案子其實再簡單不過——原來那少年名叫管敢，被告人管媚、陽安是他的姊姊、姊夫，他父親管線是無終縣的大富翁。八年前管線病逝，臨死前將所有財產留給了女兒管媚，只給管敢留下一把寶劍，且交由管媚保管，要等到管敢滿十五歲時再交給他。而今管敢已經年滿十五歲，管媚卻不肯將寶劍還給弟弟。管敢多年來受盡姊姊、姊夫白眼，實在氣不過，遂按父親臨終囑咐，趕來郡府告狀。

李廣耐著性子聽完，審閱了管線留下的遺書，問道：「管媚，這遺書是真的麼？」管媚道：「確是家父親筆。」

李廣一拍桌案，怒道：「那麼還有什麼可說的？快些將寶劍拿出來，還給你弟弟。老夫還要趕去軍營，沒空陪你們這些小孩子在這裡玩過家家。」

管媚其實早知道這樁案子非敗訴不可，但聽聞現任郡太守李廣不理地方政務，又存了僥倖心理，居然不辭辛苦，一路跟來到平剛城。此刻見飛將軍發怒，嚇了一跳。不得已解開外袍，從腰間取出一柄短劍，很不情願地遞給管敢。

那短劍通體金色，劍連於靶，靶盤龍鳳之狀，左紋如火焰，右紋如水波，光彩奪目，不過僅一尺半長，似是女子用劍。

管敢數百里奔波，就為了索回父親的遺物，此刻寶劍終在己手，不由得百感交集，憶起慈母、慈父早亡，數年來過著寄人籬下的淒慘生活，登時愴然涕下。

李廣卻彷彿發現了天大的怪事，從堂首走下來，瞪大眼睛問道：「這就是你父親留給你的寶劍麼？」管敢道：「是。」李廣道：「可否借老夫看看？」

管敢便將短劍遞過來。李廣卻不著急拔出劍身，只反反覆覆查看那金劍的外觀。良久之後才拔劍出鞘，刃如霜雪，雖也是柄難得的利刃，但較之城南酒肆所遇劍客雷被佩戴之劍，又有所不如了。

管敢道：「有什麼不妥麼？」李廣道：「像，實在太像了。」搖了搖頭，將劍還給管敢，回到座上，道：「這件案子已經了結，你們可以回家去了。」

東方朔忙挺身站了出來，道：「不急。李將軍，這件案子沒這麼簡單。」李廣愕然道：「東方大夫來大堂做什麼？難道老夫斷的不對麼？」一旁軍正魯謁居忙道：「有管線遺書為憑，管氏姊弟對遺書內容均沒有疑問，將軍按照管線生前遺願斷案，並無任何不妥之處。」

東方朔哈哈笑道：「並無任何不妥之處，軍正好大的口氣！」語氣中大有嘲諷之意。李廣勃然色變，強壓怒氣，道：「東方大夫，有話請直言。」

東方朔道：「將軍有沒有想過，管線是富甲一方的大富翁，家產近百萬，金銀堆積如山，為何偏偏只留一柄金劍給唯一的愛子？當然，能令李將軍動容的寶劍，一定很不一般，但對民間百姓來說，寶劍再利，也比不上一日兩餐。管敢，你說實話，如果你父親留給你十萬錢和寶劍，但你只能選擇一樣，你會選擇什麼？」管敢毫不遲疑地答道：「當然是十萬錢。」

4 東武：今山東諸城，境內有東武山，故名。

東方朔道：「如果你選的是十萬錢，那麼還沒有等你長大，這十萬錢就會被你姊姊完全奪走，你自己怕也是性命難保。瞧，這就是令尊的高明之處了，他去世之時，你才七歲，而你姊姊卻已經二十餘歲，且嫁予陽安為妻。管線生前知道你姊姊為人貪婪狠毒，自己一旦撒手，必然會來與弟弟爭奪財產，如家又多惡奴，怕是你活不長。所以他有意將家產全部留給你姊姊，這樣你姊姊如願以償，不會再因為財產之事置你於死地。而留給你的寶劍則大有玄機，劍代表著決斷。你父親早料到你姊姊性格強硬，到你十五歲時必不肯按遺書要求把寶劍給你，因而他預先又有遺命，告誡你一旦有爭執就直接來郡府申訴，如果遇上明白事理的太守，立即就能明白他遺書留劍的真正用意。」

他聲音洪亮，言辭侃侃，抑揚頓挫，頗有鴻儒之風。眾人恍然有所省悟，堂中一片譁聲。唯獨管媚臉色陰沉，連聲冷笑。

陽安急道：「東方君，你我好歹也算是故人，如何這般惡言誣陷我妻子？」東方朔笑道：「是不是誣陷，你心中最清楚。不過我瞧你妻子凶悍強硬，你畏懼她，怕她怕得要命，諒你有話也不敢說出來。」

陽安臉上青一陣，白一陣，渾然不知該如何自處。

李廣料不到遺書和寶劍的背後竟有這樣的玄機，然而仔細思慮，的確只有如此解釋才最合情合理，極是感慨，嘆道：「這管翁生前這番苦心安排，考慮得是多麼深遠啊。」對東方朔也終於刮目相看，當即判決道：「管媚、陽安，郡府將管線全部遺產判給管敢，你二人回無終後須將全部財產立即歸還，不得延誤。」

管媚、陽安伏在地上，連連叩首，請求李廣重新判決。李廣道：「你們這樣的壞女惡婿，已經得到八年的好處，難道還想要貪心不足麼？」命掾史將二人趕出堂去。

管媚抬起頭來，冷然道：「請將軍再聽妾一言，並非妾心狠貪財，實在是因為管敢他不是我親弟弟。」陽安驚道：「阿媚，你可別……」管媚咬唇出血，道：「這本是家中醜事，妾為了亡父名譽著想，一直沒有揭破，但事情既到了這個地步，妾不得不全盤托出了。」

原來管媚與管敢並非同產姊弟，管媚為管線原配靳氏中年所生，靳氏身故後管線一直沒有再娶，直到六十餘歲才娶了年輕的新婦莫氏。當時管線已是白髮老翁，鄉里有許多風言風語，稱莫氏是為了管家財產，又稱其不守婦道，與同縣惡少年有姦。成婚一年後，莫氏產下管敢，流言紛起，稱管敢非管線親子。不久，莫氏撒手西去，只留下襁褓中的幼子。管線礙於家醜，又望子心切，明知管敢不是親生骨肉，還是當作親子撫養。

驀然曝出管敢身世疑問，最驚訝的當屬管敢本人。他瞠目結舌半晌，才囁嚅道：「姊姊你……」管媚看都不看弟弟一眼，道：「妾所言句句是實，將軍可以派人到無終縣找鄉里鄰居查驗。既然管敢不是我管家的人，根本就無權分得任何財產。妾之前不肯將寶劍交出，也是因為不願意家父遺物落入外人之手。」

東方朔道：「你可有實證能證明管敢不是你同父異母的弟弟？」管媚道：「這還要證實麼？管敢出生時，家父已年近七旬……」

東方朔道：「我是問你有沒有實證？」管媚遲疑了下，道：「沒有。」

東方朔道：「那好，我告訴你，我能證明管敢是尊父的親生兒子！」走過去問道：「你是不是很害怕？」管敢搖搖頭，道：「我不害怕。今日慶幸能遇上東方先生，這才能知道父親大人臨死的一番苦心安排，就算我得不到一文錢，我內心也會感激不盡。」

東方朔道：「你既然不害怕，為什麼身子一直在發抖？」管敢道：「我只是天生怕冷。」東方朔道：「很好。李將軍，你可以暫時命人帶他們下去。等到正午時分，咱們再來大堂審案。」

他自作聰明、越俎代庖的做派固然令人生厭，可他確實聰明過人。李廣又正煩這件沒完沒了的奇怪案子，巴不得有個人來替自己處置，當即命人先監禁管敢三人。

東方朔僅憑金劍就斷了一件奇案，心中實在得意，忽感到腹中飢餓，只得往廚下尋了些吃的。再回來後院時，卻見徐樂正站在院中，似在等他。

東方朔奇道：「徐卿還沒有動身麼？」徐樂不答，只問道：「適才那件案子是怎麼回事？」

東方朔笑道：「徐卿本來歸心似箭，如何又關心這件普通的民間案子來了？」驀然省悟過來，道：「啊，管敢姊弟是無終縣人氏，與你同鄉里，徐卿認得他們，是也不是？」徐樂道：「唔，聽說過。」

東方朔道：「那麼徐卿所聽說的情形到底是怎樣的？」徐樂道：「嗯，這個……管線管翁去世時，我已然赶赴京師上書，之後數年再未回過鄉里，管媚姊弟的恩怨，實在知道得不多。東方卿當真有辦法證明管敢是管翁之子麼？」

東方朔道：「聽口氣，徐卿似乎能肯定管敢是管線的親生之子。」徐樂道：「我也只是推測罷了。管線臨死將財產全部留給女兒，卻為年幼的兒子安排下寶劍之計，這等謀劃深遠的人，怎麼會不知道兒子是不是自己的親生骨肉呢？」

東方朔道：「嗯，推斷得不錯。」驀然板起臉來，喝道：「徐樂，你到底有什麼事瞞著我？快些從實招來。」徐樂愕然道：「這話如何說起？」

東方朔道：「你適才無意中複述了我在堂上的話，可見我斷案的時候，你在堂外偷聽。我猜想你本來回房取了行囊預備立即啟程，可突然有什麼將你引來了大堂，僅憑我東方朔斷案是不足以吸引你的，一定有更重要的原因……嗯，你認得管媚，是也不是？」

徐樂知道對方精明，萬事難以瞞過，只得道：「是，我與管媚同鄉，自幼相識。我十四歲時父母雙亡，全靠鄉里救濟才能存活下來，管線管翁於我有大恩，不但一直供給我衣食，還請人教我讀書，我能有今日，實是仰仗管翁的惠澤。」

東方朔道：「如此，你對管家的事一定瞭若指掌了。」徐樂道：「管翁老來得子，關於管敢身世確實有許多風言風語，但管翁對獨子一直愛若掌上明珠。以管翁的精細厲害，斷然不會將他人之子當作親子撫育。只是他已死去多年，亡父終究不能站出來為生子說話。莫非……莫非東方卿想用傳說中滴血認親的法子？」東方朔笑道：「天機不可洩露。」說罷撇下徐樂，自行回房去了。

到了正午，東方朔準時出現，命人帶上原告、被告，逕直扯著管敢來到院中站定，道：「你們大夥兒來看。」院中除了李廣等人，還聚集了許多趕來看熱鬧的掾史、士卒，聞聲一齊望過去——只見那柄引發出這起案子的短劍正別在管敢腰間，在太陽下發出燦然金光，極是耀眼。

東方朔見眾人目光灼灼，不離管敢腰間，忙道：「我不是讓你們看劍，是讓你們看管敢的人。」

軍正魯謁居問道：「管敢有什麼出奇之處麼？」東方朔哈哈大笑道：「這麼明顯的事，你們居然都看不出來！管線娶後妻莫氏時已是六旬老翁，精血衰敗，因而老人之子先天不足，非但不耐嚴寒，而且日中無影。」

眾人朝管敢腳下望去，果見沒有人影，不由得齊聲發出驚呼，一片譁然。管敢自己也驚奇不已，在陽光下來回走動幾步，還是沒有人影[5]。

東方朔笑道：「管敢，你當真好命，老天爺都眷顧你，天氣陰了那麼多日，唯獨今日晴了。」驀然提高聲音，轉頭喝道：「管媚，你這女人心腸好狠毒，為奪財產不惜誣陷親弟。令尊能安排下十五歲寶劍之計，何等人物，豈能不知管敢是否親生骨肉？倒是你這樣凡俗庸鄙之人，日日算計，卻還是敵不過你死去父親生前安排的巧計。」

管媚雙眉一挑，還待狡辯，陽安扯住她衣袖，「撲通」一聲跪下，苦苦哀求道：「東方君，是我們夫妻的不是，我們這就將所有財產還給管敢。求你看在我們是舊識的份上，救救我們夫妻性命。」

陽安遷徙到右北平郡之前，一直在長安生活，又因為生母是皇帝乳母，與不少公卿大臣來往，略通一點律令，知道審判時不允許被告為自己辯護，只能供述、回答和接受判決。更有一點，朝廷擔心誣告成風，將誣告定為重罪，有

5 此案取自典籍，至於實際生活中老人之子是否真會日中無影，作者沒有做過驗證。

的要受棄市極刑。管媚稱管敢非親生弟弟，實際已近似誣告，萬一被郡府以誣告治罪，那就不光是輸掉財產，更可能會丟掉性命。

東方朔道：「你求我沒有用的，該去求李將軍才是。」

陽安便又朝李廣磕頭，額頭撞出了血。幸好李廣不通律法，又剛腸嫉惡，對這對夫妻厭煩之極，喝道：「你們快些滾回無終去，將財產一文不差地還給管敢。快滾，別讓老夫再看見你們。」

陽安如蒙大赦，拉起妻子，逃一般地奔出郡府。

管敢感激不盡，一一向東方朔、李廣叩首拜謝，轉身正要離開，郎官霍去病忽然從人群中擠了出來，訝然道：「你的劍……」伸手便想去摸管敢腰間金劍。

管敢不知對方身份，見他與自己年紀相仿，卻是一身與東方朔一樣的官服，急忙手撫短劍退開，露出警覺之色來。霍去病當眾出糗，不便再上前，任憑他離去。

東方朔問道：「那劍有何出奇之處，竟能先後令李將軍和霍君動容至此？」霍去病道：「大夫君沒有見過高帝斬白蛇劍麼？」東方朔搖搖頭，道：「高帝斬白蛇劍是本朝鎮國之寶，懸掛在長樂宮前殿，我一向在未央宮宿衛，無緣得見。莫非管敢那柄劍跟高帝斬白蛇劍……」霍去病接道：「很像，應該說外形一模一樣，只不過短了許多。」

東方朔問道：「李將軍也是這般認為麼？」李廣點點頭。

霍去病露出了大惑不解的神情，道：「真是奇怪。民間一個百姓，從哪裡得來的這柄金劍？」

李廣招手叫道：「東方大夫，請你進來，老夫有話對你說。」與東方朔前後進來大堂，肅色道：「高帝斬白蛇劍和管敢那柄劍看起來似乎是一雄一雌，應該是一對。」

東方朔道：「將軍只私下告訴我一個人，是希望我去勸說管敢將寶劍上交朝廷麼？」李廣道：「不錯，這孩子身世可憐，幼年喪母喪父，姊姊心腸又是這般歹毒，這些年他應該沒少吃苦頭。若不是東方大夫湊巧在右北平郡，怕是老夫也只是依照遺書將寶劍斷還給他，絲毫不能瞭解那老翁管線的深意。而今既然管敢得到了管家全部財產，劍也就沒有多大用處。雖是父親遺物，然而那劍既非凡品，斷不是平常人所能消受，怕是早晚要給他帶來禍事。」

東方朔笑道：「難得將軍為一個民間少年考慮得如此周全。」慨然應道：「將軍請放心，返回長安途中，我會繞道無終縣，勸說管敢將寶劍獻給天子，這件事包在我身上。」李廣道：「嗯，好。」又問道：「使者君一行預備幾時啟程回京覆命？」

東方朔知道他巴不得早些將自己一行打發走，忙道：「本來應該是這幾日就動身的。然而趕上張騫幾人之事，怕是還要拖上幾天，看看他和王寄傷情如何。」

李廣也不客氣，道：「那麼請盡快吧。」東方朔道：「一定。」遲疑了下，又道：「郭解意圖對將軍不軌，此人在民間名聲甚大，必有過人之處，將軍還是要小心些才是。」李廣冷笑道：「郭解名氣再大，也不過是一普通黔首，如何能與老夫相抗？大夫君不必多慮，還是管好公主，別讓她四處惹事才好。」

話音剛落，便見夷安公主風風火火地衝進堂來，嚷道：「李將軍，你怎麼能下令通緝雷被？他是個好人。」李廣道：「嗯，這個……實在是因為昨晚公主莫名失蹤，臣等以為是雷被或是郭解綁架了公主。」

淮南翁主劉陵緊跟進來，聞言愕然道：「那北首座上的短小男子就是郭解麼？呀，難怪我覺得他有些面熟，一定是在衛青將軍府上見過他。」夷安公主也很是驚訝，道：「原來他就是郭解，呀，我還是頭一次跟一個逃亡的刑徒距離如此之近。」

東方朔道：「好了公主，這就請你將昨晚的事情一一說明白，你去了哪裡？到底發生了什麼事？」夷安公主道：「這個……不好說……」劉陵忙道：「其實也沒發生什麼大事，我們去了一處地方玩博掩[6]。」

6 博掩：賭博。漢律嚴禁鬥雞、走狗馬、弋獵等各種形式的賭博行為。

原來昨晚阿胡行刺李廣不中被圍後，夷安公主三人便溜出了酒肆，她們知道如果不及時走掉，便會立即被李廣派人護送回郡府，然後像囚犯一樣被保護起來，再也享受不到市井樂趣。只是三女對平剛城並不熟悉，來到街道上，一時不知往何處去。幸虧劍客雷被怕受行刺事件牽連，也出來酒肆，見三人站在路邊遲疑，遂介紹了平剛城中的幾處名勝，並毛遂自薦當了嚮導。一直遊覽到傍晚，夷安公主意猶未盡，雷被便乾脆帶三人來到一處隱祕的地下博莊玩博掩。夷安公主親自上陣，輸光了四人身上所有的錢財，她從來沒有玩得這般瘋狂過，直到今日早晨博莊關門才戀戀不捨地離開，那時候才與雷被分手。

東方朔埋怨道：「公主，你可知道你失蹤一夜，平剛城中雞飛狗跳，多少人睡不好覺？」夷安公主道：「人家玩得開心，忘了時辰嘛。不過我答應了對方絕不說出博莊祕密的，你們不准追問我具體地方。李將軍，你快些召回那些追捕雷被的士卒。」李廣道：「是，既然有公主力證，臣這就派人撤除通緝雷被的文書。」不願多與公主糾纏，忙藉機帶了隨從出堂。

夷安公主這次不辭路途遙遠辛苦，微服跟隨使者來到右北平郡，雖是因為好奇好玩兒，但起因還是霍去病。今早當她發現自己喜歡的男子原來另有所愛時，當然既失望又失落，甚至一度對司馬琴心氣惱。不過她雖然身份尊貴，卻並不嬌氣，反而熱情豪爽，況且對霍去病的情感不過是少女懷春，並非刻骨銘心的愛戀，傷感一陣，便又釋懷，心道：「我早知道自己嫁不了去病哥哥，誰叫我是公主呢[7]！琴心溫柔可人，又會醫術，大凡男子都喜歡她。來邊郡的路上，還是琴心治好了去病哥哥的熱病，他就此喜歡上她，也不是什麼稀奇事。」

她雖然自行解開心中芥蒂，但卻無論如何不想多留在郡府，總想著找機會出去瘋玩，回憶起昨晚在地下博莊的狂熱場面，很有些意猶未盡，笑道：「東方大夫，我想今晚再去博莊玩一玩，可義主傅說無論去哪裡都得有東方大夫陪同，不如我們今晚一起去，加上阿陵，就咱們三個，好不好？」東方朔連連擺手道：「公主不知道博掩罪名不輕麼？你是公主，當然不怕，換我去博莊走一趟，明日就該被有司彈劾逮捕，完為城旦了，那可是四年的徒刑。」

夷安公主撇嘴道：「咱們眼下是在邊郡，哪裡來的有司彈劾？東方大夫，你這次不幫我，我下次可也不幫你了。」東方朔笑道：「不幫我也比害我強。公主，你不知道你父皇心中最喜愛的人是誰麼？」夷安公主道：「是誰？難道是東方大夫？」東方朔哈哈笑道：「這點我倒有自知之明，無論如何也輪不到我東方朔。」

劉陵道：「嗯，我來猜猜看，是衛皇后和衛青將軍，對不對？」東方朔道：「翁主雖然聰明伶俐，可你還是猜錯了。皇上最喜歡的人是韓嫣。」劉陵道：「可是韓嫣已經被太后賜死了呀。難道是他弟弟韓說？」東方朔笑道：「不是，皇上對韓說好，那全然是因為韓嫣的緣故。諒翁主也猜不到，我告訴你吧，是桑弘羊和霍去病。他們都是英俊少年，而且極力主張對匈奴用兵，與皇帝投契。所以，公主真想去博莊，何不拉上你的去病哥哥？他有天子庇護，博掩不過是小事一樁。」一邊笑著，一邊疾步走出堂去。

夷安公主咬咬嘴唇，道：「這主意倒是不錯。阿陵，我們找霍去病去。」劉陵笑道：「就算霍郎官肯答應今晚陪公主去，以他的性子，明日一早必然稟告李將軍派兵封了博莊。昨晚那些博客陪公主玩得那麼開心，難道公主就忍心見到他們身陷囹圄麼？」夷安公主道：「也對，為人要講義氣，我不能害那些人。」她本就好動多變，實在去不了博莊，也就算了。

忽聽見外面熙熙攘攘，有人高聲嚷道：「我要見公主！我要見公主！」

夷安公主覺得聲音耳熟，忙奔來院中，卻見雷被雙手反剪，被幾名士卒挾持著押了進來。夷安公主忙上前道：「做什麼？李將軍沒有告訴你們麼，他不是犯人，快放開他！」士卒尚在遲疑，一名掾史奔過來道：「飛將軍有令，放了這名男子。」士卒這才拔刀割斷繩索。

---

7 漢制，公主位比列侯，只有具侯爵位的男子才能尚（娶）公主。要得到侯位，一是世襲，二是靠軍功。霍去病雖然自小得皇帝寵愛，但出身寒微，當時還未封侯。

雷被慌忙拜伏在地，頓首道：「臣雷被不知是公主駕臨，昨夜多有冒犯，竟然直呼公主的芳名，死罪。」夷安公主道：「呀，到底還是讓你知道了。」

雷被道：「臣今早與公主分別，路上見到告示，才知道臣被懸賞捉拿，可又不知道犯了什麼罪。剛想來郡府打聽，沒到門口便被士卒捉了，說臣綁架了公主，臣這才知道曼娘是公主身份。」

夷安公主本來對這個長身英俊的男子頗有好感，但見對方一知道她身份便俯首帖耳、低聲下氣，再也不敢多看她一眼，跟京師的那些男子並無二樣，心道：「還是去病哥哥好，從來不因為我是公主就敷衍我，可是他喜歡的人卻是琴心。」心中愈發覺得無趣，揮手道：「好啦，不過是一場誤會，現下沒事啦，你走吧。」

既出不去郡府，只能悶悶回去房間。走不多遠，迎面遇上霍去病和韓說。夷安公主見二人換了便服，料想他們要出去閒逛，忙道：「你們去哪裡？我也要去。」霍去病道：「我們去的地方公主去不得。」

夷安公主聞言很是不屑，道：「本公主昨晚去博莊玩了一夜，還有什麼地方去不得？快說，你們要去哪裡？」

霍去病眼望一旁，默然不應。夷安公主知他脾氣剛硬，難以迫他開口，便朝韓說喝道：「說，你們要去哪裡？」韓說為難地道：「這個……」

夷安公主道：「本公主問你話，你敢支吾不答麼？」作勢欲打。韓說忙道：「金劍的主人！我們打算去找那金劍的主人！」

夷安公主道：「什麼金劍？」霍去病道：「原來公主還不知道金劍之事，何不先去找東方大夫問清楚？」夷安公主惱他神色冷淡，賭氣道：「去就去。」

劉陵自後面趕來，嚷道：「公主，你聽到大夥兒議論金劍之謎的案子了麼？東方大夫可真是神人。」大致講述了經過。夷安公主「啊」了一聲，眼睛瞪得老大，道：「這麼傳奇？」見霍去病和韓說已藉機走掉，便乾脆來到東方朔房中，嚷道：「東方大夫，你這麼聰明，做我的師傅好不好？」

東方朔正躺在床上閉目養神，被公主強行鬧了起來，很有些著惱，不悅地道：「公主不是已經有主傅了麼？」夷安公主道：「義主傅只是醫術高明，別的本事不及東方大夫，更不要說斷案這種好玩的事。況且主傅是父皇指派給我的，我自己也可以拜師傅呀。琴心不就拜了義主傅為師傅，跟她學習醫術麼？」

司馬琴心的父親司馬相如有消渴症[8]，長期以來飽受病患折磨，司馬琴心為減輕父痛，跟義姁學習醫術已有好幾年。東方朔嘻嘻一笑，道：「義姁是公主的主傅，有朝廷的豐俸厚祿養著，我給公主當師傅，有什麼好處？」

夷安公主這次卻不是隨性所為，而是當了真要拜師傅，她自覺得身為公主也會情場失意，實在是有傷面子，決意也跟琴心學習醫術一般，學一門令人另眼看待的真本事，忙道：「原來大夫君想要好處，這好辦，你不是一年要換一任新妻子麼？聘禮定金都由本公主包了。反正我有湯沐邑[9]，錢多得花不完。不過有個條件，師傅不能敷衍我，得真心教我這個徒弟。我也要跟琴心學習醫術一樣，好好學點真本領。」

東方朔有「狂人」之稱，不僅因其才智過人、高傲自大，其私生活也歷來為人詬病——他每年要娶一名年輕漂亮的長安女子為妻，滿一年後即將舊妻休掉，再換新妻，週而往復，樂此不疲。他的俸祿不低，皇帝又時有賞賜，卻都花費在了聘金上，以致生活常常入不敷出，忽聽公主願意代他出錢娶妻，微一沉吟，即應道：「這條件倒是不錯，好，一言為定。」

夷安公主喜不自勝，道：「師傅，你斷案如神，真該去廷尉府當廷尉，我看現任廷尉張湯遠遠不及你本事。」東方朔嘆道：「你當廷尉是靠斷案如神吃飯麼？只需看你父皇的臉色就夠了，要不怎麼會弄個『春秋決獄』出來？」

---

8 消渴症：中國傳統醫學的病名，始見於《黃帝內經・奇病論》。中醫所論消渴，肺熱傷津、口渴多飲為上消；胃火熾盛、消穀善飢為中消；腎不攝水、小便頻數為下消。肺燥、胃熱、腎虛並見，或有側重，而成消渴，缺一而不能成此病。頗類似今糖尿病。

9 湯沐邑：一種食邑（即封地，受封者在此徵收賦稅以給生活之需）制度，指國君、皇后、公主等受封者收取賦稅的私邑。

當今天子劉徹即位後罷黜百家，獨尊儒術，並採納名儒董仲舒提出的「春秋決獄」的建議，即斷案時可以避開事實，以《易》、《詩》、《書》、《禮》、《樂》、《春秋》六經倫理為依據定案，即所謂的「引經決獄」，核心是「論心定罪」，也就是按當事人的主觀動機、意圖、願望來確定其是否有罪及量刑的輕重，常常不以已有的法律條文為準繩，而是用道德和倫理來量刑定罪。凡是法律中沒有規定的，斷案者就以儒家經義作為裁判的依據；凡是法律條文與儒家經義相違背的，則儒家經義具有高於現行法律的效力。「春秋決獄」將儒家思想帶進法律之中，雖然在某些程度上減輕了法律的嚴酷性，但由於其具有主觀性及模糊性，尤其是將道德和法律的界線模糊處理，等於擴大了斷案者的主觀判斷影響力，使斷案產生了極大的隨意性。

張湯用法嚴峻深刻，任侍御史時因處理前皇后陳阿嬌巫蠱案手段嚴厲而得皇帝劉徹歡心，由此攀上廷尉高位，成為執掌國家司法刑獄的最高長官。他斷決大案從不以公正為要，而是預先揣測皇帝心思——若是劉徹欲圖加罪，他便讓廷尉監或掾史窮治其罪；若是皇上意欲寬免，他便要廷尉或掾史減輕其罪狀。若是法令條文不足以治罪，便以博士弟子中研習《尚書》、《春秋》的人補任廷尉史，附會古人之義，以「春秋決獄」來斷決。

東方朔這句話一語三關，同時譏諷了皇帝劉徹、廷尉張湯和春秋決獄。夷安公主畢竟年紀還小，竟未能聽出話外之意，只笑道：「我也很不喜歡那個張湯呢。師傅，大夫君現在可是我師傅了，你教教我，你是怎麼想到金劍背後的玄機的？」東方朔笑道：「那個可沒什麼訣竅可教的，師傅我一拍腦袋就想到了，這叫聰明，是老天爺給的賞賜。」

夷安公主道：「那麼那柄金劍到底有什麼出奇之處，竟然連去病哥哥都動了心思？」東方朔一驚，問道：「公主說什麼？」夷安公主道：「呀，師傅還不知道，霍去病和韓說去找那金劍的主人了。」

東方朔「騰」地坐直身子，道：「他二人去找管敢了？哎呀！」忙下床穿上鞋子。夷安公主道：「我跟師傅一起去。」

東方朔料來攔她不住，她跟前跟後，死纏著自己不放，在旁人看來卻是天大的喜事，只要她不偷偷溜出去惹是生非，比什麼都強，只得道：「公主要去可以，得換一身男子的衣服。而且不能騎馬乘車，我昨日連馳二百里，眼下看見馬就頭疼。」

夷安公主大喜道：「好，全聽師傅的。既然微服私訪，師傅也不必稱呼我公主，叫我阿曼就好了。」忙樂滋滋地回房來換男裝，見劉陵只倚門而笑，大奇問道：「你不跟我去瞧熱鬧麼？」劉陵笑道：「這男裝難看死了，我可不想再穿。我還是留下來，跟琴心一起幫主傅照顧那受傷的宮女好了。」

李廣、李敢父子均不帶眷屬上任，這郡府中既無女眷，也無侍女，除了臨時來做客的夷安公主幾人，再無女子，生活多有不便之處。

夷安公主應道：「也好。放心，萬一碰上有什麼好玩的、好吃的，我都會給你們捎帶回來的。」劉陵笑道：「是，願公主強飯自愛[10]。」

東方朔帶上夷安公主，先來西院找掾史查問金劍一案中原告和被告登記的臨時住處，問明管媚夫婦和管敢均住在城南客棧，當即朝南城趕來。剛進來客棧大堂，便聽見後院有一對男女在大聲爭執。

東方朔道：「這一定是管媚在跟她弟弟管敢爭吵。」

進來後院，正見管媚自北廂一間房中摔門而出。她氣急敗壞下居然未留意到東方朔，氣呼呼地進了南廂房。

東方朔上前敲敲北廂房。開門的正是管敢本人，臉有忿色，顯是為適才的爭論不快，一見到東方朔，頓時轉為驚喜，問道：「東方大夫，你怎麼來了這裡？」東方朔道：「剛才有沒有人來找過你？」管敢道：「有，我姊姊。」

夷安公主道：「沒有見過兩名年輕公子麼？」管媚見她一身隨從打扮，卻分明是個女子聲音，更是愕然，道：「沒有。」

10 強飯：多吃飯，是漢朝人告別時的祝願詞。自愛：保重語。

東方朔道：「奇怪。」又問道：「你預備何時回無終？」管敢道：「預備明日一早動身。東方大夫有事麼？」東方朔道：「嗯，你腰間的金劍借我看一下。」管敢笑道：「今日好多人想看我的金劍呢。」當下解劍，遞了過來。

東方朔反覆看過劍身、劍刃，也沒有發現異常之處，便將劍還給管敢，道：「明日一早，我來送你上路。」管敢道：「怎敢有勞恩人相送？」東方朔不及多說，道：「明日再見。」

匆匆趕來大堂，店主欒翁和妻子王媼也都說沒有見到兩位年輕公子來過。

夷安公主道：「他們兩個比我們出發早，又是騎馬，按理早該到客棧了呀。」東方朔道：「嗯，他們一定是遇到了什麼事，半路給耽誤了。能有什麼事比高帝斬白蛇劍還重要呢？」

夷安公主道：「呀，難怪我覺得剛才那柄金劍眼熟，原來是跟長樂宮的高帝斬白蛇劍形狀、花紋差不多，只是短一些。去病哥哥也是因為這個，才想要來找管敢弄明白麼？」東方朔道：「嗯。」

夷安公主喜滋滋地道：「師傅，咱們可要搶在去病哥哥前頭，這就進去找那管敢問明金劍的來歷吧。」東方朔道：「公主現下還有這些爭強好勝的心思麼？霍去病、韓說遲遲不到客棧，一定是半途出了事。」

夷安公主不以為然地道：「他們兩個都是武藝高強的男子，能有什麼事？」東方朔道：「那可未必。眼下這平剛城中藏龍臥虎，公主你也要小心，可別再四處亂跑。」

正好有一隊巡城士卒經過，東方朔招手叫過領頭屯，出示一千石大夫官印，命他們往南北大道兩邊的僻靜小巷搜尋。不過一刻工夫，就有士卒趕來報告：「前面小巷處發現了兩名可疑的受傷男子。」

趕過來一看，卻是霍去病和韓說二人，渾身是土，模樣甚是狼狽，不知道哪裡受了傷，坐在地上站不起來。夷安公主吃了一驚，上前問道：「出了什麼事？你受傷了麼？」霍去病面色極其難看，只是不應。

東方朔忙命士卒扶起二人，問道：「是郭解，對麼？」韓說點點頭，道：「我們在路上看到一人，形貌似極了郭解，便跟過來想看清楚，哪知道遭了他的暗算。東方大夫，他搜去了我和霍去病身上的官印，多半已經用它們混出平剛城了。你快些知會李將軍，派人出城追捕。」

東方朔道：「天色不早，先回郡府再說。」

冬季的夜總是來得格外早，東方朔一行回到郡府時，夜幕已然降臨。郡太守李廣因軍務趕去了邊關，郡府中大小事務由長史暴勝之負責。暴勝之正要回家，一聽要連夜派兵出城追捕郭解，為難地道：「邊郡重地，調發一兵一卒均需太守節印，這件事小臣辦不了，還是等飛將軍回來再說。」

夷安公主急道：「等飛將軍回來，郭解早就逃出右北平郡了。我是公主，俸比上卿，位比列侯，難道還抵不上區區二千石太守印麼？」暴勝之道：「這個……」

霍去病冷冷道：「長史君也是依律辦事，公主何必為難他？這樣也好，我終可以有機會親手捉到郭解。」身子搖了幾搖，幾欲倒下。眾人忙將他和韓說抬回房中，請來主傅義姁診治。

義姁道：「對方下手甚狠，盡打在關節要害處，不過幸好只是用刀背，並無骨折和外傷，多養息幾日就是了。」

東方朔見二人傷勢並無大礙，便退出房來，沉吟道：「這可奇怪了。」夷安公主跟出來問道：「奇怪在哪裡？」

東方朔道：「大夥兒都知道郭解是為前霸陵尉胡豐復仇而來，他雖然武藝了得，可畢竟只有匹夫之力，如何能與手握重兵、甲士環伺的李將軍相抗？強取不成，就只能用巧計，才能不墜他一諾千金的聲名。昨日城南酒肆本是他下手的最佳時機，他白白放棄不說，還三番兩次提醒李將軍有危險。就算他不願意落井下石，要正大光明地復仇，他完全有機會脅持公主，抑或是劫持霍去病、韓說二位使者，當作人質要脅李將軍單獨與他正面對敵。可他始終沒有這麼做，到底是為什麼？」

夷安公主道：「嗯，的確奇怪。師傅，我和你一起來解開這謎題。」東方朔道：「好，不過折騰一天，公主也累了，先回房吃飯、睡覺，咱們明日一早再來解謎。」夷安公主道：「好。」歡天喜地地回來房中，向女伴劉陵和司馬琴心講述了要與東方朔一起查案的事，只覺得生平所遇，再無比這個更有趣、更好玩的了。

司馬琴心性情溫婉柔弱，聞言很是憂心，細聲細氣地勸道：「那郭解在茂陵的住處離我家不遠，聽家父說是個了不得的人物，殺過許多人，手上沾滿鮮血。而今他被朝廷追捕，更是亡命之徒，霍、韓兩位郎官都傷在了他手下，公主最好不要多管閒事。這平剛城凶險得緊，咱們還是早些回京師吧。」

夷安公主道：「郭解又不是三頭六臂，再厲害也不敢闖進郡府來。放心，我是查案，又不是要親自去追捕逃犯。況且聽說他已經逃出平剛，怕是早就遠走高飛了。」

劉陵道：「我看未必。那郭解能令許多人甘心為他赴死，一定有過人之處。這樣的人物最愛惜聲名，他既然答應了要為前霸陵尉復仇，不達目的絕不會甘休。我敢說，他人肯定還在右北平郡，盜用官印出城，也許正是要去邊塞追殺李將軍。」

夷安公主道：「呀，阿陵分析得對極了，我們得趕緊通知李將軍多加防範才是。」劉陵忙拉住她衣袖，按到床邊坐下，笑道：「這個就不勞公主操心了。李將軍身邊帶有不少隨從士卒，他本人武藝高強，郭解是難以近身的。東方大夫說的對，其實郭解最好的機會，就是利用公主或是霍去病、韓說的性命來談條件，但他卻放棄了。」

夷安公主道：「嗯，這正是明日我和師傅要去查清楚的事。」又問道：「那自胡地逃歸的宮女王寄醒了麼？」司馬琴心道：「還沒有。」

夷安公主嘆道：「當年孫公主出嫁匈奴時，我還沒有出世，真想好好問問王寄我這位姊姊長得什麼樣子。」

想到從未謀面的姊姊遠嫁胡地，風俗、語言完全不通，還要被單于占有身子，生活一定苦悶極了，以致韶華年紀便病死他鄉，不由得很是感慨，心道：「我也是皇帝的女兒，如果和親的命運落到我頭上，會是什麼樣子？唉，要我遠赴大漠絕地，嫁給那野蠻單于，還不如死了的好。不過就算要死，也不能像孫公主那樣悲慘死去，我會身懷利刃，在新婚之夜上一刀刺死單于，為大漢除去禍患，再自我了斷，也算死得轟轟烈烈。」胡思亂想了一番，吃了些食物，洗漱完畢，就此倒頭沉沉睡去。

次日一早，一陣緊密的桴鼓聲敲響，打破了郡府的寧靜。夷安公主做了一夜孫公主和匈奴單于的怪夢，本能地從床上坐起來，叫道：「呀，有軍情！匈奴人來了！」匆忙穿好衣服出來，卻不是什麼軍情，而是有百姓來擊鼓告狀。

夷安公主認出那擊鼓告狀人是昨日在城南客棧見過的店主欒翁之子欒大，忙上前問道：「出了什麼事？」欒大二十來歲，臉色煞白，顫聲道：「殺……殺人了……」

郡太守李廣不在城中，主事的長史暴勝之尚在城西家中。當值的掾史正要派人去城外請暴勝之，夷安公主跺腳道：「遠水救不了近火。郡府裡不是有現成的神人麼？快，快去請我師傅東方大夫來。」

東方朔憑金劍斷奇案之事早已傳遍全城，郡府大小官吏均服其能，掾史雖覺於制度不合，但料到即使長史趕來郡府，多半也要請東方朔出面，何況公主已經發了話，便依言去後院延請。

東方朔猶自睡眼惺忪，抱怨道：「你們右北平郡的案子怎麼這麼多？治安這般差，認真考核起來，你們郡太守今年的考績多半要得負殿[11]。」掾史賠笑道：「平時沒有這麼多事的。有勞大夫君。」

東方朔來到前院，一見到告狀人，眼睛登時瞪得溜圓，疾步上前，問道：「是管敢被殺了，是不是？」欒大道：「是……是管敢……」

東方朔捶胸頓足，悔之不及，道：「我早該料到的！早該料到有人會打那柄金劍的主意！昨日如果及時勸得管敢交出金劍，也不會為他帶來殺身之禍。」

11 負殿：漢代官員有定期考核，常課一年一次，年終由郡國上計吏攜帶計簿到京師彙報上計，大課三年一次，按考察的政績狀況決定官員黜陟。考課成績分九等，一、二、三等為上第，稱「最」，負殿為最低等級。

夷安公主道：「這怪不得師傅，當時霍去病和韓說出了事，一時來不及回去客棧嘛。」東方朔道：「唉，我還說今早要為管敢送行，想不到……」

欒大愣了好久，才結結巴巴地道：「不是……不是管敢被殺，是……是他殺了人。」

東方朔大吃一驚，這才知道會錯了意。

原來管媚姊弟在客棧裡已住了數日，店主一家三口和房客對這對姊弟之間的恩怨均有所聞，大多同情住在北廂的管敢，厭惡那又驕橫又冷酷的管媚。昨日管媚回來客棧，更是闖進管敢房中高聲怒罵。旁人打聽之下才知道她輸了官司，所有的財產都得轉給弟弟，她已經變得一文不名，跟路邊的乞丐沒有什麼分別。今日一早客棧店主欒翁起床打掃院子時，發現管敢從南廂管媚房中出來，覺得奇怪，叫了他一聲，管敢驚慌之下腳下一滑，跌坐在地上。欒翁這才看清他手上有血跡，意識到不妙，趕來管媚房中一看，滿地塗血，管媚夫妻二人並排躺在床上，已然失去了首級，變成了無頭屍首。欒翁登時呆住，正好兒子欒大出來小便，見父親神色有異，叫了幾聲，欒翁這才回過神來，轉身見管敢正欲逃走，忙呼叫欒大扯住他，找來繩索，父子二人合力將他綁住，由欒翁和打雜的小廝阿土看守，欒大則趕來郡府報官。

夷安公主道：「管媚氣急敗壞之下殺死管敢還說得過去，管敢已經得判全部家產，為何還要殺死姊姊、姊夫？這實在說不過去，師傅，我說的對不對？」東方朔道：「你怎麼能肯定被殺的一定是陽安、管媚夫婦？死屍不是沒有了首級麼？殺完人還要砍下首級，要麼是江湖遊俠代主雇行凶，要麼是殺人者有意為之，想要掩飾死者的身份。」

欒大道：「死者如果不是那對夫婦，他們又沒有離開過客棧，會憑空消失不見麼？」東方朔聞言不禁一愣。

夷安公主哈哈大笑道：「天下第一聰明的師傅竟然也有被問住的時候。」

眾人趕來客棧。管敢被反縛在院中的樹上，手足不能動彈，凍得嘴唇發青，在寒風中瑟瑟發抖。

欒翁總算等到郡府的人到來，忙搶上來申明道：「我們父子將管敢綁起來後，我和阿土只守在出口，一切都沒有再動過。」

東方朔問道：「客棧沒有其他客人麼？」欒翁道：「本來一共有四房客人，但昨晚有兩房結帳走了，只剩下南廂的管媚夫婦以及北廂的管敢。」東方朔道：「原來如此。你們暫時先留在堂中，不得我召喚，不要進來後院，以免弄亂了線索。」

夷安公主還要搶著進管媚房間查看屍首，東方朔忙扯住她，道：「我另外有事安排給你做，你和掾史帶著管敢去那邊的空房中，好好地問他，弄清楚到底發生了什麼事。」

夷安公主想不到還能做一回審案堂官，大喜過望，忙指使掾史從樹上解下管敢，押去北廂空房審問。

東方朔獨自進來管媚房中。卻見地上有幾大灘稠密的血跡，因天氣寒冷，來不及滲入土中便已凍凝住，黃土地面上像是覆蓋了一層發乾的黑色肉汁，肉汁上還有清晰的腳印。床前掉了一柄匕首，沾滿鮮血，刀鞘也滾落在一旁。床上並排躺著兩具無頭屍首，素布被子蓋住大半身，唯獨露出胸口以上的斷頸。

東方朔小心翼翼地繞過血跡，上前拉下被子，雖然死者沒有了腦袋，但看服飾還是能一眼認出來，正是陽安、管媚夫婦——丈夫半解皮襖，傷在腹部，妻子傷在胸口，均是利刃所刺。二人穿戴得頗為齊整，連腳上靴子也未脫下，顯是被人殺死割下首級後再抱上床。

轉視一圈，房中並無凌亂痕跡，也未找到行囊之類的物品。

東方朔出來院中，命人叫來欒大，問道：「這夫婦二人沒有行囊麼？」欒大道：「當然有，有好大一個行囊呢。不見了麼？會不會是凶手拿走了？」又道：「陽夫人好歹是富翁的女兒，為人不討人喜歡，又小氣得要命，出遠門連僕人都不帶一個，據說是怕多花住店的錢。」

東方朔點點頭，又進來管敢房中，卻見房裡頗為凌亂，几案上擺著一個打好的行囊，似是主人正要準備離去。四下看過一遍，又在院子轉了一圈，這才來到臨時作為審訊場所的空房中。

管敢正跪在房中，哆哆嗦嗦地道：「我……我沒有殺人……」夷安公主耐著性子問道：「這句話你已經說過好多遍了。既然沒有殺人，你手上的血是從哪裡來的？」管敢兩眼無神，表情木然，只反反覆覆地道：「我沒有殺人……沒有殺人……」

夷安公主道：「師傅，這人死不肯說，要不要帶他回郡府嚴刑拷問？」東方朔道：「不必。」扶起管敢，解開雙手綁繩，命掾史向店主要來一碗熱酒，餵他喝下，溫言道：「我知道你沒有殺你姊姊，到底發生了什麼事？你的金劍呢？」

管敢驀然得到了某種提示，驚道：「金劍，對，我的金劍呢？」東方朔道：「對啊，你的金劍去了哪裡？」管敢搖搖頭，道：「我也不知道。我知道東方大夫要來給我送行，所以早上天一亮就醒了，然後我開始收拾行囊，去取枕邊的金劍時，才發現它不見了，變成了我姊夫的匕首。」

東方朔問道：「匕首是你姊夫陽安的？」管敢道：「是。」熱酒下肚，令他恢復了許多生氣，他的記憶也慢慢打開了，續道：「第一眼看到匕首時，我就意識到是姊姊、姊夫用它換走了我的金劍，於是我很生氣，就拿著匕首來到姊姊房中，想要回金劍。我氣憤之下，連門也沒敲，直闖入房，到床前掀開被子，就看見……看見……」回想起那觸目驚心的一幕，雖然死者是他深深厭惡的人，卻還是急杵搗心，再也說不下去。

東方朔道：「然後你嚇得呆住，本能地拔出手中的匕首，這才發現匕首上滿是鮮血，所以嚇得丟掉了。」管敢道：「是，我丟掉匕首，轉身跑了出來，結果被店主父子撞見，給當作殺人凶手綁了起來。」

夷安公主道：「這麼簡單？可這家客棧就你和你姊姊、姊夫三名房客，不是你殺人，難道是店主一家三口殺人？難道是那小廝阿土殺人？」

管敢這才意識到自身處境極其不妙，忙哀聲告道：「東方大夫，你這麼聰明，一定有法子找出真凶，為我洗脫冤情，對麼？」東方朔道：「嗯。」

夷安公主道：「師傅僅憑他一面之詞就相信他沒有殺人麼？」東方朔道：「管媚房中的血跡上留有鞋印，有深有淺，深印是血液未乾時所踩，一定是凶手留下的，淺印則是血凝固後後來者所為。深印尺碼大，淺印尺碼小。我適才留意過管敢鞋子，尺碼、底紋均與那淺印相符。他的確是今早進房時才發現姊姊被害，並非殺人凶手。」

管敢聞言大喜，道：「東方大夫，你果真是天下第一聰明人。」東方朔道：「不過你捲入凶案，暫時是不能回去無終縣了。」命掾史先帶管敢回郡獄監禁，再派人檢驗屍首，收取物證。

漢代檢驗制度已經相當專業完備，別說是惡性凶殺案件，就算是自殺而死也必須報官，經官方檢驗，確認自殺無誤，再填寫爰書上報，方可埋葬。檢驗通常由令史主持，在「以吏為師」的制度下，司法檢驗的規定和方法均是他們傳授。當然具體的驗屍也不勞令史動手，而是由牢隸臣[12]負責。因死者之一管媚是女子，又特意到平剛縣廷召了一名有經驗的牢隸妾來。

夷安公主好奇心極重，居然還想要去看驗屍是怎麼回事。東方朔忙道：「捉真凶要緊。」夷安公主道：「真凶在哪裡？」東方朔道：「找到金劍，就能找到真凶。」

夷安公主道：「我知道了，凶手一定就是昨夜離開的兩名房客之一，因為垂涎管敢的金劍，半夜到他房中偷劍，結果出來時被管媚夫婦撞見，凶手乾脆一不做二不休，殺了他夫婦滅口。」

東方朔道：「這不對。如果是因為偷金劍而起，為何陽安的匕首會在管敢枕邊？就算凶手為金劍殺人滅口，為何殺人後還要割走首級？不過公主說得對，金劍是凶案的引子，但殺人應該發生在偷劍之前。」

12 牢隸臣：沒收為官府奴婢，男為隸臣，女為隸妾。牢隸臣妾則是類似刑徒並具有奴隸身份的人。

夷安公主道：「師傅是說凶手用陽安的匕首殺死了他們夫妻，再溜進管敢房中，用匕首換走金劍，這樣既得到了寶劍，又可以嫁禍於管敢？可這說不通啊，金劍在管敢房中，就算凶手要殺人奪劍，死的也該是管敢才合情理啊。可見金劍不是引子，凶手的本來目的就是要殺人，偷劍嫁禍不過是順帶之舉。」

東方朔道：「呀，公主的分析越來越頭頭是道了。」夷安公主笑道：「誰叫我跟了個好師傅呢。咱們師徒這就合力去捉真凶吧。」

兩人來到堂中，向店主欒翁仔細詢問昨夜離開的兩名客人的情形。欒翁因妻子王媼受驚不輕，正好言撫慰。欒大代答道：「一位房客叫隨奢，三、四十歲，是個來收帳的皮貨商人，平原郡人，好幾日前住進來的，也是小店的老主顧了，每年都會來平剛兩趟，住在這裡。他本來是預備昨日一早離開，房錢都已經結了，但不知為何又遷延到晚上。」

夷安公主道：「師傅不也是平原郡人麼？跟這隨奢算是同鄉了。」

東方朔道：「本朝禁止夜行，城門傍晚即關閉，這隨奢晚上離開客棧，既無處可去，也出不了城，你不覺得奇怪麼？」欒大道：「不奇怪……」刻意壓低了聲音，道：「大凡這樣子的，都是要偷偷趕去地下博莊玩幾手的。」

夷安公主道：「呀，地下博莊，我也去過……」東方朔忙打斷她，問道：「那麼另一位房客呢？」欒大道：「另一位叫吳明……」

欒翁插口道：「那吳明不但醜，而且怪極了，來客棧中訂了一間房，到晚上便又退房離開了，他進來時就不像是住店，而是來找人。」

東方朔道：「這人是不是身高五尺，面色發黃，五官醜陋？」欒大道：「正是。」

東方朔「嘿嘿」兩聲，道：「吳明，好個『無名』。」欒大道：「莫非他是被官府追捕的逃犯？哎呀，我早該想到的，看他那鬼鬼祟祟的樣子……」

東方朔道：「那吳明進客棧後有沒有去南廂找過管媚？」欒大道：「這個我可不清楚……」一旁小廝阿土忽道：「那位吳君給了小人幾文錢，命小的去南廂，背著陽君請夫人去他房中。」

原來那自稱吳明的人下午小食時分來到客棧，在門前站了好大一會兒，面露不豫之色。欒翁上前問他是住店還是吃飯，他這才遲疑著說是住店。按大漢律令，住店得出示關傳之類證明身份的文書，那吳明卻不肯拿出來，只說走得累了想暫時找個地方歇歇腳，天黑就會離開，又在原房錢上多加了兩吊錢。欒翁雖然疑惑，但既然對方說不過夜，也沒有再多問，讓小廝阿土領他去南廂的一間空房。進房後，吳明給了阿土幾文錢，請他天黑時去請陽安夫人管媚來這邊一趟，只需告知管媚四字——「無終無種」，不過不能讓旁人發現，尤其不能讓陽安知道。阿土見吳明神色，懷疑他是來與管媚通姦私會，心道：「男子外貌如此不堪，女子性情如此凶悍，倒真是絕配。」不過吳明只要求傳個口信，他也懶得多管閒事。依言等到天黑，來到房前，聽見管媚正在厲聲喝斥陽安，陽安唯唯諾諾，不敢回嘴。阿土輕輕敲了敲門，聲音陡止，管媚怒氣沖沖來開了門，喝道：「做什麼？」阿土嚇了一跳，忙將吳明交代的話說了。管媚登時臉色大變，愣在了那裡。陽安過來問道：「什麼事？」管媚這才回過神來，連聲道：「沒事，沒事。」揮手命阿土退下，關上房門。阿土心中好奇，便躲在院子中的大樹後。過了一會兒，管媚開門出來，去了吳明房間。阿土本來還想湊近去聽聽究竟，正好欒翁在高聲呼喚，他便應聲去了前堂。後來雖一直忙碌，但心中仍然惦記此事，正想再找機會到吳明窗下偷聽，卻看見吳明來到堂中，結帳走了。

東方朔道：「從管媚進吳明房間，到他離開客棧，中間有多長時間？」阿土道：「嗯，大半個時辰吧。」

夷安公主道：「大半個時辰足夠殺人了。會不會是吳明與管媚偷情幽會，被陽安發現，陽安要殺死姦夫，結果反倒被吳明所殺？」東方朔道：「如此倒能解釋為何凶器是陽安自己的匕首。可吳明為何又要殺管媚呢？」夷安公主道：「也許管媚之死只是誤殺。」東方朔道：「我到過吳明房中看過，沒有一點血跡，管媚夫婦的房間才是凶殺現場。你倒說說看，陽安既發現妻子和姦夫在同廂另一個房間裡偷情，為何反而在自己的房間被姦夫殺死？」夷安公主一時噎住，答不上來。

王媼忽道：「妾身能證明吳明不是殺人凶手，他空手而來，也是空手離去。那個頭……頭……」

她沒有敢說出下面的話，但旁人均明白她的意思——凶手殺人後既然割了首級，勢必要帶走，兩顆人頭體積不小，就算冬季穿著厚重的絮衣，也決計無法藏在身上，吳明手上沒有包袱之類，自然也就沒有攜帶人頭出去。

欒翁也道：「不錯，小老兒和老伴都親眼看見吳明兩手空空離去。況且他結帳離開客棧後，陽安君也出了客棧，過了兩三刻工夫才回來，臉陰沉得厲害。小老兒問他是不是有事，他也不答，徑直回去房中，不久還聽到陽夫人喝斥他的聲音。」

夷安公主道：「那麼就不是情殺了！另一名房客隨奢呢？他是不是在陽安回來後才離開？」欒翁道：「是。而且他是帶著行囊、馬匹離開，那個行囊裡會不會藏著……藏著……」舌頭打了幾下轉，始終不敢說出「人頭」二字。

欒大道：「還有一事，那隨奢曾無意中看到陽夫人身上帶著一把金劍，就是後來管敢腰間佩戴的那把，想借來看看，甚至還提出願以萬錢購買。陽夫人非但拒絕，還罵他是賤商，根本不配佩劍[13]。」

夷安公主大喜，道：「這是重要線索，你為何不早說？師傅，事情經過已然很明白了，果然如師傅所說，金劍是凶案的引子，隨奢因為金劍被管媚辱罵，氣憤難平，昨晚先溜進管媚房中殺了他們夫婦，再到管敢房中偷了金劍，從容溜走。我敢打賭，他一定沒有去地下博坊，而是找了個地方躲起來，今日一早便溜出城了。」

東方朔道：「隨奢有動機，嫌疑的確最大。可是還有兩處疑點：一是凶器。如果隨奢預謀殺死管媚夫婦，定是早預備好自己的凶器，這樣就不能解釋陽安匕首上的鮮血；二是首級。客棧裡面就住了寥寥幾個人，就算割走首級也不能掩飾死者身份。砍人頭可是個重力氣活兒，隨奢為何要冒著被發現的風險大費周章？」

夷安公主道：「凶器好解釋。隨奢進房殺管媚夫婦時，陽安也是男子，定然有所反抗，說不定他拔出自己的匕首刺傷了隨奢，那匕首上的鮮血是隨奢的。後來隨奢終於還是殺死陽安和管媚，他當然不能留下自己的兵刃，所以乾脆拿陽安的匕首換走金劍，這樣還可以嫁禍給管敢。至於首級嘛，我也想不通這一點。哎，何必費事呢，只要派人追捕到隨奢，一審問不就清楚了麼？」

東方朔心想追捕嫌犯的確是當前要務，便命掾史抄錄了客棧登記的隨奢的關傳資訊，派吏卒送回郡府，請長史暴勝之發出公文告示追捕隨奢。

夷安公主道：「那吳明也有嫌疑，最少他是這件案子的證人，也該一併追捕。」東方朔道：「吳明就不必了，我認得他，知道他一定不會殺人，他一會兒就會自己出現在郡府的。」

夷安公主大吃一驚，道：「什麼，師傅認得吳明？」東方朔嘆道：「不僅我認得，公主也認得的，吳明就是徐樂。」

夷安公主道：「徐樂？師傅憑什麼這麼說，僅僅因為店主說吳明長得很醜麼？」東方朔道：「不僅如此。徐樂是無終人氏，與管媚是舊識，他早向我承認這一點，可我實在料不到他昨日沒有回去無終，而是尋來客棧與管媚相會。」

正巧令史檢驗完畢，帶人抬著屍首出來，稟告道：「天氣寒冷，屍體早已凍得僵硬，實在難以判斷死者具體死亡時間。」

夷安公主道：「你的意思是說，他們兩個無論是昨晚被殺，還是今早暴死，屍體都沒有什麼分別？」令史道：「在這樣的天氣狀況下會是如此，具體情狀小臣會填好爰書上報郡府。還有一點蹊蹺的地方，兩名死者身上的傷口有很大不同：丈夫中了兩刀，傷口均在腹部，兩處傷口大致徑二寸六分，寬四分；妻子胸口中了一刀，刀傷徑三寸八分，寬一寸。」

13 漢初高帝劉邦曾下詔書規定商人不得攜帶武器，不得乘車騎馬，但經歷文景之治後，由於商業發達，禁令有所鬆弛。

東方朔眼前陡然一亮，問道：「丈夫和妻子傷處區別如此之大，當有兩名凶手了？」令史道：「至少從傷口形勢推斷是如此，不僅兵器，兩名凶手的腕力也有很大分別——丈夫身上皮襖完好無損，他被殺時應該是解開的，中刀時只穿著內衣；而妻子渾身上下裹著上好的皮裘，利刃穿過了皮層，仍然比丈夫腹部的刀傷要深許多。殺死妻子的凶手應該是男子，多半會武藝。」

夷安公主道：「我大漢以武安邦，朝野間哪個男子不會武藝？」

令史雖不知道她的身份，但見她語氣驕橫，又跟朝廷使者在一起，料其必有來歷，忙道：「娘子[14]說的極是。不過會武藝是一回事，殺人則是另外一回事，小臣擔任令史數年，驗過的屍首加起來有二十來具，但從沒見過這名女死者身上的傷口——刀口如縫，卻一刀致命，幾近穿透身體，出的血也不多，可見凶手下手又快又狠又準。男死者身上的兩刀皮肉外翻，這名凶手出刀時應該手在發抖，與殺死女死者的凶手有天壤之別。」

客棧裡除了辦案的官吏，也聚集了不少聞訊趕來看熱鬧的鄰居，忽聽得說一名凶手還沒有找到，又出來兩名凶手，無不譁然而驚，愈發覺得案情詭異難言。

夷安公主凝思半晌，道：「會不會是陽安受不了管媚辱罵，怒極攻心之下用自己的匕首殺了妻子，剛好隨耆闖進來行凶報復，一刀殺死了他？」欒大忙道：「很有可能。那陽夫人成天對丈夫呼來喝去，換作旁人早就忍不下去了。」

令史忙道：「理該不是這樣，小臣已經驗過，只有丈夫陽安的傷口才符合那柄帶血的匕首，妻子管媚當是被更寬更利的利刃所傷。」夷安公主道：「那就是管媚痛失全部財產，找丈夫出氣，奪過匕首，殺死了陽安。卻不料螳螂捕蟬，黃雀在後，自己剛殺了丈夫，又被隨耆所殺。師傅，這樣不就完全對上了麼？」東方朔道：「這套解釋不錯，可還是不能解釋隨耆為何要割下死者的首級，費時費力，帶在身邊又危險，只有傻子才會這麼做。」

夷安公主道：「也許隨耆是故意這麼做啦！師傅不是說過麼，殺完人還要砍下首級，要麼是有人雇江湖遊俠報仇，要麼是凶手有意為之，想掩飾死者的身份。既然不是前者，那麼就是後者。隨耆當然不是什麼江湖遊俠，但他是商人，常年走南闖北，知道這個道理，有意割走首級，好令官府誤以為是遊俠所為。」

東方朔拍手道：「不錯，是這個道理。正好全城都在緝捕關東大俠郭解，隨耆也許是受到了某種提示。」想到城中正搜捕關東大俠郭解，出城之人均要受到嚴厲盤查，隨耆終究不可能帶著首級出逃，忙派人到客棧附近搜尋首級。又讚道：「公主，你長進得這般快，很快就要蓋過師傅啦。」

夷安公主不過信口一說，卻得師傅大力褒獎，喜出望外，道：「師傅是說真的？」東方朔點點頭。

令史又取出一塊玉佩奉上，道：「兩名死者身上沒有金錢，房間裡的行囊也不見了，都應該被凶手取走了。不過丈夫陽安腰間有一塊玉佩，想來凶手匆忙間沒有發現，所以沒有解去。這玉佩看起來十分名貴，似乎……」

夷安公主大叫一聲，奪過玉佩，道：「啊，這是我皇祖母的玉佩，怎麼會在陽安身上？」她忽然一嚷，將眾人嚇了一跳。令史道：「皇祖母？你……你是……」

東方朔忙道：「她有位祖母輩分的親眷姓黃，人稱黃祖母。玉佩先留在我這裡，你去辦事吧。」命隨行的掾史將現場情形記錄下來，再記錄下欒翁等證人的供狀。

夷安公主卻是忍耐不住，將東方朔拖到一邊，低聲道：「這塊真的是我皇祖母的玉佩！我小時候經常看見她拿在手裡摩挲玩賞，很是喜歡。」東方朔道：「看起來的確是皇宮之物。也許是太后當年為了感謝大乳母哺育皇帝之恩，將玉佩賞賜給了侯媼，侯媼又傳給了兒子陽安。」夷安公主道：「嗯，我也是這樣想。師傅，這塊玉佩我留下了，要帶回去還給皇祖母。」

正說著，店主妻子王媼遲疑著走過來，顫聲問道：「娘子是姓劉麼？」

14 娘：少女之號。漢樂府中有大量詩篇提及「娘」，均指少女。又，秦漢美貌女子通稱「姬」，少婦和老婦通稱「媼」（讀作「棉襖」的襖）。

夷安公主見她文靜秀氣，有大家閨秀之風，與粗鄙的丈夫、兒子大不相同，料來她已從一句「皇祖母」猜到自己身份，不便相欺，便點點頭。

儘管已經是意料之中的回答，王媼還是「啊」了一聲，手顫抖著伸向夷安公主，似是想握住她的手，又似想看看那塊玉佩。

夷安公主心念一動，問道：「王媼認得這塊玉佩？」王媼道：「啊……不……不，妾身怎麼會認得這玉佩？」眼中的光亮倏忽熄滅了，垂下頭去，行了個禮，轉身走開。

夷安公主道：「這婦人好奇怪。」東方朔道：「她似乎猜出了你公主的身份。這裡不宜久留，咱們走吧。」

剛回到郡府，便有掾史趕來稟報，說一早的確有皮貨商人隨奢憑關傳從南門出城，並無可疑之處。倒是使者徐樂出城時被士卒攔下，差點鬧出一場誤會。

東方朔聞言很是驚訝，追問道：「徐樂一早出城去了？」掾史道：「是的。早上城門剛開，徐使君就帶著一名隨從出城。守城士卒不認得他，見他戴著厚厚的帽子，神色倉皇，上前攔下，徐使君取出官印和符節，士卒這才知道他是朝廷派來的使者，慌忙讓開了。」

東方朔道：「徐樂是今日第一個出城的？」掾史道：「是。」

東方朔「呀」了一聲，忙趕來後院徐樂房中，卻見行囊還好好擺在几案上，官服也疊得整整齊齊，放在床上。又令負責護衛使者的衛隊長韓延年清點人數，從京師帶來的中尉卒中並無一人跟隨徐樂外出。

韓延年年紀很輕，不過二十歲，也是官宦子弟，父親韓千秋是濟南國相[15]。按慣例他可以像霍去病、韓說等人一樣進宮為郎官，侍奉天子左右。但他不願意受皇宮禮儀拘束，只到北軍[16]中做了一名普通緹騎，這次是奉命率士卒護送使者。他為人頗為老成，稟道：「本來昨日一早徐使君決定回鄉省親，臣帶了四名中尉卒侍從，但臨出郡府時徐使君到大堂外聽大夫君審案，之後改變了主意，說是暫時不回無終，命臣等散了。」

東方朔皺緊眉頭，道：「徐樂在搞什麼鬼？」夷安公主狐疑道：「師傅為何臉色這般難看？莫非……莫非真是徐樂殺人？他和管媚通姦被陽安發現，陽安氣急拔出匕首要殺他，管媚挺身擋住，徐樂見情人身死，氣急下拔刀殺了陽安。」轉念一想，立即又否定了自己的說法，道：「不對呀，陽安是死在自己的匕首下，管媚是死在凶手刀下，如果是剛才的推論，該是管媚死在匕首下，陽安死在徐樂刀下。」登時想起一個不好的念頭來，結結巴巴地道：「該不會……該不會……」

她如此驚異不安，弄得旁人也跟著緊張起來。東方朔忍不住問道：「該不會什麼？」夷安公主道：「該不會死的是徐樂，不是陽安？」

東方朔嚇了一跳，道：「公主說什麼？」夷安公主道：「我也不願意這樣想，可只有這樣才合乎情理啊。徐樂到城南客棧跟管媚幽會，被陽安發現，陽安氣急下拔出匕首殺了徐樂。管媚見情人身死，拔出徐樂的兵器跟陽安拚命，結果敵不過丈夫力大，被陽安奪過兵器殺死。陽安接連殺死兩人，犯下死罪，當然要千方百計地逃脫，他見徐樂與自己身材差不多，便靈機一動，與徐樂對換了衣服，再將首級割下，這樣旁人就以為死的是他自己，簡直天衣無縫。臨走之時，又盜走了管敢的金劍。」

東方朔啞然失笑，道：「公主，你的推斷不對。按你的說法，徐樂的房間應該是凶案現場，但這與事實不符。令

15 濟南：王國名。漢文帝前元十六年（西元前一六四年），改呂國為濟南國，國都在今山東濟南東。相：王國的最高行政長官，相當於郡太守。

16 北軍：漢朝軍隊主要由中央朝廷統轄的軍隊、郡縣王國的地方軍隊和邊防部隊組成。其中，中央統轄軍隊包括京師諸軍和戰略要地（如右北平郡）的屯兵。京師諸軍又分為三部分：中尉統御的京師衛戍部隊，稱北軍，其部兵卒稱中尉卒，選拔自京畿一帶的良家子弟；衛尉指揮的皇宮衛隊，稱南軍，其部兵卒稱衛卒，兵源來自天下各郡國；郎中令統領的皇帝親信侍衛部隊，下屬包括議郎、中郎、侍郎、郎中、謁者等，均是官宦、名家、賢良子弟。

史也說過，按死者傷勢推斷，一定有兩名凶手，就算陽安先後用了兩件凶器，可他不可能有兩種腕力。而且店主親眼見到徐樂離開了客棧，當時陽安、管媚夫婦還活得好好的，陽安不是還出去過客棧一趟麼？」驀地有所警覺，聲音陡然低沉了下來，道：「除非……除非是……」

忽有吏卒趕來報道：「小臣奉大夫君在客棧四周搜尋，沒有發現死者首級，倒是在客棧後的土牆上發現了可疑之處。」

原來那吏卒搜到客棧的後牆外時，看到土牆上明顯有人為攀越的痕跡，當即留了心，翻上去一看，發現牆頭有一處血手印。

東方朔聞報一拍大腿，道：「我早該想到的。」忙趕來客棧後查看。

那土牆正在客棧茅廁旁邊，高過人頭，但成人翻越毫不困難。牆上有用力蹬過、爬過的痕跡，牆頭的血手印並不完整，但依照掌紋可以大致判斷出手掌大小，肯定是男子留下的。

夷安公主道：「呀，一定是陽安發現妻子跟徐樂偷情，憤怒不已，等徐樂離開客棧時，立即跟了出去，趁左右無人時殺了徐樂，再將屍首拉到後牆。他自己則帶著徐樂的刀從容從正門回去客棧，進房用刀殺了管媚。再翻牆將徐樂屍首運進來，砍下首級，布置好假象後，帶著徐樂的官印、符節，翻牆離開客棧。」

東方朔道：「陽安忙前忙後，還翻牆運送屍首，客棧的人會聽不見麼？我的好公主，徐樂跟你有仇麼，你那麼盼他死？我告訴你，那具屍首一定不是徐樂。他雖然換了便服，但腳上還是穿著官靴。我看過那男屍，腳上穿的只是普通的皮鞋。」

夷安公主道：「也許是陽安用自己的皮鞋換走了徐樂的官靴。」東方朔道：「凶手在房間裡面又殺人又斬首，地面上有大灘血跡，他腳上肯定沾了血，如果對換過鞋子，死屍腳上的皮鞋就應該有血跡才對。不過按照目前的推斷來看，徐樂的殺人嫌疑就很大了，至少跟那連夜離開的商人隨奢嫌疑一般重。徐樂認得女死者管媚，不顧朝廷使者的尊貴身份，偷偷來客棧與其相會，表明二人之間有非同尋常的關係。使用化名吳明，是表明他不想讓旁人知道此事，這本身就已經構成了凶案的因素。之前之所以排除徐樂的嫌疑，是因為有人證實他凶案發生前就已經離開客棧，但現在既然發現還有後牆這條路，那麼他離開後再翻牆回來也不是什麼難事。大概他與管媚幽會被陽安發現，但陽安畏懼妻子，沒有敢當場捉姦發作，而是等徐樂離開客棧後跟了出去。二人發生了劇烈的爭吵或是身體衝突，之後陽安憤然回來客棧。徐樂或是心起殺機，或是擔心陽安會對管媚不利，於是決意再回去看看。但先前他入住客棧時不肯提供證明身份的關傳，靠賄賂店主才暫時入住，此番再返回，勢必引起深重的懷疑，於是他退而求其次，從客棧後牆翻牆而入。進來時也許正撞見管媚和陽安爭吵，他一出現，更是火上澆油，陽安拔出了匕首，他也拔出了防身的佩刀。爭鬥中，陽安奪取佩刀刺中了管媚，徐樂則奪過匕首刺中了陽安。只有這個過程，才能符合兩名凶手、兩種刀傷、且妻子傷口比丈夫要深許多的物證。徐樂見大禍已然釀成，難以挽回，乾脆鋌而走險，割下二人首級，盜取了管敢金劍，翻牆帶走。他未必就是貪圖金劍，而是他在朝中任職數年，熟悉官府辦案流程，知道這樣做可以混淆凶案的起因和動機，最大程度地誤導查案官員。若是運氣好，他一早順利出城，我們還會以為他昨日就已獨自回了無終，絲毫不會懷疑到他身上。」

夷安公主一聽也深覺有理，問道：「那麼現在要怎麼辦？」東方朔嘆道：「還能怎麼辦？這就回去郡府請暴長史發下文書到無終，捕捉徐樂回來受審。這案子不結，管敢等人都不能獲釋回鄉。如此結局，可不是管綠管翁所希望看到的。」

回來郡府，東方朔特意跟長史暴勝之商議，將管敢從獄中放出來，准他回去城南客棧居住，但不得官府允准，不得離開平剛城。

管敢聽說經過，問道：「凶手到底是誰？是隨奢還是徐樂？」東方朔心道：「隨奢不過是個普通商人，為金劍殺人有些匪夷所思，況且他在家鄉平原郡有家有口。倒是徐樂衝動下為情殺人可能更大些。」但他不便明說，只道：「他二人都有很重的嫌疑。按目前的物證，不足以確定凶手到底是誰，只能捕到疑犯後憑口供結案。」又問道：「你沒有聽你姊姊提過徐樂麼？」

管敢道：「何須我姊姊提他，我本來就認得他。不過當時年紀還小，記不大清楚他的樣貌了。八年前，家父臨終前交代後事，再三叮囑我到十五歲時一定要取回金劍，如果姊姊不肯，就來郡府控告，當時徐樂也在場。」

東方朔心道：「管線臨終囑咐愛子，必是最隱祕的機密，徐樂居然在場，可見管線相當信任他了。」忙問道：「令尊有沒有對徐樂交代什麼特別的話？」管敢道：「嗯，家父給了徐樂一個精緻的木盒子，但盒子是封上的，裡面裝著什麼誰也不知道。家父又說了一大堆我聽不懂的話，徐樂伏在地上，磕了三個頭。第二日，他就帶著盒子上路了，馬匹、僕從、路費都是父親白送給他的。」

正好有吏卒進堂稟告道：「長史君，有進城的樵夫來報官，稱今早在城外看到過兩名男子騎馬往南而去，一人三十來歲，相貌很醜，另一人四十歲出頭，模樣很像是被通緝的關東大俠郭解。」夷安公主道：「呀，那醜男子不會就是徐樂吧？他怎麼跟朝廷通緝要犯混在一起了？」

一旁的管敢卻得到了意外的提示，猛地觸發了記憶，叫道：「郭解，是郭解！大夫君，我記起來了，家父向徐樂說的那一大番話中，反覆提到過郭解這個名字。」

東方朔心道：「徐樂曾經提過，八年前他離開家鄉無終到京師上書途中，曾受人所託，到河內拜見過郭解，他與郭解應該就是那時候認識的。莫非託付他的人就是管線？管線既能安排下金劍這樣的妙計，當然也會想到郡太守很可能是個糊塗官，難以體會金劍背後的玄機，也許郭解就是他的後招。郭解被朝廷通緝之前，以排憂解難名聞天下，請他居中調解糾紛恩怨的豪族世家不計其數，管線應該早有所聞，所以託徐樂送名貴禮物給郭解，請他到管敢十五歲時來右北平郡，萬一在任郡太守不能決斷金劍之謎，就由郭解出面，替愛子討回公道。只是世事難料，半年前，郭解因遷徙茂陵事件忽然從天上墜入地下，由名滿天下的關東大俠變成朝廷追捕的要犯，這大概是管線生前無論如何預料不到的。」

推斷起來，郭解此番來平剛純粹是為管敢之事而來，根本不是眾人所想的替前霸陵尉胡豐向李廣復仇。如此倒可以解釋他為何不認識胡豐之子阿胡，也難怪他在城南酒肆三番兩次地提醒李廣有危險，他對飛將軍其實並無惡意。霍去病、韓說兩位郎中在去城南客棧的途中見到郭解也就說得通了，他受過管線託付，雖未出力金劍之案便已經解決，但他自己還是需要給管敢一個交代，所以徘徊在客棧附近，只為尋找機會與管敢交談。既然他一直在暗中關注管敢，那麼對客棧所發生的凶案也一定是知情者。他放任隨奢離開，唯獨跟上徐樂，只能證明一點——徐樂才是真正捲入凶案的人。他一定是利用這一點來要脅徐樂帶他出城，既然管敢之事已徹底解決，他再也沒有繼續留在平剛的必要了。

暴勝之聽完東方朔的推斷，深為佩服，道：「這案子如此離奇，全憑大夫君智慧巧思才能解開種種謎團。臣這就派人在全郡搜捕徐樂和郭解。」見夷安公主站在一旁，忙道：「當然，公主也是有功勞的。」夷安公主笑道：「還是我師傅厲害，本公主只有那麼一丁點苦勞。」

東方朔卻不如眾人那般如釋重負，心中反而隱隱不安，暗道：「郭解當此處境危急之際，仍然冒著身份敗露的危險來右北平郡履行八年之約，可謂世間罕見的信人君子，難怪有那麼多人肯為他賣命赴死。也難怪天子震怒，這樣得民間百姓衷心擁戴的人物不死，他在未央宮睡不安穩。哎，郭解呀郭解，你也算是不世出的一代俊傑，在文景之治下也許能平安無事，可當今皇帝精明霸氣，有本領的人不自汙品行，如何安身立命？你真該好好學學我東方朔才是。」

過了數日，無終縣令派驛騎飛報，已在無終縣境內捕獲徐樂，正派輕騎押來郡府。東方朔聞訊，這才長舒一口氣，倒不是慶幸徐樂落網，而是他總算從郭解手中死裡逃生，郭解也算暫時逃脫了官府的追捕。

夷安公主卻甚是奇怪，道：「徐樂與郭解是舊識，郭解不殺他倒也不足為奇，但徐樂既然脫險，為何還要逃回自己的家鄉無終，這不是自投羅網麼？看來他並不是真正的殺人凶手。」見東方朔沉吟不答，催問道：「師傅，我說的對不對？」東方朔道：「既然徐樂已經被捕，等他解到郡府，公主第一個審問他不就全清楚了麼？快些走吧，我還要趕去隔壁聽張騫講他的西域奇遇呢。」

張騫已然甦醒，他奉天子之命出使西域，自離開京師長安出發，迄今已十三年，眾人對他的經歷極感興趣，等他精神略好一些，便約齊來他房中聽他講述月氏奇遇。

當今天子劉徹即位之初，從投降的匈奴人口中得知西域有個國家名叫大月氏，是匈奴的死敵。月氏最早是遊牧民族，跟匈奴相鄰，居住在河西走廊[17]一帶，一度十分強大，國有「控弦之士」二十萬，以致北方的匈奴也不得不對它俯首稱臣。匈奴頭曼單于在位時，因為寵愛寵妃之子，想立其為太子，故意將原太子冒頓送到月氏為人質，不久又發兵進攻月氏，想借月氏國王之手除掉冒頓。不料冒頓十分機靈，盜取了一匹好馬，傳奇般地逃回了匈奴。頭曼單于亦驚服兒子的勇壯，令其統領萬騎。冒頓知道真相後，決意報復父親及後母。他苦思之下，發明了一種名叫鳴鏑的響箭，並對部下下令，凡鳴鏑所指，必須立即跟射，不隨射者皆斬。他先用鳴鏑射自己最愛的寶馬，左右有不敢射者被立斬。隨後又用鳴鏑射自己的愛妻，左右仍有不敢射者，又被斬殺。幾番訓練後，冒頓鳴鏑射頭曼單于的寶馬，左右無一人不射。冒頓知道部屬已經絕對服從自己，遂用鳴鏑射頭曼，左右皆隨之放箭，當場射殺頭曼。冒頓即自立為單于，誅殺後母、異母弟以及所有異己大臣。

正是從冒頓單于開始，匈奴日益崛起，逐漸稱霸北疆，導致中國第一次有了真正意義上的外患，連大漢開國皇帝劉邦也遭遇白登之圍，險些成為冒頓的階下囚。劉邦死後，太子劉盈即位，實際由太后呂雉執政。冒頓單于特意致信呂雉，稱：「孤僨之君，生於沮澤之中，長於平野牛馬之域，數至邊境，願遊中國。陛下獨立，孤僨獨居。兩主不樂，無以自虞，願以所有，易其所無。」表示想與呂雉結親。呂雉受此侮辱，大怒下欲發兵攻擊匈奴，卻被諸將勸止，遂忍氣吞聲回信稱自己人老珠黃，另外選取美貌的宗室女子封為公主，送給冒頓單于。

匈奴既然強大，冒頓理所當然要報昔日在月氏為質之仇。他親自領兵打敗了月氏，月氏國故地河西則被匈奴渾邪王部和休屠王部占領。倖存的月氏人一小部分人留在南山[18]一帶，被稱為小月氏，與當地羌人逐漸融合。大部分人在月氏王的率領下向西逃去，進入伊犁河流域，趕走當地土著，用武力占領了該地區。但月氏在該地留居不久，又被烏孫與匈奴聯軍攻破。昔日烏孫與月氏同居於河西，月氏欺負烏孫弱小，殺死其首領難兜靡，逼迫烏孫舉國西遷。月氏被匈奴驅逐出河西後，實力大減，難兜靡之子獵驕靡也已經長大，有心報當年殺父之仇，遂與匈奴聯軍，至伊犁河上游進擊月氏。結果月氏大敗，月氏國王被匈奴老上單于殺死，頭顱也被割下做成酒器飲酒。伊犁河流域被烏孫占領，獵驕靡在此建立了烏孫國。

月氏殘部向西南遷徙，擊敗大夏國，奪占了嬀水流域[19]，被稱為大月氏。因時時思念故土，對匈奴恨之入骨，一直有報復之心。只是匈奴當時強大，勢力瀰漫西域，大月氏勢單力孤，加上距離匈奴遙遠，縱有復仇之心，卻是鞭長莫及。

劉徹得知大月氏的情況後，非常重視，認為月氏與匈奴有不解深仇，應該可以與大漢聯手抗擊匈奴。西域大多數國家已臣服於匈奴，成為其重要基地和臂膀，如果大月氏與漢朝結為婚姻之國，聯合起來，就能夠切斷匈奴跟西域各國的聯繫，截斷匈奴的右臂。然而大月氏幾次敗於匈奴後到底遷徙到哪裡，卻沒有人知道。要聯絡到大月氏，就必須派人去西域尋找。建元三年，劉徹下詔招募使臣，出使大月氏。張騫時任郎官，奮而應征，成為大漢第一位西行使者。

---

17 河西走廊：河西是指今甘肅蘭州（漢時名金城）以西的武威、張掖、酒泉、敦煌等地，因位於黃河以西，故稱河西。又因其為夾在祁連山與合黎山之間的狹長地帶，又稱河西走廊，南北之間最寬處不過一百公里，窄處僅數百米，是中原地區通往西域的咽喉要道。

18 南山：即祁連山（「祁連」意為天），因位於河西走廊南側，故名。位於今青海東北部與甘肅西部邊境，由多條西北—東南走向的平行山脈和寬谷組成。

19 大夏：西方稱「巴克特利亞」，在今阿富汗北部。嬀水：今中亞阿姆河。

當時漢朝西部邊界只到金城，整個河西地區都在匈奴的控制之下，要去西域就必須冒險通過匈奴占領區，出使西域實際上是一個既艱難又危險的任務。自大漢立國，還沒有官方人員到過遙遠而神祕的西域，沒有人知道西域到底是一個什麼樣的地方。根據風言風語的傳說，西域全是無邊無涯的沙漠和沙磧，暴風時起，天翻地覆，光天化日之下，處處鬼哭神號。又有寸草不生的鹹水，舉目荒涼，上不見飛鳥，下不見走獸，往往走一個月都不見人煙。也沒有正式道路，行旅只有沿著前人死在途中的枯骨，摸索著前進，稍不留意，就會迷失方向，可謂凶險重重。在這樣的情況下，張騫敢於應征，前往傳說中恐怖而陌生的地方，充分顯示了他超人的膽識和勇氣。劉徹為他配備了一百多人的隊伍，由於途中要穿越匈奴國境，還需要一個熟悉環境的匈奴人。那時皇后陳阿嬌還沒有失寵，皇后生母館陶公主劉嫖為討好女婿，推薦了自家的奴隸甘父。甘父是匈奴俘虜，為人憨厚，還能射一手好箭。劉徹召見後很是滿意，特意免除甘父的奴隸身份，命他隨侍張騫。一行人從隴西出塞，就此踏上漫漫征途。

進入匈奴境內不久，張騫等人就遭遇了匈奴騎兵，一場惡戰後，漢使者一行或是被殺，或是被俘。張騫被押送到匈奴腹地單于王庭[20]。軍臣單于看到張騫的旌節，得知他是漢朝的使者，很是生氣，道：「月氏在我們匈奴北邊，漢朝怎麼可以派使者從我的土地上通過？如果我派使節去南越[21]，漢朝會允許我的使者從國境內通過嗎？」不過軍臣單于也沒有殺這群俘虜，只是下令將他們監禁起來。

匈奴人不會建造房屋，沒有牢房囚禁犯人，也不會冶煉，自然也沒有手銬腳鐐，只有極個別的重要囚犯才會被關在廢棄水井改成的深土牢裡。張騫等人被分散賜給匈奴貴族為奴。甘父本來就是匈奴人，單于沒有處罰他，他自己倒是忠誠，跑去跟被賞賜給右賢王的張騫住在一起。奴隸的生活窮困而艱苦，幹放羊、打草、拾牛糞、淘井等各種苦活兒不說，還常常衣食無著，張騫好幾次都是依靠甘父射獵鳥獸來維持生活。

過了幾年，右賢王見張騫還算老實，有心籠絡，將一名匈奴女子阿月嫁給他為妻。就這樣，張騫在匈奴王庭安頓下來，還和匈奴妻子阿月生下一對兒女。但他性情堅毅，仍然時時手持漢節，表示不忘他的使命。因他為人寬厚，與周圍的匈奴人相處得都不錯，十年過去，他已經能夠講一口流利的匈奴話，兒女也漸漸長大，匈奴人滿以為他已以匈奴為家，遂放鬆了戒備。張騫卻無時無刻不在尋找機會，尤其幸運的是，他被單於賜給了右賢王，右賢王的駐牧地是匈奴國境中最靠近西域的。與忠心耿耿的甘父商議好後，張騫拋棄妻子兒女，與甘父一起盜馬逃走。

二人也不知道具體哪條道路能到達大月氏，只是一直拚命往西，穿越大漠，風餐露宿，歷盡艱險，九死一生，乾糧吃盡時，靠善射的甘父射殺禽獸聊以充飢。走了幾十天，經過車師、龜茲等西域綠洲小國，越過蔥嶺，終於到達大宛國。當地人懂得匈奴話，張騫與他們交談起來很方便。大宛國王早已聽說有個富庶的大漢帝國，很想同漢朝通使往來，聽說張騫來自漢朝，非常歡迎。張騫說明自己是出使大月氏的漢朝使臣，經過匈奴被拘留了十餘年，現在逃出匈奴來到大宛，請求國王派人送他到大月氏，將來返回漢朝，定當厚報。大宛國王很願意與漢朝結交，派出嚮導和翻譯，將張騫送到康居國[22]，再由康居護送他們到大月氏首都藍氏城去。

張騫到達藍氏城後，勸說大月氏東歸河西地區，與漢朝共同夾擊匈奴。然而，大月氏今非昔比，在西遷之後，社會經濟有了很大的變化——原先的月氏與匈奴同俗，只是個逐水草而徙的「行國」，居無定所；如今大月氏所占據的媯河流域土地肥沃，物產豐富，月氏人開始從事田耕，種植稻麥，釀造葡萄酒，逐漸由遊牧生活變成了農業定居。國境數千里，有大小城邑數百座，人民生活富饒，安居樂業，日子比以前在河西走廊故地要好許多，根本再無東歸的必要。加上現任國王是被匈奴老上單于殺死的國王的孫子，對祖父的感情又隔了一層，報仇之心漸淡。他認為漢朝離大

20 王庭：匈奴單于駐地，在今內蒙古呼和浩特附近。

21 南越：秦朝將滅亡時，由南海郡尉趙佗起兵兼併桂林郡和象郡後建立，國都番禺（今廣東廣州），疆域大致包括今廣東、廣西大部分地區，福建、湖南、貴州、雲南部分地區，以及越南的北部。

22 車師：國都交河城，遺址在今新疆吐魯番西北。龜茲：讀作「秋瓷」，今新疆庫車縣一帶。大宛：讀作「大淵」，今哈薩克斯坦費爾干納盆地。康居：今哈薩克斯坦東南。

月氏太遠，如果聯合攻擊匈奴，萬一出現危急情況，漢朝也難以相救，因而婉言謝絕了張騫的提議。但是因為張騫是漢朝使者，國王還是很有禮貌地接待他。張騫在大月氏住了一段時間，也沒有說服大月氏國與漢朝聯盟共同夾擊匈奴。正是在這裡，他第一次聽說南方有一個叫身毒的國家，國中盛行浮屠之教，供奉金人[23]為神。

張騫在大月氏住了一年多，見月氏國王意不可轉，只好動身返回長安。回中原的時候，他特意選擇了另一條路，從大月氏經南道的莎車、于闐[24]等國，然後穿越羌族部落居住的地區，只有這樣才能避開匈奴人的勢力。

羌人是胡人的一支，所居無常，依隨水草，地少五穀。部落氏族無定，不立君臣，無相長一，以力為雄，強則分種為酋豪，弱則為人附落，春秋戰國時與華夏諸侯國有交往，常殺人掠貨，與秦國爭戰，互有勝負，後被秦昭王所滅，設置隴西、北地等五郡。漢初，匈奴強大，河湟[25]一帶的羌人服屬於匈奴，以畜產與漢朝人交換糧、布及手工業製品，與西域、西南夷亦有貿易往來。漢景帝時，名將李廣任隴西太守，一度與羌人開戰，殺羌人數千。

然而不幸的是，羌族部落也在匈奴的控制範圍之內，張騫和甘父一進入河湟，就被匈奴騎兵發現，扣押了起來，重新押解回王庭，給單于做放羊的奴隸。張騫的匈奴妻子阿月聽說丈夫又被俘虜，悲喜交加，忙帶著一對兒女來與丈夫相會。有了上一次逃跑的教訓，匈奴人自然不會再放鬆警惕，張騫時時處於嚴密的監視中，想再次逃脫，比登天還難。不料不久前，事情卻突然有了轉機——王庭的另一名漢朝奴隸趙破奴趁看守不備，趕來告訴張騫，匈奴老單于軍臣單于突然死去，太子於單正與單于弟左谷蠡王伊稚斜爭奪單于位，是逃跑的大好時機。張騫遂派妻子阿月冒險聯絡了甘父，趙破奴則帶上了另一名女奴王寄，五人一起盜馬逃走。只是張騫一雙兒女被當作人質在另一處為奴，一時聯繫不及，只能忍痛放棄。一行人生怕被匈奴人發現，決意取道李廣駐守的右北平郡，一路晝伏夜行，經常缺糧斷水，歷經千辛萬苦。幸好甘父箭術高超，完全靠他射獵飛禽野獸充飢解渴。然而正當眾人遠遠望見長城而興奮不已之際，忽有一隊匈奴騎兵急追而來，看服飾竟是王庭的龍虎騎士，五人只得猝然上馬逃命，混亂中張騫和王寄各中了一箭。幸好追兵遠道而來，而五人休息已久，終仗著馬力優勢逃進了漢軍的勢力範圍，至於迎面遇上李敢、霍去病一行，就完全是巧合了。

聽完經過，霍去病慨然道：「聽說龍虎騎士是單于的心腹衛隊，匈奴人派他們萬里追殺張使君一行，可見十分忌憚張使君歸漢，愈發顯得皇上派張君遠交月氏、夾攻匈奴的戰略是正確的。」張騫道：「慚愧得緊，張騫在外漂泊十三年，終未能完成天子交付的使命。」

他雖然自責，旁人卻盡以欽佩的眼光望著他——他是大漢第一位到過西域的使臣，還是在做了匈奴人十年俘虜後，人生不可謂不傳奇，經歷不可謂不驚險，若非有超常的毅力和耐心，決計難以做到。

夷安公主問道：「那些西域國家的人也跟咱們說一樣的話麼？」張騫已知道她的公主身份，忙答道：「回公主話，大月氏人都會講匈奴語，車師、于闐那些西域國家語言各不相同，需得有專門的通譯。」

夷安公主道：「數十個國家，那西域得有多大啊。」張騫笑道：「不是公主想的那樣，西域國家大多是綠洲小國，少則幾千人口，多則幾萬人口，像于闐、大月氏已經是西域大國，也不超過數萬人口。所有西域國家的人口加起來都不及我大漢一個郡。」

霍去病道：「既是如此，即使大月氏肯同我們聯合，也未必能牽制匈奴。」張騫道：「大月氏也許不能，但西域北部還有一個名叫烏孫的國家，人口近三十萬，是西域最強最大的國家，以前依附匈奴，現在也跟匈奴不和。如果烏孫肯跟大漢聯姻，結成同盟之國，可就遠遠勝過大月氏了。」

夷安公主對異域風情充滿濃厚的興趣，還待再問，東方朔見張騫神色疲倦，知道他重傷初癒，仍需要休養，忙

---

23 身毒：讀作「捐毒」，西漢對古印度的叫法，東漢以後稱天竺，均為音譯。浮屠之教：佛教。金人：即佛像。

24 莎車：國都在今新疆莎車。于闐：國都在今新疆和田。

25 河湟：今青海省和甘肅省境內的黃河和湟水流域。

道：「張卿傷好，這些話回頭再問不遲。」叮囑阿月好好照顧張騫，有需要儘管張口。那阿月甚是淳樸，也不知道聽沒聽懂，只茫然點頭。

眾人退出房來。霍去病問道：「大夫君預備何時啟程返回京師？」正使徐樂既出了事，副使自然就成了領頭人。東方朔道：「當然要等徐樂解回平剛，咱們一起來，也得一起回去。反正也就是這兩日的事，霍君不妨再耐心等等。」霍去病道：「也好。」

夷安公主忙道：「咱們就快要走了麼？那馬奶酒我還沒有喝過呢。」吵著要去城南酒肆飲酒，東方朔被磨不過，只得同意。

忽聽得前面有人高聲嚷道：「飛將軍和小李將軍回來了。」

到郡府門前，正遇到幾名士卒押著兩名五花大綁的軍人進來。東方朔一眼認出那年輕將軍是邊關校尉僕多，不由大奇，問道：「僕校尉犯了何罪？」一名士卒答道：「不聽上司號令，當面頂撞飛將軍。」

原來李廣預料匈奴內亂，朝廷即將用兵，立即趕去邊塞閱兵操練。這本是件大大的好事，只是李廣一到軍營，便按照老習慣大搞射箭比賽，樹了數個箭靶於帳前，親自與眾弓弩手交流射技，負者飲酒為罰。他箭術天下無雙，軍營中誰又是他的對手，結果自然是人人被罰喝酒。校尉僕多對此十分不滿，認為戍卒之前均當過一年郡兵，受過嚴格的軍事訓練，而弓弩手的射術高下不是作戰根本，不需要如此刻意操練。

當時漢軍武器裝備弓、弩並存。弓構造簡單，能夠大量製造，且重量輕，使用靈活，弓手從上箭、張弓，到瞄準、發射，能夠在極短的時間內迅疾完成，對於熟練的弓手，羽箭射出只在眨眼之間，因而弓箭具有攻擊目標的快速性。而弩製作工藝複雜，成本遠較弓高，由於箭支要精確地裝進弩機中再扣動勾牙，因而使用不如弓箭便利。但其瞄準和待機時間得到相當的延長，命中率更高，射程、貫穿力以及準確度都比弓要高出一倍，因而強弩被視為「天下精兵，國家膽核」。漢律規定十石以上硬弩[26]不得出關，此律令既針對諸侯王，也適用於匈奴，可見強弩被視為中央朝廷保持軍隊裝備優勢的根本。

漢弩構造精巧，均裝備有望山，專門用來瞄準，射擊者不需要高明箭術即能很容易地命中目標。尤其強弩講究密集度和連續性，依靠射手齊射和輪射，才能發揮兵器最大的效能。弓憑人力拉射，射擊的精度完全依靠個人的技術和素質，弩則憑機械力發射，命中的精度大部分源於弩器的設計。相比較而言，弩只是一種工具，而弓則能很好地展現出射手個人的射藝，昔日孔子寓射於教，也視射箭是君子修行的方式。

李廣天生長臂，弓射出神入化，遠中百步之外柳葉，射力可穿七重鎧甲。他本人既是舉世無雙的神射手，自然在軍中大力推廣射術，為此還特意寫下《李將軍射術》一書，射藝超群的士卒往往得他重用。但僕多認為漢軍裝備多為硬弩，兵器精良，平常人即輕易射中目標，還讓士卒們苦練射術無益作戰，不如發動軍士在長城外修繕戰備，抑制匈奴騎兵威力。李廣轄下邊軍有五名校尉，唯有僕多是匈奴人，其父僕黥於景帝時降漢，被封安其侯，這也是大漢第一次非功而封侯。僕多在漢地長大，卻還是匈奴人的直爽性子，又年輕氣盛，一時出言不慎，頂撞了李廣，將帥頓生嫌隙。

又因為之前匈奴百餘騎兵追擊張騫入塞，沿途亭燧失職不察，僕多下令逮捕所有燧長，預備在軍前處死，以正軍法。燧長辯稱他們早發現了匈奴人的行跡，但由於飛將軍威名遠揚，兩年來匈奴不敢入侵右北平，亭燧上的柴禾從未動過，加上天氣寒冷，難以點燃。李廣認為情有可原，下令釋放燧長，令他們戴罪立功。僕多氣憤不過，上前道：「若因為他們幾人有意奉承李將軍就輕易放過，軍法何存？」李敢見僕多語有譏諷之意，挺身上前訓斥。僕多又道：

26 漢弩按威力從低到高有十八個級別，最低一石，最高四十石，一石大體相當於今三十公斤。一、二石弩是擘張弩（用臂拉開），三石以上是蹶張弩（用腳踏開），十石以上是腰張弩，二十石以上則是要靠絞車上弦的大型弩。三石到六石弩有效射程為一百二十到二百步（漢代六尺為一步），八石到十二石為三百到四百步。漢軍裝備以六石弩居多，也有十、十五、二十石以上的大黃弩。

「小李將軍是郡都尉，屬於郡級官吏，無權過問我戍軍軍營之事。」李敢臉色極為難看，強忍怒氣才沒有發作。

正當場面尷尬微妙之時，僕多所屬戍卒裴喜忽然衝出隊列大罵李廣是「老匹夫」，最終導致局面一發不可收拾。軍正魯謁居素來看李廣臉色行事，下令左右拿下僕多和裴喜。另一名校尉高不識為僕多求情，也被當場斥退。

然而校尉佩帶龜鈕銀印，其官秩比二千石，僅比李廣的真二千石略低一級，涉及這一官秩的大官案都必須解往京師，由廷尉府審訊判決，若要殺頭還得奏明皇帝。魯謁居遂令將僕多和裴喜押回郡府，下獄監禁，等羅織罪名上報朝廷後再行處置。

東方朔聽說經過，忙對押送的士卒道：「我有話問僕校尉，你們先退下。」扯著僕多到一旁，問他當日出塞追擊有無捕到匈奴生俘。僕多道：「有，當日入塞的匈奴騎兵只有極少數馬快者逃脫，餘者要麼被殺，要麼被俘。我審問過俘虜，他們均是單于王庭的龍虎騎士，奉新單于之命，務必要殺死逃亡的漢奴。」

東方朔道：「新單于？」僕多道：「就是軍臣單于之弟伊稚斜。」東方朔道：「啊，這麼說，匈奴太子於單爭位失敗了。」僕多道：「是，俘虜說伊稚斜有足智多謀的中行說輔助，必然會占到上風。」

東方朔道：「看來中行說在匈奴人心中的地位還真不低。」「嘿嘿」兩聲，又道：「校尉君所犯不是什麼大過，不如主動向李將軍認個錯，我願意從中說情。」僕多卻甚是倔強，斷然拒絕道：「不敢有勞大夫君。臣和臣下屬在軍前當眾頂撞上司，是臣的不對，甘願接受軍法制裁。」昂首挺胸去了。

夷安公主道：「這男子不領師傅情，何須多理他。」東方朔便命人叫來趙破奴，道：「我和公主要去城南飲酒，你可願意侍從走一趟？」趙破奴道：「公主和大夫君有命，小子不敢不從。」

三人來到酒肆坐下。東方朔問起趙破奴身世，趙破奴道：「小子八歲就被擄往匈奴為奴，迄今已二十年。」東方朔道：「二十年前還是景帝在位，當今皇帝只是太子。」趙破奴道：「是。雖然我大漢自立國以來就與匈奴和親，稱兄道弟，但匈奴還是會時常入境掠邊。二十年前，匈奴自代郡大舉入侵漢地，太原也一度被圍，我就是那時候被擄往胡地。當時因為年紀還小，被留在王庭，為單于牧馬。我可以說是在匈奴長大，匈奴人也早把我當成了匈奴人，可我從來沒有忘記自己還是大漢子民。」

夷安公主道：「你在匈奴王庭二十年，一定見過我姊姊孫公主了，她長得什麼樣？美不美麗？她在匈奴過得好不好？本來這些話我想問那宮女王寄的，不過她總是昏迷不醒。」

趙破奴道：「公主一定想知道麼？」言語中遲疑的語氣，實際上已經在暗示孫公主的命運悲慘。

夷安公主堅決地點了點頭，道：「想知道。我猜姊姊一定過得不好，但我還是想知道，這是她為大漢作出的犧牲，應該讓天下人都知道。」

趙破奴料不到夷安公主小小年紀，竟有這等豪氣，呆得一呆，才道：「好。」聲音陡然低沉了下來，道：「我在匈奴二十年，總共見過兩位大漢公主，一位是先帝的親女昭陽公主，一位則是當今皇帝的親女孫公主[27]，先後嫁給了軍臣單于做閼氏。在這之前，軍臣單于還娶過三位漢公主……」夷安公主道：「這我知道，不過這之前的公主都是宗室女子，只有我姑姑昭陽公主和我姊姊孫公主才是真正的大漢公主。」

趙破奴道：「但無論是宗室女，還是皇帝女，只要嫁到匈奴，命運都是一樣的。公主一到王庭，嫁妝被奪走，臣屬隨從也會被盡數逮捕，分散賜給諸王為奴隸，公主身邊往往只留有一到兩名貼身宮女，雖然名為閼氏，卻連侍妾都不如，輕則斥責，重則打罵。」

自漢高帝以來，嫁往匈奴的大漢公主均是由朝廷慎重挑選，個個容顏美麗，知書達禮，最初嫁往匈奴時，往往令匈奴人驚若天人，膜拜在地。匈奴單于也對漢公主禮敬有加。然而自從文帝時期陪嫁公主的宦者中行說投降了匈奴，

27 孫公主：漢代某些皇子、公主以母姓為號，如衛子夫長女稱衛長公主，孫公主即代表其母姓孫。

事情發生了根本的改變。中行說告訴單于說，大漢許嫁公主不過是美人計，其中蘊藏著巨大的陰謀——按照和親始作俑者劉敬的謀劃，和親的最終目的是要讓漢公主所生之子當上單于，這樣就能利用血緣不戰而降服匈奴。當時在任的老上單于知道後悚然而驚，對漢公主的態度急轉直下，從此立下規矩：只要漢公主產下孩子，無論是男是女，都要立即送走，交給普通牧民收養，永遠不准有王族身份。且對漢公主也愈發不客氣，肆意侮辱玩弄，有意令其多生產，然後將孩子抱走，當面羞辱公主取笑。景帝之女昭陽公主不僅被軍臣單于占有淫樂，還被軍臣眾兄弟子姪強行姦污，最終不堪凌辱，吞金自殺。孫公主的際遇也好不到哪裡去，出嫁胡地僅五年便被折磨而死。其心腹宮女王寄則是因為容顏美麗，擅長女紅，頗得軍臣單于母親母閼氏喜愛，這才活了下來，沒有受太多罪。

夷安公主只聽得俏臉通紅，雙手握緊成拳，砸在食案上，卻說不出一個字來。回到郡府，也是一言不發在房中悶坐。主傅義姁見公主神色大異平常，不明所以，忙趕來問東方朔究竟。東方朔道：「也沒什麼，夷安公主聽說了一些昭陽公主和孫公主在匈奴的生活，心中有些難過。」又記起孫公主陪嫁宮女王寄之事，問道：「王寄還是記不起以前的事麼？義主傅醫術精絕，有沒有什麼法子可以醫治好她？」

王寄早已經甦醒，但卻失了憶，連自己是誰、怎麼來的這裡都記不清了。東方朔記得趙破奴說過王寄一直在軍臣單于和母閼氏身邊侍奉，知道不少匈奴機密軍情，甚至還見過到胡地聯絡起兵的漢朝奸細使者，如此，王寄的價值不亞於張騫，新單于伊稚斜派龍虎騎士窮追不捨，最想殺的人也許正是她，可惜她又偏偏因為受傷失去了記憶。

義姁道：「王寄身子弱，能活過來已經是奇蹟。孫公主既然在匈奴過得很不好，她一個宮女，又能好到哪裡去？那些記憶也許正是她想忘記的。她既然不願意記起來，大夫醫術再高明，也是治不好的。東方大夫若是想從她口中瞭解匈奴軍情，我勸你還是早早打消這個念頭。」

忽有一名士卒敲門進來，躬身稟告道：「臣來替僕校尉傳話，校尉君有要緊事情要求見東方大夫。」

東方朔聞言便趕來郡獄，獄令親自領他進來囚室。僕多頸間戴著鐵鉗，左腳上鎖著鐵鈦[28]，行動受限，模樣頗為狼狽。與他同時被捕的戍卒裴喜也戴著同樣的刑具，縮在囚室一角。

東方朔道：「校尉君改變主意了麼？」僕多轉頭看了一眼裴喜，低聲道：「不是為我自己，我想求大夫君救救我下屬。我是二千石武官，受審也要被解回京師，可裴喜只是普通戍卒……」

東方朔道：「你擔心飛將軍殺了他？」僕多道：「他並沒有犯錯，不過是因我是他長官，見我與飛將軍父子爭吵，這才挺身站了出來。」

東方朔笑道：「那日我登上長城，湊巧聽見這位裴喜要給大家講飛將軍怒殺霸陵尉的故事，我瞧他心中對飛將軍怨氣大得很，未必就是為校尉君挺身而出呢。再說，我憑什麼要答應校尉君救他？」

他聲音頗大，一旁裴喜已然聽見，起身怒道：「校尉君不必為臣求他，死就死了，死之前我也還要再罵一句李廣『老匹夫』。」

東方朔道：「你二人倒是一樣的驢子脾氣。校尉君頂撞飛將軍是為公事，那麼你又是為什麼呢？」裴喜道：「路見不平，拔刀相助。我只是見不慣李廣這等沽名釣譽之徒……」

正說著，一名士卒飛奔進來，道：「徐樂徐使君已然解到，飛將軍請東方大夫速去前堂。」

東方朔吃了一驚，道：「這麼快？」顧不上再理會裴喜，匆匆出來郡獄，正好遇到韓延年帶士卒護著夷安公主趕來，道：「公主來得倒是快！」夷安公主道：「嗯，我正好撞見韓延年四處找師傅。師傅答應過我，要由我第一個審問徐樂呢。」

幾人來到大堂，徐樂被押在堂下，手足未戴械具，不過面容憔悴萎靡，頭髮變得斑白，數日不見，竟是忽然老了十幾歲。

28 釱：讀作「第」，套在罪犯腳脖子上的鐵鉗刑具，狀如跟衣，足下重六斤。釱左趾是一種刑罰。

李廣正在堂上搓手徘徊，一見東方朔進來，忙上前道：「管媚夫婦的凶案老夫已大略聽說了，然而徐使君是朝廷使者，持有天子符節，郡府官吏不便審問。他人現在這裡，請東方大夫自行處置。老夫還有要緊事，得盡快趕去武庫[29]。」東方朔知道他心思全在備戰匈奴上，不過是找藉口推諉，便道：「好，請將軍自便。」

李廣又問道：「使者一行預備何時動身回京？」東方朔道：「就這兩日吧。」李廣道：「那麼今晚老夫請東方大夫飲酒，如何？」

東方朔料來對方有私人書信物事要託自己帶回長安，便道：「將軍見邀，敢不從命？」李廣點點頭，向夷安公主行了一禮，領了隨從自去了。

夷安公主走到徐樂背後，擺手命看守的士卒退下，驀然跺腳大叫一聲。這一下出其不意，徐樂和周圍的士卒都嚇了一跳。徐樂一直神色木然，一驚之下才恢復了少許生氣，結結巴巴地問道：「公主，你……」

夷安公主道：「說，你是不是跟管媚有姦情？」徐樂「啊」了一聲，露出極驚訝的表情，隨即緊閉嘴唇，低下頭去。

夷安公主道：「你這樣子，本公主就當你默認了。你跟管媚是老相識，這次偶然在平剛遇到，你忍不住去城南客棧找她，二人舊情復燃，結果被丈夫陽安發現。你出客棧後，陽安緊隨你出來，跟你爭吵起來，說不定還打了你，你脖子後的傷應該就是那時候留下的吧？」徐樂只是不應。

夷安公主頭一次嘗到審案的樂趣，很是得意，續道：「陽安多半還威脅要到官府告發你。本朝律法，官吏與人通姦，無論對方願不願意，均等同於強姦，要比常人加重治罪。你本來就很擔心對方聲張，最終被陽安點燃怒火，心中起了殺機，於是你又從後牆翻回客棧殺人……」徐樂瞪大眼睛，道：「公主說什麼？不，我沒有回去客棧殺人。」

夷安公主正說到興頭處，卻被對方打斷，很是生氣，怒道：「你還想要狡辯麼？你是朝廷官員，該知道官吏知法犯法，要罪加一等，頑固不招，就該接受拷掠。」回頭叫道：「師傅，要不要立即動大刑教訓他一下？」東方朔道：「嗯。」

徐樂忙道：「東方卿，我沒有殺人。你們……你們怎麼會認為是我殺了管媚？」夷安公主道：「我們沒有認為你……」

東方朔忙搶過話頭，道：「那你去城南客棧做什麼？你敢否認你不是去找管媚麼？」徐樂道：「我的確到城南客棧找過管媚，但僅僅是敘舊，很快就離開了那裡，店主夫婦可以作證的。我本來打算直接回來郡府，結果在半路被人打暈。」

夷安公主驚道：「你是說半路有人打暈了你？」徐樂道：「徐樂不敢對公主說謊。公主也見到我頸後的傷了，這就是當晚的襲擊者留下的。」

夷安公主道：「這一定是陽安做的好事。那麼後來呢？」徐樂道：「我被人打暈後，只覺得身子越來越冷，想起身呼救，卻沒有絲毫力氣。迷迷糊糊中，有人將我抱了起來。等我清醒過來時，發覺自己躺在什麼地方，四周一片黑暗。我思索了好半天，才回憶起發生過的事情，但頭痛得厲害，只能就那麼躺著，什麼也做不了。後來有人舉火進來，我知道這是我的救命恩人回來了，這麼冷的天，人在外面一刻工夫就會被凍僵，是他及時抱我回來，救了我性命。我掙扎著坐起來向他道謝，這才認出他……他……」

東方朔道：「是郭解，對不對？」徐樂很是驚奇，道：「東方卿如何會猜到？」東方朔道：「我瞭解到一些事情，猜想郭解這次應該是為管敢而來。徐卿，其實你早就知道了，從你知道郭解來了平剛城開始，你就已經知道他並不是來替霸陵尉向李將軍復仇，是也不是？」徐樂長嘆一聲，道：「是，我早就知道。」

原來當日無終縣富翁管線病危之時，特意派人請來徐樂，道：「以徐君之才華，到京師必能有一番大作為。」表示願意奉送一斤黃金作為路費，但有一個條件，須得帶一個木盒到河內，當面交給大俠郭解。徐樂滿口答應，來到河

29 武庫：漢代專門用來存放武器裝備的倉庫。

內郡後，順利見到名動天下的關東大俠。郭解居然道：「我知道徐君，昨日無終有人送來書簡，稱今日將有管翁的信使徐君到來。」徐樂便恭恭敬敬地奉上木盒。郭解也不忌諱，當著徐樂的面打開，裡面是四顆雞蛋大的珍珠，及一封書簡。郭解拆閱書簡後，當即以酒灑地，道：「我郭解當著管翁信使徐君之面發誓，必定履行這八年之約。等到令郎管敢十五歲之時，我會親自前往無終，若右北平郡太守不能主持正義，我郭解一定會親自管教管媚，讓她將所有家產還給管敢，完成管翁心願。」徐樂這才知道管線已經去世，而所有的安排都與幼子管敢有關。他並不清楚書簡內容，所以也不知道該說什麼才好，只得辭別郭解，繼續上路。

後來果如管線生前所言，徐樂因上書一鳴驚人，得到天子劉徹寵幸。他在京師仕途順利，日復一日，年復一年，家鄉的事也就慢慢淡忘了。這次他意外被選中出使右北平郡，也曾想起過當年於他有恩的管線以及那又香甜又扎手的玫瑰美人管媚，但始終沒有想到今年正好是管敢十五歲。直到他得知郭解來了平剛城，這才陡然想起八年過去，管線的幼子管敢已經成人，郭解說不定正為此事而來，當即驚出一身冷汗——他自幼與管媚相識，知道她性情強硬好勝，就算有郭解出面，也未必會乖乖就範，讓出家產。以郭解之為人，軟勸不行，多半就會來硬的，反正他已經是朝廷通緝的要犯，多殺一個人，不過是多一條罪名而已。

想到此節後，徐樂恨不得立即插翅飛回無終，給管媚通風報信，勸她善待幼弟，千萬不要得罪郭解這樣的亡命之徒。正巧在查案的過程中，李廣隨從任立政等人證實郭解是為前霸陵尉胡豐復仇而來，他才略略氣平。哪知道次日一早夷安公主三人平安回來，徐樂頓時意識到郭解也許並非如眾人所猜想的那樣，是為殺李廣而來，多半還是為管敢之事，頓時心急如焚，決意回無終看看。

哪知道離開郡府時，正好看見了士卒帶管媚幾人進來，徐樂遂一直躲在堂外偷聽，這才知道管線另有巧妙安排——期待愛子十五歲時郡太守能解開遺物金劍之謎，若是太守無能，則還有後招——那便是由郭解出面，軟也好，硬也好，要幫管敢索回所有財產。以郭解之為人和手段，定然最終能達到目的。這老翁管線安排之周密，當真到了可驚可怖的地步。

上天也當真眷顧管敢，天下第一聰明人東方朔湊巧來了平剛，非但解開了金劍之謎，還用一招「日中無影」力駁管敢非管線親子之說。眾人驚嘆佩服不已，唯獨徐樂心頭百般滋味——既慶幸問題圓滿解決，郭解自會離去，管媚不會再受到威脅有性命之虞；又憂懼她一貧如洗，未來該如何生活。畢竟她是他曾經熱戀過的女子，他的心中終究還是放不下她。

當管媚夫婦被趕出郡府後，徐樂便一路跟來二人居住的客棧，見二人沒有要走的意思，也要了一間房。天黑時，命小廝阿土暗中去請管媚來自己房中。管媚一眼即認出徐樂，故人相見，自有一番感慨。她早知道徐樂自幼迷戀自己，雖然一直瞧不上他，但此刻聽說他是朝廷派來的使者，不免又動了心思，遂主動投懷送抱。徐樂雖然憐惜眼前這女子，但心中還是厭惡她對財產的念念不忘以及對親弟的種種穢言，也明白她種種的柔情蜜意不過是想利用他的身份為她出頭，遂輕輕推開她。

離開客棧後，徐樂本想回去郡府，轉念想到東方朔精明無比，若是知道自己沒有回無終，定然會起疑，萬一輾轉扯出郭解來，麻煩可就大了。可眼下夜禁，他既出不了城，又沒有別的地方可去，正猶豫徘徊時，只覺得後腦和後頸連挨了兩下，一陣劇痛，人便暈了過去。

夷安公主問道：「再後來呢？」徐樂道：「再後來，我醒來後見到郭解。他沉聲道：『我認得你，你是無終縣徐樂，想不到你做了朝廷使者。』我這才發現我身上的官印和符節都在他手中。郭解又道：『管翁生前於你有恩，你明明知道他一片苦心全在愛子管敢身上，你非但不助一臂之力，反而和那貪婪陰險的女子管媚在客棧私會。你可對得起管翁在天之靈？』我見他聲色俱厲，自以為必死無疑，也無話可說。不料郭解又道：『我不會殺你，只是要勞煩使者君天亮時送我出城。』我回答道：『你是皇帝親自下詔追捕的逃犯，我若助你，就是從犯，追究起來一樣難逃一死。』郭解道：『你早就是從犯了。八年前，是你帶著管線的木盒來到河郡，親手交給我，我今日只是踐約而來。』

我無言以對，心想若是不肯從命，最終還是要死在他手裡，況且他總算救了我，只得同意帶他出城。我們一路南下來到無終，到管翁墳前拜祭後，郭解就自行離去。我一時也無處可去，想多留在家鄉幾日，結果很快被無終縣吏卒捕獲。我還以為是帶郭解出城事發，根本不知道是因為管媚被殺而被捕。」

夷安公主道：「呀，徐使君的話有頭有尾，十分可信。如果他沒有殺人，那麼殺人的一定是那個平原郡商人隨奢了。師傅，看來我們完全弄錯了。」東方朔道：「不，凶手不是隨奢。徐樂，你知道凶手是誰，對不對？」徐樂慌忙否認道：「不，我怎麼會知道？」

東方朔道：「那麼你是怎麼知道管媚被殺了？你和郭解逃出平剛時，管媚已死的消息尚未傳開，你們逃亡的速度肯定比消息傳遞速度要快，因為你的使者身份，發去無終捕捉你的公文也絲毫未提及案情和罪名。」徐樂道：「我……我不能說。」

東方朔悠然道：「不說我也能猜到。如果你適才所說的話是實情，那麼凶手只可能是一個人——郭解，他是唯一一個從案發到你被捕與你在一起的人，你是從他口中得知管媚被殺的消息的，對不對？嗯，郭解是個有擔當的人，他既敢殺人，也敢於承認，他為了不牽連旁人，一定親口告訴過你，是他殺了管媚。他也將事情經過告訴了你，你卻不願意相信舊情人是這樣心狠手辣的女子。」徐樂始終只緊閉雙唇，一聲不吭。

夷安公主道：「郭解雖然救了徐使君，但你冒險帶他出城已經算是還清了人情，為何還要庇護他？難道你也跟民間那些百姓一樣，仰慕郭解發狂，心甘情願為他做任何事？」徐樂道：「是，郭解身上有一股獨特的氣勢，讓人不由自主地想要為他赴湯蹈火。」

夷安公主道：「呀，虧你是朝廷官員，居然說出這種話。難道被郭解殺死的那些人就全該死嗎？」徐樂無言以對，當即伏下叩首道：「臣有罪，願意接受國法制裁。」

東方朔道：「徐卿，你別急著認罪，你好好回答公主的問話，被郭解殺死的那些人就全該死嗎？」徐樂呆了一呆，低聲道：「我不清楚。」

東方朔道：「這問題涉及管媚的具體死因，你當然不肯回答了。郭解以前或許殺過許多無辜的人，但如今以他的地位和聲名，他絕不會再做這樣的事，尤其是在目前的處境下。」

夷安公主道：「這話怎麼說？」東方朔道：「郭解為什麼被緝捕？」夷安公主道：「因為河內楊季主、楊昭父子以及伏闕上書者被殺。」東方朔道：「不錯，楊季主、楊昭父子、伏闕上書者均是因為郭解遷徙茂陵一事而死，但具體殺人者卻是郭解的姪子郭棄和門客，郭解可能事先知道這件事，也可能不知道，最關鍵的是郭棄和門客已經自殺，死無對證。就算郭解被捕，廷尉府審訊起來，是很難找到能將他定罪的罪名的，當然，春秋決獄除外。郭解朋友遍天下，很可能早已知道這一點。但如果他再殺人，那就是棄市的罪名了。所以說，一定是有很特別的原因，才激得鼎鼎大名的郭解出手，親手殺死了微不足道的管媚。」

夷安公主恍然大悟，道：「我知道了，一定是管媚對管敢得到所有財產不服，說不定心起殺機，想要對親弟弟不利，結果被郭解發現，手起刀落，斷然結果了這狠毒女子的性命。這郭解可真了不起，為素昧平生的人萬里踐約，又冒著自己丟性命的危險為管敢除去禍害。」一時對郭解讚嘆佩服不止。又道：「難怪徐使君不肯說出郭解才是殺人凶手，原來也是敬佩他的高義。」忙命士卒扶起徐樂，安慰道：「徐使君，你不過是為郭解挾持，被迫帶他出城，算不得什麼大罪名，頂多也就是丟官免職。」徐樂面色悻悻，只是不應。

夷安公主道：「可這還是說不通。郭解殺了管媚，那麼又是誰殺了陽安呢？」徐樂驚道：「陽安也死了麼？」夷安公主道：「是呀，你……你還不知道麼？看來凶手肯定不是郭解了。」又問道：「徐使君可有見到郭解身上帶著一柄金劍？」徐樂道：「沒有。」

東方朔道：「郭解既肯為管敢的安危出手殺人，又怎麼可能染指他的金劍？殺陽安的和盜金劍的必定是同一人。」夷安公主道：「那就只剩平原郡商人隨耆了。」東方朔道：「可陽安是死在他自己的匕首下，隨耆預謀殺人奪劍，應該早預備好兵刃才合乎情理。」

徐樂道：「我曾問過郭解，他說只殺了管媚，而陽安已等於是個死人。」夷安公主道：「這就對上了！一定是郭解先殺了管媚，陽安本來就懦弱不堪，登時嚇得暈了過去，郭解見這男子如此膽小，不值得再動手。況且管媚一死，陽安再也不敢與管敢爭奪財產，沒有殺死他的必要。郭解走後不久，隨奢進來盜劍，他開始只是意在盜取金劍，並沒有想要殺人，結果看見夫婦二人躺在血泊中，奇怪極了，但也沒有聲張。正當他在房中四處尋找金劍時，陽安忽然醒來，隨奢嚇了一跳，倉促下抓起案桌上的匕首，殺了陽安。他也是個有心計之人，知道能在客棧中悄無聲息地殺死管媚的凶手定是厲害人物，而次日案發，客棧房客寥寥，自己難脫嫌疑，乾脆割下死者首級，裝成是江湖豪俠復仇殺人的樣子。然後他又溜進管敢房中，用匕首換走了金劍，再連夜離開客棧，找個地方藏好，天一亮便逃離了平剛城。」

東方朔道：「有理。隨奢只是個普通商人，按理沒有因為一把劍而害人的膽量。最有可能的是他在暗中看到郭解翻牆進去客棧，也窺測到郭解到管媚房中殺人，不過他自己心懷鬼胎，有意不聲張，想藉機落井下石，謀取金劍。結果陽安『死而復生』，他驚嚇之下出手殺人，也是人的本能反應。這番推斷合情合理，公主，你越來越厲害了。」夷安公主笑道：「良師出高徒嘛。」

東方朔道：「不過有一點，城中搜捕郭解正嚴，隨奢一定不會帶著首級出城，如此太過冒險。不如有勞公主辛苦一趟，帶人去找那對夫婦的首級。只要能找到首級，這案子就算了結，管敢也可以回去家鄉了。」

夷安公主道：「師傅之前已經派人搜過了啊，平剛城這麼大，讓我到哪裡去找？」東方朔道：「嗯，要我推測，那首級一定埋在管媚或是隨奢自己房中的床下。韓君，你帶人護送公主去趟城南客棧。」韓延年躬身道：「諾。」

夷安公主一聽如此重要的任務交給自己一人，樂不可支，喜滋滋地去了。

東方朔等眾人出堂，這才走近徐樂，嘆道：「你不是為了郭解才隱瞞真相，是為了管媚，對麼？若你指認郭解是殺人凶手，勢必要追查郭解的殺人動機，那麼管媚欲殺弟謀財的意圖就會昭然天下，死後也為人不齒。你……你多年來單身不娶，莫非就是因為這女子？」

徐樂不答，閉上眼睛，兩行清淚緩緩流過面頰。東方朔見狀，除了長嘆一聲，再無話說。

傍晚時分，夷安公主回來郡府，興沖沖地嚷道：「師傅，你料事如神，果然在城南客棧找到了首級。」

東方朔不過隨口一說，好打發走公主，忽聽得首級因此而誤打誤撞地找到，不由得一愣，問道：「首級埋在誰的床下麼？」夷安公主笑道：「不是在床下找到的，不過全靠師傅提醒，才找到線索。」

她帶著韓延年等士卒來到城南客棧後，先到隨耆房中，床下、房梁都仔細搜過，一無所獲。到管媚房中時，發現床下黃土有挖過的痕跡，不過只挖了幾下，根本不足以埋下首級。還是韓延年道：「也許凶手最早確實想將首級埋在這裡，但天氣太冷，土凍得梆硬，他挖了幾下便放棄了，想找個更省力的法子。」夷安公主道：「屋外更冷，還有什麼省力又不讓人發現的法子麼？」驀然聞見一股臭氣，登時眼前一亮，道：「茅房！一定在茅房裡面！」她自己嫌髒嫌臭，只命士卒進去，將廁板撬開，果然在糞坑裡發現了兩顆已經腐爛的人頭，看髮髻正是一男一女。

東方朔道：「首級呢？」夷安公主道：「韓延年叫平剛縣廷的吏卒處置了，難道還要當寶貝帶回郡府麼？」她膽子雖大，可一想到那兩顆人頭沾滿糞便，還是噁心得幾欲嘔吐。東方朔道：「嗯，這件案子就算結了，只等捕到真凶正法。」

夷安公主道：「不過有件奇怪的事，我到客棧時，義主傅人也在那裡，正跟那店主妻子王媼說話。」東方朔道：「噢？她們兩個認得麼？」夷安公主道：「看樣子是認得的，王媼還不停地舉袖抹眼淚呢。可等我一過去，兩個人就不說話了。我問義主傅為什麼來客棧，義主傅說王媼是她同鄉，兩個人意外在街上撞到了。」

東方朔道：「那還有什麼奇怪的？」夷安公主道：「我對那王媼總有一種說不清的感覺，總覺得她怪怪的。而且義主傅也很怪，在我房間裡看到那塊玉佩後，就跟王媼在客棧問我是不是姓劉時的表情一模一樣，詭異得很。」

正說著，忽有一名士卒進來稟告道：「天子有詔書來到，請徐使君、大夫君和公主速去前堂接詔。」

朝廷使者名叫春陀，是宮中的宦者，正從青囊白素裡抽出一枚一尺五寸的傳信，以武都紫泥封御史大夫印章，加緣綈其上，正是中書的標誌。他將傳信奉在手中，對李廣宣讀道：「制詔御史：蓋古者任賢而序位，量能以授官，勞大者厥祿厚，德盛者獲爵尊，故武功以顯重，而文德以行褒。其詔拜李將軍廣為郎中令，聞詔即刻回京赴任。右北平郡太守由前城門校尉路博德接任。」

李廣滿以為朝廷對匈奴用兵在即，朝廷特使乘傳晝夜飛馳而來，一定是要與代郡太守共友、朔方郡衛青將軍等邊將約期出兵，忽聞天子召自己回京任職，不由得呆住，半晌才訕訕道：「可否請使者君代呈請天子，李廣願意繼續留守邊郡，為國效力。」

春陀道：「廢格明詔是大罪，凡敢議詔及不奉詔者，當腰斬或棄市。老將軍適才這話，臣就當沒聽見，這就請奉詔吧。」

李廣無奈地接過詔書，氣呼呼地板起臉，一個字也說不出來。

春陀道：「恭喜將軍，又得列九卿之中，郎中令可是比衛尉更親近天子。別的不說，就拿眼前來說，東方大夫、徐郎官這些天子寵臣可都是李將軍的下屬了。」李廣只是木然不應。

春陀又笑道：「還有一件大喜事要告訴老將軍，天子因為將軍長孫李陵與衛皇后長子劉據同歲，又是名家子弟，特詔選入宮中為皇子伴讀。據皇子是天子唯一愛子，生母又是皇后，將來必立為太子，那麼陵公子可就是太子心腹，前程不可限量。」

李敢忙問道：「皇上只召家父回京麼？那麼我呢？」春陀道：「天子無詔，小李將軍當然是繼續留任郡都尉一職了。」

邊郡重地，不可一日無太守，路博德已跟隨使者一行到來，忙上前道：「李將軍，軍情緊急，這就請開始移交公務吧。」

李廣一聽到「軍情緊急」四個字，只覺得氣血上湧，嘴唇發苦，驀然「哇」地一聲，扭頭往地上噴出一大口鮮血來。李敢大驚失色，忙扶住父親。李廣道：「沒事……我沒事……」

春陀見夷安公主已經趕到，忙過來參拜，道：「賀喜公主！皇上詔公主立刻返京，擇日與於單完婚。」夷安公主吃了一驚，問道：「於單是誰？」春陀道：「是新降我大漢的匈奴太子。」

卷三 長樂未央

大漢京師長安周迴六十里，是天下規模最大、人口最多的城市。因先有皇宮，後有城邑，整座城市格局獨特——分布在城南和中部的未央宮、長樂宮、北宮等宮殿群占去全城總面積的三分之二。這些宮殿群各自獨立，四周圍以牆垣，形成宮城，每座宮城之中又有各種各樣的宮室建築群。在諸多宮城中，以長樂宮和未央宮規模最大，地位最重要。兩座宮城各占城南的東、西部，總面積加起來幾乎是長安城的一半。

長樂宮的建設早於未央宮，是大漢最早的皇宮，原是秦代舊宮興樂宮，座落在塬地[1]龍首原由北轉東之處，地勢凸起，居高臨下，隔渭河與咸陽相望。昔日項羽率軍入咸陽，盡燒秦宮室，大火三月不滅，咸陽成為一片焦土，唯有位於渭河南岸的興樂宮倖免於火。劉邦稱帝後，原本計畫建都洛陽，後來聽從婁敬、張良等謀士建議，決定改定都在戰略地位更為重要的關中，命丞相蕭何先修復興樂宮作為皇宮，並改名為長樂宮。又為新都取名為「長安」，取自當地地名長安鄉，意為即「長治久安」。最初的建設者都是修建過阿房宮的「秦之舊匠」，主持工程的少府陽成延原是秦代軍匠，長樂宮完工後被封為梧侯，食邑五百戶。

自落成之日起，長樂宮就是大漢的權力中樞、布政之所，後來即使更加宏偉壯麗的未央宮落成，漢高帝劉邦還是一直住在長樂宮中，直到病死。

從漢惠帝開始，西漢皇帝移居未央宮，長樂宮則成為太后的住所，「人主居未央，長樂奉母后」成為漢代的定制。由於長樂宮位於未央宮之東，所以又稱「東宮」，又因其為太后所居，皇帝常到此朝請太后，故又稱為「東朝」。

雖成為太后之宮，長樂宮依舊在朝政中起著舉足輕重的作用。漢惠帝劉盈在位時，時常要到長樂宮向母后呂雉請示。吳楚七國之亂時，漢景帝劉啟頻繁往來於長樂宮，就政局與母后竇漪房商議。即使雄才大略如當今天子劉徹，也曾就丞相田蚡囚禁灌夫之事率領群臣到「東朝」廷辯[2]。

長樂宮坐北朝南，由一系列宮室構成，整體建築大致為方形，周迴二十里，宏偉壯麗，規模相當可觀，僅周邊宮牆就厚達二十多丈。四面各開設宮門，因南門臨近規劃中的長安南城牆，北門正對東西橫貫全城的馳道，因而東、西二門是進出皇宮的主要通道，門外各築有闕樓，西闕又稱白虎闕，東闕稱蒼龍闕。宮城內有前殿、大夏殿、長信殿、長秋殿、溫室殿、永壽殿、永寧殿、永昌殿、神仙殿、鐘室、鴻臺等十四座主要宮殿。

長樂宮的主體建築是前殿，四周築有牆垣，殿門闢於南面，門內設庭院，院中有南北道通至前殿之上。正殿兩邊，對稱分布著大小相同的東廂和西廂。正殿東西四十九丈七尺，兩杼中三十五丈，深十二丈，極其宏闊，當年由漢高帝劉邦親自主持的大漢立國典禮便是在此殿舉行。因其地位非凡，殿中正首至今供奉有劉邦斬白蛇起義的金劍，世稱高帝斬白蛇劍。

大夏殿是長樂宮中規模僅次於前殿的大殿，位於前殿之東，雕飾華麗，殿前有清澈見底的魚池和酒池，昔日秦始皇嬴政曾在這裡舉辦盛大的酒池肉林之宴。但最吸引人目光的卻是殿前臺階兩旁佇立的六個巨型的坐姿銅人，各高三丈、

1 塬地：塬是一種因沖刷形成的特殊地形，四邊陡，頂上平，在西北黃土高原上相當普遍，著名者有龍首原、樂遊原、白鹿原等，均在今陝西西安一帶。

2 竇嬰為漢文帝皇后竇漪房親姪，田蚡為漢景帝皇后王娡同母異父弟。景帝時，竇嬰為大將軍，田蚡為諸曹郎，田蚡在竇嬰前執子姪禮甚恭。竇太后死後，竇嬰失勢，田蚡任丞相，驕橫顯貴，仗勢索要竇嬰在城南的園田，遭到拒絕。竇嬰的好友灌夫為此事在田蚡的婚宴上痛罵，田蚡令武士將灌夫捆綁下獄，並派人逮捕了灌夫全家和族人。竇嬰寫奏章為灌夫辯解。漢武帝劉徹召集當事人和群臣到長樂宮朝議（漢代只有有身份者才能在朝廷上辯論），竇嬰和田蚡各持己見，爭執不休，群臣意見各不相同。之後劉徹入見母后王娡，遭到厲聲責備，不得已只好下令族滅灌夫。不久又判竇嬰死罪，棄市於渭城（即秦之咸陽）。

重千石[3]，正是昔日秦始皇統一天下後收繳民間兵器所鑄的十二金人——足履六尺，皆夷狄[4]服，胸前鑄刻有秦相李斯所篆、秦將蒙恬所書的銘文：「皇帝二十六年，初兼天下，改諸侯爲郡縣[5]，一法律，同度量。」

十二金人自鑄成之日起，一直被放置在秦京師咸陽阿房宮的宮門外，據說能夠安定天下。然而暴秦殘酷無道，苛政勝於猛虎，民不聊生，再大再重的銅人也難以鎮壓住不平的人心。秦朝末年，陳勝、吳廣首先起義抗秦，一時間風起雲湧，群雄回應，從秦始皇兼併天下到秦滅亡，前後僅十五年時間。義軍中實力最強的項羽率軍進入咸陽後，將秦宮中的金塊珠礫搶掠一空，又縱火燒了阿房宮，三百里邐迤宮室盡成焦土。廢墟中獨剩十二金人，巍然屹立不倒，默默見證著歷史的興衰與王朝的更替，即後世詩謂「朝做干戈化爐紅，暮看焚盡阿房宮」。漢代立國，劉邦不嫌麻煩地將其移來長安，安置在長樂宮中醒目的位置，自然也是希望它們能協助劉氏鎮守漢室天下。

時值陽春三月，大漢天子劉徹親自帶領涉安侯於單到長樂宮拜見王太后，順便參觀遊覽聞名天下的十二金人。皇帝的臉上寫滿了春風得意，隨侍其左右的也盡是親信重臣，三公有丞相薛澤，御史大夫公孫弘；九卿有太常司馬當時，郎中令李廣，未央宮衛尉蘇建，長樂宮衛尉段宏，太僕公孫賀，廷尉張湯，大行正丘，宗正劉棄，大司農鄭當時，少府孟賁；京師長官有中尉李息，左內史李沮，右內史汲黯等人；諸卿有主爵都尉李蔡、御史中丞李文等；另有不少匈奴降人封侯者及後人，如弓高侯韓則、襄城侯韓釋之，均是韓王信後人；還有不少內朝寵臣如將軍衛青[6]、光祿大夫吾丘壽王，太中大夫東方朔、嚴助，侍中桑弘羊，郎官徐樂、霍去病等，新近歸國回朝任職的太中大夫張騫、奉使君甘父、郎官趙破奴也在其列。

於單正是幾月前突然死去的匈奴軍臣單于之子。他本早被立為太子，該當繼承單于之位，卻被其叔伊稚斜用武力打敗，為了保命，只得南下投降了大漢。因為他是有史以來名號最尊、地位最高的匈奴降人，皇帝劉徹欣喜萬分，封其為涉安侯，並許以親生女兒夷安公主下嫁。只是女婿三十來歲，比岳丈還大了幾歲，雖然在旁人看起來未免有些可笑，但皇帝卻毫不在意，心情大好之下，甚至還下詔大赦天下，稱：「夫刑罰所以防奸也，內長文所以見愛也；以百姓之未洽於教化，朕嘉與士大夫日新厥業，祇而不解。其赦天下。」

倒不是劉徹格外偏愛於單，而是當於單跪倒在金階玉闕下的時候，他看到匈奴單于匍匐在自己腳下的未來，大漢自白登之圍以來被迫向匈奴貢獻金帛女子的羞辱，都將由他一雪前恥，九世之仇[7]，終將在他手中得報。

於單身材矮而粗壯，除了頭頂留著一束頭髮外，其餘部分都剃得精光，闊臉高額，厚眉杏眼，上髯鬚濃密，下巴上則有一小撮硬鬚，看起來極有草莽氣概。

他對十二金人早有所聞，此刻親眼見到銅人造形之大、製作之精巧考究，為生平所僅見，雖然驚嘆不已，但心中很是不解，問道：「聽說前秦始皇帝銷鎔了天下兵器來鑄造這十二座銅人，如此一來，民間百姓沒有了兵刃，憑什麼防身，憑什麼抵禦外敵？難道這些金人比兵器更有用麼？」

---

3 石：讀作「但」，古代計量單位。就容量而言，十升為一斗，十斗為一石。據《漢書・律曆志》云：「三十斤為鈞，四鈞為石。」因而重量一石為一百二十市斤，約合今三十點七五公斤，漢千石約折合今三〇七五一公斤。

4 夷：中國古代稱東部的民族。狄：中國古族名。春秋前長期活動於齊、魯、晉、衛、宋、鄭等國之間，與諸國有頻繁的接觸。因為他們主要居住於北方，故又通稱「北狄」（亦作「翟」）。秦漢以後成為中國對北方少數民族的統稱。

5 改諸侯為郡縣：秦始皇鑒於前朝教訓，認為「天下共苦戰鬥不休，以有王侯」，廢除了周代的分封諸侯制，改行郡縣制。漢代則是郡縣制與分封諸侯制並存。

6 漢代最高軍事長官本是太尉，太尉在朝中僅次於丞相，專掌武事，地位和丞相相同，秩俸萬石，金印紫綬。但漢武帝建元二年（西元前一三九年）後不再設置，軍權完全歸皇帝所有，遇到戰事，皇帝臨時任將，戰後罷歸原職。將軍一職由於任命全由皇帝掌握，不受外朝控制，因而實際上也屬於內朝一系的官員。

7 九世之仇：九世即九代，指積怨久遠之大仇。《公羊傳・莊公四年》載：「九世猶可以復仇乎？雖百世可也。」緣起齊哀公因紀侯進讒，被周夷王活活烹殺。到齊哀公九世孫齊襄公時，齊國出兵滅紀國，終於報了齊哀公之仇。《公羊傳》是專門解釋《春秋》的一部典籍，其起迄年代與《春秋》一致。作者為戰國時齊人公羊高，受學於孔子弟子子夏。春秋三傳對「九世之仇」曾有爭議，因為當時的風俗是家仇只論五世，《公羊傳》認為國仇不受世代限制，《左傳》反對。

劉徹哈哈笑道：「天下之患，在於土崩，不在瓦解，這一點，要有勞徐卿向涉安侯解釋。」

隨侍在一旁的徐樂只得上前道：「昔日秦始皇滅六國而統一天下，不服者大有人在，他擔心民間造反，所以提前收繳了兵器。至於抵禦外敵，中原地廣人多，僅一個大郡就能抵得上匈奴全部人口，朝中有足夠多的常備軍隊。即使需要徵召民間黔首入伍，各地武庫中也備有武器，可以及時分發到各人手中。」

匈奴舉民皆兵，個個生長於馬背，以精於騎射為榮，單于也是大力獎勵民間練兵習武，與中原制度有本質的區別，徐樂一番解釋，於單仍是困惑難解。

太中大夫東方朔插口道：「這麼說吧，秦始皇擔心的不是像匈奴這樣的外患，而是怕他自己治下的百姓造反，所以他先繳了這些人的兵器，讓這些人想造反也沒有武器可用。結果秦代如此強大，防民甚於防川，還是被反掉了，僅傳了二世。再譬如說，我大漢武風強悍，民間百姓時興佩劍帶弓，就有人擔心了，擔心百姓手持弓弩抗拒官府，於是想奏請天子禁止百姓挾藏弓弩，多虧當今天子聖明，沒有採納。如今民間人人舞刀弄箭，也沒有見誰要造反。」

一旁的御史大夫公孫弘聽在耳中，臉上登時青一陣白一陣，禁止百姓挾藏弓弩正是他不久前的提議，認為只有如此才能禁止郡國盜賊群起。

這公孫弘字季，菑川[8]薛縣人氏，七十餘歲，在當今漢臣中最具有傳奇色彩。他年輕時家貧，靠著替富人到海邊放豬為生。後來好不容易當上了薛縣獄吏，又因為沒有學識，常常犯錯，終被免職。他深受刺激，自此發憤讀書。建元元年，劉徹即位，下詔訪求為人賢良通文學之人。當時公孫弘年已六十，以賢良的名分應徵，被任命為博士。過了兩年，劉徹派他出使匈奴，歸來後陳述的情況不合帝意，劉徹認為其人無能，公孫弘被免職，賦閒在家。又過了數年，劉徹徵召文學，菑川國又推薦公孫弘。公孫弘來到太常應策，對策被排在諸位儒生的最末。然而當劉徹讀到其對策後，立即將其擢為第一，隨即召見，贊其相貌姝麗，豐儀魄偉，再次封為博士。公孫弘這次學了乖，凡事察言觀色，揣摩帝意，由於其馴良守禮，從不違逆聖意，深得劉徹歡心，很快就由博士升遷為左內史。數月前御史大夫張歐被免官，公孫弘被拔擢為新一任的御史大夫，得與丞相平起平坐。漢朝慣例，如丞相、太尉、御史大夫這類三公高官，必須由有列侯爵位的人充任，沒有爵位則無法問津。公孫弘以布衣躋身三公之列，開創了先例，由此可見劉徹對其信任程度。

但因其為人猜疑忌恨，阿諛奉上，名聲並不好。他常常公開道：「人主的毛病，一般在於器量不夠宏大；而人臣的毛病，一般在於生活不夠節儉。」所以在家中身體力行，吃飯只吃一個肉菜和脫殼的糙米飯，睡覺也蓋布被。主爵都尉汲黯實在看不慣公孫弘的矯情做作，道：「公孫弘位處三公，俸祿豐厚，但卻蓋布被，這是欺詐。」在朝會時當面指責其人虛偽。劉徹便召問究竟。公孫弘謝罪道：「的確有這回事。九卿與臣友善者，沒有及得上汲黯的，他指責我虛偽，這正是我的缺點。我身為三公，地位高貴，卻以布為被，確實是巧行欺詐，沽名釣譽。我聽說，管仲在齊國為相，娶三姓之女，生活奢侈可與齊王相比，結果輔助齊桓公成就霸業；晏嬰相齊景公，食不重肉，妾不衣絲，齊國也治理得很好。今臣為御史大夫，蓋布被，使九卿以下直到小吏的服飾沒有了等級貴賤的差別，汲黯的責備確實有理。再說沒有汲黯的忠誠，陛下也無從知道臣蓋布被的事。」劉徹聽後，反而認為公孫弘謙讓有禮，愈發厚待。

公孫弘外表寬宏大量，臉上老是堆著謙和的微笑，內心卻城府很深。汲黯不斷當庭詰責他兩面三刀，見風使舵，稱：「齊人多詐而無實話，當初公孫內史與臣等一起議定此事，如今他卻改口，這人是個奸臣。」劉徹隨即問公孫弘，他答道：「夫知臣者以臣為忠，不知臣者以臣為不忠。」劉徹很是滿意，從此每每有人再指斥公孫弘，都不為所動。但公孫弘由此深恨汲黯，便向皇帝建議道：「右內史界部中多貴臣、宗室，難治，非重臣不能勝任，臣推薦汲黯。」將汲黯由主爵都尉遷為最容易得罪權貴的右內史。

中大夫主父偃為天子寵臣，曾向劉徹獻「推恩令」，分封諸侯子弟，有效地削弱了諸侯王的勢力，使中央政令達於全國，有大功於朝廷。其為人鋒利尖銳，不留情面。他在一些事務上與公孫弘有分歧，常常當著天子的面與其

8 菑川：治所在今山東壽光東南。

爭論，爭得面紅耳赤，令公孫弘難以下臺。公孫弘表面繼續與主父偃往來，暗地裡卻尋機報復。不久，主父偃為齊國相，有人上書告發他受諸侯重金，又向齊王劉次昌索金，逼迫齊王自殺。劉徹大怒，下令逮捕主父偃審訊。主父偃承認受過諸侯賄賂，但不承認齊王自殺與己有關。公孫弘乘機進言，說齊王自殺的首惡是主父偃，如不處死，將無以服天下。劉徹本想將主父偃免職了事，聽了公孫弘的進言後，信以為真，便下令滅了主父偃全族。

中大夫董仲舒曾建議劉徹「罷黜百家，獨尊儒術」，其為人廉直，痛恨公孫弘的表裡不一，對其行事作風十分不齒。公孫弘心中銜恨。正好膠西王劉端驕縱無賴，殘害官吏，肆行不法。公孫弘便向皇帝諫言道：「只有董仲舒才能擔任膠西相，教導膠西王。」預備等膠西王犯法後將董仲舒一併牽連除掉，董仲舒意識到危機，遂稱病辭官，只居家修學著書，這才得脫大禍。

但由於公孫弘巧言令色，善於揣測天子心意，一直很得寵信。他提出禁民間弓弩的建議後，也引起了劉徹的重視，下令朝議此事。光祿大夫吾丘壽王認為此建議愚蠢而可笑，對道：「秦代兼併天下，銷毀甲兵鑄十二金人，但百姓仍以鋤耰箠梃奮起反秦，所以聖王治民重教化而省禁防。現在陛下昭明德，建太平，宇內日化，方外鄉風，然而聖王合射以明教，未聞以弓矢為禁。所以，禁民挾弓弩無益於禁奸，反而會因此廢先王之典，使學者不得習其禮。」劉徹當然是要當一個聖王，於是沒有採納公孫弘的建議。公孫弘忙低首悔過，改言謝罪道：「臣山東鄉鄙之人，見識短淺，經眾位陳明其利害關係，我已明白了。」

「禁民間弓弩」是公孫弘為數不多的當著天子之面被駁倒的糗事，此刻卻被東方朔有意無意地重新提了起來，雖未指名道姓，旁人卻都知道究竟，知道他在暗諷公孫弘，有會意微笑的，有怕遭公孫弘報復而假意不聞的。

於單對此一無所知，當即點頭道：「東方大夫的話我算是聽明白了，原來這十二金人是這樣的來歷。我們匈奴也有祭天金人，但那是當作大神祭拜的，而且是真金，供奉在休屠王的駐牧地，是匈奴的鎮國之寶。不過我還是有一點不明白，這金人的樣貌服飾，為何是夷狄人呢？」

東方朔道：「這也是有來歷的。始皇二十六年，秦國大將王賁攻滅了最後一個諸侯國齊國，天下一統，普天之下，莫非王土，率土之濱，莫非王臣。始皇帝嬴政欣喜若狂，下令天下大慶，同時詔令各地官吏，廣徵神異祥瑞之事，上奏朝廷。各地官員遂廣徵博採，紛紛以本地祥瑞之像上奏。臨兆郡守上報，說本郡出現了十二個大人，長五丈，足履六尺，均穿夷狄服飾。而且當地還有童謠唱道：『渠去一，顯於金，百邪辟，百瑞生。』始皇帝大悅，以為喜瑞，令銷天下兵器，按照十二大人的圖形鑄造了十二金人。這是當年最著名的兩件祥瑞之一。」

以前旁人均以為十二金人著夷狄衣代表秦始皇志在四海、征服夷狄，東方朔的解釋甚是新鮮，非但於單，在場群臣包括皇帝劉徹都是第一次聽到，不由得面面相覷，也不知道是真有其事，還是東方朔臨時編造出來的。他最愛在群臣聚集時大出風頭，言語求新求奇，常常奇談怪論，有時候甚至胡說一氣，早已不是什麼稀奇事兒。

公孫弘從旁窺見天子神色，主動開口問道：「東方大夫提及兩件祥瑞，那麼另一件是什麼？」東方朔驚訝地道：「呀，御史大夫君廣見博識，竟然不知道麼？」

公孫弘登時灰頭土臉，大是沒趣，不知該如何下臺。還是劉徹催道：「東方卿快些說出來，朕也想聽聽另一件祥瑞到底是什麼。」東方朔道：「是，臣遵命。另一件祥瑞是河內郡溫城縣令許望之妻趙氏生一女，手握玉佩，玉上隱約可見文王八卦圖[9]。而且此女出生百日後即能開口說話，實屬神異。河內郡守將此事上奏，始皇帝亦以為吉瑞之

9 八卦：中國古代的一套有象徵意義的符號，用「—」代表陽，用「- -」代表陰，用三個這樣的符號組成八種形式，叫做八卦。每一卦形代表一定的事物，乾代表天，坤代表地，坎代表水，離代表火，震代表雷，艮代表山，巽（讀作「迅」）代表風，兌代表澤。及至宋朝，有學者認為四象演八卦（方位），八卦互相搭配又得到六十四卦，此為伏羲八卦，也叫先天八卦。也有學者認為八卦出自周文王的乾坤學說，先有天、地，天地相交而生成萬物，天即乾，地即坤，其餘六卦皆為其子女，震為長男，坎為中男，艮為少男；巽為長女，離為中女，兌為少女，是為文王八卦，又稱後天八卦。

兆，令賜許望百鎰[10]黃金，以善養其女。」

公孫弘道：「祥者，吉利也，瑞者，徵兆也。東方大夫所舉，僅僅是民間有女子握玉而生，『祥』倒也勉強，可『瑞』就實在說不上了。除非是母親孕時有吉兆，譬如皇上誕世前太后夢日入懷，這才是真正的祥瑞。」

他說的是太后王娡還是太子劉啟美人時，懷了當今天子劉徹，曾夢見太陽投入她的懷中。劉啟知道後道：「此貴徵也。」結果孩子還沒有出生，文帝劉恒去世，太子劉啟即位為皇帝。當年七月初七，劉徹生於漪蘭殿。劉啟認為此兒出生前即有祥瑞，將來必定不凡，因此格外寵愛。

東方朔也不揭破公孫弘這番強辯意在當面拍劉徹馬屁，只微笑道：「御史大夫君有所不知，那女孩兒就是後來大名鼎鼎的女相士許負。」公孫弘道：「原來如此。」一時再無話說。

許負是秦末漢初著名女相士，擅長相面，還是少女時就已經名望天下。她曾預言漢王劉邦將得天下，劉邦當上皇帝後封其為鳴雌亭侯，她由此成為漢代第一個有封邑的婦女。後來執政的高后呂雉、文帝劉恒、景帝劉啟均對其禮敬有加。

許負著名的相例莫過於她為文帝寵臣鄧通和周亞夫看相。鄧通是文帝晚年極為寵幸的大臣，許負卻說他相貌欠佳，將來會貧困不堪，甚至餓死。文帝劉恒聽後很不高興，堂堂天子喜愛的人日後還會飢餓而死？於是慷慨地道：「要鄧通致富，有什麼難的？只要朕一句話，保管讓他富貴終身，將來怎麼會餓死呢！」下詔將蜀郡的嚴道銅山賞賜給鄧通，而且允許他自己鑄錢，這無異於將天下的財富賜給了他。當時吳王劉濞占據東南，覓得故鄣銅山，自行鑄錢，並且暢行天下。鄧通所鑄銅錢與吳王劉濞東西並峙，天下流通的大都是吳錢和鄧錢，東南多吳錢，西北多鄧錢，鄧通的富貴，可想而知。然而文帝死後，鄧通即一落千丈。景帝劉啟還是太子時就痛恨鄧通，一即位便將其遺送回鄉，廢為庶民。不久，又有人告發鄧通犯法，其家產被抄得一乾二淨，鄧通雖然出獄，卻無力生活，最終窮困餓死，果然應驗了許負的話。

周亞夫是大漢開國名將絳侯周勃的次子。他在河內做郡太守時，許負給他看相，說他三年後為侯，封侯八年為丞相，掌握國家大權，位尊任重，在眾臣中將首屈一指，再過九年會餓死。周亞夫卻根本不相信許負的話，大笑道：「我兄長已經代父為侯。如果他去世，他的兒子理應承襲爵位，我周亞夫怎說得上封侯呢？再說若我已顯貴到如你所說的那樣，怎麼會餓死呢？你來解釋解釋！」許負指著他的嘴唇道：「你嘴邊有條豎線，紋理入口，這就是餓死之相。」周亞夫也沒將許負的話當回事。過了三年，周亞夫的哥哥絳侯周勝之因殺人被處死，文帝劉恒選周勃子孫中有賢德的人嗣立為侯，周亞夫因此被封為條侯，繼承了絳侯爵位。八年後，景帝當政，周亞夫因平定七王之亂有功，升為丞相。當時景帝已經立王娡為皇后，想封王娡兄長王信為侯，因為此舉有違祖制，所以私下與周亞夫商議，想先取得丞相的支持。不料周亞夫道：「當初高帝曾殺白馬與眾大臣盟誓：『非劉氏者人不能封王，非立大功者不能封侯，不遵此約者，天下共擊之。』王信雖然是皇后兄長，但沒有為朝廷立下功勞，封他為侯違背了高帝誓約。」漢初丞相權力非常大，皇帝在很多事情上必須要聽取丞相的意見，加上周亞夫搬出了高帝劉邦，景帝只好沉默不語。王信自然也沒有被封侯。皇后王娡自然不高興，景帝也很不高興。不久，匈奴王徐盧等五人降漢，景帝想要賜封，用來鼓勵匈奴高官降漢。周亞夫道：「這些人背叛了他們的單于，陛下卻還要封他們以侯爵，那麼今後用什麼責備不忠誠的臣子呢？」景帝聞言很不高興，當眾道：「丞相議不可用。」堅持封徐盧等人為侯。周亞夫心高氣傲，很受打擊，因而稱病閒居，景帝順勢免去他的丞相職務。但周亞夫畢竟還是個聲名在外的臣子，景帝既想重新起用他，心中又有些顧忌，決意先考察一番，於是有預謀地在宮中召見周亞夫，賞賜食物予他。漢時是分食制，宮中使用筷子，以飯為主食，可周亞夫的席上只有一塊大肉，沒有切開，沒有放刀子，也沒有放筷子。周亞夫還以為是疏忽了，轉頭叫管酒席

10 鎰：讀作「益」，古代重量單位，合二十兩（一說二十四兩）。

的官員取筷子來。景帝於是笑著譏刺周亞夫說：「這難道還不夠您滿意嗎？」周亞夫這才覺察出這頓飯是來者不善。若是換做別的人，應該惶恐交加，立即向皇帝謙卑地參拜請罪，然後涕淚交加地請求原諒，大表忠心。然而周亞夫性情耿直，不通權術，不但沒有作出任何申辯，還當場免冠告退，然後便快步走出大殿，對皇帝的惱怒一覽無遺。景帝本意就是要試探周亞夫，見他憤然離去，恨恨道：「這人遇上這麼一點事就如此憤憤不平，將來能事奉少主嗎？」心中動了殺機。對於周亞夫來說，大禍已經不可避免，不過是時機的問題而已。不久，正如所期待的那樣，景帝的機會來了。周亞夫之子出於一片孝心，悄悄給父親買了五百件皇家殉葬用的鎧甲、盾牌，預備等周亞夫百年後用。這些東西不少，體積也大，搬運的雇工很受累，周亞夫之子卻有點仗勢欺人，不肯爽快付工錢。雇工們知道周亞夫之子偷買的是天子用的器物，一怒就上告周亞夫之子要反叛。事情自然牽連到周亞夫，廷尉官吏按罪行書一條條質問，周亞夫卻拒不答話，保持他一貫的高傲態度，也因而將事情引向更糟糕的結局。景帝知道周亞夫的態度後，大罵道：「這樣的人，朕實在不能用了！」下詔令正式逮捕周亞夫，交由廷尉治罪。當初官吏去逮捕時，周亞夫不甘心受辱，本想當場自殺，後因夫人勸阻沒死。被關進了廷尉的監獄後，他一連絕食五天，最終吐血而死。相士許負當日預測，無一件不應驗。

許負的相面故事極為著名，劉徹本就對異象、祥瑞、方術、讖語、預言這類帶有傳奇神祕色彩的事物極是迷戀，忽聽得許負出生在秦始皇統一天下的那一天，又與十二金人同為祥瑞，不覺悠然神往，竟以不能親眼見到許負深以為憾。

於單卻對走遠的話題沒有多大興趣，心道：「這些秦人[11]可真是奇怪，無時無刻不在鬥嘴耍嘴皮子功夫，非要在言語上占到上風。」也不願意多去理會這些事情，道：「匈奴有鎮國之寶祭天金人，聽說大漢也有一件鎮國之寶，是當年高皇帝遺物，不知陛下可否允臣一觀？」劉徹道：「卿說的是高帝斬白蛇劍，供奉在前殿之上。」

雖是供奉在殿上，劍本身卻是鎖在一具石頭的劍匣之中，鑰匙由九卿之首太常和長樂宮衛尉分別掌管，須得兩把鑰匙合用，才能打開劍匣。

太常司馬當時忙上前稟道：「臣料到今日涉安侯可能向陛下請求瞻劍，已從太常寺取了劍匣鑰匙帶在身上，只要與段衛尉掌管的鑰匙合用，就能立即開匣觀劍。」長樂宮衛尉段宏忙道：「臣這就去衛尉寺取鑰匙。」

劉徹很是滿意，命道：「薛丞相，勞煩你領涉安侯和群臣到前殿觀劍。」薛澤躬身應道：「諾。」

劉徹招手叫過東方朔，問道：「卿適才所言十二金人和許負出生同為祥瑞之事，可是真的？」東方朔道：「千真萬確，臣不敢欺瞞陛下。況且今日有匈奴太子在場，臣豈敢信口胡謅，墜了我大漢威名？陛下，臣從未看過高帝斬白蛇劍，也想趁這次機會好好觀賞，臣暫請告退。」

劉徹道：「不准，朕還有話問你。」命人叫來主爵都尉李蔡，問道：「許負號稱天下第一神相，曾被高帝封為鳴雌亭侯，她可有傳人在世？」

李蔡是李廣堂弟，所任主爵都尉專掌列侯封爵事宜，當即道：「臣不聞今侯爵中有鳴雌亭侯的名字，當是許負沒有後人世襲下來。等臣回去官署查到雌亭侯爵位取消的時日和原因，再稟報陛下。」

劉徹便問道：「東方卿自稱無所不知，無所不曉，難道也不知道麼？」東方朔道：「臣湊巧略知許負後人下落，就怕陛下知道了反而要發脾氣。」

劉徹好奇心大起，道：「言者無罪，無論你說什麼，朕恕你無罪。」見東方朔仍是不肯開口，會意過來，笑道：「你還想要什麼賞賜？你已經騙得夷安公主做了你徒弟，難道還缺錢花麼？」

東方朔道：「錢是不缺了，但臣還缺一條命。臣今日當眾得罪了御史大夫，怕是很快有禍事上身。」劉徹微一沉吟，即笑道：「好，將來你若犯下死罪，朕饒你一次不死。快說許負後人的事。」

11 秦人：當時匈奴人對漢朝人的稱呼，因為秦朝得名。

東方朔道：「聽聞許負封侯後不久就離開了京師，一直隱居在商洛山中，潛心相術，不問世事，還寫下了十六篇《許負相法》。她夫婿姓裴名鉞，也是一名相士，實際上是她不記名的弟子，二人育有一子一女。兒子名叫裴洛，後來繼承了許負的爵位，文帝時封洛商侯，但裴洛無子，他死後侯爵也就被取消。女兒嫁的是河內大俠郭器，也就是關東大俠郭解的父親。」

劉徹一聽到郭解的名字，臉色頓時沉了下來。東方朔佯作不見，繼續道：「據說許負之子裴洛對相術毫無興趣，她只好將玉佩和那十六篇《許負相法》傳給了女兒裴氏，推算起來，該傳到了第三代郭解手中了。」

劉徹「哼」了一聲，正待發話，太僕卿公孫賀匆匆奔了過來，稟告道：「適才太常卿取鑰匙打開劍匣，由郎中令李廣將軍拔劍，才發現金劍劍身已略有些發黑。按照舊制，高帝斬白蛇劍每十二歲磨瑩一次，眼下還有數月才滿十二年。臣特趕來請示陛下，是否要責令考工令提早磨劍？」

公孫賀是匈奴人，景帝時其祖公孫昆邪投降大漢，因平定吳楚七國之亂有功封平曲侯。公孫賀少年從軍，後又娶衛皇后大姊衛君孺為妻，很得皇帝信任，幾次被任命為將軍出戰匈奴。他所任太僕掌管宮廷車馬事務，負責安排天子出行的禮儀隊伍，但其屬下有考工令，專門負責兵器生產，漢軍的各種武器均由這一官署負責督造。

東方朔忙叫道：「陛下，臣願意請命磨劍。」劉徹很是驚奇，道：「卿想請命磨劍？」東方朔道：「磨劍是假，臣想好好看看高帝斬白蛇劍，說不定裡面有著什麼祕密。」

劉徹會意過來，道：「朕知道自從你在右北平郡斷了金劍之案後，就一直對高帝斬白蛇劍有興趣。那管翁留給少子管敢的金色短劍，真的跟高帝斬白蛇劍很像麼？」

東方朔道：「臣沒有見過高帝斬白蛇劍，不敢妄言，但據說很像。可惜一直未能追捕到平原商人隨奢，那柄短劍也失去了下落。但高帝斬白蛇劍為本朝鎮國之寶，只有極親信的皇親權貴才有緣觀瞻，臣侍奉陛下十餘年，都沒有機會見過，更不要說民間普通黔首。管氏那柄短劍已經很有些年頭，想來是祖傳之遺物，既能與高帝斬白蛇劍形似，很可能原本就是一對。臣心中實在好奇，想查清楚究竟，不過首先得從高帝斬白蛇劍著手。」

劉徹用人做事向來不拘一格，當即應允道：「既然牽涉到鎮國之寶，朕准你調查，不過不准大張其事。太僕卿，磨劍之事就交給東方朔處置。」公孫賀躬身道：「諾。」

眾人遂往西來到前殿，正好於單觀完劍出來，東方朔自與太常司馬當時、太僕卿公孫賀進前殿處置高帝斬白蛇劍，劉徹便命丞相薛澤帶外臣先退回未央宮預備酒宴，自己率近臣引著於單來拜見王太后。

太后王娡住在前殿西側的長信殿，她早知道兒子要帶未來的孫女婿前來拜見，已穿戴得整整齊齊，正襟危坐在主殿堂首。她雖然年近六旬，卻依舊雍容華貴，能看得出年輕時是個絕色美人。

太后的四個親生女兒平陽公主劉娡、南宮公主劉婧、隆慮公主劉姈、修成君金俗均侍立在一旁。四女中以金俗容貌最為美麗，豔絕出眾。她雖是長姊，卻不是皇室血脈，地位遠遠低於三位公主妹妹，只能站在最下首。

王娡最早嫁給長陵[12]人金王孫為妻，生下了女兒金俗。後來有相士算命，稱王娡和其妹王姁是大貴之人。王娡母親臧兒是燕王臧荼孫女，很有心計和手段，將王娡強行從金家奪回，想方設法送進了太子劉啟宮中。後來王娡和妹妹王姁均得到劉啟寵愛，王娡生下三女一男，三女即是平陽、南宮、隆慮三位公主，一男即是劉徹，後被立為太子，王娡也被立為皇后，果然母儀天下，大富大貴。金王孫憤恨王娡的背棄，與王家絕交，獨自將女兒金俗養大，還向她隱瞞了親生母親的下落。金俗成人後嫁給長陵平民梅元，生下一子一女，長女梅瓶，次子梅仲，從不知道當今太后就是自己的親生母親。而王娡顯貴之後，因為某種原因，也從未派人找過金王孫、金俗父女。她諱忌莫深，又貴為太后，知情者不敢多提，生怕禍從口出。劉徹對母親梅開二度的經歷毫不知情，直到後來他寵信兒時夥伴韓嫣，引來朝野非

12 長陵：漢高帝劉邦陵墓，位於今陝西咸陽市東北。

議，才由此引出金俗身世的曝光。

韓嫣字王孫，是弓高侯韓頹當庶孫，韓王信後人，其名字是名將周亞夫所取。他因年紀與劉徹相仿，三歲時就入宮當了皇子的伴讀。他生得容貌俊美，眉目清揚，人又聰慧敏捷，與劉徹極為投緣，二人幾乎形影不離。等到劉徹當上皇帝，韓嫣也跟著一飛沖天，被封為上大夫，賞賜多不勝數，有時甚至與皇帝同睡在一張御榻上，同臥同起。李廣長子李當戶在宮中當郎官，隨侍皇帝左右，見韓嫣與劉徹玩笑，語中多有不遜，實在看不下去，挺身而出，當眾打了韓嫣。劉徹倒也大度，既不怪罪李當戶，但也認為他跟韓嫣無須講君臣之禮。韓嫣如此得皇帝寵愛，更加放縱揮霍。他好彈丸遊戲，常常以黃金為丸射擊獵物。長安有歌謠云：「苦飢寒，逐金丸。」意思是只要能撿到韓嫣射出的金丸，就能發財。每每韓嫣出彈，身後無數兒童跟隨，望著彈丸落地的地方奔跑爭搶。

有一次江都王劉非入朝，劉徹很是高興，約這位王兄一同去上林苑打獵，命韓嫣乘副車先行出發，去上林苑探視鳥獸的情況，做些準備。韓嫣奉命出宮，率領數十百騎登車，在馳道上快速急馳。所謂馳道，就是專供天子巡遊海內時行馳的御道，因此，馳道蜿蜒伸展之處，都是天子履經之地，不容侵犯，就是王侯將相皇親國戚，甚至皇太子，如無皇帝詔令批准，也不得行於馳道中，甚至不得跨越馳道而過。被天子批准行於馳道者，在當時是一種崇高的榮譽，劉徹的乳母侯媼就曾獲得這個殊榮。江都王劉非正在未央宮外等候天子鑾駕，突然望見車騎如雲，一大隊人馬奔馳在馳道上，聲勢張天，還以為是天子到來，忙麾退從人，一齊拜伏在地。不料車騎並未停住，一直向前馳去。劉非這才知道事情不對，惱怒地從地上爬起來，問明究竟，竟然是韓嫣坐車馳過。他是皇帝的異母兄長，卻平白無故地給一個小小的寵臣下跪，忍不住怒氣沖天，立即跑到太后王娡面前哭訴，道：「堂堂皇帝，如此公然地喜好男色，有違聖賢之言，不合禮統，這是皇室的不幸，是皇家的恥辱。」又表示自己願意辭去封國，回到京師，與韓嫣一道為皇帝宿衛。王娡聽了也不禁動容，雖然劉非不是她的親生兒子，畢竟也是景帝的親骨肉，堂堂諸侯王，竟為韓嫣這樣的小人侮辱，實在說不過去。於是好言撫慰劉非，承諾必定懲治韓嫣。她也是個厲害角色，先隱忍不發，並不去跟皇帝說，只命人暗中監視韓嫣，查訪他的過錯。

韓嫣隱約聽到王太后要對付自己的消息，很是惶恐。他早知道太后有一女兒遺落民間，卻因為種種原因不能相認，於是決意用這件事來討好太后，跑去將事情的來龍去脈告訴了劉徹。劉徹也是個不拘形跡的人，聽說自己在外面還有個同母異父的姐姐，立即帶著韓嫣出宮，一路趕來長陵，親自拜見大姊金俗，封她為修成君，還引她進宮拜見太后。王娡得與長女相見，極是感慨，雖然也愛憐女兒，但得知事情經過後，對韓嫣更加不滿，認為他有意窺測自己隱私。不久，有人告發韓嫣淫亂後宮，與宮女相姦。王娡立即命人賜毒酒給韓嫣，劉徹聞訊趕來長樂宮求情，反而被母親嚴厲訓斥一頓。事情無法轉圜，韓嫣被迫服毒而死。劉徹失去韓嫣，心痛不已，但太后是他的母親，又能如何？有傳聞說皇帝惱恨江都王劉非在太后面前挑撥，將韓嫣之死算在了他身上，劉非回去封國後不久就莫名其妙地病死，其子劉建嗣封。不久，劉非之女劉徵臣又被選為和親公主，若不是事情突然起了變化，也會落個老死胡地的淒涼下場。

整樁事情對金俗倒是件大好事，她得韓嫣牽線，與母親、弟妹相認，從此奴婢如雲，衣食無憂，兒子梅仲也有封號，享受食邑，女兒梅瓶則嫁給了淮南王太子劉遷，成為皇帝最敬慕的淮南王劉安的兒媳婦。但她畢竟是在民間長大，見過的世面有限，此刻被母親召來長信殿中參加重要禮儀，不免很有些拘謹無措。

長樂宮衛尉段宏奔進來告道：「皇上一行已經離開了前殿，正往長信殿來了。」

王娡道：「夷安公主還沒有找到麼？」段宏道：「沒有。為防萬一，臣已經派衛卒去了淮南邸[13]和茂陵司馬相如君家裡。」

原來夷安公主不願意下嫁匈奴太子於單，向父皇和太后哭鬧過多次，然而劉徹意不可轉，她也只能認命，只好請

13 淮南邸：淮南國設在長安的官邸。郡太守在長安的官邸稱郡邸。漢代，各郡及諸侯國為了與朝廷聯繫方便，在京師設立官邸，供官員到京朝見或辦事時住宿，類似今駐京辦事處。

求從未央宮搬來長樂宮居住，在出嫁前多陪陪祖母。今日本來是事先約定的於單拜見太后的日子，他也將在長信殿中與夷安公主正式見面。只是一大早近侍去永寧殿叫公主準備時，才發現夷安公主不見了。皇宮禁衛森嚴，出入宮門有嚴格的制度，宮門令和各宮門司馬均未見到夷安公主離宮，那麼她只能躲在宮中某處了。長樂宮周迴二十里，等於一座大城邑，當真尋起人來，還真如大海撈針。

王娡挑起了雙眉，額頭現出幾道溝壑來，道：「夷安若是真出了宮，不會傻到去找劉陵和司馬琴心。旁人都知道她三人最為要好，一旦出事，頭一個要搜的就是淮南邸和司馬相如家。」段宏見太后語氣極為惱怒，不敢接話。

王娡轉頭道：「你們都知道該跟皇帝怎麼說了。」平陽公主最為伶俐，立即應道：「是，夷安公主到後苑遊春賞花，臨時感染了風寒，不便與貴客相見。」

王娡心道：「狗屁貴客，不過是皇帝要拿親生女兒當招攬人心的籌碼罷了。」她是太后，貴為至尊之母，這話當然不能公然說出來，當即讚許地點點頭，道：「平陽說得好。」

平陽公主道：「可是三日後還有一場家宴，皇帝、皇后以及在京諸侯王均要出席，萬一找不到夷安，豈不麻煩？」王娡道：「衛尉君，你快些派人將劉陵和司馬琴心帶來長樂宮，就說公主將要大婚，請她二人來幫忙做準備。」段宏忙躬身道：「諾。」

平陽公主笑道：「母后這一招高明，捉來夷安的好友當作籌碼，她最重朋友義氣，不論她在宮裡還是宮外，都會乖乖現身。」

王娡冷笑一聲，正要接話，忽望見大女兒金俗正站在那裡絞動衣角，侷促難安，心中一動，一時間回憶起許多往事來，暗道：「俗兒還真有幾分我年輕時的模樣，比她三個妹妹都出挑得多。唉，當年若是沒有與她父親分離，而今又會是什麼樣？夷安是籌碼，我自己和妹妹當初不也是被母親當作籌碼送進宮的麼？」正想得入神，忽聽見侍者高聲叫道：「皇帝到！」聲音未落，劉徹已引著數人昂然進來。

大漢以孝治天下，漢初即設孝弟力田之科[14]，自惠帝以下的故去皇帝的謚號中均有一個「孝」字。劉徹貴為天子，見到母親也要行大禮，當即上前伏地叩拜。王娡微微直起身子，表示還禮，道：「皇帝免禮。」

劉徹又將於單引見給太后。王娡見到於單五大三粗的魯莽樣子，不免更加失望，心道：「孫公主嫁去了匈奴，軍臣單于等於是我第一個孫女婿，而今他兒子又要娶夷安，做我的第二個孫女婿，年歲那麼大，皇帝倒真是捨得。」也不便多說，只說了幾句勉勵的話，又說明夷安公主不巧染了病。

於單未能如願見到未婚妻子，稍稍有些失望，但轉念想到漢公主金貴嬌弱，不比匈奴女子，皇帝既已許嫁，大婚不過是早晚之事，況且皇帝在三日後還要在長樂宮舉行家宴，那時必能見到夷安公主，當即恭恭敬敬地道：「見面不急在這一日，請轉致公主安心養病，謹祝早日康復。」王娡道：「涉安侯有心。」

劉徹見太后悶悶不樂，意甚怏怏，便命人先帶於單去未央宮。他一邊向母親告退，一邊向平陽公主使了個眼色。平陽公主會意，跟出殿外。劉徹令從臣退開，才吞吞吐吐地道：「有件事，朕想拜託大姊。」

平陽公主芳名劉娖，正式的封號是陽信公主，因嫁給平陽侯曹壽為妻，所以世稱平陽公主。這位公主承襲了母親的秉性，在劉徹四位姊姊中心計最深，最瞭解皇帝弟弟的心思，也最會辦事。劉徹一度極依戀這位姊姊，微服出遊民間時總是自稱「平陽君」，在宮外留宿必定是選平陽府。平陽公主深知劉徹喜好美女，而第一任皇后陳阿嬌生性好嫉，不令美貌宮女接近皇帝，於是她在自己家中養了十餘名良家女子，專供劉徹挑選享用。偏偏這十餘名女子劉徹一個也沒有看中，反而看上了地位低賤的歌女衛子夫，臨幸之後，又帶回宮中。平陽公主由此獲賜金千斤。衛子夫有一頭烏黑亮澤的秀髮，很是令劉徹迷戀，入宮後很快寵冠後宮，又因為劉徹生下第一個兒子而被立為皇后。親屬盡沾其

---

14 孝弟力田：亦作「孝悌力田」，漢代選拔官吏的科目之一，始於惠帝時，名義上是獎勵有孝的德行和能努力耕作者。高后朝置「孝弟力田」官。到文帝時，與「三老」同為郡縣中掌教化的鄉官。

光飛上枝頭，如其弟衛青本是平陽公主騎奴，因衛子夫之故也被授予官職，入宮擔任皇帝身邊的親信侍衛，後來更是當上將軍，因對匈奴作戰有功而封侯。衛子夫不忘平陽公主舉薦之恩，極力撮合公主和衛青結婚。因為這樁婚事，平陽侯曹壽被逼離京，回去平陽封地，衛青原配田氏也與衛青離異。最終由皇帝劉徹出面，下詔衛青與平陽公主成婚，衛氏一門，富貴震動天下。

平陽公主原以為皇帝要追問夷安公主之事，見劉徹神情詭祕，似有難言之隱，忙道：「請陛下明示，臣姊不敢不盡力去辦。」劉徹道：「朕適才在殿前看到一名青衣女子，瞧她的服飾打扮，似乎並不是長樂宮的宮女，大姊可方便向太后打聽一下？」

原來劉徹進來長信殿前，看到一名青衣女子站在殿旁的花叢中。旁人見到天子，要麼伏地下拜，要麼遠遠避開。可那女子就那麼旁若無人地站在那裡，彷彿世間的一切都與她無關。她也不是站在大漢最尊最貴的長樂宮中，而是佇立於絕嶺雄峰之上，盡情沐浴著怡蕩的春風。不經意間，她轉過頭來，臉龐上掛著緋紅，彷若兩朵燦爛的朝霞。她就平靜地那麼看著御道上前呼後擁的皇帝，眼神茫然而天真，那種風韻一下子打動了他。甚至當她轉身離去的時候，他生平第一次體會到失落的滋味。他不能忘懷她的楚楚動人，雖然明知道她很可能是太后的人，還是忍不住地想擁有她。

平陽公主道：「啊，那一定是王寄，就是陪嫁孫公主到胡地的宮女。」劉徹道：「原來她就是那名從匈奴逃歸的女子。」

平陽公主道：「正是。太后聽說有以前的舊宮女從匈奴逃回，特命接進宮來。最早王寄也是因為與太后沾一點親，才進長樂宮當了宮女。不過她逃歸中受了傷，雖然治癒，人卻變得有些痴痴傻傻，以前的事一點也不記得了。陛下真的想要她麼？」見劉徹不應，便笑道：「這件事並不難辦，不過母后因為夷安之事心中有些不痛快，過幾日等她老人家心情好轉，臣姊再設法央求，要了王寄送去未央宮。」

劉徹點點頭，道：「有勞大姊。」頓了頓，又道：「朕知道太后不願意將夷安許給匈奴太子，可這是沒辦法的事。況且又不是要她嫁去胡地，不過是招女婿上門，有何不好？」

平陽公主道：「陛下說的極是。且不說陛下貴為天子，單是作為父親，就有權決定兒女的婚姻大事。更何況夷安的婚事關係著國家安危呢？陛下放心，母后只是不喜歡匈奴人而已，臣姊自當設法勸轉。」

皇帝辭別平陽公主，出來長信殿時，正巧遇上乳母侯媼。多年前，她因家人犯法，被判舉家遷往邊郡，多虧東方朔的巧計，才得以留在京師。那以後，侯媼便來了長樂宮居住，名為皇帝恩澤，但家人俱遠在天邊，她又不能任意出宮，實際上與軟禁無異。

遷徙事件後，劉徹極少再見到乳母，此刻偶遇，竟發現她雞皮鶴髮，蒼老得不成樣子，不禁很是驚訝，遂主動上前招呼道：「大乳母。」

侯媼忙要下拜，卻被皇帝親手扶住，一時感懷哽咽，不能自已，眼淚像斷了線的珠子，大滴大滴地滾落。

劉徹已從東方朔等人口中得知侯媼之子陽安及兒媳管媚的故事，料來侯媼如此是為親人不幸遇害而傷懷，當即安慰道：「大乳母放心，朕早已發出詔書，嚴令天下逐捕郭解、隨奢，等捉到凶手，便可為令郎、令媳報仇。」

侯媼不喜反驚，「啊」了一聲，道：「陛下不是剛剛大赦過天下麼？按照國法，之前罪犯所犯下的罪行該一律赦免。」

劉徹不過是隨口安慰一句，卻被侯媼立時抓住了把柄，頗為尷尬。侯媼倒也識趣，不再追問，勉強謝道：「陛下有心。願陛下強飯自愛，臣妾告退。」劉徹點點頭，命隨侍侯媼的宮女道：「好好伺候大乳母。」

正好有郎中蘇武趕來稟道：「宴席已準備好，丞相派臣來請陛下回未央宮。」

未央宮在長樂宮之西，兩宮之間有東西馳道相通。劉徹遂領著侍從往西，卻在講武殿前撞見了東方朔，手中還捧著一具劍匣。那劍匣是一整塊石頭打磨而成，頗為沉重。東方朔雙手捧住，仍甚是吃力。

劉徹狐疑道：「卿捧的是高帝斬白蛇劍麼？」東方朔道：「是。陛下放心，此劍是我大漢鎮國之寶，臣決計不敢帶劍離開長樂宮，只是暫時送去凌室收藏，等太僕卿選定工匠和吉日後再開匣磨劍。不過臣怕是不及參加今日為涉安侯舉辦的百官盛宴，還請陛下恩准。」

劉徹也正擔心他又跟以前一樣在酒宴上冒出驚人之舉，順勢道：「准。」自帶了侍臣回未央宮。

凌室是皇宮中藏冰的地方，於冬天納冰，春天啟冰，所藏之冰用於儲藏食物、防腐保鮮、降溫納涼等，位於長樂宮西北角，就在講武殿之北。東方朔將劍交給凌室令收入冰庫中，又鄭重叮囑一番，這才出來。

一旁槐樹後突然閃出一名少年郎中，低聲笑道：「師傅，你好啊，我可是跟了你一路，可算等到周圍沒人了。」東方朔嚇了一跳，道：「公主，你怎麼這身打扮？你不是該在長信殿與涉安侯見禮麼？」夷安公主道：「我才不要嫁給那匈奴太子。師傅，你助我逃出宮去。」

東方朔道：「公主想逃婚麼？我早告訴過你，那是自尋死路！皇上何等剛硬，太后何等精明，你逃不掉的。況且公主只是招匈奴太子上門，又不是要嫁去胡地，不如遷就一下，先勉強嫁了，再順從皇帝的意思從他口中套出匈奴的各種機密，最後找藉口將他趕去涉安封地，公主就再也不用見他啦。」

夷安公主道：「呀，師傅，你的心思可真夠陰險的。不過本公主可不願意做這樣的事，那於單我看見他就想吐，嫁他是萬萬不能。快些帶我出宮去，我願以千金酬謝。」

東方朔道：「萬金也不行。」拔腳欲走，卻被夷安公主發現了他腰側的端倪，一把掀起外袍，驚叫道：「這不是高帝斬白蛇劍麼？師傅，你居然敢盜竊本朝鎮國之寶，這可是滅族大罪。」東方朔忙道：「別嚷！別嚷！我帶公主出宮便是。」

皇宮是天下中樞，門禁森嚴，進出宮門者需要有門籍。所謂門籍，就是將有權出入宮者的姓名、年紀、身高、膚色、肥瘦、臉形等基本特徵寫在二尺竹牒上，懸掛在宮門邊，供出入宮門時查驗。無符籍妄入宮門稱「闌」，闌入宮門及宮旁小門掖門者處城旦舂，闌入殿門者處死刑。昔日竇太后一度痛恨姪子竇嬰，就除去其門籍，使得竇嬰不能再進宮。當今皇帝劉徹尋到異父同母金俗時，用副車載回長樂宮，也要先行詔門著引籍，然後才能領姊姊去謁見王太后。

夷安公主當然有自己的門籍，當此逃亡之際卻是萬萬不能使用。臨近白虎闕闕門時，師徒二人便假意爭吵。守衛闕門的司馬令本欲上前例行問上一句，見東方朔聲音愈高，喝斥那年輕郎中不止，幾欲發怒，便不想再多惹這著名的狂人，揮手命衛卒放行。

出來長樂宮，夷安公主大喜過望，道：「想不到混出皇宮這般容易。」又問道：「師傅的車子[15]在哪裡？是那輛半邊紅的車子麼？」

東方朔的車子停在長樂宮西門闕附近的複道下。這裡原先是秦國相國樗里疾的墳墓。樗里疾臨死前有預言道，百年之後將有天子宮殿建於其墓地兩側。結果漢朝建立後，果然有長樂宮建在其墓之東，未央宮建在其墓之西。

東方朔尋到自己的車子，從外袍下取出長劍，迅疾跳到車上。夷安公主緊跟著鑽進車裡。東方朔料到一時難以擺脫她，便命車夫驅車回茂陵住處。

夷安公主道：「師傅為何要冒死盜劍？這柄劍稱為鎮國之寶，不過是因為高皇帝使用過而已，雖然名貴，可又不能換錢，師傅拿了有什麼用呢？還是趁沒人發現，快些還回去的好。」

15 漢代官員上朝必須乘車，二千石官員乘坐的車廂兩側要塗上紅色，不足二千石，只能將車左塗紅。

東方朔道：「我只是暫時借用一下，而且也不是為了我自己。公主還記得幾月前在右北平郡的案子麼？」夷安公主道：「記得啊。難道師傅找到了那柄短劍，所以要用這柄長劍去與它相配？」東方朔道：「不是我找到了劍，而是有一個人來找我。」

夷安公主大奇，問道：「是誰？」東方朔道：「無論如何公主也猜不到的一個人。」夷安公主道：「隨耆？郭解？到底是誰？」東方朔卻賣起了關子，笑道：「等到了我家，公主自會知道。」

車馬轔轔，沿著寬闊的安門大街一路往北。安門大街由南門安門直通到北門廚城門，前街左是未央、右是長樂，宮闕巍峨，後街則是歌妓聚居之處，因而又稱章臺街。沿路綠樹成行，繁花似錦，一派欣欣向榮景象。然而在大漢初立國時，長安市貌是另外一幅截然不同的荒涼畫面。

八十年前，漢朝剛剛建立不久，萬民流離，經濟凋敝，皇帝都找不到四匹同一顏色的馬拉車，許多文武將相只能乘坐牛車上朝。民間更是一貧如洗，物資匱乏，物價飛漲，一石米要一萬錢，一匹馬值一百兩黃金。長安雖成為大漢京師，日後更是成為世界上最宏偉的城市，當時卻還是塊偏僻鄉村之地，四周連城牆都沒有，像樣的建築也只有位於城南的新築成的長樂宮和未央宮。

惠帝元年，天下局勢已經穩定，漢惠帝劉盈即開始著手建築長安城牆。工程仍由少府陽成延主持，先後徵發三十餘萬人，歷時五年時間。城牆為夯築土牆，取龍首山之土，赤如火，堅如石。牆高三丈五尺，上窄下寬，上闊九尺，下闊一丈五尺。雉高三坂，周迴六十五里。城牆外側有寬三丈，深一丈的壕溝圍繞，因溝邊光植楊樹，所以又稱楊溝。

新建成的都城平面呈不規整的方形，由於四周城牆是在長樂、未央兩宮建成後才開始興建，為遷就兩宮與臨近河道的位置，形成南牆曲折如南斗六星、北牆曲折如北斗七星的形狀，因而長安又有「斗城」之稱。城中街道寬闊平整，規劃整齊。全城共有十二個城門，四面城牆各開三門：東面自北而南為宣平門、清明門、霸城門；南面自東而西為覆盎門、安門、西安門；北面自西而東為橫門[16]、廚城門、洛城門；西面自北而南為雍門、直城門、章城門。每門各三個門道，可容十二輛馬車並行。城內縱橫八條大街，各與城門相通。街道兩旁還挖有明溝，作為城中排水的幹道。它們與城牆底部的涵道或水道連接，能夠及時將污水或雨水排到城壕中去。

經歷數十年的建設和發展，長安一躍成為天下第一大城，建制龐大，商業發達，居民眾多。由於先宮後城的獨特佈局，宮殿群占去了全城大半面積，僅未央宮和長樂宮就占據了長安城的一半，因而商業區和居民區都集中在城北——市集貿易集中在城西北的東、西二市，手工業區則在北部的橫門附近；普通官吏和平民分散居住在城中的里坊中，長安有一百六十個閭里，著名者如宣明、建陽、昌陰、尚冠、修城、黃棘、北煥、南平、大昌、戚里等，室居櫛比，門巷修直，大部分集中於城內東北部。但長安作為大漢的心臟，是天下人嚮往的地方，人人趨之若鶩，人口繁茂如煙，長安城中難以容納，更多的人居住在城外靠近城門的地區。

此外，北郭以北還有四個陵邑——高帝劉邦的長陵、惠帝劉盈的安陵、景帝劉啟的陽陵、當今天子劉徹的茂陵，東郭以東還有文帝劉恒的霸陵。帝陵均設縣，建制一如普通郡縣，建有城池。歷任皇帝均採取措施增加陵縣人口，或軟或硬，劉徹甚至強徙天下富豪聚居茂陵，因而陵邑地區跟長安城一樣人口眾多，經濟繁榮。尤其居民大多非富則貴，住在茂陵反而成為身份的象徵。許多官宦顯貴不喜長安城內狹小擁擠，甚至專門搬到陵邑居住，既可以獲得更大的居住地，又可以順帶討好皇帝。東方朔的住處也在茂陵，他和大名士司馬相如等都是最早一批被皇帝下令遷居到茂陵的官吏。

安門前街兩邊都是宮闕，常人不得急馳，從宮門外經過，還必須得下車以小步快走，因而車夫趕得並不快。一

16 橫：讀作「光」，所以橫門又名光門。

路往北，走完前街，便到了與直城門大街交接的十字路口，西邊就是大漢囤積兵器的巨大武庫。只是這路口除了皇帝的車馬，任何人都是不能經過的——因為從直城門到霸城門有一條橫貫全城的東西馳道，不經皇帝或太后允許不得穿越，要通行得繞道兩座城門，這是京師的一大特色。長安城城門通向城內的大街均是三道並列：中間是皇帝通行的馳道，約八丈寬，中央三丈為皇帝專用，被授予王杖及有皇帝許可的使者可以使用馳道上的旁道；兩側為官吏和平民走的道路，各約四丈寬。路上每隔三丈就種植松樹一株，既美化了環境，又可以作為道長的標記。

馳道雖然寬闊平坦，但除了皇帝和皇帝特許的人物外，一般人不能在馳道中行走，也不能橫越，從馳道這一側的路到達另一側的路非常麻煩，必須繞到城門外才行。唯一的例外是安門前街有一條南北行道，供普通人越過未央宮東闕外向東與長樂宮之間的東西向馳道。馳道縱橫，給長安的交通帶來很大的不便。外地人來長安，必須知道城內的目的地在路的哪一側，在進城門時選定三個門道中的左道或右道，否則就要走很多的冤枉路。

車夫拉轉馬頭向西，到直城門下再往北，一路馳到雍門，正要出城，東方朔忽吩咐車夫道：「走渭橋那條老路回去。」

茂陵在渭水之北，原先要過渭水，必須得出橫門、過渭橋，既繞道又費時。十年前，為長安通茂陵方便，劉徹下令在雍門外新修一條直通茂陵的大道，渭水上也造了一座新橋，稱便門橋，因為渭橋之西，又稱西渭橋，由此大大節省了時間。車夫見東方朔捨近求遠，不免有些驚異，但主人既然吩咐，便只能照辦。

車行到西市北門前，東方朔命車夫停下車子，自己攜劍跳下車子，一頭鑽進市門。

夷安公主有心跟進去湊個熱鬧，可又因為是在逃身份，擔心被巡街的中尉卒認出，只得縮在車中。

等了小半個時辰，東方朔總算回來了，上車即命車夫回去茂陵住處。夷安公主見他行蹤神祕，追問究竟，他只道：「日後公主自會知道，咱們走吧。」

出橫門往北三里就是渭水，渭水上有著名的渭橋，又名橫橋。這座橋為秦遺物，始建於秦昭王年間，當時秦國有咸陽宮在渭北，興樂宮在渭南，為通兩宮，特意建造了這座石柱橋。橋頭立有華表，橋身中跨水平，邊跨傾斜，中部高聳，橋下可以通高船。整座橋宏麗寬長，猶如天虹臥波，自建成之日起，就起著重要的交通樞紐作用。

這座橋上發生過許多重大事件。昔日秦始皇焚書坑儒，選定的焚書之地就是渭橋，天下書籍除去醫書、農書外，一律被拉到渭橋邊，堆成一座座小山，火起後整整燒了九九八十一天，許多珍貴典籍由此失傳。渭橋是北進長安第一橋，漢初陳平、周勃等誅滅諸呂，恢復漢室江山，迎立漢文帝劉恒就是在這座橋上。後來又發生了著名的「渭橋驚馬」事件。漢文帝有一次出行，車輦走到渭橋時，忽然有男子從橋下鑽出，驚了駕車的馬，險些將漢文帝摔下車來。漢文帝勃然大怒，喝令騎士追捕，將那男子抓獲，交給廷尉張釋之審判。張釋之發現那男子不過是個冒失的農民，他聽到皇帝御駕到來，嚇得躲到了橋下。當他以為隊伍已過時，便從橋下出來，卻正好撞上了漢文帝的車馬。張釋之審明情況後，按律令《清道令》中「蹕先至而犯者，罰金四兩」的規定，判決對農民處以罰金後釋放。漢文帝聽說後很是生氣，認為廷尉判得太輕，一定要將那農民處死。張釋之道：「法律是天下共有，天子和天下人應該遵守。這一案件是依據現在的法律定罪，加罪重判，法律就不能取信於民眾。況且，在他驚動馬匹之際，如果皇上當場命人誅殺他也就罷了，既然交給廷尉處置，就該依法處罰。廷尉，天下之平，是天下公平的典範，稍有傾斜，天下用法就可輕可重，沒有了標準，老百姓豈不是會更加手足無措？願陛下明察。」漢文帝沉思良久，最終同意了張釋之的觀點。

馳過渭橋，便進入了咸陽原。這塊塬地又名洪瀆原，夾在涇水和渭水之間，塬頭起於涇、渭相會之處，愈向西去，地勢愈高。塬上土層深厚，沃野寬闊，是一塊名符其實的古原——周武王曾封其十五弟畢公高於此，周平王東遷後，這裡又成為了秦襄公的封地。由於處於渭河之北、九山之南，因而是「山水俱陽」的上上之地，在這裡倚勢建陵，封土巍峨，大有頂天立地之勢，高帝劉邦的長陵，惠帝劉盈的安陵，景帝劉啟的陽陵，以及當今天子的茂陵均位於咸陽原上。

時值陽春三月，正是咸陽原一年中最令人迷醉的季節——桃花綻放，光澤盛貌；垂條吐葉，芳草芊芊；繡壤交接，起伏如畫；山光如靛，河光如練。皇帝劉徹選中此處作為千秋萬代之地，除了景色秀麗、風水上佳的原因外，還因為其母王娡是槐里人，茂陵建在槐里縣茂鄉，含有光耀外家的意思。

按照漢代制度，建帝陵則置相應縣邑，茂陵所在地稱茂陵縣，縣城則稱為茂陵邑。雖是陵邑，規模卻相當宏偉，分為內城和外城，內外城四周都有城門。內城的中心是陵園，周圍建有用於祭祀的便殿、寢殿、園宅等，設有陵令、屬官、廟令、園長、門吏等官職四十餘人，加上建陵、守陵、清掃等工役多達五千餘人。外城則住著因各種原因遷徙來茂陵居住的官吏和富豪，人口亦多達數萬，為大漢帝陵之冠，其繁華程度絲毫不亞於長安。

居住在茂陵的名人眾多，如御史大夫公孫弘、太后王娡的兄長蓋侯王信、名儒董仲舒、太史令司馬談、大名士司馬相如以及他那才貌雙全的妻子卓文君、當今皇帝的親姊姊隆慮公主及夫君陳蟜一家人、還有新調回京師任郎中令的名將李廣等。不過這些居民的鋒頭都遠遠不及兩位去年才被強制遷徙至此的平民，一是已經逃亡在外的大俠郭解，另一位是富豪袁廣漢。郭解其人著名已有敘述，袁廣漢則是因為其人富甲天下，家中僮僕多達八九百人。他一到茂陵就大興土木，於北邙山[17]下築園，東西四里，南北五里，激流水注其中。築石為山，高十餘丈。內中養有各種奇樹異草，白鸚鵡、紫鴛鴦等奇獸怪禽委積其間，據說連皇家園林上林苑也有不及之處。

夷安公主雖不是第一次來到茂陵，但還是第一回見到袁氏園林，遠遠望去花團錦簇，燦若雲霞，不禁問道：「那是誰家的園子？」東方朔嘆道：「公主不必知道他的名字，反正他命不久矣。」

夷安公主問道：「呀，難道主人得重病了麼？」東方朔道：「露財顯富也算是一種重病吧。」夷安公主更是不解。東方朔道：「你忘了郭解了麼？郭解為名所害，此翁必將為財所害。」

忽聽聞馬蹄聲，朝車外一望，正見到郎中令李廣飛騎進來陵邑，忙讓公主縮頭入窗。

李廣心事重重，竟連東方朔的車子也未留意到，呼嘯著擦身而過，倒是其隨從任立政勒馬招呼了一聲。

夷安公主道：「此刻父皇正在未央宮大宴賓客，郎中令不參加宴會，也該在宮中當值，如何會私自回家？」東方朔道：「李將軍多半是藉病退席了。」夷安公主道：「師傅怎麼會知道？還有，郎中令位列九卿，出門該乘車才是，京師不比右北平郡，他不遵禮儀，豈不是讓人笑話？」東方朔嘆道：「公主不懂，李將軍是心中苦悶，無處發洩啊。」

在茂陵邑諸多豪宅的環繞中，東方朔的住宅堪稱寒舍，只有一進院子，正屋一堂二舍，西側有兩間簡陋的廂房。庭院中也沒有植什麼樹木，只種著一種當地人稱為「懶老婆」的花，白天花蕾收起，到天黑花才盛開，開出小喇叭般的紫紅色花朵。說也奇怪，這花雖不起眼，也無甚芬芳，卻有驅蟲妙用。茂陵一帶蚊蟲極多，到夏季更是成群結隊，但若是在窗下植滿懶老婆花，便可少許多被蚊蟲叮咬的煩擾。只是富貴人家嫌它普通粗俗，往往不願意接納它入院。

車夫剛將車子趕進院子，便有一名十七、八歲的少女迎出門來。夷安公主見她雖然清麗芊綿，卻是一身白色素裝，淚眼漣漣，臉有戚色，不禁心道：「這就是師傅新娶的夫人麼？如何一身素服，看樣子並不情願嫁給師傅。」

原先她認為東方朔一年娶一任新妻子不過是放蕩之舉，然而此時身當被逼嫁人的境地，才知道勉為其難的滋味，忍不住道：「師傅，你該不會強人所難、用錢強娶了新夫人吧？」

東方朔哈哈笑道：「她不是我的新夫人，她就是我跟公主提過的無論如何都猜不到其來歷的人。」

那女子聽說眼前的年輕男子是女扮男裝的當朝公主，忙過來參拜。

原來東方朔與太史令司馬談是鄰居，大半個月前，司馬談之子司馬遷領著一名年輕的女子來找東方朔。東方朔早知道司馬遷已於半年前開始漫遊名山大川及形勝之地，發誓要網羅天下放失舊聞、收集傳說史跡、考察風土人情，忽見他風塵僕僕地出現在自己家中，很是吃驚。待得知那女子來歷，更是驚訝無比——那女子姓隨名清娛，平原郡人

17 北邙山：咸陽至茂陵北原一帶稱北邙山，又名北芒岩。

氏，是皮貨商人隨奢之女，這隨奢，就是在右北平郡平剛城城南客棧中殺死陽安、盜走管敢金劍的逃犯了。客棧無頭雙屍案當日已由東方朔查清，之後右北平郡長史暴勝之發出公文逐捕凶手郭解和隨奢，但二人一直未能捕獲。郭解能逃脫羅網倒也不足為奇，但隨奢不過是一普通商人，居然也久久未能捕獲，平原郡府逮捕了他的妻子拷問，一無所獲，隨妻不堪鄰里謾罵侮辱，上吊自殺。女兒隨清娛卻堅信父親不會殺人，到郡府鳴冤，平原郡太守以凶案發生在右北平郡為由，不予理會。隨清娛便又來到右北平郡，郡太守路博德在此案案結後才上任，又正厲兵秣馬備戰匈奴，哪裡有心思受理，命人將她趕了出來。隨清娛聽說此案當日是太中大夫東方朔斷定，便決意到京城尋找東方朔。她少女孤身，輾轉奔波，心力交瘁，終在路上暈倒，正好被漫遊天下的司馬遷撞見，及時救了她一命。司馬遷聽說了究竟，很是感慨，道：「昔有緹縈救父[18]，今有隨氏鳴冤。」決意護送隨清娛來長安。東方朔初聽之下即大為震動，道：「有女如此，其父必定愛若掌上明珠，不會為區區一柄劍冒捨棄家庭的危險殺人。」決定重新調查無頭雙屍的案子。他反覆思索案情，終於想到了一個疑點。

夷安公主一聽大為興奮，甚至忘記了自己逃婚的處境，道：「到底是什麼疑點？」東方朔本不欲說，被磨不過，只好道：「金劍，我指的是管敢身上的那柄金劍。公主剛剛也說過的，高帝斬白蛇劍之所以名貴，不過是因為高皇帝用過它，其實就劍價值本身而言，未必就是無價之寶。管敢的那柄短劍也是如此，照常人眼光來估算，價值頂多不過一萬錢……」

隨清娛插口道：「家父沒有讀過什麼書，大字不認得幾個，沒有太多見識，那柄金色短劍即使有不凡之處，家父也看不出來。況且家父頗善經營，我隨家家產有三十萬，也算是當地富戶，別說為了一萬錢殺人，就是盜取也是萬萬不可能的。」

她說得不急不緩，娓娓而談，渾然不似商人之女，倒似豪門世族的大家閨秀。言語中更有一種堅定，令人不得不相信她的話。

東方朔道：「隨娘說得不錯。我猜隨奢起初在客棧看到管媚身上帶著那柄短劍，提出以一萬錢購買，其實是想買給女兒的。既然事情談不攏，也就罷了。」

夷安公主道：「可如果不是隨奢殺人盜劍，那麼他人去了哪裡，為何不敢還鄉？真正盜劍的凶手又是誰？」東方朔道：「此中關節我已然明白過來，前面的問題我暫時不能回答公主，至於殺人盜劍的凶手，其人一定是知道金劍來歷的，他知道那柄短劍跟長樂宮中的高帝斬白蛇劍有關聯，怕是背後還有什麼祕密也說不準。」

夷安公主道：「這麼說，那真凶也是大有來歷的。師傅盜高帝斬白蛇劍出宮，難道是想引出那人麼？」東方朔點頭道：「金劍既是一對……」

忽聽得家僕在門外道：「有客來訪。」東方朔忙收了金劍，讓隨清娛和夷安公主躲進內堂，請客人進來，卻是淮南國翁主劉陵。

東方朔道：「翁主大駕光臨，當真是令寒舍蓬蓽生輝。」劉陵急促問道：「夷安公主人呢？」

夷安公主聽見，忙奔了出來，問道：「你怎麼知道我在這裡？」劉陵道：「我只是胡亂猜的。公主，太后派人接走了琴心，還派了人去淮南邸，我湊巧不在府中，才沒有被『請』去長樂宮。」她特意加重了「請」字，表示情非所願。

夷安公主道：「呀，太后是要拿你和琴心做人質，逼我就範。師傅，我該怎麼辦？」東方朔道：「當然是乖乖回

---

18 緹縈救父：漢文帝時，齊國臨淄（今山東淄博）名醫淳于意因誤症被判肉刑，其人做過縣令，按律要押赴京師受刑。幼女淳于緹縈一路跟隨到長安，冒死攔截御駕，向皇帝上書道：「妾父為吏，齊中皆稱其廉平，今坐法當刑。妾傷夫死者不可復生，刑者不可復屬，雖後欲改過自新，其道亡（無）繇也。妾願沒入為官婢，以贖父刑罪，使得自新。」除了表示願為奴婢替父贖刑外，也指出肉刑的不合人道：人受肉刑後，失去的肢體不能復生，即使悔過自新也無濟於事。漢文帝讀後大為震動，赦免了淳于意，還下詔進行刑制改革，廢除了肉刑，此為中國刑罰制度史上的重大事件。東漢史學家班固有詩讚道：「百男何憒憒，不如一緹縈。」

去啦。」

夷安公主怒道：「師傅……」劉陵忙拉起她的手，扯來院中無人處，問道：「公主當真不願意嫁給於單麼？」夷安公主道：「當然。」

劉陵道：「逃婚不是辦法，我有個法子能解公主之厄。但請公主記住，阿陵是冒了性命危險，這件事不能再對第二個人說，就連琴心和東方大夫也不能告訴。」

夷安公主狐疑問道：「你想……你想……」劉陵道：「公主不要想，也不要猜，阿陵自有主張。咱們走吧。」夷安公主道：「去哪裡？」劉陵道：「當然是回宮啦。」

夷安公主也別無他法，只得向東方朔辭行。東方朔道：「公主願意回宮就好。不過，金劍之事……」夷安公主道：「師傅放心，徒兒不會告訴旁人的。」

東方朔這才舒了口氣，道：「這件案子還要靠公主幫忙呢。你回去長樂宮後，就派人監視凌室，看都有些什麼人去打聽。」

夷安公主本來極是沮喪，一聽回宮後還有案子可查，立即振奮起來，道：「好，一旦有眉目，我就讓琴心通知師傅，反正你們都住在茂陵。」喜滋滋地出來，道：「咱們走吧。」

劉陵見夷安公主進屋一趟，出來便換了一副顏色，雖然詫異，也不多問。二女攜手出來登車，正好在天黑前入城。

回來長樂宮，王太后親自迎出，也不問究竟，只說「回來就好」。劉陵所住的淮南府就在未央宮北闕對面的甲第中，離長樂宮不遠，見太后不追究夷安公主，便就此辭別。

夷安公主回來永寧殿。司馬琴心迎出來道：「公主既然逃走，何必要回來？是因為琴心麼？」夷安公主笑道：「不是，是我自己想回來。」

她雖然強顏歡笑，心中終究還是忐忑難安，回到房中，坐在梳妝檯前，不知不覺又看到梳妝檯上銅鏡的銘文：「千秋萬歲，長樂未央[19]，結心相思，毋見忘。」默念一遍，只覺得滿腹傷感。

一時也難以入眠，乾脆不去想婚事，思慮到底是誰盜竊了管敢的那柄金劍。心道：「師傅既然說盜劍人是知情者，見過高帝斬白蛇劍的人本就不多，案發時那人又必定身在平剛城中，莫非是李廣將軍？或是霍去病？是他二人先後認出了那柄短劍。可他二人盜劍做什麼，沒有動機呀。」思來慮去，也難以想到一個有動機的嫌疑人，終於抵受不了睏意，迷迷糊糊地睡去。

次日日上三竿，夷安公主才起床，忙洗漱完畢，打算出門。卻見自己的屬官如公主家令、公主丞都聚集在殿門前，還多了數名郎官，料來是皇帝或太后派來的獄卒，也不理睬，叫上司馬琴心徑直出來。那些郎官倒也不敢阻攔，只不遠不近地跟在她們身後。

夷安公主也不先去長信殿請安，先繞道來到凌室前，卻見許多宦者、宮女正忙著進出運冰，想來是在為兩日後的宴會做準備。

夷安公主心中愈發氣惱，賭氣道：「琴心，一會兒見完太后你就出宮去叫阿陵來，我們要商議個法子才好。」司馬琴心勸道：「公主，事情到了這個地步，怕是難以挽回了。皇上脾性剛硬，不容人質疑他的決定，你越是反抗，他越是要你嫁給匈奴人。」

19 未央：「未央」一詞最早出自《詩・小雅・庭燎》：「夜如何其？夜未央，庭燎之光。君子至止，鸞聲將將。夜如何其？夜未艾，庭燎晣晣。君子至止，鸞聲噦噦。夜如何其？夜鄉晨，庭燎有輝。君子至止，言觀其旂。」傳說此詩意即未央宮得名的由來。未央為未盡、未深之意，常與「長樂」、「萬歲」、「延壽命」等語彙連用，是漢代流行的吉祥語。「未央」也是漢簡最為多見的人名之一。

夷安公主再無話說，只得怏怏來到長信殿向太后請安。

長信殿是太后居住之所，豪華奢侈為長樂宮諸殿之首，門口即是碩大無比的銅鋪首，潔白的玉石門臼之間夾置著鎏金的銅門檻。進來殿內，殿上陳列著九條金龍，龍口之中各銜一枚九子金鈴。殿首有雕畫精細的屏風，前面有陳設清雅的玉几和玉床。

太后王娡正坐在玉床上，修成君金俗則領著一名黃衫女子站在床前垂淚。夷安公主認得那黃衫女子是金俗的女兒梅瓶，去年嫁去淮南國做了太子劉遷的太子妃，也就是劉陵的嫂嫂，卻不知她何時回了長安。

太后王娡怒氣沖沖地道：「淮南國太子好大的膽子，敢欺負我外孫女。那淮南王劉安就任由兒子胡鬧麼？」梅瓶飲泣道：「公公、公婆都是向著臣妾的，可太子不聽他們的。」

王娡怒道：「如此不是忤逆犯上麼？這等不孝不忠的宗室子弟，還不趕快鎖拿到京師治罪？來人，去叫宗正劉棄來。」

宗正是九卿之一，主管皇室事務，皇帝、諸侯王、外戚男女的姻親嫡庶等都由宗正記錄管理。一般宗正出面，就會涉及到廢立大事，如前皇后陳阿嬌被廢皇后，就是由宗正收走皇后璽綬。梅瓶性情柔弱，一聽太后要命宗正追究丈夫，既氣又痛，哭得更厲害了。

夷安公主素來愛管閒事，忙上前勸道：「梅姊姊別哭了，有太后在這裡為你做主。到底出了什麼事？是劉遷欺負你了麼？」梅瓶「嚶嚶」哭泣個不停，還是金俗從旁敘說，才知道事情究竟。

淮南王劉安是高帝劉邦之孫。與大多數諸侯王荒淫無道不同的是，他擅長養生，不喜游獵狗馬，好鼓琴讀書，曾招天下賓客一同撰寫《鴻烈》[20]，是諸侯王中的佼佼者。當今皇帝劉徹極敬重仰慕他的才學，每每劉安入朝，君臣二人歡宴，談說得失及方技賦頌，不知不覺便到黃昏。劉徹有書信回報和賞賜到淮南國時，也要讓大名士司馬相如審閱和修改文字，生怕在劉安面前丟了面子。他知道母親王太后心中想補償長女金俗，便一心想為金俗之女梅瓶選一門好親事，挑來挑去，終於挑中了淮南國太子，命宗正選梅瓶為淮南國太子妃。諸侯王的婚事雖要上報宗正，但大多由自己做主，若皇帝賜婚，又是另外一回事。梅瓶遠嫁淮南之初，受到舉國歡迎，太子劉遷也算體貼恩愛，但不知怎的後來他忽然一改前態，對梅瓶日益冷淡起來，甚至三個月不肯與她同房。淮南王劉安知道後大罵劉遷，下令晚上將太子和太子妃關在同一間房中。但劉遷仍然不肯與梅瓶同床，梅瓶問他緣故，他居然說他心中另有所愛，然後冷下臉，再也不發一言。梅瓶見公公、公婆也不能勸轉夫君，終於心灰意冷，因為實在不能忍受獨在異鄉、備受冷落的生活，決意返回長安娘家。她是當今太后的外孫女，就此離去必然惹來諸多猜議。劉安苦勸不成，只得派車馬相送，又上書向皇帝謝罪。

夷安公主一聽便道：「淮南國太子無情無義，這樣的男人拋開也就罷了，梅姊姊何須再為他哭泣？」正勸說時，有宮女奔進來告道：「淮南國翁主綁著淮南國太子到了殿外，請太后賜見。」王娡道：「倒省得宗正派人去拿了。叫他們進來。」

劉遷雙手反縛，被妹妹劉陵牽到殿下跪下。劉陵叩首拜道：「臣妾父王有信使來，稱臣兄劉遷得罪了太子妃，特將他綁送到京師，請太后發落。」

諸侯王地位尊貴，比同丞相，上殿覲見時連皇帝也要起立問安。淮南王迅速派人押解太子進京，足見其賠罪誠意。況且劉安與景帝同輩，論起來劉遷算是皇帝的堂弟，王娡也不得不給個面子，命人扶起劉氏兄妹，解開綁索，道：「淮南王太小題大做了，不過是小夫妻拌嘴吵架。淮南太子，你先留在京師，過兩日皇帝要在長樂宮為涉安侯舉辦家宴，參加的都是自家人，你們兄妹也來參加吧。」劉陵忙道：「謝太后。」又狠狠掐了一下兄長，劉遷才勉強道：「謝太后。」王娡道：「嗯，我也累了，你們都退下。」

20 鴻烈：後世稱《淮南子》。

夷安公主還想跟著劉陵出殿，卻被王娡叫住，只得訕訕走到祖母身邊，問道：「皇祖母有何吩咐？」王娡嘆了口氣，道：「祖母知道你不願意嫁給匈奴太子，那於單年紀又大，確實委屈了你。不過這也是沒法子的事，你父皇成天喊著要報什麼九世之仇，只要能打敗匈奴，他可是什麼都捨得的。你就當是為了你父皇，為了大漢吧。昔日秦宣太后為保秦國邊土，親自獻媚，侍奉義渠王三十年，直到秦國國力強大，才親手殺死義渠，一舉滅掉戎狄，報了失身之仇[21]。」

夷安公主仰起頭來，眼睛中有淚光晶晶發亮，問道：「皇祖母，十幾年前，你是不是也對孫公主說過這番話？」王娡呆了一呆，將夷安公主攬入懷中，淚如泉湧，道：「這番話，祖母當年曾用來打動先帝。祖母生平最恨之事，不是嫁孫公主，而是嫁我妹妹的女兒昭陽公主。」

一時間，又回憶起無數往事來：當年她與妹妹王姁同時入宮，同時得到太子劉啟寵愛，她生下了三女一男，妹妹則生下一女四男。所有的子女中，劉啟最愛的是王姁所生的女兒昭陽公主，宮裡的人都愛那位公主，包括她自己的兒子劉徹。劉啟即位為景帝後，先立長子劉榮為太子，後因不滿劉榮母親栗姬，要改立太子，按順序該輪到王姁所生的兒子，如此便嚴重威脅到王娡自己的利益。正好匈奴要求和親，她便設法使景帝同意以昭陽公主出嫁匈奴軍臣單于。昭陽公主離宮當日，王姁哭得暈死過去，劉徹也淚眼婆娑，牽住同父異母的姊姊不肯放手。昭陽走後，王姁一病不起，最終去世。王娡卻在館陶公主的幫助下，終於促使景帝立自己為皇后，立劉徹為太子。雖然她最終如願以償，兒子當上了皇帝，自己也入住長樂宮為太后，但她偶然也會想起妹妹，以及那死在異鄉的昭陽公主。

夷安公主自然不瞭解這些驚心動魄的宮廷爭鬥，不知道是無數心機和權謀才換來了她父皇的登位，只茫然問道：「為什麼是昭陽公主？」王娡搖了搖頭，悲泣道：「我可憐的孩子，你父皇只依他的意志行事，他只愛他自己，你妹妹們將來的命運未必會比你好。你別再跟你父皇擰了，就安心嫁了吧，祖母是為你好。誰叫你是公主呢，這是你的命啊。也許因為你，咱們大漢以後世世代代都不用再將公主嫁給匈奴了。」

夷安公主覺得心尖被什麼東西刺了一下，心房像琴弦般顫抖著。那一剎那，她陡然明白了許多事，覺得自己突然長大了，輕輕道：「皇祖母說得對，我該嫁給於單太子，為了孫公主，為了十位死在胡地的公主，也為了我們大漢公主不用再嫁去匈奴。」

一切都靜寂了下來。偌大的長信殿中，人微小得像是匍伏在地上的塵埃。

款待涉安侯於單的家宴在長樂宮如期舉行。本來長樂宮中舉辦宴會最佳的位置是鴻臺，高達四十餘丈，是長樂宮地勢最高的建築。臺上樓觀屋宇千門萬戶，聳入雲天。昔日秦始皇經常登臨此臺射擊空中翱翔的飛鴻，故取名鴻臺。由於地勢極高，可以俯瞰四周景物，長安巷陌盡入眼中。可惜惠帝四年的春天發生了一場大火，燒毀了這座巍峨高聳的鴻臺。鴻臺既失，就只能退而求其次，改在大夏殿，時間也特意選在了晚上暮食時分。燈火齊燃，亮若白晝。

大夏殿坐北向南，是一座獨立的庭院，宮殿雖不及前殿，但算上庭院中池子和園林的面積，堪稱是長樂宮中第一大建築。四周圍有高牆，只在南邊有門。城中有宮，宮中有城，是秦漢皇宮的一大特色，據說始作俑者是秦始皇嬴政。嬴政統一天下後，總怕被人暗算，防範極嚴，又聽信方士之言，「居宮毋令人知」，以求長生不老，將一座座宮室修得固若金湯，外表像個城堡，但宮殿之間卻有許多複道、閣道、甬道等暗中相連。

大夏殿的設計，本就是專供皇帝舉辦宴會時使用。進來南門，就是一座極大的庭院，東有魚池，西有酒池，兩池之間是甬道及開闊地帶，必要時可當作宴飲場所。昔日秦始皇往酒池中注酒為水，還在池邊置肉炙樹，所謂「酒池肉

---

21 義渠戎，春秋戰國時都於今甘肅寧縣。戰國以後，義渠也稱王。有城數十，國勢強大，與秦國爭戰不休，各有勝負。秦昭襄王即位後，其母宣太后羋氏決意用陰謀來誘殺義渠王，出賣自己肉體與義渠王姘居，再誘殺義渠王，滅其國。宣太后是楚國貴族，嫁給秦惠文王後被封為八子，後靠手腕讓自己的兒子當上國君，以太后身份統治秦國長達三十六年之久。「太后之號，自秦昭王始也。」「母后臨政，自秦宣太后始也。」

林」即是指此。匈奴未平，當今天子當然不會如此奢侈，酒池中的僅僅是水，但卻在池邊預先放置了許多大鐵杯，盛酒其中，預備痛飲一場，一醉方休。

正殿東西長三十丈，殿中寬廣空闊，是正式的宴會場所。正殿兩邊還建有偏殿，在臨近殿門的地方有小門與正殿相通，供主賓休息。正殿之後則是一片柏樹林，據說其中一棵柏樹還是秦始皇親手種植。柏影森森，除了打掃的內侍外，極少有人來此。

既是皇帝為女兒和女婿舉辦的家宴，參見者均是皇親國戚。古人之坐，本以東向為尊，但由於宮室的殿堂都是坐北朝南，堂前沒有門，只有兩根楹柱，堂的東西兩壁的牆叫序，堂內靠近序的地方分別叫東序和西序，上首最尊，其次是東序，再次是西序。因而最尊位北首堂上坐著太后王娡，稍西南的位置並排坐著皇帝劉徹和皇后衛子夫；東序第一席安排給了夷安公主和涉安侯於單；西序第一位江都王劉建及王后胡成光；東序第二位置是館陶公主及她那有「主人翁」之稱的男寵董偃；西序第二位則是皇帝乳母侯媼；依次按尊卑爵位輪下來是平陽公主和衛青夫婦，南陽公主，隆慮公主及其愛子昭平君陳耳，宗正穎侯劉棄；淮南國太子劉遷和翁主劉陵；紅侯劉辟疆；修成君金俗及女兒梅瓶；衛皇后的姊姊衛君孺及夫婿太僕卿公孫賀；王太后之姪王長林及妻子劉徵臣。

漢代制度，諸侯王及子弟不奉詔不得逗留京師。江都王劉建是按慣例正月來京師朝見天子，至今逗留在長安，未回封國。劉棄和劉辟疆則是高帝劉邦之弟楚王劉交的後人。劉交雖是劉邦的異母弟，在幾個兄弟中卻最得劉邦信任，大漢立國後被封為楚王，次子劉郢客極得文帝信任，被留在朝中任宗正。但後來楚王太子劉辟非早死，劉郢客回楚國繼承王位，成為第二代楚王，宗正之位改由其弟劉禮接替，可見朝廷對楚王一系後人信任之程度。劉郢客之子劉戊為第三任楚王後，因在服喪期間飲酒作樂，被景帝削奪封地，遂決定與吳王劉濞反叛，此即吳楚七國之亂。劉戊舉兵前，劉戊之叔紅侯劉富擔心禍及自身，帶著母親逃來長安，因為其母與太后竇漪房是親戚，朝廷遂准許他留在京師，劉辟疆便是紅侯之子。七國之亂失敗後，劉戊自殺。景帝認為楚王劉交有大功於朝廷，不該絕嗣，於是命在朝中任宗正的劉禮繼承楚王的位子。第三任楚王劉戊的妻兒子女則受牽連，被除去宗籍，以刑徒的身份遷徙到邊郡居住，其中就有年紀尚小的劉戊之子劉棄。直到劉徹即位後大赦天下，才將劉戊家眷赦為庶人，准其遷回京師，等到竇太后去世，又恢復了這些人的宗籍。劉棄在宗正府任職，因辦事勤懇，贏得了皇帝青睞，不計較其父曾經謀逆的事實，破格拔擢其為宗正。這也是劉徹用人不拘一格的明證。

大殿中點著十數支修長的鶴狀燈具，華彩奪目。上首擺放著一具屏風，屏架以芳香的杏木做成，雕刻繁花累枝，螢幕飾以文錦，映以美玉，畫有古代勇士，氣度軒昂。四周帷幔高垂，布置富麗堂皇。

漢代是分食制，參宴者一人一案，席地而坐。各人面前的長方形木製大案上裝飾有豔麗的漆繪圖案，案上放置有大托盤，盤內放滿黃金做的杯盤、酒勺等。

漢宮飲食器皿以玉質為最上，其次是漆器[22]，普通百姓家只能用陶器、木器。漆器以蜀中漆器最為貴重，製作精巧，色彩鮮豔，花紋優美，裝飾精緻。一件漆器要經過素工、髹工、上工、銅耳黃塗工、畫工、清工、造工等多道工藝，費時費力，民間有「一杯用百人之力，一屏風就萬人之功」的說法，是極其珍貴的器物，只有最上層的權貴人家才用得起。未央、長樂兩宮宴飲，歷來是用漆器，既堅固耐用，又不燙嘴，所盛食物不改味。直到數年前方士李少君覲見皇帝，自稱能役使鬼神和長生不死，告訴劉徹道：「供奉灶神[23]，可以招來鬼神；鬼神來，可以使丹砂化為黃金；用黃金製成飲食器皿，可以益壽；壽長，可以見到蓬萊神仙；見到蓬萊神仙，再祭祀天地，可以不死。」劉徹聽後信以為真，親自供奉灶神，供奉灶神的習俗由此流傳了下來。不久，李少君病死，劉徹以為他羽化而去，得以長生

22 漆器：一種用生漆（割漆樹流下的汁）塗敷在器物胎體表面（多用木胎或木土混合的夾胎）作為保護膜製成的工藝品或生活用品，表面被塗過漆的胎體經過反覆多次的髹塗後，不僅堅固耐用，多樣的裝飾使器物色澤華麗。

23 灶神：中國古代神話傳說中的司飲食之神。民間傳說，灶神要定期到天神那裡報告人間善惡，因而有「上天言好事，下界保平安」之語。又，漢代最大的天神為太一天神，漢武帝祭祀太一天神的祭壇在上首中間，而「五帝壇環居其下」。

不老，遂學當年的秦始皇，派方士去海中尋求蓬萊神仙。此後多有燕、齊之地的荒誕不經之徒來到長安，向皇帝陳說神仙事，求得賞賜。也正是從那個時候起，皇宮中開始改用黃金做飲食器皿，以求延年益壽。

眾人均已就席，卻唯獨缺了最重要的人物——涉安侯於單。這不免讓諸人心中嘀咕起來，這匈奴太子還真是拿自己當太子了，殊不知天子請客，就連太子也不敢遲到呢。

正當劉徹的臉色越來越難看之際，忽聽到殿外有內侍高聲叫道：「涉安侯到。」於單扶著一名郎官踉踉蹌蹌地走進殿來，道：「臣赴宴來遲，請皇帝恕罪。」

劉徹見他臉色蒼白，一手撫胸，分明是受了重傷，很是吃驚，問道：「發生了什麼事？」於單擺手道：「沒事，沒事。」

攙扶於單的郎官正是新從匈奴逃歸的趙破奴，忙稟道：「適才涉安侯車駕到西闕下時，忽有幾支暗箭連珠射出，射中了車夫和馬匹，車子失控，將涉安侯摔下了來。」

劉徹聞言大怒，道：「京畿之地，虎闕之下，竟發生當街行刺事件，長安的一班官吏都是吃白飯的。來人，速持朕節信到中尉寺，命中尉李息徵發車騎，全城搜捕刺客。」

皇帝臉上烏雲密布，隨侍的郎中不敢多看第二眼，慌忙奔出去傳令。王娡輕輕咳嗽了聲，劉徹這才顏色稍和，問道：「涉安侯傷勢要緊麼？」於單道：「臣不要緊。」

夷安公主忽道：「長樂宮中自有良醫，臣女的主傅就是名醫，陛下不如立即派人到永寧殿召她來為涉安侯診治。」

眾人詫異地望著她，彷彿看到一個陌生人——誰都知道夷安公主不願意下嫁於單，為此鬧過多次。但她此刻忽然一改舊態，主動關心起於單，雖不是情意殷殷，但再也沒有往日憤怒，實在太過蹊蹺。

劉徹也愣了一愣，才道：「還是夷安考慮得周全。來人，速去永寧殿召主傅義姁來。」臉上終於露出幾絲笑容，道：「涉安侯，朕來一一為你介紹。」

於單多是第一次見到在場男女，他已經得大行正丘及博士反覆教授漢家禮儀，當下一一見禮，再落座到夷安公主身邊，見未婚妻子如此年輕美貌，喜不自勝。夷安公主聞見他身上的怪味，幾欲作嘔，可身在大殿之上，只能強行忍住。

劉徹見於單傷勢無礙，便下令開席。頃刻間，宮女、侍者穿梭如雲，往各人大案奉上肉塊、黍臛[24]、酒漿等食物。

漢代飲酒禮節繁瑣，依巡而飲，一人飲盡，再飲一人，依次飲遍為一巡。於單自慚姍姍來遲，先自罰三杯，再反客為主向眾人敬酒，自王太后以下每席敬了一杯。他為人粗豪，比起那些矯情的朝臣要可愛得多，雖然在眾人眼中依舊是一野蠻莽夫，但既然皇帝看重他，少不得也要對其禮敬幾分。

在座的賓客中，除了於單外，公孫賀也是匈奴人，於單敬到他時，二人按照匈奴習俗交換酒杯飲酒，很是暢快。酒是醪酒，雖不著烈字，然則於單一番牛飲，二十杯酒漿下肚，肚腹立即脹了起來，便請求暫時告退。劉徹坐得久了，也想上茅房，笑道：「今日是家宴，眾卿都是自家親戚，不必拘禮，大夥兒先各自去方便，放鬆肚皮，回來再痛飲一場。若有實在等不及的，先自己悄悄飲上幾杯也無妨。」

眾人一齊哄笑起來，正各自起身，內侍春陀忽急奔進來。劉徹見他神色倉皇，問道：「做什麼？」春陀支吾道：「臣有急事要向館陶公主稟告。」

館陶公主劉嫖是漢景帝劉啟同產姊姊，也是竇太后生前最愛的女兒，竇太后臨死所留唯一遺詔，就是將東宮金錢財物盡賜愛女。館陶公主有如此身份地位，對景帝一朝的朝政影響相當大。最初景帝立了寵愛的栗姬之子劉榮為太子，館陶公主想將愛女陳阿嬌嫁給劉榮，這樣陳阿嬌就是未來的皇后。由於另一寵妃王娡的挑撥，栗姬狂妄地拒絕了館陶公主。館陶公主懷恨在心，正好王娡千方百計地巴結她，兩人遂一拍即合，決意結成兒女親家，再想辦法廢掉劉

24 黍臛：黍米做的肉羹，是皇宮祭祀、節日、宴會必備主食。

榮的太子位，改立王娡之子劉徹為太子。但因為陳阿嬌比劉徹大十歲，年紀相差太遠，景帝起初並不同意這樁婚事。於是館陶公主抱起劉徹，把他放在自己的膝蓋上，開玩笑地問道：「你想要一個媳婦嗎？」劉徹點點頭。館陶公主便將左右一百多名侍女指給劉徹，讓他挑選。劉徹一一搖頭。館陶公主指著自己的女兒陳阿嬌問道：「那你看阿嬌怎麼樣？」不料劉徹立即鄭重其事地點點頭，說：「阿嬌好！如果把阿嬌給我做媳婦，將來我一定蓋一座金屋子把阿嬌藏起來。」此即典故「金屋藏嬌」的來歷。景帝在一旁聽見，暗暗稱奇，認為這是天作之合，遂順水推舟同意了這門婚事。從此，館陶公主一有機會就和景帝談及劉徹，讚譽他聰穎過人，才華橫溢。景帝多次觀察劉徹，發現這個兒子確實有龍鳳之資，終於在劉徹七歲時，改立他為太子。劉徹做太子時，便遵守了兒時的諾言，娶了表姐陳阿嬌為妻，即皇帝位為武帝後，太子妃陳阿嬌立即被冊為皇后。

然而陳阿嬌嬌生慣養，自恃輔立皇帝有功，驕橫跋扈，年紀又比劉徹大許多，漸漸失去了丈夫的歡心。最重要的是，她嫁給劉徹多年，一直沒有生育，朝堂上有了江山社稷後繼無人的擔憂。劉徹即位之初，與太皇太后竇漪房政見不合，竇氏勢大，朝臣中一度有廢天子的言論。在這樣內憂外患的局面下，劉徹只能靠微服出遊來排解心中的鬱悶。他在姊姊平陽公主家遇見了羞花閉月的歌女衛子夫，按捺不住衝動，在更衣室臨幸了她，又帶回宮中。不久，衛子夫懷了身孕，陳阿嬌嫉妒異常。館陶公主為了給女兒出氣，命人將衛青捕獲，囚禁起來，準備殺死他以洩憤恨。但衛青的朋友騎郎公孫敖、張次公帶人將衛青強行搶了回來。劉徹知道了此事後，立即召衛青入見，任命他為建章宮監、侍中，跟隨左右，成為心腹近侍。後來衛子夫被封為夫人，衛青亦升任太中大夫，衛子夫的姊妹兄弟被一一委以要職。

陳阿嬌心中怨恨，就請了一個叫楚服的女巫，讓她行巫蠱之術，設法除掉衛子夫。巫蠱即用以加害仇敵的巫術，起源於遠古，包括詛咒、射偶人和毒蠱等手段。詛咒即用言語詛咒仇敵個人或敵國受到禍害。射偶人是用木、土或紙做成仇家偶像，暗藏於某處，每日詛咒之，或用箭射之，用針刺之，認為如此可使仇人得病身亡。漢代巫蠱之術十分盛行，人們對巫蠱的威力深信不疑。楚服用桐木[25]做了一個人偶，上面刻上衛子夫的名字，天天對著它念咒語，想以此將衛子夫咒死。數月後事發，劉徹派人逮捕楚服，交給侍御史張湯查辦。張湯查實後，將楚服和她的徒弟，以及與此事有牽連的宮女、內侍等三百多人全部判死刑，斬首示眾。不久，劉徹又廢去陳阿嬌皇后位，讓她搬到長門宮居住。尤其具有諷刺意義的是，這長門宮正是館陶公主為討好劉徹獻出的長門園。

陳阿嬌被幽居在長門宮後，一度悔恨無比，幻想重新贏回恩寵，為此而費盡了心機。她知道劉徹喜歡讀賦，尤其是司馬相如的賦，於是花費千金向司馬相如買賦，此即流傳千古的《長門賦》的來歷。司馬相如優美的文筆令劉徹讚嘆，卻未能令他跨進長門宮一步。而衛子夫在一連生下三個女兒後，終於不負眾望，生下了一個兒子，取名劉據。衛子夫母憑子貴，被立為皇后。

陳阿嬌失寵被廢，館陶公主早年的苦心謀劃付諸流水，又擔心會牽連陳家和自己，專程向皇帝請罪。劉徹道：「皇后所為不軌於大義，不得不廢。」並向姑母保證巫蠱事件不會影響到她，而且對待陳阿嬌也會按照禮法供奉，絕不會疏忽怠慢。之後劉徹果然履行諾言，對館陶公主恩寵如故。館陶公主丈夫陳午過世得早，公主在府中養有男寵董偃。董偃與其母靠賣珠維持生計，十三歲時送珠到館陶家中，被公主一眼相中，留在府中，同起同臥。董偃成人後英俊瀟灑，性格溫和，王公貴族看在館陶公主的份上，都願意和他結交，稱呼他為「董君」。館陶公主對董偃寵愛無比，日出千金，供他花費。有一次劉徹來到公主府邸，還沒有坐定，就道：「朕想拜見一下主人翁。」館陶公主以為皇帝聽到自己行為越禮的風聲，趕來興師問罪，忙走下殿來，脫掉耳環首飾，伏地請罪道：「臣妾行為無狀，辜負了陛下的厚望，該當死罪。皇上沒有把我抓起來交給有司審問，已經很寬大了。」劉徹只是笑，非要見董偃不可。館陶公主只得到東廂房把董偃引出來，一起磕頭請罪。劉徹絲毫不怪罪，還賞賜給董偃衣服、帽子。漢朝人在皇帝面前都

25 桐木：春秋以來，桐棺一直被視為最粗劣最下等的棺材，以三寸桐棺下葬往往被當作對罪犯的一種懲罰。所以，以桐為偶與桐棺示罰意義類似，是一種有意識有目的的巫術行為。

要謙稱「臣」或是自己的名字，董偃卻自稱為「主人翁」。劉徹聽了哈哈大笑，極讚賞他的別具一格，邀他同坐，飲宴甚歡。不久後還在未央宮前殿正室宣室設宴宴請館陶公主和董偃。從此，天下皆知董偃貴寵無比，就連皇帝也要稱他「主人翁」。

正因為館陶公主和劉徹的關係並沒有因為陳阿嬌而受影響，姑姪二人歷來隨意。劉徹見內侍春陀稱有事找館陶公主，笑道：「主人翁人在這裡，還有什麼急事？」館陶公主忙道：「有事當著皇上的面說無妨。」春陀遲疑了下，一字一句地道：「夫人……長門宮的那位夫人剛剛過世了。」

他的聲音並不大，但在空蕩蕩的大殿中，人人都聽得一清二楚。「長門宮的那位夫人」自然就是指廢后陳阿嬌了。除了於單已急不可待地奔出殿門外，餘人都站在了原地，一齊望著皇帝，等他示下。

劉徹皺了皺眉頭，顯然這個消息來的不是時候，令他心情不暢。館陶公主忙道：「家宴事大，千萬不要掃了陛下的興致。阿嬌後事自有臣妾處理，臣妾請先告退。」劉徹點點頭：「姑母先去吧。」

館陶公主不免有些怨恨皇帝的冷酷無情，聽到前任皇后的死訊居然只是厭煩地緊蹙眉頭，甚至不及現任皇后衛子夫，那女人至少還露出了幾絲震驚和難過。當初若不是她從中相助，力勸皇弟改立太子，皇帝的位子哪裡輪得到他劉徹來坐？他不過是皇帝的第十個兒子而已。然而現下說這些話均已經遲了，只是些徒然的氣話，她貴為長公主，也不得不在姪子面前俯首低頭，有抱怨也不敢發作，只得扶了董偃，怏怏去了。

太后王娡實在有些看不過眼，道：「皇帝，阿嬌畢竟是前任皇后，喪事不可草草了事。今日這酒宴……」劉徹道：「若是普通家宴，朕自會暫緩，只是於單是貴客，母后沒有看到麼？有人想置他於死地呢，這愈發說明他有價值，怠慢不得。況且阿嬌被廢已有四年，遷出皇宮已久，人既已歿，亦不能復生，何必讓她的死掃了大家興致？她的身後事，朕明日自會交代太常去辦。頂多朕取消今晚安排的歌舞便是。」

皇帝年紀越來越大，人越來越成熟，母子關係也不比從前，許多事他不再聽從太后意見，既如此明說，王娡也只能按他的意思來，賭氣叫道：「王寄，扶我到偏殿去。」王寄一直侍立太后身邊，聞聲便扶了太后離殿。

隆慮公主的丈夫陳蟜是館陶公主次子，因而死去的陳阿嬌是她大姑子，立場頗為尷尬，留也不是，走更不好，稍一猶豫，即道：「母后，兒臣陪您去廂房歇息。」向兒子陳耳打了個眼色，示意他先出去，自己去追太后。

劉徹若無其事地轉過身來，笑道：「朕也要去方便。衛卿，你跟朕一道吧。」衛青已經因為奪回河南之地被封長平侯，忙躬身道：「諾。」

眾人一直在一旁等候，見皇帝不欲停下宴席，便各自散開，爭相往殿外去了，倒不一定是要去茅房，而是都預料到後面的宴會會很長，也許要坐很久，趁這個機會好好活動一下筋骨也好。

夷安公主本想找劉陵說話，但見她拉著兄長淮南國太子劉遷和太子妃梅瓶進了西偏殿，料定女伴有家務要處置，只得獨自出來庭院中。見主傅義姁正佇立在花樹下，似是已經到了一會兒，忙過去問道：「主傅為何不進去？」

義姁道：「皇上不是召臣來為涉安侯診治的麼？臣進來時正遇到他去方便，說是一會兒就出來，所以臣就先等在這裡。」頓了頓，又問道：「出了什麼事？涉安侯怎麼會受了刀傷？」夷安公主道：「刀傷？不，他只是新從車上摔了下來。傷勢應該不重，適才他一個人敬了一巡酒。」一想到未婚夫鬍鬚沾滿酒水的粗俗樣子，不由自主地皺起了眉頭。

義姁小心翼翼道：「公主真的決定嫁給匈奴太子了麼？」夷安公主道：「嗯。」她心事極重，不願意再多談，便往茅房而去。

皇宮中的茅房跟長安許多居民家一樣，均是用帶坐具的便桶，這是因為古代茅房受條件限制，很少與排汙系統相連接，必須要用人工定期清理。但既然是皇宮，排場還是大不一樣，尤其是大夏殿這樣專門宴飲的地方——西面緊貼著西偏殿的地方建了一間南北長房，廁門向西，內裡又分成數間長廊式的小房，往北六間為男房，往北兩間為女房。

每間小房中放置有兩個便桶。因為時人流行穿長袍，如廁前多要寬衣解袍，所以每間小房外又有衣架、銅鏡，以及盛滿清水的銅盆，方便如廁者使用。西面入門處則立有數名內侍、宮女，隨時清洗坐具、更換便桶和洗手的清水。

夷安公主進來茅房，一名宮女忙端過一盤乾棗，她取了兩枚，塞在鼻孔中。那宮女忽然「噗哧」一聲笑出聲來。

夷安公主也不計較，道：「我知道樣子是有些好笑啦，不過為了少聞些臭氣，不得不如此。」

宮女忙道：「不是因為公主，是剛才涉安侯進來，奴婢奉上塞鼻的乾棗，他拿起幾枚就直接吃掉了，奴婢想想就忍不住要笑。」

夷安公主見小小的宮女都在嘲笑自己的未婚夫，忍不住氣憤，恨恨道：「他是匈奴人，能知道這棗子的講究麼？」

白了那宮女一眼，自繞過屏風，往南去女房如廁。解完手出來，正遇到昭平君陳耳大步邁進門來。陳耳是隆慮公主的獨生愛子，隆慮公主年紀很大時才生下這個兒子，愛若掌上明珠。夷安少時常與他一道玩耍，但長大後也不見得如何親近，此刻遇到，也只是招呼一聲。

陳耳見夷安形容黯淡，問道：「公主還在為嫁那胡人太子傷神麼？」

夷安公主「哼」了一聲，也不理睬，出來茅房覺得氣悶無比，乾脆來到後院的柏樹林散心。

後院未掌燈火，不過有正殿紅光透窗的映照，倒也不是黑魆魆一片，光影若明若暗，樹影婆娑參差。剛進樹林，便聽見有男女低聲調笑之聲。大漢風氣開放，男女交往，甚至牽手遊街都是再普通不過的事，但皇宮禁地[26]之中偷情成姦還是匪夷所思之事，昔日劉徹最愛的男寵韓嫣就是因為與宮女有姦，被太后王娡賜死。

夷安公主以為是寂寞的宮女和郎官或衛卒勾搭，不欲多管閒事，正要繞到東邊回去大殿，忽聽得女子聲音道：「王兄不要這樣，萬一被人發現就不好了。」分明是江都國翁主劉徵臣的聲音。

夷安公主腦袋「轟」地一聲，劉徵臣既稱「王兄」，那麼攬住她的男子就是她的親哥哥江都王劉建了。

果然聽見劉建的聲音道：「怕什麼，我是皇上的姪子，他都准許館陶公主帶著男寵登殿入堂，我跟我的好妹子親熱又礙他什麼事？來，讓我好好親親你，想死你了。我可是完全為了妹子才逗留京師，遲遲不回江都的。」劉徵臣掙扎著道：「不……不要……皇上可能不會計較，可是太后……太后是我夫君的親姑姑……」不及說完，便「嚶」地一聲，嘴唇被什麼東西封上了。

這位劉建還是江都王太子時是出名的驕恣淫亂。邯鄲[27]自古多美女，文帝劉恒在位時所寵幸的慎夫人、尹姬均是邯鄲女子。邯鄲人梁蚡有女美若天仙，欲獻給江都王劉非，半途被劉建所奪。梁蚡稍微不滿，即被劉建派人殺死。劉非死後，十名美貌姬妾盡為劉建霸占。幾年前，江都百姓荼恬上書告發劉建在服父喪期間淫亂，大大有違孝道。廷尉府嚴刑審訊了荼恬，得知他是被劉建異母弟劉定國重金收買，因為劉定國想得到江都王的王位。按照漢律規定，被人收買上告等同於誣告，而誣告與殺人同罪——即誣告不是通常認為的依其所告之罪反坐，而是作為獨立的罪行加以懲處，只要有誣罔行為就構成大罪，大多數要受棄市極刑。這是朝廷擔心誣告愈益猖頻，所以要用嚴刑懲治。荼恬由此被判死刑，而劉建安然無恙。

夷安公主略略站了一會兒，聽見林中喘息之聲愈重，再也聽不下去，匆匆離開柏樹林，回來庭院。義姁還等在原處，見公主從另一邊倉皇出來，不禁納罕，上前問道：「公主有事麼？」夷安公主搖搖頭，自回到正殿。只有江都王

26 漢代皇宮雖然也分外廷（皇帝朝會和辦公的地方，某些官署也位於外廷）和內廷（皇帝和嬪妃居住的地方），但內廷關防遠遠不及後世皇宮森嚴，自由出入後宮禁中的男子除了宦者外，還有皇帝的心腹侍衛和寵臣，譬如帶「中」字的官員，郎中、太中大夫等。皇帝有時為了方便在內廷召見大臣，往往給心腹官員另外加官，如衛青曾任建章宮監，加侍中。因為這個原因，還會出現即使貴為三公九卿，依舊有加官侍中的情況。

27 邯鄲：今河北邯鄲。

后胡成光和太后之姪王長林各自默默坐在原席中。

又等了一刻工夫，眾人逐漸回來座席，皇帝、太后依次回到原座坐下。劉徹掃視一圈，除了稱病告退的侯媼和已離宮的館陶公主、董偃外，還缺一人——依舊是於單，不禁笑道：「涉安侯離開得最早，怎麼反而回來得最遲？」夷安公主起身道：「義主傅早已經到了，正在偏殿為涉安侯診治傷勢也說不準。」

劉徹聞言笑道：「朕沒有責怪的意思，倒是夷安這麼快就會為未婚夫婿說話了。」正好見到義姁匆忙進來，忙問道：「涉安侯的傷勢如何？」義姁面色凝重，重重看了夷安公主一眼，才道：「涉安侯歿了。」

大夏殿中諸人聽說涉安侯於單死了，均是驚訝異常。劉陵還不相信地問了一句：「真的是涉安侯歿了麼？」義姁肅然點點頭。

劉徹面色一沉，道：「適才涉安侯還是好好的，與眾卿一起歡笑飲酒，如何被義主傅診治後就病歿了？」臉上寒意漸盛，凌厲的目光掃過義姁，又落在夷安公主身上。

這番話外之音已然十分明顯，皇帝懷疑是夷安公主指使義姁殺了於單。在座的大多是聰明人，看到皇帝的提示，立即恍然大悟：怪不得之前夷安公主稱寧死也不嫁匈奴太子，今日忽然又一改常態，原來是早有安排。更有人心道：「這一招釜底抽薪足夠高明，看來之前有人在西闕向於單放冷箭也是公主派人所為，所以她才能有藉口召義姁到大夏殿為於單診治。這哪裡是治病，分明是送命！」

夷安公主先是一驚，見眾人目光灼灼，投向自己，反而冷靜下來。

劉徹重重一拍龍案，正要發怒，忽見郎中令李廣和長樂宮衛尉段宏各帶人馬衝進殿來，不禁一驚，喝問道：「這是朕的家宴，你們不得召喚，闖進來想做什麼？」

義姁道：「陛下勿怪，是臣妾命內侍叫二位將軍進來的。涉安侯死在了後院柏樹林中，臣妾擔心太后和陛下有失，所以派人請二位將軍到殿上護駕。」

劉徹「啊」了一聲，一時難以回過味來。太后王娡反而要機敏得多，讚道：「義主傅，你做得很對。段卿，立即召集衛卒圍住大夏殿，再派人封鎖長樂宮，沒有我和皇帝的詔令，任何人不能出入。」她只命段宏辦事，自然因為長樂宮衛尉是她的心腹，而郎中令李廣則是皇帝的人了。段宏道：「遵旨。」飛奔出去傳令。

劉徹這才會過意來，道：「朕要去看看涉安侯。郎中令，你隨朕來。」李廣忙命屬下郎官點燃火炬照亮道路。來到後院，卻見於單仰天躺在林邊，眼睛瞪得老大。李廣略略一看，即道：「涉安侯身上似乎沒有致命傷口。」正要命人將其屍首翻轉過來，卻聽見夷安公主叫道：「別動，他不是被人從後面殺死的。」

李廣愕然起身，問道：「公主如何能知道？」夷安公主道：「他的身邊就是一棵大柏樹，如果被人從後面下手，必然要本能地去扶樹幹，即使沒有扶住，身子也該是往前撲倒，衝北才對。但你看他的身子橫在樹邊，頭朝東邊，表明他是剛轉身時被人從正面殺死的，傷口一定在他胸腹。」

李廣便命郎官趙破奴解開於單的黑色外袍，果見白色內衣腹部處有一塊圓斑血跡。

劉徹本因為於單在自己眼前被殺十分震怒，忽見女兒從旁指點案情迷津，頭頭是道，又驚又奇，問道：「這是東方朔教你的本事麼？」夷安公主道：「嗯。父皇，涉安侯在大夏殿中閉門被殺，案子非同小可，又不能交給外臣大張旗鼓地調查，父皇不如去茂陵召臣女師傅東方朔來。」

她雖然沒有明說，話意卻很明白——今日太后、皇帝家宴，郎中令李廣和長樂宮衛尉段宏親自在大夏殿外宿衛，嚴密得如鐵桶一般。能在大夏殿中殺人，在皇帝眼皮底下殺人，凶手一定不是常人。

劉徹尚在遲疑中，趙破奴又解開了於單的內衣，不禁驚呼一聲，叫道：「陛下請看！」

原來於單除了腹部有一處圓點般的傷口外，胸前還纏著厚厚的藥布，之前夷安公主聞到的怪味正是從藥布上發出。她這才恍然明白了過來，轉身見義姁已跟了過來，忙問道：「之前主傅曾問涉安侯怎麼會受了刀傷，當時就看出他身上另外有傷麼？」

義姁點點頭，道：「臣在庭院中遇見涉安侯時，見他腳步虛浮，手扶胸口，身上散出一股藥氣，所以推測他受了傷。不過公主既然說他今晚曾從車上跌落過，臣也就沒有再細問。」

劉徹命人解開藥布，好讓義姁查驗傷口。義姁道：「這是劍傷，已經得到很好的醫治，塗的藥也是上好的治外傷的藥。不過傷口還沒有開始癒合，應該是傷在前日或者更早的時候。」

劉徹道：「大前日朕在未央宮宴請涉安侯和群臣，那時候不見他身上有傷，照主傅的說法，劍傷當在前日了。先是前日的劍傷，再是今晚的虎闞下的冷箭，緊接著又是大夏殿柏樹林的行刺，看來有人非要涉安侯死不可呀！」一時覺得查案頗有樂趣，心中衝動，招手叫過一名少年郎官，道：「你持朕信物，立即到茂陵召東方朔來調查涉安侯一案。」

那郎官個子不高，有著圓滾滾、肉乎乎的大鼻頭，頗招人喜歡。他名叫蘇武，是未央宮衛尉蘇建幼子，遲疑了下，道：「目下已是深夜，本朝自立國便禁止夜行，雖有天子信物可以暢行無阻，但而今北方不平靜，深夜開啟城門干係重大，請陛下三思。」

劉徹聞言極是讚賞，道：「到底是名將之子，考慮得很是周全。好，就明日一早再召東方朔不遲。」

夷安公主道：「可父皇不可能將賓客留在這裡整整一晚，若他們離開長樂宮，許多關鍵線索會就此消失。」

劉徹奇道：「難道你懷疑兇手是今晚參宴的人？」

非但他覺得夷安公主的想法不可思議，就連旁人也是如此看法，因為赴宴者個個是皇親國戚，權勢、富貴、名氣、金錢應有盡有，有誰會冒性命危險來殺一個投降的匈奴太子？若真以動機來論，還真是夷安公主嫌疑最大。

但夷安公主因為有自己的懷疑對象，也顧不得旁人的眼光，忙道：「臣女不敢說兇手一定是今晚的參宴者，但他們的嫌疑肯定比宮女、內侍要大，請父皇讓臣女在師傅到前先問話，以留下初始證據。」

義姁忙道：「公主，你和涉安侯雖未成婚，可你們已經有夫妻之名，涉安侯被殺，按律公主該回避。」夷安公主道：「主傅這話說得不對，任賢不避親。參宴的這麼多人，除了父皇，除了我，還有誰真心想查出真兇？又有誰敢一查到底呢？」

這句話說得極有豪氣，劉徹本是性情中人，立即被深深打動了，道：「朕准夷安所奏。郎中令，你分派一些人手留下來，供公主查案差遣。至於那些賓客什麼的，等夷安問完話再放他們離去。」李廣躬身道：「臣奉旨。」

夷安公主忙道：「父皇要去哪裡？」劉徹一愣，隨口答道：「當然要回去未央宮了。」夷安公主道：「不，父皇也是嫌疑人，要等問完話才能走。」劉徹愈發覺得新奇有趣，笑道：「想不到朕也有被親生女兒審的時候。你問吧。」

夷安公主道：「第一巡酒畢，父皇和衛青將軍一起離開大殿，去了哪裡？」劉徹道：「去了東偏殿的靜室方便。」

皇帝是九五之尊，當然不能和普通人一樣到茅房方便。劉徹有一座玉做的虎子，專做便器，無論他人到哪裡，都有侍中攜帶跟隨。

夷安公主道：「父皇一直在那裡麼？」劉徹笑道：「一直待在那裡，直到再次登臨大殿。不信的話，可以去向衛卿求證，朕這就回去未央宮了，保證不會與他串詞。」夷安公主道：「是，臣女恭送父皇回宮。」

劉徹重新回頭看了一眼於單屍首，心中很是遺憾——他跟這個人並沒有太深的感情，收作女婿無非是要利用他，此刻他不幸身亡，又陡然後悔該早些重用他。然而人死不能復生，也只能嘆息幾聲了事。

夷安公主等皇帝走遠，這才命人抬於單的屍首去西闕門內的衛尉寺，等候驗屍者到來，自己和義姁重新回來大殿。眾人不知道發生了什麼事，面面相覷，殿中的氣氛極其壓抑。

夷安公主朗聲道：「大家先稍安勿躁，馬上就可以離開了，不過我奉父皇旨意，有些話要問各位。」

公孫賀忍不住先問道：「公主，涉安侯是遇刺身亡了麼？」夷安公主道：「太僕卿如何會知道？」公孫賀訕訕道：「臣只是胡亂猜的。」

夷安公主便讓義姁留在大殿監視眾人的言行，自己先請太后王娡到偏殿，道：「皇祖母勿怪，這話每個人都要問的，太后適才離開大殿後去了哪裡？」王娡很是不悅，但還是答道：「老身人在偏殿，有隆慮陪著，後來金俗、南宮、平陽幾姊妹都來了。」夷安公主道：「是，臣女記下了。請太后自回長信殿歇息。」

王娡驀然意識到什麼，道：「莫非你懷疑是殿上的人殺死了涉安侯？呀，你……你……」緊緊盯著夷安公主，卻說不出「你」字下面的話來。

夷安公主莫名其妙，道：「我怎麼了？皇祖母到底想說什麼？」王娡嘆了口氣，道：「沒什麼。起駕回宮吧。」

夷安公主回來大殿，請皇后衛子夫、平陽公主、衛青、南宮公主、隆慮公主母子先行離開。這些人都是皇室至親，沒有任何要殺死於單的理由，況且三位公主有太后證詞。至於衛子夫、衛青姊弟，衛子夫溫良賢淑，衛青寬厚謙遜，這與二人出身卑微、少年時飽受凌辱有很大關係。姊弟二人即使富貴顯達後也是小心翼翼，不敢有絲毫過失，正因為如此，才愈發得到皇帝的寵愛。無論是誰來主持查案，如果從排除嫌犯著手，首先排除的肯定是衛子夫、衛青姊弟，皇帝和太后都要排在其後。

殿中的人一下子少了許多，只剩下江都王劉建、王后胡成光，宗正劉棄，紅侯劉辟疆，淮南國太子劉遷和翁主劉陵，金俗和女兒梅瓶，公孫賀、衛君孺夫婦，王長林、劉徵臣夫婦。

夷安公主又將劉遷、劉陵，金俗、梅瓶四人一齊叫到偏殿，道：「我知道第一巡酒後修成君去偏殿侍奉太后，你們三位呢？」

劉陵早有滿腹疑問，她與夷安公主素來交好，直言問道：「公主是在奉旨調查涉安侯之死麼？」夷安公主道：「嗯。」

劉陵猶自不信，追問道：「涉安侯是被人殺死的麼？」夷安公主道：「嗯。」

劉陵很是意外，愣了許久，才道：「我們三人在西偏殿的一間靜室中，我想勸說兄長與阿嫂和好，我們三個一直待在那裡。噢，對了，我兄長中途去過一趟茅房，但很快又回來。」

夷安公主道：「太子，太子妃，真是這樣麼？」劉遷自出現起，一直板著臉，也不答話。還是梅瓶抽抽搭搭地道：「事情正如翁主所說。」

夷安公主見場面尷尬，猜想太子和太子妃仍未和好，只好道：「那麼，請四位先離宮回家吧。」

劉陵有意留下來，見左右無人，低聲道：「這樣的結果，難道不是最好麼？匈奴太子死了，公主再也不用嫁給他了。凶手是幫了公主啊。」夷安公主道：「你不懂的。你先回去，我還要繼續問話。明日得空，我再去淮南王邸尋你。」劉陵道：「那好，我約好琴心，一起在王邸等公主。公主自己保重。」說罷依依不捨地去了。

送走四人，夷安公主又叫來宗正劉棄，劉棄稱一直與紅侯劉辟疆在殿前階旁的金人前交談，再問劉辟疆也是如此回答，遂將二人也放走。

輪到公孫賀夫婦時，衛君孺稱自己陪衛皇后在庭院中走了一圈，一直在談皇后愛子劉據的教育，二人還在南門遇見了郎中令李廣——李廣的孫子李陵因為跟劉據同歲，被選進宮中為伴讀——三人聊了很久，直到李廣告退，衛氏姊妹才重新進殿。公孫賀則稱去了趟茅房，因為要解大手，費了不少時間，然後就直接回了大殿。

夷安公主道：「有勞。」送走二人，命人先將王長林叫到偏殿，問他第一巡酒後去了哪裡。王長林雖是皇親，卻長得肥頭大耳，呆頭呆腦，答道：「我本來想去茅房，可出殿後又不想去了，於是回來殿中坐下，獨自喝酒吃肉。」

夷安公主道：「那麼江都王后胡成光呢？」王長林道：「我進來坐下後，王后也跟了進來，公主該知道，她是我的內嫂，也算是至親的親戚。我們聊了一些事，王后這次來京還帶了兩歲的女兒，名叫細君，名字還是董國相[1]取的呢。我和翁主正預備選個日子，帶上細君小翁主一起出去遊春呢。」

他絮絮叨叨，還要繼續說到終南山春遊的計畫。夷安公主忙打斷道：「好了，我知道了。你先留在這裡。」出來大殿，請江都王后胡成光先去偏殿歇息，先問江都王劉建道：「大王之前離開大殿後去了哪裡？」劉建道：「當然去了茅房啊。」

夷安公主轉頭問道：「那麼翁主呢？」劉徵臣低下頭去，道：「我也去了茅房。」她似乎已經猜到下面的問話，驀然抬起頭來，急促地道：「出來茅房時，我遇到了王兄，遂一道散步，去了後院的柏樹林中。但我們沒有看到涉安侯，更沒有殺人。」

夷安公主笑道：「翁主反應得好快呀，我還沒來得及問，你倒先答上來了。」劉徵臣道：「之前不是有人說過涉安侯是遇刺身亡麼？公主一個個問話，又一個個放走，只留下我和王兄，不是懷疑我們是什麼？」夷安公主道：「不錯，本公主正有此想法。」

原來江都王劉建、劉徵臣兄妹正是夷安公主心目中的獨一無二的懷疑對象。她曾親耳聽到這對兄妹在柏樹林中嬉戲調笑，這是二人出現在凶殺現場的明證。也許當她離開後院後，於單也來了柏樹林，無意中看到了這對兄妹正在通姦。皇族中多有淫蕩無恥之徒，但亂倫無異於禽獸行為，一旦敗露，江都王必定要被奪去王位。更不要說劉徵臣是王太后姪媳，居然在太后宮中淫亂[2]，可能會遭受最嚴厲的懲罰。劉建沒想到會有人來到偏僻的後院，更沒有想到會被於單撞見，氣急之下，不得不殺人滅口。除此之外，誰會有殺死於單的動機呢？

與天子同殿宴飲，進殿前要摘劍免冠，參宴者既不可能帶僕從進宮，身上也不可能攜有兵刃。劉建倉促之中也無從尋找凶器，多半是用妹妹劉徵臣頭上的髮簪之類下手，所以才會造成那樣一個圓點般的瘡口。夷安早留意到劉徵臣頭上插著一支步搖，頭髮也較初入殿時凌亂了許多，此刻見她主動坦白到過柏樹林，卻絲毫不提姦情，更在沒有被問及的情況下辯稱沒有殺人，不由得愈發懷疑這對兄妹就是凶手，忙走過去道：「翁主，勞煩將你的步搖借我看看。」

劉徵臣一臉茫然，還是依言拔下步搖。步搖簪體的確夠長夠硬，但卻不像夷安公主所預料的那樣，簪尖並沒有血跡。她以為是劉建刻意擦掉了，放到鼻子下聞了一聞，還是沒有血腥味。

一旁的義姁實在看不下去了，將夷安公主叫到一旁，問道：「公主當真要這麼做麼？」夷安公主愕然道：「主傅這話是什麼意思？」義姁道：「公主心知肚明，明知道江都王兄妹不是凶手，為何要找他們當替罪羊？」

夷安公主見義姁不明就裡，忙低聲說了自己曾在柏樹林見過劉建兄妹之事。義姁道：「公主僅憑他二人到過後院就斷定他們有殺人嫌疑，若是如此，臣和公主不是也有嫌疑麼？」

1 董國相：指名儒董仲舒。武帝劉徹初即帝位時，董仲舒上天人三策，受到稱許，被任命江都相，事江都王劉非。劉非非常敬重他。後董仲舒取《春秋》所記天變災異，加以穿鑿附會，以推陰陽災異，撰《災異之記》。主父偃竊其書上告，董仲舒被逮捕，論罪當死，劉徹特下詔赦免。後又遭重臣公孫弘忌恨，有意推薦他出任膠西王相，董仲舒稱病辭官，從此居家修學著書。

2 劉徵臣為太后王娡姪媳為歷史真事，與其兄劉建通姦亦為歷史真事。

夷安公主不得已，只得說了劉建兄妹淫亂之事。義姁倒也不吃驚，只道：「凶手不是他二人。」

夷安公主道：「主傅如何會知道？」義姁道：「公主一定要臣明說麼？好吧。按照公主的推論，涉安侯是因為撞見江都王兄妹姦情被殺滅口，他二人在林中作樂，涉安侯從林外而來，如果發現了動靜想去查看，定然是面朝林中的。可公主已當眾指明涉安侯是在林邊轉身時被殺人殺死，那麼凶手一定是自他背後而來，怎麼可能是林中的江都王兄妹呢？」

夷安公主道：「哎喲，主傅說得對極了，我是先入為主了。」忙走到劉建兄妹面前，將步搖還給劉徵臣，歉然道：「抱歉，是我胡亂猜疑，得罪了大王和翁主，二位這就請回吧。」劉建臉色鐵青，怒「哼」一聲，拂袖而去。

劉徵臣問道：「我夫君人呢？」夷安公主道：「就在西偏殿中。」

一干賓客先後走得乾乾淨淨，夷安公主頹然坐下，大惑不解，完全想不明白於單為何會在大夏殿中被殺。

義姁道：「公主，時辰不早了，這就請回永寧殿歇息吧。」

夷安公主聽她語氣平靜，沒有絲毫波瀾，很是奇怪，道：「長樂宮出了這樣的大事，主傅為何若無其事？」驀然得到某種提示，睜大眼睛瞪著義姁，顫聲道：「該不會是……主傅你吧？」

心中既震驚又感動，義姁殺死於單，只有一個理由，為了她可以不嫁給自己不喜歡的人。她吞嚥了一口唾沫，艱難地道：「謝謝主傅，可是……可是這不是我想要的結局。」

義姁尚且莫名其妙，道：「公主說什麼呢。」倏地省悟過來，驚道：「公主以為臣是凶手？」

夷安公主見義姁語氣既驚訝又氣憤，絕不是作偽，忙問道：「難道不是主傅所為？」義姁道：「當然不是臣做的，公主明明知道真相。」夷安公主奇道：「我怎麼會知道真相？」

義姁聞言一愣，沉吟許久，才道：「臣有證據證明我不是凶手。涉安侯被殺前，臉是朝向柏樹林中，不管是劉建兄妹也好，還是其他人也好，總之樹林裡面一定有什麼動靜吸引了他的注意力。這時候，凶手從背後接近他，或者叫了他一聲，或者是他自己聽到動靜，回過身來時，卻被凶手用髮簪之類的尖細物殺死，對不對？」夷安公主道：

「對，殺人經過一定是這樣。這是從屍首的位置推斷的，按照師傅的說法，可以算是鐵的物證。」

義姁道：「然後林中的人和凶手都先後回來了大殿，也就是說，涉安侯一定是死在所有人重回大殿之前，對不對？」夷安公主道：「對。而且我特別留意到江都王兄妹是最後進來的，皇祖母還很不滿地瞪了江都王一眼。」

義姁道：「可是臣卻是在見到所有人回了大殿，獨獨不見涉安侯後，才起了不好的感覺。之前臣見他腳步漂浮，受傷不輕，臣想他有可能傷勢太重，倒在了什麼地方爬不起來，所以才臨時決定去找。這一點，庭院中宿衛的郎官可以作證。臣先去了茅房，宮女說涉安侯一直在埋怨便桶不好用，解不出手來，早就出茅房往北邊去了。臣猜到是涉安侯用不慣便桶，想找個偏僻的地方方便，忙趕去後院，卻見到涉安侯躺在樹林邊上。臣以為他只是摔倒，上去探他鼻息全無，嚇了一跳，呆了一呆，才回來大殿稟報。」

夷安公主仔細回思一遍，確認義姁所言合情合理，忙賠罪道：「實在抱歉，我不該懷疑主傅君的。」義姁道：「臣也很抱歉，臣之前也以為是公主……」

忽見劉徵臣又重新走進來，道：「有一件事，興許與涉安侯被刺有關……」夷安公主道：「什麼事？」劉徵臣卻遲疑不說。

義姁道：「翁主放心，我們公主決計不是多嘴多舌之人。」夷安公主這才會意過來，忙道：「翁主放心，我絕不會對人提起翁主的私事。」

劉徵臣這才道：「多謝公主、主傅君。我雖不知道涉安侯是何時被殺，但期間曾聽到過一名女子的尖叫，聲音就從林子外面的西南方向傳來。我還以為是有人發現了我們，但王兄卻說是我聽錯了。現在仔細想來，確實是有那麼一聲的，或許是大夏殿牆外的宮女夜驚也說不準。」

夷安公主道：「翁主沒有在後院見過其他人麼？」劉徵臣道：「沒有。」

送走劉徵臣，夷安公主更是困惑，道：「女賓客只有我和主傅去過後院，既不可能是我，也不可能是主傅，那尖叫的女子會是誰？」義姁道：「興許是某個聽見動靜到後院查看的宮女也說不準。公主，夜深了，這案子還是明日再查吧。」夷安公主道：「也好。今晚大夏殿中侍宴的內侍、宮女有上百人，我一人無論如何是問不過來的，還是要叫人來幫忙才是，先回去睡吧。」

她折騰一夜，疲累之極，回到永寧殿中不及洗漱，倒頭就睡。次日還是義姁進來叫喚好幾聲才勉強張眼醒來，見外面早已經日上三竿，不禁吃了一驚，道：「我起得遲了。」

義姁道：「東方大夫已經到長樂宮了，剛來過永寧殿，聽說公主未起，就先去大夏殿了。」

夷安公主聽說，忙梳洗打扮一番，換了身新衣裳，趕來大夏殿。

昨日在大夏殿中所有當值的宮人被分別帶走，宮女拘禁在暴室獄[3]，郎官、內侍等拘禁在掖庭獄[4]。東方朔正分派衛卒去向眾人一一問話，見公主進來，忙道：「我已經聽義主傅說了，公主昨晚可是大出風頭。」夷安公主道：「徒弟我做得不錯吧？連父皇都對我刮目相看呢。」東方朔道：「嗯，古諺有云：『名師出高徒。』那是決計錯不了的。」

夷安公主道：「那麼師傅可有想到誰是凶手？」東方朔道：「這個很難推測。涉安侯先後三次遇刺，昨日之內就發生了兩次，難怪皇上震怒。我適才到衛尉寺看過，他身上新傷、舊傷不少，昨晚上挨的那一下子似乎並不足以致命。不過我不是行家，具體情形要等看到正式爰書才能知曉。公主別急，長安令正親自帶領最有經驗的令史檢驗屍首呢。」

夷安公主道：「現任長安令義縱不是義主傅的弟弟麼？既然義主傅昨晚也在現場，他該迴避才是。」東方朔道：「舉賢不避親，聽說公主昨晚也對皇上說過這句話。」

正說著，忽見太中大夫張騫和郎官徐樂連袂到來。東方朔對張騫極是敬重，忙迎上前去。

張騫向夷安公主見過禮，這才將東方朔拉到一旁，低聲道：「無事不登三寶殿，我是有事來拜託東方君。」東方朔笑道：「張君何需跟我見外？況且張君目下最得皇上寵幸，天下間還有什麼事辦不到，能來找我東方朔，實在是太給面子了。」

張騫也不多寒暄，徑直道：「這件事我本來不想驚動旁人，可適才在未央宮朝見時皇上告知涉安侯於昨晚在大夏殿中遇刺，正委派東方大夫暗中調查。我感到萬分震驚，思來想去，又暗中跟徐君商議了一下，還是覺得要將這件事告訴東方卿。」

東方朔見他面色肅穆，語氣凝重，登時收斂了笑容，道：「請講。」張騫正待開口，夷安公主已湊了過來，問道：「你們在說什麼，這麼神祕？是跟案子有關的事麼？」

東方朔道：「張君不必忌諱，公主是我徒弟，皇上也委派了她查這件案子。最要緊的是，她是一個熱心、善良、正直的女子。」張騫微一遲疑，即道：「好。」招手叫過徐樂，四人一齊來到酒池邊的臺榭坐下。

張騫道：「東方大夫可還記得趙破奴說過，宮女王寄因為一直在軍臣單于身邊侍奉，知道匈奴人有個大陰謀。」東方朔道：「記得，匈奴收買了本朝的高官，預備裡應外合，王寄親眼見過高官使者。可惜後來她失去了記憶，想不

3 暴室獄：暴室是婦女紡織、染煉的場所，為皇家提供布料，由於漂染的紗、布要曝曬，所以稱暴室，位於掖庭內。這些工作婦女大多是受牽連被沒入宮中的罪人家屬，因而暴室有監獄性質，屬掖庭令管轄。

4 掖庭獄：皇宮監獄，原名永巷獄，屬少府，由宦官主管，專門囚禁嬪妃、宮中女官犯罪者。昔日高皇帝劉邦死後，寵妃戚夫人被高后呂雉囚禁於此，剃去頭髮，戴上頸鉗腳鐐舂米。不久又被挖去眼睛，燻聾耳朵，毒啞嗓子，剁去手腳，放在廁所裡，取名為「人彘」，求生不得，求死不成。呂雉之子惠帝劉盈看到人彘，不知道是什麼東西，得知這就是風華絕代的戚夫人後，大哭道：「這不是人幹的事情，我作為太后的兒子，再也不能治理天下了。」從此每天飲酒作樂，尸位素餐。呂雉遂得以完全把持朝政。

起來以前的事情，這些話是真是假，也無從核實。」

張騫道：「我之前與王寄一起逃歸，途中休息的時候她曾略略對我提過此事，說這是中行說的建議，要大力策反那些被漢軍俘虜後投降的匈奴將領，事情進行了很多年，也進行得相當順利。」東方朔道：「呀，這些匈奴降將可是人數不少，而且大多在朝中擔任要職。此事干係重大，張君為何不稟報皇上處置？」

張騫道：「因為甘父。東方君想必也知道，甘父也是被俘虜的匈奴人，在大漢做了數年奴隸後才在機緣巧合下跟隨我出使西域。我二人一道被匈奴俘虜，他本可以重投族人的懷抱，但十幾年來，他始終沒有拋棄過我。沒有他的幫助，沒有他的射術，我就算不死在匈奴人的折磨下，也早就餓死了。他是我的再生父母，為我做了這麼多，卻從來不求回報，認為這是理所當然的事。我在匈奴十餘年，知道匈奴人中有許多都是像甘父這樣有情有義的人，投降大漢的匈奴將領也有許多是像甘父這樣的人。我若將王寄的話稟告皇上，皇上定會命有司窮治，以那些刀筆吏[5]的嚴酷，不知道要冤死多少人。東方大夫聰明過人，當日平剛金劍之案令人印象深刻，我本早有心請君暗中調查這件事，但後來聽到朝臣們對東方大夫多有議論……抱歉，請恕我直言，大臣們都稱東方大夫是『狂人』，我想茲事體大，所以一時有所猶豫。但昨晚涉安侯在長樂宮中遇刺，案情詭異難測，我也不能再有所顧忌了。」

他所稱的「刀筆吏」雖字義表面是泛指掌刑獄的官吏，但人人知道他是指現任廷尉張湯。

張湯是長安人，父親任長安丞，精通律法，張湯自幼受到家庭薰陶。有一次，張父外出，叫他在家看門，回來後發現肉被老鼠偷吃了一塊，就痛打了他一頓。張湯很是氣憤，於是挖開老鼠的巢穴，活捉了老鼠，找到所竊的肉，鼠贓俱獲。再將老鼠當作犯人一樣嚴加審訊拷打，寫成斷獄文書，宣判老鼠應當受磔刑，然後親自把老鼠分屍。張父讀到斷獄文書後大驚，認為兒子是可造之才，從此教他學習律法。張父死後，張湯當上了長安吏，累遷內史掾、茂陵尉，後由丞相田蚡推薦，補任侍御史。在治前皇后陳阿嬌巫蠱案中，手段嚴酷，牽連眾多，深合劉徹心意，升他當了太中大夫，不久又升任廷尉。張湯曾與同樣精通律令的趙禹共同編訂法律，制訂《越宮律》、《朝律》和見知故縱，監臨部主之法。其人工於心計，一心迎合皇帝所好，以《春秋》古義治獄，審理案件完全以劉徹意旨為準繩，還把劉徹對於疑難案件的批示制定為律令程式，作為以後辦案的依據。如此作為，自然深得皇帝歡心。張湯生病，皇帝親臨其舍探視，隆貴無比。此君辦案，凡涉及朝臣豪族必窮追猛打，用法苛刻，但對普通窮苦百姓則常常網開一面。

東方朔道：「張君的話我聽明白了，君的苦心我能體會，放心，今日君對我說的話，我東方朔絕不會再對人說，直到調查清楚為止。公主！」夷安公主道：「是，我也絕不會對人說的。」頓了一頓，忍不住又道：「那些人叫師傅狂人，不過是因為他們沒有師傅的本事。」

東方朔忙道：「閒話少說。張君今日來告知此事，莫非認為涉安侯遇刺是匈奴主使所為？」張騫點點頭，道：「我和徐君都是這個看法。」

徐樂道：「於單是軍臣單于之子，被立為太子已經有很多年，他本來就是單于之位的繼承人，自然洞察所有的匈奴軍機。但僅此一點，還不至於要匈奴新單于伊稚斜萬里迢迢派人到長安來追殺他。」

夷安公主道：「為什麼不至於？」徐樂道：「回公主話，匈奴作戰本就隨意而為，不講究章程陣法，所謂的匈奴軍機也就是一些匈奴王室內部的情況。其實對大漢而言，於單投降本身的象徵意義遠遠大於其軍事價值。」

東方朔道：「但如果王寄的話屬實，情況就不同了。」徐樂道：「正是如此，我和張君甚至認為於單遇刺進一步證實了王寄的話屬實。如果匈奴一直在策反降將，那麼於單一定是知道的，他甚至知道有哪些人被策反，有哪些人與匈奴聯繫過。而今他也投降了大漢，之前那些預備倒戈的匈奴降將自然害怕他會洩露祕密，所以非要他死不可。只有

5 刀筆吏：古人用簡牘時，如有錯訛，即以刀削之，故古時的讀書人及政客常常隨身帶著刀和筆，以便隨時修改錯誤。因刀筆並用，撰寫公文或狀詞的文職官吏也被稱作「刀筆吏」。漢高祖劉邦的丞相蕭何，原來是秦國的刀筆吏，無所作為。後來協助劉邦統一天下，建立大功，成了漢朝的開國丞相。

如此，才能解釋於單為何一而再、再而三地在天子腳下遇刺。」他「嘖嘖」了兩聲，續道：「竟然敢在長樂宮殺人，可見要置於單於死地的決心是何等強烈。」

夷安公主道：「這麼說，兇手一定是匈奴降將了。難道是公孫賀？昨晚參加宴會的可只有他一個是匈奴人。他祖父正好是匈奴降將。」

東方朔忙道：「公主別胡亂猜測。誣告在本朝可是重罪，一切要有了證據再說。我倒覺得不大可能是公孫賀，他是皇后的姊夫，位居九卿，大漢給他的難道不比匈奴給他的多麼？」

張騫道：「王寄說過，那些打算重投匈奴懷抱的降領還拉攏了朝廷中的高官。」東方朔道：「嗯，本朝實行三公九卿制，所謂高官者，無非是三公九卿及各郡太守。郡太守各在其地，各司其職，不可能參與勾結匈奴這等大事。三公之首丞相薛澤是個好好先生，不管事，朝臣中權力最重的當數御史大夫公孫弘、廷尉張湯以及執掌軍權的將軍衛青，但公孫弘起於布衣，張湯出身小吏，衛青出身騎奴，是大漢給了他們揚名立萬的機會，這三人都不可能與匈奴勾結。如果一定要說是高官，那麼多半是指諸侯王。匈奴人分不清大漢郡縣和諸侯國的區別，也不知道朝廷跟諸侯國在某種程度上是對立的，他們只以為是大漢天下一家。諸侯王貴為王侯，是天子近親，不是匈奴人眼中的高官是什麼？」

張騫聞言大是欽佩，道：「東方君智慧遠過我等，分析得條條有理，這件事就拜託給東方君了。」說罷，深深作了一揖。東方朔忙起身還禮，道：「不敢當。」

徐樂道：「還有一事，東方君之前不是派人到右北平郡請長史暴勝之到平剛城南客棧向店主欒翁核驗證詞麼？恰好管敢到平剛辦事，也住在客棧裡，聽說案子有變化，又掛念他那柄金劍的下落，所以也趕來了長安，目下正住在我家裡。」東方朔道：「嗯，我昨日正好收到暴長史的文書，對案情有了點新看法，回頭我再去徐君家深談。」徐樂聞言，便拱拱手，與張騫去了。

夷安公主道：「奇怪，他們兩個不是很關心涉安侯的案子麼，為何急匆匆地走了？」東方朔道：「公主沒有聽出來麼？」夷安公主道：「聽出來什麼？」東方朔道：「因為我說了匈奴拉攏的高官可能不是朝臣，而是諸侯王。他們料到凶手即將水落石出，所以就趕緊走了。」

諸侯王造反，事先總是勾結匈奴為外應，早已不是什麼新鮮事兒。景帝時吳王劉濞和楚王劉戊率領七國叛亂，事先與匈奴約定共同舉兵。幸虧太尉周亞夫處置有方，吳楚七國之亂歷經二個月即告結束。匈奴知道吳楚兵敗後，不肯入漢邊助戰，才沒有釀成大漢內外交困的大禍。之後朝廷為防類似事件發生，不斷採取措施削弱諸侯王的勢力。朝野間揣度上意，不斷有人上告諸侯王謀反，其實大多是虛有其事，不過是想迎合皇帝削藩的心理，以此得到厚賞。

當今天子劉徹即位後的第四年，代王劉登、長沙王劉發、中山王劉勝[6]、濟北王劉明等京師朝見，劉徹設酒宴款待。席間音樂正酣時，劉勝忽然悲痛流涕。劉徹忙問兄長為何如此悲傷。劉勝回答道：「臣聞悲者不可爲累欷，思者不可爲嘆息。故高漸離擊筑易水之上，荊軻爲之低而不食；雍門子微吟，孟嘗君爲之於邑。今臣心結日久，每聞幼眇之聲，不知涕泣之橫集也。」文辭極為雄壯。又稱大臣們都在議論摧抑諸侯王，到處羅織諸侯的罪行，還常通過笞服諸侯之臣，迫使證成其君之罪，使宗室斥退，骨肉冰釋，所以他聽到樂聲後有所感懷，忍不住悲傷泣下。劉徹聽後極為動容，下詔書命省有司所奏諸侯事，從此對民間上告諸侯王也格外謹慎。正因為如此，江都王劉建被異母弟劉定國指使人上告淫亂時，廷尉不先追查上告內容是否屬實，而是先嚴刑拷問上告人。

夷安公主這才會意過來，嚷道：「江都王！一定是江都王劉建跟匈奴有所勾結，怕於單揭發他，正好利用在大夏

6 劉勝：漢景帝劉啟庶子，一生有一百多個兒子，蜀漢皇帝劉備第十三世先祖。死後諡號「靖」，其墓即著名的中山靖王墓，於二十世紀六〇年代發掘出土。劉勝和王后竇綰均以金縷玉衣（漢代規格最高的喪葬殮服）作為殮服：劉勝的玉衣由兩千四百九十八片玉片組成，所用金絲約一千一百克；竇綰的玉衣由兩千一百六十片玉片組成，所用金絲約七百克，現藏河北省文物研究所。目前中國出土的金縷玉衣在十件以上，其中最精美的是第二代楚王劉郢客的殮服，由四千二百四十八片玉片組成，所用金絲一千五百七十六克，玉片全部是新疆和田的白玉、青玉，溫潤晶瑩。整件玉衣設計精巧，做工細緻，拼合得天衣無縫，現藏於徐州博物館。

殿家宴的機會殺人滅口。我說他怎麼遲遲留在京師不回他的江都國呢。什麼他跟妹妹通姦，不過是個幌子，太高明了，誰都不會想到一個跟妹妹卿卿我我的淫棍會是殺人凶手。哼，劉建本來是我的首要懷疑對象，不過因為義主傅替他們兄妹說話，我才放過了。真是後悔，昨晚該將他們兄妹分開，好好審問的。」

東方朔道：「公主知道義主傅為什麼替江都王說話嗎？因為她是第一個到凶殺現場的人，發現了殺死於單的凶器。」

夷安公主大吃一驚，道：「義主傅發現了凶器？她為何不告訴我？」正要起身去找義姁，卻被東方朔拉住，道：「凶器現下在我這裡。」從懷中掏出一方素帕打開，中間一支鎏金髮簪在陽光下熠熠閃光。

髮簪雖是女子固定髮髻必用之物，但形制、長短也有嚴格的等級之分，譬如皇太后的髮簪以玳瑁為擿[7]，長一尺，公、卿、列侯、中二千石、二千石夫人為魚鬚擿。那根金簪約有半尺來長，通體為圓錐形，上有雲紋雕飾，樣式精美，一望就不是凡品。

夷安公主眼睛瞪得渾圓，結結巴巴地道：「那……那不是我的金簪麼？」

她聽說殺死於單的凶器就是自己的金簪，本來還難以置信，可親眼看到簪尖的血跡時，登時有一陣驚悚的感覺，這才恍然明白昨晚主傅義姁的種種異常了——

義姁是第一個到凶案現場的，認出於單身上的凶器是公主的金簪時，理所當然地就以為是夷安殺了人。她是主傅，對公主有教導之責，公主犯錯，主傅也會受到責罰，她為了保護公主也好，保護自己也好，都必須要將凶器取走。所以當後來夷安公主主動請命查案時，她認為公主是在惺惺作態，不過是要掩飾罪行。尤其當夷安盯上江都王劉建兄妹，認定劉徵臣頭上的步搖就是殺人凶器時，更令義姁心冷，以為公主不過是要找替罪羊。但她後來親眼見到夷安公主知錯就改，並不堅持己見時，這才意識到公主未必就是真凶。但她既不能肯定，也不敢明說，等到次日一早東方朔到來，才將髮簪之事告訴了他。

東方朔見夷安呆若木雞，道：「公主先別發愣，你這金簪一直放在哪裡？」夷安公主道：「臥室啊。這金簪是皇祖母送我的，我很喜歡，昨晚想戴，一時沒有找到，還有點奇怪它怎麼不見了。」

東方朔道：「昨日宴會前，可有旁人到過永寧殿？」夷安公主道：「除了我的屬官外，就是阿陵了。」驀然意識到什麼，「啊」了一聲，呆在了那裡。

東方朔不動聲色，追問道：「公主也想到淮南國翁主可能就是兇手了？」夷安公主答也不是，不答也不是。

之前夷安逃婚、躲在茂陵東方朔住處時，劉陵曾稱有法子能解公主之厄，但是要冒性命危險，要求公主不得再對第二個人說。當時夷安公主已經有所感覺，懷疑劉陵要用什麼激烈的法子，但還是沒有往殺人這方面想。到後來她自己心意轉變，決意為了大漢嫁給於單。昨日家宴開始前，劉陵到永寧殿來看她，她也將這番心意說出，但一想到自己根本不喜歡卻要嫁的男子，還是忍不住泫然淚下。劉陵定然以為她是違心之語，愈發氣憤，決意在家宴上伺機殺死於單，所以才順手取了她首飾盒中的金簪作為兇器。劉陵有梅瓶的證詞，證明她一直在偏殿中，那麼她很可能請兄長劉遷下手。

東方朔肅色道：「公主昨晚問過劉遷、劉陵兄妹，他們怎麼說？我敢說，他們兄妹中一定有人去過茅房，然後跟著於單去了後院。公主想為他們打掩護也沒用，茅房內侍、宮女不少，一定有人見到的。」

夷安公主搖了搖頭，有心要為最好的朋友辯護，但始終找不到理由，只得道：「是我殺了於單，不是阿陵。」

東方朔奇道：「公主肯主動認下罪名，那麼兇手一定是淮南國翁主劉陵了。難道公主真以為她是不願意看到你嫁給不喜歡的匈奴太子才仗義出手，幫你除害麼？」夷安公主道：「難道不是麼？」

東方朔道：「當然不是。如果劉陵是替朋友著想，怎麼會盜取公主的金簪呢？公主的金簪既是太后所贈，想必許

7 擿：讀作「直」，即簪子。

多人都認得，她有意選其作為凶器，可謂居心叵測。她也瞭解公主的脾性，一旦看到凶器後，為了朋友義氣，就會自認罪名。若不是義主傅湊巧出現，取走了於單身上的凶器，只怕她的陰謀已經得逞了。這女子厲害！好厲害！淮南王將這樣伶俐的女兒放在京師，必定有所圖謀，嘿嘿！」

夷安公主道：「我不明白。」東方朔往四周看了一眼，刻意壓低了聲音，道：「淮南王劉安一定與匈奴有所勾結，他聽到匈奴太子於單降漢，所以派太子劉遷來京師處置，不然哪有這麼巧，長樂宮中正要舉行家宴，淮南國太子就到了？正好淮南國翁主劉陵與公主交好，利用公主不想嫁給於單的心理，假意替公主殺人，其實就是期待公主認下罪名，好掩蓋她真正的用意。」

夷安公主聽得目瞪口呆，半天才訕訕道：「師傅完全想錯了！淮南王是高皇帝的親孫，廣行仁義，天下聞名。他也是父皇最敬重的諸侯王，特賜予几杖，准許他使用馳道，也准許他不必像其他諸侯王那樣年年來朝。我還記得他和父皇在宣室談詩論道的樣子，儒雅和氣，這樣的人怎麼會勾結匈奴呢？再說淮南國太子劉遷，他是因為得罪了太子妃梅瓶，被淮南王捆送來京師請皇祖母治罪的。皇祖母邀請他出席長樂宮家宴，原本是要藉機撮合他與梅姊姊和好。至於阿陵，她是我最好的朋友，怎麼會殺人後又有意暴露我呢？她真有師傅說的那麼厲害，又非要殺掉於單不可，幹嘛要選人多眼雜的家宴時下手？她住在淮南國邸，國邸旁邊不就是於單的賜第麼？兩家是鄰居，多的是下手機會。」

東方朔「啊」了一聲，道：「公主說的不錯，如果劉陵當真有如此心計，一定不會選家宴下手。」

夷安公主不過隨口強辯，想不到竟能說服師傅，不禁喜出望外，道：「師傅不懷疑阿陵了麼？」東方朔道：「昨晚之事應該與她無關，可是之前不還有兩起行刺事件麼？」

正在此時，一名衛卒過來躬身行禮，道：「臣和臣的同伴問到了一些事情，嗯，一些重要的事情，應該……不，是可能，可能與昨晚涉安侯遇刺有關。」

未央宮、長樂宮和皇帝避暑行宮甘泉宮均設衛尉，長官衛尉秩俸中二千石，佩青綬銀印。衛尉寺下屬衛卒均是徵發自各郡國的良家子弟，也就是農民。朝廷有意將皇宮門戶交給這些人守衛，是因為衛卒一年一更換，可以有效防止朝臣結黨營私。不過這些衛卒大多出身貧寒，雖然已經在家鄉當過一年郡兵，受過良好的軍事訓練，但並沒有多少文化。

趕來稟告的衛卒鄉音很重，說話又有些夾雜不清，東方朔和夷安公主總算耐著性子聽完，倒真是發現了兩條重要線索：昨晚侍立茅房的宮女和內侍聽見過淮南國太子劉遷和涉安侯於單在內間爭吵，起因是於單問起劉遷為何不與太子妃梅瓶坐在一席，但二人吵了幾句後，就先後離開了茅房；另一件事是後來發生的，茅房中有內侍聽見後院方向傳來一聲尖叫，似是女聲，還特意出西門張望。正巧那時太僕卿公孫賀解完手出來，問他在看什麼。內侍說北邊似乎有動靜，公孫賀便說他去看看，打發內侍進去換便桶，自己往北去了。

夷安公主道：「這麼說，劉遷和公孫賀都有重大嫌疑。尤其是公孫賀，內侍親眼看見他往後院去了，他卻對我撒謊，說什麼只去了趟茅房解大手，然後就直接回了大殿。」東方朔道：「公孫賀的確比劉遷更可疑，至少劉陵說劉遷去過茅房，沒有掩飾其行蹤。公孫賀未說實話，心中一定有鬼。但有一點最關鍵的疑點，凶器是公主的髮簪，公孫賀如何能得到？」

當真是說某人，某人就到，話音未落，轉頭就看見公孫賀走進院子。等他走近，東方朔問道：「太僕卿有何貴幹？」公孫賀道：「皇上命臣來查問案子調查得如何。公主，東方大夫，你們可有查到害死涉安侯的凶手？」

東方朔向公主使了個眼色，夷安便道：「太僕卿，你這不是做賊喊捉賊麼？難道不是你殺了於單麼？」公孫賀吃了一驚，道：「什麼？公主是說臣殺人麼？我……我怎麼會殺涉安侯？」稍一凝思，便回過神來，道：「是因為有人看見我往後院去了麼？」

夷安公主道：「是啊，你昨晚為什麼對我撒謊？」公孫賀嘆了口氣，道：「事到如今，臣也不能不說實話了。臣出來茅房時，聽內侍說後院方向有動靜，一時起了警覺之心，臣想太后、皇上都在大夏殿中，萬萬疏忽不得，於是想去查看一番。誰知道沒走多遠，臣就遇見了一名宮女，慌慌張張地跑過來。臣叫了她一聲，她也沒有理睬，徑直跑去前面了。臣正不知所以時，又有一名郎官打扮的男子從後面跑了過來，臣問他出了什麼事，那郎官應說沒事，臣就直接回去大殿了。」

夷安公主道：「這些經過你昨晚為什麼隱瞞不說？」公孫賀道：「臣不敢說，臣雖然不認得那郎官是誰，卻認得那宮女，她是太后身邊的人。」

夷安公主大是意外，道：「是皇祖母身邊的人麼？是誰？」公孫賀道：「就是那名新近從匈奴逃歸的女子，王寄。」

夷安公主道：「啊，王寄！原來是王寄！昨日傍晚，她來過永寧殿，說是奉太后之命來看我換好衣服沒有，她還在梳妝檯前為我整過髮髻。那個金簪……」東方朔忙打斷她道：「煩請太僕卿回報皇上，涉安侯的案子已有眉目，很快就會水落石出。」公孫賀道：「好。公主，臣先告退。」

夷安公主道：「師傅為什麼不讓我當著公孫賀面前說出王寄從永寧殿盜取金簪的事？」東方朔道：「金簪這件事暫時別提，我後面還有用得上的地方。可是我還是覺得有疑問，王寄為什麼要殺於單呢？」

夷安公主道：「王寄既然在胡地侍奉單于和母閼氏，一定經常見到匈奴太子，認得於單是肯定的事，說不定這二人還有什麼私人恩怨。」東方朔道：「如此就有兩個可能了：第一，王寄已經恢復了記憶，早認出了於單，但卻繼續裝瘋賣傻，為的是要找機會殺死於單。她去永寧殿看望公主，目的就是要盜取公主的金簪，因為全長安的人都知道公主不願意嫁匈奴太子，事發後人人懷疑公主，公主就會成為她的替罪羊。」

夷安公主道：「不錯，不錯，正是這樣。」東方朔道：「還有第二種可能呢，我倒覺得第二種可能性更大些——那就是王寄還是個傻子，她根本不知道自己在做什麼，她可能是無意間拿了公主的金簪，又無意間去了後院，在林邊撞見於單，驀然間回想起了什麼不好的往事，驚嚇之下失手殺了他，再跌跌撞撞往前院跑去，這才撞見了公孫賀。」

夷安公主撇了撇嘴，不以為然地道：「傻子殺人，無意殺人，這可是我聽過的最笨的辯解理由了。」

東方朔正色道：「旁人可以不信，但公主不能不信。我們跟王寄一道回來京師，途中朝夕相處，公主應該能看出，她的傻不是裝的，她的失憶不一定是因為傷勢引發，更有可能是她不想再回憶起過去。她不是經常在夢中尖叫哭泣麼？可見她之前在胡地一定吃了很多苦。如果王寄沒有失憶，她一定比任何人都知道於單對大漢的用處，要揭發出那些預備重新反叛的匈奴降將，非借助於單之力不可。我猜想皇上雖然強逼公主嫁給他，並沒有想到他還有這麼大的用場。」招手叫過一名衛卒，吩咐了幾句，那衛卒躬身去了。

過了一刻工夫，衛卒從掖庭獄帶來郎官趙破奴。東方朔道：「咱們也算得上是熟人，我就開門見山了，昨晚趙郎官去過後院，對麼？」趙破奴微一遲疑，即點點頭，道：「是的。」慢慢講述了事情經過。

原來王寄失去記憶後，也不再認識以前的舊人，包括趙破奴在內，這令他一直十分費解。因為他二人在胡地時就已經暗中相知相許，她怎麼會忘記生命中最重要的人呢？到京師後，趙破奴被授予官職，在郎中令李廣手下為郎官，於未央宮當差，王寄則被王太后接進長樂宮，重新做了太后身邊的女官，從此兩人只能隔牆相望。哪知道事情湊巧，太后和皇帝要在長樂宮舉辦家宴，趙破奴隨侍皇帝，也得以進出大夏殿。昨晚宴會開始之時，趙破奴奉命扶著受傷的於單進來，一眼看到站在王太后身後的王寄，心有所動，只覺得幾月不見，她出落得愈發明豔亮麗。只是王寄依舊對他視而不見，彷若陌生人一般。他意氣難平，遂一直暗中留意，想找機會跟她說上幾句話。第一巡酒結束時，居然真的看見王寄從東偏殿中出來，往後院去了。當時趙破奴就覺得奇怪，如果王寄是要上茅房，該往西穿過庭院，如果不是去茅房，她又要到哪裡去？他見左右無人留意，遂跟了上去，叫住王寄，問她還認不認識自己。王寄只是茫然看著他，彷彿從來沒有見過他這個人，隨即又往北走。趙破奴又氣又惱，卻無可奈何，見她神思恍惚，擔心她出事，只得悶悶跟在後面。到了後院，王寄張望了一下，便轉向西去了。他這才想到她本來就是要去茅房，不過是神智不清，夜間天色又黑，分不清方向。正要上前叫她時，忽然聽到林子中有人聲，猶豫要不要出聲喝問時，就聽見王寄尖叫一聲，朝前跑了。他急忙趕過去，見涉安侯於單也站在林邊，褲子解開，露出胯間的陽物來，原來是在這裡方便。他想王寄多半受了驚嚇，不及與於單招呼，忙去追趕，半途遇上了太僕卿公孫賀，兩人對答了一句。只是等他到前院時，王寄已經進了偏殿，他無法再追，也只能悵然滿懷。

東方朔道：「這麼說，你在後院見到於單時，他還活得好好的。」趙破奴點點頭，道：「他正在撒……撒那個尿。」東方朔道：「他看到你出現，難道不奇怪麼？」趙破奴道：「他沒有看到我……不，應該說他沒有回過頭來看我，他一直半側著身子，愣愣望著西南方向。我想，他也認出了王寄。」

夷安公主道：「這些話，你為什麼不早說出來？」趙破奴道：「公主想聽實話麼？我心中只有阿寄，至於那個匈奴太子他死還是不死關我什麼事？我說出經過，不僅我要受到擅離職守的處分，說不定還會讓你們懷疑阿寄。是我親手解開於單的衣服驗傷，我看到他腹部的那一圓斑傷口時，當即想到這是女子的髮簪所刺。雖然我不相信阿寄會殺人，可我還是不能讓你們懷疑到她身上。」

夷安公主道：「你現在說出來，我們還是一樣要懷疑王寄。」趙破奴道：「我相信東方大夫不會冤枉好人。大夫君，你能從一把金劍看出其主人生前的心願，也一定能找到真凶，為阿寄洗脫嫌疑，對不對？」東方朔道：「嗯。你去吧，叫他們將那些拘禁在暴室獄、掖庭獄的人都放了。」

趙破奴又驚又喜，問道：「大夫君找到真凶了麼？」東方朔道：「還沒有，不過應該跟那些宮人無干。你先去吧。」趙破奴頗為失望，只得道：「諾。」

夷安公主道：「不是王寄殺人，那又是誰呢？」東方朔道：「現在最關鍵的就是王寄的口供，咱們這就去長信殿。」

二人來到長信殿。夷安公主道：「皇祖母不喜歡師傅，還是我自己進去好了。」東方朔知道太后對自己一年換一任妻子的做法極有微詞，便道：「也好。」

平陽公主正陪著太后王娡在偏殿中閒話家常，女官王寄帶著眾宮女侍立在一旁。胡亂扯了幾句，平陽公主掏出一枚銀指環，走過去套在王寄的右手中指上，笑道：「這個送給你，多謝你服侍太后。」

王寄見那指環以銀絲絞成，頗為精緻，隨口謝了。王娡卻是臉色一變，冷冷問道：「皇帝又瞧上我的人了麼？」

原來金、銀指環在皇宮中是宮女避異的標記——當某一宮女處於妊娠或月辰期間，必須在右手套以金環，以戒帝王御幸；平時則用銀環，表示可供帝王臨幸。因指環有「禁戒」之用，所以又名「戒指」。

平陽公主見太后不快，忙賠笑道：「其實皇上也是為了國事，想多瞭解一些匈奴的情況。」

王娡哼了一聲，正要反駁，夷安公主闖了進來，說明來意，稱想詢問王寄昨夜去過哪裡。王娡惱意更重，道：「既然想問，就在這裡當面問吧。」

夷安公主便問昨晚王寄第一巡酒後去了哪裡，王寄努力想了半天，才道：「不大記得了。」夷安公主道：「那麼你有沒有去過後院？有沒有見到於單？」

王寄尚不及回答，王娡已勃然色變，道：「夷安，你堂堂公主，非要去查什麼案子，查也就罷了，居然查到老身的長信殿來了。」

夷安公主忙賠罪道：「皇祖母別見怪，是因為有人見到王寄去過後院，臣女才會這麼問，原是想慢慢引她回憶起來。」王娡道：「她一個傻子，會殺人麼？哼！」

平陽公主見母親暴怒，忙打眼色命夷安公主出去。夷安公主只得向太后告退，出殿將經過告訴了東方朔。東方朔凝思半晌，道：「王寄應該是可信的，不然她不會想半天才回答公主的話。」

夷安公主道：「這件案子實在詭異，金簪只有王寄能拿到，可她離開後院時，趙破奴見到於單還活得好好的。這到底是怎麼回事？為什麼凶器偏偏是我的金簪啊？」

東方朔道：「咱們從頭順一遍，王寄在永寧殿看到公主的金簪，也許讓她想起了什麼往事，所以順手取了收入懷中。晚宴時，皇上宣布暫歇。於單最早離開大殿，人人都知道他是直奔茅房而去。王寄也想方便，出來偏殿後，沒有辨明方向，直接往北而去。她不可能事先想到會在後院撞見於單撒尿，忽然看到一個似曾相識的男子袒露下體，驚慌之下順手取出金簪刺出，這也是一些婦人的本能反應。」

夷安公主道：「可是王寄在先，趙破奴在後，他經過於單時人可是還活著的。」東方朔道：「趙破奴只說於單沒有回過頭來看他，於單一直半側著身子，望著西南方向發呆半側身子時被殺，不正是公主從現場屍首情形推出的結論麼？金簪尖細，刺入腹部，出血不多，不足以立即致命，所以趙破奴到時，於單還活著，正怔怔望著凶手消失的方向。不過這只是一種可能，另一種可能就是王寄在半路遺失了金簪，被趙破奴撿到，他一路跟著王寄來到後院，意外發現於單在此撒尿。他之前在匈奴為奴，肯定沒有少受折磨，跟於單有私仇也說不準，當即看準仇人落單的機會，上前來了一下。」

夷安公主道：「這種可能性不能成立。師傅難道看不出趙破奴很喜歡王寄麼？他又不知道那是我的金簪，只以為是王寄的，怎麼可能用她的失落之物殺人，那不是引人懷疑她麼？」東方朔思忖道：「不錯不錯，果然是這個道理，公主越來越明察秋毫了。那麼還有另一種可能，就是公孫賀撿到了金簪，好奇來到後院查看究竟，見只有於單一人，便舉手殺了他。」

夷安公主笑道：「師傅又要搬出那套匈奴奸細的理論了麼？公孫賀可是皇親國戚，拖家帶口的一大家子人，回去匈奴對他有什麼好處，聽說那裡以肉為食，以酪為漿，連房屋都沒有，更不要說城市了。」東方朔道：「話雖然這麼說，但這個公孫賀極為可疑，不是因為他是匈奴人，而是因為他剛才的供詞。他稱認出了王寄，但卻沒有認出郎官是誰。郎中令屬下各種郎官人數近千，他的確未必能全部認得，可他怎麼會不認識趙破奴呢？趙破奴回京後被天子在未央宮宣室召見，當面褒獎，授予官職，他當時明明在場。」

夷安公主還是不能相信堂堂九卿之一會是匈奴人的奸細，道：「昨晚沒有月亮，也許是天黑，公孫賀沒有看得清楚。說實話，這些郎官一樣的打扮，一樣的服飾，在我看來也全是一個樣子呢。況且公孫賀明明知道趙破奴跟王寄是一起逃歸的，既然認出王寄，只要提到郎官，我們一定會想到是趙破奴，師傅不就立即想到了嗎？他幹嘛要為此說謊？」東方朔笑道：「公主伶牙俐齒，句句在理，臣也不能辯駁了。」

夷安公主道：「那麼這件案子的最大嫌犯就是王寄了。」東方朔點點頭，道：「不過公主先不要告訴任何人。如果旁人問起，就說還沒有找到凶手，師傅還有後招。」

正說著，一名內侍奔過來道：「長安令已經檢驗完涉安侯屍首，請東方大夫速去衛尉寺。」

長樂宮衛尉寺在西闕門南邊的周垣[8]下。二人進來寺廳，長安令義縱迎上來，奉上檢驗爰書，道：「涉安侯腹部的傷口不是致命傷。」

夷安公主吃了一驚，問道：「那於單是怎麼死的？」義縱道：「死在雄黃之下。」

雄黃是民間常見的解毒劑、殺蟲藥，可以克制蛇、蠍等百蟲，大夫常常用它治療惡瘡、蛇蟲咬傷等。戰國時期，楚國大夫屈原憤而投江，屈原家鄉的人們為了保護屈原遺體不讓蛟龍吃掉，紛紛將粽子、鹹蛋投入江中。一位老醫師則拿來一罈混有雄黃的酒倒入江中，說是可以藥暈魚龍，保護屈原。過了一會兒，江面真的浮起了一條蛟龍。從此民間開始流行用雄黃泡酒飲用，達到驅邪避疫的目的。

但雄黃一方面是良藥，另一方面又是毒物，腐蝕性強，服用稍微過量，就會使人腹瀉腹痛、麻痺昏迷，甚至致人死亡。於單之前胸口曾受過劍傷，身上裹了厚厚的藥布，那藥布上除了有上好的治療外傷的膏藥外，還浸泡了雄黃，

8 周垣：未央宮、長樂宮宮城外還有一圈高牆，稱周垣，門闕即建在這道周垣上。

通過傷口慢慢滲入體內。昨晚酒宴，於單一人先飲二十大杯酒，全身發熱，加劇了更多雄黃進入體內。他大概感覺到身體不適，所以一巡酒後就請求告退，去了茅房，後來又不知怎的去了後院，被人刺了一下。恰逢此時他體內毒素積聚已多，終於體力不支倒地。

夷安公主聽得目瞪口呆，半晌才道：「這……這是真的麼？」義縱道：「千真萬確。臣少年時曾夥同他人劫財為生，手段就是將雄黃下在客人的酒中，令客人暈厥後取走財物，但也有因雄黃過量而害死人的事發生過。」

義縱三十餘歲，臉色赤黑。最早是因為姊姊義姁醫術高明，得幸王太后之故，由太后親自出面舉薦，入皇宮為中郎。不久被劉徹發現其人果決狠辣，補為上黨郡中縣令，治政嚴酷，其縣大治，政聲遠聞，遂又被調來京畿之地天子腳下任長安令。

義姁雖是夷安公主主傅，但公主還是第一次見到義縱，聽他述說昔日為盜時之害人劣跡，眼神冷漠而淡然，語氣無喜無憂，就像是在講一件完全跟自己無干的事，不由得心中發冷，暗道：「義主傅怎麼會有這樣的弟弟？父皇又怎麼會任用這樣的人當京縣長官？」

東方朔倒不以為意，沉吟問道：「那麼義明廷對此案有什麼高見？」義縱道：「高見不敢當。依臣的看法，涉安侯先後三次遇刺，但都不是同一夥人。第一名刺客先用劍刺傷了涉安侯，再買通大夫在藥布上下毒，既有把握置涉安侯於死地，理當不會再出手；第二名刺客埋伏在長樂宮西闕外，用暗箭出擊，雖未射中涉安侯，終將他驚下馬來。但如果這刺客能有進入長樂宮的能耐，他也就不用冒險在宮門外出手了。此人逃跑時在馳道上飛奔，追捕的衛卒不敢違背禁令，這才被他僥倖逃脫；第三名刺客……」他頓了頓，才道：「第三名凶手應該不是刺客，依臣的看法，她多半是名女子，受到了意外刺激，才突然出手，凶器大概是髮簪之類的女子飾物。」

夷安公主本來適才還有鄙夷之心，見義縱僅憑傷口就能推斷出昨晚情形，果然有幾分才幹，不禁又心生佩服。

東方朔也道：「久聞義明廷大名，今日一見，果然名不虛傳。」義縱道：「不敢當。不過是臣少年時無知，做過不少違法的勾當，對那些犯法者的行事手段多少知道一些罷了。」

東方朔道：「我有一件私事想拜託義明廷，可否借一步說話？」他生平狂傲無狀，權貴多有被其戲弄者，此刻忽然對一個縣令如此折節客氣，實在是令人意外。

義縱卻是相當坦然，道：「好。」跟著東方朔走到一旁。兩人嘀嘀咕咕一陣，這才拱手作別。

夷安公主道：「師傅跟義縣令說明了些什麼？」東方朔道：「不是什麼大事，就是拜託他暫時將涉安侯的真正死因保密。」

夷安公主道：「現在我們要去哪裡？」東方朔道：「北闕甲第。」

北闕甲第是京師第一權貴區，位於未央宮北闕附近，也就是廚城門大街之西、橫門大街以東的一個區域，南隔直城門大街同未央宮相對，北過雍門大街同東市為鄰。一個「甲」字，就表明它是長安城中建築最為豪華的宅第區。這一片地區是榮譽和尊貴的象徵，不是誰都能居住，只有皇帝特賜的重臣顯宦才能在甲第修建住宅。

第一個住進甲第的是開國功臣夏侯嬰，他跟高皇帝劉邦是同鄉好友，跟隨劉邦起義，立下不少戰功。韓信初投劉邦時，沒有得到重用，只是管理倉庫的小官。後坐法當斬，同案的十三人都已處決，就要輪到韓信時，正好夏侯嬰經過，韓信道：「上不欲就天下乎？何為斬壯士！」夏侯嬰覺得此人話語不同凡響，見他相貌威武，就下令放了他，交談後更加欣賞，立推薦給蕭何，蕭何又推薦給劉邦，才成就了韓信的軍功偉業。大漢開國，夏侯嬰因軍功被封汝陰侯，但他得以「第一人」的身份住進甲第，並非由於他的軍功，而是因為他是惠帝劉盈的「救命恩人」。楚漢戰爭時期，劉邦與項羽爭戰，在彭城[9]大敗，不得已倉皇逃命，後面項羽騎兵窮追不捨，情況萬分緊急，劉邦曾幾次將兒子

9 彭城：今江蘇徐州。

劉盈和女兒推下車，以減輕負擔，加快車速，幸得負責駕車的夏侯嬰重新收載，二人才終倖免於難。劉盈即位為皇帝後，對夏侯嬰的救命之恩感激不盡，特賜夏侯嬰甲第第一，說「近我」，以表示格外尊寵。

另有自高帝時就在朝為官的石奮，其姊是劉邦的妃子。他沒有文才學問，但恭敬謹嚴無人能比，景帝時位列九卿，迄今仍然在世。其四個兒子石建、石慶等均是二千石大官，因而被景帝稱為「萬石君」，尊貴光寵無人能及。

長安的佈局特點是城中有城，實行封閉式管理，皇宮四周圍以高牆，普通居民區也是如此，全城一百六十個閭里，四周均有圍牆，住戶居住在里中。里設里正，里中只有一條直通的道路，在其一頭或兩頭設有里門，所有人均由里門出入，里中家庭不能當街破牆闢門。如此形制，既能防奸，又可防民。但北闕甲第的王侯貴族的宅第卻不受此束縛，他們的第門大都是面向大街的，因而有人稱「壥里端直，甍宇齊平[10]。北闕甲第，當道直啓」。

於單的賜第原先是魏其侯竇嬰的宅邸，規模龐大，裝飾豪華，前堂羅列鐘鼓，插立曲旃，後堂重殿洞門，內有園池，建造時所花費用以萬萬計。劉徹將這樣一座許多人覬覦的豪宅賞給於單，作為他和夷安公主的新房，可謂十分慷慨了。只可惜人去宅空，尤其本該是女主人的夷安公主踏進來的時候，感受格外不同。

於單的死訊尚未傳來，昨晚來接他赴宴的也是長樂宮侍者，其心腹侍衛長趙不虞在匈奴官任當戶，聞訊迎接出來，問道：「於單太子呢？」東方朔道：「於單太子昨夜在宮中遇刺，不幸身亡了。」

趙不虞先是一驚，隨即嚎啕大哭起來，哭過一陣，又手撫長刀，憤然問道：「是誰殺了於單太子？」東方朔道：「我們正是皇上派來調查案子的，這位是夷安公主。」

趙不虞聽說面前的少女就是太子妃，忙上前拜倒，哭道：「公主，你要為我們太子復仇。」夷安公主只得好言撫慰。

東方朔問起於單身上的劍傷，趙不虞道：「大前夜馬廄突然失火，正當我們手忙腳亂救火時，有蒙面刺客闖進太子房中，武藝極其了得，幾下就刺傷了太子。我們聞聲趕來，本園住了刺客，即使不能活捉他，也可以將其亂箭射死，但太子命我們退開，對那刺客說了幾句什麼，就那麼放他走了。」

夷安公主極是意外，道：「於單自己放走了刺客？」趙不虞道：「是的。我們也對此大惑不解，太子還不許我們聲張。」

夷安公主道：「會不會是匈奴伊稚斜單于派來的刺客？於單心知肚明，不願意對自己族人下狠手，所以大度放走了他。」趙不虞道：「那應該不可能。因為那刺客使劍，我們匈奴幾乎人人用刀或是斧。況且那人一身武藝，很是了得，我們匈奴可沒有這樣好劍法的刺客。」

夷安公主道：「那麼是誰為於單太子治的傷？」趙不虞道：「是一個叫淳于什麼的秦人，據說是長安最好的大夫。」

東方朔道：「淳于光？當戶君是怎麼找上他的？」趙不虞道：「太子說幾日後皇宮中還有宴會，不能讓旁人知道他受了傷，所以讓我們去請城中最好的大夫。當時已經夜禁，太子又不准聲張，我們只得用自己帶的藥先給太子抹上，勉強止了血。次日一早，向大行派給太子的朱車夫打聽城中最好的大夫是誰，他說是東市淳于醫鋪的淳于光，我就跟車夫一起去東市請了淳于大夫回來。有什麼不妥麼？朱車夫人就在外面，要不要我叫他進來？」

東方朔道：「不必了，朱車夫說的不錯，東市的淳于光的確是長安城中最出名的大夫。當戶君，時間緊迫，我們得立即告辭，好去追查線索。」走出幾步，又回頭問道：「當戶的漢話怎麼說得這麼好？」趙不虞道：「我的妻子是秦人，我本來的名字叫不虞，趙姓就是她取的。」東方朔道：「怪不得。」

趙不虞黯然道：「我妻兒未能與我一道南逃，至今滯留在匈奴，也不知道他們過得怎樣。」

匈奴法律簡單，不似漢律繁瑣殘酷，也沒有株連一說，趙不虞的妻兒甚至於單的家小都不至於有性命之虞，但美

10 廛：讀作「禪」，古代城市平民的房地。甍：讀作「盟」，房屋、屋脊。甍甍即為屋宇相連的樣子。

貌的妻子多半要被別的男子霸占，想來終究是件令人鬱悶的事。

東方朔也不及安慰，與夷安公主匆匆出來宅邸，登上車子，直朝東市馳來。

長安有九市，以西市和東市最為知名，位於橫門以南，分立橫門大街東西，是長安最主要的兩大市集，也是全國商業最集中的地方。市場形制為方形，方二百六十六步，四周環築高牆，四方開闢有市門，每面三門，共十二門，最左邊市門內有隸書「某市門」三字。市內街道為「十」字或「井」字形狀，稱為「隧」，縱橫交錯，隧的兩旁分列著商肆，每肆各有三至四列，如長廊式建築，分列成行，井然有序。

市中心則建有重簷的旗亭樓，高大壯觀，多至五層。樓下正中開門，樓上懸鼓，是管理市集的官吏的辦公場所。市集長官是市令，負責徵收市稅和管理市籍，下設丞、市掾、市門卒、市嗇夫等，分別負責按時啟閉市門、維護市場秩序、徵收市稅、管理商品價格等。

自秦商鞅變法，明確提出「重農抑商」後，秦漢兩代均以其為國策。漢初高帝劉邦為了恢復發展農業，進一步貶低商人地位，下詔書規定經商之人不得穿錦、繡、綺等高級織品裁製的衣服，不得攜帶武器，不得乘車騎馬，有市籍之人不得為宦做官。隨著社會生產的恢復，惠帝、呂后執政時，開始施行「無為而治」，對商人的限制逐漸放寬，下詔「復弛商賈之律」。到文帝時，又下詔通關渠，弛山澤之禁，允許民間百姓自行鑄錢、冶鐵、煮鹽等，促使商品經濟迅速發展，富商大賈周流天下，交易之物莫不通，得其所欲。自文帝一朝以來，商業的利潤巨大，經商致富極為容易，不論經營那一種商品，只要經營得法，就可獲取十分之五的利潤，即使不善於經營，也能得到十分之三的利潤，因而時有諺語稱：「以貧求富，農不如工，工不如商，刺繡文不如倚市門。」富商大賈腰纏萬貫，憑藉其豐厚的資財交結王侯，力過吏勢，與貴族、官僚平起平坐，被稱為「素封」。不少人甚至開始影響朝政，上干王法，下亂吏治，並兼役使。譬如首倡馬邑之謀的聶壹就只是個富商。而現任東市令王孫卿就是靠在東市賣鼓發家，積聚資財巨萬後，以財養士，與雄傑交，才被任命為東市令。許多王公大臣為巨利所吸引，也有不少悄悄涉足商業者。

同為長安的大市，西市和東市又各有分工，大有不同——西市以手工業作坊為主，東市則以商業為中心。西市主要有加工生產木製馬具、皮革製品、鐵器、陶器等各類日用品的手工作坊，一些打造兵器、鑄幣、製作陶俑的作坊則是由官府掌握。東市則是真正的市場貿易中心，商品種類繁多，大街兩邊佈滿了各類店鋪，如飯店、酒肆、雜貨店、經營布匹綢緞的采帛行、柴火市、牲畜市場等，衣食住行應有盡有，甚至還有奴婢交易市場，無所不包。商販廣聚，顧客雲集，摩肩接踵，熙熙攘攘，所謂「人不得顧，車不得旋，闐城溢郭，旁流百廛」即是這種景象。正因為市場是眾人聚集之地，是理想的「刑人於市」的場所，許多被判棄市、磔屍死刑者都是在東市執行，死在這裡的名人不少，最著名的就是晁錯。

晁錯是景帝一朝的寵臣，任御史大夫時力主削藩，即削奪諸侯王的封地、權力等，激起諸王強烈反對。晁錯之父勸兒子「侵削諸侯，疏人骨肉」，以免樹怨，晁錯不聽，其父遂憤然自殺，十天後，吳楚七國之亂爆發。這次叛亂遍及整個關東地區，形成東方諸王「合縱」攻漢的形勢，震動很大。領頭的吳王劉濞致書朝廷，聲稱起兵目的是「請誅晁錯，以清君側，恢復王國故地，安定劉氏社稷」。景帝聽信讒言，試圖以殺晁錯來換取諸侯王退兵。當日中尉陳嘉奉命來召晁錯上朝，上車後即被載到東市腰斬，當時晁錯還穿著朝服，父母、妻子、同產無少長均棄市。但最終吳楚並沒有退兵，還是靠武力平息了叛亂。景帝終於明白諸侯王是削之亦反，不削亦反，自己錯殺了晁錯，嘆息道：「亦悔恨無及了！」

東市是夷安公主私下最愛來逛的地方，不為別的，只因為這裡有許許多多的熟食店，菜肴陳列成鬧市，什麼枸杞蒸豬肉、韭菜炒雞蛋、細切的驢馬肉、煎熟的魚、冷醬雞、驢肉乾、狗肉脯、羊羔肉，還有小鳥肉、鹹醃魚、甜豆漿、熱米飯加炸肉等，甚至連最普通的黍米炸糕、豆羹、豆粥也做得與眾不同，有滋有味。她每每和女伴微服來逛，總也吃不夠，連劉陵也盛讚某家鬼食鋪子的豆漿和豆腐比她父王淮南王劉安做得還好[11]。

醫藥鋪子集中在東市南門一帶。順利尋到淳于醫鋪，淳于光正好在鋪子中指導幾名徒弟看病，聽東方朔問起前日一早到北闕甲第給匈奴太子於單治病之事，很是愕然，道：「老夫當日確實在甲第，不過卻不是為匈奴太子治病，而是在江都邸為江都王的小翁主治咳嗽。」

正說著，一輛極其華麗的車子停在醫鋪前，車上躍下一名彪形大漢，風風火火地直闖進來，嚷道：「細君小翁主又病了，還得勞煩淳于大夫走一趟。」

淳于光聽說，便命弟子收拾了藥箱，跟隨那大漢出門登車去了。

東方朔認出那漢子正是江都王劉建的屬官中大夫武疾，不由得跌足叫道：「壞了！」忙扯著夷安公主出來，乘車趕回甲第於單宅邸，問起朱車夫。

趙不虞道：「你們二位剛走，就有人來找朱車夫，說是他兒子淘氣，又闖禍受傷了，被人送回了家裡。朱車夫來向我告假，我聽過他妻子早亡，他獨自一人拉扯著兒子長大，挺不容易，再說太子也不在了，沒人再會坐那輛通紅的車子，所以我就讓他回家去了。」

東方朔問朱車夫住址，趙不虞新到長安不久，哪裡說得上來。既然這名叫朱勝的車夫是大行指派給於單的，多半有官職人員身份，只好趕來大行寺查詢。

大漢實行三公九卿制度。三公的辦公官署稱「府」，如丞相府、御史大夫府，均位於未央宮中，丞相府在東司馬門內，御史大夫府在丞相府對面，另有一部分侍御史給事殿中，等於是皇帝的私臣，辦事地點在未央宮前殿西北的石渠閣外，跟皇帝最寵信的帶「侍中」加官的寵臣一樣，在禁中辦公。九卿的官署則稱「寺」，地點各不相同，如為皇帝服務的少府、衛尉寺均位於皇宮中，主掌宗廟禮儀的太常則在未央宮南面的太常街上，另有一些重要官署位於北司馬門內。

大行主掌諸侯及外事，官署在未央宮北司馬門內。寺門前放置有一排高過人頭的行馬[12]，作為官署儀仗。東方朔匆忙進來，找大行卒史打聽了朱勝住處，又匆匆往宣平門趕去。

宣平門是長安東門由北至南第一門，其名象徵天下安定之意，因其東有玉女山，因而又名玉女門。長安十二城門，每門均建有門樓，駐有重兵，由城門校尉把守，宣平門是東出北頭第一門，值十二支之寅方，而漢以斗柄建寅為正月，因而此門是重中之重，有「長安門戶」之稱，被稱為東都門。出城門往東十餘里即至灞河橋[13]，長安人習慣到灞上送往迎來，都必須要經過此門。

這一帶也是長安城居民最集中的地方。不少沒有資格住進北闕甲第的權貴都住在宣平門附近，如尚冠、大昌、戚里等里坊都是貴人集中的地方，因而有「宣平之貴里」之稱。普通的里，居民由幾十戶到百戶不等。

朱勝住處在北煥里。到里門前，東方朔問里正可有見過朱勝回來。里正道：「半個時辰前就回來了。」派了一名里卒引東方朔來到朱勝家。

東方朔見大門虛掩，徑直推門而入，卻差點被絆倒，低頭一看，一名男子伏在門檻後，後腰處中了一支短短的弩

11 古籍記載劉安精於養生，是豆漿、豆腐及很多養生之道的發明者。他在母親患病時，用泡好的黃豆磨成豆漿，每日給母親飲用，由此治好了母親之病，豆漿也隨之傳入民間。又，劉安在淮南八公山上煉丹時，不小心將石膏混入豆漿中，豆漿發生了變化，這就是歷史上豆腐的來歷。安徽淮南至今有「中國豆腐之鄉」的美名，淮南市火車站廣場前有劉安的騎馬雕像，每年九月有「豆腐節」。古人認為以豆出漿，其渣滓分量稱之不少累黍，所以豆腐是豆之魂魄所成，名為「鬼食」。

12 行馬：古代官署前攔阻人馬通行的木架，用木條交叉製成，一木橫中，兩木互穿以成四角，施之於官署前，以為路障，古稱「梐枑（讀作「必戶」）」。

13 灞河：長安城東部的要津。劉邦由武關經藍田到灞上，踞關中之咽喉，終迫使秦王子嬰不得不率秦軍迎降於軹道。劉邦與項羽交戰，寧可退出秦都咸陽，也要固守灞上，可見此地之重要。

箭。他忙將那男子翻過來，問道：「是朱勝麼？」

里卒略略一望，見死者臉色烏青，不敢多看，哆哆嗦嗦地道：「是……是他……」

東方朔道：「你快去請里正來，再去長安縣報官。」里卒應也不應一聲，轉身就跑。

夷安公主也是臉色煞白，道：「他是被殺人滅口麼？這……這似乎是袖珍弩機射出的弩箭。」

袖珍弩機是體積最小的弩機，首尾僅長一尺一寸五分，構造精緻細密，只有官方作坊中最高明的工匠才能製作，民間極難見到。但這種弩機射程有限，只能近距離射擊，非但不能用於戰場作戰，就是在普通百姓眼中也不過是個精巧的玩具，因而往往作為王公重臣的殉葬品。當然也有喜歡舞刀弄槍的貴族女子用其射擊好玩，夷安公主自己就有一副塗金的袖珍弩機。

東方朔皺緊眉頭，道：「駑箭這麼小，又射在腰部，並不致命，但朱勝匍匐在地，沒有掙扎翻滾的痕跡，可見箭頭上一定塗了劇毒，中箭後立即斃命。」一時間心中很是悔恨，退出房外，才道：「他本來可以不用死的，我當時真該讓趙當戶叫他進來問話。」

夷安公主道：「這不能怪師傅，藥布上的雄黃是大夫下的，大夥兒都盯著大夫的線索，誰會想到名一車夫竟牽涉其中呢？」

正說著，忽有一名十二三歲的少年蹦蹦跳跳地跑過來，見到街巷中停著一輛車子，便停下腳步，瞪大一雙眼睛，滴溜溜地轉，上下打量著陌生人。

夷安公主問道：「你是誰？」那少年反問道：「你又是誰？」

東方朔卻一眼留意到他手中握著的物事，上前道：「你是朱勝的兒子麼？」那少年正是朱勝之子朱安世，點頭道：「正是。」

東方朔道：「你手裡的玉佩可否借我看下？」朱安世聞言，立即下意識地後退幾步，將雙手背到後面。

夷安公主道：「我師傅只是想借玉佩看看，又不會強奪你的。」褪下手腕上的一串玉珠，道：「這個送給你。」朱安世猶豫了一下，終於還是抵不住誘惑，走過來接過玉珠，問道：「真的只是看看？」見對方肯定地點點頭，這才將玉佩遞了過來。

那玉佩色澤晶瑩，玲瓏剔透，觸手生溫，古意盎然。夷安公主在皇宮中見過不少奇珍異寶，一見之下也道：「呀，這是塊上好的玉。」

東方朔將玉佩舉起，對準陽光，玉佩上登時顯出花紋來，分明是一個文王八卦圖的形狀。夷安公主更是驚異，道：「這不就是師傅說的那塊女神相許負生下來就握在手中的玉佩嗎？」

東方朔奇道：「你怎麼會知道？」夷安公主道：「我聽家令說的啊。」

東方朔心道：「公主屬官歸宗正管轄，當日皇上率群臣遊大夏殿，宗正劉棄也在場，公主輾轉聽說也不足為奇。只是這塊玉佩的主人……」

夷安公主四下一看，左右無人，那少年朱安世正在一旁玩弄玉珠，終於還是忍不住，壓低聲音問道：「如果真的像師傅說的那樣，這塊玉佩已經傳到了第三代郭解手中，怎麼又會在這車夫的孩子手中？郭解會不會聽說父皇大赦天下，所以重新回來了京師啊？」

東方朔道：「這個……」見里正正率人趕過來，便住了口，走過去對朱安世道：「你從哪裡得來的這玉佩？」朱安世道：「你想知道麼？」忽然詭祕地一笑，道：「不告訴你。」一把搶過玉佩，轉身一溜煙地跑了。

夷安公主忙叫道：「喂，別走，你家裡出事了！」朱安世卻頭也不回，鑽進了一條里弄，正好避過了里正一行。里正趕過來道：「是朱勝被殺了麼？唉，唉，唉。」一連說了三個「唉」字。他管轄的里坊發生了命案，凶手在他眼皮底下公然進出，他有不察之責，必然要受到懲處，難怪要唉聲嘆氣。

東方朔道：「里正今日可見過什麼陌生人進出北煥里？」里正道：「沒有，小臣敢打包票絕對沒有。本里有五十三戶，人口百七十，小臣每個人都認得。陌生人進來里門，都要盤問，登記在名冊上。小臣任里正八年，從未出過差錯。」

夷安公主道：「這麼說凶手就是北煥里的住戶了？」里正嚇了一跳，忙道：「那更是沒有的事。本里居民一向友愛和睦，連爭嘴都少有，哪會持刀相向？況且朱勝是老好人，又是吃官府祿米，這是人人都知道的事，誰會殺他呀？」

夷安公主道：「可是我看他那個孩子頑劣狡詐，多半惹了不少禍吧？」里正一呆，不得不道：「安世是比較頑皮，不過他自小沒有母親，父親又要趕車養家，常常住在車主的官宅中，他一個小孩子在家裡沒事做，只能去外面遊蕩，餓了渴了的時候，難保沒有點小偷小摸的習慣……」夷安公主道：「呀，這麼說，那塊玉佩是朱安世偷的。師傅……」

東方朔道：「先別扯遠了，朱勝被殺跟他兒子沒有關係。里正，朱勝回來後，可有車子出過北煥里？」里正道：「有，就是那輛載朱勝回來的車子。」

原來朱勝進來北煥里時乘坐的是一輛車子。長安城中有專門的車肆，既賣車也租車，八大主街邊上常常停有空置的車馬，供不願意走路的行人花錢乘坐。乘車歸家本是常見之事，但因為朱勝本人就是車夫，平日都捨不得花錢喝酒吃肉，哪裡又會花錢坐車呢？所以里正還特意問了一句，朱勝只說家裡有急事，里正也就沒有再問，放車子進去了。不久後，那車子又折返回來，出里門往南去了。

東方朔道：「你肯定車上只有朱勝一人嗎？」里正道：「肯定。」東方朔道：「那麼那趕車的車夫一定就是凶手了。」

想來有人來到北闕甲第於單住處，謊稱朱安世受傷，誆騙得朱勝急忙趕回家。因為心急，一出門就雇了一輛車子。那車夫定是早有預謀，故意將車子停在附近，引朱勝上車。馳回北煥里家中後，朱勝心急，推門去看兒子，車夫則從車座下取出弩機，從背後射出塗毒的小弩箭，正中朱勝後腰，將他殺死後再收好凶器，從容趕車出門，不露絲毫破綻。

凶手既然利用朱安世引朱勝回家，說明對朱家的狀況很是瞭解。這倒也不足為奇，畢竟凶手的真正目標是匈奴太子於單，一定早早對於單周圍的人進行過詳細調查。朱勝擔任於單車夫已有幾月，更是整座宅邸中的唯一漢人，應該是凶手重點的關注對象。

事情奇就奇在朱勝推薦淳于光為於單治傷一事上——大前天後半夜，於單在自己的宅邸中遇刺，雖然未死，卻也受了重傷。他出於某種特別的原因，放走了刺客，命手下人不可張揚。那麼匈奴太子遇刺受傷一事就只有刺客及背後主使知道，於單中毒也必然是這夥人所安排。只是從後半夜到天亮後趙不虞去請大夫，不過短短兩、三個時辰，大漢又禁止夜行，那刺客如何能在逃脫後告知同夥、又及時做出周密安排的後招呢？除非是刺客同夥本身就住在甲第，這樣才能避開巡城的中尉卒，才有足夠充裕的時間。可甲第有一百多戶人家，不是諸侯就是顯貴，根本沒有追查下去的可能。

照目前的情形看來，行刺事件發生後不久，就有刺客同夥找上了車夫朱勝，或是金錢收買，或是以他兒子性命為要脅，逼迫他就範。於是次日清晨夜禁解除後，趙不虞來向他這個長安本地人打聽最好的大夫時，他就說出了東市淳于光的名字。淳于光確是長安名氣最大的大夫，問題就出在朱勝身上，他身為車夫，熟知長安大街小巷，肯定知道淳于醫鋪的位置，但他卻沒有領著趙不虞來到真的醫鋪中，而是按照刺客同夥的囑咐，到東市的一個什麼地方請到了假的大夫，也就是刺客同夥。那假大夫冒充淳于光來到甲第，為於單治傷，塗抹了最好的外傷藥，卻又將浸滿雄黃的藥布裹在他傷口上。毒性滲入身體雖然緩慢，但卻是日漸積累，最後毒發時就無可挽救。整個計畫安排得天衣無縫，又是在這麼短的時間內完成，當真非常人所能為。這一夥人一定在嚴密監視於單住處，今日東方朔剛到甲第，前腳離開，後腳就有朱勝被誘回家殺人滅口，線索就此中斷。

夷安公主見師傅眉頭緊鎖，深有憂色，良久不發一言，與平日判若兩人，問道：「師傅也沒有頭緒麼？」東方朔搖了搖頭，道：「整個事情經過只有於單、刺客和朱勝知情，於單、朱勝被殺，刺客又不會主動來告訴我們案情，這件案子難以追查下去了。」嘆息幾聲，交代里正幾句，登車出來北煥里。

夷安公主道：「適才有里正在場，我沒敢說出來，江都王的嫌疑不是很大麼？他也住在甲第，江都邸就在於單住處的斜對面。而且真的淳于光恰好在同一時候被他請去江都邸，說不定就是為假的淳于光作鋪墊。」

東方朔道：「如果是江都王謀劃的這一切，他絕不會那麼傻，該想到事情一旦敗露，早晚要追查到淳于光身上，到時候我們就知道給於單治傷的是假大夫，他正好將真淳于光請去江都邸，不是故意惹人起疑麼？」

夷安公主想了一想，道：「師傅說的不錯。沒有別的線索了麼？」東方朔道：「沒有了，只能期待長安令根據里正描述畫出殺朱勝凶手的樣貌逐捕，不過我看希望不大，凶手一定早逃出長安了。」

夷安公主聞言甚是沮喪，道：「那我們現在怎麼辦？」東方朔道：「我們去辦另一件案子，正好我需要公主的幫忙。」

忽聽見前面嘈雜無比，人人爭相往宣平門大道方向湧去，似乎發生了什麼驚天動地的大事。夷安公主也顧不得矜持，伸頭出車，問道：「發生了什麼事？」那路人匆匆道：「聽說捕到了關東大俠郭解。」夷安公主「啊」了一聲。東方朔忙吩咐車夫道：「快，快跟過去看看。」

車子到路口便再也走不動了，圍觀的人群將道路堵得水洩不通。東方朔站在車上，還是能越過眾多人頭，清楚地看見道路上的情形——數十名全副武裝的中尉騎卒簇擁著一輛簡陋骯髒的廚車，車子中間箕坐著一名五花大綁的男子，正是大名鼎鼎的郭解。他的模樣甚是狼狽，雙手反縛在背後，一道極粗的綁索圈住他的腰，拴死在廚車兩邊的欄杆上。最難堪的是，他就像一頭南越國進獻的珍禽異獸，被鎖在車上遊街，一路供長安人品頭論足。雖然人群中超過一半以上的人對他充滿敬仰之情，但如此模樣出現在眾目睽睽下，還是一件令人很不好受的事。

廚車後還捆縛著一名二十歲出頭的年輕男子，也許是郭解的親人、僕從、門客之類，也許是因為收留郭解而受牽連的長安居民，身上猶自穿著斬衰[14]孝服，頭垂得老低，髮髻散開，遮住了半邊面孔。但人群中還是有人認出了他，叫道：「這不是黃棘里李翁的大兒子李延年嗎？」又有人道：「李翁才剛剛去世，大兒子又捲入了官司，這李家可真是禍不單行呀！」

犯人和押解的中尉卒陷入了人山人海的圍觀中，寸步難行。越來越多的中尉卒飛騎趕來，甚至連中尉李息本人也親自趕到壓陣。中尉卒不停地驅趕人群，疏通道路。經過一番堅持不懈的努力，廚車終於又開始移動，人流也跟著朝前湧動。

車夫問道：「主君還要跟上去看嗎？」東方朔嘆了口氣，道：「沒什麼可看的，去長樂宮吧。」

夷安公主大是不解，道：「師傅不是說要去破另一件案子麼？為什麼要回長樂宮？是不是跟高帝斬白蛇劍有關？高帝斬白蛇劍呢？」東方朔道：「公主放心，今早我已經將高帝斬白蛇劍還回去了。去長樂宮正是為了另一件案子，不過要破這件案子，非要請公主幫忙不可。」

夷安公主道：「我不是一直在幫師傅嗎？」東方朔道：「但這件事有點難辦，需要公主小小地撒一個謊。」夷安公主道：「撒謊？騙的是誰？」東方朔道：「不是騙誰，就是撒個謊，公主看我眼色，等我說侯媼昨日去過永寧殿時，你就立即出面作證。」

夷安公主道：「大乳母？為什麼要這麼說？」東方朔道：「這是師傅的妙計，只有如此，才能逼出真凶。」夷安公主還想問個明白，東方朔卻無論如何不肯多說了。

14 斬衰：古代五種喪服中最重的一種，用粗麻布製成，左、右和下邊不縫，服制三年。

到長樂宮西門闕時，正遇上郎官蘇武，見二人下車，忙趕過來道：「公主，東方大夫，臣正到處找你們二位，皇上有旨，命你們不用再追查涉安侯一案。」

夷安公主道：「這是為什麼？」蘇武道：「皇上只說此案他已心中有數。話已傳到，臣還要回未央宮當值，不便久留。」欠身行禮，這才去了。

夷安公主道：「真奇怪，難道父皇知道誰是凶手了？」東方朔道：「不是正好省心麼？反正也查不下去了。不過下面這齣戲，公主還得陪師傅演下去。」

進來長樂宮，徑直來到侯媼居住的長秋殿。侯媼聽說夷安公主和東方朔到來，忙迎出來，道：「兩位來老身這裡做什麼？」東方朔道：「找一件東西。」不顧侯媼不快，闖進殿去。在侯媼寢室轉了一圈，忽直奔到床邊，掀起枕頭，從下面取出一件東西，嚷道：「總算找到了！」伸出手來，卻是夷安公主的那根金簪。

夷安公主道：「這……這不是我的金簪麼？」東方朔道：「不錯，這正是公主丟失的金簪。大乳母，昨日只有你去過永寧殿，是你偷了公主金簪，又在昨晚用它殺死了涉安侯。這是從你寢室枕頭下搜出的凶器，罪證確鑿，你還有何話說？」

侯媼先是莫名其妙，半晌才反應過來，臉漲得通紅，連聲嚷道：「大夫君可別胡亂冤枉人。老身從來沒有去過夷安公主寢殿，如何能偷到公主金簪？更不要說殺人了。」

東方朔道：「公主！」連使眼色，要她出面作證說侯媼去過永寧殿。

夷安這才知道師傅是要將殺人罪名加到侯媼身上，完全不明所以，結結巴巴地道：「大乳母可是在第一巡酒後就告退了呀。」東方朔道：「不錯，但她並沒有立即離開大夏殿，而是去了茅房，在第二輪宴會即將開始前才離開，多名宮女、內侍可以作證。」

侯媼道：「老身是在茅房中坐了很久，可是出來後就直接回了住處。況且老身撫育當今皇上長大，夷安公主也等於是我的孫女，我有什麼理由要殺她未婚夫？」東方朔道：「皇上將你全家遷徙邊郡，令你骨肉分離，你一直懷恨在心，伺機報復，凡是皇上鍾愛的你就要設法除掉，涉安侯只是碰巧成為你第一個下手加害的對象罷了。公主，你昨日是不是在永寧殿見過大乳母！」

夷安公主見侯媪白髮蒼蒼，氣得面色一陣白一陣紅，淚珠子都掉下來了，心中覺得不妥，微一遲疑，即說了實話，道：「我……我沒有見到大乳母去過我那裡。」

東方朔大為意外，狠狠瞪了公主一眼，道：「但公主的金簪卻是從大乳母枕頭找到的。公主沒有看見大乳母進去永寧殿也很正常，因為你是通過密道進去的。」

侯媪吃了一驚，道：「你說什麼？」東方朔道：「昔日秦始皇為求長生不老，行跡務求詭祕，所修建的宮室、離宮、別館中均有複雜的密道和甬道。長樂宮是秦始皇舊宮，只是在原來興樂宮上加以擴展，並沒有破壞主體結構，原先那些密道一直還存在。你夫家姓陽，是梧侯陽成延後人，梧侯主持修建了長樂宮、未央宮和長安城，對京師所有的祕密通道一清二楚，你知道長樂宮中的幾條密道又有什麼稀奇？大乳母，無論如何，金簪是在你枕頭下找到，不容你抵賴，這就跟我去見皇上吧。不過，事情也不一定非要到這個地步……」忽然上前幾步，附到侯媪耳邊，低聲說了幾句話。

侯媪瞪大眼睛，愣了好半晌，才問道：「大夫君為什麼要這麼做？」東方朔道：「有人因為我錯斷案子而死，這是我生平恨事，我發過重誓，要為她復仇。」

侯媪怔怔發了好大一會兒呆，才道：「好，等老身換身衣服，就帶大夫君去見他。」走到衣櫃前，拉開櫃子，取出一個陶瓶，飛快地拔開塞子，仰頭喝了下去。

東方朔和夷安公主本已走到門邊，好讓侯媪更衣，聽到動靜回過頭來時，她已經捂住腹部倒在地上。東方朔忙趕過來扶起侯媪，道：「公主，快派人去叫義主傅來。」

侯嫣斷斷續續地道：「沒有用的，這是鴆毒[15]。東方朔……怕是你難以如願了……我……我也是被你逼死……你要如何……如何……」緊緊扯住東方朔衣角的雙手驀然鬆開，就此歪頭死去。

夷安公主駭異無比，道：「這……這要怎麼辦？她可是父皇的乳母。師傅，你……你逼死了她，你為什麼要這麼做？」

她知道父皇對包括諸侯王在內的「自己人」未必看重，但「自己人」一旦因為別的原因死亡，又往往會激怒他。主父偃得寵數年，曾在一年中升遷四次，在朝臣中鋒頭無二，卻因去年告發齊王劉次昌與其姐淫亂，導致齊王自殺而被皇帝族誅，連早已經斷絕關係的父兄也受他牽連被殺。侯嫣哺育劉徹長大，感情上與皇帝更近一層。而今東方朔非指她為殺死於單的凶手，致使她憤而服毒，其後果如何，真不敢想像。東方朔也似乎為侯嫣自殺一事而震撼，只是木然不語。

忽有宮人在門外叫道：「太后派了人四處在找公主，請公主立即去長信殿，皇上也在那裡。」

夷安公主道：「師傅，怎麼辦啊？」東方朔站起身來，走到門邊，道：「你速去長信殿稟告皇上，大乳母歿了。」

那宮人猶自不信，探頭望見侯嫣躺在地上，臉色烏黑，這才「啊」了一聲，忙掩著嘴唇，張皇奔出。

長信殿距離長秋殿不遠，過了一刻工夫，皇帝劉徹便率大批侍從趕到，臉色比想像中要和悅些，可還是相當不快，問道：「出了什麼事？」東方朔侯在殿門外，連稱：「臣逼得大乳母服毒自殺，死罪。」

劉徹道：「到底怎麼回事？夷安，你說。」夷安公主道：「這個……臣女雖然在場，可也完全不明白。師傅說昨晚在大夏殿中行刺於單的人是大乳母，然後大乳母就自殺了。」

劉徹皺眉道：「朕不是派人告訴你們不要再查這件案子了麼？況且大乳母怎麼可能行刺於單？」東方朔一改往日

巧合如簧的秉性，絲毫不辯，只頹然應道：「是，臣有罪。」

劉徹一時不明所以，但料來以東方朔之智謀，不至於胡亂害人，見天色已晚，便命身邊的羽林丞霍去病將他逮捕，押解到廷尉，交給廷尉張湯審訊。

到殿門前，正見郎官徐樂急匆匆趕來，道：「東方卿，我到處找你。」見他被羽林郎左右押解著，不禁一愣，忙問道：「出了什麼事？」

東方朔嘆了口氣，問道：「徐卿找我什麼事？」徐樂道：「是一件了不得的大事，陽安還活著，那在平剛城南客棧中死的無頭屍首並不是陽安。」見東方朔並不意外，自己反倒吃了一驚，道：「原來卿早就知道了。」

夷安公主正陪著劉徹出來，剛好聽見，還以為自己聽錯了，忙奔過來問道：「誰還活著？」徐樂道：「陽安，就是管媚的丈夫，管敢的姊夫。」上前見過皇帝，才說了經過。

原來管敢自來了京師後，一直住在徐樂家中，今日一早帶著一名僕人到西市閒逛，想照著自己以前那把金劍的樣子重新打一把寶劍，以此來紀念父親。當他慕名到一家作坊附近時，意外發現一個極熟悉的身影，不由自主地跟了上去。那人對市集極為熟悉，東一轉、西一轉就將管敢主僕二人引到僻靜之處甩開。正失望時，那人又重新出現，並叫出了二人的名字，居然就是早已死去的陽安。正當二人震駭不已時，陽安忽然挺出短劍，刺死了僕人，刺傷了管敢，還欲補上一劍時，正好郎中令李廣來作坊取訂做的大弓，聽到動靜，遠遠望見，便大喝了一聲，陽安慌忙掉頭跑掉，管敢這才意外撿了一條性命。

夷安公主這才明白過來，道：「原來師傅剛才那樣做，是要逼迫大乳母交出她的兒子陽安！師傅既然早猜到陽安

15 鴆毒：鴆是一種傳說中的猛禽，比鷹大，鳴聲大而淒厲，羽毛有劇毒，用其在酒中浸一下，酒就成了鴆酒，毒性極大，幾乎不可解救。後鴆酒演變為毒酒的通稱。

還活著，為什麼不告訴我？」東方朔嘆道：「我也是最近收到暴長史的回信才能肯定。」

之前夷安公主一行人在平剛偶逢城南客棧無頭雙屍案，由東方朔領頭調查，一番曲折後，終於斷定是關東大俠郭解殺了女死者管媚，平原郡商人隨奢殺了男死者陽安，郭解曾親口向徐樂承認殺死管媚，隨奢一直未能捕獲，所以並無口供。這案子審結後，從郡府上報到廷尉，均無任何人起疑。直到太史令司馬談之子司馬遷護送隨奢之女隨清娛來到茂陵，東方朔聽她為父鳴冤輾轉萬里，幾乎死在半路，深為震動，認為有女如此，其父必定有冤。他苦苦思索案情中的疑點，當初之所以認為是隨奢殺人奪劍，是因為客棧中再無他人，店主又親眼看到他半夜離開，以他嫌疑最大。而且之後官府一直未能將他捕獲，如果他沒有殺人，為何不如期返回平原郡家鄉呢？假定隨奢跟凶案毫無干係，那麼他一定出了狀況。再聯想到死者被割去首級，終於恍然大悟，那半夜離開的人也許並不是隨奢，被割去首級的男死者才是。

但這些只是推測，仍需要證人來證實，所以東方朔寫信到右北平郡，請長史暴勝之重新派人去城南客棧向店主欒翁核驗證詞。欒翁記起當晚隨奢戴著一頂氈帽，壓得老低，加上燈光昏暗，根本就沒有看清面孔，他只是憑外袍、行囊和馬匹斷定那是隨奢。東方朔又將抄錄的驗屍爰書給隨清娛看。隨清娛讀到男屍腳底有紅痣時，立即大哭起來，道：「這正是家父。」案情這才真正水落石出。那冒充隨奢離開的正是一直被當成死者的陽安！

原來當日東方朔揭破金劍之謎，又力證管敢是管線親子，陽安、管媚夫婦只能狼狽離開郡府。二人回來客棧，陽安默默收拾行囊，預備動身返鄉。管媚卻越想越是不服，惡狠狠道：「如果他死了，財產不還是我們的麼？不如殺了他。」這個「他」，自然是指同父異母的弟弟管敢了。陽安當即嚇了一跳，道：「萬萬不可，他可是你弟弟。」管媚聲色俱厲，喝道：「你拿他當弟弟，他可有拿你我當姊姊、姊夫？你沒有看見他得到全部財產後喜氣洋洋的樣子麼？」陽安素來畏懼妻子，但人命關天，還是硬著脖子道：「就算能殺了他，他一死，官府頭一個懷疑的就是我們夫妻。你……你也見識東方朔的厲害了，那可是世上第一聰明人，有他在，咱們就逃得掉麼？」管媚一想也對，沉吟片刻，道：「我有個主意，隔壁的那個商販不是一直想得到那柄金劍麼？我們先殺了他，將屍首埋在床下，再殺了管敢，拿走金劍，假裝是商販貪劍殺人，你我照舊留在客棧，這樣再無人懷疑到我們身上。」她是個果斷強硬的人，想到了就要做到。陽安雖不願意，可耐不住妻子厲聲喝斥，只得勉強答應。

當晚二人正打算動手時，小廝阿土忽然來拍門，請管媚出去。管媚聽到阿土傳遞的暗語，知道是故人徐樂，遂謊稱上茅房，來到徐樂房中。陽安心中起疑，跟到徐樂房外，偷聽妻子與那男子敘舊，細聲軟語，嚶嚶哭泣，竟是自己從未所見的溫柔和嬌弱，忍不住怒氣大生。但他終究沒有闖進去當場捉姦的勇氣，只得強忍怒氣，縮在一旁暗處，好不容易等到妻子回房，遂跟了那姦夫徐樂出來，隨手從地上撿了塊石頭，追上去將他打暈，不過是一時意氣行為，至於後果如何也未多想。回來客棧後，管媚問丈夫去了哪裡，陽安稱到外面走了走，管媚也未多問，只乾坐那裡發呆。陽安不知怎的心中惡意忽生，反而催促妻子快些動手。遂由他上門找平原商人隨耆，稱妻子改變主意，願意將那金劍出售，但價錢還要商量。隨耆不知是計，披上外袍，喜滋滋跟來房中。陽安早拔出匕首，等隨耆跨進房中，預備從後面一刀刺死他，但臨到頭不知怎的又心生膽怯，不敢下手。隨耆不見金劍，大感愕然時，管媚搶過來奪過陽安手中匕首，連刺兩刀，殺死了他，又罵丈夫道：「不中用的東西。」陽安雙腿發抖，站也站不直。管媚見丈夫如此，知他不能成事，道：「那好，你留在房間裡，快些將屍首埋在床下，我去殺管敢。」正要出門，驀然一陣風起，一名短小的中年男子不知道如何進來站在門邊。管媚吃了一驚，問道：「你是什麼人？」那男子道：「我叫郭解。你父親管翁臨終前託人帶給我重金和書信，請我在你弟弟十五歲時來右北平，若是官府不能為管敢做主，就讓我殺了你，永絕後患。而今金劍之謎雖然解開，可你這婦人貪婪狠毒，絲毫不顧念手足之情，你既心起歹意，等於是你自尋死路，可怨不得我了。」管媚道：「啊，你是那個關東……」不及說完，便被郭解一刀刺中心口。陽安早嚇得癱軟在地，想出聲呼救，卻是嗓子發乾，一個字也叫不出來。

郭解道：「之前你們夫妻的對話我都聽得一清二楚，念你對管敢尚有一絲憐愛之心，我不親手殺你。不過你從旁協助你妻子預謀殺人，也難逃官府制裁，是自首還是逃命，全在你自己。」說完揚長而去。陽安坐了好久，才從地上爬起來。他呆呆望著兩具屍首，不知道從哪裡生出來的勇氣，用匕首將妻子和隨耆的首級割下來，預備深埋入床下。哪知道床下土質堅硬，又只能伏著動手，難以使勁，挖了幾下便放棄了。爬出來後先脫下外衣與隨耆對換，再將他和管媚的屍首並排擺到床上，裝成是夫妻二人同時被殺的樣子，隨即將首級扔進了茅廁的糞池中。正要離開時，忽又想到那柄金劍。他母親侯媼是皇帝乳母，他在京師時交結王侯，也是個識貨之人，知道那柄金劍既然能令郡太守李廣動容，一定非同小可，不如弄到手，正好可以裝作是隨耆為劍殺人，於是溜入管敢房中，趁其熟睡，用自己的匕首從枕邊換走了金劍，不帶自己衣服，只捲了商人隨耆的行囊、馬匹，連夜逃出客棧，找了個僻靜地方混到天亮，便用隨耆關傳出城，一路逃亡。後來東方朔調查凶案，雖然一度將懷疑重點放在凶手為何要特意割走首級上，但因陽安性情怯弱，畏妻如虎，人人都想不到是他自己做了手腳。

然而就算東方朔確認了陽安才是真正的凶手，也知道他一定來了長安，設法聯繫上了母親侯媼，可皇帝不久之前才宣布大赦天下，陽安殺人的罪狀一筆勾銷。他遲遲不露面，是因為就算他去官府登籍，撤銷罪名後還是要被送回右北平郡。但不管怎樣，他已脫死罪罪名。

當初東方朔判定隨耆殺人，右北平郡發出了公文，平原郡逐捕隨耆不到，逮捕他妻子審訊，隨妻之後不堪侮辱而自殺，這才有了隨清娛萬里申冤的故事。真相大白之日，東方朔心中很不好受，隨妻可以說是因為他的誤斷而死。隨清娛倒也不怪他，只怪陽安太狡詐。東方朔愧疚難安，於是答應她一定誅殺陽安，為她父母報仇。他本有意利用高帝斬白蛇劍引出陽安，但謀劃那件事需要時間和機緣，正好昨晚匈奴太子於單死在大夏殿中，遂決意栽贓侯媼，逼她交代出兒子下落。哪知道侯媼假意屈服，轉身就服鴆毒自殺，性情之剛烈堅忍，實在出人意料。

陽安殺人有罪，其母卻是無辜，侯媼之死震撼了東方朔，令他再次想到隨耆妻子因他誤斷而自殺的事，戰慄，驚懼，悔痛，悵恨，百般滋味莫名湧上心頭，以致連替自己辯解的力氣也沒有了。然而世事當真紛紜迷離，正當困厄之時，徐樂趕來告知了陽安於西市殺人的消息。

劉徹詳細問了事情究竟，命霍去病釋放東方朔，道：「卿所言長樂宮密道真有其事麼？」東方朔道：「臣不知道，臣只是信口一說。」神色甚是沮喪，再無昔日口若懸河的颯爽英姿。

徐樂忙道：「皇帝不久前才大赦天下，陽安之前在平剛的殺人罪名已經撤除，他今日在西市殺人發生不久，消息還未傳入宮中，大乳母並不知情，就算將兒子交出來也無所謂，但她卻果斷自殺，說不定是真有其事，所以才被東方大夫唬住了。」劉徹道：「朕也是這般想。」轉頭命道：「去病，你去追查這件事。」霍去病道：「臣遵旨。」自帶了羽林郎去拷問侯媼的車夫。

夷安公主又將於單的真正死因告訴了父皇，道：「這件案子的主謀一定是住在北闕甲第的某位重臣或是諸侯王，請父皇准許臣女和師傅繼續追查。」

劉徹一聽即道：「於單明明是被太后身邊的女官王寄慌亂中殺死的，哪裡是什麼雄黃之事？」頓了頓，又加重語氣道：「此案到此為止，不准再查下去，這是太后和朕的意思，違者以廢格沮事論罪，腰斬。」

夷安公主不敢再說，心道：「父皇一向精明，今日怎麼忽然變得糊塗了？」她卻是不知道劉徹即將對匈奴用兵，不欲在某些事上追逼重臣或諸侯王過急，以免當真出現內外交困的情況，所以一力要壓下來。

劉徹又叫道：「夷安，你跟朕去長信殿，太后要商議你的婚事。」夷安公主愕然而驚，道：「婚事？什麼婚事？」劉徹道：「前皇后剛剛病逝，你三姑母隆慮公主又忽而生了重病，太后身體也有所不適，巫師說是皇宮中有怨氣作怪，需要一樁大喜事來壓制，所以朕將你重新許給了昭平君陳耳。」

夷安公主一時呆住，不知道該說什麼才好，經不住宮人反覆催促，只得隨父皇去了。

東方朔和徐樂一起出宮，一路均不發一言。到西闕正遇上進宮當值的郎中令李廣。徐樂忙上前為他今日在西市救下故人之子管敢道謝。

李廣道：「舉手之勞，何足掛齒？」遲疑了下，道：「東方大夫可是要去廷尉？」見東方朔愕然不解，忙解釋道：「之前東方大夫在右北平郡破的無頭雙屍案，不是郭解殺了那婦人管媚麼？今日郭解被捕，關押在廷尉獄，老夫以為東方大夫會去獄中向他求證供詞。」

東方朔沉默半晌，才道：「不錯，凡事還是要確認才好，不能僅憑推測行事，這件案子不能再錯了。明日一早，我就去廷尉獄見郭解，順便會代李將軍為當日在城南酒肆之事致謝。」李廣道：「甚好，多謝。」

天色已暗，長安城門已經關閉，東方朔來不及回去茂陵家中，只能暫時來徐樂家中借住。

徐樂家在宣平門附近的大昌里。到里門之時，許多人聚集在對面的黃棘里里門處，交頭接耳，甚是詭祕。徐樂命騎從過去打聽，才知道究竟。原來郭解之前就藏身在黃棘里的李翁家中。李翁半月前才過世下葬，只留下三子一女，長子就是今日與郭解同時被中尉卒捕走的李延年，次子名李廣利，三女名李妍，幼子名李季，年紀都還小。那李翁一家人都是樂人，平日靠給官民家彈彈唱唱辦紅白喜事為生，地位低賤，素來被旁人看不起，誰也沒想到他們會跟大名鼎鼎的關東大俠郭解扯上關係，及至郭解被從李家搜出來，黃棘里的里正和居民盡驚得呆住。事後人們不免聚集在一起，議論紛紛，既好奇李家為何要冒險收留郭解，又想知道郭解是如何暴露了行蹤。不少人都認為是李家次子李廣利惹出了風波，因為他最遊手好閒，最愛惹事。

東方朔忽道：「興許是那塊文王八卦玉佩也說不準。」徐樂問道：「什麼文王八卦玉佩？」東方朔卻不肯多說。進來家中，先去廂房探視管敢，他左腰中了一劍，傷得不輕，怕是要臥床好一陣子。東方朔問道：「你看清陽安是用那柄金劍傷你的麼？」管敢點點頭，道：「正是家父留下來的那柄劍。本來我還以為是平剛城南客棧的店主欒翁一家人拿了金劍，想不到居然是陽安詐死。」

東方朔心念一動，問道：「你怎麼會認為欒翁一家人有嫌疑？」管敢道：「當日我初到平剛，投宿在城南客棧，姊姊、姊夫他們也跟進來。那店主妻子王媼看到我姊姊腰間的金劍時，很是驚異，借過去反覆看了半天呢，還說什麼『像』的。這可是發生在我去郡府告狀前。後來飛將軍看到金劍後也露出了那樣的神色，我猜到這柄劍有些來歷，回客棧後特意問過王媼，她卻支支吾吾說不知道。但我瞧她神色，分明是知情的。後來我姊姊、姊夫被殺，案子告一段落，我回到無終，越想越不對勁，總覺得店主妻子可疑，所以又去了趟平剛，正好遇到郡府長史重新派人到客棧取口供，我這才知道案情有新的發現，特意趕來京師。」頓了頓，又道：「東方大夫，你一定能幫我奪回家父的遺物，對麼？」

東方朔道：「我也不知道。」神情間大有黯然之色。徐樂猜他為隨耆妻子自殺一事自責，也不便多勸，命僕人安排了晚飯。二人悶悶對飲一番，醺醉中沉沉睡去。

次日東方朔起床時，居然已經過了正午。徐樂一大早已被廷尉召去指認郭解。東方朔聞言很是不解，問道：「京師那麼多權貴曾與郭解相交，為何一定要召徐樂作證？」僕人道：「聽來人說是因為郭解曾盜用過我家主君的官印和符節。」

東方朔心灰意冷，也懶得多問，本待直接乘車去官署告假，轉念一想，還是命車夫改道來了廷尉。

漢時的廷尉有三義：既是官名，又是官署，還是監獄。廷尉官為九卿之一，秩中二千石，佩銀印青綬，掌刑獄，是主管司法的最高長官。廷，意為平，治獄貴平；尉，意為罰，斷案貴以罪罰奸人非，因此而為號。秦時李斯曾任廷尉，後來由此職升任丞相，可見其地位重要。廷尉下設左右正、左右監，秩皆千石，又有廷尉史等為佐吏。除了參與法律的制定與修改外，廷尉的主要職責就是掌刑辟，即主管審判。具體地說有二：一是審斷重案，秦漢時凡遇重大案件，通常由廷尉審理；二是複審各地上報的大案、疑案，「覆案虛實，行其誅罰」。當然，遇大案，中央其他高級官員也參與審理，有「雜治」、「就問」、「雜議」三種形式，最終審判結果須奏請皇帝裁決。

廷尉官署位於直城門修成里的南面，坐北朝南，面對直城門大街。東方朔徑直來到廷尉獄，請見郭解。獄令忙道：「郭大俠還在堂上受審，東方大夫要見他，得再等上一會兒。」語氣中對郭解極為尊敬。

正說著，只聽見鐐銬聲響，郭解身穿赤褐色囚衣，戴著刑具，被十餘名吏卒前呼後擁地押了進來。獄令立即上前迎接，極為恭敬客氣，完全不似對待囚犯。

廷尉獄是法定的中央監獄，主要囚禁將相大臣犯罪者及重大案件罪犯，因常奉皇帝詔令收押犯人，所以又叫廷尉詔獄。時有諺語云：「廷尉獄，平如砥，有鈔生，無鈔死。」即指獄令和獄吏權力很大，常常能暗中決定犯人的生死。

東方朔心道：「獄令一定以為郭解罪名都是在大赦之前，這次也一定會平安無事，所以搶先巴結討好。」郭解逃亡前，與他在茂陵有過幾面之緣，也上前招呼了一聲，跟進來囚室中。

郭解被囚禁的地方名叫「請室」，意思是請罪之室。室內有床有案，床上還掛著帳子，案上有酒有肉，陳設不比普通百姓家差。昔日絳侯周勃就以千金向獄吏行賄，才被改囚禁這裡，足見條件相當不錯。

郭解頗似主人，請東方朔坐下，他手、足、頸均戴了鐵具，無法席坐，只能箕坐在案旁。按照漢律法，囚犯都要衣囚衣，戴刑具，私自解脫刑具，加罪一等，為人解脫，與其同罪。獄令雖能在囚室上優待郭解，卻也不敢私下為其脫下鐐銬。

東方朔先替李廣道了謝。郭解道：「何足一提。我應該多謝東方君才對。」東方朔愕然道：「為何謝我？」郭解道：「為君解開管翁留下的金劍之謎。我本以為這世上沒有人能體會出管翁留下金劍的深意，東方君，你是我見過的最聰明的男子。」東方朔嘆道：「聰明反被聰明誤，我是再也擔當不起聰明二字了。」

郭解不知他為何如此感慨，不及詢問更多，道：「有一件事，我想拜託東方大夫。」東方朔道：「你關東大俠的名字震鑠天下，為你甘心赴死者不計其數，何時能輪得到我東方朔來為你辦事？況且我明日就會被罷官免職，打算從此學董仲舒老夫子，隱居茂陵，不問世事。」

郭解道：「這件事，不是要東方君去辦，只是想說給君聽，也許他日機緣巧合，君自能解開其中謎題。」嘆了口氣，道：「自從二十年前她慘死於箭下後，世間只有我一人知道這個祕密，如果我死，祕密從此湮沒，也是一件大大的憾事。」東方朔聽他說得鄭重，不免起了好奇之心，道：「好，我姑且聽一聽。」

郭解道：「本朝開國，經濟凋敝，國庫空空如也，朝廷連修建長安城牆的錢都拿不出來，這可是改朝換代從所未有之事，東方君想必知道究竟。」東方朔道：「歷來改朝換代後，新朝都會取得舊朝府庫所積，所以不會陷入困頓。但本朝又有所不同，雖說高皇帝第一個入咸陽，卻只收繳了秦丞相府的圖籍、文書、律令等，府庫中金帛等錢糧財物盡為西楚霸王項籍[16]所得。」

郭解道：「正是如此。項籍後來又大搶秦宮室，發掘了秦始皇的陵墓，得到的奇珍異寶不計其數，從咸陽運輸的馬車連綿上百里，絡繹不絕於道，三個月都未能運完。但項籍兵敗烏江後，這批巨大財富下落不明，一直未能找到，所以才造成了大漢開國一窮二白的局面。」

東方朔心念一動，道：「莫非你知道這批寶藏的下落？」郭解搖搖頭，道：「關於這批寶藏傳聞極多，找的人也不少，卻都一無所獲，可見非知情者不能為。我少年時專幹盜墓的勾當，也曾想要找到項籍寶藏，但後來我慢慢闖出了名氣，衣食無憂，這心思也就淡了。直到有一日，有個名叫丁丁的人來河內找我，自稱是丁公後人，知道一些寶藏的事……」

東方朔道：「丁公？莫非是『丁公求封』的那個丁公？」郭解道：「正是。」

丁公名丁固，楚漢相爭時為項羽部將，曾率兵追逐劉邦於彭城西。劉邦眼見就要成為俘虜時，聲淚俱下，動之以

16 項籍：即項羽。項羽名籍，字羽。古今無雙的勇士，「霸王」一詞為其人專有。

情。丁固一時心軟，遂引兵而還，放了劉邦一馬。後來劉邦奪得天下，登基稱皇帝，丁固前來討要封賞，卻被劉邦當眾宣布丁固為項王臣不忠，以致使項王失天下，為禁人臣效尤，特斬首示眾。丁固外甥即為著名的季布，時有「得黃金百斤，不如得季布一諾」之諺。

郭解續道：「我當時正年壯氣盛，和丁丁談得投機，便決意一起去尋那傳說中的項籍寶藏。據丁丁說，她祖先留下幾編簡牘，收藏在一個隱密的壁櫃裡，她最近清掃老屋，才意外發現。那簡牘上記載的正是項籍寶藏的事，說是那些寶藏還沒有被運回項籍家鄉時，時為漢王的高皇帝就已經拜韓信為大將，出兵還定三秦，楚漢戰爭開始，項籍怕出意外，就派人將寶藏臨時藏在一個穩妥的地方，藏寶的地點繪成了地圖，交由愛妾虞妙弋收藏，所有參與埋藏寶藏的人在事後均被處死，因而藏寶地點成為了機密。之後我和丁丁趕去彭城，盜掘了虞美人的墳墓，但裡面只有衣冠，連枯骨都沒有，我們這才知道那不過是虞妙弋的衣冠塚。」

東方朔道：「那虞妙弋是名動四方的絕色美人，據說天下男子莫不以看上她一眼為幸，她在四面楚歌時於軍中橫劍自刎，定然被項籍就地埋在附近，令軍士縱馬踏平墳墓，以防愛妾遺體為漢軍士卒侮辱。」

郭解道：「這一點，丁丁也想到了。我們緊接著去了垓下[17]古戰場，那裡早成為一片荒野，開滿了各色小花……」

他那鷹隼一樣灰暗銳利的眼睛漸漸朦朧起來。當目光穿透記憶深處迷離的過往時，一些模糊的年華世事註定要淡去，直到了無痕跡。但那一幕，還是那般清晰地鐫鏤在那裡。時光彷若又重新回到二十年前，他和丁丁站在春天的原野上，極目之處，孤墳殘陽，微草星花，不見當年西楚霸王凌人盛氣，唯留美人虞姬一縷幽魂。天寥寂，意蒼茫，英雄勝跡，豪情不在，令人無端惆悵。丁丁忽然一改活潑的姿態，悽楚地落下淚來。他的心也莫名跟著疼痛起來，那種錐心的痛刻骨銘心，至今不能忘懷。

東方朔終於有所省悟，問道：「丁丁……她是一個女子麼？」郭解點點頭，道：「垓下也有不少墳塋，我們四下掘了一通，卻始終沒有發現半分痕跡。後來丁丁又重新讀了簡牘，上面記載說當日主持藏寶之事的是項籍的叔父項纏[18]。丁丁推測項纏既然早有心背叛霸王，肯定也會將藏寶地圖暗中繪下一份，但後來高皇帝背信棄義，得天下後對他並不如何好，他也就未站出來說明真相。我們便又來到京師，尋到項纏的後人劉友，用武力脅持了他，要他交出藏寶的地圖。劉友被折磨了許久，聲稱毫不知情，只是苦苦求饒。我一怒之下殺了他，但在其宅中也沒有找到地圖。事敗後我們被官府追捕，逃亡時丁丁被弩箭射中，臨死前要我答應她，一定要找到藏寶地圖，完成她的心願。」

東方朔道：「即使真有藏寶地圖，那也是八十多年前的事，當事人均已成為枯骨，如何還能有線索可尋？」郭解道：「我自然知道這個道理，況且丁丁死後，我也沒有了尋寶的心思，這件事從此埋在我心裡。我現在也只是想將它說出來，並無拜託東方君尋寶的意思。」

東方朔見他面色黯黯，語氣中有託付後事之意，暗暗稱奇，道：「皇上剛剛大赦了天下，郭君何須憂懷？」郭解道：「家母生前為我看相，說我活不過四十歲。若能活過四十歲，必要給郭氏家族帶來滅頂之災。我今年四十一歲，我猜我是逃不過這一劫了。」頓了頓，又道：「不過生死有命，富貴在天，大丈夫死則死矣。」慷慨豪邁，極有氣勢。

東方朔正要開言，獄令開門進來道：「有好幾位郭大俠的門客趕來探訪。」東方朔不便多說，作別出來。獄院中站著數名深色長袍男子，都是來探郭解的門客，見東方朔出來，一齊盯著他看，彷彿要從他身上挖出什麼寶來。

17 垓下：今安徽省靈壁縣南，至今有虞姬墓。

18 項纏：即項伯。因劉邦謀士張良曾有恩於他，多次在項羽要殺劉邦的關鍵時刻通風報信，劉邦遂許諾與項伯結成兒女親家，項伯從此更死心塌地維護劉邦，甚至在鴻門宴上用自己的身體遮擋項莊刺向劉邦的劍。項羽敗亡後，劉邦封項伯為射陽侯，但同時又賜其姓劉，古人有同姓不婚的禁忌，兒女親家之諾也就順理成章作罷。項伯受封三年後死去，其嗣子項睢因罪未承爵。

東方朔睬也不睬，昂然去了。他今夜該當值宮中，正從未央宮北闕入宮時，迎頭撞見了一名婦人，雖已過中年，依舊難掩美豔，髮髻上斜插著一支翠羽簪，別緻風流，她就是大名士司馬相如的夫人卓文君了。

卓文君是蜀中巨富卓王孫之女，容色皎若明月，眉色如望遠山，時人效畫遠山眉。她不僅貌美，而又能詩善文，才氣過人，性情放誕有主見。她十七歲出嫁，不久便因丈夫去世返回娘家，過起了寡婦的生活。雖然前來求婚的男子絡繹不絕，但她卻沒有絲毫動心之意，直到一名口吃的男子出現，這男子就是司馬相如了。司馬相如字長卿，因為屬狗，所以小名叫狗兒，旁人戲稱他為「犬子」。他少時好讀書，學擊劍，因仰慕戰國時代趙國藺相如之為人行事，改以「相如」作為自己的名字。景帝即位不久，司馬相如來到長安，任武騎常侍，隨從皇帝左右，但並不得志，後跟隨梁王劉武到梁國。梁王頗有書卷氣息，禮賢下士，身邊多文學之士，當時名重一時的辭賦大家鄒陽、枚乘、嚴忌等都追隨其左右。司馬相如在梁國的生活過得十分愜意。梁王盛讚其才情高華，賜給他一把名叫「綠綺」的琴，上面刻有「桐梓合精」四字，是傳世精品。梁王病死後，賓客星散，司馬相如失去依靠，不得不回到老家蜀郡成都，家裡已是父母雙亡，家徒四壁。在無以自立的情況下，他來到臨邛[19]，投靠擔任縣令的好友王吉，又由王吉推薦，到當地巨富卓王孫家做客。宴席上，司馬相如應眾人所邀，取出綠綺琴，彈奏了一曲《鳳求凰》，曲辭是：

鳳兮鳳兮歸故鄉，遨遊四海求其凰。
時未遇兮無所將，何悟今兮升斯堂！
有豔淑女在閨房，室邇人遐毒我腸。
何緣交頸爲鴛鴦，胡頡頏兮共翱翔！

綠綺傳情，琴心挑之，盡吐對卓家女兒的愛慕之情。卓文君聰明伶俐，是個花語解人，立即會意，當夜與相如連夜私奔逃到成都。因為家中一貧如洗，二人無以謀生，只好重新回到臨邛開了一家小酒肆，卓文君淡妝素抹，當壚沽酒，司馬相如更是穿上犢盤鼻褲，與保傭雜作，滌器於市中，忙裡忙外擔任跑堂工作。卓王孫雖然惱恨女兒、女婿，卻不願意在朋友面前丟人，不得不資助他們，給了家僮百人、錢百萬。司馬相如、卓文君乃得在成都買田宅，成為富人。當今天子劉徹即位後，對司馬相如原來追隨梁王時所寫的《子虛賦》十分讚賞，《子虛賦》竭力鋪張諸侯王宮苑的豪華壯觀和游獵時的聲勢，規制宏偉，詞藻華麗，遂召司馬相如到朝中。司馬相如竭盡才智寫了一篇《上林賦》，盛讚天子游獵的盛況，舉凡山川雄奇，花草繁秀，車馬垣赫，扈從壯盛，皆紛陳字裡行間。好大喜功的劉徹一見之下，大喜過望，拜司馬相如為郎官。而卓文君文才亦不在丈夫之下，曾經在皇宮中教習公主們學習文藝，因而也有門籍，能夠跟丈夫一樣自由出入皇宮。

卓文君頓住腳步，舉手微笑道：「東方大夫，勞煩你過來，我有話對你說！」

雖然朝臣娶妾者大有人在，但東方朔一年換一任妻子的做法卻極令士大夫詬病，尤其為卓文君這樣奔放有豪情的婦女所不齒，每每在路上遇見，她總是橫眉冷對，從無半分好臉色。忽見這天下第一才女主動笑臉相迎，東方朔不由得感到受寵若驚，忙走過去問道：「邑君[20]有何吩咐？臣定當效犬馬之勞。」

卓文君忽然臉色一沉，揚起手來，重重打了東方朔一巴掌。

東方朔愕然道：「邑君為何打我？」卓文君罵道：「你自己風流也就罷了，為何還教壞我夫君，教唆他娶妾？」

東方朔道：「什麼？」卓文君道：「還跟我裝傻，那隨清娛不是平原郡家鄉的親眷、要許給我家夫君做小妾麼？東方朔，我不怕告訴你，你敢送隨清娛進我家門，我就敢上門殺得你全家雞犬不留。當著皇上的面，我也是這句

19 臨邛：今四川邛崍。

20 邑君：古代女子的封號，也用作對婦女的尊稱。

話。」

東方朔道：「呀，邑君竟然已經鬧到皇上面前去了？」卓文君傲然道：「不行麼？哼，我已經建議皇上將你下蠶室閹割，讓你入宮當宦者，免得你一年要害一名長安良家女子。」正怒斥之時，忽有一名僕人飛馬趕來，叫道：「主母，家裡出大事了，主君請你快些回去。」

卓文君不快地道：「還能有什麼大事？難不成新人進家門了？」僕人道：「不是的，是琴心女公子出了事。」

卓文君不信地道：「琴心能有什麼事？」她這個寶貝女兒不僅貌美可人，而且溫柔孝順，又通醫術，早是許多王孫貴族爭相聘娶的對象。

僕人道：「最近一直跟女公子來往的那名男子雷被原來是個殺人犯，射殺了匈奴太子於單的車夫，通緝他的公文一發到茂陵，就被茂陵尉認了出來，帶人找上咱們家，要捕走女公子審問呢。」

卓文君聞言倒絲毫不慌，招手叫過自己的車子。

東方朔忙道：「我湊巧知道這件案子，若是邑君……」卓文君斥道：「你給我滾遠點，少管我們家的閒事。」冷笑一聲，昂然登車去了。

東方朔哭笑不得，命車夫先回去茂陵，弄清楚怎麼回事。車夫道：「主君今晚在未央宮當值，那麼小人明早來這裡接主君。」東方朔道：「不必了。明日我多半要被下廷尉獄，你就在家中等消息。」

未央宮是大漢的第二座皇宮，位於長安城西南角，因在長樂宮之西，時稱西宮，又稱紫宮。惠帝即位後，開始成為取代長樂宮，成為皇帝的日常起居和辦公場所。

它在秦朝章臺的基礎上翻建，瑰麗宏偉，較之章臺更為宏廣。總體布局呈長方形，周迴二十八里。四面環築有高牆，四面各有宮門，又稱司馬門，但只有東門和北門有闕。按照慣例，諸侯來朝入東闕，士民上書則入北闕。

宮城中主要建築物有前殿、宣室殿、溫室殿、清涼殿、麒麟殿、金華殿、承明殿、高門殿、白虎殿、玉堂殿、宣德殿、椒房殿、昭陽殿、天祿閣、石渠閣等，總共有四十餘屋殿堂，殿閣密布，參差錯落，樓臺起伏，巍峨高聳。宮中還有六座小山和多處水池，大小門戶近百。另建有閣道與長樂宮相通。

昔日周勃誅滅諸呂，迎接代王劉恒進京為帝。劉恒日夜兼程趕到長安，入未央宮時被謁者持戟攔住。周勃趕來解釋，謁者才放下武器。當時大臣們已滅諸呂、新皇帝已進京，宮中的謁者還不知此事，由此可見未央宮之大。

前殿居於宮城的正中，坐北朝南，是漢朝君臣朝會的地方，也是未央宮中最重要的宮殿。其殿臺基礎用龍首山丘陵做成，殿基甚至高於長安城，因而也是長安城地勢最高之處。前殿的正南門叫端門，門前有謁者十人，手持長戟，日夜守衛。門內則是廣闊的庭院。每逢朝會，院中旌旗迎風招展，儀仗浩浩蕩蕩。由於是大朝之地，其建築之豪華為其他宮殿所不及：前殿正殿東西五十丈，進深十五丈，高三十五丈；以木蘭為棟，文杏為梁，紋理典雅，清氣繚繞；屋頂椽頭貼敷了金箔，只要太陽出來，就會在光射下熠熠閃光，大門上裝飾著鎏金的銅鋪首和閃光的寶石，金鋪玉戶，金碧輝煌；窗戶上雕飾著花紋，迴廊欄杆上雕刻著圖案，重軒鏤檻，古香古色；潔白無瑕的玉石礎石上聳立著高大的銅柱，清秀典雅，再加上紫紅色的地面，金光閃閃的壁帶，使得殿堂顯得華麗貴氣，富麗堂皇。

漢朝初年，劉邦長期征戰在外，等他回到長安時，未央宮已經建成。他見宮闕極為壯麗，殿宇之盛，前所未有，勃然大怒，責問主持建設的蕭何道：「天下紛擾，勞苦數歲，成敗尚未可知，為何有此大興土木的過分之舉？」蕭何回答說：「天子以四海爲家，非壯麗無以重威。」劉邦聽了立即轉怒為喜，於是在前殿置酒，大宴諸侯群臣。酒酣之時，他端起玉杯為父親劉太公祝壽，道：「當初您總認為我是個無賴，在發家致富上不如二哥。今天您怎麼評判，是我的產業大，還是他的大？」劉太公為之語塞，群臣皆呼萬歲。

宣室是未央宮前殿的正室，位於正殿北部，也是前殿最高處，本身建築猶如臺閣，所以又稱「宣室閣」。皇帝經常在這裡召見親信大臣。漢文帝七年，文帝劉恒派人召長沙王太傅賈誼入京。賈誼入宮時，文帝剛剛祭神禮畢，在宣室中靜坐，有感於鬼神之事，就向賈誼詢問鬼神的本原，此即後世所謂「不問蒼生問鬼神」。賈誼詳細地介紹來龍去脈。文帝聞所未聞，聽得入神，不知不覺地在座席上往賈誼身邊移動，一直到半夜。當今天子也曾經在宣室宴請館陶公主和她的小情人董偃。東方朔對此很有意見，認為宣室是先帝之正處，非法度之政不得入，皇帝不該讓董偃這樣的人進來。劉徹雖覺有理，也只說下不為例。

前殿正北除宣室外，還有附屬的非常室，是皇帝從前殿下朝後的休息之所。室東有溫室殿，西有清涼殿。

溫室殿用於冬天居住。殿中的木柱均是桂木製成，內壁則用椒泥塗抹，清香無比。牆壁上懸掛著文繡的絲帛，殿門之內還放置有雲母屏風，流光溢彩，光怪陸離。最獨特的設計是壁爐，爐內可盛木炭，燃燒後用以取暖。

清涼殿又名延清室，因內中清涼而得名，是皇帝夏季居住的涼殿。殿中放置著玉文如畫錦的玉石床，床上罩有紫色琉璃帳，以紫玉為盤，如屈龍，皆用各種珍寶裝飾。劉徹的寵臣韓嫣在世時常臥於此殿。某日他躺在冰涼的石床上，用玉晶盤盛放冰塊，放在身邊降溫取涼。由於玉盤水晶清瑩，與冰一樣潔淨透明，雖近在咫尺，冰、玉也難以分辨，侍者進來後看見，誤以為是冰塊直接放置在石床之上，生怕冰融化後弄濕床席，於是用手去拂，結果玉盤墜地，冰玉俱碎。

清涼殿殿前即是滄池，是一個人工開鑿的大湖，引自泬水，池水呈蒼色。池中築有高臺，稱漸臺[21]。「漸」意即「浸」，臺上修建有樓閣亭榭，池光臺影，風景宜人。

未央前殿北有天祿閣和石渠閣，是朝廷的藏書之所。石渠閣之東有承明殿，宮廷顧問官值宿均在此處。東方朔磨磨蹭蹭地往承明殿而來，半路正好遇見郎官韓說，隨口問道：「皇上人在哪裡？」韓說道：「往飛羽殿去了。」頓了頓，還是忍不住說了出來，「今晚被召去飛羽殿侍寢的美人是王寄！就是那個從匈奴逃回來的王寄！大夫君能相信麼？」

21漸臺：後來篡漢奪權的王莽即死在漸臺之上。

卷五

桃李不言

元朔三年的春天是個多事的季節，先是沒有住上金屋的廢皇后陳阿嬌含恨死於長門宮，接著是天子嬌婿匈奴太子於單水土不服、染痾身亡。二人身份不凡，對於他們的死，自然引來諸多猜測。尤其是於單的未婚妻子夷安公主在於單死後又以迅雷不及掩耳之勢下嫁陳阿嬌的姪子、隆慮公主之子陳耳，更加令人瞠目結舌。只是，這樁倉促間舉辦的婚事終究還是未能替病重的隆慮公主沖喜，二人舉行大婚後兩日，隆慮公主便撒手西去。

但皇室的祕聞軼事遠遠比不上民間遊俠行俠仗義的傳說更悸動人心，人們的視線很快轉到另外一位大人物的身上，他就是關東大俠郭解。

郭解意外在京師被捕後，立即被押送到廷尉交給張湯審訊。張湯本就以嚴酷知名，又正要藉一件令天下人矚目的大案子來討好皇帝，遂令廷尉史王溫舒等人徹底追查郭解的罪狀。但追查的結果卻令人沮喪，凡是涉及郭解的罪名都發生在皇帝春季大赦令公布以前。張湯猶不死心，又派王溫舒快馬趕去郭解的家鄉河內軹縣調查。

王溫舒是陽陵人，年輕時以盜墓、殺人越貨、搶劫路人財物為生，常常在月黑風高之夜以錘殺人而埋之。後來當上了小吏，因其性格暴虐，好殺行威，督捕盜賊卓有成效，得到張湯賞識。王溫舒一到軹縣，立即召集所有跟郭解結怨的人家到縣廷，令他們訴說郭解罪狀，其中也包括楊家。之前因為郭解遷徙茂陵之事，楊季主、楊昭父子相繼被郭解姪子郭棄殺死，恨郭解入骨。即便如此，還是找不到郭解在大赦之後的罪狀，而且稱讚郭解的人遠遠超過了敢向官府訴說罪狀的人。

當時有本地儒生楊仕陪同王溫舒調查案情，見狀很是不解，道：「郭解專門做以奸犯公法的壞事，怎麼還有這麼多人說他是賢人呢？」王溫舒聞言，只是微微一笑。

當日，楊仕在回家途中被人殺死，舌頭也被凶手割去。王溫舒斷定是郭解暗中指使黨羽所為，遂馳回長安，向張湯稟報。張湯令人從獄中提出郭解，嚴刑拷問殺害楊仕的凶手下落，郭解受盡苦刑，只稱與自己無關。張湯遂逮捕傳訊了許多來獄中探視的郭解門客，甚至連東方朔也因為與郭解交談被召到廷尉問話，但這些門客無一例外都頂住了刑訊拷打，廷尉始終一無所獲，案子遂成膠著狀態。

幾天後，京師又發生一樁滅門血案，郎官徐樂主僕三人包括一名車夫在家中被殺，舌頭也被割去，情狀如楊仕一模一樣。只有一名老僕因陪同管敢到茂陵去向李廣致謝而倖免於難。郭解被捕獲後，徐樂曾被傳到廷尉指證，長安坊里傳言，說是徐樂舉報了郭解，因為他所居住的大昌里正好在郭解藏身的黃棘里對面，而徐樂被殺，也是郭解門客在替主人復仇。

由於徐樂是天子近臣，又死在京畿重地，他的被殺比楊仕之死更令人震動。皇帝初聞消息時即面色如鐵。御史大夫公孫弘上奏道：「郭解不過是個平民百姓，卻動不動以睚眥殺人。即使他對徐樂和儒生被殺之事並不知情，但其罪惡比親手殺人還嚴重，應當判他大逆不道罪。」劉徹遂下詔書誅殺郭解，誅滅其三族。

漢代採取秋冬行刑制度，死刑的執行須在秋天霜降以後、冬至以前執行。這也是當今天子獨尊儒術的結果，因為董仲舒「天人感應」學說認為，春夏以陽為主，萬物生長，不宜刑殺；秋冬以陰為主，萬物凋零，宜施刑罰，清理獄訟。但對於謀反、謀大逆、大逆無道這樣的重犯，就是「決不待時」了。

漢律中，以夷滅三族為最重刑罰，犯人腰斬，父族、母族和妻族全部要棄市處死。郭解因為罪名太大，被廷尉加重判刑，即比腰斬還要殘酷的具五刑。這是一種是極端殘忍的肉刑與死刑並用的刑罰，先在犯人臉上刺字，再割鼻子，然後砍掉左右腳，接著用笞杖或竹板活活打死，最後把頭割下來懸掛在木竿上示眾，剩餘屍體則剁成肉醬。昔日秦相李斯被趙高誣告謀反，便是受具五刑、夷三族之刑。趙高擔心李斯在行刑時叫罵，所以在押赴刑場前先施「抽舌」刑，即先將李斯舌頭割掉，使其言語不得。李斯被押到刑場後，反縛在木樁上，數名刑吏用鋼針、鐵鑿等在他額頭和兩頰刻鑿瘡口，再用永不褪色的墨塗在瘡口上，搓進肉裡。接著又用泛著青光的刑刀將李斯的鼻子割掉，一代名相登時變得面目全非，人鬼不分，昔日風采蕩然無存。接著刑吏將李斯按緊，用斧鉞自膝蓋骨下砍掉雙腿。李斯早痛得昏死過去，刑吏們再用荊條將其打死，最後用鬼頭砍刀將已氣絕身亡的李斯梟首，將頭顱掛在城頭高竿上示眾。大漢立國以來，只有淮陰侯韓信、梁王彭越受過具五刑，因為韓信事先已經在長樂宮鐘室中被竹竿戳死，上刑場受辱的也只有他的屍體，真正活著受刑的只有彭越一人，受刑經過極為慘烈，彭越在極度痛苦中死去，據說其人「身具白骨而四眼之具猶動，四肢分落而呻痛之聲未息」。

處決郭解的刑場選在東市。行刑的這一天，長安全城轟動，幾乎是傾城而出。負責京師治安的中尉李息緊張之極，在主要大街上佈滿了全副武裝的中尉卒，從廷尉通往東市刑場的必經之道上更是三步一崗，五步一哨。

按照慣例，犯人在執行刑罰時，要用「揭頭」的方法註明其身份與罪行，即將罪犯姓名、罪狀書寫於木板之上，捆綁在身上，以達到羞辱的目的。郭解雙手反縛，跪坐在廚車上，背上插著一根揭頭。他連日飽受酷刑折磨，容顏極為憔悴。只是與圍觀的人群表情各異對比鮮明的是，他的神態極為平靜，似乎早就預料到這一天的到來。

郎中令李廣抱著小孫子李陵也擠在人群中，指著廚車上的犯人道：「乖孫兒，那個人救過你爺爺的命，你好好看他的臉。」

李陵年紀還小，只是死死瞪著中尉卒手中亮閃閃的兵器，奶聲奶氣地「呀呀」叫個不停。李廣嘆了口氣，轉身命道：「回去吧。」

新收的侍從管敢卻不願意就此離去，又呆望了半晌，直到廚車和人流過去，才道：「郭大俠如果不是因為我的事趕去了右北平郡，他應該還躲在某個地方，不會這麼容易暴露行跡。這樣徐大哥也不會死。」李廣嘆道：「唉，這是他們的命啊。」

他自己心情也十分不好，悶悶回來茂陵，命侍從抱了李陵先回家，只帶管敢一人來找東方朔。

東方朔正在院中飲酒，見李廣進來，很是驚訝，忙起身相迎，道：「飛將軍怎麼會有空來我這個賦閒人家中？」十幾日前，他在未央宮當值，半夜在承明殿外臺階上撒尿，被數人看見，告之皇帝，訴其「大不敬」之罪。劉徹居然並不深究，只將東方朔罷官免職，命其待詔宦者署，分明是就卓文君到御前告狀、建議閹割他為宦者一事譏諷他。他既被免職，符印均被繳去，無法再入皇宮，自然也不會真去位於禁中的宦者署待詔，只日日留在茂陵家中飲酒。

李廣不及答話，管敢已然氣憤地道：「東方大夫跟徐大哥是至交好友，不久前還同睡在一張床上，而今他被奸人害死，屍骨未寒，大夫君飲酒作樂之餘，難道不想為他報仇麼？」李廣道：「管敢不可無禮！徐樂可以說是因為郭解而死，今日郭解伏法，也算是大仇得報了。」

東方朔問道：「你真想為徐樂報仇？」管敢道：「當然。」東方朔道：「那好，我告訴你，殺徐樂的人一定不是郭解門客，就連在河內殺死儒生楊仕的也未必是郭解一方的人。郭解被捕後，廷尉窮心竭力羅織罪名，甚至不惜派人遠赴河內調查。大赦是半月前的事，那之前郭解就已經來了京師，派人去河內又有什麼用呢？然而王溫舒走一趟河內，立即就抓住了郭解的把柄，這不是太巧合了麼？再則說來，郭解的門客又不是傻子，怎麼可能在這個時候因為儒生楊仕的一句話殺人？就算是他氣不過楊仕，那麼他既然敢為郭解殺人，也該有為郭解赴死的勇氣，後來廷尉為此四處搜捕，大肆拷掠郭解，逼他交出真凶，凶手該主動站出來為郭解脫罪才是，可偏偏沒有任何動靜。可見這個凶手並不是郭解的門客。依此類推，徐樂之死也是如此。」

李廣聽得目瞪口呆，半晌才道：「既然東方君推出這些，為何不到廷尉說明白，證實郭解無罪？」

東方朔道：「皇帝要他死，他沒有殺人也要死。皇帝不要我死，我在未央宮中當眾撒了尿也沒死。李將軍，你回京擔任郎中令也有一段日子了，經常隨侍天子身邊，難道還不明白這個道理麼？」

李廣沉思半晌，道：「東方君說得對，今日我正是為此事而來。天子預備年內對匈奴用兵，東方君智慧過人，不知道可有法子能令皇上調老夫去邊關？」

他從未請託過人，一時有些難堪起來，雖然白髮蒼蒼，卻露出了小孩子一般的局促表情。

東方朔道：「飛將軍總該知道，你這次被調回京師，是因為胡巫勇之在皇帝面前說將軍不宜擔任邊將。」李廣立即憤恨了起來，道：「這個巫師豎子，老夫以前從未見過他，他如何能在天子面前胡說八道？」

東方朔道：「恕我無禮多問一句，飛將軍當日怒殺霸陵尉胡豐，可有後悔過這件事？」

李廣料不到他此刻忽然問出這樣一句話來，臉色一沉，正要起身拂袖而去，但見東方朔神色肅然，不似有嘲諷之意，少不得忍上一忍，搖了搖頭，道：「老夫從未後悔過這件事，就算重頭再來，老夫還是會這樣做。」

東方朔道：「那麼飛將軍一生中可有做過後悔的事情？」李廣這次居然沒有生氣，嘆了口氣，道：「確實有一件事令老夫後悔終身。多年前，老夫任隴西太守，殺了八百名主動投降的羌人……」話說到這裡，竟不禁打了個冷顫，至今他還不能忘記被殺羌人的絕望憤恨和沖天怨氣。

東方朔道：「我這般問飛將軍，雖然無禮，卻只是想將事情弄明白。將軍，凡事有因才有果，你以為城南酒肆的小廝阿胡會平白冒險行刺你麼？胡巫勇之會無緣無故在皇帝面前指你氣衰麼？他二人都是羌人。」自懷中取出一柄匕首，遞了過去，正是當日阿胡用來向李廣行刺的那把兇器。

原來胡巫勇之經人引進宮中推薦給皇帝，因其會看相望氣，甚得劉徹寵幸。有一日，東方朔在宮外遇到勇之，留意到他腰間有一柄匕首，與自己收藏的阿胡那柄兇器一模一樣，心中一動。之後有意與其結交。東方朔也是皇帝跟前的紅人，勇之得與他親近，自然求之不得。瞭解後，他才知道勇之並不是匈奴人，而是羌人，聯繫到李廣任隴西太守時大殺羌人的往事，這才恍然有所悟——阿胡一定也是羌人，父輩正是被李廣無故殺死的降人，所以一意復仇，事不成自殺前才會有「與李廣仇深似海」、「李廣心胸狹隘，背信棄義」之類的話。

李廣明白究竟後也吃了一驚，接過匕首撫弄半天，才黯然道：「老夫知道了。」起身略一抱拳，辭別而去。

管敢心中猶自念念不忘徐樂之死，追問道：「那麼殺死徐大哥的人到底是誰？是廷尉張湯麼？」東方朔道：「不是。」指著正端酒漿出來的隨清娛道：「如果我的推測沒錯，你和這位隨姊姊有共同的仇人。」

管敢一呆，問道：「她是誰？」隨清娛道：「小女子平原隨氏，名清娛。」管敢道：「啊，你是那商人隨奢的女兒，陽安……難道是陽安殺了徐大哥？」東方朔道：「嗯，是他，不過他應該還有別的幫手。」

他自賦閒在家，決意從此不再過問世事，但聽到徐樂死於非命時還是無法無動於衷，遂趕來長安縣廷，找到長安縣令義縱，借閱了檢驗屍首的爰書。爰書上記載說：徐樂主僕三人均死在劍下；兩名僕人一人腹部中劍，歪倒在大門旁，應該是去開門時被人殺死；另一名車夫背心中劍，撲倒在庭院中的甬道上，應該是聽到動靜轉身報信時被凶徒追上殺死；徐樂則是胸口中劍，伏在堂中，似是被人執住手臂跪在地上，由凶徒從前面當胸一劍殺死。他胸口的劍傷與兩名僕人的又有分別，傷口又窄又深，凶徒使用的應該是匕首、短劍之類。東方朔讀完爰書，當即記起管敢身上的傷口與徐樂之傷一模一樣，由此推斷出應該是陽安下的手。

管敢聽完經過，額頭汗水涔涔而下，道：「姊夫他要殺的人是我，原來徐大哥和那兩名僕人都是因我而死。」

東方朔道：「這只是我個人的推測，並無實證。天下兵器千種萬種，也許凶徒湊巧用了短劍。」回想起因誤斷而導致隨清娛母親自殺之事，又是一番悔恨。

管敢道：「天下間哪有這麼巧的事，一定是我姊夫陽安，他趕來殺我，正好我不在，所以他就殺了徐大哥主僕。」東方朔道：「這只是一種可能。按理來說，陽安形跡已露，他再無殺你滅口的必要，跟徐樂也沒有什麼深仇大恨。倒是我，逼死了他母親，我應該是他最恨的人，他應該趕來茂陵殺我才對，可是為什麼偏偏沒有呢？所以，凶手未必就是陽安，還有別的可能。」

管敢道：「東方君，你可是跟從前大不一樣了。」搖了搖頭，出門上馬去追李廣。

東方朔不禁愣住，正好夷安公主領著主傅義姁進來，問道：「師傅發什麼呆？」

她嫁給了昭平君陳耳，理所當然地住在公婆隆慮公主家，反倒與東方朔成了鄰居，來往更加方便。

東方朔嘆了口氣，見夷安公主一身孝服，顯是在為隆慮公主服喪，問道：「公主不忙麼？」夷安公主道：「不忙。」

隨清娛在屋裡聽見，忙奉漿水[1]出來。夷安公主道：「呀，隨娘可成了長安的大名人了，連我父皇都知道你的名字，還向我問起你呢。你什麼時候有空，我帶你進宮玩吧。」

原來隨清娛住在東方朔家裡，一日無聊時出去閒逛，被正在散步的司馬相如看到，一見傾心，在僕人的攛掇下，有了娶其為侍妾的想法。後來派僕人打聽她的來歷、住處，得知僅是東方朔同鄉、暫時借住在這裡後，欣喜若狂，立即命人準備禮金下聘。正室夫人卓文君得知後當然不依，司馬相如便謊稱早已經與東方朔商議妥當，做人不能言而無信。卓文君大怒之下，居然立即乘車來未央宮找東方朔算帳，未找到人，便乾脆到皇帝面前大鬧了一場。回到家中後氣不能平，作下一首《白頭吟》送給丈夫：

皚如山上雪，皎若雲間月，聞君有兩意，故來相決絕。
今日斗酒會，明旦溝水頭，躞蹀御溝上，溝水東西流。
淒淒復淒淒，嫁娶不須啼，願得一心人，白首不相離。
竹竿何嫋嫋，魚兒何簁簁，男兒重意氣，何用錢刀爲？

1 漿水：古代一種微酸的飲料，極為流行，長安有商販因賣漿成為巨富者。

又在詩後附《訣別書》：「春華競芳，五色凌素，琴尚在御，而新聲代故！錦水有鴛，漢宮有水，彼物而新，嗟世之人兮，瞀於淫而不悟！朱弦斷，明鏡缺，朝露晞，芳時歇，白頭吟，傷離別，努力加餐勿念妾，錦水湯湯，與君長訣！」

司馬相如的回覆則是一封十三字的信：「一二三四五六七八九十百千萬。」卓文君見信後淚流滿面，一行數字中唯獨少了一個「億」，無億，表示再無回憶。她心冷如冰，就這十三字又賦了一首《怨郎詩》：

一別之後，二地相懸。只說是三四月，又誰知五六年。七弦琴無心彈，八行書無可傳，九曲連環從中折斷，十里長亭望眼欲穿。百思想，千繫念，萬般無奈把郎怨。萬語千言說不完，百無聊賴十倚欄。重九登高看孤雁，八月仲秋月圓人不圓。七月半秉燭燒香問蒼天。六月伏天人人搖扇我心寒。五月石榴火勝紅，偏遇陣陣冷雨澆花端。四月枇杷未黃，我欲對鏡心意亂。急匆匆，三月桃花隨水轉；飄零零，二月風箏線兒斷。噫！郎呀郎，恨不得下一世，你爲女來我做男。

從「一」到「萬」，又從「萬」到「一」，堪稱數字詩之絕唱，愛恨交織之情，躍然牘上。司馬相如讀後，驚嘆妻子之才華橫溢，想到當年妻子的患難相隨、柔情蜜意的種種好處，羞愧萬分，從此不再提納妾之事。卓文君也當真是個豪放女子，得知東方朔對此事完全不知情後，專程攜酒肉登門道歉，還送了一些財物給隨清娛。

隨清娛已從東方朔口中大略知道這些事，忙道：「多謝公主費心，妾很快就要返回家鄉，怕是沒有那個機會了。」夷安公主道：「留在京師不好麼？讓我師傅給你找戶好人家嫁了，要是你不願意嫁人，就做我師傅的義女，留在這裡陪伴他讀書說話。」

隨清娛羞紅了臉，低聲道：「我……我還是要回家鄉去。」夷安公主不知道她心裡念念不忘的是那個半途救了她又義無反顧送她來京師的司馬遷，一心想要去追隨他，大奇道：「你只剩下孤身一人，還回家鄉做什麼？」隨清娛道：「嗯。」

夷安公主見難以勸轉，也就算了，四下轉了轉，只覺得索然無味，道：「我只是順道來看看師傅，沒有什麼特別的事，我走了。」

義姁有意落在後面，低聲道：「有一件事，最好還是讓東方君知道。隆慮公主臨死前，別無遺囑，只以千斤黃金、千萬錢捐給朝廷，為昭平君陳耳預贖死罪，皇上親口答應了她。」東方朔道：「啊，金千斤，錢千萬，這可是一大筆錢。」

之前劉徹採納主父偃的建議，強遷天下豪強大族到茂陵，以財產三百萬為線。三百萬錢已是巨富，隆慮公主捐出金千斤、錢千萬，折合錢兩千萬，實在是不小的數目。

義姁道：「不錯，就是對隆慮公主這樣的貴人來說，這也是筆大錢。可以說，這些錢捐出去，隆慮府就空了一大半。東方君不覺得很詭異麼？」東方朔道：「的確詭異。陳耳是隆慮公主唯一愛子，視為掌上明珠，自小要風得風，要雨得雨，現在又娶了夷安公主，跟皇上親上加親，恩寵不盡。隆慮公主該將所有錢留給兒子才是，一改常態立下這樣的遺囑，除非她知道陳耳犯了罪，有意埋下伏筆……」

義姁道：「而且罪行是在皇上這次春季大赦之後。」東方朔道：「啊，我明白了……」正待說出自己的猜測，外面夷安公主早等得不耐煩，叫道：「義主傅，走啦！」義姁道：「這事回頭再說。」匆匆去了。

隨清娛走過來，輕輕道：「有一件事，清娛覺得還是應該告訴東方先生。」東方朔隨口應道：「嗯。」隨清娛道：「義主傅喜歡東方先生。」東方朔嚇了一跳，手中的酒也灑在衣服上。

隨清娛忙道：「清娛不是有意的，實在抱歉。」東方朔道：「你是說義主傅喜歡我麼？」隨清娛道：「這只是清娛的感覺。義主傅不是一直沒有結婚麼？先生這般聰慧，她喜歡你也沒什麼稀奇呀。」東方朔連連搖頭，道：「這不可能。」

隨清娛道：「那麼清娛走了後，家中只有廚子和車夫，誰來照顧先生呢？要不先生還是跟以前一樣，再娶一任夫人吧。」

東方朔的上一任夫人在他到右北平郡公幹時，跟人私奔跑了，還捲走了所有財物，這事在長安傳為笑談。他一時也沒有心情再娶，就此耽誤了下來，反倒是隨清娛來了後，對他起居生活多有照顧。

東方朔聞言頗為感激，道：「放心，我自會處理好的。」心中忍不住想道：「義主傅她……她當真喜歡我麼？我怎麼一點都沒有看出來？」

隨清娛道：「我想去拜會一下董先生，家母跟他同鄉，他是家母生前最尊敬的人，還望先生引見。」東方朔道：「啊，董仲舒麼？他就住在後街，我這就帶你去。」路上又問道：「你可見過你父親身上有一塊玉佩？」隨清娛道：「沒有。家父本是樵夫出身，不愛戴這些佩飾，嫌其礙事。」

之前城南客棧曝出無頭雙屍案後，平剛令史驗屍時曾從男死者的腰間解下一塊玉佩，夷安公主認出是王太后舊物。當時以為死者是陽安，因其生母為皇帝乳母，得到宮中之物也不足為奇。但眼下既然肯定那無頭男死者是隨奢，他身上帶有太后舊物就顯得相當奇怪了。

東方朔聽到隨清娛的回答，心道：「有可能是陽安故意將玉佩留在隨奢身上，好讓人以為死者是他本人。可他逃走前同時捲走了自己和隨奢的行囊，理該不會故意留下如此貴重的玉佩。那玉佩多半是隨奢在平剛城中向人買的，那人是誰呢？能擁有皇宮之物，身份當然非同一般。太后為何聽說這件事後壓而不問、也不告訴夷安公主究竟呢？」一時也想不通其中疑點。

步行來到後街董仲舒府邸，江都翁主劉徵臣正與僕人護著兩個小孩子在門前玩耍。

東方朔上前道：「這位小公子我認得，是郎中令李廣的孫子李陵。這位女公子呢？是翁主的孩子麼？」劉徵臣臉一紅，道：「不是。這是我王兄的幼女細君，之前得了重病，不能跟王兄一齊返回江都，暫且留在了我那裡。董先生新認了她做義女，我帶她來茂陵探望義父。」

東方朔道：「好個秀氣的小翁主。」說明來意。劉徵臣便道：「董先生正在堂中與門生說話，我領隨娘進去。」

東方朔自己留在門外，跟兩個小孩子玩耍。過了大半個時辰，隨清娛才慢吞吞地出來，眼睛紅腫，猶有淚意。東方朔也不多問，領她回家，命廚子多加好菜，為她餞行。

隨清娛離開後數日，東方朔實在難以習慣，遂決意要再娶一任妻子。他的「狂人」名頭全城盡曉，人人都知道他一年要換一任年輕美貌的妻子，那些肯將女兒嫁給他的人家，也只是貪圖他捨得花重金下聘。可惜這次天不遂人願，他的積蓄被上任妻子捲走，又剛剛被皇帝罷去官職，沒有了俸祿，手頭未免拮据，一時間難以拿出大筆聘金來。若在以往，他早毫不猶豫地去找夷安公主索要，這也是之前收她做徒弟的約定。但自從隨清娛告訴他義姁喜歡他後，他就有點不自安，他不相信義姁會喜歡自己，但他還是不自在，這是一種從所未有的微妙感覺，靈活的腦子也遲鈍了起來。再要他尋到公主府上索要聘金，他有點說不出口了，不是因為要錢不好意思，而是因為義姁。

又苦捱了數日，終於聽到門前響起了夷安公主的聲音：「師傅！師傅！」東方朔立即喜滋滋地出堂入院，道：「公主……」剛一開口，便即愣住，夷安公主淚流滿面地衝了進來，道：「他……他殺了我的主傅！」

東方朔如遭雷轟，呆了一下，才問道：「是義主傅麼？」夷安公主哭道：「是義主傅，陳耳殺了她，就因為主傅問當晚在大夏殿是不是他對於單下的手，他一怒就拔刀殺了她。師傅，義主傅喜歡你，你要設法為她報仇。」

原來陳耳自幼就鍾情於夷安公主，並將自己的心意告訴過母親，隆慮公主答應會求太后出面，將夷安許配給他。哪知道正好遇上匈奴太子於單投降大漢，皇帝盡心籠絡，將夷安許給了於單。陳耳自幼嬌恣任性，被於單橫刀奪愛後，心中耿耿難平。當晚長樂宮大夏殿家宴，正好他撿到了金簪，認出那是夷安公主最愛的髮簪，以為是她私下送給於單的定情信物，愈發怒火中燒，便一路跟著於單來到後院。想要下手時，偏偏聽見林中有人聲，遂遲疑了下，悄悄鑽進樹林查看究竟，發現不過是一對抱在一起苟且的男女。他心思不在那上面，居然沒有認出那對男女就是江都王劉建、劉徵臣兄妹。正好王寄、趙破奴先後經過，王寄見到於單在林中解開褲子撒尿還驚叫了一聲。陳耳見周圍再無別人，又從邊上溜出樹林，到於單身後，將金簪刺入他後心。他的本意，就是要用夷安公主的金簪殺死於單，將夷安公主也捲進來，報復她送信物給於單。而且情況由此會更加複雜，對他最有利，絕對沒有人會懷疑到他。哪知道後來金簪被義姁搶先一步取走，夷安公主反倒成為調查案子的主審官，當真是出人意料。案情曲折反覆，雖然也查出於單的真正死因，但從始至終，的確沒有人懷疑過陳耳。不過由於東方朔刻意封鎖消息，知情者也只以為於單是在大夏殿中遇刺身亡，陳耳理所當然以為是自己殺了於單，後來見夷安公主窮追不捨，越想越害怕，只得將實情告訴了母親隆慮公主。隆慮公主氣急之下一病不起，她當然捨不得寶貝兒子為匈奴太子送命，遂抱病來求王太后。王太后雖然惱怒異常，但終究還是外孫比匈奴太子親，遂召來皇帝，稱是王寄慌亂中殺死了於單，又將王寄送給劉徹，換來劉徹承諾不追查。

後來即使劉徹知道了於單其實是死於中毒，但出於種種考慮，還是將案情壓了下來，並不聲張。隆慮公主不知道真相，心中一直念念不忘兒子殺死於單的事，她知道皇帝弟弟極為精明，多半是瞧在王太后的面上才同意不再追查，日後一旦自己和王太后去世，就再沒人能護得住兒子，萬一有一天真相曝光，怕是難逃有司審判。所以她拖著重病的身子苦心安排，求王太后將夷安公主許給兒子，又在臨死前以巨金為兒子預贖死罪，終於順利為兒子贏得了兩張「護身符」。哪知道她臨死以重金為兒子預贖死罪不合常理，反而引起主傅義姁懷疑。義姁見陳耳不顧有母喪在身，照舊在府中飲酒吃肉，終於忍耐不住，從旁提醒要檢點些。陳耳不聽勸告，惱怒大罵。義姁遂有意問起大夏殿之事，哪知陳耳驕縱慣了，竟然立即拔刀刺死了她。

東方朔只覺得心被針尖錐了一下，劇烈的刺痛後就開始麻木起來，身子一會兒發熱，一會兒又發冷，喉嚨又乾又癢，彷彿被什麼東西堵塞住。渾渾噩噩中，似乎有好些人走了進來，將他帶出來扶上車子。一直到未央宮北闕下車時，看到熟悉的巍峨宮殿，他才有所驚醒，茫然問道：「我到這裡來做什麼？」郎官蘇武道：「皇上召見東方君，正在宣室等候。」

進來宣室，東方朔行過禮，便木然站在一旁。劉徹笑道：「才數日不見，卿可是清減了。」東方朔道：「臣已是布衣之身，陛下屈尊召見，當不是僅僅是為了譏諷臣變得消瘦。」

劉徹哈哈一笑，招手讓他走得近些，這才肅色道：「前幾日有人往廷尉匿名投書，指名廷尉張湯才能拆閱，書中告發當日派刺客到甲第宅邸行刺涉安侯的是江都王劉建。卿如何看待這件事？」東方朔道：「大漢律法素來不接受匿名上告，按律，廷尉應該當場焚毀這份投書。」

劉徹道：「可是涉安侯遇刺一事沒有傳開，知道者寥寥無幾，卿不覺得這匿名投書者也會是知情人士麼？」

東方朔昂起頭，道：「陛下是想派臣暗中追查此事麼？」劉徹道：「朝廷馬上要出戰匈奴，這個時候不宜大張旗鼓地追查這件事。卿本來就熟悉案情，又剛剛被罷官免職，眼下是庶人身份，不再像以前那樣惹人注意，理所當然是最好的人選。」

東方朔道：「承蒙陛下看得起，但要臣接下此事，陛下得先答應臣一個條件。」劉徹笑道：「朕就知道卿會提條件，儘管開口。」東方朔道：「請陛下按律判處昭平君陳耳死罪。」

劉徹意外之極，微微挑起了嘴角，問道：「昭平君犯了什麼事？」東方朔道：「之前在大夏殿就是陳耳偷襲了涉安侯於單。」簡略說了經過，道：「於單是匈奴太子，是陛下即將任用的重臣，又已經封侯，漢家律令，毆辱列侯是大罪。」

劉徹道：「嗯，話是不錯，不過漢家律令也允准納粟、納錢贖罪，之前隆慮公主死前已經用重金為昭平君預贖死罪，朕也答應了她，這件事就這麼算了吧。」

東方朔道：「隆慮公主早料到會有真相大白的一天，所以事先周密計畫，為兒子留了後路，可謂處心積慮。千金贖罪，昭平君的命倒也值錢。陛下看在親情份上，甘心被矇騙，可如果昭平君再犯法呢？」劉徹道：「那麼當然是要依法制裁。」東方朔道：「好，臣就等陛下這句話，昭平君剛剛醉酒殺死了義主傅，這就請陛下派人到茂陵逮其問罪吧。」

劉徹「啊」了一聲，相當驚訝，這才明白東方朔堅決要治陳耳襲殺於單之罪不過是個鋪墊，一時呆住。

東方朔道：「陛下，除了殺人外，昭平君還犯下兩項重罪：一，在母喪期間飲酒作樂，是大不孝；二，趁太后病重之機，殺死太后的親信大夫，有意陷陛下於不孝，是大逆無道。」

第二項罪名實在太重，劉徹聞言即聳然動容，即使有心庇護三姊的唯一愛子，也不得不深深嘆息一聲，下令道：「來人，立即發衛尉車騎，逮捕昭平君。」又想到陳耳畢竟是皇室至親，不能受獄吏侮辱，又道：「逮捕後不必下廷尉獄，送去內官[2]囚禁。」

陳耳在母親靈前被逮捕，經宗正劉棄審問清楚，確認是他醉酒後殺了上前規勸的主傅義姁，府中諸多奴僕、婢女甚至連夷安公主都可以作證。

劉徹聞報，良久無言。倒不是因為他格外喜歡陳耳，而是隆慮公主臨死前曾苦苦哀求，他又當面答應了三姊。眼下三姊屍骨未寒，他又怎能忍心處死她唯一的愛子呢？

左右侍從察言觀色，便知道皇帝不忍心處死嫡親外甥和女婿，紛紛上前求情，以隆慮公主只此一子，前又入錢贖罪，請求赦免陳耳。

獨有東方朔上前祝頌道：「聖王[3]執政，哭賞不避仇敵，誅殺不擇骨肉。今聖上嚴明，天下幸甚！」

劉徹最好大喜功，也喜歡臣下歌功頌德。一聽東方朔將自己比作了聖王，欣喜之餘，也不得不做出表示，勉強道：「法令是先帝制定的，以此而違犯先帝之法，辜負萬民，朕有什麼面目入高廟呢？」嘆息良久，下詔賜死陳耳，令與其母隆慮公主一道陪葬景帝陽陵，也算是死後榮光了。

東方朔這才道：「臣奉旨追查涉安侯一案，還需要一個幫手。」劉徹道：「朝中文武，隨卿挑選。」東方朔道：「臣不要別人，只要司馬琴心。」劉徹道：「琴心？是因為她與那劍客雷被相識麼？」東方朔道：「是。」

之前匈奴太子於單的車夫朱勝被人誘回北煥里家中殺死，長安令義縱根據里正和里卒的描述，發出了緝捕文書。茂陵尉讀到後，覺得凶手的相貌特徵跟經常與司馬琴心一起出入的年輕男子很像，當即趕來司馬相如家盤問，得知那名男子叫雷被，與司馬琴心在右北平郡結識，二人一直有交往，但因為拌嘴吵架，也有一段日子沒見了。茂陵尉將實情上報後，長安令義縱根據司馬琴心提供的住址去緝捕，發現長陵根本就沒有這個人，到右內史府去查驗名冊，右內史汲黯也從未為大夫雷被簽發過關傳，這男子到底是何來歷，竟一無所知。東方朔得知經過後，懷疑雷被就是當晚到北闕甲第行刺匈奴太子於單的刺客，無論是身高、體型，還是劍術，均與於單手下人的描述相符。刺客當晚被匈奴人團團圍住，不被擒住也要死在當場，於單偏偏又放了他，證明二人是認識的。刺客如果就是雷被，他又如何認識匈奴太子呢？他當日到右北平郡，一定是有所圖謀，為何又不見行動呢？總之其中的疑點很多，雷被則是關鍵，司馬琴心與他交往幾月，關係匪淺，理所當然是最好的追查起點。

羽林丞霍去病正在一旁當值，聞言忙道：「琴心女流之輩，身子嬌弱，做不了查案這樣的事。臣願請命，為東方君效力。」

劉徹奇怪地望了他一眼，道：「不准。」轉頭對東方朔道：「准卿所奏，卿去吧，行事切不可張揚。」東方朔

2 內官：官署名，屬宗正，負責管理皇家內務和皇帝親屬事宜。隆慮公主獨生子昭平君犯死罪囚禁於此。

3 聖王：古指德才超群達於至境之帝王。

道：「臣奉旨。」

出來未央宮，東方朔吐出了憋在胸中的一口悶氣，雖然逼迫皇帝殺了陳耳，但心情並未舒暢多少。又去了一趟長安令義縱家中，義姁的屍首才剛剛運到，正在裝斂。義縱親自為姊姊換上新衣，順手從其懷中摸出一塊玉佩來。

東方朔一見之下，便睜大了眼睛，那玉佩正是自隨耆腰間解下的那塊，夷安公主認定是王太后之物，所以帶回了長安，預備還給太后，卻不知道如何落在了義姁的手中。

東方朔道：「這塊玉佩可否送給我？」義縱微一沉吟，即道：「好。」

東方朔接過玉佩，似乎猶能感覺到上面留有人的體溫。待了一會兒，實在無話可說，乾脆轉身離開。

回到茂陵家前，他跳下車子，正向車夫交代事情，便聽見背後有急遽的弩箭破空之聲，不及回身，背心已然中箭。只覺得被一股尖而銳的大力猛推了一下，重重撲倒在地。那一剎那，他聞見了泥土獨有的芬芳味道，原來這就是死亡的氣息。

元朔三年的夏季，天氣燥熱，空氣中瀰漫著戰火硝煙的味道。以往慣例，每逢新單于即位，匈奴就會大舉入侵漢地，燒殺搶掠，這已經成為胡人的定勢。而今年的情形更是與以往不同，匈奴太子於單投降了大漢，新即位的伊稚斜單于言不正、名不順，更需要靠對外戰爭來轉移族人的視線。漢朝對此心知肚明，為此也做出了應對，往邊郡增派了大量兵馬，一戰成名的將軍衛青更是親自往新築的朔方城坐鎮。

其實大漢天子劉徹原先還有個更好的計畫，那就是等於單娶了夷安公主、成為漢朝女婿後，就立他為匈奴真單于，派大軍護送他回匈奴，與伊稚斜那個假單于重新開仗。聽說匈奴支持於單的貴族不少，即使他不能奪回單于之位，匈奴也會因此內亂不止，漢軍便可趁虛而入，將真假兩位單于盡踩在腳下。然而於單意外身死，直接導致這一計畫流產，遂只能來硬戰了。一時間，京師長安兵馬雲集，衛尉蘇建、中尉李息、左內史李沮、太僕公孫賀、主爵都尉李蔡均被臨時任命為將，賦予出擊匈奴的重任。

天有不測風雲，大軍即將出發之時，太后王娡忽然病逝。漢家以孝治國，太后之死乃是國喪，皇帝劉徹雖然萬般不願，還是不得不就此罷兵。伊稚斜單于卻趁機舉兵攻入代郡，大肆屠城，連郡太守共友也被殺死。消息傳到長安，劉徹表面不動聲色，內心卻恨得咬牙切齒。

湊巧此時右內史汲黯提議不如重新與匈奴和親，丞相薛澤也贊同以漢家公主嫁給匈奴新單于來換取和平。劉徹大怒，當場免去了薛澤丞相職務，以公孫弘為丞相，封平津侯，丞相封侯由此開始。公孫弘布衣出身，大器晚成，最終得居丞相高位，打破了漢初以來丞相例由功臣列侯或外戚入選，非封侯不拜相的慣例。天下人從此知道當今天子一意抗胡的決心。

轉眼到了元朔五年的春天，匈奴右賢王集結重兵，攻打朔方郡，意圖奪回河南失地。卻不料皇帝劉徹先發制人，早有周密安排：主帥衛青率三萬騎兵從高闕出發；蘇建、李沮、公孫賀、李蔡，率兵從朔方郡出發；李息、張次公率兵由右北平郡出發；所有將軍均受衛青節制，總兵力有十餘萬人。

衛青一部避開匈奴前軍出塞，急行軍六、七百里，趁著黑夜包圍了右賢王王廷。衛青本人身先士卒，將士們更是奮勇爭先。匈奴右賢王毫無防備，正在帳中擁著美妾飲酒，已有八九分醉意了，忽聽到外面殺聲震天，才知道漢軍殺到，驚慌失措下，攜愛妾上馬，帶了幾百壯騎，突出重圍，向北逃去。漢軍輕騎校尉郭成等領兵追擊數百里，未能追上。但這一戰漢軍大獲全勝，俘虜了匈奴小王十餘人，男女一萬五千餘人，牲畜幾百萬頭。

劉徹接獲戰報後欣喜若狂，特意派使者持大將軍印前往邊塞迎接衛青，並就在軍中拜衛青為大將軍，加封食邑八千七百戶，所有將領和漢軍都歸他節制。隨從衛青作戰的將士因軍功各有封賞：護軍都尉公孫敖封合騎侯；騎將軍公孫賀封南峁侯；輕車將軍李蔡封樂安侯；就連年紀輕輕的韓說因為跟隨衛青直搗匈奴右賢王王庭，先登石山擒獲小王而被封龍額侯；校尉李朔封陟軹侯；校尉趙不虞為隨成侯，這趙不虞便是昔日匈奴太子於單的心腹侍衛長；校尉公孫戎奴為從平侯；將軍李沮、李息及校尉豆如意、中郎將衛綰均有功，賜爵關內侯。共有十一人被封侯，是大漢立國以來因對匈奴作戰軍功封侯最多的一次。

有人歡喜有人憂，有人得意有人愁。未央宮中除了郎中令李廣這樣因為上不了戰場而扼腕長嘆的失意者外，還有皇后衛子夫這類因失去專寵而怏怏不樂者。

衛皇后的弟弟衛青雖立下蓋世軍功，卻絲毫不能彌補她本人的失意。自從那從匈奴逃歸的女子王寄入宮以來，皇帝的一腔心思就全放在了飛羽殿。王寄雖然瘋瘋傻傻，肚子也當真爭氣，很快就生下一子。劉徹愛若至寶，親自為其取名劉閎，小名九閎。「閎」意為宮殿之門，「九閎」即為九天之門，可比衛子夫的兒子劉據的名字氣魄大多了，這令她感到了強烈的危機。劉徹子嗣不旺，天下共知，二十八歲才由衛子夫生下長子劉據，衛子夫也是母憑子貴，才被立為皇后，但劉據迄今未被立為太子。雖說她是皇后，王寄只是夫人，但皇后和夫人的距離並沒有人們想像中那麼大，其實只在皇帝的一念之間，劉閎的誕生更是加重了王寄與她這個皇后競爭的分量，她衛子夫霸天下[4]的好時光已經一去不復返了。

不過她這些閒散的宮愁很快被衛氏巨大的榮光湮沒了。劉徹因衛青功高無比，除了為他專設「大將軍」一職、加封食邑外，還要冊封他三個尚在襁褓中的兒子為封侯。衛青很是惶恐，推謝道：「臣有幸待罪軍中，仰仗陛下的神靈才得以使我軍獲勝，這是將士們拚死奮戰的功勞。陛下已加封了臣的食邑，臣的三個兒子年紀尚幼，毫無功勞，陛下卻封賞土地，封他們為侯，如此難以激勵前線的將士奮力作戰。」要求轉而獎賞其部下。劉徹表示道：「朕沒有忘記諸校尉的功勞，同樣也會嘉賞。」於是衛青長子衛伉被封宜春侯，次子衛不疑為陰安侯，幼子衛登為發乾侯，均食邑一千三百戶。

元朔六年春天，劉徹再次派兵出擊匈奴，以公孫敖為中將軍，公孫賀為左將軍，趙信為前將軍，蘇建為右將軍，李廣為後將軍，李沮為強弩將軍，六路大軍統歸大將軍衛青指揮。從匈奴逃歸的張騫因為熟悉匈奴情況，也以校尉身份隨軍作戰。李廣被放在了最不重要的後軍位置，雖然心有不甘，但這已經是他向皇帝力爭的結果，他若不接受，就只能繼續待在長安做他的郎中令。

六路大軍共十萬人，浩浩蕩蕩出塞。但匈奴早有防備，避開了漢軍的鋒銳。漢軍北進數百里，僅與小規模的匈奴軍遭遇，斬殺敵軍數千。大軍深入大漠，補給十分困難，衛青遂命暫時回塞休整。

兩個月後，大軍再次出擊，與匈奴主力遭遇。經過激烈拚殺，雖俘虜和斬殺匈奴萬餘人，但也折損了前將軍趙信和右將軍蘇建兩軍。

趙信原本是匈奴部落的小王，任匈奴相國時歸附漢朝，被封為翕侯。他率領三千前軍遭遇伊稚斜單于大軍，漢軍拚死血戰，大戰一日有餘，最終寡不敵眾，被匈奴騎兵重重包圍。趙信見損失部屬已多，即使勉強突圍，回去後也會被軍正判處斬首，乾脆率領剩餘的八百騎兵投降了匈奴。他是伊稚斜即位後第一個投降的漢朝列侯，單于很是高興，當場封他為自次王，之後還將自己的親姊姊嫁給他。正好單于寵臣中行說病死，趙信替代他為單于出謀劃策，成為又一個漢朝的心腹大患。

右將軍蘇建一部也遭遇了匈奴主力，被敵軍包圍，全軍覆沒，只有他一人隻身突圍逃回。按照軍法，主帥失亡部眾過多要判死刑，昔日李廣就曾因亡失全部部屬被軍正判了死罪，得皇帝特赦才用錢贖罪。蘇建一回到軍中即被逮捕，衛青帳下幕僚均建議將他在軍前斬首示眾，以樹立大將軍的威嚴。衛青卻認為他本人已是皇親國戚，貴不可言，沒

4 衛子夫得寵時，衛氏一門均由她顯貴，民間有歌謠唱道：「生男無喜，生女無怒，獨不見衛子夫霸天下。」

有必要再靠殺將樹立威嚴，即使他可以用大將軍的權力處決部將，也不能擅殺，他要做一個人臣不敢專權的榜樣。於是將蘇建用檻車押回京師，請皇帝斷決。劉徹果然赦免了蘇建的死罪，令其交納贖金後貶為平民。

這一戰十萬大軍出塞，僅斬獲萬餘敵軍，漢軍折損人數大致與匈奴相當，戰績平平。但也有兩人因此戰而封侯：一是以校尉身份參戰的張騫。他熟悉匈奴地形，及時為漢軍找到了水源，使得大軍免於飢渴，再加上先前出使西域之功，故封博望侯；二是嫖姚校尉身份參戰的霍去病。這是霍去病第一次上戰場，他帶領八百輕騎，憑著一腔驍勇血氣在茫茫大漠裡奔馳數百里，直搗敵人巢穴。這一長途奔襲的戰術獲得奇效，霍去病一軍殺死匈奴相國、當戶等官，其中被殺的惜若侯產[5]跟伊稚斜單于祖父同輩，在匈奴地位極高，還俘獲了單于叔父羅姑比，俘斬騎士二千餘人，而八百漢軍無一傷亡。天子讚其功勞卓著，推其為頭功，封冠軍侯，意思是勇冠三軍。霍去病時年未滿十八歲，一舉成名，成為朝廷中最為人矚目的風雲人物。

其時，衛氏長女衛君孺丈夫公孫賀封南峁侯，次女衛少兒之子霍去病封冠軍侯，三女衛子夫為皇后，四弟衛青一家四侯。七歲的皇長子劉據終於被立為太子，因為是衛皇后唯一的兒子，所以又稱衛太子。衛子夫一顆懸著的心終於放下了。

不過皇帝最寵愛的並不是太子，甚至也不是恩寵正濃的王寄王夫人及愛子劉閎，而是冠軍侯霍去病。霍去病與司馬琴心成親後一直住在母親衛少兒家，劉徹特意為他在北闕甲第修了一座大宅子，土木之功窮極技巧，梁柱軒闌皆被以綈錦，建築規制甚至超過了宗廟建築，與皇宮建築並無二致。然而霍去病卻慨然道：「匈奴未滅，何以家爲？」壯志凌雲，擲地有聲。劉徹感動不已，引其為畢生知己，寵愛不在昔日韓嫣之下。

沒過多久，霍去病被皇帝任命為驃騎將軍，身負祕密使命，獨自率一萬精兵出擊匈奴。霍去病領兵深入匈奴腹地，經歷五個王國。轉戰六天，過焉支山千餘里，最終在皋蘭山[6]遇到匈奴主力。

當時匈奴不懂得冶煉之術，不會製造弩機，所用的兵器不及漢軍銳利，弓箭也遠遠不及漢軍弓弩射程，但其族全民皆兵，長於馬背，行動飄忽來去，作戰剽悍勇猛，在遭遇戰上，匈奴騎兵一直占據顯著優勢，漢軍絲毫不能占到上風。實際上，中原自夏朝出現軍隊和軍事制度以來，作戰最早是以車戰為主，戰車一般由兩到四匹馬駕挽，車上有甲士三人，居中者駕車，居左者持弓，居右者執戈，車下隨行步兵若干人。此時雖然也有獨立的步兵部隊，但始終只是配合車兵作戰。一直到春秋後期，戰爭異常頻繁，車兵地位下降，步兵上升為主要兵種，騎兵有所發展，但馬匹在中原仍然相當罕見。直到秦漢時，馬政成為國之大政，秦朝制定了《廄苑律》，對馬匹的放牧、調教、管理均有規定，漢朝在獎勵民間養馬的同時，在北邊、西邊均置苑養馬，這才開始積極發展騎兵，但規模依舊有限，戰鬥力也不能與匈奴騎兵匹敵。

以往漢軍同匈奴作戰，往往是採用戰術抑制匈奴的騎兵優勢：將較弱的漢軍步兵排在最前線，引誘匈奴最強的騎兵部隊衝鋒。然後隱蔽在陣中的弓弩手突然衝出，用遮天蔽日的箭矢予以狙擊。同時漢軍的騎兵從兩翼包抄到敵後，從兩側掩殺，再以堅固的武剛車[7]和重甲步兵團從正面發起強攻。就這樣，匈奴騎兵被截斷包圍，失去了機動靈活性，騎兵的優勢全無，往往會陷入進退不得的淒慘境地。

但霍去病所率領的卻是大漢新建立的最精銳的騎兵部隊，個個經過長期的專門訓練，武藝高強，精於騎射。加上霍去病苛刻嚴厲，督軍猛戰，進則生，退則死，本人亦身先士卒，躍馬當先，親自充當前導，是以將士爭相向前。這是漢軍第一次以騎兵全軍與匈奴騎兵正面對敵，經過一場血與火的肉搏廝殺，漢軍最終險勝，殺死了匈奴折蘭王和盧

5 惜若侯：爵名，產為人名。

6 焉支山：今甘肅蘭州東南。皋蘭山：今甘肅蘭州黃河西。

7 武剛車：古代戰車名，長二丈，闊一丈四，有巾有蓋，車身蒙有厚厚的牛皮犀甲，車外側綁有長矛，內側立有堅固的盾牌。既可防敵騎兵衝擊，又可抵禦箭矢。非戰時當運糧、運兵車用，戰時可用做屏障和衝鋒。作戰時，可將幾輛武剛車環扣在一起，成為堅固的堡壘。三國時諸葛亮的八卦車法的本質就是用戰車來阻擊騎兵，與漢武剛車戰術是一個道理。諸葛亮所創造的運糧用的木牛、流馬其實也是武剛車的演化。

侯王，俘虜渾邪王子及相國、都尉，俘殺匈奴兵八千九百餘。

此戰漢軍傷亡七千餘人，失亡超過了三分之二，按漢家軍法，主帥霍去病該被判斬首，但其人正得皇帝寵幸，軍正不敢多說半個字。

一場血戰下來，在付出七千條性命的代價後，也最終奪到了此次出戰的真正目標——休屠王的祭天金人。之前皇帝劉徹向匈奴太子於單誇耀長樂宮中的十二金人時，於單曾提到匈奴也有祭天金人，是從身毒國傳過來的神像，以真金鑄就，名字叫做「佛」。祭天金人既然跟天有關，皇帝是天子，天之驕子，理所當然地受到了重視，劉徹從此念念不忘，志在必得。霍去病奪得祭天金人後，立即派人用乘傳火速送往京師長安。劉徹為這座佛[8]舉行了隆重的儀式，供養在甘泉宮中。

同年秋季，劉徹決定乘勝追擊，發動了著名的河西之戰。年僅十九歲的霍去病被任命為主帥，與公孫敖、張騫、李廣三名將軍分率兵馬出塞。霍去病為人勇敢果決，但其人少年富貴，既不體恤士卒，凡事也只以自我為中心，他將漢軍精銳都調到自己麾下，集中兵力，突擊中堅，猛烈衝擊，往往能出奇制勝，這一戰也是如此。霍去病一軍數萬人深入匈奴二千餘里，過居延澤、小月氏，直至祁連匈奴大營，突然發起襲擊，依仗兵力和兵器優勢，俘獲單垣、酋涂等七王，王母、單于閼氏、王子五十九人，相國、將軍、當戶、都尉六十三人，並接受匈奴投降的兵將二千五百餘人，斬殺俘虜匈奴兵三萬餘人，取得重大戰果。

而李廣以郎中令身份率四千騎兵從右北平出塞，博望侯張騫率領一萬騎兵與李廣一同出征，分行兩條路。李廣一軍前進了數百里，即被匈奴左賢王帶領的四萬名騎兵包圍。敵我對比懸殊，漢軍非常害怕。為了安定軍心，李廣派兒子李敢先入敵陣探察敵情。李敢明白父親的意思，只率領幾十名騎兵出陣，突然策馬衝入敵陣，直貫匈奴的中心，然後抄出敵人的兩翼，順利返回。回來後，李敢大聲向李廣報告道：「匈奴兵很容易對付。」漢軍這才安定下來。這時候，匈奴軍開始猛攻，箭如雨下。李廣布成圓形兵陣，面向外抗敵。敵人攻擊源源不斷，漢軍死傷過半，箭也快射光了，情形十分危急。李廣命令士兵把弓拉滿，不要發射，自己親自用大黃強弩射殺匈奴裨將多人。匈奴兵畏懼飛將軍威名，一時不敢過於逼近。此時天色已晚，漢軍被重重包圍，眼見箭矢將盡，難以禦敵，都嚇得面無人色。但李廣卻神態自然，意氣自如，加意整飭軍隊。軍中將士無不佩服李廣臨危不懼的勇氣。第二天，李廣繼續率軍與匈奴奮戰，直到博望侯張騫率救兵趕到，這才解了匈奴之圍。

在這一戰中，李廣軍幾乎全軍覆沒，再無力追擊匈奴軍，只好收兵回朝。按照漢家軍法，李廣以寡敵眾，兵死過半，功過相抵，沒有封賞。而博望侯張騫行軍遲緩，延誤限期，應處死刑。皇帝准許他用錢贖罪，由列侯降為庶民。另一軍合騎侯公孫敖則在大漠中迷了路，也錯過了約定的期限，按律當斬，也出錢贖為庶人。

儘管其餘三軍師出不利，但由於霍去病一軍的勝利，河西之戰依舊取得了巨大勝利。霍去病部下有趙破奴、高不識、僕多三人因功封侯。趙破奴昔日與張騫一起自匈奴逃歸，被拜為郎官，在未央宮當值。然而大夏殿於單一案後，皇帝劉徹偶然得知他與王寄有私情，雖不介意，但卻不能再留他在宮中當值了，因他熟悉匈奴情況，特撥去衛青軍中任職，這次霍去病出戰河西，又以鷹擊司馬的身份隨軍作戰。高不識、僕多均是飛將軍李廣舊部。李廣任右北平郡太守時，僕多任校尉，因當面頂撞李廣被下獄，還不及論罪時，皇帝召李廣回任郎中令，新上任的郡太守路博德不欲多事，將僕多和另一士卒裴喜釋放，仍令回復原職。僕多勇敢而有謀略，在軍中甚有名氣，這次霍去病特意將他調到自

8 正是這座祭天金人（即佛像），後來傳奇般地引發了佛教在中原的傳播——東漢明帝劉莊即位後，夢到一個金人往西飄去。次日上朝，劉莊將夢講給群臣聽。博士傅毅稱：「從前驃騎將軍征伐匈奴，帶回來休屠王供奉的祭天金人，據說是來自天竺的佛像。武帝把金人供養在甘泉宮裡，後來打了這麼多年仗，金人不知哪兒去了。皇上夢見的金人，一定就是那個祭天金人。」劉莊聽說西方不僅有佛，還有佛經，十分好奇，決定派郎中蔡愔和秦景西去取經。蔡愔和秦景在大月氏遇到天竺僧人攝摩騰和竺法蘭，遂邀請二僧一道回去中國。永平十年（西元六十七年），一行人回到洛陽，隨身帶著白馬，馱有佛像和佛經。劉莊下令將佛經收藏，天竺僧人則安置在洛陽東門外的鴻臚寺中，馱佛經的白馬也養在裡面。次年，劉莊下令在鴻臚寺舊地建佛寺，為了紀念白馬馱經之勞，以「白馬」為名，這就是洛陽白馬寺的來歷。相比於後來唐朝玄奘西天取經的故事，白馬馱經到中國的故事早了六百年之久，《西遊記》中唐僧的坐騎白龍馬應該也是由「白馬馱經」的故事化出。

己麾下，果然不負所望，立下奇功，被封為輝渠侯。

最沮喪失意者莫過於李廣，他歷事三任皇帝，前後與匈奴作戰五十年，箭法超群，膽氣出眾，聲震長城內外，贏得了「飛將軍」的美名，竟然得不到封侯。堂弟李蔡的才幹、本領明明在他之下，非但已封樂安侯，丞相公孫弘去世後更是接替其為丞相，位列三公，居百官之首，入朝上殿連皇帝都要起立問安[9]。他的許多部下也都被封侯，就連那從匈奴逃歸的趙破奴都被封從驃侯，他本人卻未得一爵一邑，官職也始終沒有超過九卿。人比人，真是氣死人啊，想想就不能心平。

為什麼會有這樣的結果？到底是什麼緣故導致他不能封侯？

其實仔細回想，他與匈奴交戰，始終沒有打過一場贏仗，的確無法怨天尤人。莫非當真如那胡巫勇之所言，自己命運不濟，與匈奴作戰必不能取勝？抑或是因為自己殺羌人降人過多，還是因為那件被人廣為詬病的怒殺前霸陵尉胡豐一事，招惹了太重的怨氣？

他實在難以想通，有時候苦惱難以自解的時候，也想過要聽那狂人東方朔的勸告，解甲歸田，在家抱抱孫子，安度晚年。可他為什麼總安不下心來，總覺得心有不甘呢？五十年黃沙征戰，鐵馬金戈，火鼠冰蠶，他已經七十三歲，是漢軍中年紀最大者，還會有封侯的機會麼？

霍去病先後兩次出擊，令匈奴渾邪王部傷亡數萬，遭受了前所未有的巨大損失，伊稚斜單于為此震怒，派使者責罵負責這一帶軍事的渾邪王於軍、休屠王勇夫，並召二人到單于王庭問責。渾邪王於軍擔心被殺，異常恐懼，便遊說休屠王勇夫，預備共同降漢。劉徹得到消息後，不能肯定這是否是渾邪王的誘敵之計，遂派霍去病領一萬輕騎前往黃河邊受降。

當霍去病正率軍渡過黃河時，匈奴內部又發生了分化，休屠王勇夫仔細思慮，認為自己部眾損失不多，不至於被單于責罰太重，所以臨時反悔，不願意與渾邪王於軍一起降漢。於軍當然不肯，當場殺了勇夫及其親信侍衛。

正好此時霍去病率軍到來，匈奴部眾見前來受降的漢軍眾多，陣容強大，懷疑漢朝有詐，紛紛逃走。霍去病見狀，急催馬馳入渾邪王營內，親自與於軍面談，催他約束部屬。

於軍心中也有逃跑反悔之意，只是因為剛剛殺了休屠王勇夫，絕了後路，尚在猶豫之中。此時霍去病大軍在後，身邊只有數十隨從，孤身犯險。於軍本可以立即擒拿住他，將他獻給伊稚斜單于將功贖罪。但像是著了夢魘一樣，他從心底深處畏懼這個年方弱冠的年輕人，他就那麼穩穩地站在那裡，像山嶽一樣，木無表情，但雙眼卻閃動著精銳的光芒，巨大的威嚴從他的身體中散發出來，又瀰漫開去，令四周的每一個人感到由衷的恐懼。一時被霍去病凜然氣度所震懾，於軍非但不敢動手，竟連一個字也說不出來。霍去病立即派人護送於軍單身乘坐驛站傳車，飛馳長安，隨後下令漢軍誅殺逃亡的匈奴兵將八千餘人，安定匈奴降部，終於止住了譁變。再清點降眾，有四萬人之多。

霍去病靜靜地站在休屠王的營帳前，淡淡的血腥味浮動在四周。他已經習慣在戰場上衝鋒陷陣、出生入死，也習慣了功成名就，血腥只會令他興奮。事實上，他從兩年前一文不名的毛頭小子，到今天能夠與舅舅衛青大將軍並駕齊驅，全仗著戰功累累。這次順利接受渾邪王降部，不過是意料之中的又一個勝利而已，但不知道為什麼，他心中隱隱有些異樣的感覺。

營帳外尚躺著不少屍首，那是被渾邪王殺死的休屠王及親信部屬。霍去病上前掃視一番，皺了皺眉頭，命人將屍首拖走下葬。不料屍首中卻突然躍出一個活人來，揮刀直朝霍去病砍來。霍去病急忙閃開，及時避開要害，但手臂還是被劃了一道大口子。他自從軍以來，還從來沒有受過傷，想不到今天卻遭了一個無名小卒的暗算，不由得很有些惱羞成怒。

9 漢代制度，皇帝見到三公級別的高官，要先站起來問候，表示對重臣的尊敬。

偷襲之人已經被趕過來的漢軍士卒死死按在地上，反縛了手臂，這才扯到霍去病面前跪下。那是個十三四歲的匈奴少年，衣飾跟普通匈奴士兵大有不同，身穿皮裘，頗為華麗，雖然被漢軍緊緊按住肩頭，猶自不屈地掙扎著，向霍去病怒目而視。

霍去病按住手臂傷口，強忍疼痛，喝問道：「你是什麼人？」那少年卻只是「呸」了一聲，閉口不答。旁邊的漢軍大聲恐嚇，少年也置之不理，只是連聲冷笑，態度傲慢之極。

霍去病冷笑道：「好個倔強的少年！哼，你以為你不說，我就不能知道麼？」吩咐去帶一名匈奴俘虜過來。那少年的身份很快弄清楚了，原來是休屠王勇夫的太子日磾[10]。

「原來是個匈奴王子！難怪這般驁傲不馴。」霍去病一面讓隨軍的大夫為自己包紮傷口，一面冷峻地審視著日磾。日磾雖然被繩索緊緊捆住，眼睛卻彷彿要冒出火來，瞪視著霍去病。

那匈奴俘虜討好地道：「日磾不識好歹，傷了驃騎將軍，不如將他在軍前五馬分屍處死，也好警告其餘休屠王部眾。」日磾怒罵道：「你們投靠秦人，早晚不得好死。」又痛罵霍去病不止，只是他說的是匈奴語，漢軍並不知道他具體在罵些什麼。

霍去病為人鋒銳，最不喜歡旁人反駁，手下部屬當面頂撞他尚會被當場重罰，更不要說被俘虜當面痛罵了。親信士卒熟知驃騎將軍的性情，正要將日磾拖開一刀殺死，霍去病卻忽然叫道：「先不要殺他，留著他的性命！」突然想起了素未謀面的弟弟霍光，他不也是像這個匈奴王子這麼大年紀麼？再望向日磾時，眼睛裡已經沒有了往日的冷酷與果斷。

大軍回師途中，皇帝有詔令到來，命將匈奴降人分別安置在隴西、北地、上郡、朔方、雲中五郡塞外，受各郡都尉監護，並允許他們保留胡人的風俗習慣，稱為「五屬國」；渾邪王於軍被封為漯陰侯，食邑萬戶，由匈奴王搖身變為漢家的萬戶侯；至於少部分不願意投降的休屠王部眾，則沒入官中為奴。霍去病遂遵命行事，帶著兵馬押著少數身份重要的俘虜往長安而去。

這一日紮營後，霍去病突然命人來請李敢。李敢新被調到霍去病手下任校尉，聞召頗為意外。

趕來大帳，霍去病正背手而立，見他進來，躊躇的臉上立即換上了笑容，道：「李校尉，我想明日改道走河東，不知你意下如何？」這副難得一見的和顏悅色使原本年輕的他顯得生機勃勃，更加英俊。

「自河西回長安取道隴西最近，繞道河東有些遠了，不知道將軍……」李敢沒繼續往下問。他早聽說霍去病御下嚴峻，不喜歡聽部屬發表意見，不過心中還是覺得奇怪，不知道一向自大的驃騎將軍為什麼突然就這樣一件小事跟他商議。

霍去病道：「是這樣，我這次出師受降前，偶然聽說我的生父尚在人間，現就住在河東平陽[11]，所以……校尉君，你年紀比我大許多，不知道你認為我這樣冒昧前往，我的父親和弟弟會不會意外，覺得我太唐突了？」

李敢這才恍然大悟，原來霍去病得知了身世，想回家鄉去看看親生父親。

霍去病的生母衛少兒是皇后衛子夫的二姊。衛子夫的母親衛媼原是平陽公主的丈夫平陽侯曹壽家的女奴，其人生性風流多情。漢朝時的倫理觀念、道德規範不像後世那樣嚴格，人們生活在一種自由度相當大的空間之中。那個時代的女子也大多豪放，主張自由戀愛。衛媼雖是女奴身份，也經常和外人私通，共生有三子三女。因為不知道孩子的父親到底是何許人，衛媼便乾脆讓六個孩子都跟自己姓。這六個子女中，最有名的自然是三女衛子夫和四子衛青。次女衛少兒也繼承了母親風流的特性，最初和平陽小吏霍仲孺相好，長期姦通，結果懷孕，生下了一個兒子，取名霍去

10 日磾：讀作「密低」。
11 河東平陽：今山西臨汾。

病。但衛少兒生下霍去病後，漸漸厭惡了霍仲孺，而移情於更為年輕漂亮的陳掌。陳掌是丞相陳平的曾孫，拜官詹事[12]，前途無量。衛少兒看上了陳掌，便一不做，二不休，公然和陳掌姘居。平陽是平陽侯的食邑，霍仲孺本是平陽縣派到平陽府做事的小吏，被衛少兒拋棄後，氣憤難平，乾脆回去了家鄉平陽，重新娶妻，又生下一個兒子，取名霍光。霍去病的身世並不是什麼祕密，只不過他自小生長在宮中，備受皇帝、皇后寵愛，從來沒有人敢對他主動提起，衛少兒也對他說生父早已去世，他一直信以為真，不料最近偶然得知生父霍仲孺活得好好的、還有一個同父異母的弟弟後，頗有驚喜之感。

李敢見霍去病拿家中私事來問他，自知並非霍去病的心腹，驃騎將軍不恥下問，自然是因為自己年紀頗長的緣故，倒覺得有些受寵若驚。他心直口快，便直截了當地道：「將軍既然已經知道了自己的身世，去看望親人是天經地義的事情。將軍的親人高興還來不及呢，怎麼會覺得唐突呢？」

霍去病長舒了一口氣，點了點頭，對李敢的話表示贊許。他又來回踱了幾步，似乎終於下定了決心，回頭道：「好！明日一早拔營，去河東平陽。」

李敢很是不解，回鄉省親並沒有錯，輕騎簡從又省事又方便，為什麼非要大軍都繞道河東呢？出營帳後才驀然省悟過來，這位少年得志的將軍就是要讓親人看看他的威風。

平陽縣地處黃河中游，兩旁是縱橫千里的呂梁山、太行山，汾河水穿越縣境，滋潤著這塊物產富庶的肥沃土地。但這個山清水秀的地方跟邊郡其它地方一樣，常常會遭受匈奴鐵騎的蹂躪。早年白登之圍、文帝、景帝在位，平陽均遭受過匈奴人的侵擾，縣城被踏破，八成以上的人家有親人被殺或被擄去胡地為奴。

霍去病率數十騎快馬馳到平陽縣的時候，遠遠就聽到城中傳來斷斷續續的擊鼓聲和哭聲。隨侍的李敢道：「這是殺人的鼓聲。」

漢代執行死刑前，通常要先擊鼓，以壯聲威，鼓聲一停，就有人頭落地。但那鼓聲停歇一陣後又重新敲起，似乎被殺的不只一人。

到城門前，縣卒們聽說是與大將軍衛青齊名的驃騎將軍霍去病到來，驚得張大了嘴巴，好久才回過神來。一名機靈的縣卒聽說將軍要找平陽縣吏霍仲孺，忙道：「新任郡太守上任，路過本縣，正與縣令在縣廷前處決犯人，霍君人當在那裡，小臣這就領將軍去。」霍去病心道：「哪有在刑場上與親人相認的道理？」道：「不必，先帶我去霍家。」那縣卒忙應了，又派同伴去刑場找霍仲孺。

一路問明情由，才知道是新任河東郡太守義縱上任路過平陽，正督促本縣縣令在大開殺戒。

義縱任長安令時直法行治，不避貴戚，頗有威名。皇帝劉徹同母異父的姊姊金俗有子名梅仲，仗著是皇親國戚的身份，有恃無恐，橫行京師。義縱察知後，派人捕獲，繩之以法，由此震鑠京師，贏得了皇帝的側目。自朝廷對匈奴展開大規模的反擊後，連年有大軍遠征塞外，花費巨大，而民間不法之徒趁機滋事，不少郡縣吏治敗壞，境內秩序混亂，因而劉徹特別喜歡任用果斷敢殺的人，認為只有這樣的酷吏才有治民的能力，得知義縱敢拿自己的外甥開刀後，立即提升其為河東郡太守，並當面勉勵他放手作為。

平陽是義縱入河東的第一站，一到縣廷就將獄中被關押的數十名罪行較重的罪犯都定了死罪，又將來縣獄探望過罪犯的兩百多名親朋好友全部抓起來，用酷刑逼迫他們供認曾私下為囚犯解脫手腳上的桎梏。漢律，為囚犯解脫刑具與其同罪，這些人既然承認罪名，也被一併判了死刑，今日恰好就是處決這三百名罪犯的日子。

霍去病在戰場上縱橫馳騁，殺人如麻，從來沒有眨過一下眼睛，但那畢竟是有「九世之仇」的敵人，忽聽得義縱對待治下的百姓如此狠毒，為立威殺人不擇手段，不禁有些心驚。但他從來不問政事，況且心愛的妻子司馬琴心曾跟

12 詹事：內侍職官名，掌管皇后、太子宮中事務，後專為太子屬官。

隨義縱之姊義姁學習醫術，多少算是有些干係的人，雖然不滿，也只是一閃而過的情緒。

霍仲孺家位於城南閭里中，是一處一堂二舍的低矮房子，帶有一個前院，算是最普通的人家了。聽見人馬聲，一名十四五歲的稚氣少年開門出來，忽見到許多全副武裝的軍人，個個高大魁梧，登時嚇得呆住，怯生生地打量著這些陌生人。

縣卒道：「這位就是霍君的公子霍光。」

霍去病翻身下馬，走過去問道：「你是霍光？我叫霍去病，是你的……」正想要去拉弟弟的手，霍光驀地尖叫一聲，轉身跑回院子，又回身將門關上。縣卒忙要去拍門，霍去病阻止道：「不必，我等在這裡便是。你也去吧。」

在霍家門外等候的這段時間竟然是霍去病一生中最難熬的時光，他從來沒有這樣忐忑過。前一宿，他便已經失了大半夜的眠，那種因疲倦而產生的緊張現在還在周身動盪。他自己也頗為詫異，他在大漠中縱橫馳騁，即便大敵當前，也從未有過這樣的情緒。何以自己年紀輕輕，位高權重，而會對從未謀面的父親和那扇薄薄門板後的弟弟這般害怕？不，不是害怕，是不安。那時響時歇的鼓聲愈發加劇了這種蹀躞不下的心理，他終於煩躁起來，再也忍不住，轉身命道：「李校尉，你去趟縣廷，叫義縱暫且罷手。」李敢道：「遵令。」

李敢剛走，巷外便有車馬聲傳來。片刻後，一大群人朝巷子裡湧來，平陽縣令咸宣走在最前面，一見霍去病便搶過來拜伏在地，滿口是仰慕驃騎將軍等讚語。霍去病見面前黑壓壓地伏了一地人，卻不知道哪位是自己父親，正要出聲詢問，卻見巷口站著一名年近五旬的老年男子，鬚髮銀白，正好奇而警覺地注視著他。從第一眼起，霍去病就猜到他一定是自己的父親霍仲孺，忙排開眾人，走過去下跪，深深拜道：「去病拜見父親大人。」

那老年男子正是霍仲孺。他當年被衛少兒無情拋棄，曾發誓今生今世再不理睬她。他也當真說到做到，即使後來衛家一門因衛子夫得寵而顯貴，他也從未生過要與衛少兒重修舊好的念頭。他當然知道衛少兒之子霍去病是自己的兒子，但他一怒下離開京師時，霍去病還是個襁褓中的孩子，因為對衛少兒的怨恨，他也並不如何愛這個孩子。回到河東後，他從未跟旁人提過在京師的風流往事，重新娶妻生子，開始了新的生活。隨著時間的流逝，第一個孩子的面孔早消逝得乾乾淨淨，直到兩年前冠軍侯聲名鵲起，他才重新想了起來，原來他在這個世界上還有另外一個私生子。不過光有血緣又有什麼用呢？對他而言，那個兒子就跟衛少兒一樣，只是個功成名就、飛黃騰達的陌生人。

此刻，陌生人就跪伏在他的面前，當眾叫他「父親大人」，不僅令他驚異，更令縣令一干人瞠目結舌。那催著要人命的鼓聲終於止歇，天地間陡然安靜了下來。

霍去病抬起頭來，道：「去病早先不知道自己是大人之子，沒有盡孝。」說著竟然有些哽咽了。霍仲孺也終於回過神來，慌忙扶起闊別二十年的兒子，道：「老臣能夠託命將軍，這是上天的眷顧啊。」一時父愛天性流露，老淚縱橫。

咸宣咳嗽一聲，躬身道：「恭喜霍公和驃騎將軍父子相認，這就請二位移駕造訪縣廷，也好讓本縣略備薄酒，為驃騎將軍接風。」霍仲孺不敢接話，霍去病擺手道：「不必了，你們都去吧，我父子二人自有話要說。」

霍仲孺聞言，心中更對這個兒子刮目相看，忙引著霍去病進門，叫道：「光兒，快過來拜見你兄長。」

那霍光躲在樹後，只露出半邊臉來，死活都不肯過來。霍仲孺連連抱歉，說是鄉下孩子，沒有見過世面，膽小怕見生人。霍去病雖然年輕，卻是在宮中長大，見慣了宮廷的爾虞我詐、互相利用，此刻沉浸在親人相逢的巨大喜悅中，倒也不以為意，命從人盡退出院外，親自走過來牽起霍光的手，道：「不要怕，我是你阿兄，我的名字是霍去病。」霍光陡然抽回手去，又躲到父親身後，無論如何都不肯叫霍去病一聲「兄長」。

之後霍去病在平陽停留了三天，為霍仲孺大買田宅、奴婢，為父親安頓好一切後，才提出要帶霍光去京師長安。霍夫人去世已有兩年，霍仲孺一直與霍光相依為命，雖然很有些捨不得，但為了霍光的前程，也只能答應。只是霍光膽怯異常，一直不肯跟兄長說話。霍仲孺只得一再向霍去病道歉，囑咐霍去病小心照顧弟弟，霍去病自然滿口應承下來。

離開河東後的數日，霍去病一直想方設法地親近霍光，無奈始終只是一頭熱，霍光除了沉默還是沉默，令出如山的驃騎將軍也拿這個呆頭呆腦的害羞弟弟沒有辦法。漢軍士卒都在暗中議論說：「一個是威風凜凜、戰無不勝的驃騎將軍，一個是木訥不言的鄉下小子，同是一個母親生的，差別竟然這麼大。」

那霍光被父親強逼著跟隨兄長去長安，心中百般不情願，一路也是百無聊賴，不知道什麼緣故，竟對隨軍押送的匈奴王子日磾發生了興趣，不停地拿水和食物到囚車邊，給那個年紀與他相仿的囚犯。漢軍士卒不免更加詫異，但霍光是驃騎將軍的弟弟，也沒有人敢輕易干涉他，只得任由他去了。

幾天後，軍中發生了一件了不得的大事。某日半夜裡，日磾利用漢軍對他看管的鬆懈，竟然設法溜出了囚車。但他也沒有就此逃走，而是逕自來到霍去病的大帳，打算殺了這個名震天下的驃騎將軍，好為族人報仇。滿腔仇恨的日磾倒是躲過了巡邏的士卒，順利溜進了驃騎將軍的大帳，但卻在偷取佩劍時驚醒了霍去病。漢軍士兵聽到喊聲，一湧而進，將日磾擒住，奪下佩劍，見到驃騎將軍毫髮無損，這才長舒了一口氣，卻不由得都驚出了一身冷汗：本朝律令苛嚴，倘若驃騎將軍被刺，今晚巡邏守衛的士卒都要連坐獲罪，可就一個都別想活了。

一時間漢營中火光霍霍，亮如白晝。霍去病心中惱恨，下令將日磾拖出去亂刀砍死。忽見霍光匆匆掀帳而入，大叫道：「不要殺他！」他上身赤裸，下身套著一條薄褲，想是睡夢中剛剛得到訊息，便立即趕來營救。

眾人驚訝地望著霍光，他雖然滿臉畏懼，但還是勉強鼓足勇氣，直直走到霍去病面前，低聲道：「阿兄……請你……請你不要殺他！」

霍去病大感驚訝，弟弟終於跟他說話了，這是第一句話呢。他有些喜出望外，於是下令將日磾重新鎖入囚車，與其他的重要俘虜一起先行押送長安。日磾被帶出去的時候，霍光用一種怪異的眼神望著他，那一直不肯屈服的匈奴王子竟然有些不好意思起來，扭轉頭去，不敢再看。

待眾人都退出大帳後，霍去病嚴肅的神色一下鬆懈了許多，見弟弟衣衫單薄，連忙取過自己的外袍，給他披上。霍光依舊沉默，但望著兄長的目光顯然不再像以前那般畏懼，多少有些感激和親近之意。霍去病大喜，將霍光一把抱住，道：「來，阿弟，你跟我睡這裡……不，我們還是不要睡了，一起喝喝酒、說說話。」

祁連山是水草豐美之地，綠草如茵，山花爛漫，是匈奴的主要牧場之一。焉支山上林木蔥翠，盛產紅藍花，花瓣中含有紅、黃兩種色素，匈奴婦女習慣捋取英鮮者，放在石缽中反覆杵槌，淘去黃汁後，即成鮮豔的紅色染料，稱為胭脂，用以修飾面容。單于妻號「閼氏」，也是言其可愛如胭脂。河西一戰，霍去病踏破焉支、祁連兩山，匈奴勢力不得不退到焉支山以北，因而有匈奴歌謠哀唱道：「亡我祁連山，使我六畜不蕃息！失我焉支山，使我婦女無顏色。」

胡地哀聲，長安卻是歡聲笑語。許多降漢的匈奴人第一次見到如此雄偉的城池，驚嘆之餘，更是畏懼大漢的強大。匈奴人來到西市、東市，用大漢皇帝慷慨賞賜的金錢瘋狂地購買各種物品。商人們也紛紛使出各種解數，兜售商品。匈奴人天性好戰，最為他們鍾愛的自然是大漢優質的兵器和精良的弓弩，儘管商人趁機抬價，價錢比以往高出幾倍，但店鋪的武器還是銷售一空。

麻煩也隨之到來。大漢律令，馬高五尺九寸、齒未平、十歲以下者，十石以上弩，均不得出關。這條律令既針對諸侯王，也適用於匈奴。且吏民不得持兵器及鐵出塞，更不准將兵器賣給匈奴人，不然以死罪論。雖然匈奴人投降了漢朝，但還是匈奴人的身份，是以售賣兵器的商人均違反了律令，被逮捕判處死刑的多達五百餘人。

右內史汲黯向皇帝進諫道：「大漢發兵征討匈奴，死傷不可勝計，消耗費用以巨萬百數。臣以為陛下得到胡人，會把他們賞賜從軍死難者家屬做奴婢，以此來謝天下，塞百姓之心。即使做不到這一點，渾邪王率領數萬部眾前來歸降，也不該虛府庫賞賜，發良民侍養，將這些胡人供奉得如同驕子一般。百姓無知，又哪裡懂得賣給匈奴人兵器就會觸犯法律呢？陛下縱不能得匈奴之贏以謝天下，又要用苛嚴法令殺戮五百多名無知的老百姓，此即所謂『庇其葉而傷其枝』，臣私下認為陛下此舉是不可取的。」皇帝劉徹聽後只是沉默，但最終還是下詔減免了五百人的死罪，從輕發落。

霍去病軍功赫赫，回到長安後，皇帝劉徹為他舉辦了隆重熱烈的慶功大宴。霍去病自此恩寵有加，與大將軍衛青地位相等，其弟霍光也當場被皇帝拜為郎中，入未央宮當差。

霍光第一次見到皇帝，伏在地上，緊張得全身發抖，一個字也說不出來。劉徹見狀反而很高興，道：「是個淳樸的孩子。」特命霍光隨侍在自己身邊。

郎中等同於親信侍衛，職責多是侍奉皇帝，隨時奔走傳令。當郎中沒幾天，霍光就接到了第一個任務——充當使者，替天子到茂陵取董仲舒新著。劉徹喜歡讀書，經常派人到茂陵向董仲舒、司馬相如這樣的大家索讀新書。霍光從宣室出來，不覺很有些茫然無措，不知道茂陵在哪裡。躊躇了許久，只得去找郎官蘇武，囁嚅著請他幫忙。

皇宮中的郎官個個有來歷，即使不是權貴親屬，也必是武藝出眾的良家子弟，有趾高氣揚的，有躊躇滿志的。霍光不喜歡那些人，除了蘇武，蘇武就像他老家的鄰家大哥一樣，平和，親切，令人安心。

蘇武與霍去病同歲，之前二人同為郎官時就沒什麼交情，而今霍去病顯達，蘇武之父蘇建跟隨大將軍衛青出戰匈奴時因全軍覆沒失去了官職，他更不想與霍氏走得太近，以免有攀龍附鳳之嫌。但不知道為什麼，當他看到霍光緊張得滿頭大汗時，頗同情這個笨拙的少年，便慨然答應道：「我陪你一起去。」跟當值的侍郎說了一聲，與霍光同乘一輛車子，往茂陵而來。

出了長安，霍光繃緊的臉皮才鬆弛下來，貪婪地望著車外咸陽原的美景，大口大口地吸氣。他好久沒有如此暢快地呼吸過了！

自從來到長安，霍去病就走馬觀花地帶霍光出席許多慶功宴會，將他引見給各種各樣的人。原來天下間最有權勢的人都是他這個鄉下窮小子的親戚——皇帝是他姨父，衛皇后是他姨母，大將軍衛青是他舅舅，平陽公主是他舅母，大名士司馬相如的女兒是他嫂子，還有許多的王侯公主，全部跟他沾親帶故。他從來沒有想到一日之間能跟這麼多聲威赫赫的人結親，眼花繚亂之餘，也令他感到了巨大的壓力，壓得他幾乎窒息。而霍去病卻不顧他的感受，將他強送進宮中當差，他稍有畏縮之語，便招來兄長厲聲喝斥。在宮裡惶恐，在家裡委屈，真不如過去在老家平陽跟父親相依為命的日子，生活雖然苦些，卻是過得逍遙自在。他雖然心裡這麼想，卻不敢對任何人說。唯一的安慰就是去未央大廄[13]看馬。倒也不是他格外喜歡駿馬，而是日磾做了黃門署的馬奴，專門負責養馬。他跟那匈奴王子雖然語言不通，卻有一股難言的默契，暗中做了好朋友。若不是日磾是囚犯身份，行動被限制在大廄之內，真想帶他來這咸陽原看看。

蘇武見到霍光的樣子，知道他被壓抑得太久，心頭微微嘆息。

來到茂陵董仲舒家，僕人稱董先生正在靜坐，霍光便請僕人去轉告皇帝旨意，自己等候在院中。董宅甚大，西院中樹有一個箭靶，正有一名八、九歲的少年在練習射箭。他挽一張成人用的大弓，羽箭飛出，正中靶心。一旁觀戰的少男少女立即拍手喝彩。

蘇武見霍光瞧得目不轉睛，道：「那少年是飛將軍的孫子李陵公子，是個小神射手。他也是太子的伴讀，同時教太子學習射箭。」

霍光見那李陵連發五箭，箭箭射中靶心，最後一箭甚至劈開前一支箭的桿身，不由得大叫一聲：「好！」

13 未央宮中的養馬之地。《漢宮儀》中記載：「未央宮六廄，長樂、承華等廄令，皆秩六百石。」

李陵回過頭來，笑道：「蘇武哥哥，這位郎官君是誰？」蘇武道：「霍光，驃騎將軍的弟弟。來，我為你們一一介紹——這位是飛將軍的長孫李陵；這位是李敢將軍的兒子李禹；這位是桑弘羊侍中的兒子桑遷；這位是平陽侯曹襄，平陽公主之子；這位是江都國翁主，細君翁主也是董先生的義女。這位小女娃娃呢，是劉宗正的女兒劉解憂。他們都住在茂陵，時常聚在董先生這裡讀書射箭。」

霍光見李陵年紀比自己小許多，卻能射一手好箭，很是羨慕，遲疑著問道：「我能拜李公子為師，跟你學習箭術麼？」

李陵年紀雖小，為人卻是豪邁熱情，笑道：「別說什麼師不師的，大夥兒一起玩就是了。來，你射一箭試試。」

霍光卻是畏畏縮縮不敢上前，生怕丟份兒被人恥笑。劉細君微笑道：「不要怕，總比我射得好，我可是連弓都拉不開呢。」

霍光遂取了李陵適才用過的弓，搭了一支羽箭，開弓到一半，便覺得吃力，手一鬆，羽箭飛出，斜射入面前不遠的地下。李禹登時放聲大笑起來，道：「你當真是驃騎將軍的弟弟麼？怎麼一點也不像驃騎將軍呢？」霍光臉臊得通紅，極是難堪。

李陵笑道：「你步法和射姿都不對，應該先站穩身子，像這樣……」正指點霍光射箭，僕人匆匆送了一大卷竹簡出來，道：「這是董先生獻給皇上的新書。」

霍光忙接了書簡，道：「我得趕緊回宮向皇上覆命了，下次再來向李公子學習射術。」匆匆辭別出來，登車走出老遠，才悶悶地問道：「我是不是太給我阿兄丟臉了？」蘇武道：「不過是射箭而已，何須介懷？多練幾次就好了。」又指著一旁的宅子道：「這是司馬相如先生的宅邸，你嫂嫂……」忽見司馬琴心正陪著一名男子走出來，不由得一愣。

霍光也很奇怪，心道：「原來嫂嫂今日回來茂陵了。」車子馳出一段，蘇武命馭者停車，道：「你先回未央宮。

我臨時有點私事，辦完再回來。」躍下車子，回頭往司馬相如家趕來。

那男子剛與司馬琴心道別，往東而去。蘇武疾步追上去，叫道：「雷被！」

那男子聞聲回過頭來，果真是被當作射殺匈奴太子於單車夫的嫌犯而遭緝捕的雷被。蘇武認得他，完全是巧合。五年前的某日，他奉皇帝之命來茂陵取司馬相如所著之書，正好遇到司馬琴心和雷被手牽手出來。後來雷被被指認殺人，司馬琴心險些遭到牽連，但雷被一直未能被捕獲。

雷被雖不記得蘇武，但見他一身郎官服飾，立即本能地去拔佩劍。蘇武冷笑道：「你是要在京畿之地當眾跟我格鬥麼？只要我高喊一聲，你連茂陵都走不出去。何不乖乖束手就擒？免得牽連了旁人。」這「旁人」自然是指司馬琴心了。

雷被道：「天子在去年大赦了天下，我之前所犯下的所有罪行都已勾銷，就算你擒住我送官，也沒有多大用處。」正想要說服蘇武放過自己，夷安公主湊巧散步過來，一眼認出雷被，立即命侍從上前圍住他。

雷被道：「公主一點也不念舊情麼？」夷安公主道：「我跟你有什麼舊情？是你行刺於單、又用毒藥害死他吧？也是你射殺了車夫朱勝，又射傷我師傅吧？快說，你到底是什麼人？為誰做事？」雷被道：「要我說實話不難，可我要見了天子才能說。公主，我願意束手就擒，這就請你帶我進宮吧。」當真解下佩劍，遞給了蘇武。

夷安公主很是意外。蘇武道：「公主，小心有詐。」

夷安公主便命僕從尋來繩索，反縛了雷被雙手，令他與蘇武同乘一輛車子，帶著侍從往未央宮而來。

劉徹正在宣室閱讀董仲舒新書，手不釋卷，聽說夷安公主和蘇武捕到了行刺匈奴太子於單的刺客雷被，大為意外，立即召見。雷被一番供述後，才知道原來一切都是淮南王劉安的陰謀。

淮南從來就是個不太平的地方。大漢第一任淮南王是開國名將英布，當時的淮南國轄九江、廬江、衡山、豫章，會稽五郡[14]，地域廣闊，風光無限。然而好景不長，劉邦立國站穩腳跟後即大肆誅殺功臣，用具五刑的酷刑殺死梁王彭越後還將其剁成肉醬，分賜給諸侯。英布得到肉醬後恐懼異常，擔心自己也會落到如此下場，於是集結軍隊謀變，結果兵敗被殺。之後劉邦封少子劉長為淮南王，轄九江、廬江、衡山、豫章四郡。

劉長的母親原先是劉邦女婿張敖的小妾。張敖封趙王，是劉邦與呂雉唯一愛女魯元公主的夫婿，依然逃脫不掉被猜忌的命運。劉邦路過趙國時，張敖為了討好劉邦，將身邊最貌美的小妾趙姬送去侍寢。不久，趙國丞相貫高設計刺殺劉邦未果，張敖和趙姬都受牽連入獄。趙姬在獄中上書，稱自己懷了劉邦的孩子，託辟陽侯審食其轉告皇帝。審食其是呂雉的情人，先將這件事告訴了呂雉，呂雉出於嫉妒不予理會。趙姬在獄中生下劉長，之後悲憤自殺。劉邦得知後很是痛心，命人厚葬趙姬，將劉長抱給呂雉撫養。呂雉因其母已喪，對劉長還算不錯，視若己出，盡心撫養，所以後來呂氏當權時，劉邦諸子或被逼死，或被毒死，或被餓死，劉長都得以無恙。

劉長被封淮南王後，得知母親趙姬自殺的真相，歸咎於審食其，有心復仇，但因審食其有太后呂雉的庇護，不敢妄為。呂雉死後，群臣倒呂擁漢，選出了代王劉恒做皇帝。劉長自恃是皇帝的弟弟，驕橫跋扈，親自用鐵椎殺了審食其。這一舉動震驚朝野，上至薄太后、太子劉景，下到王侯大臣，均忌憚劉長。但是文帝劉恒認為高皇帝在世的兒子只剩下自己和劉長，手足情深，因而沒有追究。劉長歸國後又自作法令，驅逐朝廷任命的官吏，派人與匈奴、閩越暗通聲氣。事發後被削去王爵，逮捕至長安，文帝赦免其死罪，發配到蜀郡。劉長途中絕食而死。民間有歌謠唱道：「一尺布，尚可縫；一斗粟，尚可舂；兄弟二人，不相容。」文帝聽到後大有愧色，為表示自己不貪淮南之地，將淮南國一分為三：淮南、衡山、廬江，分別封給劉長的三個兒子，長子劉安繼任淮南王，都城設在壽春。

劉安當真是諸侯王中的佼佼者，好讀書操琴，談玄論道，與當今天子頗為投契。劉徹極愛劉安寫的《內篇》[15]，讀得手不釋卷，又令劉安再寫《離騷傳》。每每劉安入朝，叔侄二人在宣室中交流方術詩文心得，愜意地如飲美酒，心都快要醉了。在劉徹眼中，劉安是如玉如圭的有斐君子，尤其他那一套養生煉丹、追慕神仙的方術令人迷戀不止。

所以當雷被跪伏在宣室殿下，告發劉安預備造反的種種時，劉徹無論如何也難以相信。

但雷被所講述的故事也是有頭有尾，有枝有葉，毫無破綻，令人不得不相信。

原來雷被本是長陵人氏，漢時墨子遺風尚存，青壯年好為遊俠，他也是如此，跟人學了一手好劍法後，四處遊歷，成為江湖遊俠。到淮南時被劉安招入門下任郎中，因外表瀟灑，劍術精湛，成為劉安最倚重的心腹。

之前雷被偽造關傳來到右北平郡，目的在於刺殺郡太守李廣。倒不是他本人或淮南王劉安跟李廣有私人恩怨，而是劉安久有謀逆之心，想借助匈奴人的勢力。這不是什麼新鮮法子，他的父親前任淮南王劉長謀反時，就暗中派人與匈奴、閩越暗通聲氣。昔日吳楚七國之亂，諸侯王謀反前也曾與匈奴暗中結為聯盟，只不過匈奴還沒有來得及發兵，七國就已經兵敗。劉安也走父親的老路，派人與匈奴相結。他是高皇帝劉邦的親孫子，在當今諸侯王中地位最高，軍臣單于甚是看重，同意在他起兵時發兵相助，但要求劉安先拿出一點誠意來——以匈奴人最畏懼的飛將軍李廣的性命作為結盟的見面禮。雷被前往平剛，正是要辦這件送給匈奴的禮物。

他本已有周密計畫，在城南酒肆撞見李廣不過是個意外，他本有意藉機殺了李廣，可又畏懼同在酒肆的郭解，心中正矛盾不已時，居然聽到了淮南國翁主劉陵的聲音，驚訝得無以復加。他是直接從淮南國趕來邊郡，而劉陵八月底便離開京師，陪著夷安公主來到邊郡，未及遇上劉安派去長安的使者，因而她並不知道父王的計畫。但她為人極其聰慧，第一眼見到雷被就猜到他的來意。雷被武藝高強，劍術精湛，有「淮南第一劍客」之稱，可李廣也並非泛泛之輩，一旦動起手來，殺之不易，但要殺夷安公主就容易多了。公主死在右北平郡，郡太守李廣失職，論罪要當棄市，所以她先有意以言語暴露夷安公主的身份，目的就是要提示雷被。雷被雖然會意，可依然畏懼郭解，不敢輕易動手。

14 相當於從今河南上蔡、江蘇徐州到浙江、福建兩省及江西北部的廣大地域。

15 內篇：即《淮南子》中的《內篇》。

劉陵不知究竟，不免懷疑雷被因為飛將軍李廣的威名而心生膽怯。湊巧羌人阿胡為族人復仇行刺李廣，劉陵遂有意唆使夷安公主離開酒肆，原本是要給雷被脅持殺死公主的機會，但後來又改變主意——她與夷安一直在一起，公主若死，她也難脫罪名。況且她與夷安交好，日後還有許多可以利用的機會，就此殺死未免太可惜，遂暗令雷被設法接近公主。公主愛玩，果然被雷被哄得團團轉，到地下博莊瘋玩了一夜。

次日，劉陵得知了匈奴軍臣單于已死的消息，急忙設法通知雷被，令他停止行刺李廣的計畫。萬一新單于跟大漢結盟，將淮南王與匈奴相結之事告訴朝廷，那可就大事不妙。尤其是劉陵意外聽到趙破奴與東方朔的對話，懷疑那逃歸的宮女王寄知道了淮南王與匈奴結盟的計畫，雖說王寄醒來後不記得前事，暫時緩解了危機，但萬一有一日她又記起來了呢？所以一直有心想殺其滅口。但郡府那樣的地方，外人實在難以混進來，劉陵甚至想過自己動手，可又忌憚東方朔之精明，最終計畫在返回京師的途中由雷被帶人劫道。哪知道上路之時，朝廷正好有詔書到達，召李廣回朝任郎中令，李廣與使者一同上路，其隨從士卒不少，又多是武藝精良之輩，雷被劫殺計畫遂告泡湯。

一行人返回京師後，王寄反倒不足為慮，新投降的匈奴太子於單成為淮南王勢必要除去的眼中釘。淮南國太子劉遷氣走太子妃梅瓶，淮南王劉安將太子捆送京師，實際上就是要尋機將劉遷送到京師來主持行刺於單之事。而雷被也一直藏身在淮南邸，並有意無意地跟司馬琴心來往，目的就是要利用她獲取最新消息。劉陵知道夷安公主不願意嫁給於單，也想利用這一點，假意是為朋友之義氣而行刺，萬一事敗，還可以拿夷安公主來當擋箭牌。

當晚，雷被先派人放火，引開於單手下的注意力，自己闖入於單臥室，出奇不意地刺傷了他。但匈奴人也足夠機警，很快趕來將他團團圍住。於單命手下退開，告訴他道：「我大致知道你是誰派來的，你回去告訴你的主人，我現在是大漢的涉安侯，以前我當匈奴太子時所發生的一切事情我都不記得了。」言下之意，無非是暗示他絕不會出賣之前暗中與匈奴通好的漢朝高官。

雷被由此全身而退。他回到淮南邸後將經過情形報告給太子劉遷和翁主劉陵，劉陵推測於單定然不會張揚遇刺一事，劉遷遂連夜作出安排。次日，於單的車夫朱勝按計畫到東市接了假的淳于光大夫來到北闕甲第為於單療傷，傷藥是最好的外傷藥，但裹傷的藥布上卻早浸泡了雄黃。

幾日後，於單在赴長樂宮家宴時於西闕外遇暗箭伏擊，淮南邸的人這才知道不只他們一家想要於單死。至於當晚長樂宮家宴，據說劉陵本來也有計畫，但後來沒有實現，反而是隆慮公主之子陳耳因為喜歡夷安公主而搶先對於單下了手。

於單死後次日，夷安公主和東方朔很快追查到北闕甲第，淮南太子劉遷遂命將朱勝滅口。雷被偽裝成車夫，有意停在於單宅邸附近，果然順利載上著急回家的朱勝，趁他進門時用帶毒的弩箭射殺了他，線索最終中斷於此。雷被則一直藏在淮南邸中，躲過了追捕。後來劉陵覺得東方朔成了夷安公主的師傅，人又那麼聰明，對自己威脅太大，又令雷被伺機射殺東方朔。但不知道怎麼回事，東方朔與車夫都中了弩機射出的毒箭，車夫死了，東方朔卻命大活了下來，不過終於還是半癱在床，再也不能東奔西走地去查案了。

之後雷被偽造關傳逃回淮南國，因立下許多功勞，加官晉爵，成為淮南王宮的座上賓。淮南王太子劉遷酷愛劍法，拜了不少名師，勤學苦練，自覺得武藝了得，所以特意找「淮南第一劍客」雷被較量。哪知道太子心高手低，劍法根本不堪一擊，雷被上來兩下就擊傷了劉遷。同場較藝，受傷本是再普通不過的事，但劉遷卻心胸狹窄，懷恨在心，從此處處為難雷被。雷被在淮南國裡實在待不下去了，正好皇帝頒布詔令大赦天下，允准民眾自願從軍出擊匈奴，規定諸侯壅閼不與擊匈奴者當死，於是雷被向淮南王劉安請求從軍去打匈奴，為國家效命疆場。雷被知道如此多的淮南國機密，劉安怎麼可能輕易放他離開？遂將其軟禁起來。雷被擔心早晚會被劉遷誅殺，想方設法逃出了淮南。他原本也沒有打算就此背叛淮南王，只是忽然很留戀那段與司馬琴心交往的日子，遂來到京師茂陵重訪故人，這才從卓文君口中知道琴心早已成為驃騎將軍霍去病的妻子，風光無限，不由得悔恨交加。卓文君也是個奇女子，見他悔不當初的樣子，居然同意安排女兒跟他見一面，今日湊巧司馬琴心回來茂陵父母家中，二人一番長談，琴心送雷被出來，正好被蘇武看見。雷被見難以脫身，遂決意面見天子，說出一切真相。

這一番交代，雷被足足講了一個多時辰。劉徹聽完驚異不已，夷安公主更不能相信最好的女伴劉陵居然是淮南國安放在京師的奸細。

宣室寂靜了下來，連咳嗽也不聞一聲。過了好久，夷安公主才問道：「這些……這些是真的麼？」雷被道：「天子面前，罪臣不敢妄言。」夷安公主道：「我不信，我不信，我要當面去問阿陵。」正要奔出宣室，劉徹命道：「攔住公主。去召東方朔和淮南國翁主劉陵來。」郎中飛奔出去傳令。

過了小半個時辰，謁者引著劉陵進來。她見雷被被縛在階下，很是詫異。雷被道：「翁主，臣已經將一切實情都招出來了。」劉陵奇道：「什麼實情？」

夷安公主奔過來問道：「雷被說之前行刺於單、射殺車夫朱勝、射傷我師傅，都是受你和你王兄主使，是真的嗎？」

劉陵大吃一驚，道：「什麼？」夷安公主見她一副渾然不知情的樣子，便將之前雷被的招供大致複述一番。

劉陵忙上前拜見天子，叩首道：「雷被滿口都是誣陷之詞，請陛下明察。」劉徹道：「噢，那麼翁主不認得雷被了。」劉陵道：「不，臣女認得他，右北平郡之行後，雷被來投淮南邸，臣女見他武藝高強，就私自留下了他，沒有告訴公主等人知道。但臣女並不知道雷被其實是別有所圖，得知他就是射殺朱勝的凶手後，臣女本要綁他見官，但卻給他逃走了。臣女怕惹來朝廷懷疑淮南，所以也沒有敢聲張。而今事情已然明白，雷被早先投在淮南邸，就是要行地利之便，好行刺匈奴太子後嫁禍給我淮南。」

劉徹道：「照翁主的說法，是雷被設下了一個大圈套，目的就是要陷害你們淮南？」劉陵道：「陛下先聽了雷被的供詞，已經先入為主，臣女不敢再多妄辯，僅舉一事為例，夷安公主的金簪是我拿的……」

夷安公主瞪大了眼睛，道：「真的是你？」劉陵道：「是，是我。大夏殿家宴前，我到永寧殿看望公主，見公主淚水潸然，心中不忍，一時衝動，就順手取了金簪，想用它殺了於單，這樣公主就再不用嫁自己不喜歡的人了。第一巡酒後，於單最先出殿去方便，我就將金簪交給了王兄劉遷，讓他跟去茅房，伺機殺死於單。但殺人這事說起來容易，真的動手又是另外一回事。我兄長跟於單並無深仇大恨，又是被我所逼，所以一直不忍動手，結果不小心遺失了金簪，最終也就沒能下手。至於後來昭平君陳耳撿到金簪，暗中加害於單，則是另外一回事了。果真如雷被所言，是我和王兄安排了一切，派他到甲第行刺，又連夜安排下假大夫之計，往藥布上塗毒，那麼我該知道於單早晚必死，又何須再多此一舉，還要在大夏殿冒險用金簪動手呢？」

劉徹聞言很是震動，道：「翁主是不願夷安公主嫁給胡人而起殺人之意？」劉陵道：「正是如此。」

夷安公主卻道：「金簪的確是很好的藉口。但之前我和師傅推測是王寄在永寧殿拿了金簪……」忽然意識到王寄已經是父皇最寵愛的妃子，忙改口道：「是王夫人在大夏殿遺失了金簪，王夫人本人又不記得這件事，你說是你拿了金簪，只是空口無憑。」

劉陵聞言很是失望，道：「公主，我這麼做全是為了你，你居然不相信我的話？」忽聽得背後有人道：「我相信翁主。」

只見四名郎官抬著一具坐榻進來，榻上所坐之人正是東方朔。夷安公主忙迎上去，叫道：「師傅。」郎官將坐榻放下，東方朔道：「臣有傷在身，無法行禮，請陛下見諒。」劉徹一擺手，道：「卿說相信淮南翁主的話，可有憑據？」

東方朔道：「大夏殿之案，用金簪向於單下手的是昭平君陳耳，此節已經確認無疑。他殺人的起因也只是事出偶然，無意中撿到了金簪，認定金簪是夷安公主送給於單的定情信物，一怒之下用金簪攻擊於單，既殺了於單，又可以將懷疑目標引向公主，可謂一箭雙雕。但裡面還有個疑點，那就是陳耳撿到金簪一事，金簪是太后賞賜給夷安公主的，陳耳認得不足為奇，奇怪的是，他憑什麼會認為金簪是夷安公主送給於單的定情信物呢？為什麼沒有認為是夷安公主身上掉下來的呢？只有一種可能，他是在茅房裡面撿到了金簪，茅房分為南北兩邊，婦女在南，男子在北，陳耳只有可能在男茅房中撿到金簪，才會認定是從於單身上掉落，認定是夷安公主送給他的定情信物。話說回來，男子中又有誰能拿到金簪呢？於單不可能，公孫賀也不可能，只可能有一個人——淮南國太子劉遷假翁主劉陵之手。所以據此推斷，翁主的話是完全可信的。」

劉陵本已淚光盈盈，聞言頓時展顏而笑，道：「東方先生，你可真是天下第一聰明人。」

夷安公主仔細回思，果然是這個道理，忙歉然道：「抱歉，阿陵，我誤會了你。」

雷被忙道：「臣所言句句是真，絕沒有欺瞞陛下和公主。劉陵雖是女子，卻是老謀深算，陰險狡詐，金簪一定是她預先伏下的棋子，你們可千萬不要上了她的當。」

劉陵道：「我若是老謀深算，怎麼會不預先調查清楚，就收留你進淮南邸呢？陛下，雷被逃亡後，臣女派人細細調查他的來歷，發現他居然和丞相長史審卿暗中有密切來往，所以他為何假意投靠淮南邸、傾心盡力陷害淮南國，動機一望便知。」

審卿即是辟陽侯審食其的孫子。審食其與漢高帝劉邦同鄉，以舍人從劉邦起兵反秦。劉邦帶兵離開沛縣時，留下自己的哥哥劉仲和審食其一起照料自己的父親和妻子兒女。楚漢戰爭期間，審食其曾經與劉太公、呂雉一起被楚軍俘虜。三年囚徒生涯中，審食其忠誠相伴，與呂雉結下生死與共的深厚感情。大漢立國，因為呂雉諫爭，沒有戰功的審食其也被封為辟陽侯。劉邦死後，呂雉更無顧忌，召審食其入住長樂宮，公開往來。審食其更是被任命為左丞相，雖不管理政務，卻像郎中令一樣在宮殿內監視，公卿奏事均須通過他的決裁，權勢極大。呂雉死後，陳平、周勃等誅殺諸呂，恢復漢室，審食其只被免去相位。但淮南王劉長懷恨其在漢高帝時對其親母見死不救，於是伺機殺了審食其。審食其之子審平繼為辟陽侯，一再上書文帝劉恒，請求追究劉長，但文帝因為高帝諸子僅有自己和劉長在世，置之不理。後來劉長謀反被廢，在遷往蜀郡的途中憤而自殺，傳說也與審平有關。文帝內疚之下，將淮南國一分為三，封劉長五歲的長子劉安為淮南王，次子劉賜為衡山王，三子為廬江王。數年後，審平因謀反罪名自殺，辟陽侯爵位廢除，據說此事與衡山王劉賜大有關係。不管傳聞是真是假，淮南王與審氏勢同水火卻是天下眾所周知的事。審卿即是審平之子，素來是堅定的削藩擁護者，最關鍵的是，他也住在北闕甲第，宅邸就在於單住處的東面。

劉徹聞言，果然立即會意了劉陵的弦外之音，將狐疑的眼光投向雷被。雷被還要再辯，東方朔忙道：「宣室是朝廷議政之所，不能成為小人自辯申述的地方，陛下何不將此人交給廷尉審問？」

劉徹便命人將雷被下廷尉獄，又命夷安公主和劉陵退出，這才問道：「卿認為雷被告發淮南王謀反之事可信麼？還是更相信這是丞相長史審卿的陷害？」

東方朔答道：「臣近來一直在讀故郎中徐樂的遺書，對其『天下之患，在於土崩，不在瓦解』之論有了更深的體會。自高帝以來，朝廷千方百計地孤立、削弱諸侯王的地位，所以才有文帝時的淮南叛亂，景帝時的七國之亂，若不是朝廷強硬削藩，未必會激起諸侯國舉兵反叛。陛下即位以來，採納主父偃建議，廣行推恩之令，命諸侯王將封地分給所有的子孫，一人為王，餘者為侯，堪稱最高明的削藩之策，天下士庶均稱讚天子的仁義美德。現在諸侯王兵眾不及吳楚十分之一，天下安寧又萬倍於秦時，若是在這種時候舉兵叛亂，既無對抗朝廷的實力，又出師無名，得不到民心擁護，只見其禍，未見其福，不是白白費事麼？」

劉徹道：「卿是說淮南王不會謀反麼？朕其實也相信劉安叔父是個聰明人，不會做出此等大逆不道的事。」東方朔道：「雷被的供狀很完整，並無破綻，劉陵的反駁也極其有力。臣的意思是，錐在囊中，最終要破袋而出。若陛下此刻因雷被片面之詞而窮治淮南王，便會失去仁義的美名。若淮南王有心謀反，早晚要露出破綻，那時再治罪不遲。」

劉徹笑道：「許久不見，卿倒像是變了一個人。」東方朔微微嘆了口氣，道：「得饒人處且饒人，這是臣這幾年來悟出的道理。五年前，陛下尚且煩惱朝臣、諸侯中有人與匈奴勾結，而今匈奴一蹶不振，陛下還會有此憂心麼？那些有心投靠匈奴的人，怕是自己早就熄了反叛的念頭了。只要大漢強大，人主仁義，自然是人心所向。」

劉徹大笑道：「是這個道理。朕正預備要再擊匈奴，生擒單于。」笑聲未落，便有郎官進來稟告道：「丞相君在殿外求見陛下。」

劉徹急忙起立迎接，一旁內侍高聲叫道：「皇帝為丞相起立，問丞相無恙。」李蔡進殿伏地，拜道：「臣李蔡叩見皇帝陛下無恙。」劉徹道：「丞相請起。」

李蔡道：「臣……臣的長史自殺了。」劉徹驚道：「審卿自殺了麼？」李蔡道：「是，他服了毒，他的家人往丞相府送來了遺書，是指名給陛下的，臣不敢妄自拆閱，特送來給陛下御覽。」內侍接過他手中的信简，轉奉給劉徹。

劉徹略略一看，無非是稱淮南王劉安包藏禍心、密謀造反之類，不禁很有些惱怒，道：「這審卿既然一意指認淮南王謀反，為何不肯到廷尉當面作證，反倒要搶先自殺？分明是心中有鬼。」

李蔡少不得要為自己的下屬辯護幾句，道：「淮南王是高皇帝親孫，地位尊崇，告發他需要極大的勇氣和膽量。審長史為表明上書不欺，才會先自殺闕下，以死來博取陛下信任。」劉徹道：「罷了，罷了。朕已經將雷被交給廷尉審訊，這件事等有了結果再說。你們都退下吧。」

等李蔡和東方朔盡數退出宣室，劉徹才對身邊的霍光道：「這未央宮是越來越不安全了。五年前，你兄長霍去病帶人搜捕大乳母賓客住所，搜出了一張畫有長樂宮密道的地圖，朕派人到長樂宮暗中驗證，竟然八九不離十。這未央宮是前朝舊宮，想來也有不少不為人知的暗道。而今宮裡的人更靠不住了，雷被被押進宮不久，審卿便搶先自殺，可見有人暗中給他通風報信。」

霍光見皇帝怨氣頗重，不知道該怎麼回答，只能悶不作聲。

劉徹道：「你沒有什麼可說的麼？」霍光勉強道：「陛下心情不好，臣不敢多嘴。」劉徹道：「你倒是個老實孩子。朕有一件事派你去辦，你帶一些人，冒充是丞相長史審卿的門客，去廷尉府將雷被劫奪出來。」

霍光大吃一驚，道：「陛下說什麼？」劉徹道：「不必驚訝。當初你舅舅衛青大將軍被館陶公主囚禁，也是公孫赦和張次公帶人將他從獄中救了出來。朕讓你劫獄，也是有目的的。」

皇帝親自委派的劫獄計畫還沒有來得及實施，事情又起了新的變化——劉安的庶孫劉建親自來到長安，訴說淮南王不肯行推恩令，虐待庶子，而且正陰謀反叛。

劉建的父親名劉不害，是淮南王劉安的庶長子，因為不是王后所生，不得劉安寵愛。本來按照朝廷頒布的推恩令，劉不害也該在淮南國內得到一塊封地，但劉安不願意削弱自己的實力，不肯封地給劉不害。太子劉遷也因為自己是嫡子身份，對長兄劉不害很是無禮。劉建看到父親被多方迫害，很是不滿，私下招募勇士，預備刺殺太子劉遷，然後立父親當太子，結果事洩。劉建被逮捕，太子劉遷命人將他綁在馬廄中，用鞭子抽得死去活來。後來劉建暗中得人幫助，才逃出淮南國，趕來京師告發。

漢代以孝治國，劉建身為人孫，告發祖父和叔父謀反是大不孝。以往多有諸侯王庶子因為與嫡子爭寵而告發父親謀反者，通常會先於謀反者被棄市處死。但正逢雷被案發，劉建的證詞得到採信。在他的指引下，廷尉逮捕了正住在長安淮南邸中的淮南國中郎伍被。伍被和盤托出一切，事情才算真相大白。

原來劉安一意謀反，倒不是如何窺測皇位，而是他讀書多，對皇權的刻薄寡恩有清醒的認識：漢高帝封了八個異姓王，坐穩皇帝寶座後一口氣剷除了七個，都是以謀反之罪，其中就包括第一任淮南王英布。漢文帝劉恒即位後第六年，便逼得唯一在世的弟弟第二任淮南王劉長自殺，罪名也是謀反。而實際上，天下多有認為劉長謀反是朝廷羅織罪名製造出來的冤獄，因為如果真是謀反，文帝就不會內疚之下繼立劉長五歲的長子劉安為淮南王了。劉安長大成人後得知父親其實根本沒有謀反之心，不過是文帝命舅舅薄昭寫信嚴厲斥責劉長，劉長擔心被朝廷誅殺，驅逐了朝廷任命的官吏，派人聯絡匈奴、閩越，做了一些逃亡的準備，結果反倒成了謀反的罪證。劉安知道了真相，父親之死遂成他心中的死結。

景帝在位時，爆發了吳楚七國之亂，劉安時年二十五歲，本欲參與其事，但因為下屬阻止而沒有採取行動，倒是由此避免了身敗名裂的命運。

當今天子即位之初，劉安到京師朝見，劉徹之舅武安侯田蚡為太尉，親迎於灞上，並奉承劉安道：「皇上還沒有太子，大王是高皇帝的親孫，廣行仁義，天下聞名。如果宮車某日宴駕，臣一定會設法迎立大王為皇帝。」

當時劉徹新即帝位，才十六歲，這番話並不是說他沒有兒子才地位不穩，而是因為他尊崇儒術，與好黃老之術的太皇太后竇漪房大鬧矛盾，竇太后為文帝皇后、景帝之母，在景帝一朝就已經權傾朝野，劉徹與她衝突，自然引發了不少廢立的傳聞。劉安也略有所知，聽了田蚡的話很是高興，送給他大量金錢財物。也正是從這個時候起，劉安開始有了當皇帝的野心。後來田蚡倚仗姊姊王太后當上丞相，與竇嬰不和，竇嬰好友灌夫為朋友出頭，預備告發田蚡接受淮南王劉安賄賂之事。田蚡十分害怕，才勉強同竇嬰和解。但不久後田蚡即藉口灌夫不服太后，逮捕了灌夫，並不等皇帝指示，關押了灌夫全家和族人。王太后則以絕食威脅，逼迫劉徹族誅了灌夫。

劉安好道家思想，崇尚「無為而治」，如此便與劉徹的「罷黜百家、獨尊儒術」國策大相徑庭。他又是漢高帝劉邦唯一在世的孫子，是地位最尊的諸侯王，預料皇帝早晚向自己下手，所以廣置門客，不斷地積蓄力量，為有朝一日的謀反做著準備。

淮南國翁主劉陵聰慧美豔，有心助父王一臂之力，自願來到京師，做了公主的伴讀，充當奸細的角色。劉安還派出許多心腹，混入朝中重臣門下當門客，譬如手握兵權的大將軍衛青，一旦劉安舉事，這些門客就找機會刺殺衛青，令朝政自亂。

至於雷被，也的確是劉安的心腹，他與淮南太子劉遷比武不慎失手，傷了太子，在淮南國待不下去，遂設法逃走。劉安生怕雷被會到京師告變，派伍被帶人一路追捕。伍被分別派了心腹武士在未央宮北闕、東闕及重要官署外埋伏，一旦雷被露面，就當場殺了他，如同當年郭解門客殺死為楊昭父子鳴冤的死士一樣。誰知道雷被根本未進長安，直接去了茂陵尋訪司馬琴心，結果遇到郎官蘇武和夷安公主，被帶進了未央宮。公主侍從不少，又剛好有一大隊衛卒經過，守在北闕外的刺客沒敢出手，飛奔回淮南邸向翁主劉陵和伍被稟告。之前因為丞相長史審卿有心報祖仇，一直派人暗中搜集淮南王的罪證，劉陵曾有意派雷被去與審卿結交，用重金收買了幾名審府的奴僕，想知道他到底瞭解多少內幕，當此危急關頭，正好可以利用這一點。伍被遂模仿審卿筆跡寫下遺書，將書簡和毒藥交給審府僕人，毒害了審卿，裝作是自殺的樣子。不久，劉陵被召入宮，果然利用之前的金簪之計和雷被與審卿有交成功為淮南國辯護。若不是姪子劉建突然殺出，事情本可就此平息。

劉建和伍被的證詞證實了之前雷被的證詞，廷尉張湯將案情上報後，皇帝下令在京師展開大搜捕，淮南國翁主劉陵、與劉陵交好的將軍張次公、中大夫嚴助等許多官吏被捕下廷尉獄。劉徹又派人到淮南，以「陰結賓客，拊循百姓，為叛逆事」等罪名發兵包圍了淮南王宮，淮南王劉安、王后、太子劉遷均自殺。

負責案子的廷尉張湯深知皇帝有意藉此案一舉剷除諸侯王勢力，窮追不捨，衡山王劉賜、江都王劉建均被認為與淮南王串通一氣，劉賜和劉建先後自殺，三國國除置郡，均收歸中央朝廷管理。

皇帝劉徹隨即下詔制定專門針對諸侯國的《左官律》[16]，貶損諸侯王權勢，嚴懲諸侯王國官吏的犯罪行為。不久，又藉口酎金金質不純，引《酎金律》[17]，一舉削奪一百零六個列侯的爵位。自此，諸侯王及列侯勢力大衰，再無能與朝廷抗衡者。

---

16 左官律：左官指諸侯王國的官吏。漢代以右為尊，舍天子而仕諸侯，故稱為左官，含有政治上歧視的意思。

17 酎金律：漢制，諸侯貢金以助祭宗廟稱酎金。酎是一種優質酒，自四月至八月分三次追加原料反覆釀成。漢文帝時規定，每年八月在京師長安祭高祖廟獻酎飲酎時，諸侯王和列侯，要按封國人口數獻黃金助祭，每千人貢金四兩，餘數超過五百人的也是四兩，由少府驗收。酎金之制即由此產生。諸侯獻酎金時，皇帝親臨受金。如發現黃金的分量或成色不足，則要受罰，諸侯王削縣，列侯免國。這種有關酎金的法令稱為「酎金律」。

按大漢律令，與諸侯結交是重罪，受淮南王劉安、衡山王劉賜、江都王劉建三王謀反案牽連而被誅戮棄市的列侯、二千石官員、世家豪傑等達數萬人，京師血流成河。這是當今天子即位以來牽涉最廣的一起大案，稍有干係即受牽連，一些朝中大臣僅僅因為仰慕劉安風采才華，與淮南略通書信往來，也被廷尉毫不留情地判處死刑。江都翁主劉徵臣早已嫁給王太后兄長之子為妻，受兄長劉建牽連，也沒能逃脫屠刀。帶著鹹氣的血腥味一度籠罩在長安上空，給人們心中帶來陰鬱和不祥的感覺。

右內史汲黯認為皇帝性格嚴峻，殺人過重，直言勸道：「陛下即位後招攬天下賢才，求賢甚勞，常恐有所遺漏，可是往往所信用的人才稍有過錯，即被誅殺，人未能盡其才。有限之士，恣無限之誅，臣恐天下賢才將盡，誰來與陛下一起治理國家呢？」說到痛處，十分激憤。

劉徹卻笑答道：「世上怎麼會沒有賢才呢，只怕你不能發現他們，假如都能發現，還怕沒有賢才嗎？所謂才者，指有用之器，有才而不肯盡用，與沒有才能一樣，不殺何用？」

汲黯無話可駁，只得道：「陛下心裡欲望很多，只在表面上尊崇儒術、施行仁義，怎麼能真正仿效唐堯虞舜的政績呢？」

劉徹聞言色變，當場罷朝，拂袖走入內堂，餘怒未消，對身邊的近臣道：「汲黯太愚直，太過分了！」不久即調汲黯為外郡太守。

當然，也並非完全沒有被寬假之人，雷被便因為有人出面說情而被特赦。不過這個從皇帝屠刀下救人性命的卻不是狂人東方朔，而是驃騎將軍霍去病。劉徹聽到霍去病為雷被求情時，也是愣了好久，才問道：「是琴心讓你來說情的麼？」

霍去病正色道：「不是，淮南案發，臣的妻子自始至終沒有說過一句話。但若是雷被死了，臣想她也不會快樂的，這不是臣所希望見到的。」

因她喜而喜，因她悲而悲，不計付出，不計所得，這是何等深厚的感情，居然發生在名噪天下的驃騎將軍身上。劉徹有些羨慕，甚至有些嫉妒起來，什麼時候他也能對一名女子產生這樣刻骨銘心的情感呢？千秋萬歲，長樂未央，結心相思，毋見忘。

悠然神思了許久，天子終於開了金口：「霍卿可持朕節信，去廷尉獄赦免雷被。」

另外還有一名皇帝主動赦免的人——江都王劉建之女劉細君，她是劉徹最尊敬的名儒董仲舒的義女，一直長在董府，避免了像她的母親、兄弟、姊妹那般被斬首示眾的命運。

但茂陵也從此少了一位笑語晏晏的少女。人倚蒼莽原，雲凝萬古愁，山色不知秦苑廢，水聲空傍漢宮流。劉細君經常鬱鬱寡歡地站在咸陽原上東望故國，渭水西風，長安葉亂，雲霧淒迷，思情婉轉，幽遠深邃的哀愁完全占據了她的身心。這個時候，她完全不能想像，比起她日後所擔負的和親烏孫、截斷匈奴右臂的使命，喪父喪母喪親僅僅是她悲劇命運的開始。

天下起了細密的小雨。雨絲綿綿，淅淅瀝瀝，浸透深沉的大地，也給整個咸陽原籠上一層輕煙般的薄紗。景致恍惚了起來，朦朧而迷離。天幕在雨聲中黯淡了下去，彷若愁人的心境。

卷六 眾叛親離

元狩四年，大漢再次出擊匈奴。皇帝劉徹對此戰勢在必得，因而傾盡國力——大將軍衛青、驃騎將軍霍去病同為主帥，各帶領五萬騎兵、四萬隨軍運送行裝之私人馬匹和數十萬步兵及轉運者，分別從定襄[1]、代郡出發，共擊匈奴單于於漠北，這就是歷史上著名的「漠北之戰」。

郎中令李廣亦多次請求隨軍出征，皇帝認為他已經年老，並不答應。李廣卻是非要上戰場不可，甚至託堂弟李蔡說情。劉徹礙於丞相的情面，不得已才准許李廣出戰，任命其為前將軍，隨大將軍衛青出征。但臨出發前，劉徹特意單獨召見衛青，叮囑道：「李廣年老數奇，命蹇時乖，千萬不要讓他獨當一面與單于對敵。」

衛青一軍出塞後，前隊哨探捕到了幾名匈奴士卒，從他們口中得知伊稚斜單于正親自帶領精兵在沙漠北面布陣。衛青決定親自帶領精兵與伊稚斜單于交鋒，命令前將軍李廣和右將軍趙食其從東路側翼出擊，策應主力軍隊。東路道遠，而且水草極少，不利於行軍。李廣請求道：「臣的職務是前將軍，大將軍卻命令臣改從東路出兵，於情理不合。況且臣自少年時代就與匈奴作戰，直到今天才得到一次能與單于對敵的機會，臣願意做為前鋒，和單于決一死戰。」

衛青因為皇帝之前的警告，始終不同意李廣的請求。另外還有一個他說不出口的原因——他的親信好友兼救命恩人公孫敖上次出擊匈奴時丟掉了侯爵的身份，此次任中將軍出征，他想讓公孫敖跟自己一起與單于對敵立功，好重新恢復侯爵的身份，所以有意把前將軍李廣調開，排斥在主力之外。

李廣心中也明白是怎麼回事，堅決要求大將軍收回調令。衛青不肯答應，命長史寫文書發到李廣軍中幕府，催促李廣快點出發。李廣性格內向，經歷多次挫折之後，人變得愈發憤世嫉俗，此時被衛青反覆催促，心中惱怒異常，既不與大將軍告辭，也不做充足的準備，就憤然起程離去。

衛青一軍向北行軍一千多里，穿過了瀚海大漠。之前衛青、霍去病幾戰獲勝，均是以輕騎突擊，靠奪取匈奴糧草補給軍隊，這次伊稚斜單于學了乖，在漢軍降將趙信的指點下，預先將全部輜重運往北方，自己親自指揮精兵在沙漠以北嚴陣以待。衛青發現敵軍結陣後，立即就地紮營，營外用武剛車連接環繞，形成一道堅固的屏障，再發出五千精銳騎兵向敵陣衝鋒。

伊稚斜單于立刻派出一萬騎兵迎戰，雙方搏鬥得異常激烈。沙漠多風沙，到黃昏時分，大風陡起，飛沙走石，人難以睜開雙眼，兩軍即使面對面也不能辨別對方。衛青遂下令漢軍全面出擊，分左右兩翼包抄，把伊稚斜單于包圍了起來。

伊稚斜單于見漢兵大隊加入戰團，步步緊逼，很是惶恐，急率數百精壯的騎兵，一鼓作氣衝出漢兵的包圍，向西北逃逸。

當時天色已黑，雙方在暗黑中廝殺，各自傷亡都很慘重，居然沒有人發現伊稚斜單于已經逃走。後來漢軍捕捉到一名敵將，才知道單于在傍晚時刻就已經突圍逃走。衛青急忙發出輕騎追趕，自己率主力大軍緊隨挺進。到黎明時分，漢軍追奔二百餘里，沒有追到伊稚斜單于，卻捕斬了匈奴兵將一萬九千人。衛青一路進軍到窴顏山趙信城[2]，燒毀了匈奴的囤糧，奏凱而歸。

這場會戰雖未能生擒伊稚斜單于，但匈奴主力卻被打散。許多匈奴人都不知道單于的死活去向。十多天後，單于

1 定襄：今內蒙和林格爾。

2 窴顏山趙信城：今蒙古國中戈壁省翁金河東。窴，讀作「田」。

依舊下落不明，匈奴右谷蠡王遂自立為單于，湊巧伊稚斜單于率領殘部回來，才沒有造成更混亂的局面。

而前將軍李廣領兵與右將軍趙食其合兵後匆匆從東路進發。因為出發倉促，負責引路的前鋒哨探裴喜對地形又不熟悉，也一直都沒有找到嚮導，兩軍在茫茫大漠中迷失了道路，結果未能按期到達指定地點，只在大將軍衛青歸師途中相會。

按照軍法，誤期是死罪，李廣只簡單地謁見了衛青，也不解釋為什麼會誤期，隨即便回到自己軍中，態度十分冷淡。衛青雖然寬厚，但畢竟是領導全軍的大將軍，心中很不高興，立即派長史送乾糧和酒給李廣，「順便」詢問失期的原因，說是要給天子上報。李廣聽出長史話中隱有責難之意，更加憤怒，虎著臉拒絕回答。

長史悻悻拂袖而去後，前鋒哨探裴喜來向李廣請罪。李廣搖頭道：「這不能怪你。」深深嘆了口氣，道：「老夫自少年從軍，與匈奴大小七十餘戰，從來都是有進無退。如今跟隨大將軍出征，有幸同單于主力交戰，可是大將軍一定要老夫迂迴繞道東路，以至迷失道路，貽誤了戰機，叫老夫說什麼好呢！」憤懣之情，溢於言表，顯是對衛青有意調開自己滿腹怨恨。

裴喜道：「其實將軍本可以如期穿過沙漠的，是臣有意將大軍引入了迷途。」李廣一愣，道：「你說什麼？」裴喜道：「將軍不記得小臣了麼？當日在右北平郡戍軍軍營，我曾經當眾罵過你『老匹夫』，差點被你下獄整死。」

李廣隱約記了起來，道：「我記得你！你不是僕多的部下麼？而今僕多已經封侯，是驃騎將軍的得力幹將，你怎麼來了我軍中？」裴喜笑道：「這次是我自己主動要求來當飛將軍的前鋒哨探。李廣，你實在是太老了，這次不殺你，我就再也沒有為父復仇的機會了。」

李廣道：「你……你是……」裴喜道：「你忘了霸陵尉麼？」

原來裴喜正是被李廣殺死的前霸陵尉胡豐之子，他為報仇方便，隱去真姓，改為母親姓氏。至於胡豐臨死時稱關東大俠郭解會為他報仇也不是危言聳聽，裴喜之母是著名女相士許負的孫女，而郭解則是許負的外孫。胡豐死後，裴喜決意為父親報仇，但為郭解所阻。裴喜道：「殺父之仇，不共戴天。我身為人子，不能為慈父復仇，還有何顏面存世？」當即要自殺。郭解制止了他，告之道：「李將軍殺你父親的確不該，但他是國之飛將軍，是匈奴人畏懼的勁敵，我們不能因私廢公。只要我在世一日，你就不能向李將軍復仇。」逼迫裴喜立下重誓。按郭解的想法，李廣年紀遠比他大，當然也會比他早逝，他這句話實際上是要約束裴喜今生不准向李廣報仇。

哪知道白雲蒼狗，世事難料，郭解因為遷徙茂陵之事被朝廷追捕，逃亡後下落不明，民間流言說他已經死在深山中。裴喜遂決意復仇，他潛回河內故里，用錢買來高爵位，又主動調撥到右北平郡的戍卒戍邊，想以此來接近時任右北平郡太守的李廣。到達軍營後，才知道軍規森嚴，行刺李廣幾乎不可能。湊巧李廣某日到軍營時與校尉僕多爭吵，裴喜一怒之下挺身怒罵李廣，將積蓄幾年的憤恨宣洩，但也因此與僕多一起下獄。

很快李廣被調回京師，路博德接任右北平郡太守，將僕多和裴喜都放了出來。裴喜意外得知李廣被召回京師是因為有胡巫勇之在天子面前稱其「年老數奇，命運多蹇」，與匈奴作戰必不能取勝，李廣接詔後氣得當眾嘔血，最終還是不得不奉詔，鬱鬱返回京師後，他這才意識到報仇並不一定要用武力行刺這種方式。後來郭解被族誅，牽連極廣，他因隱姓埋名反而得以保全，從此安心等待機會復仇。

裴喜一直跟隨僕多，歸驃騎將軍霍去病節制，始終沒有跟李廣同時出軍的機會。好不容易等到這次漢軍傾巢而出，李廣被任命為前將軍，遂主動要求調衛青前軍。他因幾次跟隨霍去病出塞，熟悉沙漠地形，所以擔任前鋒哨探一職。正好大將軍衛青又堅持將李廣調離主力，給了他絕好的報仇機會。漢軍軍法嚴酷，失期者死罪，只要李廣未能按大將軍約定的期限到達，一定會被軍正判腰斬。

裴喜表明自己身份，這才狂笑道：「如何，我這報仇的手段可比一刀殺了你這老匹夫強多了，你就等著大將軍派人來捕捉你去受審吧。」不待士卒圍上，即拔出佩刀，橫在頸上，仰天笑道：「父親，孩兒終於為你復仇了。」手肘用力回拉，登時一股血箭噴出，笑聲戛然而止。他抽搐了兩下，直挺挺地倒了下去。

眾將士面面相覷，一齊望著李廣。李廣呆在當場，半天作聲不得。白髮蒼顏，急痛攻心，看起來十分可憐。

裴喜雖然沒有用兵刃傷害李廣的身體，其話語卻像利刃一般刀刀戳中了他心口——裴喜說的不錯，他雖然還活著，卻等於已經死了。按照軍法，失期當判主帥腰斬，他和手下五名校尉都逃脫不了死亡的命運。他已經七十多歲，就算天子開恩，再次允許他用錢贖罪，然而再也沒有上戰場的可能。這是他人生中的最後一戰，也成了他人生的終點。

一生戎馬倥傯，歷歷在目——文帝劉恒曾對他的英勇和膽氣無比讚嘆，惋惜他生不逢時，若是生在征戰頻繁的高帝時期，當可因戰功封萬戶侯；景帝劉啟在位，爆發吳楚七國之亂，他任騎郎將，跟隨太尉周亞夫平定七國之亂，於昌邑一戰成名，聲震天下，甚至連景帝同產弟梁王劉武也十分仰慕，特意派人送將軍金印給他。他接受了金印，卻不知犯了景帝大忌。班師回朝後，許多匈奴降將如韓頹當等都因戰功封侯，唯獨他沒有得到景帝的任何封賞；他任邊郡太守時，因頻頻出戰，又被一力主張和親的景帝調離前線；終於等到一心抗擊匈奴的當今天子劉徹即位，滿以為可以大有一番作為，皇帝卻跟前朝暴君秦始皇一樣，迷信方術，相信了胡巫污稱自己命運不濟的話，始終不肯再重用他。他當真命運不濟麼？他的飛將軍名號完全是靠自己一弓一箭贏來的，而不是因為姊姊當了皇后、舅舅做了將軍才得以出任軍中主帥。可這些靠裙帶關係爬上高位的人偏偏怎麼運氣那麼好呢？當真是老天爺青睞他們麼？大將軍那般排擠他，即使沒有裴喜從中搗亂，他就會立下功勞麼？怕是也不能吧。

他就那麼呆呆站立在那裡，不知道自己究竟站了多久，直到有士卒來稟道：「大將軍派人急召將軍到幕府問話。」

李廣轉過頭去，卻見手下校尉和右將軍趙食其都已經被士卒繳下兵刃，押在一旁。原來衛青聽長史回報李廣置之不理的態度後，更加憤怒，立即派長史帶兵來捕捉李廣及部屬審問。

李廣走過去，昂然道：「校尉們沒有罪，他們只是聽命於老夫，是老夫自己迷失道路，我這就跟你們去大將軍幕府受審對質。」

他的白髮在夕陽的餘暉中隨風飄蕩，發出閃爍不止的金色光彩，映出蒼涼的英雄氣概。

來到衛青幕府前，李廣轉身對右將軍趙食其道：「我已經七十多歲了，用不著再上公堂受審。」不等趙食其回答，飛快地拔出刀來，橫刀自刎。他的一生，都在渴望征戰沙場、馬革裹屍，就算要死，他也要死在這裡。

趙食其大驚失色，忙扶住李廣，連聲叫道：「來人！快來人！」

衛青聞聲奔出帳來，見李廣橫臥在血泊中，忙命人去叫軍醫。然而一切已經遲了，白髮丹心，一代名將就此悲慘地隕落在大將軍幕府前。

衛青自己亦是手足冰涼了起來，他是個柔和的人，並沒有太多自己的主見，雖然出擊匈奴場場得勝，那不過是嚴格遵照皇帝的計畫辦事。他知道李廣為什麼自殺，為什麼特意在大將軍幕府前自殺，這本身就是一種無聲的抗議。他雖然自認並沒有做錯什麼，但天下人從此都會認為是他逼死了飛將軍，雖然他不需要承擔任何責任，但這罪名於道義上太過沉重，將他心頭大獲全勝的喜悅沖得乾乾淨淨。

軍中將士自發地聚攏在幕府，先是望著李廣的屍首發呆，漸漸響起了輕輕的啜泣聲，聲音越來越大，終於有人失去控制，開始痛哭出聲。

全軍垂涕慟哭的場面讓衛青愈發不安，他恍然明白了過來：原來就算飛將軍出擊匈奴沒有打過一場勝仗，卻依舊是天下人心目中無可比擬的英雄。李廣到底是個什麼樣的人，他如何做到了這一點？

李廣死時，其子李敢正跟隨驃騎將軍霍去病在狼居胥山[3]，享受勝利的喜悅。

雖然這次出戰大將軍和驃騎將軍地位相等，同任主帥，但皇帝劉徹仍然對二十一歲的霍去病顯出偏愛之心，將所有漢軍精銳都調到其麾下，好讓他再立不世軍功。霍去病所率領的部屬均是千挑萬選出來的精兵，帶隊的將領如校尉

3 狼居胥山：今蒙古德爾山。

李敢、右北平太守路博德、北地都尉邢山、校尉僕多、徐自為等人，都是軍中最傑出的猛將，雄心勃勃，英勇善戰。而軍校趙破奴、復陸支、伊即軒等人要麼長期在匈奴生活，要麼本身就是降漢的匈奴人，熟知地理，慣於在沙漠中行軍。

霍去病一部自代郡出塞，北上行軍二千多里。越過離侯山，渡過弓閭河，與匈奴左賢王主力遭遇。漢軍各將分頭作戰，各自斬將奪旗，獲得大勝。霍去病本人率領的軍隊戰果更是輝煌，擒住了匈奴屯頭王、韓王等三人，將軍、相國、當戶、都尉等八十三人。這次戰役，總計斬擄匈奴兵約七萬多名，匈奴左賢王部幾乎全軍覆滅。

最終，大軍在北海[4]之上勝利會師。霍去病下令在狼居胥山主峰上築起高壇，舉行了封禮，在姑衍山旁開闢廣場，舉行了禪禮。全軍將士同時舉起火炬，慶祝戰功，祭告天地，祭奠烈士，犒勞全軍。場面極為壯觀。

在這次著名的漠北大戰中，衛青一軍所到的趙信城，霍去病一軍所到的狼居胥山和姑衍山，都在大沙漠北邊。兩路遠征大軍深入匈奴腹地，均獲得了重大戰果，取得了大漢抗擊匈奴戰爭史上空前輝煌的勝利。匈奴受到致命打擊，元氣大傷，聞風喪膽。此後，匈奴長期遊牧於漠北，無力南下，出現了「匈奴遠遁，漠南無王庭」的局面。

然而戰爭終歸是極其艱苦的，代價是極其巨大的。在這一次重大的戰役裡，漢軍傷亡數萬，損失馬匹十一萬匹多，功不補患。因為缺少馬匹，大漢在很長時間內難以組建足夠數量的騎兵部隊。而作戰軍費花銷巨大，消耗光了文、景兩代積累起來的巨額財富，財政上也出現空前的危機。從此以後，大漢也再無力對匈奴發動大規模戰爭。

在這次戰爭中，衛青雖然勝利程度不遜於外甥霍去病，但卻沒有增加封戶，其下屬軍吏卒沒有一人因此而封侯。傳說天子劉徹亦傷痛李廣之死，是以有意貶抑大將軍功勞。與李廣同時失期的右將軍趙食其下獄問罪，被軍正判處死刑，劉徹准其出錢贖為庶人。

而驃騎將軍霍去病則風光無限，加封食邑五千八百戶，部屬右北平郡太守路博德等四人被封侯，從驃侯趙破奴等二人各加封三百戶，校尉李敢封關內侯，食邑二百戶等，軍吏卒為官，賞賜甚多。

李敢是在封侯當日得知父親因失期畏罪自殺的消息的，幾乎不能相信這是真事，一路急馳回長安，親眼看到李廣的屍首後，才跪倒在地上，捂臉痛哭了起來。他的第二任妻子梅瓶扶起他勸道：「人死不能復生，還是早些安排大人的後事吧。」

梅瓶就是劉徹同母異父姊金俗的女兒，早先嫁給淮南王太子劉遷，因淮南王劉安有心謀反，太子身邊不便有朝廷的人，所以令劉遷有意冷落她，逼得她自行返回京師娘家。梅瓶完全不明就裡，見與丈夫復合無望，又由皇帝做主改嫁給李敢，反而因禍得福，沒有捲入淮南王謀逆大案中。

李廣已經七十餘歲，算是漢人中的高壽者，又是死在戰場上，當是死得其所。李敢只是不能接受父親自殺而死的事實，抹一把眼淚，道：「有勞夫人多費心。」轉身出堂，招手叫過跟隨李廣的任立政、管敢等侍從，詢問到底是怎麼回事。

任立政便說了前霸陵尉胡豐之子裴喜為父復仇、有意引軍迷路失期之事，李敢聽完半晌無言。

管敢道：「其實飛將軍自殺主要還是因為……」任立政忙道：「其實就算失期判死罪，天子也會准予贖刑，主要還是因為飛將軍不願意受刀筆吏侮辱。」李敢悶不作聲，好半天才道：「知道了，你們先下去吧。」

幾名侍從遵命退了出來。管敢道：「裴喜固然該死，可若不是大將軍排擠飛將軍在先，有意調我們繞遠東路，裴喜就是想搗鬼也沒有機會。你為何不讓我將實情告訴小李將軍？」任立政道：「小李將軍性格火爆，你告訴他實情，是想要他拔刀去殺大將軍替父報仇麼？這件事，誰也不准再提。」

忽聽得有人問道：「是衛青大將軍害死了祖父麼？」

眾人驚然轉過頭去，卻見李廣九歲的孫子李陵站在院中，身邊還有一名十五六歲的少年，正是驃騎將軍霍去病的

4　北海：今貝加爾湖。

親弟霍光。

任立政忙走過去假意問道：「霍郎官又是來跟我家陵公子學習箭法麼？」霍光點了點頭，道：「不過我才剛剛知道飛將軍不幸身故，正想要進去祭拜。」任立政道：「不忙，咱們先去後院比試一番射藝如何？」

李陵卻不肯甘休，問道：「大將軍為何要害祖父？」任立政道：「哪有這回事？陵公子聽錯了，我們是在說飛將軍這次出戰歸大將軍節制。」

李陵不知道是真信了，還是心中已經明白是怎麼回事，不再追問，默默領著霍光進來靈堂。霍光跪在靈柩前磕了三個頭，這才告辭出來。郎官五天一休假，他今日不當值，兄長大軍尚未回京，便乾脆來到董仲舒家，想順路探訪劉細君。

劉細君正站在門前，與一名四十歲出頭的中年男子交談，見霍光騎馬過來，低聲說了一句什麼，那男子便低下頭，匆匆往東去了。

霍光知道劉細君素來不出茂陵，所交往的人極其有限，不禁好奇，問道：「那人是誰？」劉細君低聲道：「是我父王的舊部。」

既是江都王劉建的舊屬，行蹤又如此詭祕，那麼多半是逃犯了。霍光遂不再多問，簡略寒暄了幾句，就此作別。走上中街，正遇到阿兄的岳母卓文君與東方朔一道散步。東方朔扶著拐杖，行走得十分遲緩，卓文君倒也耐心陪在一旁，二人一路交談，似乎頗為愜意。

霍光忙下馬上前參拜。卓文君對女婿和女婿的弟弟都不怎麼喜歡，只淡淡一點頭。東方朔道：「霍君怎麼一身便服，不是來茂陵公幹麼？」霍光對這位天下第一聰明人仰慕已久，忙道：「小子是來向李陵學習射箭的，不料想飛將軍身故，遺體剛剛運回家。」

卓文君眉頭一挑，道：「飛將軍身故了？」不再理會霍光，忙命僕從攙扶了東方朔，轉身往李廣家趕去。

霍光騎馬回到長安城，進來家門，院子中的紅藍花開得正盛，這是霍去病攻破河西時特意從焉支山帶回來的，又親手為妻子種植在院中，說是花開時可以淘出花瓣裡面的紅汁，匈奴人稱為「胭脂」，專門用來美容。司馬琴心也依言淘出紅汁，卻只當作染料使用，而今家裡的楹柱都是用這種胭脂染成，別有一種天然風韻。

一名衛府的僕人剛好到來，說是今晚大將軍要在府中舉辦家宴，特來邀請司馬琴心和霍光參加。司馬琴心因為丈夫軍務繁忙，還沒有班師回京，愛子霍嬗剛滿一歲，不願意離開孩子一步，遂只應允讓霍光去參宴。

霍光有些難為情，其實說到底，他姓霍，跟姓衛的真的沒有太大的干係。他跟這一大家子皇親國戚扯上親戚，不過是因為他跟霍去病是同一個父親生的，而他阿兄的母親衛少兒，正是拋棄他父親的女人，霍仲孺至今提起來還怨恨不已。但既然阿嫂要自己去，也只得滿口答應。他自跟隨霍去病來到京師，雖然皇親眾多，然而大多陌生疏遠，兄長為人又苛刻嚴厲，頗有孤苦伶仃之感。倒是司馬琴心對他噓寒問暖，令他對這位醫術高明的嫂子多有親近和依賴之感，許多話也只敢對阿嫂說。

霍光逗了兩下小姪子，這才小心翼翼地問道：「阿嫂聽說了飛將軍的事麼？」司馬琴心道：「我聽到僕人們議論，說是飛將軍延誤軍期，在軍前畏罪自殺了。」

霍光道：「可是我聽到……聽到是大將軍逼死他的。」司馬琴心嚇了一跳，道：「這話千萬不能再說，知道麼？你先去換衣服，準備去大將軍府赴宴吧。」

霍光雖極不情願，還是不得已換了衣裳出門。

衛青也住在北闕甲第，乘車轉瞬即到。衛府談不上賓客雲集，只聚集了少數親屬。但宴席還沒有開始，就被不速之客打斷了——李敢排開侍從闖了進來，二話不說，舉拳就朝衛青臉上打來。在場的人都愣住了。等到李敢第二拳出手時，堂中賓客才像油炸開了鍋一般沸騰起來，叫的叫，喊的喊，嚷的嚷。數名侍從衝上來，死死抓住李敢手臂，將他強行拖了出去。

衛青一言不發，捂住臉匆匆跟了出去，片刻後又回到堂中，叮囑道：「今晚的事，誰也不准傳出去。」

他的臉頰高高腫起了一塊，聲音依舊平和，但因為他大將軍的身份，自有一股威嚴。衛青目光緩緩掃過全場後，最後落在了霍光身上。霍光不得不應道：「諾。」

雖然李敢出現的時間極短，但衛府上下卻由此籠罩上一層沉重的陰影。雖然霍光不知道其他人在想什麼，但他的腦海中卻反覆出現李廣的身形，他彷彿看見了飛將軍死不瞑目的樣子，令他不由自主地心悸起來。其他人的狀況未必比他好，家宴最終不歡而散。衛氏一族自然對李敢以下犯上相當不滿，但當晚居然有一個令衛氏欣喜的好消息傳來——皇帝最寵愛的王寄王夫人病歿了。

自王寄得寵，衛子夫便失去了皇帝的歡心。以色事君，女子年長色衰便會失寵，這原本也正常，只是眾人不明白為何皇帝會對一個癡癡傻傻的女子那樣迷戀。王寄恩寵最濃時，就連大將軍衛青聲名赫赫，也在門客寧乘的勸說下主動送黃金為王寄之母賀壽。寧乘勸道：「將軍之所以功未甚多，身食萬戶，三子為侯，是因為姊姊是皇后。而今王夫人得幸，其家族未顯富貴，將軍何不以千金為王夫人母親祝壽？」衛青遂以五百斤黃金厚贈王寄之母。王母入宮時將此事告訴王寄，王寄又轉告劉徹。劉徹召衛青問明情由後，讚嘆寧乘遠見，拜其為東海都尉。史稱寧乘一語得官。王寄入宮不久即為皇帝生下次子劉閎，愈發得到寵愛，一度威脅到衛子夫母子的地位。而今她突然病死，意味著衛子夫的皇后和劉據的太子地位又穩固了一層。

不日，驃騎將軍霍去病率軍回到京師，風光無限。皇帝又特加設大司馬位，大將軍衛青、驃騎將軍霍去病均為大司馬，令驃騎將軍秩祿與大將軍相等。此後，驃騎將軍寵遇日隆，連大將軍也相形見絀，威勢日日減退，衛青的故交、門客多離開他去投奔霍去病。

李敢毆打衛青之事並沒有傳開，李廣下葬後不久，他便被皇帝拜為郎中令，接替了父親的官職，堂而皇之步入九卿之列。大概劉徹的心中也略有不安，畢竟命衛青排斥李廣的正是他本人。但李廣之死遠遠比不上寵姬王寄病逝令他傷懷，皇帝食不香，睡不著，長久地在王寄住過的飛羽殿徘徊，形隻影單，看起來十分可憐。

上任右內史汲黯因忤逆皇帝已被出為外郡太守，死在任上，新任右內史義縱舉薦了一名名叫少翁的男子，稱其會方術，能召鬼神。劉徹如獲至寶，忙命人把少翁接進宮。少翁設壇作法，燈燭輝煌，笙歌喧天，折騰了三天三夜。到了第三天午夜時分，正值月圓，劉徹坐在紗帳重帷中，忽然燭影搖晃，一片朦朧中，隱約有女子身影翩然而至，模樣神態若王寄之貌。劉徹大喜過望，連忙趨前審視，可惜身影又徐徐遠去。劉徹思念王寄的心思更難以排遣了，時常借酒抒情，低吟淺唱：

是耶！非耶！

立而望之，偏何姍姍其來遲。

詞曲生動地表述了等待與王夫人相見的忐忑心情，頗有多情天子的風采。

這一日，平陽公主入見，劉徹留姊姊在漸臺宴飲，召協律都尉李延年奏唱新曲。

李延年即是之前收留關東大俠郭解黃棘里李翁的長子，郭解被族誅，他受腐刑當了宦者，在未央宮中為皇帝養狗，地位最為低下。但他相貌俊美，精通音律，擅長歌舞，一日忘情時淺唱低吟，被天子聽到，大為讚嘆。正好劉徹想改革郊祀之禮，大規模擴建樂府機構，遂令李延年為協律都尉，佩二千石印，掌制樂譜、訓練樂工、採集民歌。

李延年擅長採集各地民歌來創設新聲曲調，奉召來到漸臺後，當即獻上一支新曲。只聽見琴聲咚咚，如清風泠泠，分辨不清是什麼曲子。漸漸地，音調激越起來，聽得人頗為心喜。那曲子卻又轉為平和溫煦。李延年這才婉轉唱道：

北方有佳人，絕世而獨立。
一顧傾人城，再顧傾人國。
寧不知傾城與傾國，佳人難再得。

詞曲均極符合皇帝當下的心境。劉徹極為感慨，連連搖首嘆息說：「世上果真會有如此美貌的佳人嗎？唉，佳人難再得。」平陽公主忙道：「陛下有所不知，都尉君歌中所唱的美人其實意有所指，李都尉的妹妹李妍，正是傾城傾國的絕色佳人。」

劉徹立即下詔令李妍進宮，一見之下，果然瓊姿花貌，群芳難逐，且能歌善舞，豐盈窈窕。劉徹大為傾心，當場冊封李妍為「夫人」。自此，李妍深得寵幸，猶在昔日王寄之上。引薦李妍進宮的平陽公主和李延年也各有賞賜。

平陽公主又趁機為自己與前夫曹壽所生之子曹襄求娶衛長公主。衛長公主是皇后衛子夫的長女，是嫡長公主，身份比夷安公主這類庶出的公主要尊貴許多。劉徹滿口答應，不日即以衛長公主下嫁平陽侯曹襄。

李妍柔情綽態，奇服曠世，豔絕一時。她喜畫八字眉，劉徹便讓宮女們都跟著描畫這種眉式，於是八字眉成了長安風行的眉式。有一天，劉徹到李妍宮中，忽然覺得頭癢，順手拔下李妍頭上插的玉簪搔頭。自此宮中人人都學李妍的樣子，在頭上插一隻玉簪，一時長安玉價陡升。

劉徹幾次興兵，終於擊垮匈奴，報了九世之仇，文治武功震古鑠今，又得到絕世美姬，只覺得人生至此已經達到極致，若是能與鬼神相通，那麼便再無憾事。又拜少翁為文成將軍，賞賜極多，入宮也待為上賓，請其行方術代通鬼神，好求得長生不老。

和親也在這個時候重新提上日程。匈奴伊稚斜單于派使者來到長安，好言好語請求與大漢和親。劉徹下詔廷議，大臣們大多認為匈奴已是窮途末路，不配求娶公主，而是該向大漢俯首稱臣。只有博士狄山贊成和親，並說興兵動武會讓人民困貧。

御史大夫張湯不屑地道：「臣認為這是愚儒的無知看法。」狄山道：「臣雖是愚儒，卻總算是愚忠，不似你御史大夫張君，是詐忠。張君智巧足以拒諫，奸詐足以飾非，專用機巧諂媚之語，強辯挑剔之詞。喜歡無事生非，搬弄法令條文，內懷奸詐以御主心，外挾賊吏以為威重。」舉出張湯借淮南王、江都王謀反案大誅異己、牽連無辜的例子。

劉徹見張湯抵擋不住，忙問道：「朕若派卿去治理邊郡，卿能否像當初飛將軍駐守右北平郡那樣，做到讓匈奴秋毫無犯？」狄山道：「不能。」劉徹道：「那麼治理一縣呢？」狄山道：「也不能。」

劉徹又問道：「那一鄣[5]呢？」狄山見天子目光嚴厲，言辭步步緊逼，這才開始害怕，不得不回答道：「能。」

於是劉徹派狄山去邊塞，負責守衛最前線的鄣，又派丞相長史任敞出使匈奴，拒絕和親，令伊稚斜單于稱臣。伊稚斜大怒，扣留任敞，發兵攻打邊郡，正好打下狄山駐守的鄣，狄山被匈奴人砍下首級。

張湯以刀筆吏出身攀上三公高位，當上御史大夫，本來惹來許多非議，又連興大獄，死在他手中的人無數，不斷有耿直人士上書，請求罷免張湯。自狄山一事後，朝中無人再敢與張湯作對。他遂得以大展拳腳，主持造新幣，行算緡，權勢甚至在丞相李蔡之上。

匈奴的和親雖被拒絕，但另外的一門和親卻被提上日程。當年張騫歸漢之際，曾向劉徹獻計：西域有強國名烏孫，實力遠在大月氏之上，是西域中唯一能與匈奴相抗的國家。如果聯絡烏孫王，將原來匈奴渾邪王的地盤封給他，締約和親，等於砍斷匈奴的右臂。而烏孫一旦領頭，西域的那些國家也會爭相與漢結交。

5 鄣：讀作「章」，築在邊塞上要險之處的城（即碉堡）。

劉徹當初聽到計策就已經心動，只是當時通往西域的河西走廊尚在匈奴人控制中，聯絡烏孫極不方便，而今河西已盡歸入大漢版圖，通往西域的大門完全打開，遂決意再派張騫出使西域，並發佈詔書，公開招募出使烏孫的勇士。當年張騫也是以郎官身份主動應募，方才成就一代功業。朝野中欲效仿他的人不在少數，報名者極其踴躍。

霍光和李陵都很心動，想加入這次出使的隊伍。但李陵新喪祖父，有重孝在身，霍光則是剛剛向兄長霍去病提到此事，便被斷然拒絕了。

霍去病道：「大丈夫即使不能馳騁疆場，也該在朝中輔佐君王，出使胡地不是你該做的事。」

霍光聞言很是鬱悶，他其實並不知道自己該做什麼，武不能挽弓，文不能擬詔，也就是這兩年，才開始跟著李陵學習箭術，跟阿嫂讀一些書。他心情不好，不願意留在家裡，便獨自騎馬來到茂陵。本欲去找李陵，到大門前正好遇到一身斬衰的李敢，被這位新任郎中令狠狠一瞪之下，竟連進門的勇氣也沒有了。

只好又來到董府。劉細君站在門前，正與霍光上次見過的那名中年男子交談。霍光一直遠遠望著，等那男子離開，才策馬過去。

劉細君看見他，便叫道：「霍光哥哥。」這是霍光最喜歡聽的聲音。他翻身下馬，過去問道：「那人又來了麼？他……應該是逃犯吧。」劉細君道：「嗯。」

霍光見她神色，猜她不願意舉報這人，勸道：「雖說茂陵不比城裡那般森嚴，可你還是要小心些。」劉細君道：「他……他是要找我借錢逃亡。」霍光道：「原來是這樣。要是你不方便的話，我可以替你借給他的。」

劉細君歪頭想了半天，揣度自己的確沒有能力相助父王舊屬，便應道：「好吧。」霍光忙問道：「他叫什麼名字？住在哪裡？」劉細君：「他叫如侯，就住在茂陵大戶袁廣漢的家裡，不過這件事你千萬不能告訴旁人。」

霍光來京師已經兩年，對一些著名的人物和掌故多少有些瞭解，心道：「這如侯既然能與袁廣漢這樣的富豪交結，還需要找細君借錢麼？況且她早已經不是江都翁主了，既沒有封地，又沒有食邑。」但他得劉細君信任，很是欣喜，不願當面忤逆她，便道：「好，我這就去找他，問他想要多少錢。」又叮囑道：「你可千萬不要再跟他來往了。」劉細君道：「嗯，他說他只是要路費，拿了錢就會立即離開這裡。」

霍光來到袁廣漢的豪宅，請門僕通報找如侯。門僕不知道他是驃騎將軍的弟弟，見他相貌普通，土裡土氣，不愛理睬，只道：「如侯出門還沒有回來。」

霍光又等了一會兒，仍不見人影，便道：「等如侯回來，請告訴他，有人託我將一筆錢轉交給他，請他直接來北闕甲第找我，我叫霍光。」

那門僕一聽見「北闕甲第」四個字，立即換上蜜糖般的笑容，道：「足下姓霍麼？不知道是甲第哪一家……哎呀，莫非是驃騎將軍府上？」

霍光點點頭，不再理會那前倨後恭的門僕，上馬自回來城中。

到甲第時，正見到霍去病意氣風發，前呼後擁地帶著大批騎從出門，霍光慌忙退到一邊，生怕被兄長看見。其實除了敬畏外，他也很羨慕兄長，才二十一歲年紀，就已經是舉國敬仰的英雄，大漢立國，還未有如此年輕便躋身三公[6]者。豔慕之餘，不禁心想：「自己要是有這麼一天就好了。可是兄長自幼長在皇宮，被天子精心栽培，學習文才武略，騎馬射箭，付出了多少汗水，又有天子力捧，始有今天的成就。而自己不過是個平陽來的傻小子，不會武藝，不會讀書，又拿什麼跟兄長比呢？別說三公九卿，今生今世能當上二千石的大官就是萬幸了。」一想到阿兄風光無限，自己卻是如此窩囊無能，不免怏怏滿懷。等一行人走遠，這才進門。

司馬琴心聽說二公子回來，忙迎出來，問道：「你去了哪裡？適才你阿兄還責備侍從，不該讓你一個人出去。」

6 漢代最高軍事長官本是太尉，但漢武帝建元二年（西元前一三九年）後不再設置，新增設大司馬的官職等同於太尉。

霍光道：「出了什麼事？」司馬琴心道：「聽說長安城中不安全，有匈奴刺客。襄城侯剛剛被人刺殺了，弓高侯也受了傷，他們就住在北闕甲第呢。你可別再一個人單獨出門。」

弓高侯韓則是韓王信的曾孫，襄城侯韓釋之則是韓王信太子的曾孫，兩人的祖父韓頹當和韓嬰在文帝十四年自匈奴投奔大漢。韓頹當庶出的孫子韓說因跟隨衛青出擊匈奴有功，封龍額侯。

霍光很是奇怪，道：「弓高侯和襄城侯不過是世襲爵位，既然是匈奴刺客，為何偏偏要行刺他二人？要動手也該找……」他及時將後面的「大將軍和驃騎將軍」吞回肚子裡。司馬琴心卻已猜到他後面的話，道：「所以才叫你出門一定要帶上侍從。」頓了頓，又道：「聽說刺客是匈奴使者的隨從，與韓家有不解私仇。」

話音剛落，便見夷安公主風風火火地闖了進來，道：「琴心，你家小叔子勾結奸人……」忽見霍光也在場，便將後面的話咽了回去。

司馬琴心愕然道：「霍光犯什麼事了麼？」夷安公主道：「那好，我就直說了，霍光，你是不是認識一個叫如侯的人？」

霍光心道：「事情這麼快就敗露了麼？莫非這如侯是什麼了不得的通緝要犯？」只得硬著頭皮答道：「談不上認識。」夷安公主道：「你不認識他，居然還主動去找他？我告訴你，這如侯就是大乳母的兒子陽安。」見霍光滿臉茫然，料想他也不知道陽安是誰，只得繼續解釋道：「當年陽安在右北平郡殺了平原商人隨奢，割下首級，我和師傅誤斷是隨奢殺人，結果導致隨奢妻子上吊自殺，我師傅曾發誓要讓陽安血債血償，你快些將他交出來。」

原來那去董仲舒家中找劉細君索要錢財的中年男子如侯就是陽安，他辭別劉細君後即離開了茂陵，卻在咸陽原古道上湊巧遇見了夷安公主，擦身而過。夷安公主起初只覺得這人面熟，等回過神來時，陽安卻已經不見了蹤影。她推測陽安是自茂陵出來，忙趕來向守衛陵邑大門的衛卒詢問。衛卒聽完形貌描述，道：「那人是袁廣漢家的食客如侯。」夷安公主追來袁廣漢家，門僕說如侯出門未歸，又提了驃騎將軍的弟弟霍光剛剛來尋過如侯之事，這才一路追來北闕甲第。

霍光聞言很是吃驚，道：「我真的不知道陽安在哪裡。老實說，我連他長得什麼樣子都未看清。」夷安公主道：「那你還趕著給他送錢。託你送錢的人是誰？」

霍光心道：「上次江都王謀反案差點牽連到細君，我若是說出細君的名字，她可就再難活命了。」

夷安公主見他沉默不應，氣急敗壞，上來扯住他衣袖，道：「跟我走。」

司馬琴心忙叫道：「公主！」夷安公主冷笑道：「你要替你小叔子說情麼？上次就是因為你強出頭，父皇才放過了雷被，他可是射傷我師傅，害得他殘廢的凶手！你寧可為那樣一個欺騙你感情的男子求情，也不願意出面為阿陵說一句話，你……」一時難以說下去，拉著霍光便往外走。

霍光既不出聲，也不反抗，順從地跟上車子。他滿以為要被夷安公主送去廷尉府拷問，哪知道車到了直城門即拐向北面，到雍門出城往西，竟是往茂陵去了。

霍光大奇，問道：「公主要帶我哪裡？」夷安公主道：「去見我師傅。你阿兄正得寵，我知道廷尉也不敢拿你怎麼樣，但這件事可不能就這麼算了。」

來到茂陵東方朔住處，東方朔正與司馬相如夫婦在書房說話，扼腕嘆息李廣之死。見夷安公主引著霍光到來，司馬相如夫婦便退了出去。

夷安公主將事情經過說了，道：「霍光不肯說出背後主使他的人，所以我帶他來見師傅。」

東方朔想了一想，道：「霍光，你可能不知道事情的嚴重性，這陽安不僅殺了人，而且還是梧侯陽成延的後人。數年前，你兄長任羽林丞，曾從他藏身的地方搜出了長樂宮的密道地圖，皇上因而誅殺了他的全族。雖然陽安一直沒有被捕獲，但也是皇上志在必得的要犯。你知情不報，若是鬧到天子面前，只怕你兄長驃騎將軍也庇護不了你。」

霍光原先以為陽安不過是受江都王謀反牽連，現在才知道原來他是那種十惡不赦的罪犯，卻不知道他如何跟劉細君牽扯上干係，心道：「既然如此，我更不能說出細君的名字，不然不是讓她死麼？」

他曾聽人說過執行死刑的過程，受刑者不分男女，都要被當眾剝光衣服，趴伏在木板之上，然後由甲士用大刀或斧鉞斬下首級，判腰斬者則攔腰斬斷身體。淮南國翁主劉陵就是受腰斬之刑而死。他見過她在宣室侃侃而辯的樣子，實在不能想像那般身份高貴又美豔伶俐的女子當著全長安人的面被脫掉衣服是何等的恥辱，大約不等重斧砍下來就已經羞辱欲死了。一想到這些恐怖血腥的場面，他愈發將嘴唇閉得緊緊的，雖然他知道這也許將給自己帶來難以想像的嚴重後果。

夷安公主見狀很是氣憤，道：「我一向以為你是老實人，跟宮裡的那些郎官不同，想不到你也學會倚仗兄長權勢了。」霍光道：「這件事跟我阿兄無關。」

東方朔見他倔強，便道：「你實在不肯說也就算了。你去吧。」

霍光料不到對方如此輕易放過自己，忙辭別出來。本想立即去董府找劉細君問個清楚，但轉念想到東方朔足智多謀，定然派人在暗中監視自己，好順藤摸瓜找出劉細君來。不得不強忍心中焦灼，向陵邑衛卒借了匹馬，徑直回了北闕甲第。

司馬琴心不知道夷安公主將霍光帶去了哪裡，一時也不敢驚動夫君，正在乾著急，見霍光回來，才舒了一口氣，問道：「沒事麼？」霍光道：「沒事。」

司馬琴心道：「你該知道東方先生的能耐，就算你不說實話，他早晚也有法子自己查出來。」霍光道：「那麼阿嫂覺得我該怎麼做才好？」司馬琴心道：「不如將實情告訴他。嗯，也不必急在這一時，你再好好想一想。」

霍光回來後院，正要進去自己房間，忽見一名黑衣男子從兄長房中出來，不由一愣，問道：「你是誰？」

那男子回過頭來，卻是用黑布蒙住了臉，只露出一雙眼睛來，在濃重的暮色中晶晶發亮。

霍光見到他手中包袱，這才回過神來，叫道：「呀，你是盜賊。你……你敢來這裡？」

那男子笑道：「我的確是盜賊，不過這些都是你霍家欠我的，我只是來拿回我該得的。」從懷中掏出一件長繩般的物事往房上一甩，拉緊繩索，借力沿著廊柱走上房頂。

霍光只瞧得目瞪口呆，甚至忘了叫人捉賊。那男子見他傻傻站在原地，哈哈一笑，道：「不妨告訴你，我是長安大俠朱安世。」縱身一躍，身影頓時消失不見。

霍光這才回過神來，叫道：「有賊！快來人捉賊！」

但那自稱是朱安世的京師大俠早不見了人影，侍從也無處可尋。司馬琴心仔細檢查房中，失去了不少奇珍異寶，均是皇帝賜物。偏偏霍去病今晚要在未央宮歡宴，不能歸家，她也不命人報官，只等丈夫回來再作處置。

司馬琴心既是一副若無其事的樣子，並不如何著急追尋失物、圍捕盜賊，霍光也就無所謂，反正家裡金銀珠寶多的是，多一包、少一包沒什麼分別。他回來房中躺下，想了一夜：官府肯定已經對陽安展開搜捕，若是他被捕，以廷尉擅長株連的手段，遲早還是會牽扯出細君來。若是能在官府之前找到陽安，殺了他滅口，也許反倒能彌補。

這是他生平第一次想到殺人，他起初也為自己有這個念頭而心驚，但隨即又鎮定下來，陽安本來就是罪大惡極的罪犯，殺死他不過是除掉一害而已。遂決意將真相和盤托出。

次日一早，霍光派侍從到未央宮告假，自己趕來茂陵。正巧夷安公主也在東方朔家裡，在場的還有陽安的內弟管敢和司馬遷的侍妾隨清娛，她正是被陽安殺死的平原郡商人隨奢之女。

東方朔道：「霍郎官一大早趕來，所為何故？」霍光道：「我願意將實情告訴先生，不過我有兩個請求：一是請先生不要對別人洩露她的名字，二是我也想跟先生一起追查陽安。」東方朔滿口答應道：「可以。」霍光遂說了劉細君之事。

夷安公主道：「啊，居然是細君，這可真是讓人想不到。」東方朔道：「倒也是情理之中。當初陽安在西市殺人，差點殺死管敢，暴露了行跡。後來皇上又因為長樂宮密道地圖之事誅殺了他全族，逐捕極嚴，他卻依舊能夠逃脫羅網，一定是投靠了諸侯王。當時江都王劉建正好在長安，他投靠劉建，跟他回去江都國，朝廷勢力有所不及，自然能夠逍遙法外。想不到後來江都王謀反，被朝廷誅殺，他再次失去依靠。不過他為何要冒險來到京師，又為何偏偏要找細君借錢呢？」

正說著，宮中有使者到來，急召東方朔入宮。又見到霍光居然也在這裡，不禁奇怪，道：「聽說府上丟了許多貴重物品，驃騎將軍大發脾氣，城中正在搜捕長安大俠朱安世，霍君如何還在這裡？」霍光道：「唔，我有事來向東方先生請教。」

東方朔道：「那長安大俠名叫朱安世？」霍光道：「嗯，昨晚那盜賊親口告訴我的。」夷安公主道：「該不會就是那車夫朱勝的兒子吧？居然當了大俠？呀，師傅，他找上霍府，是不是因為琴心救過雷被？」

當初雷被為淮南王效力，害死了匈奴太子於單，又射殺了於單的車夫朱勝滅口，與朱安世有殺父之仇。以雷被所為，本來必然逃不過一刀，但霍去病因為妻子與其有舊，居然出面求情，令這小子躲過一劫。朱安世選擇霍府下手，或許就是因為這個緣故。

東方朔道：「霍郎官不回家看看麼？」霍光搖搖頭，道：「我阿兄能幹得很，用不著我費事。」

東方朔聞言一笑，道：「那好，我跟隨使者進宮。勞煩霍君去向細君問清楚經過情形。公主，得辛苦你去一趟西市。」

夷安公主遵師命來到西市，找到樊氏刀鋪，正遇到主人翁董偃，也在鋪子裡選劍。夷安公主對這位十三歲就成為館陶公主面首的男子並不反感——雖然是靠侍奉公主才得以躋身權貴階層，但董偃卻與許多男子不同，對誰都是不卑不亢的態度，譬如他的外號「主人翁」，正是他第一次見到皇帝時的自稱。也正是這種自信，博得了劉徹的好感，甚至在未央宮宣室設宴招待他和館陶公主。

董偃見到夷安進來，果然只是淡淡招呼一聲，便繼續專心選劍。倒是店主樊翁聽說進來的女子是當朝公主時，慌忙迎上來，問道：「公主要看什麼，是刀還是劍？」夷安公主道：「我有些要緊話想問店主。」

樊翁被弄得雲山霧罩，但還是不敢怠慢，忙引公主進來內堂。夷安公主道：「樊翁還記得七年前有個叫陽安的男子麼？」樊翁道：「陽安？記得記得，就是皇上乳母的兒子，在西市殺了人，長安縣、右內史、中尉先後派人來調查，老臣也做過證人，如何能不記得？」

夷安公主道：「那麼樊翁可還記得他當初來店鋪做什麼？」樊翁道：「這個……老臣不記得了。應該是來買刀吧，來這裡的都是來買兵器的。老臣不敢誇口，不過在這長安城裡，樊氏刀鋪可是響噹噹的名號，首屈一指。」夷安公主道：「這大夥兒都知道，樊家世傳手藝，你曾祖父是韓國[7]最著名的工匠，後來又做了秦國的工匠，祖父、父親、兄長都曾在本朝考工任職，我猜陽安也是慕名而來。他殺人的凶器是一柄金色的短劍，既有利刃在手，當不會是來買兵器的。」

樊翁遲疑了下，道：「聽說公主是東方朔先生的弟子，有這回事麼？」夷安公主道：「嗯。」樊翁道：「那麼公主可以回去問東方先生。當日陽安帶著短劍來這裡，跟起初他帶著長劍來找老臣是一樣的目的。」

夷安公主驀然記起當日東方朔將鎮國之寶高帝斬白蛇劍藏在外袍下，偷偷帶出了長樂宮，當時雖覺匪夷所思，可她正為被迫嫁給那匈奴太子於單而煩惱，沒有別的心思。後來問起一句，東方朔也稱早將劍還回，不久後考工令磨劍，也未見異常，此事就此作罷。

樊翁見夷安公主眼睛瞬間瞪得老大，以為她早已知情，便笑道：「那兩柄劍其實是一對雌雄雙劍，劍上有機括，

---

7 韓國：指戰國時期的韓國，韓國的弓弩兵器製造業在諸國中最為發達，「天下之強弓、勁弩、利劍皆從韓出」。

可以套合在一起，卻不知道如何分散在東方先生和陽安兩人手中。」

他是製刀製劍的名家，見過絕世利器，自然難以忘懷，話匣子也跟著打開了，嘆了口氣，續道：「老臣曾聽祖輩說過，前朝咸陽秦宮裡藏有一對寶劍，一長一短，一雄一雌，是昔日鑄劍鼻祖歐冶子送給得意弟子干將和莫邪的新婚賀禮，雖然名氣不如湛盧、巨闕、魚腸、泰阿這些名劍名氣大，但卻是歐冶子一生最得意之作。老臣的曾祖父曾經在秦宮中見過這對寶劍，形貌描述跟東方先生和陽安手中的金劍甚像。」

夷安公主心道：「樊翁沒有見過高帝斬白蛇劍，不知道我師傅拿來的長劍是鎮國之寶，那是高皇帝起兵反秦時用來斬斷白蛇的利劍，當時秦朝尚沒有滅亡，歐冶子的劍應該還在秦宮中，高皇帝也只是個小小的亭長，是絕對不可能得到那對寶劍的。」當即笑道：「那絕對不是一回事，我師傅手中的寶劍可是金劍。」

樊翁道：「公主看不出來麼？那其實不是金劍，而是極純色的銅劍。長樂宮中的十二金人，名字是金人，其實也是銅人，只是看起來像是金色罷了。但煉出那種銅質的劍需要極高超的工藝，東方先生讓老臣仿製一柄，老臣其實也是沒有什麼把握的。幸好後來東方先生又說不必了。」

夷安公主「啊」了一聲，心道：「原來師傅上次盜劍，是打算讓工匠仿製一把高帝斬白蛇劍的假劍，想來是預備用它引出陽安的。可陽安為什麼又要做一把短劍的假劍呢？」一時難以明白，又問道：「那麼樊翁後來見過陽安麼？」

樊翁道：「沒有，再也沒有。他就來過一次，想讓老臣按他手中金劍的樣子再仿製一把劍，結果一出門他就殺了人，官府還找來這裡。老臣因為事先答應過東方先生和陽安，絕不洩露造劍之事，因而也沒有敢多嘴，只說陽安是來買劍。之後他被官府逐捕甚嚴，離開京師逃亡還來不及，怎麼可能再冒險來老臣這裡？」

夷安公主見問不出更多話來，便辭別出堂。董偃挑中兩柄長劍，正要離開，見夷安出來，便讓到一邊，讓公主車馬先行。

夷安公主回到茂陵時，中尉王溫舒正率領大批中尉卒包圍了茂陵邑，不准人隨意進出。這王溫舒曾在張湯手下任廷尉史，在族誅郭解一案中出力甚多，由此得到皇帝寵信。但其人以殺立威，手段嚴酷，名聲很差。

夷安公主對這類酷吏素無好感，下車質問道：「你們大張旗鼓地做什麼？」王溫舒道：「臣奉旨捉拿茂陵袁廣漢一家。」夷安公主問道：「是因為袁廣漢收留過陽安麼？」王溫舒道：「臣不知罪名，只知道皇上有命，不准走脫一個人。」

夷安公主心道：「陽安改名換姓，袁廣漢如何會知道他是逃犯？僅僅因為收留過罪犯就要繫捕他的全家麼？」雖然不滿，但令出自父皇，也無可奈何，驅車進來陵邑。

到東方朔住處前，裡面琴聲叮咚，正有女聲幽幽唱道：

履朝霜兮采晨寒，考不明其心兮聽讒言。
孤恩別離兮摧肺肝，何辜皇天兮遭斯愆。
痛殁不同兮恩有偏，誰說顧兮知我冤？

漢風豪邁直爽，漢人每到動情之處，高歌起舞是常見之事。昔日漢高帝劉邦寵幸戚夫人，二人均擅長鼓瑟擊筑，常常相擁倚瑟而弦歌，歌畢泣下流漣。皇帝都是如此忘情而無所顧忌，民間更是奔放，歌以述志成為漢代風尚。

這首《履霜操》[8]是周人尹伯奇傷懷身遭讒言誣陷之作，婉轉幽怨，曲調淒涼。歌唱的女子聲音雖然稚氣，卻唱

8 履霜操：傳為周室王上卿尹吉甫之子尹伯奇所作。尹吉甫妻生子伯奇而歿，續妻生子伯封，欲使己子繼位，譖伯奇於吉甫，言伯奇有欲心。吉甫不信，乃令伯奇於後園，妾過其旁則可知。伯奇入園，後母納蜂於單衣中過伯奇曰：「蜂螫我。」伯奇捉蜂而殺之。吉甫遙見，乃逐伯奇。伯奇編荷葉而衣，采楟花而食，清晨履霜，自傷無罪見逐，乃援琴而操此歌。曲終，投河而死。吉甫感悟，遂射殺後妻。後為樂府詩名。北宋名臣范仲淹一生只彈奏此曲，故人稱范履霜。

出了曲辭特有的感傷，令人心醉。

自義姁去世，東方朔不再娶妻，家中除了兩名服侍起居的婢女，別無女眷。夷安公主心念一動，暗道：「師傅久不撫琴，莫非彈奏的人是細君？久聞她是個小才女，琴棋詩書無一不通。」進來書房一看，果見劉細君席坐在琴座前，淚光漣漣。

霍光見夷安進來，忙解釋道：「我們一直在等東方先生回來。我見房中有琴，遂請細君彈了一曲。」

夷安公主道：「細君的琴彈得真好，唱得也好。不過你小小年紀，不該彈奏如此悲傷的曲子。」劉細君道：「細君一時感懷，讓公主姑姑見笑了。」

夷安公主道：「霍光問過你了麼？」劉細君點點頭，道：「如侯……我不知道他叫陽安，只知道他是我父王部屬，幾年前，父王派他來找過我一次，讓我向義父打聽些事情。」

夷安公主陡然想起劉陵來，心道：「莫非劉建跟淮南王劉安一樣，是有意將細君留在京師，想讓女兒充當耳目，只不過還沒有來得及等到細君長大，他謀反的陰謀便敗露了？可為什麼總有人說衡山王和江都王都是冤枉的？那被父皇派去守邊的博士狄山甚至說淮南王劉安謀反的證據也不足。事實上，這三位諸侯王並未舉一兵一卒造反，都是在朝廷派使者責以造反罪名時自殺身亡，大概因為如此，才會有人質疑吧。細君適才彈唱《履霜操》，莫非她心中也認為她的父王是遭人誣陷？」

又聽見劉細君續道：「……那之後我再也沒有見過陽安。直到數日前他來找我，說……說他受我父王案子的牽連，還在逃亡中。昨日他又來找我，說需要一筆錢，正好霍光哥哥來，說願意替我籌錢送給他。」

夷安公主道：「陽安沒有說別的什麼嗎？細君，你一定要跟姑姑說實話，這很重要。」劉細君道：「他說……說我父王是被人冤枉的。」她畢竟年紀還小，長久以來沉重的心事早已壓得她喘不過氣來，既然開口，就乾脆說了出來，道：「他說我祖父第一任江都王死得就很蹊蹺，因為皇上所寵愛的韓嫣被太后賜死跟祖父有關，所以皇上不喜歡家祖，也不喜歡家父，當初還有意選中我姑姑出嫁匈奴，幸好未能成行……」忽想到姑姑劉徵臣已經受父王謀反案牽連被處棄市死刑，若是當年出塞嫁給匈奴單于，說不定尚能活在世上，不由得怔怔落下淚來。

夷安公主也不知道該如何相勸，只得道：「過去的事就讓它過去吧，別再多想了。」

正說著，門前有車馬聲傳來，有人高聲叫道：「東方先生回來了。」僕人、婢女忙奔出來迎接，扶了東方朔進來坐下。

夷安公主道：「父皇找師傅做什麼？」東方朔道：「皇上命我協助右內史義縱查驃騎將軍府中財物失竊的案子，不過我已經拒絕了。你們這兩邊呢？」

夷安公主大致說了經過，只略過東方朔盜竊高帝斬白蛇劍一節，道：「師傅既然早知道樊氏刀鋪是條線索，為何要等到今日才讓我去查問？」東方朔道：「我猜當日陽安去刀鋪多半跟金劍有關，但他行蹤暴露，母親又服毒而死，失去宮中大援，必然會盡快逃離京師，再追查樊氏刀鋪並沒有用處。這次他再現京師，說不定會為金劍再去刀鋪，看來是我想錯了。」

夷安公主問道：「可陽安當初為什麼要工匠仿製一柄假劍呢？」東方朔笑道：「這沒什麼稀奇，不過是典型的亂花迷眼的招數。當初在平剛，李將軍和驃騎將軍先後認出那柄劍，想來不少人都由此知道那劍大有來歷，試圖染指者也應該不少，他弄一把假劍亂人耳目，不過是要保護自己罷了。」歪頭想了一想，叮囑劉細君道：「如果陽安再來找你，你就告訴他，沒有我，他絕不會得到他想要的東西，然後帶他來見我。」

夷安公主道：「中尉正在緊捕袁廣漢全家，陽安怎麼可能再回來茂陵？」東方朔道：「未必。他族人盡被誅殺，再沒有人可以投靠，窮途末路下鋌而走險也說不準。」讓霍光先送劉細君回去。

等書房中只剩下師徒二人，夷安公主才問道：「那麼陽安冒險來到京師，到底想要什麼呢？」東方朔道：「劍，高帝斬白蛇劍。他手中的雌劍要與雄劍合套在一起才能打開機括，我敢斷定他一定是為了高帝斬白蛇劍。」

夷安公主吃了一驚，道：「怎麼可能？高帝斬白蛇劍在長樂宮前殿中，他無論如何是得不到的。」東方朔道：「不一定，陽安比你我想像的能耐大得多。他的祖先是建造長樂宮、未央宮和長安城的梧侯，母親又是當今皇帝的乳母，常伴太后左右，知道的宮廷機密極多。陽安以前懦弱不堪，但逃亡激發了他的潛力。你看，朝廷連郭解都逐捕到了，卻始終未能捕捉到他。他在西市行蹤暴露，便當機立斷投靠了江都王，可見這個人極善於在夾縫中生存。」

夷安公主道：「那麼師傅打算怎麼辦？」東方朔道：「等。本朝慣例，每十二年磨一次高帝斬白蛇劍，上次磨劍是七年前，再等五年，就該重新開匣磨劍。公主，你明日再去一趟西市，樊翁一定還留有圖樣尺寸，請他再造一對雌雄雙劍。」

夷安公主雖然覺得仿冒高帝斬白蛇劍不是件好事，但之前在右北平郡誤斷隨耆殺人、間接導致隨妻自殺，她也有責任，因而十分瞭解東方朔多年來悔恨的心情，陽安不伏法，師徒二人始終不能安心，當即應了。

次日一早，夷安公主便進城趕來西市，卻見樊氏刀鋪前圍了不少人，心中頓時一沉，上前問道：「出了什麼事？」一人答道：「樊翁全家都被凶徒殺死了。」

自漠北之戰後，匈奴遠遁漠北，不敢輕易南下。大漢邊患解決，天下均以為從此國泰民安，人人可以過上安居樂業的日子，哪知道情況完全相反。皇帝因連年用兵，財政拮据，採取多種措施來增加財政收入。將鹽、鐵經營收歸官有，不准民間煮鹽和鑄造鐵器，百姓所用的鹽和鐵器均需要向官方購買。並且增加兒童口賦錢，以前朝廷對七歲到十四歲的兒童徵收人頭稅，皇帝為彌補抗擊匈奴戰爭的龐大軍費開支，將起徵年齡提前到三歲，又在原定二十錢外加收三錢，以供軍馬糧芻的用費，稱為馬口錢。另又頒布算緡令，對商人和工匠徵收財產稅，商人稅額為每二千錢納稅一算[9]，工匠每四千錢納一算。

這些措施的確增加了中央財政收入，但本質卻是與民爭利，極大地加重了普通百姓的負擔，引起天下騷動。算緡令頒布後，許多商賈想方設法隱匿財產，以求少交稅。皇帝惱怒之下下令「告緡」，即要求百姓告發偷漏緡錢者，由楊可主持。為鼓勵人告發，規定凡告發屬實，獎給告發者被沒收財產的一半。此令一行，各地爭相告緡。中家以上商賈都被告發。朝廷派遣御史和廷尉正、監等分批前往郡國清理處置告緡所沒收的資產，所得財物數以億計，得到的奴婢數以千萬計，大縣田地達數百頃，小縣也有百餘頃，均被收歸官有，被告商賈因此而破產。

不僅民間怨聲載道，部分廉潔正直的大臣也對皇帝這一系列急於撈錢的政策大有微詞。連一向以殺人狠毒著名的右內史義縱也認為告緡是典型的擾亂百姓，派出吏卒逮捕了主持告緡的楊可的使者。劉徹得知後大怒，以「廢格詔書、沮已成之事」之罪命，將義縱棄市。

由於國庫空虛，百姓生活貧困，民間私鑄錢幣之風盛行。皇帝於是與御史大夫張湯一起實行幣制改革，發行兩種新貨幣：一種是「皮幣」，用上林苑中的白鹿皮製成，一張皮幣價值四十萬。另一種是「白金」，用銀、錫製成。皮幣造好後，劉徹向大司農顏異徵求意見。顏異早年為濟南亭長，以小吏起家，深知民間疾苦，道：「王侯們朝賀用的蒼璧才值數千錢，而一張皮幣就值四十萬，本末顛倒，太不相稱了。」劉徹很不高興。不久，有人告發顏異對朝廷不滿，劉徹派張湯審理此案。張湯本來就與顏異有矛盾，一心要借此置顏異於死地。後來調查得知，顏異曾與客人交談，客人說起朝廷政令多有不當之處，顏異沒有說什麼，只是嘴唇略微動了動。張湯據此上奏，道：「顏異位列九卿，法令有不恰當的地方，不到朝廷陳述，反而在心裡非議，是腹誹之罪，應判死刑。」於是劉徹詔令處顏異死刑。自此以後，有腹誹之法，皇帝殺人無須罪名，只憑自己的判斷。公卿大夫人人恐懼，日益諂媚阿諛，以求保身，世風日下。

三公九卿、名將重臣中暴死者不只顏異一人——先是郎中令李敢侍從皇帝劉徹到甘泉宮狩獵，意外被鹿撞死；隨即是大名士司馬相如病死；然後是丞相李蔡自殺。

9 一算：一百二十錢。

先說郎中令李敢離奇死於甘泉宮之事。甘泉宮位於雲陽甘泉山[10]上，以山為名，距離長安約二百里。此地是黃帝升仙的地方，因有著非凡的象徵意義，所以成為祭天圜丘之處。雲陽是漢胡來往的關節點，北方義渠戎強盛時，便是以此山為祭天場所，直到秦昭襄王母宣太后用美人計刺殺義渠王，才占有該地。秦奪取甘泉山後，在此建造林光宮，漢代於其旁起甘泉宮，周圍十九里，有門闕、前殿、紫宮等許多建築。因甘泉山山勢高聳，可以望見二百里之外的長安城。甘泉宮南面是甘泉苑，周迴五百四十里，極為廣大。甘泉宮是劉徹最愛的宮殿，每年五月都會到甘泉宮去避暑，八月秋涼始還長安，有時候還會突發興致地馳去甘泉苑中打獵，重臣、列侯都要扈從。當日，李敢跟隨劉徹來到甘泉苑中狩獵。劉徹興致很高，限定時辰，令眾臣各顯身手，最後再比賽誰獵獲的獵物多。各人遂爭先恐後，各自散開。但到門闕匯集時，卻不見皇帝的影子。等了好久，才看見劉徹板著臉從林中出來，驃騎將軍霍去病跟在身後，後面則是郎官們抬著郎中令李敢的屍首。不待群臣發問，劉徹便主動宣布李敢在狩獵時被鹿撞死，雖然匪夷所思，但出自皇帝金口。

再說司馬相如之死。司馬相如身患疾病，一直飽受病痛折磨。皇帝劉徹聽說他病重後，急忙派宦者令春陀趕往茂陵，索取司馬相如作品。春陀到達司馬相如家時，司馬相如已經去世，書房中沒有留下任何作品。春陀追問司馬夫人卓文君。卓文君猶豫很久，還是取出一卷書交給春陀，道：「我夫君雖時常著書，但都被人取走了，未曾留下什麼書。這是他在臨終前抱病作的一卷書，囑咐我說若有使者前來求書，就把這書上奏給皇上。」春陀將這卷書帶給劉徹，劉徹閱後立即召公卿議論封禪[11]之事。人們猜測司馬相如早猜到皇帝有封禪的心思，一直在做相關研究，他臨死留下的那本神祕書卷講述的就是封禪之說。

最後再看丞相李蔡自殺。李蔡是飛將軍李廣堂弟，因跟隨大將軍衛青出擊匈奴有功，封為樂安侯，公孫弘病死後代其為丞相。他為人平庸，謹小慎微，沒有什麼作為。有人告發他侵占了景帝陵園堧[12]地，有司奉詔書去逮捕他時，他不願意對質公堂，服毒自殺，從而成為大漢第一位在職自殺的丞相。

當時李廣自殺的真相已逐漸傳播開來，李氏叔姪暴死一度惹來諸多猜議。偏偏這個時候，大司馬、驃騎將軍霍去病莫名病死。流言愈發喧囂。有人說，李敢根本不是被鹿撞死，而是被霍去病一箭射死。還有人說，李蔡又不是傻子，堂堂丞相會缺一塊陵園地麼？那是有人故意陷害他。更有人說，霍去病年紀輕輕，僅二十歲出頭便病死，是天道報應。但無論如何，當事人已死，真相無從得知。

皇帝對霍去病過世極為哀痛，在自己的寢陵茂陵近旁為其修建了墳墓，封以高土，形似祁連山，墳塋高聳，氣魄雄健。並雕刻各種巨型石人、石獸作為墓地裝飾。這批石刻依石擬形，稍加雕鑿，手法簡練，個性突出，有怪人、怪獸、臥馬、躍馬、伏虎、臥象、臥牛、人抱熊、怪獸吞羊、野豬、石魚等。其中主像為馬踏匈奴，用灰白細砂石雕鑿而成，以一人一馬的形象概括了霍去病抗擊匈奴的偉績——石馬昂首站立，尾長拖地；馬腹下邊仰臥一名匈奴男子，手持弓箭匕首，拚命掙扎。造型簡潔，栩栩如生，寓意無窮。為表彰霍去病的戰功，劉徹還在出殯之日舉行了隆重的送葬儀式，發動五郡匈奴移民穿戴上黑甲，排列成整齊的隊伍，從長安到茂陵，一路護送靈柩。文臣武將身著喪服，恭候迎送。

兄長之死固然令霍光哀傷，但也令他感到了從所未有的如釋重負，但輕鬆過後則是無所適從的惘然。這是一種奇妙的感覺——霍去病對他來說就像一座大山，他永遠不可能翻越，也從來沒有想過要攀登上去，只能瑟縮在山腳下。而當這座高山驟然倒塌，無所不在的壓迫感也跟著消失了，然而，沒有了山巒的屏障，他也就失去了唯一的保護。那

10 甘泉宮遺址在今陝西淳化縣西北。

11 封禪：祀禮名，古代帝王在太平盛世或天降祥瑞時為祭拜天地而舉行的大型典禮，封為「祭天」，多指天子登上泰山築壇祭天；禪，讀作「善」，為「祭地」之意，多指在泰山下的小丘除地祭地。除了所謂明君賢主向天地神靈報告功績的意義外，世俗的君主只要舉行封禪儀式，就能登天成仙，例如黃帝就是如此。但先秦封禪之禮究竟如何舉行，並沒有真正的史料記載。

12 堧：讀作「ㄖㄨㄢˊ」，城下宮廟外及水邊等處的空地或田地。

些人，他的那些所謂的皇親國戚，跟他並沒有真正的血緣關係。霍去病在世時，已經被視為家族中的異類，畢竟他的平地崛起，嚴重威脅到舅舅衛青的地位和利益，衛府的門客十之八九由大將軍麾下改投了驃騎將軍，霍去病來者不拒，儼然有要與舅舅爭鋒相抗之意。衛青雖然並不如何在意，但衛皇后不高興，衛氏滿門的親戚都不高興，霍去病也由此被疏遠。時人稱其為「眾叛親離」，「眾」是指衛青的那些門客，「親」則指以衛青、衛子夫為首的衛氏集團了。現下兄長死了，霍光也就失去了跟衛氏之間唯一的血緣紐帶，也就失去了跟皇室的紐帶。他這樣一個文不成、武不就、一文不名、資質平庸的小子，還能在仕途上走多遠？

令人意外的是，霍去病一死，霍光即被拜為奉車都尉，加侍中，佩二千石印。他原也憧憬過將來能當上二千石大官，只是沒有想到這一天在他不滿二十歲的時候就到來了。有惶恐，有擔心，但更多的是喜悅。他實在太開心了，第一個想要告訴的人，就是劉細君，所以立即約上金日磾，一起往茂陵而來。

日磾即是休屠王勇夫的太子，河西大戰後，渾邪王於軍約定與休屠王勇夫一起投降漢朝，勇夫臨時反悔，被於軍所殺，其妻、子均成為漢軍俘虜，押到京師後沒入官中為奴婢。日磾入未央宮馬廄，負責養馬。某日皇帝到馬廄巡查，忽然留意這個身長八尺二寸的馬奴，見其容貌威嚴，所養的馬又肥好，大為讚賞，立即賜以湯沐衣冠，拜其為馬監。並因為漢所獲祭天金人原本是休屠王勇夫所有，特賜日磾金姓。

當來到董仲舒家裡時，李陵、李禹、桑遷，還有宗正劉棄九歲的小女兒劉解憂都聚集在眾人常在一起玩耍的花房裡，彷彿在舉行宴會一般，可又個個面色凝重。

霍光看到李陵、李禹兄弟，便有些不好意思起來。他聽過那些傳聞，說是李禹的父親李敢是被兄長霍去病給射死。他是相信這種說法的，因為當時他人也在甘泉宮中，恰好隨侍在天子身邊。聞聲趕去的時候，李敢的確是胸口插著一支羽箭，而霍去病就挽弓站在不遠處。眾人面面相覷，沒有人敢出聲問發生了什麼事。最終還是天子開了金口，說李敢是被鹿撞死，李敢之死遂成定案。而李敢胸口的那支羽箭，就是霍光親手拔出來的。他至今忘不了李敢死的樣子：雙目圓睜，怒氣如生。他也一直想問兄長為什麼，為什麼那個姓衛的舅舅逼死了飛將軍，阿兄還要再射死他的兒子？僅僅是因為李敢闖進衛府，打了衛青一拳麼？霍去病所做的那些事，如接納衛青門客等，難道不比打衛青幾拳更令人難堪麼？但他不敢開口，長久以來，他連正面直視兄長的勇氣都沒有。

看到霍光進來，李陵幾人也只是點了點頭，這讓他愈發不好意思起來，本來經常來往的這群人，就屬他年紀最大，又不住在茂陵，此刻他愈發感到被排斥在外了。

還是劉解憂天真無邪，招呼道：「霍光哥哥，你來了。」霍光道：「嗯。你們……怎麼都是這副樣子？」劉解憂道：「霍光哥哥穿著官服，應該是從宮裡來，難道還不知道麼？細君姊姊被皇上選中，要封為公主，嫁去烏孫和親呢。」

霍光如遭雷擊，一下子呆住了。三年前，兄長便要為他張羅婚事，本來屬意堂邑侯陳須之女——陳須即是館陶公主劉嫖與堂邑侯陳午長子，其姊陳阿嬌為劉徹第一任皇后，其弟陳蟜娶隆慮公主——但霍光心裡只有細君，所以無論兄長如何說，他始終只以沉默回應。後來還是嫂子司馬琴心悄悄問他，他才吐露心事。霍去病得知弟弟心意後，想到當年若非自己堅持，也無法娶到琴心為妻，便道：「細君雖說是反叛之女，不過一直跟著董先生長大，是茂陵有名的才女，霍光能娶她，也算是良配。」等於默許了弟弟的婚事。司馬琴心告訴霍光後，又道：「不過細君年紀還小，遠沒有到談婚論嫁的年齡，你能等麼？」霍光毫不遲疑地答道：「能。」在他心目中，既然阿兄同意他和細君在一起，那麼便是板上釘釘的事，天底下除了皇帝，誰能與驃騎將軍相抗呢？他一點也不羨慕那些有世襲爵位的列侯，娶妻生子哪怕娶妾都要上報給大行，還有時時被皇帝選中當女婿的危險。天下人誰不知道呢，公主的丈夫不好做啊。滿以為幸福的生活就在不久的將來，哪知道突然得到細君被封公主，即將出塞和親的消息。和親，又是和親！大漢付出了十餘萬漢軍生命的慘痛代價，終於換來「漠南無王庭」的局面，還需要再靠妝扮女子、犧牲公主來換取利益麼？

百思不得其解的不只是霍光，李陵這等名家子弟也不能理解。然而這是皇帝的旨意，任誰也難以改變，連暗地議論也不行，不然被安個「腹誹」的罪名，就是棄市的結局了。

劉細君強忍許久，終於還是顧不上矜持，當眾落淚，泣道：「我不想……不想嫁去烏孫。」淚眼漣漣，將求救的目光投向最信任的李陵。

李陵不知怎的心口驀然一熱，道：「好，我這就進宮去求太子出面。」當真說到做到，出門上馬便往太子居住的北宮趕來。

北宮始建於漢初，在未央宮北面，位於雍門大街以南、廚城門大街以西。這是一座規整的長方形宮城，南北各開宮門一座，一開始主要作為被廢貶的皇后的居地，有紫房複道與未央宮相通。西漢初年，太后呂雉病死，諸呂勢力被翦，孝惠張皇后[13]被廢，移處北宮。但當今天子劉徹廢除第一任皇后陳阿嬌後，並沒有將陳阿嬌安置在北宮，反而在北宮內增修了不少建築，如祭祀神仙的壽宮、供遊戲作樂的清宮，劉徹時常帶著姑母館陶公主的男寵董偃來這裡遊玩。另有規模巨大的太子宮，專供太子劉據居住。

太子宮是北宮之內的宮城，內有前殿、甲觀，丙殿等，還有專門通賓客的博望苑。宮城建制雖不及未央宮宏偉，但也是珠簾玉戶，華麗燦爛。

太子劉據正在甲觀的畫堂中讀書，聽說李陵求見，忙命人引進來。李陵是劉據的伴讀，一起長大，關係非同一般，他也不繞圈子，直接說了實話。劉據聽說是要讓自己出面，為堂兄江都王劉建之女劉細君求情，登時露出了為難之色，轉過頭去，將目光投向牆壁上的九子母圖壁畫。

並非劉據不願意幫忙，所有的伴讀中，他最喜歡的人就是李陵，不但能詩善文，才情出眾，而且精於騎射，箭無虛發，比起其祖父李廣不過一糾糾武夫不知道高明多少倍。只是他雖貴為太子，卻也有自己的難處——劉徹子嗣不旺，年近而立之年才得長子劉據，當時欣喜若狂，衛子夫母因子貴，被立為皇后。但劉據一直沒有被立為皇太子，可見劉徹對後來的子嗣仍有所期待，但衛子夫的肚子不爭氣，再沒有生下孩子，加上她年紀與皇帝相仿，逐漸色衰，失去了皇帝寵幸。幸虧衛氏家族出了衛青，衛氏勢力遍及朝野，劉據終究還是在七歲時被立為皇太子。他性格仁恕溫謹，與父皇劉徹全然不同，文、武又均不出色，為劉徹不喜。劉徹多內寵，後來夫人王寄生下次子劉閎，王氏母子一度令衛氏感到極大的危機，所幸王寄不久後病死。然而皇帝寵幸的李姬又生下三子劉旦和四子劉胥，而今寵冠後宮的夫人李妍更是生下第五子劉髆，劉徹一有閒暇，就去李妍宮中與母子二人相戲，全然沒有天子的架子，其樂融融儼如尋常百姓的家庭。劉據正因為母子寵衰而心中本來不安，又怎敢為一微不足道的女子出頭，去忤逆父皇呢？

李陵見太子表情，心裡已經明白幾分，知道劉據柔弱，畏懼父親，便告辭出來，徑直來到未央宮求見皇帝。他是太子伴讀，有宮門門籍，也有侍中的官印，可以自由出入宮禁，一路闖來宣室，才被持戟郎官攔住，告知皇帝正在宣室與新拜的大行張騫長談，不見外臣。李陵只得等在外面。

過了一個多時辰，霍光也趕來未央宮打探消息，見到李陵只單獨一人站在宣室外，問道：「太子人在裡面麼？」李陵搖了搖頭，道：「太子還在北宮。」

霍光很是驚訝，但旋即明白了究竟。他雖然也極想挽回細君和親一事，但見沒有太子出面，皇帝一旦發怒，勢必要著落在李陵一人身上，忙婉言勸道：「皇上性情剛毅，決定的事萬難回頭，我們還是先回去，再想想辦法。」李陵道：「事到如今，還有什麼辦法可想？」

正說著，郎官蘇武引著張騫出來。李陵上前質問道：「以公主和親烏孫是大行君的主意麼？」

張騫早年曾與李陵之父李當戶一起宿衛未央宮，後來又與李廣一道出擊匈奴，忽見故人之子攔在面前，語氣不善，很是驚奇，答道：「是呀，有什麼不妥麼？」李陵道：「如果和親公主選中的是大行君的女兒，大行君會捨得麼？」

張騫道：「噢，張某大概明白李公子的意思了。張某的確有一個女兒，為我妻子阿月所生，十年前我夫婦自匈奴逃歸，不及帶走一對兒女，他們兄妹至今還滯留在胡地，生死未知。若我女兒跟隨回來漢地，又被皇上選中作為和親公主，為千秋萬代計，張某一定會捨得。」他說得義正詞嚴，李陵再無話說，只默默垂下頭去。

張騫嘆了口氣，道：「我等會兒要去茂陵，李公子見完皇帝，就來東方先生住處尋我，我有話跟你說。」李陵道：「諾。」

正巧謁者出來，稱皇上召李陵進去。霍光擔心李陵觸怒皇帝，便一齊跟了進來。

劉徹剛聽張騫講述了西域風土，心情極好，笑著問道：「聽說你為求見朕在外面等了一個多時辰，有事麼？」李陵道：「聽說陛下預備封細君為公主，嫁往烏孫和親，臣想懇請陛下收回成命。」劉徹很是意外，奇道：「你來這裡，就是為了劉細君之事麼？」李陵道：「是。」

劉徹收斂了笑容，露出深沉之色來。霍光長侍皇帝身邊，知道劉徹每露出這副神色，便是心中有所思慮，不由得愈發惴惴不安，手心滿是冷汗。

沉吟了好大一會兒，劉徹才道：「李陵，朕聽許多人誇過你，文武雙全，能詩善文，又有一手百步穿楊的神技，足見朕當初選你做太子伴讀沒有選錯人。不過從明日起，你不用再去北宮陪太子讀書了，朕拜你為建章監[14]，加侍中，專門負責訓練未央宮眾侍衛的騎射之術。」

建章監正是衛青出任將軍之前擔任過的官職，李陵此時不過十四五歲，比當年衛青的年紀還要小上二、三歲，一時愣住。還是霍光扯了扯他衣袖，這才反應過來，上前拜謝道：「臣叩謝陛下。」

劉徹道：「嗯，朕對你的期待很高，切莫辜負了朕的期望，退下吧。」

李陵道：「可是陛下……」還待再提劉細君之事，劉徹卻已經起身，一拂袍袖，往堂後去了。霍光忙上前扶起李陵，道：「走吧。」

二人快快出來未央宮，一起回來茂陵，正遇到茂陵尉率領吏卒封鎖邑門，詢問之下才知道平陽侯曹襄遇害了，陵邑內正在搜捕凶手。

曹襄是平陽侯曹壽和平陽公主之子，也是平陽公主的唯一兒子。昔日公主與丈夫曹壽不和，離異後改嫁年紀小很多的衛青，逼迫曹壽回去封地平陽，曹壽沒幾年就病死，兒子曹襄世襲了爵位。但平陽公主嫁給衛青後一無所出，衛青的三個兒子都是姬妾所生，她最終還是只有依賴曹襄，遂設計為兒子娶到了衛皇后的長女衛長公主。曹襄在母親再婚後即獨自搬到茂陵居住，後與衛長公主結婚，又得到了故富豪袁廣漢的豪宅。袁廣漢曾經收留化名如侯的陽安，事發後全家被繫捕，在廷尉嚴刑下供認任用陽安設計機關、圖謀不軌，結果被族誅，財產全部充公，廣為天下人羨慕的袁氏園林中的珍禽異獸則被沒收入上林苑。

曹襄年紀比李陵要大上好幾歲，但二人曾同時為太子劉據的伴讀，交情頗深。霍光常常來往於茂陵，也與曹襄熟識。二人聽說曹襄遇刺身亡，一時顧不上劉細君之事，忙朝曹府趕來。

曹府聚集了不少人，東方朔和夷安公主也在這裡，他二人都是茂陵令磕頭流血請來的幫手。漢家律令嚴酷，平陽侯曹襄在茂陵遇害，地方長官要受連帶之責，縣令及縣尉等主要官員的位子肯定是沒有了，能不能保得住腦袋都難說，若是能及時破案，抓住凶手，尚有一線轉機。東方朔巧解金劍之謎的案子至今仍膾炙人口，為天下人稱道，理所

14 建章監：當時尚未建造建章宮。而衛青在早年便出任建章監一職，可見建章監是類似期門（建元三年，即西元前一三八年設置，掌執衛送從，挑選六郡良家子組成，因執兵器護衛，期諸殿門，故名）之類的禁軍官職，掌管的親信宿衛侍從禁軍。

當然地成為縣令的求助對象。

衛長公主抱著剛出生不久的愛子曹宗歔泣不止，無論夷安公主如何勸慰，也不肯說出經過情形。

李陵和霍光都被吏卒擋在曹襄屍首所在的房間外，見東方朔皺眉出來，忙上前問道：「到底出了什麼事？」東方朔道：「你不是霍光麼？」霍光道：「正是。」東方朔道：「你跟平陽侯關係如何？」霍光道：「他是我的朋友。」東方朔道：「那麼你想不想為平陽侯報仇？」霍光道：「當然想了。東方先生有何吩咐？」東方朔道：「那好，你現在立即回家去，看看你阿嫂在做什麼，多陪她說說話。」霍光不免莫名其妙，道：「可是……」東方朔道：「李陵，你武藝好，你陪霍光一起去。」招手叫過李陵，低聲囑咐了幾句，揮手命二人去辦事。

霍光完全不明白東方朔葫蘆裡賣的是什麼藥，問道：「東方先生跟你說什麼？」李陵道：「他讓我帶好兵器。」霍光狐疑道：「你這是要去我家，還是要上戰場？」李陵道：「我祖父在世時常說東方先生不愧是天下第一聰明人，他既然讓我們這麼做，一定有他的道理。」當即先回家取了佩劍和弓箭。

二人回來北闕甲第，司馬琴心正在書房教霍嬗讀《公羊春秋》。霍嬗雖然才五歲，卻已經是世襲的冠軍侯，封邑萬戶，加有侍中頭銜，衣食無憂。

司馬琴心見霍光和李陵出現在書房門口，李陵更是全副武裝，很是奇怪，遂命僕人領霍嬗到外面去玩，走過來問道：「你們都不用在宮中當值麼？這副樣子是要做什麼？」霍光道：「這個……」

他本是個老實木訥的鄉下小子，被突如其來的兄長領到京師，見識到了前所未有的廣闊世界。這些年跟隨在皇帝身邊，雖然見聞長進了不少，但終究秉性難移，不擅撒謊，一時不知道該怎麼開口。

還是李陵道：「東方先生派我們來保護邑君。」司馬琴心吃了一驚，道：「是那長安大俠朱安世又出來惹事了麼？」

當年驃騎將軍霍去病最風光時，霍府有盜賊闖入行竊，被霍光撞見，盜賊自稱是長安大俠朱安世。儘管事後霍去病暴跳如雷，甚至驚動了皇帝，責令有司逐捕朱安世，京師為此展開大搜捕，但此案始終未破，長安大俠朱安世遂成為繼關東大俠郭解之後的又一個傳奇的遊俠名字，成為人們心目中行俠仗義、劫富濟貧的英雄人物。

李陵聞言心念一動，問道：「邑君如何會猜想事情跟朱安世有關？」司馬琴心道：「聽說朱安世自幼喪母，只與父親相依為命，想來父子感情十分深厚，他父親被雷……雷被殺死……」一時難以啟齒說出其中的關節之處。

她父親是皇帝敬重的大名士，母親是有名的才女，她本人溫柔貌美，亦自幼就有許多名門公子追逐於身後，譬如衛皇后的外甥霍去病很小就鍾情於她。這些男子中，她自然有喜歡的人，也有不喜歡的人，但唯獨在右北平郡遇到劍客雷被後，她才知道什麼是刻骨銘心的愛戀，原來愛跟喜歡完全是兩碼事。她也不知道她為什麼偏要愛那神祕的男子，即使後來知道他是別有所圖，接近她只是要利用她打探消息後，她還是不能就此忘懷。後來雷被被捕，她不免有些自責，自忖雷被若不是堅持來茂陵見上自己一面，未必會被官府捕獲。這當然只是她的祕密心思，然而夫君霍去病卻不知如何猜到，素來不問朝政的他居然出面向皇帝求情，事先未同她商議，事後也未告知她，等到長安城中早已傳遍時，她才從平陽公主的閒談中得知究竟。一時間，感動不能自已，她知道，她不能再去想那個罪名累累的男子，只能更溫柔地關愛夫君。雖然她有時也會好奇被赦免的雷被去了哪裡，但那只是一閃而過的想法，她知道，這輩子她永遠不可能再見到他。此刻忽然由長安大俠朱安世的關聯，重新提起這個熟悉又陌生的名字，那塵封在心底深處的往事，便如潮水般湧出，不由分說地包圍了她。

忽聽見有人沉聲道：「雷被殺了平陽侯曹襄。」夷安公主不知道何時走進書房來，正站在一旁。

司馬琴心聞言吃了一驚，道：「什麼？他……他又殺了人？」夷安公主道：「我師傅驗過曹襄屍首，他身上傷口的尺寸、徑深、跟之前匈奴太子於單遇刺所受的劍傷一模一樣，你不信的話，可以自己去查閱爰書。不同的人可以使用同一把劍，但手勁卻是各自獨有的。雷被人在哪裡，你快些交他出來，免得牽連旁人。」

司馬琴心道：「我怎麼會知道他在哪裡？自從上次在茂陵家父那裡匆匆會過一次面，我就再也沒有見過他。」

霍光見嫂子發窘，少不得要出面辯護幾句，忙道：「阿嫂從來不會撒謊，她說沒有見過就是沒有見過。」

夷安公主斥道：「我跟琴心相交的時候，你小子還沒有出世呢。」上前挽起琴心手臂，嘆道：「我相信你，不過你可千萬別再被雷被利用了。陌生人進出茂陵邑需要登記，茂陵尉核驗過這兩日的名冊，最可疑的當數一名攜劍男子，自稱是受你所派，前去司馬府上給你母親送信。我派人向司馬府上打探過，自尊父去世，尊母就閉門謝客，已經許久沒有客人登門了，這兩日也沒有什麼信使登門。」

司馬琴心「啊」了一聲，道：「他……是他麼？」夷安公主道：「根據陵門衛卒的描述，的確很像雷被。」

司馬琴心道：「可他為什麼要殺平陽侯？」夷安公主道：「雷被不過是江湖劍客，之前殺人是受雇於淮南王，這次也應該是受雇殺人。平陽侯也算是你夫家的親戚，你可知道他最近得罪了什麼人麼？」司馬琴心遲疑道：「這個……」

霍光忙道：「前幾日倒是發生過一件事……」

當即說了幾日前大將軍衛青府上的宴會情形：當日除了親屬之外，還特意邀請了一些大將軍和驃騎將軍的舊部，如失去爵位的公孫敖、龍頟侯韓說、隨成侯趙不虞、關內侯李息、輝渠侯僕多、從驃侯趙破奴等。本來眾人談論一些軍中舊事，又有協律都尉李延年率女樂以音樂從旁助興，氣氛極好，還有人打趣要為平陽侯曹襄的兒子曹宗和龍頟侯韓說的女兒訂娃娃親。酒過三巡的時候，曹襄不知道為何事跟大將軍衛青起了爭執。衛青身為繼父，倒也沒有多說什麼，曹襄卻是不依不饒，平陽公主少不得出面斥責兒子。曹襄嘟囔了幾句什麼，平陽公主忽然臉色大變，令侍從將兒子扯進內屋。不久後，曹襄出來，臉腫得老高，顯是挨了打，不待眾人問明究竟，便恨恨拂袖而去。

夷安公主道：「龍頟侯韓說、從驃侯趙破奴也在當日宴會上麼？」霍光道：「是的，公主為何獨獨問到他們？」

夷安公主道：「因為他們二人昨日分別到過曹襄府上。那麼董偃呢？」霍光道：「當日館陶公主沒有來，聽說是生病了，董偃自然也沒有來。」

李陵道：「公主這麼問，是因為董偃昨日也到過曹襄府上麼？」夷安公主點點頭，問道：「你們李府隔曹府不遠，你又與曹襄交好，可覺得有什麼離奇之處？」李陵道：「曹襄跟母親關係不大好，但跟董偃一直頗合得來，平陽公主便經常託董偃轉些財物給他，所以董偃時常出入茂陵。韓說我也見過，只有從驃侯趙破奴是頭一次。」

夷安公主道：「嗯，我也覺得趙破奴最可疑。他是驃騎將軍的舊部，年紀又比曹襄大許多，平常根本沒什麼往來，怎麼會突然到曹府拜訪呢？」轉頭道：「琴心，我師傅安排了一個計畫，或許能誘捕到雷被，但這需要你的幫忙。」

司馬琴心茫然道：「你是認為他還會來找我麼？」夷安公主道：「會不會來到時自會知道。李陵，你留在這裡，這件事由你主持。」李陵道：「這應該由廷尉或是內史出面才對。」夷安公主道：「若是那些人出面，雷被就是想來也不敢來了。」將李陵叫到一旁，低聲叮囑一番。李陵道：「那麼我便盡力而為了。」

夷安公主離開北闕甲第，徑直來到宣平門西的冠尚里，找到從驃侯趙破奴，徑直問道：「從驃侯昨日到茂陵平陽侯曹襄府上做什麼？」趙破奴先是一愣，隨即答道：「也沒什麼要緊事，就是路過茂陵，想順便探望一下平陽侯。」夷安公主道：「我師傅跟你也算得上故人，你為何不順便去探望？」趙破奴道：「公主這麼問，倒像是興師問罪來了。不知道臣錯在何處？應該不是僅僅因為臣沒有去拜訪東方先生那麼簡單吧。」夷安公主道：「看來從驃侯還不知道，曹襄不久前被殺了。」趙破奴「啊」了一聲，喃喃道：「原來如此。」

夷安公主道：「你跟曹襄素無往來，你昨日去他家做什麼？」趙破奴遲疑道：「這個……」夷安公主道：「我知道從驃侯當下甚得父皇寵幸，可你若是不肯據實相告，我只好將你做為雇凶殺死曹襄的第一嫌疑人交給廷尉，那些人的手段，可是無所不用其極的。」

趙破奴嚇了一跳，連聲道：「臣可沒有殺人。好吧，臣說實話，那日大將軍在府上設宴，臣也應邀去了。席間平陽侯忽然發酒瘋，跟大將軍和平陽公主爭了起來。臣的席位湊巧離大將軍不遠，聽見平陽侯提到了『王夫人』……」

夷安公主道：「王夫人？難道是王寄麼？」趙破奴道：「臣也是這麼認為的，所以立即留了心，但很快平陽侯被平陽公主喝令侍從拉進裡屋，後來他出來就離開了。臣……公主也知道臣和王夫人是……是故交，一時忍不住好奇，昨日特意去了茂陵找平陽侯，想問個清楚。哪知道平陽侯矢口否認，說什麼王夫人、李夫人的他都沒有提過。臣見他心情不好，婉言勸了幾句，他還是不肯承認提過王夫人，臣只好告辭走了。」

夷安公主見問不出更多情況，便重新回來北闕甲第，到韓府找龍頟侯韓說。

自從襄城侯韓釋之被匈奴使者的隨從刺殺後，韓府雇了許多家卒，戒備一直相當森嚴。韓釋之無子，弓高侯韓則因為之前裝病不肯侍從皇帝到甘泉宮，犯下大不敬之罪，耐為隸臣，因而襄城侯和弓高侯的爵位都已經被取消。而今韓府有侯爵之位的只有韓則的庶出弟韓說，理所當然成為家族的主事人。他聽說夷安公主到來，親自迎出堂來，笑問道：「公主大駕光臨寒舍，有何貴幹？」

夷安公主道：「聽說龍頟侯就快與平陽侯結為親家了。」韓說一愣，隨即笑道：「那不過是幾日前酒席上的玩笑話。不過不怕公主見笑，臣還有些當真了，昨日還特意去了茂陵，問平陽侯是否真有此意。」

夷安公主道：「噢，那麼平陽侯怎麼回答的？」韓說道：「平陽侯挺不高興的，說他的兒子是公主之子，將來必定要娶公主。臣也是自討沒趣，乘興而去，掃興而歸。公主竟然關心這個麼？」夷安公主道：「哎，我不是閒著沒事麼？打擾了。」

告辭出來，又來到大將軍府邸，平陽公主卻是剛剛聽到兒子身故的消息，跟衛青一道趕去茂陵了。

夷安公主招手叫過衛青長子衛伉，問道：「有什麼好玩的事要告訴表姊麼？」

衛伉雖然才十三歲，卻早在襁褓中封宜春侯，為人頗有其父沉穩之風，歪頭想了一想，才道：「好像沒有。」夷安公主笑道：「不是沒有，是你忘記了，那日府中宴會，你繼母平陽公主不是命人打了你名義上的長兄曹襄麼？你一向不喜歡他，是不是？」衛伉道：「是喲，那件事，繼母親自動手打了曹襄，我和弟弟們就躲在屏風後偷看。」

夷安公主道：「你繼母不是一向最疼曹襄麼？為什麼要打他呀？」衛伉道：「具體原因我可不知道，好像繼母大人說曹襄早晚要惹來大禍，不如先打死他算了。表姊，你可別跟繼母大人說我對你說了這些。」

夷安公主忙道：「表姊當然不會說的，你也別跟別人說。」見天色不早，便不再多逗留，徑直回到茂陵，對東方朔說了經過。

東方朔道：「事情如果真是跟王寄王夫人有關，嫌疑最大的是大將軍衛青，其次是平陽公主。」夷安公主道：「平陽公主是眾所周知的心計極深，但大將軍怎麼可能殺人？」

東方朔道：「昔日郭解也不必親自動手，自有門客去替他清除掉礙眼的人。大將軍門客不少，部屬不少，親眷也不少，有人主動出頭也說不準。」想到適才在曹府看到平陽公主和衛青的情形——平陽公主只朝地上的兒子看了一眼，便轉過頭去瞪著衛青，一向高貴嫻雅的公主的眼睛裡盡是恨意。若是眼光能殺人的話，只怕已當場將大將軍殺死好幾次。那分明意味著，就連平陽公主也認為是衛青手下人做的——深深嘆了口氣，道：「公主，這案子不用再追查下去了。不然的話……」

他沒有說完下面的話，只意味深長地冷笑了一聲。但他一認定大將軍衛青是首要嫌疑犯，夷安公主已經大致猜到究竟：昔日王寄寵冠後宮，又生下兒子劉閎，一度對衛子夫母子造成極大的威脅，甚至在王寄病死後，這種威脅仍沒有解除，皇帝寢食難安，追思不已，愈發寵愛喪母的孤子劉閎。幸虧平陽公主及時舉薦了協律都尉李延年的妹妹李妍入宮，這才緩解了劉徹對王寄的思念。李妍很快得到專寵，更在昔日王寄之上，但她感激平陽公主的舉薦之恩，對衛皇后一族一直相當尊敬。明眼人都知道舉薦李妍是平陽公主有意討好皇帝的固寵之舉，正如她當初送衛子夫進宮一樣，但無論如何，李妍進宮是在王寄死後，也就是說，王寄不死，平陽公主未必有舉薦的機會。若是曹襄提到的「王夫人」是指王寄之死跟平陽公主有關，那麼一切就說得通了——平陽公主和她的親族感受到王寄對衛皇后和太子劉據的威脅，設法毒害了王寄。又利用劉徹感情空虛之際，獻上有傾國傾城之貌的李妍。李妍因平陽公主而進宮，勢必如之前的衛子夫一樣，對她感恩戴德，結為同盟。如此，平陽公主一黨再無後顧之憂。但曹襄一直為母親與生父離異，並嫁給昔日騎奴衛青一事耿耿於懷，酒醉後發生口角，無意中提到平陽公主與王夫人之死有關，惹得平陽公主暴怒，令侍從扯其入堂，親自掌摑獨子。虎毒不食子，想來她不至於因為這件事殺死愛子，但大將軍衛青那邊卻有人坐不住了，因為這件事一旦被揭穿，以當今天子的嚴酷性情，死的將不只是平陽公主一個人，從皇后衛子夫、太子劉據，到衛氏滿門，怕是沒有一個人能逃脫腰斬的命運。

一想到這裡，夷安公主自己也打了個寒顫，訕訕道：「這案子當然不必再查了。可師傅答應了茂陵令幫忙，要如何交代？」東方朔道：「興許明日凶手自己就會投案自首。」

夷安公主道：「雷被會投案自首麼？」東方朔道：「主謀能籠絡雷被，可見手下能人不少，可他非派雷被出手，多半是有其特別的目的。這人事先能如此深謀遠慮，怎麼可能再留下後患？雷被多半已經被殺死滅口，死得無聲無息。公主明日去趟霍府，告訴琴心我們弄錯了，凶手不是雷被。」夷安公主道：「是。」

次日一早，夷安公主還未起床，便聽見房外有男子跟侍女說話。她聽出是李陵的聲音，忙穿衣出來，問道：「捕到雷被了麼？」李陵道：「不，不是雷被，而是長安大俠朱安世。霍夫人命臣來請東方先生和公主過去，她不想張揚，打算悄悄放走朱安世。臣已經知會東方先生，公主，這就出發吧。」

夷安公主忙乘車出來，正好遇到東方朔的車子，遂同道而行。一路向李陵打聽，才知道究竟——

昨晚李陵按照東方朔的安排留在霍府，若是雷被難忘舊情，冒險來探視司馬琴心，就趁機將他捕獲。李陵與霍光一直埋伏在後院司馬琴心房外，二人對雷被會出現半信半疑，原本也沒有抱什麼期望，然而到夜深人靜時，真有一黑衣人從屋脊上躍了下來，往司馬琴心房間摸去。霍光生怕他傷了阿嫂，起身大喝一聲。那黑衣人受驚，轉身便逃，身手極其敏捷迅疾，如飛狐一般。李陵張弓搭箭，一箭正中他大腿，將他射倒在地。家卒趕來，將那人縛住，拖到燈火明亮處，扯下蒙面巾。司馬琴心出房一看，卻是名陌生的年輕男子，並不是雷被。問那人身份，則自稱是長安大俠朱安世。司馬琴心道：「原來是你！你又來做什麼？」朱安世道：「霍夫人心知肚明。」司馬琴心道：「你若是缺錢用，我可以給你一些。」正要命人去取些金子來，朱安世冷笑道：「我要的不是那些，我要的是雷被。」原來他不知從何處得知雷被在茂陵殺了人，居然也跟東方朔想的一樣，認為雷被跟司馬琴心有聯絡，遂闖來霍府，想脅持司馬琴心，強逼她說出殺父仇人的下落，不想正中了東方朔預先安排用來捕獲雷被的埋伏。司馬琴心遂命李陵來請夷安公主和東方朔，預備跟二人商議後放掉朱安世。

夷安公主道：「雷被殺了朱安世的父親朱勝，琴心總覺得有愧，不想將他送交官府。可朱安世是詔書名捕的要犯，萬一被旁人知道，告發她隱匿逃犯行蹤，那可就糟了。」

一路馳來北闕甲第。司馬琴心和霍光正在堂中焦急等候。朱安世雙手反縛，箕坐在地上，見有人進來，立即叫道：「東方先生，夷安公主，多年不見，你二位居然一點沒變。」

多年前，東方朔和夷安公主調查匈奴太子於單一案，一路追查到北煥里於單的車夫朱勝家裡，在門口見過朱安世一面，那時他不過是個十二三歲的少年，這麼多年過去，居然已經長成長身挺立的高大男子。

夷安公主道：「你倒是長大不少，不過面貌也沒有怎麼變。」朱安世笑道：「算起來，咱們也算是故人了。東方先生，我打聽過你的事，知道你最恨的人是大乳母的兒子陽安，如果你放了我，我就幫你找到陽安。」

東方朔雖然意外，表面卻不動聲色，道：「噢，你如何能找到陽安？」朱安世道：「我自然有我的門道，只要陽安人在京城，三個月之內，我必定將他的下落告訴先生。」東方朔道：「好。但雷被作為與霍夫人無干，你不准再來騷擾她。」朱安世滿口應允。東方朔遂命李陵拔刀割斷綁索。

朱安世道：「你的箭術不錯，你叫什麼名字？」李陵道：「李陵。」

朱安世道：「你姓李？飛將軍李廣是你什麼人？」李陵道：「是我祖父。」朱安世道：「好，李陵，我一定會報這一箭之仇，你等著。」

李陵出身將門，哪會害怕一名竊賊的威脅，昂然道：「儘管放馬過來，李陵奉陪到底。」

等朱安世離開，夷安公主才問道：「師傅真的相信朱安世會打探陽安的下落麼？」東方朔道：「他既然自稱大俠，聲名最重要，應該會言而有信。」轉頭叮囑道：「若是有人告發霍夫人縱逃要犯，你們就推到我身上，說是我有意放走了朱安世。」司馬琴心道：「多謝東方先生。」

話音剛落，便有僕人進來稟告道：「適才遇到廷尉府的人，說是殺死平陽侯的殺人兇手一早就到廷尉投案自首了，原來是大將軍幕府一名姓田的門客，氣憤不過平陽侯當眾對大將軍無禮，一時衝動，趕去茂陵殺了他。」

夷安公主聽說，不禁讚嘆師傅料事如神，心道：「雖說有了兇手，但廷尉也不是白吃飯的，還得有多少實證的漏洞要補，那門客到過茂陵麼？到過曹府麼？有證人看見麼？既是如此費事，為何當初一定要派雷被下手呢？大將軍到底對這件事知不知情？」雖然心中好奇，卻因為干係太大，不敢深想。

李陵和霍光不知究竟，以為曹襄一案已破，遂趕去未央宮當值。司馬琴心卻還是惴惴難安，問道：「那姓田的門客會不會是……他？」

夷安公主知道她心中始終放不下雷被，何止司馬琴心，古往今來，多少人看不破「情」字這一關，不禁長嘆一聲，道：「殺死曹襄的不是雷被，是我和師傅弄錯了。」

本想說出雷被已被滅口的實話，但想到琴心剛剛經歷喪父、喪夫之痛，讓她心中有一點念想和希望總是好的，就算那個人是個惡人，他在她的心目中卻總是有好的一面的。人生歷盡滄桑，到了最後，還會剩下什麼呢？無非是以前那些美好的回憶而已。

兩個月後，平陽公主拖著病重的身體，親自來到茂陵拜訪東方朔。宗正劉棄之女劉解憂正死纏著東方朔，要學夷安公主一般拜他為師，見平陽公主到來，忙叫道：「平陽姑姑。」

平陽公主道：「嗯，你先到外面去玩，我有要緊話，要單獨跟東方先生說。」劉解憂應了。

平陽公主命侍女、僕從盡數退出，忽然拜伏在地，道：「東方先生，求你幫幫我。」東方朔忙道：「公主快快請起，有話直說無妨。」平陽公主道：「我自知所剩日子不多了，可我還有一件心願未了。我以前自以為聰明伶俐，事事占盡上風，可現在才知道沒有了襄兒，我其實是一無所有。」

東方朔道：「公主是想讓臣找出殺死平陽侯的真凶麼？」平陽公主道：「正是，先生果然是天下第一聰明人。我也不想瞞先生，雖然有田門客主動投案，承認是他殺了襄兒，可我知道他只是替罪羊，他站出來，只是要讓這件案子盡快了結。」

東方朔遲疑道：「既是如此，公主也該知道這件案子的微妙之處，廷尉都要盡快結案，臣一個山野閒人，怎麼能私下追查？況且公主貴為皇帝長姊，夫君又是大將軍，能力遠過臣萬倍，哪裡輪得到臣出面？」

平陽公主道：「難道先生生平沒有什麼特別的願望麼？只要先生肯答應幫我找出殺襄兒的凶手和主謀，我平陽除了奉上千金之外，還願意盡全力為先生達成心願。先生也該知道我的能力，這普天之下，我平陽做不到的事實在不多。」

東方朔聞言很是心動，沉吟半晌，才道：「可是要實現臣這個心願也並不容易，公主願意冒險麼？」平陽公主淒然道：「我即將不久於人世，還有什麼比死更冒險的？」東方朔道：「好，那咱們一言為定。」

忽聽見夷安公主在外面敲門叫道：「師傅！」東方朔道：「進來。」夷安公主牽著劉解憂一道走了進來，叫道：「平陽姑姑。」

東方朔見平陽公主頗為不安，忙解釋道：「她們都是臣的弟子，查案不是光靠一個人就能辦到，臣需要她們的幫助，公主大可不必忌諱。」平陽公主猶豫許久，終於還是點點頭。

東方朔道：「那好，臣現在要問幾個問題，公主一定要如實回答。當日大將軍府宴會，平陽侯曹襄提到王夫人之事，還有什麼人知道？」

平陽公主深為震駭，吃驚得瞪大眼睛，道：「原來先生早就知道了。」東方朔點點頭，道：「公主請放心，後宮勾心鬥角，你死我活，自古有之，不足為奇。但當今太子仁義寬厚，深得人心，臣無論如何也要維護他的安危。」

平陽公主這才略略寬心，道：「我夫君衛青自然是知道的。襄兒離開大將軍府後，公孫賀、衛君孺等幾家親屬也是知道的。但我們都認為襄兒不過是酒後撒瘋、一時氣話，不會真的將這件事抖出來。」

夷安公主心道：「原來是曹襄威脅要告發這件事。」忙問道：「那麼還有誰知道王夫人這件事？」平陽公主道：「真正知道經過的只有我和李延年。我夫君、襄兒他們不過是由蛛絲馬跡猜到的大概。」

夷安公主道：「宴會請了女樂助興，李延年當日不是也在宴會上麼？」平陽公主道：「不錯。不過他究竟只是個被閹割的宦者，歷來聽命於我，沒有能力安排刺客這種事。嗯，我忽然想起來了，李延年有個弟弟叫李廣利，據說是個市井無賴，經常與人打架，會一些武藝，會不會是他做的？」

東方朔道：「不會，市井無賴都是外強中乾，就會欺負弱小，要真讓他去殺列侯，打死他也沒有這個膽量。公主，臣這樣問可能會很唐突，當日你聽到平陽侯死訊後，立即跟大將軍一起趕來了茂陵，我人也在曹府，你瞧著大將軍的眼神……」

夷安公主道：「不錯，我當時確實以為是衛青派人下的手，就算不是他，也是他那一夥子親戚。但後來……後來我看到他長吁短嘆的樣子，知道冤枉了他。他也召來知情的親屬，一一嚴厲質問，所有人都賭咒發誓，稱沒有派人殺我的襄兒。」

夷安公主道：「平陽姑姑相信他們的話麼？」平陽公主道：「不是相信他們，而是相信我自己。我自恃是這個家族中的主心骨，所有的大事都要徵詢我的意見，即使是皇后、太子也對我禮敬有加，不敢說一個『不』字。他們都知道我愛惜襄兒，諒他們沒有敢背著我對襄兒下手的膽量。東方先生，你一定要幫我找出兇手，如果到時我還活著，我會親手殺了他，如果我已經不在人世，自有我的心腹來替我料理。」

東方朔道：「好，臣答應了。現在，臣要說自己的心願了。」從案下的暗格中取出一柄長劍，道：「臣這裡有一把劍，煩請公主用它到長樂宮前殿中換出那柄真的高帝斬白蛇劍。」

平陽公主大吃一驚，道：「你……你要我用假劍換出真劍？」東方朔道：「不錯。」

平陽公主道：「本朝慣例，每十二年磨一次斬白蛇劍，今年湊巧是磨劍之年。就算我能順利換出真劍，可到了磨劍之日，假劍之事就要敗露，你這樣做，不是讓我自尋死路麼？」

東方朔道：「若是公主到時還活著，臣自有辦法幫公主脫身。若是公主不願意冒險，此事就此作罷，就當臣沒有說過。只是仇人近在咫尺，公主不能為愛子復仇，活在世上又有什麼意義？」

卷七

人生如寄

大漢京師長安驟然多了許多高鼻子、藍眼睛、捲頭髮的胡人，膚色深淺不一，穿著奇裝異服，說著奇怪的語言。跟長安人好奇打量他們一樣，胡人們也用驚異的眼光審視這座繁華宏偉的城市，不斷發出陣陣驚嘆聲。這些人不是什麼怪物，而是來自西域各國的使者。

漠北大戰後，大漢用鮮血打通了通往西域的河西走廊，皇帝劉徹遂派張騫為使者，帶著黃金、錢幣、綢緞、布帛等價值數千萬的禮物，第二次出使西域，目的是要與西域第一強國烏孫結盟。

與第一次出使時的擔驚受怕完全不同，張騫一行順利到達烏孫。烏孫昆莫獵驕靡[1]聽說東方的大漢派來使者，親自迎見。張騫送上厚禮，遊說烏孫親附漢朝，大漢願意將河西一帶土地讓給烏孫，還把公主嫁給大王為夫人，兩國結為姻親，共同對付匈奴。最早烏孫和月氏一樣，居住在祁連山下，河西之地也算是這個民族的故土。昆莫獵驕靡聽了張騫的承諾後很是重視，召集大臣商議。然而因為漢朝遠在東方，素來不通西域，烏孫群臣對其實力一無所知，甚至不知道漢軍已經將匈奴驅逐到大漠以北。他們畏懼匈奴，也不敢輕易離開生活了幾十年的土地。張騫在烏孫逗留日久，見昆莫獵驕靡既不同意，也不反對東徙，料想對方心中沒底，遂廣派副手，持著使節節杖，帶著豐厚的禮物，分別去聯絡大宛、康居、月氏、大夏等國家。後終於帶著數十名烏孫使者歸國，此即漢與西域交通之序幕。

皇帝劉徹非常高興，在上林苑接見使者。烏孫使者送上昆莫獵驕靡轉交的禮物，有幾十匹馬、氈毯、貂皮等。張騫又講到烏孫馬匹的故事：他們一行人曾在河西走廊遭遇一小隊匈奴騎兵，張騫急忙派人去圍捕，卻被匈奴人逃掉，只有一名烏孫使者仗著馬快，捕到了一名匈奴士卒。劉徹聽說烏孫的馬會爬山越澗，忙選了一匹試騎，果然跑步如飛，當即封烏孫馬為天馬。

不久，張騫派往西域各國的副使相繼回到長安，各自帶著西域諸國使者。這些人騎著駱駝或馬匹，帶著各國的珍奇物品來朝見大漢天子。劉徹對這些來自異域的使者給予了優待，為了誇示漢朝的富庶和廣大，甚至帶著使者們巡狩海上，賞賜財帛，遍觀各倉庫府藏之積，給使者們留下了深刻的印象。烏孫使者見漢朝如此富庶強大，驚嘆之餘，也完全打消了顧慮，忙派人回報昆莫獵驕靡。獵驕靡聽說大漢實力遠遠在匈奴之上，當即同意與大漢聯姻結盟。劉徹遂選中姪孫女劉細君為和親公主，封為江都公主，接進宮中，教她各種禮儀及西域風俗、方言等。

為進一步加強與西域的聯繫，劉徹先後在河西渾邪王故地設置了酒泉、武威、張掖、敦煌四郡，大量遷徙內地人民到此居住，開荒種田。河西四郡的設置對日後中國的發展產生了深遠的影響，著名的絲綢之路就穿過其中。四郡設置之後，漢朝將秦長城從令居延伸到了陽關、玉門，其烽燧深入到輪臺，用以防禦匈奴。從此，河西成為漢朝在西域軍事活動最重要的基地，來往的外交使節和商人源源不斷。漢朝以及民間商人分別組織成百人或幾百人的隊伍，一批批到西域去。而西域各國商隊也爭相趕來中國，時人稱為「外國道」。由於這條路上絲綢的貿易占了很大比重，因此又將它稱為「絲綢之路」，成為東西方交流的一座重要橋樑。

張騫第二次出使西域，帶回了許多新鮮事物：如可以用來製造胭脂粉的紅藍花，可以榨油食用的紫黑色的芝麻，可以食用的蠶豆、大蒜、黃瓜、石榴、核桃、胡蘿蔔等。有一種植物名葡萄，其果實形狀圓如龍珠，長大者名馬乳葡萄，白色者名水晶葡萄，黑色者名紫葡萄。果實不但可以食用，還能夠釀酒，西域富人藏葡萄酒竟有多達萬餘石。這

---

1 昆莫：音譯，烏孫王號，意為國王，「昆」意為太陽，「莫」意為君王。後人取昆莫之「昆」，獵驕靡之「靡」，稱他為「昆彌」，並以「昆彌」為烏孫王號。烏孫族是今哈薩克族的主要祖先之一。

種酒雖儲藏數十年，亦不會腐壞，但飲多了也會醉人。還有一種一枝三葉的苜蓿草，綠色鮮豔，夏秋季節，開細黃花，結小莢，圓扁旋轉，有刺，數莢累累，老則變黑色。內有米如秫，可做飯，可餵馬，亦可釀酒。葡萄和苜蓿最為皇帝鍾愛，劉徹下令將這兩種植物的種子栽種在各處離宮別館之旁。另有一種珍惜的酒杯藤，藤大如臂，葉如葛花，實如梧桐實。大如手指，美香如豆蔻，可以酌酒。西域人最愛提酒來至藤下，摘花酌酒，千杯不嫌其多，故謂之酒杯藤。當地人很寶貴這種藤，不輕易外傳。張騫出大宛得之，帶回中原。

除植物、果品外，張騫帶回了西域的樂器和樂曲，如「橫吹」樂器和《摩訶》、《兜勒》樂曲，協律都尉李延年將這兩支曲子加以擴充改造，成「新聲二十八解」，慷慨激越，皇帝劉徹聽後很是喜愛，用其為軍樂，但只有統率一萬人以上的將軍或二千石以上的武官才能享用。

月有陰晴圓缺，世事也未必能盡如人意。皇帝劉徹寵愛的夫人李妍忽然生了重病，臥床不起，日漸消瘦憔悴。劉徹聽說後，立即趕來探視。李妍聽說皇帝來了，立即拉過一床被子，嚴嚴實實地蓋著自己的臉。

劉徹匆忙走近床前，叫著李妍的名字。李妍只是躲在被子中不說話。劉徹很奇怪，說明自己來探望病情。李妍答道：「身為婦人，容貌不修，妝飾不整，不足以見君父。如今臣妾久病低低，蓬頭垢面，實在不敢與陛下見面。」

劉徹從未聽過這樣的理由，他坐在床邊，心急火燎地就想見到這位朝思暮想的美人。李妍卻始終不肯露出臉來，只是在錦被中嗚嗚咽咽地道：「倘若臣妾一病不起，希望陛下多加照應我們的孩子以及臣妾的兄弟。」

劉徹勉強耐著性子，道：「夫人，你的病有段日子了，是有些重，還是能夠治好；即便難有好轉，見上朕一面，當面把皇兒和兄弟託付給我，豈不是更好？」他一面說著，一面想動手掀開被子。李妍在被子中使勁捏著被子，就是不肯鬆手。

這下可把劉徹急壞了，從來都是女人們主動對他投懷送抱，還從未遇到一個今天這樣蒙著自己的臉不肯見人的。

他在床邊急得團團轉，以賞賜黃金及封贈李妍兄弟官爵作為交換條件，懇求道：「夫人，只要你讓朕看一眼，朕就封你最愛的弟弟李廣利做官，還賜給你一千金。」李妍卻依舊不肯答應，回答道：「封不封我弟弟做官，不在於見不見這一面，而在於陛下。」

劉徹既悵然若失，又有些憤怒與無奈，隨即站起身來，掃興而去。

劉徹離開後，宮女們圍攏上來，都說夫人「如此」對待皇上，怕是要大禍臨頭，不懂李妍為什麼一定要固執己見，不肯與皇上見面。李妍掀開錦被道：「我之所以不願意見皇帝，是想給兄弟留條後路。我因容貌姣好，得幸於上。而以色事人的女子，色衰而愛弛，愛弛則恩絕。倘若我以憔悴的容貌與皇上見面，以前那些美好的印象，都會一掃而光，還能期望他念念不忘地照顧我的兒子和兄弟嗎？」

宮女們聞言，無不對李妍的心計佩服得五體投地。當晚，李妍病情加重，撒手而去。劉徹萬分痛惜，以皇后的禮儀安葬，又令畫工繪下樣貌，懸掛在甘泉宮中。正欲對李妍兄弟大加封賞，即有人匿名投書廷尉，稱當年王寄王夫人暴死是因為平陽公主勾結協律都尉李延年及樂工李季下毒所致，不久前平陽侯曹襄被殺也是因為他打算告發這件事，結果被大將軍衛青派人滅口。

本來漢家律令，匿名投書不予採信，但投書內容關係宮廷機密，廷尉不敢擅自處置，迅疾送到未央宮中。劉徹閱書後震怒無比，雖不能全信，但聯繫事情的前因後果，亦不得不信，立即派使者召平陽公主進宮，派郎官逮捕協律都尉李延年及其弟李季下居室獄[2]拷問。

平陽公主於病榻上服毒自殺。李延年和李季則在嚴刑下招供：的確是他二人受平陽公主指使，設法與飛羽殿宮人

2 居室獄：長安除地方監獄如長安獄及中央監獄如廷尉獄外，還有一種中都官獄，又稱詔獄，即奉詔設置的直屬於朝廷的特別監獄。居室獄即是詔獄的一種，屬少府，專門關押特殊的犯罪大臣及家屬。

勾結，毒害了王夫人。

劉徹讀到供狀後暴怒，命人將李延年、李季兄弟關在獄中活活餓死，又處死數十名服侍過王寄的舊宮人。事情雖未牽連到大將軍衛青，但衛青長子衛伉卻被皇帝藉故削去侯爵之位，這顯然是一種警告。此後衛皇后、太子劉據愈發寵衰，很難再見到皇帝一面，心中難以自安。

夷安公主得知有人匿名告發平陽公主後很是驚訝，忙趕來告知東方朔，道：「投書人會不會是從驃侯趙破奴？他與王寄有舊，一直難以忘情。多半他自己設法查出了真相，想為王寄報仇，又怕扳不倒平陽公主遭到報復，所以只能匿名告發，所幸父皇沒有罪及大將軍和太子。」東方朔嘆道：「國無良將啊，若是驃騎將軍還在世，大將軍絕對逃不過這一劫。」

夷安公主道：「趙破奴不是嫌疑最大麼？」東方朔道：「嗯，知道平陽公主謀害王寄之事的人極少，幾乎都是衛氏親眷，他們是絕對不會告發自己人的，趙破奴的確嫌疑最大。不過管他誰告發呢，告發者又沒有造謠，找出殺曹襄的凶手才是我們要關心的事。平陽公主也是個極厲害的角色，她既然說親眷和李延年都不會殺人，那麼就只有從當日參加宴會者的名單來找，排除衛府親眷，剩下的都是列侯。」

正說著，霍光忽然到來，道：「皇上召公主和東方先生。」

夷安公主道：「有什麼事麼？」霍光遲疑了下，道：「似乎跟那封告發書信有關，皇上一上午都在看那封信，後來就命臣來茂陵請二位。」夷安公主道：「啊，多半是父皇要請師傅去查告發者的身份。」

霍光道：「東方先生……我……我想求先生幫個忙。」東方朔道：「你是驃騎將軍的弟弟，皇上愛屋及烏，對你百般寵幸，要什麼沒有，哪裡輪得到我幫忙？」霍光道：「那不一樣的。聽說先生性情獨特，每每皇上請你辦事，先生都要先提一個條件，皇上從來都是滿口應允。」

東方朔道：「不錯，是有這個慣例。你想求我做什麼？」霍光漲紅了臉，猶豫片刻，終於還是鼓足勇氣說了出來，道：「求先生救救細君，不要讓她嫁去烏孫。」東方朔道：「哦，原來是為這件事。劉細君被封為江都公主，即將和親西域，這已經是皇帝詔告天下的事，萬難挽回。抱歉。」

夷安公主見霍光神情極其沮喪，又想起自己當年被迫要嫁匈奴太子於單的往事來，心中感懷，也不好勸慰，只道：「走吧。」

幾人進來未央宮時，正遇上謁者領著一名身披羽衣的方士從宣室出來。夷安公主一眼就認出了那方士，道：「你不是平剛城南客棧店主的兒子欒大麼？」

那方士傲然道：「什麼店主的兒子，我是仙人安期生[3]的弟子。」謁者忙道：「這位是皇上新拜的五利將軍。」

皇帝劉徹酷好神仙之術，總想著與神仙相通，求得長生不死之術，最早曾寵幸方士李少君，聽信其「渠去一，顯於金，百邪辟，百瑞生。」之言，認為黃金可以益壽通仙，將宮中所有飲食器皿都換作了黃金。之後民間多有阿諛奉承之徒，聲稱能役使鬼神，以求得到皇帝的寵信。譬如齊人少翁稱能招鬼魂，大做三天三夜的法事後，劉徹恍恍惚惚看見了死去夫人王寄的身影，由此對少翁方術深信不疑，拜其為文成將軍，令其專致天神。然而過了一年多，鬼神始終不來。少翁見皇帝臉色日益不好看，便偷偷寫下帛書，餵牛吃下，隨即詐稱牛腹中有古怪，殺牛後得到帛書，稱是天神送書。結果劉徹識破帛書為少翁筆跡，嚴刑拷問下果然得實，一怒之下誅殺了他，卻對外謊稱少翁是吃了馬肝中毒而死，以免天下人恥笑皇帝也會受騙上當。此時劉徹正為黃河決口和朝廷財政困難而煩惱，正巧有人舉薦方士欒大。欒大自稱是少翁師弟，曾出海神遊，與安期生等仙人相遇，只要得到仙人指點，黃金可成，河決可塞，不死之藥

3 安期生：傳說中古代的仙人。

可得，仙人可致，正對皇帝胃口，劉徹大喜，見識過欒大的鬥棋方術後，當場拜為五利將軍。

夷安公主不明究竟，道：「你分明是欒大。師傅，你還記不記得他？」東方朔道：「嗯。你母親王媪人呢？」欒大道：「什麼？」東方朔道：「數年前，我曾派人去過平剛，聽說城南客棧失了火，燒成了灰燼，店主沒能逃出來，只有妻兒僥倖逃出。」

欒大一呆，隨即斥道：「你們一定是認錯人了。我一直在海上仙遊，哪裡去過什麼平剛？」用極其古怪的眼光打量了夷安公主一番，冷笑一聲，昂然去了。

夷安公主道：「瞧他那副小人得志的嘴臉！」進來宣室，不及下拜，劉徹已然招手叫道：「夷安，你過來，讓阿翁好好看看你。」

自夫君昭平君陳耳被誅殺以來，夷安公主便在父皇面前失寵，忽見父皇露出了罕見的和顏悅色，不由得一愣，走過去問道：「阿翁有事麼？」劉徹道：「你也是快三十的人了，自昭平君故後，一直獨守空房，是時候再找個丈夫嫁了。」

夷安公主吃了一驚，道：「不，女兒不想再嫁人。」劉徹道：「你雖是公主，終究還是女子，最後還是要依賴夫君、子嗣的。朕為你選了個好女婿，是朕新拜的五利將軍。」夷安公主道：「啊，什麼五利將軍，他是……」

東方朔重重咳嗽一聲，上前稟道：「陛下召臣來宣室，可是有什麼要緊事？」劉徹遂擺手令夷安退到一邊，笑道：「朕忙著家事，倒將正事忘了。東方卿，想必你已經聽說有人投書告發平陽公主之事，這就是那封告發信，你先看看。」

內侍從桌案取過告發信，奉給東方朔。那是長長的一編書簡，事情經過描述得極為詳細，不但告發平陽公主毒害了王寄，還稱當年皇后陳阿嬌巫蠱案也是平陽一手策劃，目的就在於搞垮皇后，扶正她所舉薦的衛子夫。東方朔細細看完，心道：「原先夷安懷疑是趙破奴投書，看了書簡就知道絕不可能，這等文辭，還有陳皇后等宮廷內幕，都不是他所能予聞。」

劉徹道：「卿看完了麼？朕要卿用你的才智，找出這名投書者。」事情已經過去了二十年，他對陳阿嬌未必就有真感情，只是不能容忍被人欺騙，長久以來都被蒙在鼓裡，頓了頓，又道：「卿有什麼條件，儘管提出來。」

東方朔道：「多謝陛下。臣有兩個條件，第一，這件事得暗中進行，急不得，所以陛下不能限定期限。」劉徹道：「准。」東方朔道：「第二個條件是，臣想懇請陛下讓夷安公主自己做主婚姻。」

劉徹先是一愣，隨即沉下了臉，露出不悅之色來。

宗正劉棄的女兒劉解憂不知如何溜進來宣室，嚷道：「陛下，請你讓我去和親烏孫吧。」執戟郎官追進來，正要拖她出去，劉徹道：「讓她進來。」招手叫劉解憂走得近些，問道：「你為何想當和親公主？」劉解憂道：「我見細君姊姊很不願意和親，既然她心裡不情願，又如何能完成好使命呢？我願意替她去。」其實論輩分，劉細君比她低一輩，是她的姪女，不過她自小跟著劉細君、李陵這群人玩耍，哥哥、姊姊地隨口叫慣了。

劉徹聞言大是稱奇，又見小解憂一本正經的模樣，忍不住哈哈大笑起來，道：「你年紀還小，要嫁人得過幾年再說。況且君無戲言，朕已經下詔公告天下，封細君為江都公主，怎麼能反悔呢？不過我大漢女子若是個個都能像你這樣有勇氣、有擔當，何愁匈奴不平。嗯，劉解憂，朕記下你了。」

劉解憂還要再說，霍光忙上前低聲道：「皇上還有正經事要辦，走吧。」牽了她的手出去。

被劉解憂一鬧，劉徹心情陡然好轉了許多，道：「好，朕就答應東方卿的條件。你們去吧。」

東方朔和夷安出來，劉解憂尚等在門前，問道：「師傅也沒有法子救細君姊姊麼？」東方朔很喜歡這個豪邁活潑的弟子，道：「細君嫁去烏孫未必是一件壞事。」

劉解憂奇道：「師傅怎麼會這麼說？」東方朔道：「當今天子嚴峻深刻，你沒有看到一些皇親國戚的下場麼？另一些人的將來也可以預想而知。」

劉解憂道：「師傅是指細君生父江都王謀反自殺之事麼？」東方朔道：「不是。你還小，長大些就會明白的。走，師傅帶你查案去。」

夷安公主猶自憤憤，道：「師傅剛才為何不讓我揭穿欒大的真面目？」東方朔嘆道：「有兩件事，皇上是勢在必得的，一是求仙，二是封禪，公主千萬不要在這兩件事上忤逆皇上，不然別說女兒，就是兒子他也不會捨不得。」

他說的甚是平靜，夷安公主卻不由自主打了個寒顫。

三人出來宣室，預備往御史大夫府去尋御史大夫張湯，他是當年陳皇后巫蠱案的經手人，若是冤案，他必然也是知情者。

到天祿閣前，卻見閣門前新建了一座高臺，原來這就是皇帝新建的承接玉露的柏梁臺：臺高三十多丈，以清香的柏樹做梁架，臺上用銅做柱子，銅柱頂上豎一人手形狀托架，稱為「仙人掌」，上有承露盤，用以承接露水。按方士所言，用露水調和古玉的粉末，就成玉露，經常喝玉露，就可以長生不老。如此幼稚可笑之言，劉徹居然深信不疑，當真每天堅持飲所謂的玉露。

夷安公主心道：「若是商紂王那樣的昏君，被騙也就罷了，可父皇明明英武睿智，精明過人，怎麼也會相信這等信口雌黃之語呢？」不免大惑不解。

御史大夫府位於東司馬門內，就在丞相府的對面，雖然是朝廷中樞，卻只是一個四面開門的四方院子，裡面房屋甚多，有數百名官吏。一名掾史聽說三人找張湯，道：「掾史魯謁居病了，御史大夫君剛去了里巷探望。」

東方朔幾人聽說，不免暗暗稱奇，張湯位列三公，手下近千名官吏，居然會主動去探望生病的下屬，是不是有些太過愛吏如子？一時好奇，遂問了魯謁居住址，往里巷而來。

到巷口時，先見到一名男子鬼鬼祟祟地往弄裡窺探。夷安公主道：「你不是趙邸的人麼？來這裡做什麼？」

那年輕英俊的男子名叫江充，正是趙王劉彭祖的手下，想不到會在這裡被公主撞見，吃了一驚，隨即解釋道：「臣看見御史大夫的車子來了這裡，一時好奇，就跟過來看看。」

東方朔笑道：「你可有尋查到張湯有什麼不可告人之事麼？」

劉彭祖是漢景帝劉啟之子，當今天子的異母兄長，封趙王，都城在邯鄲。此人雖然貴為諸侯王，卻是個典型的兩面三刀的小人。每次有朝廷任命的二千石級官員到趙國，劉彭祖都會穿著黑布衣，打扮成奴僕的樣子，親自出迎，謙卑恭敬，表面極盡討好之能事，暗中卻派人監視官員的一舉一動，記錄下各種隱私及不當的言語。如果官員不順從他的意思辦事，他就立即上書向朝廷告發。他在趙王位子已經四十年，期間沒有一位二千石級官員任期能滿兩年，大多是被告發後因罪去位，罪重的被處死，罪輕也受到刑罰，因而到趙國任職的朝廷官員沒有敢不聽劉彭祖的話的，他由此得以專擅大權。

趙國地處北方，主要是靠冶煉鑄造營利，這也是趙國租稅的主要來源。然而朝廷因為連續對匈奴作戰，財政困難，將鹽鐵經營收歸國有，在全國各地設置鐵官，主採礦、冶煉、鑄造、製作等，各地鐵官都隸屬於大司農，不受郡國節制。由於官營鐵業規模巨大，資金雄厚，材料充足，設備齊全，有統一的製造規格，擁有大批專業技術工匠，即使劉彭祖不顧朝廷禁令，繼續私自冶煉農具、兵器等，也無法在品質和數量上與官營鐵官抗衡。他不甘心就此斷了財路，遂又採取老辦法，不斷上書告發鐵官。御史大夫張湯卻置若罔聞，還常常指斥劉彭祖。劉彭祖懷恨在心，遂派心腹江充來到京師，暗中搜尋張湯的不法之事。

這江充字次倩，本是邯鄲一名地位卑微的商人，因妹妹江琴美貌善歌舞，嫁給了趙太子劉丹為侍妾，這才得以出入趙王府。其人頗有豪氣，敢做敢為，深為劉彭祖信任。東方朔並不知道他的來歷，不過對趙王為人卻是一清二楚，料想必是與張湯有怨，所以才派人嚴密監視。

江充被東方朔一語揭破用心，也不辯解，只默默讓到一旁。東方朔三人遂進來弄裡。宅門狹小，張湯的僕從和車子都等在門口。僕從還要進去稟告，夷安公主道：「不必。」徑直闖進房來，不由得呆住。

這魯謁居便是飛將軍李廣任右北平郡太守時的軍正，後來不知如何放棄軍正的官職不做，反而回來長安到御史大夫府當了一名普通掾史。最不可思議的是，他斜躺在床榻上，三公之一的張湯正坐在榻邊，親自為他按摩雙足！

不但公主愣住，隨即跟進來的東方朔也愣住了。張湯回頭一看，慌忙丟開魯謁居的腳，起身離開床榻，一時尷尬無比，不知道該說什麼才好。他自長安吏起家，先後擔任御史、廷尉，而今擔任御史大夫已經七年，審案均是一語立決，經他手被判處死刑的人多達數萬，其中不乏皇親國戚、權貴高官者，可謂天下最令人聞名喪膽的人物。而今他就那麼難堪地站在那裡，顯出無所適從的局促來。

還是東方朔反應最快，哈哈一笑，道：「我們只是路過，路過。」忙扯著夷安和劉解憂出來。一直到遠遠離開里巷，才鬆了手，長吁一口氣。

夷安公主很是不解，問道：「張湯身為御史大夫，居然為屬吏按摩雙腳！不過他被我們當面撞見糗事，不是盤問陳皇后巫蠱案的最好機會麼？他有把柄被我們抓住，諒他不敢不說實話。」東方朔道：「你也知道御史大夫為屬吏按摩雙腳聳人聽聞了，若不是有什麼祕事，以張湯的為人，他會如此屈尊麼？他審訊判死的人不計其數，暗中伺機報復的人更是不計其數，不知道多少雙眼睛盯著他呢，目下不是調查的最好時機，我們還是先回去吧。」

回來茂陵途中，忽有一名騎士自城中追來，呼喊車夫停車，湊到車子旁邊，笑道：「東方先生，你好啊。三個月期限已到，我朱安世踐約來了。」

夷安公主道：「你打聽到陽安的下落了麼？」朱安世道：「沒有。」夷安公主道：「早說你找不到了，我師傅這般聰明，這麼多年也未能尋到他的下落。」

朱安世道：「公主別急，我也不是一無所獲，有些消息要告訴你們，興許你們能根據這些線索自己追查到陽安。陽安自從右北平郡逃回後，先後在金公——也就是他母親侯媼的老僕、江都邸、茂陵袁廣漢家待過……」夷安公主道：「可這三家都先後被誅破家，再無線索可以追查了呀。」

朱安世道：「是，但還有一家你們沒有查過。陽安投靠江都王劉建後，並非一直留在江都國，其實他大多數時間還是在京師，雖然可以落腳在江都邸，可他是在逃要犯，不方便出面辦事，必須得有人幫他……」劉解憂忽然插口道：「呀，是江都翁主劉徵臣。」

朱安世道：「這位女公子聰明得緊，不錯，正是江都翁主劉徵臣，她是江都王劉建的妹妹，嫁給了太后兄長蓋侯的兒子王長林，也住在茂陵，跟你們幾位是鄰居。可惜後來受到江都王謀反案的牽連，被逼服毒自殺。皇帝也真夠狠心，說起來劉徵臣既是他的姪女，又是他的表嫂，親上加親的關係……」

東方朔驀然道：「啊，我知道了，多謝。」命車夫急馳回茂陵。

朱安世的確給了關鍵的提示：陽安於被官府追捕最急時投靠江都王劉建，勢必要有進身之階，他當時窮途末路，一無所有，唯一有價值的就是手中的金劍，當然不是金劍本身如何值錢，而是那劍被認為跟高帝斬白蛇劍是一對。他明知道其來歷非凡，但為了保命，不得不將其奉給劉建，以此換得庇護。後來江都王因謀反身敗名裂，江都國除，並未聽說從王宮中搜出金劍之類，可見劉建沒有將金劍帶回江都。他與劉徵臣曖昧有私，關係非同一般，將金劍交給了妹妹收藏也說不準。而江都王敗後，陽安投靠袁廣漢也值得深思，袁氏被族誅，其中最主要的罪名就是任用陽安設計機關、圖謀不軌。本來眾人都以為那是廷尉奉上意欲窮治袁家、胡亂扣的罪名，現在想想也並非不可能，陽安是梧侯陽成延的後人，天生有構築機巧之能，他能夠進入袁家，大概也是因為有這一技之長。可袁家歷來樹大招風，不是什麼穩妥的藏身之處。陽安一定要選擇當他家的門客，必有緣故——那袁宅背後正是蓋侯王信的府邸，之前王長林和劉徵臣都住在那裡。若是金劍果真藏在王府，那麼一切便說得通了。

夷安公主道：「我們一直以為短劍在陽安手中，他想得到長劍，師傅甚至讓平陽公主到長樂宮用假劍換出了真劍。但既然陽安手裡沒有短劍，他也不會先冒險對長劍下手。我們事先安排的圈套完全沒有用處，磨劍時假劍之事揭破，我們交不出陽安，無從解釋，那可要如何是好？」東方朔道：「未必。陽安隱匿得這麼深，一定又投了什麼靠山，金劍是他安身立命的唯一，他必然將其中奧妙告訴了新主人。新主人既敢收留他，也就有覬覦高帝斬白蛇劍的野心。世人均知斬白蛇劍難得一見，十二年才有這麼一次機會，他們肯定會出手。」

來到蓋侯府上，夷安公主知道王長林性情憨厚，便直言了金劍一事。王長林道：「我是見過翁主擺弄過一把金色的短劍，但後來翁主被逼自殺，朝廷派使者將她的私人物品盡數抄走，裝了二十幾口箱子，不知道金劍是不是那時被一併帶走了。」

東方朔道：「果真如此，金劍安安穩穩地躺在廷尉府中，倒是一個絕佳的安全之處。」雖然猜想短劍很可能就在廷尉府，但卻阻止夷安公主去翻查，道：「等磨劍過後再說。」

磨劍之期臨近之時，京師又興起一件大獄，兩位三公級別高官因此而自殺，震驚朝野——

先是趙王劉彭祖上書告發御史大夫張湯身為朝廷重臣，卻為屬吏魯謁居摩足，其中必有奸事。皇帝劉徹閱書後也很奇怪，命廷尉調查此事。偏偏魯謁居在這個時候暴死，魯謁居之弟魯蓋人有謀殺親兄的嫌疑，被逮捕下獄。湊巧這個時候有人偷盜漢文帝陵園瘞錢[4]。大漢慣例，四時拜祭各帝陵由丞相負責，丞相莊青翟擔心皇帝問責，便約請張湯一起向皇帝謝罪。張湯開始答應，到皇帝面前，見劉徹面色不善，又改變了主意，因而只有莊青翟一人謝罪。劉徹震怒，命御史按問丞相，張湯打算加以見知故縱之罪，即奏報莊青翟知道盜錢之事。莊青翟深感恐懼，遂指使手下長史朱買臣、王朝、邊通反擊。三人立即派吏卒逮捕了與張湯親近的商人田信，稱朝廷每每有政策實施前，張湯都會預先洩露給田信，田信因此屯積取利，與張湯平分。劉徹得知後，召來張湯，有意道：「朝中有大臣洩密，難怪朕有什麼打算，商人都事先知道，加倍屯積貨物。」張湯聽到後只附和道：「肯定有人洩密。」

湊巧此時魯蓋人上書告發張湯與兄長魯謁居勾結誣告前任御史中丞李文之事，張湯終於徹底失去了皇帝的信任，被逮捕下獄。劉徹派使臣帶著簿籍以八項罪名指責張湯，張湯一一予以否認。劉徹見他不肯認罪，愈發不高興，又派廷尉趙禹到獄中。趙禹曾經擔任過名將周亞夫的屬官，文章寫得很好，文筆犀利，寓意深刻，曾與張湯一道補充修訂法律。一見到張湯便切責不已。張湯遂上疏謝罪，最後道：「陰謀陷害臣的人，是丞相府的三位長史。」然後自殺身死。

張湯死後，家中別無產業，所有五百金財產都是得自皇帝的賞賜。漢時風氣既重視養生，更重視送死，時興厚葬。張湯又是在三公之位而死，其兄弟、兒子預備按照喪葬禮儀為其風光下葬。張湯之母道：「張湯身為天子大臣，被惡言誣蔑致死，為何要厚葬？」遂用牛車裝載屍體，僅有棺木而沒有外槨。

劉徹知道後道：「沒有這樣的母親，不能生下這樣的兒子。」很是後悔逼得張湯自殺。這是皇帝的一貫作風，大臣稍有過錯，即使是心腹寵臣，即使立過大功，也立即予以誅殺，毫不手軟，但到事情無可挽回時又總想到對方從前的好處。隨即下詔處死朱買臣、王朝、邊通三名丞相長史，丞相莊青翟也被迫自殺。

天子雖然也為失去張湯難過了一陣子，但傷痛只是暫時的，而且很快就過去了，在他眼中，萬物都只是螻蟻。他狂熱地陷入到對方術的迷戀中，排山倒海的熱情令他覺得自己又恢復了青春活力，他為此廣選天下美女充實後宮，並將她們分成昭儀、婕妤、娙娥、容華、美人、八子、充依、七子、良子、長使、少使、五官、順常、無涓十四個不同

4 瘞錢：殉葬的金玉器物、錢財等。瘞，讀作「易」。

等級。未央宮原先專供后妃居住的宮殿有昭陽、飛翔、增成、合歡、蘭林、披香、鳳凰、鴛鸞八區。但妃嬪、宮女實在太多，難以容納，又增修了安處、常寧、茵若、椒風、發越、蕙草六座宮殿群。但還是居住不下，劉徹遂下令在未央宮北面增修明光宮和桂宮兩座大型宮城。

方士欒大也跟隨皇帝的心情而一飛沖天，繼被拜五利將軍後，又先後被拜為天士將軍、地士將軍、大通將軍、天道將軍，封樂通侯，食邑二千戶，賜北闕甲第宅邸一處、僮僕千人，各種器物用具無數。最不可思議的是，他還娶到了孀居不久的衛長公主。短短時間內，連佩五顆將軍大印，封將入侯，成為皇帝的女婿，貴震天下。天下名利之徒多有趨奔京師，扼腕稱自己懂長生、通神仙之術，意圖步欒大的後塵。

磨劍的日子終於還是到了。按照慣例，磨劍由太僕主持，現任太僕卿公孫敬聲即是前任太僕公孫賀之子，其母衛君孺即是皇后衛子夫和大將軍衛青的長姊。

一大早，九卿中的太常卿司馬當時和長樂宮衛尉段宏先趕到長樂宮前殿中，各自取出鑰匙，左右分插入鎖孔，一齊轉動，打開銅鎖。公孫敬聲揭開劍匣，捧出高帝斬白蛇劍，在衛卒的護衛下，出闕乘車，朝武庫趕去。太僕所屬負責武器製作的考工令已挑選了兩名最好的工匠，等在那裡。

武庫位於未央宮與長樂宮之間，東面即是安門大街，北面則是直城門大街。這座皇家兵器庫由丞相蕭何主持建造，是一座巨大的長方形封閉式大院落，四周修築有高大的圍牆，只在北側開有大門。高后呂雉執政時曾改其名為「靈金藏」。

昔日王太后有同產弟田蚡，雖然容貌醜陋，卻能言善辯，極得姊姊王太后尊敬。他出任丞相後，仗著王太后的面子，認為皇帝年輕不更事，驕橫跋扈，權移主上，有一次竟然當面向劉徹索要太僕所屬的考工官署地，好讓他擴大宅邸。劉徹氣憤之極，道：「你怎麼不直接將武庫之地拿去？」田蚡這才慚愧而退。

武庫占地面積不小，裡面共有七座倉庫，每座倉庫又用夯土牆分隔成若干間，分類存放著各種兵器，如劍、矛、戟、鎧甲、刀、戈、鐓、斧等，能夠同時裝備十幾萬軍隊，是大漢最重要的軍事基地。為保證武庫安全，大批庫卒駐守在這裡，不分晝夜地巡邏值班，名為「直符」。

安門大街和直城門大街上均有馳道，常人要從長樂宮到武庫，只能先從長樂宮西面的橫貫通道穿過安門大街，再沿著安門大街西面向北，到直城門大街時轉西，是為最便捷的道路。

公孫敬聲一行一路在大街左邊行駛，不時與南來的車騎面對面相遇，而且這些人也不是閒人，大多是到未央宮東司馬門丞相府和御史大夫府辦事的官吏，不便令衛卒驅逐清道，因而走得極為緩慢。

好不容易走完安門前街，正轉彎拐上直城門大街時，忽從街對面衝過來數匹逸馬，那馬橫穿過馳道，直朝公孫敬聲乘坐的革車衝來。公孫敬聲忙命馭者避讓。馬腹下忽然冒出幾名男子，躍下地來，不斷朝車騎拋出燃燒的稻草，登時濃煙滾滾，隊伍大亂。

公孫敬聲見馬受驚難以控制，慌忙從車上躍下來，忽只覺得手上一輕，捧著的高帝斬白蛇劍已被人奪去，呆了一呆，才叫道：「劍！高帝斬白蛇劍！快追！」因為巨大的震驚和恐懼，聲音竟然已經嘶啞。

扈從的衛卒都是訓練有素的兵士，紛紛躍下馬來，拔出兵器，去圍捕那幾名從馬腹下現身的大漢，但那幾人迅疾上馬，策入馳道，往北奔去。馳道是天子之道，衛卒可不敢學那些膽大妄為的人，只能站在道邊興嘆，眼睜睜地看著那幾名男子奔上安門大街，往北去了。

公孫敬聲丟失鎮國之寶，自知難逃死罪，雙腿一軟，無力地坐倒在地上，舉袖抹起眼淚來。

卻說那幾名借馳道之便成功奪劍的大漢馳過安門與直城門大街的交叉口，便棄馬逃入便道。衛卒雖然不敢追上馳道，但若是他們繼續在馳道上行駛，會立即招來中尉和城門校尉的圍捕，遁入人群才是最好的逃脫方法。

哪知道剛到街邊，一旁不知道從哪裡閃出數名郎官打扮的男子，個個手執弓箭。領頭的是一名十四五歲的少年，正是李陵，喝道：「你們中了東方先生的圈套，快快拋下兵器投降，不然休怪弓箭無情。」

領頭大漢咬牙道：「殺出去！」話音剛落，還不及伸手拔劍，一支羽箭便射穿了他的右臂。

那大漢強忍疼痛，轉頭喝道：「還不快些動手。」

同伴便紛紛去拔兵刃。郎官們羽箭射出，當即將三人射倒。一名大漢肩頭中了一箭，強忍疼痛，拔出長劍，橫在自己頸中一拉，鮮血飛濺。

李陵這才會意這些人不是要拚死搏鬥，而是要自殺，大約是擔心落入官府手中遭受刑訊，忙道：「停！快停！」上前檢視，六人中一人自殺，四人被當場射死，只有那最先手臂中了他一箭的大漢還活著，忙命人將那大漢反手縛住，就地為他包紮療傷。

東方朔帶著兩名弟子在不遠的酒肆飲酒，聞聲趕過來，一看之下不免有些失望，道：「李陵，之前我是怎麼跟你交代的？」李陵道：「先生說不要著急動手，最好是跟蹤他們到藏身之地，這樣可以追到幕後主使。」東方朔埋怨道：「你瞧你，急著動手不說，就給我留下一個活口。」

劉解憂一直跟在東方朔身後，道：「師傅別怪李陵哥哥，那邊有戶人家在辦喜事，他是不想這些壞人沖撞了人家的好事。」東方朔道：「這麼好心？」李陵道：「那邊人多，我是怕跟丟了這些人，反而壞了先生大事。」

東方朔「嗯」了一聲，走到那被擒的大漢面前，道：「陽安，你好啊，我找你很久了。」

那大漢正是潛逃多年的陽安。十餘年不見，他看起來老了許多，臉上濺著星星點點的血跡，看起來格外猙獰。

東方朔道：「你是我東方朔生平遇過最厲害的對手，咱們好好談談吧。」

陽安冷然道：「你想談什麼？」東方朔道：「譬如你投靠江都王劉建後，為什麼所做的第一件事是殺死徐樂？」

陽安道：「我為什麼要告訴你？你生性好奇，又爭強好勝，總以為自己是天下第一聰明人，凡事都想弄明白，我偏不告訴你，憋死你，如何？」東方朔道：「這樣，我們有來有往，只要你向我講清楚你的經歷，我就殺了你。你也是名家子弟，該知道被押到廷尉後會面臨什麼樣的荼毒，那些酷刑會令你生不如死。」

陽安道：「你跟廷尉那些酷吏有什麼區別，無非你來軟的，他們來硬的，不過都是想知道我背後的人的名字罷了。我告訴你，我偏不讓你們如願。」東方朔道：「你錯了，我其實不想知道你背後的人是誰。今日你奪劍失敗，他再謀劃就得再多等十二年，十二年裡能有個對手也不壞，也許下次磨劍的時候，我就會親手抓住他。」

陽安大奇，道：「你真這麼想？」東方朔道：「真的。」見大批尉卒已趕了過來，便扶陽安到自己車上，道：「我送你去廷尉府，你還有半個時辰的機會。」

陽安微一沉吟，即道：「好吧，我告訴你，是我殺了徐樂。我投靠江都王後，請大王派了武藝高強的侍衛跟我一起去徐樂家裡，侍衛殺了他的下人，徐樂則是我親手殺死。」

東方朔道：「徐樂跟你妻子管媚同鄉，算是故人，他又沒有得罪你，你為何一定要殺他？」陽安怒道：「他跟我老婆在客棧偷情，還說沒有得罪我麼？」雖然事情過去多年，但提起來他仍然咬牙切齒。

東方朔這才恍然大悟，久久困惑心頭的殺人動機迎刃而解，只是沒有想到如此簡單。又問道：「那麼你為何要殺死樊氏刀鋪樊翁全家？」

陽安先是一愣，道：「我沒有殺樊翁。有殺他全家的工夫，我該殺了你才對。你逼死我母親，我早該殺了你。」東方朔道：「是啊，如果不是你嫉妒心那麼重，投靠江都王後利用劉建的勢力先除掉我而不是徐樂，也許就不會有今天了。」

陽安「哼」了一聲，道：「事到如今，還有什麼好說？你這就殺了我吧，我能死在鎮國之寶高帝斬白蛇劍下，也是一種榮幸呢。」東方朔拔出長劍，緩緩道：「你如此拚命奪劍，應該是知道劍中藏有極大的機密吧？」

陽安凝視著長劍，雙眼閃動著光芒，半晌才道：「反正我也快要死了，不妨將金劍的祕密告訴你，那就是——雙劍合璧，祕圖自現。那祕圖就是昔日西楚霸王的藏寶所在，金山銀海，多不勝數，無論誰得到了它，整個天下都會臣服在他腳下。」東方朔嗤笑一聲，不以為然地道：「當日西楚霸王擁有這筆財富，不也沒有得到江山嗎？」

陽安無言可辯，眼見前面太僕卿公孫敬聲正率大批衛卒飛騎趕來，便催道：「殺了我！快些殺了我！」東方朔道：「好。不過我得告訴你，你辛辛苦苦謀奪的這柄高帝斬白蛇劍是假的，是我請樊翁的姪子仿製的，真劍還好好地躺在長樂宮中呢。」

陽安道：「什麼，這是你事先安排好的？」東方朔道：「嗯，不好意思，讓你和你的主人白忙了一場。」長劍一揮，割斷了陽安的脖頸。

他二人在車中祕密交談，聲音甚低，外人也不知道在說些什麼。東方朔一劍殺死陽安，這才高聲嚷道：「犯人死了。」

李陵一直率眾從旁護衛，聽見叫聲，忙命車夫停車，躍上車子，卻見陽安歪倒一旁，雙手反縛，頸中被劃開一道大大的口子，不由一愣，問道：「先生為何要殺死他？」東方朔道：「他要逃走，我只好殺了他。」

剛剛走出車子，公孫敬聲已然趕到，一把奪過高帝斬白蛇劍，道：「太好了！太好了！」

東方朔見這紈絝子弟無禮之極，便有意不說破假劍一事，令其多吃點苦頭，他自己的車子被陽安的血污了，不願意再坐，到後面上了夷安公主的車子，道：「咱們回去茂陵吧。」

馳回茂陵，先來到太史令司馬談家，找到司馬談之子司馬遷的侍妾隨清娛，告知陽安已死的消息。隨清娛當即盈盈下拜，道：「多謝先生為先父報仇雪恨。」

東方朔多年愧疚終於稍解，跟隨清娛一起祭奠其父母靈位，這才告辭出來。走不多遠，正遇上梅瓶追著幼女在陵邑中玩耍。那女孩子即是李敢的遺腹女李悅，手中舉著一塊玉佩，在前面奔跑，叫道：「媽媽，快來追我！」

夷安公主一眼望見那玉佩，忙叫車夫停車，道：「師傅，那女孩子手中舉的是皇祖母的玉佩麼？你從義主傅遺體上得到，一直愛若至寶，何時又送給了梅姊姊？」東方朔從懷中取出一塊玉佩，幾與李悅手中的玉佩相同。

劉解憂忙搶先跳下車子，攔住李悅，笑道：「我可是捉住小悅了。」李悅歡聲叫道：「解憂姊姊。」劉解憂道：「給我看看那塊玉佩，好麼？」

劉解憂時常與李陵一起騎馬射箭，與李府上下熟絡，李悅一直很喜歡她，聞言便遞過玉佩來。

東方朔走過來，將兩塊玉佩一比較，除了玉石本身天然紋理的差異外，外形、大小一模一樣。

梅瓶趕過來一看，也很是驚訝，問道：「東方先生怎麼有一塊同樣的玉佩？」夷安公主道：「梅姊姊從哪裡得來的這塊玉佩？」梅瓶道：「太后臨終前留給我的啊。這是太后最珍貴的東西，公主不也知道麼？」

她母親金俗是王太后長女，遺失民間多年，後來終於因為韓嫣牽線而得以相認，從此榮華富貴等身。然而禍兮福所倚，福兮禍所伏，金俗的兒子梅仲仗著是皇帝的外甥，橫行不法，終被長安令義縱逮捕，依法處死。皇帝劉徹非但不加以干預，反而提拔了義縱做郡太守。金俗傷痛之餘，亦感嘆若是如從前一般淪落民間，雖粗茶淡飯，但不至於有中年喪子之痛。王太后因此事愈發愧疚，格外優待金俗母女，臨終前將最心愛的家傳玉佩留給了梅瓶。

夷安公主道：「原來有兩塊玉佩。既然皇祖母的玉佩並沒有失落，那麼師傅手裡的應該就是我從右北平郡帶回來的那塊玉佩了。」

多年前，她在右北平郡巧遇客棧雙屍案，男死者的腰間有一塊玉佩，她當場認出是王太后之物。因為當時認定男死者是陽安，滿以為是王太后將隨身之物賜給了大乳母侯媼，侯媼又轉送給兒子陽安。回到長安後，主傅義姁拿走玉佩，稱要還給王太后，並要求夷安公主不再提起。因義姁曾是太后御醫，在宮中侍奉多年，夷安公主也絲毫沒有起疑。後來得知死者是平原郡商人隨賽後，雖也疑慮過為何他身上會有太后之物，但宮廷多祕事，即使是夷安公主，也難以向太后打聽追問。義姁死後，東方朔從她遺體上得到玉佩，這才知道義姁並沒有將玉佩還給太后。義姁並非貪財之人，這麼做一定有原因。不久王太后去世，東方朔見事已至此，張揚於事無補，遂就此就罷。

此刻舊事重提，心頭的迷霧再一次濃厚起來。

梅瓶道：「我曾聽太后提過，王家傳下來的是一對玉佩，一塊給了太后，一塊給了太后的妹妹，也就是先帝的王夫人。」她所稱的太后之妹，即是指王娡之妹王姁，王娡姊妹二人一起進宮，均得到景帝劉啟的寵愛。

夷安公主更是困惑，道：「如果這塊玉佩是姨祖母的，怎麼又到了隨奢身上呢？而且隨清娛對此也一無所知。」

東方朔嘆道：「這怕是要問那王媼了。」

他早已經想到事情多半跟平剛城南客棧店主欒翁的妻子王媼有關——義姁沒有將玉佩還給王太后，反而對夷安公主撒謊，稱太后命她不准再提玉佩之事，肯定是要掩飾什麼，說不定是這塊玉佩原先的主人跟王太后有什麼干係，義姁不願意王太后知道，所以才刻意隱瞞了下來。追根溯源，玉佩最先在平剛城南客棧出現，後又被義姁截留在手中，義姁就成了關鍵，而她剛好曾經到過城南客棧，與店主欒翁的妻子王媼交談甚密，還謊稱王媼是她同鄉。王媼湊巧姓王，會不會正是王太后的親眷？王太后有一同產兄王信、一同產妹王姁，另外有同母異父弟田蚡、田勝，王姁也是景帝寵妃，王信、田蚡均封侯，大富大貴。以王媼的年紀推算，不似王太后的平輩，倒像是晚輩。可她明明是店主的妻子，一名普通得不能再普通的民婦，又怎會是王太后的親眷？莫非跟金俗一樣，是王太后當年遺失在民間的女兒？

這些推測，東方朔早在從義姁身上得到玉佩時就已經想到，只是由於當事人義姁、王太后先後死去，難以問明究竟。他也派人去過右北平郡，預備直接向王媼問清楚，孰料剛好城南客棧失火，燒成一片灰燼，店主欒翁被燒死，王媼和兒子欒大無處容身，去了齊地投奔親屬，事情遂不了了之。而今發現世間原來有一對玉佩，愈發肯定王媼跟王太后有關。

梅瓶卻不知道這些往事，問道：「王媼是誰？」夷安公主道：「就是那欒……」及時將後面的話咽了回去，道：「以前在右北平郡見過的婦人。梅姊姊，這塊玉佩你收好，帶小悅去玩吧。」

劉解憂道：「如果王媼跟太后有干係，那欒大不也是公主的親眷麼？」夷安公主沒好氣地道：「我可沒有他這樣的親眷，小人得志。」

回來東方朔住處，卻有一位不速之客正在院中。那是名老年婦人，半邊臉不知道被什麼燒得焦黑，奇醜無比，彷若地獄裡的魔鬼一般，令人望而生畏。

儘管已經面目全非，東方朔還是一眼認出了她，道：「你是平剛城南客棧店主的妻子王媼？」老婦點點頭，舉袖掩面，淒然道：「老身成了這副鬼樣子，先生居然還認得我。」

夷安公主道：「啊，真是湊巧，我們剛才還談到你呢。你怎麼成了這副樣子？你的兒子欒大，而今已經封侯，還娶了我妹妹衛長公主。」忽然想到本該是自己嫁給欒大，而不是溫柔嫻雅的妹妹，一時愣住。

王媼泣道：「老身正是為這件事來的。東方先生，我兒子欒大不知天高地厚，欺瞞天子，竊取侯位，求你想法子救救他。」夷安公主道：「呀，這可奇了，欒大是你的兒子，你不去叫他停止裝神弄鬼，反而來找我師傅，這是什麼道理？」

王媼道：「老身若能勸得了他，早就勸了。東方先生，久聞你是天下第一聰明人，你一定有法子救我兒子的。」東方朔道：「能救你兒子的只有他自己，當然，太夫人你也是可以救他的。」一邊說著，一邊掏出玉佩，道：「太夫人不記得這塊玉佩了麼？」

王媼「啊」了一聲，毀容的臉上露出不可名狀的驚恐之色。東方朔道：「就算欒大詭計被皇上識破，太夫人拿著這塊玉佩到皇上面前，皇上認出這是太后遺物，一定會赦免你的兒子。」王媼道：「啊，這不是太后手中的那塊，是……」忽然意識到自己的失言，不由得怔住。

一時回憶起無數往事來——她本來的名字叫劉姎，跟她的姊妹平陽公主劉娛、南宮公主劉婧、隆慮公主劉姈一樣，名字旁帶有「女」字。她的封號是昭陽公主，居住在「巧為天下第一」的昭陽殿中。這處建築十分考究奢華，在後宮諸殿中僅次於皇后居住的椒房殿。宮殿內外的牆壁由泥混合花椒粉塗抹而成，暖意融融，芳香襲人。整個宮殿塗染了各種顏色的彩漆，鮮亮照人，大庭之上塗飾著朱紅色，富貴而喜氣。大殿椽梁之上雕刻著蛇龍紋飾，龍鱗蛇甲，縈繞其間，栩栩如生。牆壁露出的橫木上鑲嵌有鎏金銅沓，銅沓之上裝飾有藍田美玉製作的玉璧、閃閃發光的明珠和墨綠色的翡翠，光彩奪目。所有的窗戶都以綠色琉璃製成，門簾則是以五光十色的珍珠串連而成，光芒耀眼，相映成輝。清風徐來，門簾擺動，寶珠輕碰，聲如珩佩，如臨仙境。這本是皇帝寵妃才能居住的地方，可她是父皇最寵愛的公主，住所、待遇均在諸公主之上。然而，寵愛反而成了負累，嫉妒她的人在父皇面前遊說，選中她為和親公主，要嫁去匈奴給軍臣單于為閼氏。

她的母親哭得死去活來，卻始終無力改變事實，遂將最心愛的家傳玉佩送給了她。她帶著屬官和嫁妝出嫁時，淚水早已哭乾，如同行屍走肉一般，任憑護親使者擺布。出了漢地，到了匈奴人的地盤，某晚半夜時，忽有一名宮女柔福摸進帳中來，那柔福體形、樣貌竟與自己有幾分相像，原來母親不忍心看到女兒淪為單于的玩物，尋覓到了柔福，要行李代桃僵之計。此計並不難行，公主戴著面冠，出則乘車，停則入帳，旁人根本看不清公主的樣子。她遂與柔福交換了身份，她變成了假公主的侍女，次日裝病，滯留在歇宿地附近的匈奴牧民家中。那牧民的妻子湊巧是匈奴人從漢地擄掠來的漢女，聽說她想回去漢地，很是同情，遂說服丈夫護送她回去柔福的家鄉右北平郡。她換上匈奴人的衣服，騎馬跟在牧民身後，一路躲躲藏藏。那牧民也不知道去漢地的路，只胡亂往東南方向行去。走了很多天後，終於遠遠看見了長城的影子。這時候，忽然有一隊漢軍衝了出來，牧民還不及反應就被一箭射死，驚得呆住的她則成為俘虜，被漢軍帶回邊塞。軍營的幾名校尉見她美貌，當晚便一起強行占有了她的身子。然而軍營不能有女眷，校尉們遂將她送到郡治平剛城，安置在時常光顧的城南酒肆附近的城南客棧中，時不時地來客棧與她交歡。為了防止她逃走，不但叮囑店主欒翁嚴加看守，還給她戴上了頸鉗和腳鐐。

那時候，她整日以淚洗面，悲嘆命運的捉弄，堂堂大漢公主，竟然會淪為漢軍軍官們的玩物。若是她肯聽父皇的話，嫁去匈奴，至少還是單于的閼氏，不必受這麼多男人的污辱。她也曾經想過要表明自己的公主身份，事情一旦揭穿，這些占有過她的男子自然要被處死，可她的母親也難逃賜死的命運，那受騙的軍臣單于又豈肯善罷甘休，定會大舉興兵侵漢，無數家園被毀，無數百姓流離，全是因為她一己之私。她一度想要上吊自殺，店主欒翁及時救下了她，安慰她說：「好日子終究會來的。」很長時間過去，她慢慢熟悉了當地情形，也嘗試去打聽柔福的家人，這才知道她的苦難實在算不了什麼，她所冒充的柔福因擅自裝病逃走，父母兄弟盡被朝廷誅殺。然而正如欒翁所言，好日子終究會來的——匈奴大舉進攻右北平郡，那些姦污過她的校尉們不是被匈奴人殺死，就是因為作戰不力被軍正判了死罪，再也不能來客棧欺負她。好心的欒翁找來鄰里熟識的鐵匠，為她打開了身上的械具。可她還是無處可去，無以謀生，乾脆嫁給了欒翁。後來生下兒子欒大，日子雖然苦些，倒也過得安穩。許多年過去了，代她出嫁的柔福早已經死去，她的母親、父皇也先後死去，她曾經鍾愛的異母弟劉徹當上了皇帝，她則習慣了店主妻子的身份，甚至已經忘了自己曾經是公主。

直到有一日，愛子拖著她去看新上任的郡太守進城，她看見了他，她少女時暗戀過的男子，也是她今生今世唯一愛過的男子——飛將軍李廣。他老了，不再是她記憶中意氣風發的樣子。她也老了，她就在人群最前面，他也沒有能認出她就是昔日住在昭陽殿中的最嬌媚最可愛的公主。噢，原來她曾經當過公主。不斷有人談起飛將軍的神勇，談起他天下無雙的箭術，她聽在耳裡，心裡不知道是什麼滋味。再平靜的水面也會偶起波浪。那一日，房客平原郡商人隨奢無意中提到想為女兒買一塊上好的玉佩，她想到客棧不景氣、入不敷出的樣子，遂從床下挖出了埋藏多年的家傳玉佩，作價一萬錢賣給了隨奢。哪知道當晚客棧發生命案，招來夷安公主，被其認出了男屍身上的玉佩是太后之物。她雖然也很驚訝玉佩為何會到了陽安身上，但因為事情關係到自己的身份，所以沒有講出實情。後來主傅義姁來到客棧，輕而易舉地揭破了她的身份，她只能苦苦哀求對方。所幸義姁同情她的遭遇，答應設法保守祕密。

這件事總算有驚無險地過去，本以為從此可以平平安安過日子，但客棧又遭了火災，燒死了丈夫，燒毀了自己的面容，虧得兒子欒大安然無恙。母子二人到齊地投奔欒姓親眷，寄人籬下，不斷遭受白眼。某日欒大憤然離去，稱不當上二千石大官絕不回來。她無力尋訪兒子下落，只能繼續苟活下去，忽有一日聽到朝廷最貴盛的方士名叫欒大，當即猜到這一定是自己的兒子，向親眷借了些路費，千辛萬苦地趕來京師。哪知道剛進北闕甲第便被巡邏的中尉卒驅逐了出來，她實在無法可想，困頓之下忽然想到當年與天下第一聰明人東方朔有過一面之交，他會幫忙也說不準，遂一路打聽來茂陵。

東方朔見她臉上燒焦的肉不斷抽搐，知道她回憶起往事，情感交織，道：「太夫人至今還不肯表露真實身份麼？」王媼難以隱瞞，遂說了實話，道：「老身就是昭陽公主。」

雖然眾人都已猜到她身份不凡，但聽說她就是嫁去匈奴和親的景帝之女昭陽公主，還是意外之極。夷安公主極為吃驚，道：「你……你是我姑姑？」王媼淚下如雨，道：「老身實在沒想到今生今世還能再與親人相聚。」

忽聽見門外有車馬之聲，有人走進院子，叫道：「東方先生，皇上急召你進宮。」正是霍光的聲音。

東方朔料到是假劍事發，遂道：「你們兩個先在這裡陪著太夫人。」走出來一看，院中站了不少全副武裝的衛卒，笑道：「這麼大的陣勢，看來皇上真的發怒了。」

霍光道：「太僕卿到皇上面前告東方先生偷換高帝劍，皇上已將今日參與圍捕盜賊的李陵等人盡數逮捕，命臣來茂陵逮捕先生。先生這就請隨衛卒動身吧，臣奉命要徹底搜查這裡，得罪了。」

夷安公主聞聲出來，忙道：「我跟師傅一起進宮去見父皇。解憂，你先帶太夫人去你家，好好安頓。」劉解憂道：「好。」

趕來未央宮，宣室中已經聚集了不少大臣，丞相趙周、御史大夫石慶、大將軍衛青等重臣均在當場。那柄假的高帝斬白蛇劍就擺在皇帝的龍案上。

太僕卿公孫敬聲一見東方朔進來，便趕過來揪住他胸口衣襟，嚷道：「真的高帝斬白蛇劍在哪裡？快些交出來。」夷安公主不滿地道：「太僕君也太無禮了！若不是我師傅事先料到有人會截取高帝斬白蛇劍，事先安排李陵帶人埋伏，你這會兒是怎麼死的還不知道呢。」

劉徹重重一拍桌子，道：「夷安，你先退出去。」夷安公主見父皇臉上寒意極重，迫不得已，只得轉身出去。

劉徹道：「東方朔，你來告訴朕這是怎麼回事，你怎麼會事先知道有人要半路搶劫高帝斬白蛇劍？」東方朔道：「臣只是猜的。高帝斬白蛇劍十二年才開匣一次，賊人要下手只能在今日，唯一的機會則是利用交叉路口的馳道，所以臣事先請李陵率領部下埋伏在街角。」

劉徹道：「原來如此。那麼是你將真劍調包，有意給了太僕卿一柄假劍，好令他難堪了？」東方朔道：「不，這柄假劍就是太僕君從長樂宮劍匣中取出的劍。」

公孫敬聲再也忍耐不住，道：「胡說八道。陛下，臣從長樂宮前殿取劍，一路小心翼翼，不敢有絲毫差池，衛卒均可以作證。分明是東方朔從賊人手中奪取真劍後，用假劍掉了包。」東方朔笑道：「臣只是說太僕君從長樂宮劍匣中取出的劍是假劍，又沒有說是你掉包。」公孫敬聲一愣，道：「什麼？」東方朔道：「陛下，臣早料到會有人奪劍，所以早將劍匣中的真劍掉了包。」

太常卿司馬當時訝然道：「劍匣要太常和衛尉合用鑰匙才能打開，你是如何辦到的？」東方朔道：「臣也不知道是如何辦到的。」

劉徹臉色一沉，喝問道：「真劍在哪裡？」東方朔道：「就在鐘室裡。」

鐘室即「長樂宮懸鐘之室」，內有兩口各重約萬石、聲傳百里的巨鐘。它是長樂宮中最著名的宮室，名聲甚至遠遠超過前殿、大夏殿、長信殿等，因為韓信當年就被呂后殘酷地殺死在這裡。當楚漢爭衡之際，若非韓信贊助，高皇帝劉邦萬萬不能得天下，因而有大功於大漢。然而劉邦為人殘暴，猜忌功臣，使計擒住韓信，軟禁在京師。皇后呂雉知道丈夫對其仍然不放心，便趁劉邦外出征戰之機，將韓信誘進宮來。韓信一進長樂宮，宮闕後冒出數十名武士，將其捆縛，押到長樂宮鐘室囚禁。半夜時分，韓信被殺。因為劉邦曾與韓信有約，見天不殺，見地不殺，見鐵器不殺。呂雉命人用布帛將韓信一層層包裹住，令其不見天地，再用竹籤活活刺死。一代俊秀奇才，終淒慘死去，且死後被夷滅三族。時人多有痛惜者，劉邦聽到韓信被殺後卻是心情複雜，「且喜且哀之」。

劉徹聞言，居然親自領了群臣來鐘室取劍。東方朔道：「劍就在室首的案桌下。」走上前去，伸手一掏，摸出一柄長物來，卻是一根木棒，並不是高帝斬白蛇劍，一時愣住。

公孫敬聲道：「哈，居然敢當著皇上的面撒謊。陛下，臣敢擔保，臣從長樂宮中取出的劍是真的高帝斬白蛇劍，太常和衛尉都可以作證。」太常司馬當時和長樂宮衛尉掌管劍匣鑰匙，生怕擔上職責，連聲附和。

公孫敬聲續道：「東方朔在欺瞞陛下！就算他料到會有賊人劫劍，他為何事先不告知臣，好讓臣有所防備？退一步說，就算他想獨占捕賊功勞，可既已安排了李陵率人埋伏，又何須事先弄一柄假劍換走真劍？長樂宮戒備森嚴，高帝斬白蛇劍鎖在前殿劍匣中，太常和衛尉分掌鑰匙，根本不可能有人用假劍掉包真劍。今日所發生的一切都是東方朔的陰謀，他先安排下幾名賊人，從臣手中奪去真的斬白蛇劍，再利用李陵殺賊人滅口，他自己則暗中用假劍將真劍調包。本來還抓住了一個活口，也被他帶到自己車上，半途殺死。如果不是心中有鬼，他怎麼會這麼著急滅口？」

他父親公孫賀也在一旁，道：「陛下可還記得上次磨劍之事？本該是由臣主持，東方朔主動請纓，一定要插手磨劍。也許從那個時候起，他就已經開始謀劃今日之事了。」

劉徹面色如罩寒霜，問道：「東方朔，你有何解釋？」

東方朔自己也是萬分震撼，之前他跟平陽公主達成交易：他幫助找出殺死平陽侯曹襄的凶手，平陽公主則幫他到長樂宮前殿用假劍換出真劍。這件事原本極難做到，他也沒有抱太高期望，但沒想到平陽公主不知道用了什麼法子，真的換出了高帝斬白蛇劍。他覺得這劍是鎮國之寶，不宜留在自己手中，遂讓夷安公主悄悄將劍帶進長樂宮，藏在鐘室中。哪知道今日來取劍，竟變成了木棍。一時不知道發生了什麼事，心道：「這件事只有我和夷安知道，連解憂都不清楚，難道是夷安拿走了劍？」轉頭望去，卻見夷安公主跟在群臣身後，露出焦急之色，這才明白她也不知情，登時冷汗直冒，暗道：「我總以為自己聰明，事事能占盡先機，哪知道螳螂捕蟬，黃雀在後，有人暗中監視我師徒的一舉一動，趁我注意力全在陽安身上時，混入鐘室取走了真劍，這下子無論如何我都是辯不清了。」

劉徹臉色愈發難看，緩緩道：「東方朔，你沒有什麼可說的麼？」東方朔道：「臣說了陛下也不會相信，不如不說。」劉徹道：「逮捕東方朔，下廷尉獄拷問。」

忽聽見有人道：「等一等！」夷安公主排開群臣走上前來，道：「今日太僕卿從劍匣取出的斬白蛇劍確實是假的，真劍是我拿走的，跟師傅無關。師傅料到陽安會染指高帝斬白蛇劍，是我出主意弄一柄假劍換走真劍。師傅擔心鎮國之寶有失，讓我把劍藏在鐘室中，預備等捕到陽安後再送回前殿。但我貪心，偷偷拿走了真劍，師傅並不知道。」

劉徹顯然不大相信，問道：「斬白蛇劍鎖在劍匣中，你如何用假劍換走真劍？」夷安公主道：「斬白蛇劍之所以難得一見，是因為宮禁森嚴，可我是皇帝的女兒，長樂宮中還有我的寢殿，對我來說，又有什麼難的？」

公孫敬聲道：「可是劍匣要有太常和衛尉兩把鑰匙合用才能打開，公主如何能得到鑰匙？」夷安公主道：「得到鑰匙不容易，可要是從底下下手就容易多了。我用化石粉塗抹在石匣底部，再用鋒利的匕首劃開一道長孔，可以輕而易舉地換取寶劍。」

劉徹半信半疑，趕來前殿，命人翻過劍匣，果見石匣底部有一道二寸寬，二尺長的口子，而裡匣中鋪有厚厚的錦緞，竟是從來沒有人發覺。

東方朔見狀也呆住，他一直不知道平陽公主如何能同時搞定太常和衛尉，得到鑰匙換劍，此刻方才明白過來，卻不知夷安公主如何得知了真相，又將事情攬到她自己身上，忙道：「公主，你……」

夷安公主道：「師傅放心，一人做事一人當，我是皇帝的女兒，更應該如此。」轉頭道：「阿翁親眼所見，女兒沒有撒謊。」

劉徹心中尚有疑問，道：「你要那柄劍做什麼？」夷安公主道：「因為阿翁一點也不疼愛女兒，先要將我嫁給匈奴太子於單，於單屍骨未寒又將我嫁給陳耳，若不是這樁討厭的婚事，義主傅現在應該還活得好好的。義主傅不被陳耳殺死，皇祖母的病就有救，她老人家也不會那麼快離開我。阿翁，高帝斬白蛇劍在我眼中不過是塊廢銅爛鐵，一錢不值，可你總不讓女兒如願，所以女兒也要做一樁事讓你不痛快。」轉過頭來，已是淚流滿面，道：「師傅，對不起，是我連累了你。你本是為朝廷著想，一心要捉住陽安，卻想不到被我趁虛而入。願師傅強飯自愛，來生……我不要再做你的弟子。」

她袖中早擎有一柄匕首，說完這番話，右手挺出，回過刀鋒，雙手握緊，用力回刺，便將白刃刺入自己胸口。

劉徹正站在夷安身邊，忙扶住女兒，叫道：「來人！快來人！」

幾名郎官搶上前扶住公主，將她身子慢慢放平，檢驗傷勢，卻見那匕首鋒銳異常，夷安又出盡全力自刺，深入肺腑，再難挽救。

劉徹凝視著女兒抽搐著身子，眼睛中生氣漸漸散盡，彷若又看到了她幼時天真稚氣的樣子，心中不免有些哀戚起來：「原來在夷安心目中，朕是個令她厭惡的父親，以致她不惜要盜走高帝斬白蛇劍來觸怒自己。朕所有的兒女當中，大概也只有她有這份膽識和豪氣。可惜！」

但女人對皇帝來說只是華麗的衣裳，妻妾如此，女兒也是一樣，心中的難過只是一閃而過。

正巧霍光進來，垂首稟告道：「臣搜過東方先生家裡，沒有發現高帝斬白蛇劍。包括夷安公主家、劉解憂家、李陵家，還有東方先生回茂陵後去過的太史令家，臣都細細搜過，沒有可疑……」一語未畢，忽抬頭看見夷安公主胸口插著匕首，躺在血泊中，頓時愣住。

劉徹將目光投向東方朔，他正惶然盯著夷安公主，如失魂落魄一般，那份莫名恍惚的苦痛竟然連皇帝也打動了。劉徹定了定神，命道：「丞相，你和臣子們先退下。今日之事，誰也不准說出去。」丞相趙周如蒙大赦，道：「臣等告退。」慌忙率領群臣退出前殿。

大將軍衛青特意留到最後，嘴唇翕動了幾下，但最終還是沒有說出一個字來，默默轉身走了出去。

劉徹道：「霍光，你送東方卿回去茂陵。」

霍光彷若未聞一般，他也確實沒有聽進去皇帝的話，不知怎的，眼前的這一幕又讓他想起當日在甘泉宮的情形來：郎中令李敢胸口插著羽箭，睜大眼睛躺在哪裡，兄長霍去病則失神地站在一旁，臉上的表情就跟目下東方朔一模一樣。一旁郎官推了他一下，低聲道：「皇上叫你送東方先生回去。」

霍光才回過神來，走過去叫道：「東方先生！」

東方朔卻是不肯離去，只淒然凝視著死不瞑目的夷安公主，全身陷入一種燥熱的麻木當中。他聽懂了她的遺言，直到此刻他才知道——原來這麼多年來，她的心思、情思都在他身上，為了保護他，她不惜自認罪名，以自殺來為他脫罪。現在想來，即使殺死了陽安，即使解開了金劍合璧的祕密，又有什麼用呢？夷安已經死去。他雖然還不能十分確認自己對公主是一種什麼樣的情感，但若是能夠讓時光倒流，他願意以所有的代價來換取她的生命，他不會再在意所謂天下第一聰明人的名聲，不會再苦苦去追尋所謂的真相。他，願意放棄一切。

曾經的心動，過往的溫柔，將他一一湮沒，在光陰的罅隙中，竟已是滿眼淚花。

逝者如斯。

無論是歡樂，還是悲愁，日子一天天過去。歲月如馳，人生如寄。

元封三年，江都公主劉細君終於開始打點行裝，準備動身。她將要在春天的季節踏上前往烏孫的旅程，開大漢和親西域之始。這一年，劉細君二十歲。

早已確定的婚事之所以拖延了好幾年，一是因為大漢與烏孫路途遙遠，中間隔著崇山峻嶺，大漠戈壁，使者來往少則數月，多則一、兩年，交通大不便利；二是匈奴為阻止大漢聯盟西域，不斷派出輕騎劫殺大漢使者，使者多有被殘殺者。

大漢天子劉徹雖已近知天命的年齡，急躁易怒的性情反而變本加厲，為了報復匈奴劫殺漢使，不惜再次興兵，派遣浮沮將軍公孫賀率一萬五千騎、匈河[5]將軍趙破奴率萬餘騎分兩路出擊匈奴。

自平陽公主毒害劉徹寵姬王寄一事見光後，衛青表面未受到妻子牽連，其實從此被皇帝冷落，空有大將軍的頭銜。他最風光時，三個兒子同日在襁褓中封侯，但而今他既失寵，兒子的侯位也就難保，很快被皇帝藉口酎金不如法削奪爵位。丞相趙周原任太子太傅，與舊主人太子劉據和衛氏走得很近，也被皇帝加以明知列侯所獻黃金不足卻不上報的罪名，被捕下廷尉獄。趙周心知肚明，不得不在獄中自殺身亡。衛氏集團日益被孤立，唯有公孫賀因在劉徹還是太子時任過太子舍人，有一定的情分，雖娶了衛君孺為妻，但還是繼續得到信用。

趙破奴則是繼衛青、霍去病之後又一位朝野矚目的新秀人物，人們好奇他既不是皇親國戚，又無傑出的軍事才能，為何獨獨能贏得皇帝的青睞。其實趙破奴才幹平庸之極，他能快速崛起、隱有取代昔日驃騎將軍霍去病地位的趨勢，全是沾了他昔日情人王寄的光。自王寄被毒害一事揭破後，劉徹追思不已。後宮中雖然美女如雲，然而每當他見到那些嬪妃曲意逢迎的假笑，就愈發懷念王寄的恬淡風韻。王寄母親已逝，家中再無親人，也沒有兄弟可以封賞。不知怎的，皇帝忽然想起了趙破奴來，為同一個女人著迷，也算是共通之處吧。他心中遂將趙破奴當作了王寄的親人，有意提拔重用。

可惜的是，匈奴伊稚斜單于已死，其子烏維繼單于位，此人老奸巨猾，聽從降將趙信的建議，千方百計避免與漢軍正面交鋒。公孫賀與趙破奴雖被天子寄予了厚望，卻是出師數千里，未與匈奴遭遇，最終不得不無功而還。

然而江都公主預備出發之際，路途的安全再一次變得重要起來。跟隨張騫第二次出使西域的王恢向皇帝建議道：「匈奴劫殺本朝使者，多半是利用樓蘭為耳目。」

樓蘭[6]是西域最東部的一個綠洲小國，緊挨著羅布泊蒲昌海西岸，以經營粗放的農業和畜牧業為主。羅布泊意為「多水匯集之湖」，廣袤三百里，一望無際，煙波浩渺。這個國家早先為占據河西的強國月氏所統治，後來匈奴強大，驅逐了月氏，確立了在西域的統治地位，並在樓蘭等國設置有僮僕都尉，專門收取西域諸國的賦稅。

劉徹瞭解到真相後，遂再次出兵，派趙破奴為主帥攻打樓蘭，並令王恢輔佐。趙破奴先佯裝要攻打車師，暗中則親自率領七百輕騎偷襲樓蘭國都扜泥，出其不意地俘虜了樓蘭國王伐色，樓蘭遂投降漢朝。

樓蘭國王伐色被漢軍押解到長安。劉徹責問他為何通匈奴。伐色回答道：「小國在大國間，不兩屬無以自安，願徙國入居漢地。」劉徹贊許他實話直說，體諒到小國的苦衷，便下令護送其回國，並要求樓蘭偵察匈奴的動靜。

匈奴聽說樓蘭歸順漢朝，便預備發兵攻打。樓蘭無奈，只好兩面應付，伐色同意將自己的兩個兒子分別遣往匈奴、漢朝作為人質，表示自己將在匈奴和漢朝之間嚴守中立。

春天悄然來臨了，劉細君心中的哀傷也日益濃重。儘管她早知道這一天會到來，但當她真的要離開熟悉的生活之地時，還是覺得惶恐難安。

---

5 浮沮：井名，位於匈奴地，去九原（今內蒙古烏拉特旗）二千里。匈河：水名，去令居（漢在河西走廊築有令居塞，東起金城郡令居縣，西到酒泉郡，是以塹壕為主的邊牆）千里。

6 樓蘭：今新疆羅布泊一帶。樓蘭境內的羅布泊水量豐盈，令不少人以為它就是中原黃河的上源，從先秦到清代，這種觀點一直廣為流傳。

劉解憂站在她的身後，一邊為她梳理髮髻，一邊安慰道：「細君姊姊不要太過擔心，眼下從長安到烏孫的道路均已經打通，我們會找機會去探望你的。霍光和李陵兩位哥哥都說想去西域看看呢。」

劉細君輕輕嘆了一聲，從大漢到烏孫萬里迢迢，他們又有官職在身，探望談何容易。但她還是很感謝劉解憂的古道熱腸，問道：「聽說你曾經闖進宣室，向天子要求代替我和親，有這回事麼？」劉解憂不好意思地道：「當時我是見細君姊姊太傷心了，一時衝動。不過說到底，我自己也蠻想去看看外面的世界，看那些西域人說話、走路，好有趣。」

劉細君道：「其實我不是捨不得這個地方，而是捨不得這裡的……」

忽有宮女進來稟告道：「公主，霍都尉在殿外求見。」霍都尉便是奉車都尉霍光，他有侍中頭銜，可以自由出入宮禁。

等了片刻，宮女領著霍光進來。他的目光先落在劉細君身上。劉解憂一旁瞧見，忙告辭道：「姊姊，我先走了。」

霍光忙道：「我不是來找公主，是來找你的。解憂，皇上有急事召見你。」劉解憂不免莫名其妙，道：「我？是我麼？」跟著霍光出來，忍不住問道：「皇上召我有什麼事，該不會真的同意我代替細君姊姊出嫁烏孫了吧？」

霍光道：「你見到皇上自然會明白。」劉解憂道：「不能預先透露一點資訊麼？」見霍光木然不應，賭氣道：「人人都說你小心謹慎，可我們畢竟是一起玩大的朋友，當真是白交你這個朋友了。下次再比射箭，我可不幫你。」霍光也不吭聲，任憑她數落。

路過椒房殿時，正遇到衛長公主陪著母親衛子夫出來散步。母女二人均是神情落寞。衛皇后人到中年，加上失寵日久，心情壓抑，頭髮脫落得厲害，露出幾分老嫗的醜態來。衛長公主雖然還年輕，卻連遭喪夫之痛，先是第一任丈夫平陽侯曹襄被人殺死，後是第二任丈夫方士欒大因欺騙皇帝被腰斬，她從此落下了只會給丈夫帶來血光之災的罵名。就連她的父皇也因為厭惡欒大而厭惡她，看都不願意看她一眼，豈不知當初正是皇帝妄想長生不老、一心討好欒大，才不惜以愛女下嫁的。

皇后已經是女人身份的極致，卻終究還是日夜憂忡的境地，那麼當初那些對皇帝的阿諛逢迎又有什麼價值呢？她若只是平陽公主家裡的歌女，沒有被皇帝寵幸，即使是為人奴婢，總算還可以過安穩的日子。而不必像現在這樣擔驚受怕——時刻擔心自己被廢皇后位，擔心兒子被廢太子位，擔心女兒被嫁給下一個欒大，擔心衛氏子孫會像霍去病的兒子霍嬗那樣，落個封山祭天的下場[7]。

身處皇宮中的女人常常會感慨別人的命運，以致悲憫自己的將來。劉解憂一見到衛皇后母女鬱鬱寡歡的樣子，卻立即想到了劉細君，心道：「這裡的女人成天都是長吁短嘆的，細君姊姊真該早些離開這地方才是真的。」

來到宣室，卻見殿中已經坐有幾名匈奴人，均能說一口流利的漢話，正與皇帝笑語晏晏。

劉徹見劉解憂被引進來，忙招手叫道：「解憂，快些過來。」劉解憂道：「陛下召臣女有事麼？」劉徹指著一名年輕的匈奴男子道：「你可還記得這位匈奴貴人？」劉解憂道：「他是匈奴人，臣女怎麼可能認得他？」那男子忙道：「當日在東市與你相爭時，我穿的是漢家衣裳。」

數日前，劉解憂到東市鬼食鋪子為師傅東方朔買豆腐，遇到一名二十歲出頭的年輕男子在鋪子裡大啖豆腐，還聲稱買下了所有的豆腐，由此起了爭執。劉解憂陡然記了起來，又見他腰間繫著使節的腰帶，道：「原來是你！你是匈

7 元封元年，劉徹封泰山，禪肅然（山名，今山東萊蕪西北，泰山東麓），在泰山腳下封土後，只帶十歲的侍中霍嬗一人登上泰山極頂，結果霍嬗死在泰山山頂，劉徹稱其得暴病去世。

奴使者？」想起對方當日雙手抓起豆腐往嘴裡胡塞的情形，忍不住大笑起來，道：「你不是說要吃完鋪子所有的豆腐麼，最後有沒有吃完？」

那匈奴使者道：「沒有。本來是可以吃完的，可是因為你來了，所以……」劉解憂笑道：「我不是還拿走幾大塊豆腐麼，怎麼反而我來了你倒沒有吃完？」匈奴使者答不上來，滿臉通紅。

劉解憂問道：「你是來皇上面前告我跟你爭買豆腐的麼？」匈奴使者急道：「不是，當然不是的……」劉徹哈哈笑道：「解憂，你不認得他，他是匈奴太子於單的兒子，名叫丘人，封左谷蠡王。」

匈奴制度，單于為部落君王，地位最高，下置左右賢王，左右谷蠡，左右大將，左右大都尉，左右大當戶等官職。左谷蠡王地位僅次於單于和左右賢王，伊稚斜即單于之位前就是封左谷蠡王。

劉解憂更是驚奇，道：「你也是跟你父親一樣，南下來投奔我大漢的麼？」丘人道：「不是，我是匈奴使者，是為我國單于來送信給貴國皇帝的。」

原來匈奴雖然軍力強大，但究竟只是個逐水草而居的遊牧民族，許多基本的生活用品都要從中原取得。自從衛青、霍去病崛起，匈奴北遁，再也不敢像以前那樣南下掠奪漢地物資。而從馬邑之謀開始，大漢就嚴禁與匈奴通商。在軍事和經濟的雙重圍困下，匈奴生活日益艱難。而今漢軍降服了樓蘭，令匈奴喪失了最後的基地，已是瀕臨絕境。烏維單于見漢朝實難匹敵，遂決意投降，打算親自到長安朝見天子，丘人就是來送單于降書的。

劉徹笑道：「以後大漢、匈奴都是一家，不必你國、我國的稱呼。朕已經下令在北闕為烏維單于修建一座新的邸館，使君就先留在長安，擔任建造邸館的監工。朕曾經封於單為涉安侯，你既是他的長子，理該襲爵，從今日起，你就是大漢的涉安侯。另外，既然你開了口，朕也不能不允准，為表示誠意，朕封劉解憂為楚國公主，將她嫁給你為妻。」

丘人本來對是否接受列侯之位尚在疑慮之中，忽聽得天子答應以劉解憂下嫁，忙上前拜謝。

劉解憂卻是驚得呆了，好半晌才問道：「陛下是要將臣女嫁給匈奴人麼？」劉徹道：「對呀。當年你不是曾經主動要求代替江都公主和親烏孫麼？你當時年紀那麼小，都懂得為朝廷分憂的道理，朕可是一直記在心裡呢。」

劉解憂道：「可陛下明明說過從此將不會再有公主和親匈奴的事發生呀。」劉徹見她不立即謝恩，語氣中隱然有拒絕之意，臉色漸漸陰了下來，道：「這件事怎麼能與昔日和親相提並論？」

劉解憂雖是宗室子女，卻因為祖父楚王劉戊帶頭參加七國之亂、謀反朝廷，早失去了封地和封號，而今父親也已經去世，再沒有什麼人可以依靠，無奈之下，只得上前稱謝。轉頭見丘人正目不轉睛地盯著自己，臉有喜色，當即狠狠瞪了他一眼。

劉徹遂命人先帶丘人下去，好好安置，招手叫劉解憂走得近些，這才道：「朕知道你心中覺得委屈。不過朕選你嫁給丘人，不光是因為他非常喜歡你，主動向朕要求娶你，最重要的是，你是個極有見識的女子。等明年烏維單于來京朝拜，朕會留他在長安，派丘人回胡地主持匈奴事務，你明白朕的意思麼？」

言外之意，無非是要將烏維單于軟禁在京師，而另立丘人為單于，而劉解憂則將是單于閼氏，成為控制匈奴的有力手段。

劉解憂雖然還是個少女，畢竟是宗室子女，見識遠過常人，況且皇帝話也說得相當明白，當即應道：「明白。」又道：「陛下，臣女還有一個要求。」

劉徹道：「你也跟著你師傅東方朔學會提條件了。」劉解憂道：「不是為我自己。之前有數個案子尚未破獲，我師傅雖然放棄追查，並說從此再不過問世事，但臣女還是希望能替師傅完成當年的承諾。請陛下暫緩宣布婚訊，給臣女一段時間，讓臣女全身心地查案。」

劉徹見她沒有絲毫女子的常見悲苦之色，反而立即開始著手安排未了之事，可見深知將來使命的重要，極是欣喜，道：「准。朕賜你天子符節，可以隨意調動官府、軍隊。」

劉解憂道：「臣女不需要天子符節，請陛下將李陵和霍光借給我。」劉徹微一沉吟，即道：「准。」

劉解憂遂告退出來，跟霍光一齊找到正在校場教習羽林卒射箭的李陵，卻不提她被封為楚國公主要嫁匈奴左谷蠡王之事，只說要繼續追查舊案。

李陵奇道：「你為什麼偏要找我們兩個？」劉解憂道：「因為只有你們兩個才相信夷安公主是無辜的。還有桑遷，不過他不擔任官職，不必特別向皇上借用。」

當初夷安公主自承盜走高帝斬白蛇劍，之後決然自殺，金劍一直未能找到，遂成為一大謎案。而歷來以善斷奇案聞名的東方朔卻從此歸隱，不見外客，不理世事，外人均以為他是因為被弟子夷安公主欺騙而心灰意懶。但劉解憂卻知道師傅是傷痛夷安公主之死，他深怪自己多管閒事，才會惹來一系列的禍事——若是當初在右北平郡不一語道破那柄短劍背後的玄機，就不會引發城南客棧的雙屍命案，管敢雖不能分得財產，但自有郭解替他出頭；沒有命案，就不會認定隨耆是殺人凶手，隨妻也不會自殺，陽安依舊好好地在邊郡生活，不會到京師來殺了徐樂；如果不是因為要追拿陽安，就不會有真假金劍之事，更不會讓人有機可乘，從長樂宮鐘室取走真的斬白蛇劍，夷安也就不會自殺。天道迴圈，世間的一切，原本就是有因才有果，有始才有終，東方朔將一切的源頭歸於自己，甚至不再追查斬白蛇劍的下落，放棄為夷安公主復仇，從此只寄情讀書彈琴，實在是有大徹大悟的意味。但劉解憂卻始終以真凶未能落網為憾，既然自己無法做主婚姻大事，那麼在離開中原前，了卻當年疑案、了結師傅的心事，總是好的。

李陵不知道究竟，還以為是東方朔的主意，問道：「東方先生決意從頭查起了麼？」劉解憂道：「不，是我自己要查的，師傅不知道這件事，大夥兒最好也別告訴他。」李陵道：「也好。不過咱們都是後來人，對之前的好多事不是很清楚，最好還是再約請一個幫手。」

三人出來未央宮，正好遇到四處閒逛的桑遷。桑遷是皇帝面前最得寵的大司農桑弘羊的愛子，但他本人對做官沒有任何興趣，小時候就拒絕入宮當郎官。桑弘羊只有這一個兒子，也只好由他。

劉解憂說明究竟，桑遷道：「好，這件事我很樂意去做。」

四人一起來到北闕甲第霍光家裡，找到司馬琴心，想請她一起查案。司馬琴心青年喪夫，中年喪子，全身心都沉浸在巨大的悲慟之中，根本沒有心思理會。

霍光勸道：「阿嫂，你也不能總一個人悶在房裡。跟我們一起到外面走走，也許可以排遣心中的苦悶。」

司馬琴心只是不理，霍光無奈，只得出來。劉解憂道：「那這樣，咱們自己先追查案子，有不解之處，再來向琴心姊姊請教。我師傅當年未破之案，第一件要算是高帝斬白蛇劍莫名失蹤一事，雖然外面人人以為夷安公主拿走了金劍，但劍一直沒有找到。只有我們知道偷劍的人不會是夷安公主，我們得找出真正的偷劍者。另外還有兩件案子，是我師傅親口答應了卻沒有辦到的：一是師傅曾答應平陽公主要找出殺死她兒子曹襄的真相；第二件是師傅答應過皇上，要找到投書廷尉告發平陽公主毒害王寄王夫人的告發者。」

霍光皺眉道：「時過境遷，當年東方先生都沒有查明究竟，憑我們三個能查到真相麼？」劉解憂道：「不是師傅查不到真相，而是他還沒有來得及著手追查，就發生了夷安公主自殺一事，他也就沒有任何心思了。」

李陵道：「三件案子不可能同時齊頭並進，後兩件……曹襄被殺也是跟平陽公主毒害王夫人一事有關，應該是有關聯的，不如先從這兩件開始。」桑遷道：「可殺死曹襄的凶手目的是要滅口，怕他告發平陽公主；而告發的人是一心要扳倒平陽公主，說不定想連大將軍一家子一起扳倒。一件歸一件，能有什麼關聯？」

劉解憂道：「告發信中除了告發毒害王夫人外，還詳細講述了陳皇后巫蠱案是受平陽公主陷害，我師傅當初答應皇上追查告發者後，本來立即就去找了當年經辦巫蠱案的張湯，但正好遇到一件尷尬之事，不久張湯被逮捕下獄，這件事始終沒有機會再問他。」李陵道：「如果是這樣的話，也許我們可以去找館陶公主試一試。」

四人來到甲第館陶公主府上，但公主年近九旬，連身邊的人都認不出來了，又哪裡能見客？主人翁董偃倒甚是客氣，請幾人到廳中坐下，問道：「你們找長公主到底要問什麼事？我長期在長公主身邊，聽她講過不少事情，也許能幫上忙。」

劉解憂遂說了拜訪的目的。董偃道：「這件事，我只大略聽長公主說過，她進宮探望女兒時，陳皇后曾向她哭訴那些巫婆什麼的都是平陽公主的主意。後來長公主也去質問過平陽公主，那位公主回答說，誰叫你女兒生不下兒子呢。」

劉解憂道：「這麼說，很可能是確有其事了。長公主可有將這件事對旁人說過？」董偃道：「自我十三歲侍奉長公主，沒有見她對別人提過。莫非你們懷疑是長公主指使人寫了那封告發信？」

桑遷一向反感董偃這類靠侍奉貴婦發家的男子，有意反問道：「難道不是麼？」董偃道：「當然不是。長公主怎麼可能知道平陽公主毒害王夫人之事？」

桑遷道：「可平陽侯曹襄被殺前一天，你不是去過茂陵了麼？據說你們在雅室飲酒，祕密交談了好長時間，說不定是他告訴你的。」董偃冷笑道：「這麼說，我是嫌犯了，下面該送我去廷尉拷問了吧。」

劉解憂忙道：「桑遷哥哥愛開玩笑，他只是有意那麼說，想看看你的反應，請董君不要介意。」董偃這才道：「你們背後不是有一個天下第一聰明人麼，為何不回去茂陵問問他的意見？」

離開館陶公主府，幾人直接回來霍府商議。

桑遷道：「不管怎麼說，我還是覺得董偃嫌疑很重，他是目前所發現的唯一一個同時知道陳皇后案和王夫人案的人。」李陵道：「我不同意。董偃不大可能是告發者。第一，他沒有動機，陳皇后也好，平陽公主也好，誰倒誰不倒都跟他沒有任何關係，他不過是貼著館陶公主的男寵，所在意的只有榮華富貴；第二，他如果真是告發者，那麼就不會告訴我們館陶公主從未對旁人提過巫蠱案真相的事了。」他舉出的第一個理由極有說服力，眾人當即決定將董偃從嫌疑名單中排除。

劉解憂道：「可這樣就沒有嫌疑人了！當年涉及巫蠱案的宮女、內侍等都被張湯處死，以張湯為人，當然不會對別人說出自己的把柄，館陶公主也沒有說過，還會有誰知道？沒有人了。」霍光一直默不作聲，忽然插口道：「還有。平陽公主不是知道麼？」

平陽公主是始作俑者，當然是知情者。她那一方的衛氏親眷應該都知曉，比如丈夫衛青，妹妹衛君孺，妹夫公孫賀，甚至可能連皇后衛子夫都是知道的。可既然是一方的，怎能可能跑出來告發自己人？自古以來，裙帶關係均是一損俱損、一榮俱榮的呀。

桑遷道：「也不盡然。曹襄不是因為想要告發母親的齷齪事而被殺滅口了麼？說不定這就是曹襄的手筆，他當日被平陽公主毆打後，回去茂陵，氣急敗壞下寫了這樣一封告發信，但並沒有立即投出，而是收藏起來。他後來被殺，心腹僕人傷痛之下，偷偷將書信投到廷尉。」

劉解憂亦很贊成，道：「這推測極有道理。比起董偃，曹襄才是真正最能接近王夫人和陳皇后兩案真相的人。這樣，我和李陵哥哥去找衛長公主，也許她會知道些什麼。即使不知道，也可以向那些舊僕人打聽一下曹襄跟平陽公主爭執後回去茂陵的情形。桑遷哥哥，你和霍光哥哥去趟廷尉，看看能不能從江都翁主——就是細君姊姊的姑姑劉徵臣的遺物中找到線索，她受江都王劉建謀反案牽連被逼自殺後，遺物都被當作證物運到廷尉府，好尋找通謀江都王的證據，跟高帝斬白蛇劍一對的那柄雌劍也許就在其中。」

桑遷道：「你想用雌劍引出雄劍？」劉解憂點點頭，道：「這人能夠進出長樂宮鐘室而絲毫沒有引起衛卒懷疑，一定是個了不得的人物，你們千萬要小心。」

桑遷笑道：「我黔首一個，倒也罷了，誰敢動我們奉車都尉呢？他可是二千石的大官。」

霍光也不理睬他的嘲諷，出來廳堂。卻見司馬琴心正蹲在階下撫弄那些半死不活的紅藍花，形影相弔，甚是可憐。以往她心情不好，還可以回茂陵向母親傾訴，而今卓文君也故去了，她沒有了父母，沒有了丈夫，沒有了兒子，只剩下孤獨的歲月，空自消磨掉她的青春紅顏。

霍光忙上前道：「阿嫂，這些事叫下人來做就好了。」司馬琴心淒然道：「這些……都是去病當年從河西焉支山親手採回來的種子。」

霍光當著眾人不好相勸，忙招手叫過兩名婢女，命她們扶司馬琴心回房歇息。

劉解憂、李陵幾人面面相覷，雖然都未說出口，卻是一般的心思，那就是同時想到了霍去病父子離奇之死——霍去病死時年僅二十四歲，官任大司馬，佩戴紫綬金印，是大漢歷史上最年輕的最高軍事長官，匈奴人聞風膽寒，正當人生的巔峰時刻，卻猝然隕落。而霍嬗尚是幼童即襲爵成為萬戶侯，六歲即被皇帝接進宮中親自撫養，親自教以兵法，期待其成為第二個霍去病，十歲時又獲得跟隨皇帝封禪泰山的巨大殊榮[8]，結果卻暴斃在泰山山頂。百官雖不敢議論什麼，但民間卻謠言紛起，有人又將霍去病父子之死跟李廣父子慘死聯繫起來，認為這是因果相循的報應。

婢女扶著司馬琴心走出幾步，她卻又回過身來，奔過來抓住李陵雙手，泣道：「對不起！我代去病說一聲對不起！」

李陵知道她是指叔叔李敢之死，他也聽到過謠言，說叔叔是被霍去病一箭射死，當初他親手裝殮時，也的確看到了叔叔胸口的致命傷，那是箭傷，而不是皇帝所稱的鹿角的撞傷。但皇帝開了金口，鹿角撞傷遂成定案，他李家不服又能如何？不過是多幾個被射殺的李敢罷了。他心中並非沒有憤怒，但更多的卻是不解——霍去病射殺李敢，真的是因為叔叔曾經打過大將軍衛青麼？他自小在宮中當太子劉據陪讀，所知祕聞甚多，霍去病未崛起之時，就與舅舅衛青不大和睦。霍去病為人堅毅剛強，而衛青柔媚奴顏，無論對誰都是好臉色：將軍蘇建戰敗逃歸，軍正判其死罪，他卻稱人臣不能專權，只將蘇建押回京師，交給皇帝處置；門客勸他討好皇帝寵姬王寄，他便雙手奉上黃金；他當上大將軍，朝臣爭相巴結，唯獨內史汲黯冷顏相對，他就反過來逢迎汲黯。身為大漢最高軍事長官，不僅媚上，而且悅下，如此低調懷柔、毫無個性，自然被性格鋒銳的霍去病所看不起。後來霍去病飛速崛起，將漢軍精銳全部調歸自己，又大肆收攬衛青門客，無所顧忌，便是甥舅不和的明證。衛氏家族中沒有人喜歡咄咄逼人的霍去病，據說皇后衛子夫還問過二姊衛少兒：「去病真是你的孩子嗎？」既然不存在霍去病為衛青出頭的理由，他又為何要在甘泉宮狩獵時射殺昔日愛將李敢呢？

不僅李陵困惑，霍光也很是困惑。雖然被殺者李敢是李陵的叔叔，而凶手霍去病是霍光的兄長，但二人既有師徒之誼，又是至交好友，居然偶爾也會隱晦地談論起這個問題，均不得其解。此刻司馬琴心真情流露，當面向李陵道歉，疑雲再一次騰起在各人心頭。

霍光卻有些著慌，儘管許多人——也許是所有人——都認為是霍去病射死了李敢，但這件事實並未真正公開過。即使是李陵有心查清叔叔之死的真相，也從未直接談及李敢是中箭而死。可司馬琴心目下如此言行，不是等於公開承認霍去病就是凶手麼？

還是劉解憂反應快，上前牽過司馬琴心的手，道：「姊姊認錯人了，這位是李陵哥哥。」叫過婢女，命她們扶夫人到後堂歇息。

衛長公主住所也在北闕甲第，確切地說，這處豪華宅邸是皇帝賞賜給她第二任丈夫欒大的住所。欒大以方術得幸皇帝後，一月之內佩五將一侯六顆金印，娶得嫡長公主，成為天子驕婿。只是好運不長，一年後，他仍沒有為皇帝請來鬼神，終於引起了劉徹疑心，派人暗中監視他的一舉一動。監視者發現欒大成日尋歡作樂，海吃胡喝，根本沒有作

8 由於封禪是中國政治制度中最盛大的典禮，官吏均以親眼見識為榮。劉徹封禪泰山，太史令司馬談未能獲准參加，引為生平恨事，氣憤而死，臨終叮囑其子司馬遷（時年三十六歲）繼承遺志，務必完成編纂史書的重任。

法與仙人相通。劉徹得報後，這才明白欒大是個騙子，狂怒下命人將其腰斬於東市，衛長公主遂又由樂通侯之妻變成了寡婦。

到府邸大門前，剛好遇到衛長公主從未央宮回來。

公主對劉解憂印象並不好，倒不是因為別的，而是因為其是東方朔的弟子。她聽說當初父皇本來選中了夷安公主嫁給那卑賤的方士欒大，但東方朔不知道用什麼法子令父皇改變了主意，悲慘的命運這才降到她身上。等到她的身子被欒大玷污過，父皇卻又宣稱他是個騙子，將他腰斬於市，這不是公開羞辱自己的女兒麼？她的身子被最卑微最無恥的騙子抱過，連父皇都不願意再見她，還會有誰肯娶她？這就是她堂堂大漢嫡長公主的命運麼？全要怪那個東方朔。因而她一聽到劉解憂說明來意，便拉下了臉，冷冷道：「我不記得了。」

李陵忙跟過來叫道：「公主，事關重大，這人投密函告發，不僅是對付平陽公主，怕是還想要對付皇后，不然不會刻意提到當年陳皇后的巫蠱案。如果不將他找出來，怕是還要繼續對皇后不利，解憂其實是出於好意。」

他擔任太子劉據伴讀多年，與衛皇后一家熟絡，還曾經教習衛長公主射箭。衛長公主這才勉強道：「既然李君這麼說，那麼請進去坐吧。」

劉解憂忙道：「我就不進去了。李陵哥哥，你自己進去向公主請教，我在外面等你。」李陵奇道：「你……」見衛長公主已轉身進門，只得抬腳跟了上去。

一路穿過甬道，來到大堂坐下，衛長公主命人奉上漿水，這才問道：「李君想知道什麼？」李陵道：「我想瞭解一下平陽侯被害前幾日的情形。」衛長公主道：「嗯，那日大將軍府裡有宴會，亡夫應邀進了城，我因為宗兒年紀還小，所以留在家中陪伴孩子。本以為當日會鬧到很晚，但下午亡夫就回來了。我見他臉色不善，臉上還有掌摑的紅印，忙問他究竟。他卻不理睬我，逕自回房，倒頭就睡，第二日也一直賴在床上不起。隔了一日，從驃侯趙破奴來拜訪亡夫，他是第一次上門，亡夫才勉強起床梳洗，出來見客，但沒說幾句話，亡夫就喝令送客。不久，龍額侯韓說又來求見，但也只是坐了一會兒就告辭了。到中午時分，董偃忽然到來，簡略談了幾句，亡夫遂令單置酒席，與他單獨對飲。我那時一直覺得亡夫情緒不對，又不知道發生了什麼事，遂命服侍酒食的婢女多留意二人談話。不過亡夫一直不願意房中有第三人在場，總令婢女上完酒菜就退出去，因而婢女也只聽到隻言片語……」

李陵忙問道：「是什麼？」衛長公主猶豫了下，最終還是道：「我阿弟劉據總說李君為人高義，是個值得信任的人，告訴你也無妨，他們談的是平陽公主和王夫人。當時我並不知道是怎麼回事，但料想涉及宮廷祕密，所以沒有對人提過。後來有告發平陽公主的書信出來，我這才恍然大悟。」

李陵道：「公主認為是平陽侯指使董偃告發自己的母親麼？」衛長公主道：「嗯。」

李陵道：「可告發了平陽公主，不是對平陽侯自己不也不利麼？」衛長公主道：「這個……據說亡夫的父親上一任平陽侯死得蹊蹺，亡夫一直懷疑是大將軍門客下的毒手。我猜他告發母親倒在其次，真正的目的是要扳倒大將軍。」

李陵道：「那麼平陽侯可有索要刀筆，寫下什麼書信交給董偃？」衛長公主道：「沒有。董偃走後，亡夫心事重重，臉陰得比前兩天還厲害，我問他什麼事，他也不說，結果第二日就……」

想起丈夫橫屍的情形，再也說不下去。若是曹襄不被人殺死，她也不會被皇帝強逼嫁給欒大，不至於淪落到今日出門都要被人指點嘲笑的境地。一念及此，眼淚不自覺地便流了出來。

李陵忙道：「公主請節哀。皇上已經准許解憂重新調查平陽侯被殺一案，相信很快就能將凶手繩之以法。」衛長公主道：「有心。」

李陵告辭出來，劉解憂果然還等在門口。李陵大致說了經過，道：「絕不可能是曹襄自己的手筆，但極有可能是他假手旁人。」

大漢律法，告發父母是重罪。若是曹襄出面告發，即使平陽公主罪狀屬實，他自己也難逃一死。

劉解憂道：「嗯，這個董偃果然可疑。」

李陵問道：「你怎麼不跟我一塊兒進去？難道是因為衛長公主一開始沒有給你好臉色麼？這可不像你的為人。」

劉解憂道：「你想聽實話麼？」李陵道：「當然。」劉解憂道：「衛長公主喜歡你。」李陵一呆，道：「什麼？」

劉解憂道：「李陵哥哥，你比我大幾歲，從小看著我長大，我們從來是無話不說。你對我說實話，你心中可有喜歡的女子？」李陵臉色一紅，道：「你問這個做什麼？」劉解憂道：「嗯，婚配是人生中的大事，沒有什麼可難為情的，況且李陵哥哥也到了娶妻的年紀。你……喜歡衛長公主麼？」李陵頗為發窘，一時答不上來。

劉解憂道：「你和太子一起長大，跟衛長公主也有青梅竹馬的情分，可她是公主，非你良配。我聽說成安侯的妹妹韓羅敷很喜歡你，她是個不錯的女子。」

成安侯即是之前護送徐樂、東方朔出使右北平郡的衛隊長韓延年，現任邊軍校尉，其父韓千秋原是濟南相，奉命擊南越時戰死，皇帝為嘉獎其功，遂封其長子為成安侯。

李陵雖與劉解憂自幼交好，但對方畢竟是個少女，公然與其談論自己的婚姻大事，還是很不好意思，只含含糊糊地道：「這個，最終還是要由家母做主。」

二人又來到館陶公主府上。劉解憂也不拐彎抹角，直接對董偃說了衛長公主的證詞，道：「原來你就是那個告發者。是平陽侯委託你告發平陽公主，你又自作主張加入了陳皇后一案。」

董偃道：「二位想聽實話麼？請隨我來。」引著李陵、劉解憂到靜室坐下，屏退僕從，這才道：「事情完全不是你們想像的那樣。」

劉解憂道：「事到如今，董君還要強辯麼？你可不像是沒有擔當的人，我師姊夷安公主生前對你讚賞的。」

董偃長嘆一聲，道：「夷安公主死得可惜！實話告訴二位，我不是告發者，而是殺死曹襄的凶手。」

劉解憂大吃一驚，道：「什麼？你……是你……」董偃道：「是我雇用雷被殺了曹襄。」

劉解憂結結巴巴地問道：「你……你為什麼要這麼做？是誰指使你的？」董偃道：「沒有人指使我，是我自己想要這麼做。我在大將軍府中有眼線，聽說當日曹襄與平陽公主和大將軍起爭執後，便大概猜到是怎麼回事，遂到茂陵找到曹襄，告訴他我已經知道是平陽公主毒害了王夫人，想利用此點來要脅他為我辦事，哪知道他最終不肯屈從。我怕他洩露我要脅過他，所以第二日就安排雷被殺了他滅口。」

他寧可承認買凶殺人也不願意承認自己就是告發者，那麼一定是確有其事了。劉解憂萬萬料不到這一趟會有如此收穫，不由駭然而驚。

李陵道：「董君坦白告訴我們這些，莫非存了必死之心？」董偃微微一笑，道：「館陶公主活不了幾天了，她已經向皇帝上奏，死後別無所求，只要以我殉葬，所以我也活不了幾天了。反正是一死，何不將真相告訴你們，好讓你們省些氣力？不過，我要告訴你們的不僅僅是這些，之前殺死西市樊氏刀鋪樊翁全家的也是我。」

劉解憂道：「啊，是你？我聽夷安公主提過，樊翁遇害前一天，她在刀鋪中見過你。你為什麼……莫非你志在金劍？」董偃道：「不是志在金劍，而是志在金劍中的祕圖，志在祕圖指引的寶藏。陽安不是將這點早告訴過你們麼？這一雄一雌兩柄劍中，藏有一個極大的祕密，但需要雙劍合璧才行。不必驚奇，是我有意告訴陽安的，從始至終，只有我一個人知道金劍的祕密，因為那裡面的祕圖是我祖先親手裝進去的。」

劉解憂愣了許久，才問道：「你是項籍後人？」董偃道：「不，我是項纏後人。當年我先祖幾次營救沛公，沛公得了天下卻忘恩負義，有意不踐前約，賜先祖劉姓，好讓先祖之子項睢無法娶得公主，如此卑鄙小人，居然當上了皇帝，真是可笑。我也不是要爭奪劉家江山，只想拿回我項家財產。」

李陵道：「你項家財產？」董偃道：「就是那對雌雄金劍，雄劍就是高帝斬白蛇劍。高皇帝用什麼劍斬的白蛇我是不清楚，可我知道那長樂宮前殿供奉的那柄金劍是昔日西楚霸王項籍的佩劍，是雙劍中的雄劍。另外還有一柄雌劍，是項大王愛姬虞美人的佩劍，就是後來被陽安搶去的那柄短劍。」

劉解憂道：「什麼？」董偃冷笑道：「你們奉雄劍為鎮國之寶，不過是因為高皇帝自稱那是他用來斬死白蛇的佩劍，其實這完全是個謊言。」

原來當年楚漢相爭，西楚霸王項籍將從秦宮搶奪的巨額寶藏掩埋在一處隱祕之處，並繪下地圖，地圖一分為二，分別收藏在他和愛姬虞妙弋的隨身佩劍中。那對佩劍一雄一雌，得自秦宮劍閣中，劍上裝有精密的機括，當兩柄劍套合在一起時，就能打開劍柄的鐶首，取出祕圖，合二為一。哪知道後來形勢陡轉，項籍被漢軍包圍在垓下，虞妙弋為避免成為負累，用雌劍自刎而死。項籍淚流滿面，將沾滿血跡的雌劍與愛姬就地埋葬，自己突出重圍而去，結果在烏江被漢軍追及，最終力戰而死。他的隨身佩劍自然被當作戰利品獻給了劉邦，劉邦愛其貴氣鋒銳，日夜佩戴在身邊，不久即稱其是昔日用來斬白蛇起義之劍。由於這一句謊言，項籍的隨身寶劍遂成了高帝斬白蛇劍，成為大漢的鎮國之寶。而那柄本該被深埋地下的雌劍之所以重見天日，想來是知道虞妙弋安葬地點的楚兵對金劍起了垂涎之心，等戰爭結束後又返回垓下挖出了寶劍。但他也不知道金劍內中的祕密，對他來說那不過是一柄金劍而已。從此，雄劍被供奉在長樂宮中，雌劍則流落民間。董偃從懂事開始，便志在得到雌雄雙劍，好雙劍合璧，取得祕圖，從而得到祖先留下的寶藏。然而雌劍久尋不獲，雄劍雖近在咫尺，卻也是可望而不可及。

劉解憂道：「原來藏在暗處奪劍的人就是你。」董偃緩緩道：「我出賣色相，犧牲男人的尊嚴，主動靠上館陶公主，就是為了接近高帝斬白蛇劍。但就算得到雄劍，沒有雌劍，還是難成其事。多年來，我一直在祕密打探雌劍的消息，但始終沒有下落。想不到東方朔右北平郡之行，竟帶來意外的轉機，但雌劍很快再次失蹤。我也誤以為是隨奢奪走雌劍，多方追查，始終一無所獲。後來陽安在西市被小舅子管敢撞見，滅口未遂，我才知道雌劍在陽安手中。但陽安露臉就如曇花一現，很快又失去了下落。我推測他要逃脫羅網，勢必要投靠諸侯王，當時江都王劉建正好在京師中，此君品行不檢，又因為父親死得不明不白對朝廷有怨，陽安既是大乳母之子，勢必非常清楚這些宮廷祕聞，他走投無路下，最好的選擇就是投奔江都王。可惜東方朔沒有想到這一點，我遂派人暗中到廷尉投書，告發是江都王劉建刺殺了匈奴太子於單，原是要指引他去尋到陽安的線索。偏偏這個時候淮南翁主憑空殺出，派雷被用弓弩射傷了東方朔，這件案子就此作罷。我的勢力無法到達江都國，遂有意將雌雄雙劍合璧的祕密透露給江都邸的人，再派人監視江都翁主劉徵臣。不久，我手下果然捕到了來找劉徵臣的祕密使者，居然就是陽安本人。我遂將真相全盤托出，承諾取到寶藏後分他一半，他同意為我效力，只是雌劍落入了劉建手中，他需要重新回去江都國。他倒也努力，只是過了很久才知道雌劍並不在江都國中，我這才知道很可能在江都翁主劉徵臣手中，正好此時江都王謀反案發，劉徵臣被賜死，線索由此中斷。陽安還想從袁廣漢家潛入王家尋找，但事未成就被發現行跡，結果弄得袁家也家破人亡，他從此不敢妄動。」

李陵道：「那麼上次派陽安埋伏在武庫附近，劫奪高帝斬白蛇劍也是你的主意麼？」董偃搖搖頭，道：「武力劫奪愚蠢得緊，我可不會用這樣下三濫的招數，那是陽安自己的主意。不過也情有可原，高帝斬白蛇劍十二年才磨一次，錯過一次機會，就要再多等十二年，難怪他會鋌而走險。」

劉解憂道：「那麼高帝斬白蛇劍現在在哪裡？這就請你交出來吧。」

董偃奇道：「邑君為何認定是我拿走了高帝斬白蛇劍？」劉解憂道：「其一，你志在金劍，處心積慮多年，一定派了人暗中監視所有相關的人，譬如我師傅和夷安公主，所以對他們的行蹤一清二楚，你由此跟蹤發現了真劍藏在長樂宮鐘室也不足為奇；其二，你有門籍，可以自由出入宮禁；其三，你剛才說過，你不會用武力劫奪這樣的濫招數，說明你早有安排，知道即使陽安得手，取得的也不過是假劍；其四，外間都以為是夷安公主盜走斬白蛇劍又藏了起來，所以才畏罪自殺，偏偏你剛才說公主死得可惜，可見你知道真相。董君，我敬慕你臨死前直言不諱，有勇氣承認這一切，也請你看在已經死了這麼多人的份上，將真劍交出來吧。」

董偃搖了搖頭，道：「雖然邑君分析得有理有據，但我真的沒有拿到高帝斬白蛇劍。你們二位跟東方朔都走得極近，想來該明白他為何在夷安公主自殺後不思為公主報仇，卻偏偏要歸隱山林。眼下，我就是這樣的心情，窮盡一生心力，自以為聰明決定，事事都在掌握中，卻不料有人棋高一招，搶先下手，且不留任何痕跡。可嘆呀！」

劉解憂不免半信半疑，道：「你真的沒有拿走高帝斬白蛇劍？」董偃道：「沒有。不瞞二位，我一直視東方朔為最大的對手，所以對他留意觀察了很久，我猜想肯定不是夷安公主偷了斬白蛇劍，公主自殺，只是要保護東方朔。有人能在我們兩方的眼皮下盜走斬白蛇劍，我至今追查不到任何線索，這人何等本事，可想而知。」

李陵道：「我信得過董君的話。那麼董君可有想到會是誰告發了平陽公主？」董偃道：「告發平陽公主，無非涉及兩件舊案，一是陳皇后案，二是王夫人案。陳皇后並無子女，她的父母明知其冤，都沒有為她申冤的心思，更何況旁人呢？王夫人家裡親人早已經過世。據說從驃侯趙破奴跟她有舊，這還是皇上親口告訴我的，他倒有可能為舊情人出頭，揭破此事，可他早年淪落匈奴為奴，斷然不會知道陳皇后一案的究竟。所以，我推測告發者應該不是針對平陽公主本人復仇，而是要搞垮大將軍衛青。雖然他的目的並未直接達到，皇上沒有罷免大將軍，但你們也看到了，昔日衛氏一門五侯，而今只剩下大將軍還有爵位，他本人也已經被皇上閒置多年，再無領兵的可能。」

忽有僕人進來告道：「長公主快要不行了，一直在呼喊主人翁的名字。」董偃點點頭，道：「我就來。」起身道：「二位這就請回吧。如果將來有一天能夠找到那盜走斬白蛇劍的人，希望能到董某墳頭告知一聲，也好讓我死得瞑目，拜託了。」

他語氣雖然平靜，沒有絕望，沒有痛苦，卻自有一股壯志未酬的悲涼意味——他十三歲時開始侍奉年過五旬的館陶公主，一生以男色依附於貴婦，受盡世人的冷嘲熱諷，最終卻還是一無所有。而今，他將要成為他侍奉了一輩子的老公主的殉葬品，不得不帶著無盡的遺憾死去。只要一想到他將永遠睡在那老公主的身邊，生為男寵，死亦為男寵，生生世世地服侍她，縱然陽光普照，春暖花開，他也禁不住不寒而慄了。

其實說到底，就算他得到雌雄雙劍，挖出了項籍寶藏，又有什麼用呢？他從館陶公主身上得到的錢財，多到下輩子也花不完。也許項籍寶藏只是他生下來就有的人生目標，他只是要努力實現它，但實現了它之後到底能給自己帶來什麼，財富？權勢？幸福？快樂？他並不知道。

出來北闕甲第，天色已然不早，李陵家中尚有老母，二人只得乘車回去茂陵。

劉解憂嘆道：「這董偃倒也是個爽快人，若不是他主動坦白，咱們無論如何想不到他就是殺死曹襄的凶手，三件案子總算是破了一件。李陵哥哥，你是有意問董偃對告發者是誰的看法麼？」

李陵道：「嗯，董偃這個人深謀遠慮，又長期身處陰謀詭計中，判斷應該比你我敏銳得多。我在想，扳倒大將軍，誰是最大的受益方呢？」劉解憂道：「公孫賀？趙破奴？他們都是皇上最近特別信任的將軍，有謠言說，皇上要捧他們中的一個當丞相，捧另一個當大司馬。」

李陵道：「不，他們兩個只是間接受益方，受益最大的應該是匈奴。大將軍衛青的名字，可是令匈奴人聞名喪膽，遠非公孫賀和趙破奴所能比擬。其實打仗就是憑著一股氣，如果還沒有開戰就自己氣喪，那麼這仗不打自敗。大將軍出戰匈奴，七戰七勝，本部保持著不敗戰績，這本身就足以壯我軍威，沮敵人膽氣。」

劉解憂道：「你是說，是匈奴人告發平陽公主？」李陵點點頭，道：「不過胡地的匈奴人是做不到這些的。東方先生之前不是還受張騫先生委託，調查朝臣中與匈奴勾結的內奸麼？」劉解憂道：「嗯，後來查到是淮南王劉安和江都王劉建。」

李陵道：「諸侯王身在封國，不能隨時探知朝廷動向，對匈奴而言，軍事價值並不大，肯定還有內奸隱藏在朝臣中，要不然何以之前公孫賀、趙破奴兩路大軍出兵匈奴卻無功而返？解憂，我有個奇怪的想法……」

劉解憂笑道：「是什麼？怎麼忽然吞吞吐吐起來了？」李陵道：「嗯，先是驃騎將軍驟然暴病而死，隨後是告發平陽公主事件，其實是針對大將軍……」劉解憂驀然省悟，道：「不錯，這兩件事時間隔得並不遠，很可能是匈奴人有預謀的計畫。李陵哥哥放心，我明日一早就去打聽這件事。你去幫霍光哥哥尋找雌劍。董偃說得對，就算得到了高帝斬白蛇劍，沒有雌劍合套，它也就是一把劍而已。這次一定不能讓那壞人搶先了。」

李陵不免很是疑惑，道：「你要如何打聽？是找司馬琴心麼？她本人醫術高明，當年也未能從驃騎將軍的病情中發現端倪，事情過去這麼多年，怕是更難回想起來了。」劉解憂道：「不，不是找琴心姊姊。我要找的人，肯定比她知道的內幕要多得多。」

卷八 黃鵠悲歌

次日一早，劉解憂來到甲第，找到正在監工修築單于邸館的匈奴左谷蠡王丘人，約他去逛長安。丘人喜不自勝，忙交代屬下幾句，登上車子。劉解憂遂命車夫沿主幹道慢慢行駛，丘人哪有心思觀看市景，眼睛只盯在身旁佳人上。

劉解憂道：「你既被皇上封了涉安侯，那麼我便按照大漢的習慣叫法，稱你君侯吧。我的名字叫解憂，你就叫我解憂好了。」丘人道：「好極了！解憂！」

劉解憂道：「嗯，我就要嫁給你做妻子，可我心頭還有未了之事，那就是我師傅還有兩件案子沒有破，你願意幫助我麼？」丘人道：「當然，你是我未婚妻，要我做什麼都可以。」

劉解憂道：「君侯可聽過高帝斬白蛇劍？」丘人臉色登時大變，退到車座邊緣，繃直了身子，瞪著劉解憂。

劉解憂嘆道：「瞧君侯的樣子，肯定是知道了。那劍現在在哪裡？」丘人驚懼異常，道：「你……你怎麼會知道？」

劉解憂本來想直接問是不是匈奴人害了驃騎將軍霍去病，又要對付大將軍衛青，但擔心過於明顯，對方不肯說實話，遂決意用別的話題來圓緩一下。她滿腦子只是這幾件案子，自然而然地就想到了高帝斬白蛇劍，哪知道不過隨口一問，對方卻反應劇烈，心中一動，立即緊張興奮起來，卻有意裝出滿不在乎的樣子，道：「我當然知道，我師傅東方朔是天下第一聰明人，你沒有聽過他的名字麼？高帝斬白蛇劍在哪裡？你現在不說，難道可能永遠瞞過我麼？」

丘人道：「我可以告訴你，但你不能告訴你們皇帝。」劉解憂心道：「只要我知道了斬白蛇劍的藏處，我不會自己設法奪回來麼？不告訴皇上有什麼要緊。」當即應允道：「好，我答應你。」

丘人遲疑半晌，才道：「在我們匈奴的王庭裡。」

劉解憂「呀」地驚呼出聲，連聲道：「不可能！不可能！怎麼會在你們匈奴的王庭裡？」丘人道：「這有什麼稀奇？不過是禮尚往來而已。你們皇帝派驃騎將軍搶了我們匈奴的鎮國之寶祭天金人，供奉皇宮中。我們單于派人偷了你們鎮國之寶高帝斬白蛇劍，當然也要供奉在王庭了。」

原來大漢天子劉徹對匈奴展開大規模反擊前，曾單獨委任霍去病為驃騎將軍，帶一萬精銳騎兵深入大漠。這是大漢唯一的一次派孤軍深入敵後，而此行的唯一目的就是奪取休屠王領地內的祭天金人。劉徹之所以如此不惜代價，是因為他曾聽說祭天金人是匈奴的鎮國之寶，是匈奴的龍運所在，所以他要在開戰前奪取金人、破掉匈奴的風水。後來果然漢軍陸續取得了河西之戰、漠北之戰的輝煌勝利。雖然是漢軍浴血奮戰，以生命和鮮血的巨大代價換來了匈奴人遠遁漠北，從此不敢南下牧馬，但劉徹好迷信，心中卻一直以為是匈奴祭天金人被奪的結果，所以格外器重破掉匈奴龍運的霍去病。

匈奴伊稚斜單于對祭天金人被奪自然恨得咬牙切齒，但祭天金人被供奉在甘泉宮中，既難用武力奪回，又因體形巨大沉重，難以用巧計偷取，更不要說運回胡地了。伊稚斜得到降將趙信後，得知大漢也有一件鎮國之寶——高帝斬白蛇劍，遂決意以其人之道還治其人之身，也派出精幹得力人手，盜取了斬白蛇劍，用墨汁塗黑後夾帶在匈奴使者隊伍中，順利運回王庭。

劉解憂這才知道劫奪斬白蛇劍的幕後主使是匈奴單于，也並非貪圖金劍中的寶藏祕圖，而僅僅因為它是大漢的鎮國之寶。忽想到董偃所告知的那本是西楚霸王項籍的佩劍，心中一時不知道是什麼滋味。

丘人道：「我只告訴了你，你答應過我，千萬不能告訴你們皇帝。」劉解憂道：「你們用巧計奪取了大漢鎮國之寶，又順利運回胡地，這可是前所未有的勝利，為何不張揚誇耀呢？」

丘人道：「不，不，你們大漢強大，兵多將廣，萬一再出個驃騎將軍那樣的人，說不定為了奪回鎮國之寶而深入王庭，我們單于可不敢冒那樣的險。我這次出使，新單于特意囑咐過我，千萬不能洩露高帝斬白蛇劍的消息。你若是說出去，我回去後一定會被烏維單于重罰的。」

劉解憂道：「單于是怕事情張揚開去，皇上會立即猜到匈奴在朝中有內奸。況且目下有夷安公主給內奸當替死鬼，他正巴不得如此呢。」

可惜她預料不到高帝斬白蛇劍竟在匈奴王庭中，事先答應了丘人，做人須得有信有義，只得道：「放心，我既然答應了你，就一定不會說出去的。」又問道：「你可有覺得驃騎將軍英年早逝，死得蹊蹺？」

丘人總算明白過來，對方並不是好意邀請自己遊街，而是另有所圖，當即正色道：「如果我現在向解憂打聽你們大漢的祕密，你會告訴我麼？」劉解憂道：「不錯，己所不欲，勿施於人，是我冒犯了。抱歉，我還有事，不能陪君侯繼續遊街了。」命車夫送丘人回去甲第，自己跳下車來，往霍府而去。

路過館陶公主府時，卻見府門前掛出了喪燈，忙上前問道：「是誰歿了？」門僕道：「館陶長公主。」劉解憂道：「那主人翁董偃呢？」門僕道：「董君自願為長公主殉葬，昨夜也服毒自殺了。皇上剛下了詔書，准董君跟長公主一起陪葬霸陵呢。」

霸陵是漢文帝劉恒的陵墓，館陶公主是文帝和竇后的唯一愛女，自然是要跟父母葬在一起。男寵與女主一道陪葬帝陵倒是十分少見，對董偃而言，也算是身後事無限風光了。

來到霍府，霍光、桑遷、李陵均在這裡。劉解憂一見三人神色，便知道未能從廷尉的證物中尋到雌劍，忙道：「大夥兒不必沮喪，就算尋到雌劍，也沒有多大用處了。」當即說了高帝斬白蛇劍已被帶去匈奴王庭。她瞭解各人性情，特意叮囑道：「桑遷哥哥，你可千萬不要信口說出去，我答應了匈奴使者的。」

李陵狐疑道：「既然是機密之事，那匈奴使者為何肯告訴你？」劉解憂道：「嗯，這個……」一時難以找到合適的謊言，只得道：「我跟那人是朋友。」

李陵疑慮更深，但他天性仁厚，見對方不願意說實話，也不再追問，只道：「這件事匈奴人自己不願意洩露，咱們當然也不能說出去。不然，以皇上的性子，豈肯善罷甘休？」

皇帝劉徹迷信好神，當初為了奪取匈奴的祭天金人，不惜人力，派驃騎將軍霍去病率軍深入敵後。他所帶的一萬人馬是漢軍中最精銳、最勇猛的士卒，個個武藝高強，精於騎射，是千中選一的勇士，雖然最終奪到了祭天金人，卻只有三千人活著回來。若是皇帝得知大漢鎮國之寶在匈奴王庭，一定會不惜代價地奪回來，多少熱血男兒又將葬身異國他鄉？這可不是李陵願意看到的，為了一柄斬白蛇劍而大起干戈。

劉解憂道：「嗯，李陵哥哥說得對，這件事咱們得保密。」

桑遷道：「盜劍者肯定是匈奴內奸，說不定告發平陽公主也是他所為。」李陵道：「不錯，內奸有相同的動機，應該是同一人。」劉解憂道：「那麼高帝斬白蛇劍和告發平陽公主可以算成一個案子了，可我們毫無線索，要從哪裡下手呢？」

桑遷性情灑脫，處事素來不瞻前顧後，道：「去問問那位天下第一聰明人怎麼樣？」劉解憂道：「師傅一定不會理睬的。」桑遷道：「未必，現在案情有了新的轉機，又不是要請他出山查案，只要他指點迷津就可以了。」

眾人一時無法可想，遂來到茂陵東方朔家中。東方朔正躺在院子中的臥榻上曬太陽，形容慵懶，聽到眾人進來，眼睛都不願意睜開一下。

劉解憂讓眾人站在門邊，自己走近臥榻，輕輕叫道：「師傅，殺死平陽侯曹襄的凶手找到了。」將事情原原本本地說了，只隱過丘人一事。又道：「到現在線索全斷了，不知道該如何查起，弟子特來求教師傅。」

東方朔頭也不回地道：「這些都是陳年舊案，為師早就沒有心思再追查了，你這個時候又撿起來做什麼？」劉解憂道：「弟子只是一時好奇……」

東方朔驀然翻身坐起來，問道：「是不是皇上要封你做公主，命你出塞和親？是月氏國王，還是車師國王？」劉解憂見師傅隻言片語間就猜到事情根本，又是驚奇又是佩服，可又不便直承其事，只得含含糊糊地道：「細君姊姊不是就要動身到烏孫了麼？皇上怎麼會這麼快再次和親？」

李陵卻是反應過來，奔過來抓住劉解憂手臂，問道：「不是月氏國王，也不是車師國王，皇上要你嫁的是匈奴單于，對不對？」劉解憂道：「不是……」

李陵氣急敗壞地道：「你還要瞞著我麼？我今日已在甲第看到為匈奴單于修的邸館，知道烏維單于要來京師朝拜天子。難怪那匈奴使者肯透露機密信息給你，原來他早將你當作了單于的閼氏。」神色又是憤怒，又是失望。

劉解憂心中「咯噔」了一下。她知道即將遠嫁烏孫的劉細君喜歡李陵，沒有女子不喜歡他呀，外貌英俊，為人正直，既會吟詩作賦，又武藝高強，有一手百步穿楊的神技。她也一直以為李陵喜歡劉細君，兩人同歲不說，又是一起長大，兩小無猜。劉細君本人溫柔可愛，多才多藝，精於音樂、書畫，若不是被皇帝選作和親公主，堪稱李陵的絕配。可現在親眼瞧見李陵的失態，那可是聽到細君被封為江都公主後也沒有過的表情，她才恍然明白了，原來他愛的人是自己。她也愛他呀，深深地愛著他，從小到大，多年來始終如一，可她總是自慚遠遠不如細君美貌有才，絲毫不敢流露出來。即使現在明白過來，是不是已經太晚了呢？

她終於明白劉細君為何不願意遠嫁西域，所不能割捨的並非榮華富貴，而是這裡的愛人。她原以為自己能輕易丟開一切，然而當明白了所愛男子的真正心意後，她就再也放不下了。不禁又回想起昨晚與王嫿傾心交談的情形，為什麼國家的命運、天下的安寧，要由她們這些弱女子來承擔呢？

霍光是知道事情究竟的人，見李陵惱怒，便道：「解憂要嫁的不是匈奴單于，是那匈奴使者丘人，他是前匈奴太子於單的兒子，在匈奴封左谷蠡王。」李陵道：「單于也好，左谷蠡王也好，又有什麼分別？」竟不顧眾人此行目的，自己甩手去了。

然而，沒有人會怪他。他父親李當戶和二叔李椒都是在雁門大戰中被匈奴人殺死，父親死時他還沒有出生，是遺腹子身份，因而他自小就深恨匈奴人。劉解憂一直瞞著不肯說出來，就是怕他生氣自己要嫁給匈奴左谷蠡王。

東方朔這才道：「解憂，既然這是你的心願，為師也不能袖手旁觀。偷走高帝斬白蛇劍的人，跟告發平陽公主的一定是同一個人。」

劉解憂心不在焉，竟沒有聽到師傅的話。還是桑遷問道：「那麼東方先生可有懷疑的對象？」東方朔不直接回答，只道：「我自有主張。你們去吧。」

幾人只得出來，趕來李陵家中。門僕道：「公子適才回來過，氣咻咻地攜了弓箭就騎馬出去了。」劉解憂「哎喲」大叫了一聲。霍光道：「出了什麼事？」劉解憂跺腳道：「你想不到麼？李陵……哎，快，快上馬。」

三人騎上快馬朝城中趕來。不及進北闕甲第，便見大批中尉卒湧進來又湧出去，將整條街道封鎖住。桑遷道：「不會真是李陵一怒之下殺了匈奴使者吧？」霍光道：「怎麼可能？李陵可不是那種衝動的人。」劉解憂忙跳下馬，問道：「裡面出了什麼事？」一名中尉卒道：「匈奴使者被殺了。」劉解憂只覺得喉嚨發澀發乾，不自覺地咽了口唾沫，才問道：「凶手……凶手是誰？」中尉卒道：「據說是個半邊臉燒焦的醜婆子，臣等正在搜捕呢。」

霍光道：「看，我就說了，李陵絕不會感情用事的。」忽見劉解憂怔在當場，臉色極為難堪，忙問道：「你怎麼了？」劉解憂道：「我……我得去看看匈奴使者。」

來到單于邸館，卻見現場圍了不少官員，中尉王溫舒、左內史兒寬等長安軍政長官均已經趕到。兒寬是故御史大夫張湯所舉薦，是京師有名的賢臣。左內史為京畿最高地方行政長官，吏治競以慘刻相尚，而兒寬上任後，勸農業，緩刑罰，收租稅時隨行寬減，極得人心。但朝廷有嚴格的官吏考評制度，規定賦稅不夠數者要免職。百姓聽到消息後，生怕兒寬因此被罷官，爭相拿出家中財產上交賦稅，結果兒寬考課從最末一躍為最，成為天下美談。

劉解憂幾人被兵卒擋在門外，看不到裡面情形。霍光忙出示兩千石都尉銀印，這才得以進門。

劉解憂招手叫過一名匈奴侍從，道：「你可還記得我？」那侍從道：「當然記得，你是楚國公主，是我們大王的未婚妻子。」

劉解憂道：「到底出了什麼事？」侍從道：「大王跟公主遊街回來後不久，就有個自稱王媪的老婆子來求見大王，說她是宮裡的老宮女，有些事要跟大王說。我們本來都不怎麼相信她，但大王想多知道一些漢朝的事，就讓她進來。那老婆子跟大王倒是聊得極開心，大王不斷向她請教，那老婆子居然什麼都知道，還說了之前要嫁給於單太子的夷安公主是公主你的師姊。大王聽得入神，就命人在院中置辦了酒席，與那老婆子邊吃邊聊。後來大王有了醉意想要睡覺，才叫老婆子走了。但大王這一睡就再沒有醒過來，我們這才知道他是中了毒。適才官府的人來，驗過酒菜，說是酒裡面被人下了雄黃。」

他們在一邊說著，中尉王溫舒已認出霍光，知道他是驃騎將軍的弟弟，又是皇帝身邊的心腹寵臣，忙過來巴結，問道：「都尉君是奉詔趕來的麼？」霍光道：「不是，我們只是路過。」告退出來，拉著劉解憂到一旁僻靜處，低聲問道：「那王媪莫非就是你家中的那個下人王媪？」劉解憂道：「似乎是的。」

桑遷道：「這下糟了，人們都會以為是你不願意嫁給匈奴使者，所以派下人毒殺了他。王媪一旦被捕，你就完了。她人在哪裡？」劉解憂道：「我不知道。」

桑遷道：「這個老婆子當真害人不淺，就算她忠心為主，不願意你嫁給匈奴人，可她不知道案發後一樣會牽累你麼？當真是愚不可及的賤奴！」劉解憂怒道：「不准你這麼說她。」

桑遷愕然道：「難道我說得不對麼？」劉解憂道：「你不知道，她是……哎，她是設身處地同情我。」

霍光道：「走，我陪你進宮向皇上謝罪。只要在事情敗露前向皇上謝罪，表明你並不知情，皇上不會怪罪你的。」

劉解憂也無法可想，只得同意，心中還是放不下李陵，道：「桑遷哥哥，你快些回去茂陵，看看李陵哥哥回家沒有。」桑遷道：「他那麼大個人，有手有腳，還要別人看著麼？」雖然嘟囔，但還是上馬去了。

劉解憂遂與霍光趕來未央宮，卻聽郎官說皇帝正陪客人遊覽昭陽殿。劉解憂登時明白過來，不顧郎官阻攔，朝昭陽殿趕來。

皇帝劉徹正扶著王嫗站在玉階上，笑道：「阿姊若還是喜歡這裡，阿彘就命妃子遷出去，好好整治後再請阿姊搬進來住，好不好？」王嫗道：「不，不必了。我是沒命再住在這裡了。」

劉徹道：「阿姊為何這樣說？你原本就是朕最喜歡的姊姊，又是朕唯一在世的姊姊，朕要好好待你，補償你失去的一切。你是喜歡未央宮多些，還是中意長樂宮多些？」忽見劉解憂闖了進來，先是一愣，隨即不快地道：「朕在這裡陪客人，你來做什麼？」

劉解憂料來皇帝還不知道匈奴使者遇害一事，忙道：「臣女失禮。」忽見王嫗面色慘白，嘴角滲出一絲血跡來，身子搖搖欲墜，大驚失色，忙上前扶住。

劉徹不知王嫗也飲下了雄黃酒，忙叫道：「快去傳御醫來。」王嫗慢慢坐倒在階上，道：「不必。陛下，阿彘……你……你不要怪我……」劉徹道：「朕怎麼會怪你呢？當初阿姊遠嫁，阿彘可是偷偷哭過好多次了。今日得知阿姊尚在人世，當真是欣喜無限。」

王媪道：「不是……我……我殺了人……你……不要怪我……就算要怪……也沒有法子了……」頭無力地歪倒一邊，就此死去。

今日忽有自稱是昭陽公主的老婦到北司馬門伏闕求見皇帝。劉徹好奇心本重，聞報立即召見。他雖認不出阿姊的樣子，卻從她一口叫出他的小名「阿彘」即認定她就是昔日未央宮中最受人敬愛的昭陽公主。他的四位姊姊金俗、平陽、隆慮、南宮均已先後去世，忽然從天上掉下來小時候最喜歡的姊姊，當真是欣喜萬分，忙親自帶著王媪來遊覽昔日住過的寢殿。只是想不到親人才剛剛相認，便又立即永別，滿腔的歡喜變成了難以宣洩的失望。忽見郎官蘇武疾步進來，似有事情稟告，當即怒道：「做什麼？」

蘇武道：「回陛下，中尉君派人來報，匈奴使者丘人被一名只有半邊臉的老婦人用毒酒毒死了。」

劉徹「啊」了一聲，不由自主地將目光投向一旁的王媪。

蘇武道：「那些匈奴人正吵著要立即護送使者回去胡地，該如何處置，還請陛下示下。」

劉徹狠狠瞪了劉解憂一眼，道：「這是你做的好事，對麼？」霍光忙搶過來道：「這件事跟解憂無關，我們一直忙著查案，也是剛才路過北闕甲第時才知道匈奴使者出了事。」

他侍奉皇帝多年，素來沉默寡言，即使是皇帝主動徵詢他的看法，話也不多。劉徹忽見他冒出來為劉解憂說話，怒氣稍解，道：「到底怎麼回事？」劉解憂道：「王媪一直住在我家裡，我一直將她當長輩看待，但我不知道她會……會……」

劉徹奇道：「難道她沒有對你透露過身份麼？她是朕的姊姊昭陽公主。」劉解憂道：「臣女知道的。」

劉徹怒氣又生，喝道：「你知道居然還敢瞞著不上奏！」劉解憂道：「是王媪自己要求不能告訴皇上的。她原本是為了尋找兒子才來到京師，可是……陛下卻殺了她的兒子，她說她不願意再見你。」

劉徹道：「阿姊的兒子是誰？」劉解憂道：「欒大。」

庭院中寂靜了下來，皇帝抬頭望向天空，靜靜站了一會兒，便拂袖而去。
霍光還是第一次聽說昭陽公主和欒大之事，開始只覺得匪夷所思，不久又覺得命運弄人，無過於此。正要上前扶起劉解憂，忽見蘇武又率人到來，命人抬走王媼屍首，招手叫道：「都尉君，皇上召你去宣室。」
霍光道：「解憂呢？」蘇武道：「皇上只召你一個。」霍光無奈，只得道：「你先回去，我忙完再去茂陵找你們。」
劉解憂悶悶出來，順路來到劉細君居住的臨池觀。剛到大門處，便聽見琴聲叮咚，有女聲和著音樂唱道：

將乖比翼兮隔天端，
山川悠遠兮路漫漫，
攬衣不寐兮食亡餐。

這是商朝人陵牧子所作的《別鶴操》。昔日陵牧子娶妻五年沒有生下兒子，父兄決意令他休妻改娶。陵牧子妻聽聞後中夜驚起，倚戶悲泣。陵牧子遂取琴而唱此歌，傷痛恩愛之永絕，奏別鶴以抒情。
劉解憂心道：「細君姊姊即將踏上旅程，這首《別鶴操》正符合她目下的心境。若換作了我，還會像年少時那般無知、那般瀟脫麼？」一時不忍進去相勸，遂回來茂陵家中。
李陵和桑遷正等在院中，一見她回來便迎上來問道：「皇上有沒有怪到你頭上？」劉解憂搖搖頭，簡單地道：「王媼死了。」
李陵道：「可她是你府上的僕人，難道皇上不懷疑是你指使她毒死匈奴使者的麼？」劉解憂道：「皇上知道了她的身份。」當即說了王媼就是昔日的昭陽公主。

李陵這才恍然大悟，難怪王嫱曾說他跟他祖父李廣年輕時長得很像，他以為那不過是下人跟客人的搭訕，根本沒有當回事，現在想來，她是很認真地在說那件事，只不過他的反應讓她失望了。

桑遷道：「難道王嫱殺死丘人就是因為不願意她昔日的命運落到你頭上？」劉解憂道：「嗯。我雖然感激她的好意，可我覺得這件事做得並不對。本來匈奴單于決意降漢，百年戰火有望就此熄滅，而今丘人忽然被王嫱毒害，匈奴單于勢必遷怒大漢，還會來京師朝見天子麼？」

正嘆息著，霍光疾步進來，道：「李陵君，皇上急召你進宮。」劉解憂不免吃了一驚，道：「有什麼事麼？」霍光道：「具體不知道，但應該跟備戰匈奴有關，皇上緊急召了好幾位將軍進宮。」

劉解憂道：「又要打仗了麼？」霍光道：「是備戰，而不是出戰。皇上認為丘人死在長安，匈奴勢必不會甘休，還是早做準備的好。」李陵道：「我去去就回來。你們等著我。」說罷自回家換上官服，帶上侍從趕來未央宮。

進來宣室時，公孫賀、趙破奴、郭昌、韓延年、路博德等近來為皇帝信用的軍事將領早已經到達。趙破奴因為奇襲樓蘭之功，已經被封為浞野侯，是近年來最令人矚目的後起之秀。皇帝正與眾將商議備胡之事，見李陵進來，便道：「李陵，你來得正好，朕拜你為騎都尉，加侍中，佩二千石印，率八百騎兵護送江都公主前往烏孫。來人，為李君結印綬。」

李陵拜伏在地上，尚未回過神來，尚書令史已捧著一具白色的篋箱過來，篋箱裡鋪著厚厚的綠綈，裡面盛放著官印。兩名內侍奔過來，摘下李陵腰間的千石黑綬鼻鈕銅印，從篋箱中取出青綬龜紐銀印換上。

漢代慣例，官員受印後官職才算合法，才可以通過官印行使權力，有印則有權，無印則無權，因而官員們都是隨身佩帶官印。

尚書令史見李陵猶自發呆，低聲提醒道：「都尉君還不快叩謝陛下。」李陵不得已，只得拜謝道：「多謝陛下。」

劉徹道：「嗯。你過來，此行你不光要護送江都公主平安到達烏孫，朕還有別的任務交給你。」李陵見皇帝面色詭異，心中一緊，暗道：「莫非皇上知道了高帝斬白蛇劍在匈奴王庭，要派我去偷盜回來？」走近龍案，卻聽見劉徹低聲道：「朕要將你將沿路的山川地形都繪下來，明白朕的意思麼？」李陵道：「臣明白。」劉徹道：「好，你這就去準備吧，八百騎兵從北軍中調遣，朕已經派人持節信知會過中尉王溫舒了。三日後就動身出發。」

李陵叩謝退出宣室，卻見蘇武正站在門外，似在等他，忙過去招呼。

蘇武笑道：「你是武將，我是文臣，咱們這次要一起護送江都公主去西域了。」李陵很是驚異，道：「蘇君居然是這次出使烏孫的主使？」蘇武道：「嗯，這次是我自己主動請纓，皇上當場就答應了。李君，公主陪嫁不少，隨從的侍女、內侍、侍衛等有一千多人，加上你帶的八百騎兵，將近兩千人，輜重、嫁妝得有幾百車，可是一支大隊伍，咱們事先可得好好計畫一下路線。」李陵道：「好，我明日一早就來找蘇君商議此事。」

出來皇宮，乘車回去茂陵。管敢、陳步樂等侍從聽說經過，均喜滋滋地道：「這是大好事啊。公子才剛滿二十歲，就已經是二千石大官，日後定然拜將封侯，成就非凡了。」

李陵出身將門，祖父更是鼎鼎大名的飛將軍李廣，對征戰沙場、建功立業有一種天生的渴望。他也知道這趟西域之行是難得的機會，但不知怎的，一想到將要日日看見劉細君以淚洗面的情形，就很有些沮喪。她被選為和親公主，已經夠難過了，為何還要由她青梅竹馬的朋友親自將她送上不歸之路？

回來茂陵家中，李陵先向母親稟告了皇帝要派自己護送江都公主前往烏孫。

李母道：「我兒如此年輕，就佩戴二千石大印，這是皇上對你的信任，可千萬不要辜負了聖恩。」李陵道：「是，孩兒不敢忘記母親教誨。」

李母道：「你長大了，早到了該娶妻的年齡。娘親跟幾位族叔商議過，想為你聘娶成安侯的妹妹韓羅敷，你意下如何？」李陵吃了一驚，道：「這個……」

李母嘆了口氣，道：「娘親知道你跟董先生的義女一起長大，可她已經被封為江都公主，很快就要出嫁烏孫，她人再好，對你而言，終究只是水中月、鏡中花。」李陵道：「啊，母親誤會了，孩兒對細君絕無男女之情。」

李母先是愕然，隨即道：「如此就好，娘親正擔心你一路護送江都公主難以自處，想為你盡快定下婚事呢。嗯，只剩下三日時間，也的確倉促了些，那麼這件事等你從烏孫回來再說吧。」李陵是遺腹子，從未見過生父，只與母親相依為命，事母至孝，應道：「孩兒全聽母親的安排。」

從母親房中退出來，李陵心中不免更加煩惱。正在院中徘徊，叔叔李敢之子李禹進來問道：「聽說皇上拜了堂兄做都尉，是麼？」李陵應了一聲。

李禹帶著嘲諷的語氣道：「那麼可要恭喜堂兄了，得到皇上的信任可是不容易，要珍惜呀。」

李禹跟李陵一樣，自小是太子劉據的陪讀，而且妹妹李柔嫁給了太子，雖然只是侍妾名分，但皇帝沒有正式為太子冊立太子妃，太子宮中地位最高者僅是因生下皇孫劉進而尊貴的史良娣[1]，但最得太子寵愛的卻是李柔。太子曾私下對李柔許諾，將來登上皇位，一定封她做皇后。因為妹妹的關係，李禹一反李家不結黨涉政的家風，成為堅決支持太子的一族，與衛皇后、大將軍衛青走得極近。

李陵心中有事，不願意與堂弟爭執，當即解下官印放在房中，換上便服，召來侍從，命他們打點行裝，預備西域之行，自己則出了家門，往劉解憂府中趕來。到門前正遇到霍光上車離去，原來他家中僕人趕來稟告，司馬琴心正在收拾行囊，預備搬回茂陵娘家舊居居住，他須得立即趕回去勸阻。

1 太子妻妾有太子妃、良娣、孺子共三等，子皆稱皇孫。

劉解憂聽說李陵新拜了騎都尉，要護送劉細君前往烏孫，一時沉默不語。

桑遷道：「解憂，要不然咱們都跟著李陵一起去西域看看。」李陵忙道：「絕對不行。目下匈奴使者丘人在長安遇害，他是大漢立國以來級別最高的使者，皇上擔心匈奴單于會興兵報復，所以一邊封鎖消息，一邊往邊境派兵。但既然匈奴人有內奸在朝中做官，這件事早晚要傳出去，說不準匈奴會派騎兵劫殺送親隊伍。你們跟著去，實在太危險了。」

桑遷這才明白過來，道：「難怪皇上不等烏孫使者，這麼著急催你們出發，原來是擔心匈奴人攔截送親隊伍。」李陵點頭道：「皇上的本意，就是要在匈奴單于知道真相前，將細君一行平安送到烏孫。解憂，抱歉，我不能再陪你查案了。我不在京師的時候，你要多加小心。」

劉解憂心中莫名不是滋味，可又有什麼辦法？他是飛將軍的孫子，文武雙全的奇男子，註定不屬於她一個人，而是要到外面的廣闊世界縱橫馳騁。

隔了兩日，未央宮內侍蘇文趕來茂陵，請劉解憂到宮中與江都公主相見。劉解憂正忙著為李陵縫製衣裳，聞言忙道：「是我的不對，都忘記去跟細君姊姊道別了。」

趕來臨池觀，正有郎官和內侍從殿中運出許多個箱子。劉細君照舊席坐在房中的窗下，那具常用的琴已經被裝入行囊中，只剩下空空如也的案几。她默默凝視著窗外，恬然的臉上浮現著莫名的憂鬱，神情中略含著幽怨，就像一團淡淡的霧，籠罩著眉宇。外面人進人出的忙碌腳步聲就是像一把把錘子，一下一下地打在她的胸口。憋悶沉重的氣氛瀰漫著四周，即使眼中沒有淚水滾落，心中卻也是涼得透了。時光在流逝，同時流逝的還有她的青春和思緒。

劉解憂一進來便見到劉細君玉容落寞的樣子，她是個豪爽女子，也不知道該如何勸慰，況且劉細君被選作和親公主已經好幾年，該說的話早已經說完，該流的淚早已經流盡，當即輕輕咳嗽了一聲。

劉細君聞聲轉過頭來，道：「解憂妹妹，你來了。」

劉解憂走過去，將自己的玉串褪下來，套到劉細君纖瘦的手腕上，道：「我知道姊姊得皇上賞賜無數，也不在意什麼金銀珠寶，可這是我母親留給我的，說是能給人帶來福氣。我現在送給姊姊，希望姊姊一生平平安安。」

劉細君道：「多謝妹妹有心。我請內侍叫妹妹來，是有一件事……」劉解憂見她欲言又止，忙道：「姊姊有什麼事儘管告訴我，解憂一定竭盡全力助姊姊達成心願。」

劉細君搖搖頭，猶豫良久，終於下定了決心，道：「你們一直在找的那柄雌劍，其實在我手中。」

劉解憂愣了一愣，道：「怎麼會呢？」劉細君道：「那是我姑姑交給我的，她再三囑咐我一定要保護好這柄劍，這是她最後的遺願，我也答應了她，所以……所以我明明知道你們找這柄劍，卻一直沒有說出來。」

劉解憂這才恍然大悟，難怪陽安曾冒險到董仲舒家找劉細君，原來他也一度懷疑雌劍落在了她手中，只不過她當時年紀尚小，不過是個小女孩，既堅決否認，陽安也就相信了她的話。

劉解憂忙問道：「姊姊現在說出實情，是打算把劍交出來麼？」劉細君點了點頭，道：「我就要離開漢地，這柄劍既然跟高帝斬白蛇劍是一對，又事關重大，自然不能帶去烏孫。」

劉解憂道：「那麼劍現在在哪裡？」劉細君道：「在我義父的書房裡。我把劍捲在一編廢棄的書簡中，藏在義父書架的最底層。對不起，我該早些說出來的。」劉解憂道：「不，不，現在還不晚。」

劉細君道：「妹妹這就去我義父家尋劍吧，不必再耽擱在這裡。」劉解憂道：「那好，姊姊你多保重。我向你保證，我劉解憂一定會去烏孫探你的。」

匆忙回來茂陵，先去了東方朔家中，告知劉細君之語。東方朔道：「這倒真是讓人想不到。」忙跟劉解憂一道來到董仲舒家中。

他早年被雷被用毒箭射中，雖僥倖不死，卻癱瘓多年，後來慢慢可以拄著拐杖行走，而今已經不需要拐杖，只是得慢慢行走。

師徒二人來到董府時，董仲舒正與新任太史令司馬遷在書房中談論曆法紀年之事。司馬遷早年曾因鄰里之便，拜董仲舒為師，學習公羊派《春秋》，董仲舒對其才學、人品極為讚賞。

司馬遷繼父職任太史令後，利用職務之便，遍讀未央宮中「石室金匱之書」，感到朝廷現用曆法多有不便，預備上書皇帝，請用夏正，改用建寅月——正月為歲首，正為此徵詢董仲舒的意見。忽聽僕人報稱東方朔求見，二人均感驚異，司馬遷遂起身告辭。

劉解憂扶著東方朔進來，笑道：「我們是來借書看的。」董仲舒道：「噢，那麼請隨意吧。」

董仲舒雖然德高望重，但人卻極和藹慈祥，尤其喜歡小孩子。他家裡的廚子會做點心，茂陵的小孩子都喜歡到他家裡玩，他也樂得將院子布置成一個兒童樂園。劉解憂小時候常常跟著李陵進出董府，隨便慣了，見董仲舒同意，便自行到書架上翻找起來。

董府門生、僕人不少，書房雖大，書簡也多，但卻打掃得一塵不染。

劉解憂心道：「這書架時時有僕人拂拭，但他們卻不敢打開書簡，的確是最好的藏劍之處。」

她知道那柄雌劍是短劍，不過一尺半長，是以專找長過一尺半的書簡翻看。然而累了大半個時辰，將所有長過一尺半的書簡都找過了，卻沒有找到金劍。

她在書架上翻找個不停，累得滿頭大汗，董仲舒居然一個字也不多問，只與東方朔坐在一旁談經論道。最終劉解憂自己徹底放棄了，沮喪地朝東方朔搖了搖頭。

東方朔心道：「劉細君自然不會撒謊，金劍一定曾經藏在這屋子裡面，但卻被什麼人搶先拿走了。這些書簡每一卷都由數十片、甚至上百片木簡編串而成，翻找起來極是費力，看解憂的樣子就可想而知。董仲舒嗜書如命，除了睡覺外，其餘時間都待在書房。他門生又多，往來請教儒學的人絡繹不絕，外人根本不可能不驚動旁人而下手，那麼一定是負責打掃書房的僕人做的。」忙問道：「負責打掃董先生書房的是什麼人？」董仲舒道：「是老夫家的老僕董大。」

東方朔道：「董大人呢？可否請出來一見？」董仲舒便命人去叫董大來，那僕僮道：「董翁昨日傍晚出門後就再也沒回來，小的正猶豫要不要將這件事告訴主君呢。」

東方朔「啊」了一聲，忙起身告辭道：「多有叨擾，改日再來向先生賠罪。」

董仲舒本不願意多口，但董大從小跟他，有四十多年的主僕情分，究竟還是有些牽掛，問道：「是董大出事了麼？」東方朔肅色道：「還不能確定，不過怕是凶多吉少了，董先生要有心理準備。」

這是顯而易見的事，若真是董大取走金劍，那得到劍的人豈能不殺他滅口。

匆忙告辭董仲舒出來，劉解憂甚是不解，道：「今日細君姊姊命人請我到未央宮，鄭重其事地將金劍之事告訴我，當時只有我跟她兩個人，機密無比，怎麼還會有旁人知道呢？」

東方朔道：「這件事跟劉細君無關。董大昨晚失蹤，說明他昨日就得手金劍了。應該是有高人猜到了金劍在劉細君手中，她既不可能帶入皇宮，又無旁人可以依靠，那麼只可能藏在董仲舒家中，所以那人買通了董大，等他找到了金劍，又立即殺他滅口。」

劉解憂道：「可金劍藏在董先生這裡多年，那高人若有這等聰明才智，為何偏偏到現在才想到？」東方朔道：「那是因為你前幾日讓霍光他們去廷尉府翻檢過江都翁主劉徵臣的遺物，一無所獲，那人由此得到了提示。」

趕來茂陵邑門，詢問守門兵卒，昨日傍晚可有見過董府老僕董大出去。兵卒道：「出茂陵一般都是要進城辦事的，哪裡有傍晚離開陵邑的道理？就算不被沿途亭長攔下，到長安時城門也已經關閉了，一樣進不了城，站在門外喝風啊。」

劉解憂道：「你說這麼一大堆話，意思是沒有見到董大出去啦？」兵卒笑道：「不光董大，一個人也沒有。」

劉解憂和東方朔面面相看，二人均是一般的心思：那費盡心思得到金劍的高人，一定是茂陵的住戶，可會是誰呢？知道金劍背後祕密的人大多已經死去，如陽安，又如董偃。會不會是劉徵臣的丈夫王長林？他是蓋侯的兒子，王太后的姪子，妻子又是江都翁主，打聽到金劍祕密也不足為奇。又會不會是隆慮侯陳蟜？他是隆慮公主的丈夫，夷安公主的公公，也是知道金劍之事的。抑或是李陵的侍從管敢？他是金劍的原主，一直念念不忘要尋回父親遺物。總之一句話，居住茂陵的人非富即貴，皇親國戚多，嫌疑人也多，光想想就頭大。

劉解憂道：「這個高人千方百計得到金劍，應該是垂涎劍中的寶藏祕圖。可是他不知道雄劍落在了匈奴人之手，他手裡只有雌劍，等於廢鐵一塊，興不起大風大浪。咱們還要去管他麼？」

東方朔知道她心思全在李陵即將西行之事上，笑道：「你說不管就不管吧。」劉解憂尚惦記未縫製完成的衣裳，匆忙告辭回家去了。

東方朔回來家中，還未坐下，董仲舒便登了門。東方朔知道他是為董大下落而來，當即簡略說了經過，道：「若是我猜得不錯，董大應該已經被殺了，埋在一個不為人知的地方。」

董仲舒沉默許久，才緩緩道：「有一點要告訴先生，董大絕不會為了金錢背叛老夫。若果真的是他取走了細君留下的金劍，那麼一定有人告訴他，那劍留在家裡會害到老夫。東方先生，可否請你幫老夫一個忙？老夫的日子已經不多了，如果能在死前看到殺死董大的兇手伏法，老夫死而無憾。」

他的語氣極為平靜，但這番話由他這樣名聞天下的大儒說出來，自有一股撼動人心的力量。

東方朔道：「可是……」董仲舒道：「老夫知道先生的難處，但想來天下間除了東方先生之外，再無人能夠替董大報仇。老夫也不敢空口索求，這是老夫的一卷新書，他日若到緊急之時，東方先生可用它來向皇帝交換。當今天子愛書如命，想來他會答應先生的任何條件。」

東方朔接過書簡，沉吟許久，才道：「好，我答應董先生。不過不是因為別的，而是因為以董先生地位、名望之尊，居然肯為一個下人如此付出，我很驚嘆。」

董仲舒淡淡一笑，道：「即使一支筆，一把刀，用上四十年也會有許多感情的。」語氣頗為滄桑。

江都公主劉細君出嫁烏孫的日子終於到了。這一天豔陽高照，春光明媚。長安全城都轟動起來，男女老少奔相走告，一窩蜂似地聚集在未央宮北司馬門到直城門的大街兩旁，等著看熱鬧。自當今天子登基後，只在即位初年以親生公主出嫁匈奴軍臣單于，之後再也沒有公主出塞和親。江都公主不僅是本任皇帝在位時第二位和親公主，更是華夏有史以來第一位與西域和親的中原公主，她的名字必然被載入史冊。

劉細君頭梳大手髻[2]，髻上橫插著黃金步搖，髻旁裝飾著墨色玳瑁擿，身上則穿著只有公主大婚才能使用的重緣袍，由十二色錦繡製成，價值千金。

公主出嫁，禮儀極其繁瑣。劉細君離開住處臨池觀後，先到未央宮前殿向皇帝、皇后辭行，然後要由太常引領，去宗廟拜祭。她便如一個傀儡一樣，任憑宮女攙扶著下拜，再下拜。她的思緒開始在飄浮，許多往事、許多人物在她腦海中晃動，就像大海的潮汐，湧來退去，帶著苦澀的、鹹鹹的味道。就連眼前真實的人物，也有種如同夢中的虛幻，四周彷若成了朦朧的背景，引導儀式的謁者的發令聲遙遠地像來自天際一樣。她自己的靈魂也好像脫離了肉體的軀殼，升到了雲端，冷然注視著芸芸眾生營營往來，迷失在紅塵裡。

直到出了北司馬門，登車的一剎那，劉細君才從恍惚中重新回到了塵世，因為她看到了侍立在車旁的李陵。腳下一軟，幾乎摔下車時，又是他及時扶住了她。他的手是那麼溫暖，又是那麼有力，她只覺得心中一蕩，臉羞得通紅，

2 大手髻：又稱大手結、大首結，即用他人的頭髮做成髮絡，續在自己頭髮中間梳成高髻，只有公主、皇后之類的貴婦才能梳此髮髻。

又彷彿回到了她最初為他心跳的時候，那是她非常喜歡的感覺。他依舊那麼玉樹臨風，卓爾不群，眼神依舊那麼深邃。她努力將眼睛睜大，睜得更大，好將他看得更清楚些。千秋萬歲，長樂未央，結心相思，毋見忘呀。

馬蹄嘚嘚，揚起好大的塵土，車聲轆轆，震得滿街轟轟作響。浩浩蕩蕩的送親隊伍終於走出了城頭上霍光和劉解憂等人的視線。

美人邁兮音塵闕，隔千里兮共明月。臨風嘆兮將焉歇？川路長兮不可越。

霍光只感覺一股痛楚咬噬著他的心，一種無能為力的感覺麻痺了他的大腦，他從來沒有像現在這樣軟弱過，不得不扶住城牆。他想起一句古詩來：「彼君子兮，一日不見，如隔三秋。」他知道他與細君之間，恐怕永無再見之日了。

他還記得她曾經淒涼地望著自己，長長睫毛下的一雙清如泉水的眸子透露出深深的哀愁，猶如風雨吹打尚未凋謝的一樹梨花。她雖然沒有開口，但他卻懂她的意思，她希望他能利用被皇帝寵信的機會，為她求情，改變她的命運。他不是沒有過這種想法，但他只是膽怯，在君臨天下的皇帝面前，膽怯；在功高蓋世的兄長面前，膽怯；在楚楚可憐的劉細君面前，也膽怯。他很清楚旁人青睞他，不過因為他是驃騎將軍的弟弟，他自己內心深處，仍然是將自己當作平陽鄉下的傻小子，絕不是什麼做大事的人。雖然他現在有著椎心的悔恨，然而即使時光倒流，他也還是只會袖手旁觀，眼睜睜地看著自己所愛慕的女子從眼前消失。年華將晚。望碧雲空暮，佳人何處，夢魂俱遠。關山阻隔，雲水迢迢，連夢中也難相會。

劉細君遠嫁後，劉解憂跟霍光的關係反而近了。但霍光總覺得他跟劉解憂之間有層面紗隔著，她大概是看出來他對劉細君有情，而今細君遠嫁，他難免怏怏傷懷，所以她想給他一種安慰。這從她種種安排便看得出來，一會兒要去射箭，一會兒要去遊山。從前她對他並不是特別在意，如今這般善解人意，竟然還是沾了劉細君的光。

桑遷卻漸漸對霍光不滿起來，那自然是因為劉解憂的緣故。他警告道：「你可不要動解憂的心思，她是李陵的人。」

霍光愣了許久後，終於默然點了點頭。李陵雖然比他小幾歲，可在那樣的人面前，絕大多數男子都是要自慚形穢的，英俊帥氣，能詩善文，箭術無敵，霍光又怎麼能比呢？他倚仗兄長霍去病得到的所謂權勢、富貴，在劉解憂那樣超凡脫俗的女子眼中，不過是一堆狗屎而已。

然而當劉解憂來叫霍光出去時，他總還是欣然從命，因為他的朋友除了匈奴人金日磾外，就只有劉解憂這邊的幾個人了。況且，他心下暗自揣度：李陵護送細君去了西域，解憂也是需要陪伴和安慰的吧。

這一日，劉解憂和桑遷來訪，正與霍光在院子中聊天，宮中來了內侍，卻是皇后衛子夫身邊的人，稱皇后身體不適，想請霍夫人進宮診治。霍光道：「我阿嫂早已不住在北闕甲第，而搬回茂陵司馬先生舊居了。」

劉解憂忙道：「我和桑遷正要回去茂陵，就順便替使君傳話吧，不勞你多跑一趟。」內侍道：「如此，臣就先回椒房宮向皇后覆命了。」千恩萬謝地去了。

霍光今日不必在宮中當值，窮極無聊，便也藉口探望阿嫂，跟著劉解憂一道回來茂陵。

將到陵邑門口時，忽從道旁閃出一名青衣男子，攔在馬前，問道：「誰是桑弘羊之子桑遷？」桑遷道：「我就是，你有事麼？」

話音剛落，那男子便從身後取出一具袖珍弩機，箭早已經扣在弦上，勾動扳機。弩箭射出，射中的卻不是桑遷，而是身旁的霍光，當即將他射下馬來。那男子「哎喲」一聲，慌忙拋下弩機，跳上馬就跑。

劉解憂見弩箭射在霍光肩窩，未中要害，還想策馬先去追趕凶手。桑遷忙叫道：「這弩箭有毒。快，快帶他去見你師傅。」忙抱了霍光上馬，牽著趕來東方朔住處。

昔日東方朔在家門口被人用塗毒弩箭射中，僕人聞聲出來，想起主人經常採摘院子中的懶老婆花抹在傷處，遂也如法炮製，居然由此救回了東方朔性命。他大難不死，還自行治癒了癱瘓，成為茂陵的傳奇。

不料東方朔卻不在家，劉解憂這才想起師傅答應了董仲舒要找到殺死董大的凶手，每日都要出門，在陵邑中轉悠，尋找線索。她見霍光臉色青黑，已露垂死之相，一時無法可想，只得將霍光平放在地上，按照東方朔說過的法子，用匕首割開他胸口傷處，取出弩箭，從院子中摘了一些懶老婆花蕾，塞入口中嚼碎，連唾沫吐在手上，抹在箭傷上。

桑遷一旁望見，不免驚疑交加，道：「這懶老婆花就能治傷解毒麼？要不要我去請琴心姊姊過來？」劉解憂道：「我師傅當年就是這麼活過來的，不過還是去叫琴心姊姊吧。」忙招手叫過一名僕人，讓他去司馬相如舊宅請司馬琴心過來。

僕人飛奔出去，一刻工夫後又馳回報道：「霍夫人一早出去到咸陽原散心了，人還未回來。要不要小人到城中請大夫？」

正巧東方朔散步回來，一見箭頭上的黑血就道：「不用再叫人啦，這箭上的毒跟當初射中我的箭毒是同一種，懶老婆花就能治。」命僕人將霍光抬回房中，放在床上，道：「你們兩個先輪流守著他，每半個時辰，就照原來的法子給他換一次藥，直到他傷口毒性完全拔除，流出紅血為止。」

劉解憂大致說了經過。東方朔沉吟半晌，問道：「霍光遇刺之事可有旁人知道？」劉解憂道：「適才進來陵邑時，我告訴了兵卒，讓他們立即去追捕刺客。」又想起來皇后衛子夫生病之事，忙叫過一名婢女，讓她去司馬府邸告訴僕人，一旦司馬琴心回來，就請她立即進宮為皇后看病。

東方朔道：「刺客是什麼人？你們可有看清面孔？」桑遷道：「是個二十多歲的男子。唉，他本來要殺的人是我，手偏才誤射了霍光。」

東方朔道：「噢？」言下之意，分明是認為刺客的目標更可能是霍光而不是桑遷。劉解憂道：「刺客要殺的的確是桑遷，他見射錯了人，還大叫了一聲呢。不過應該也不是針對桑遷本人，而是仇恨他父親。」

桑遷生父桑弘羊是洛陽[3]人，出身當地最大的富商家庭。漢代用籌碼計算數字，籌碼用竹子製成，長六寸，上面刻有不同的數字記號，便於計算。桑弘羊自幼有心算才能，計算不用籌碼，有「神童」之名。劉徹學習書算時，聽說洛陽桑弘羊事蹟，無比神往。桑弘羊由此顯達，十三歲時入侍宮中，一直在內廷中擔任侍中之職，因能「言利事，析秋毫」，成為皇帝的心腹財政謀臣。元狩年間以後，因朝廷連年對匈奴用兵，府庫空竭，軍費不足，中央財政窘迫，已經到了捉襟見肘的地步，皇帝急需要能撈錢生財的能人，桑弘羊遂應時由幕後浮出水面，歷任大農丞、大司農、搜粟都尉等重要職務，統管中央財政。在他的參與和主持下，朝廷先後實行了鹽鐵官營，均輸平準[4]、算緡告緡、統一鑄幣等經濟政策。經過瘋狂的聚斂資財，暫時緩解了經濟危機，充實了府庫，太倉、甘泉倉庫滿溢，邊地亦有富餘的糧食，史稱「民不益賦而天下用饒」。桑弘羊因功賜爵左庶長。

桑弘羊對國家財政貢獻雖大，但他所採取的措施旨在與民爭利，限制富商大賈牟利，雖增加了朝廷財政收入，但也弄得怨聲載道。尤其是他建議皇帝令民買爵贖罪、令吏入粟補官及贖罪，即通過公開買賣爵位和官職來增加財政收入，更是引來諸多非議。漢代制度，百姓取得爵位，就享有減罪、贖罪和免役的特權，賣爵措施對於富貴者特別有

3　洛陽：今河南洛陽東北。

4　均輸：中央在郡國設立均輸機構，由官府統一運輸和貿易。漢制，各郡國須定期貢納實物，由於所貢納的貨物不一定都是當地的特產，這樣就使一些郡國必須到別的地方購買貢物。因為購買數量巨大，時間相對集中，因而一些商人乘機哄抬物價，從中牟取暴利。購買貢物之後，還有運輸問題，一些運輸路線長而又易損壞的貨物，運輸中的費用和損耗往往要比貨物本身貴數倍。元鼎二年（西元前一一五年），桑弘羊為大農丞，開始試行均輸法：即將各郡國上交中央的貢品按當地市價，折合成當地出產的產品，由均輸官統一調運到缺乏這些產品的地區出售，這樣既方便了各郡國，中央政府也可以憑藉產品的地區差價從中獲利。平準：過去中央機構所需物資由各官署自行採購，常常因為互相爭購而導致物價瘋漲。桑弘羊在京師長安設置平準官，主持收購各地貨物，「貴即賣之，賤則買之」，以調劑市場有無，平衡物價，使富商大賈無法牟大利。

利，使他們即使犯罪也可以用錢贖罪，律令由此成為空文。

更令民怨沸騰的是，桑弘羊最近又開始實施榷酒，即將酒業跟鹽鐵一樣收歸官營，實行專賣。漢代飲酒成風，酒的消耗量很大，釀酒業是當時致富獲利最多的行業，利潤極高，因而民間釀酒業極為發達。榷酒政策實施後，官府自設釀酒作坊，也統一供給私人釀酒者穀物和酒麴等原料，讓這些人根據朝廷制定的法式進行釀酒，酒釀造完成後，必須按規定的低價格賣給國家，私人不得出售，國家再以高價出售。這樣，酒的銷售全部由國家壟斷，釀酒者因為無法獲利，酒質大大下降，許多名酒因此而失傳，小成本的私人釀酒者甚至破產。

不僅商人們銜恨桑弘羊，就是朝臣也多有對其不滿者。現任御史大夫卜式因主動捐鉅款給朝廷抗擊匈奴而得到皇帝劉徹賞識，是富商出身，也是大漢立國以來第一個擔任三公高位的商人。他深知鹽鐵官營等各項壟斷措施給民間造成巨大騷動和不便，不斷上書諫止皇帝。不久前關中大旱，劉徹令人舉行儀式求雨，卜式道：「只要烹殺桑弘羊，老天爺一定會下雨。」在朝堂上公然上奏，顯是對桑弘羊恨之入骨。可惜桑弘羊的後臺是皇帝，卜式放出「烹殺」之言的第二日，便被皇帝以「不習文章」的理由貶秩為太子太傅。

東方朔聽說刺客本來的目標是桑遷後，露出了怪裡怪氣的表情。桑遷卻驀然醒轉了過來，道：「也許刺客真正的目標是家父，我得立即趕去提醒他一聲。」匆忙辭別去了。

劉解憂道：「師傅為何是這副表情？」東方朔道：「這箭和箭上的毒都跟當初用來射殺我的弩箭一模一樣。」劉解憂道：「當年行刺師傅的不是雷被麼？按理說，董偃派他殺死了平陽侯曹襄，早該暗中將他滅口了呀。」

東方朔道：「董偃當時是當面對你和李陵坦白一切，你怎麼看他這個人？」劉解憂道：「平靜如水，有君子之風。」

東方朔道：「一個處心積慮數十年的人，臨死也未能達成心願，怎麼可能心靜如水呢？」劉解憂道：「師傅是說他早已經安排好了後招，譬如雷被？但適才那刺客年紀很輕，雷被該有四十多歲了，決計不會是他。」東方朔道：

「嗯，但這人一定跟雷被有什麼關係。弩機有錢不難買到，但毒藥並不常見。我打聽了很久，才從一名藥材商那裡知道這是由一種淮南獨有的喜樹樹汁煉成，應該是昔日雷被得自淮南王宮中。」

劉解憂道：「雷被無法直接拋頭露面，必定又投了新的靠山。這新靠山應該就是派他來殺桑遷的主使，會不會是新被免職的御史大夫卜式？他幾次公然放話，說桑弘羊不死，天下難安。」東方朔道：「卜式為人率真質樸，不會用暗殺這種手段，更不會針對桑弘羊之子，其政敵亦是如此。主使必是與桑弘羊有私人恩怨的人。」

劉解憂道：「天下多半的商人都跟桑弘羊有私人恩怨，可以用不計其數來形容，嫌疑人可多了。」東方朔道：「這件案子不用你我費心，桑弘羊是皇帝面前的紅人，有人要對他獨子下手，他自會努力追查真相。」

劉解憂道：「那麼師傅可有查到跟董大有關的線索？」東方朔搖了搖頭，嘆道：「凡是可能知道金劍之事的住戶我都暗中查過，沒有任何發現。」他所稱呼可能知道金劍之事的住戶，無非是江都翁主劉徵臣的丈夫王長林、夷安公主的公公陳蟜、金劍原主管敢等人。

劉解憂道：「從金劍在右北平郡露面開始，得知它跟高帝斬白蛇劍是雌雄雙劍的人不少。住在茂陵的人不是顯貴就是富豪，其實每個人都有途徑打聽到金劍之事。」東方朔道：「雖然如此，但知道金劍內有藏寶圖的人只有董偃一人，他雖然後來又告訴了陽安，告訴了你和李陵，但消息並未傳開，知道者不過寥寥幾人。就算是劉徵臣、劉細君姑姪，也僅僅只是知道金劍跟高帝斬白蛇劍是一對，事關重大，對其中到底有什麼祕密一無所知。但這次利用董大得到金劍的人，應該是知道這個祕密的。」

劉解憂道：「我們這邊只有我、師傅、李陵、桑遷和霍光幾個人知道這祕密呀，洩露祕密出去肯定是董偃自己。呀，雷被不是跟董偃有關係麼，之前還受雇殺了平陽侯曹襄，會不會是他奪走了金劍？」

東方朔沉思不答。劉解憂卻自己得到了提示，又道：「師傅剛才不是說今日行刺的刺客一定跟雷被有關係麼？這裡面會不會有什麼關聯？呀，該不會……不會是桑遷無意中對旁人提過金劍祕密，那人雇用刺客就是要來殺他滅口，行刺之事根本跟他父親桑弘羊無關？」東方朔道：「有道理。等桑遷來時，再好好問問他。」

一直到傍晚時，桑遷才重新趕來東方朔住處探望霍光傷勢，這次卻與往日閒雲野鶴般散淡不同，有十數名侍從跟隨。

劉解憂忙將他拉進屋裡，道：「桑遷哥哥可有將金劍祕圖之事告訴旁人？」桑遷道：「當然沒有。你這副表情，是在懷疑我守不住祕密麼？」劉解憂道：「不是懷疑你，是懷疑今日這起行刺跟金劍祕圖之事有關。」

桑遷道：「你是說，刺客行凶不一定是針對家父？」劉解憂點點頭，道：「不過這只是我和師傅的推測，令尊仇家不少，還是要多加小心才好。如果不是你，也不會是師傅，更不可能是霍光，李陵哥哥根本不在長安……」

桑遷很是不以為然，反駁道：「你怎麼知道不是霍光？僅僅因為他平日沉默寡言麼？我告訴你，霍光可是我們幾個中城府最深的一個。」劉解憂道：「霍光城府最深？是最不深吧？」驀然想到了什麼，道：「呀，這句話倒是提醒我了，也許真的是霍光。桑遷哥哥，你好好想想當時的情形，那刺客先是站在道中攔住我們，隨即喊你的名字，你應聲後，他從身後拿出了弩機，一箭射中了霍光。」

桑遷道：「你是說，刺客要刺殺的本來就是霍光，他早認得我們幾個樣貌，事先喊那一聲不過是有意轉移視線？」劉解憂道：「嗯。因為天下人都知道你父親仇家眾多，有人行刺你們父子不足為奇。抱歉這麼說，可這是大實話。但霍光為人清淡寡言，交往的人不多，一旦暴露出他是行刺的目標，也許就會很容易追查到幕後，這是刺客背後的主使不希望看到的。」

桑遷開始尚覺得匪夷所思，但仔細回想當時情形，才逐漸會意劉解憂的推測很可能就是事實：那刺客的神色其實並不如何慌張，取出弩機射中霍光後即拋弩逃走，即使是真的射錯了人，他有弩箭在手，完全可以再次扣箭，從容將桑遷射殺。但他卻沒有那麼做，只能有一個解釋——他已經完成了任務，霍光就是他的目標。

正好東方朔為霍光換完藥出來，聞言道：「既是如此，刺客還可能會再來。我們得好好留神。」桑遷道：「那麼我今晚就留在這裡。先生放心，院子裡都是我家的侍從，刺客就算有膽再來，也絕不可能得手。」

忽有人在門外叫道：「東方先生！」

東方朔聞聲出門，卻是一名滿頭大汗的陌生男子，問道：「你是誰？」那男子道：「賤名不足辱沒先生視聽，小人是受人之託，趕來告訴先生，那個人剛剛在北闕甲第撞見衛青大將軍一行，被大將軍親手逮獲，現押在廷尉獄中，請先生立即設法營救。」

東方朔道：「那個人是誰？」那男子道：「就是先生付千金託他辦事的那個人。小人話已經帶到，這就告辭了。」

東方朔微一沉吟，忙命車夫去準備車子。劉解憂道：「師傅是要進城麼？天色就要黑了。」東方朔道：「嗯，我得趕著進城辦事，遲了就來不及了。」到書房取了董仲舒的那部書簡，出來叮囑道：「解憂，你和桑遷守在這裡，不要讓任何人接近霍光，記住，是任何人。」劉解憂道：「弟子明白。」

東方朔走後不久，夜幕就降臨了。大漢實行嚴格的夜禁制度，即使是長安這座天下最瑰麗最雄偉的城市，一到晚上便陷入盲人一般的沉寂中，死氣沉沉。倒是茂陵因為顯貴眾多，家中大多蓄有家伎，時有歌樂燕舞之聲傳出，較之長安多了不少生機。

劉解憂和桑遷繃緊了神經，始終不敢怠慢，但這一夜並沒有意想中的刺客到來。

霍光半夜醒來，惘然不知身處何地，思索了好半天才明白究竟。劉解憂問他可有跟旁人談過金劍祕圖之事，他堅決否認，表示從未跟任何人提起。案情遂再一次撲朔迷離起來，以致桑遷又重新認為刺客要針對的還是自己。

次日一早，桑弘羊派人將桑遷叫走。劉解憂正餵霍光吃粥時，司馬琴心匆匆趕來，見到霍光無恙，才長舒一口氣。原來她昨日出去散心，回茂陵時途中遇到宮中使者，便隨同使者進宮為衛皇后看病，晚上夜禁後無法出城，就臨時回去了北闕甲第，才發現霍光不在家中。今日早晨回來茂陵，才聽說霍光遇刺之事。

霍光忙道：「有勞嫂嫂掛心，我已經不礙事了。」司馬琴心道：「那刺客可有捕獲？會不會再來？」霍光笑道：「刺客要行刺的只是桑遷，我不過是代人受過。他已經知道射錯了人，哪裡還會再來？」

司馬琴心道：「嗯，不過嫂嫂還是不大放心。東方先生這裡地方也不寬敞，阿弟何不隨我搬去家父舊宅養傷？」霍光心道：「嫂嫂總算是自己家人，煩她總比打擾東方先生好。」正要出聲答應，劉解憂搶著道：「琴心姊姊，你可別跟我搶。我師傅臨走前將病人將交給了我，要搬走，也得等我師傅回來同意才行。」

司馬琴心不及回答，有僕人進來稟告道：「皇后、太子、大將軍各自派了人攜帶禮物來酬謝霍夫人，請夫人立即回府。」

原來昨日司馬琴心為衛皇后診治病情後出宮，正好遇到皇帝劉徹。劉徹因為霍去病的緣故，對司馬琴心歷來另眼相看，當即留她在宮中，聊了許久。其間談及皇后病情，司馬琴心道：「皇后並無大病，只不過心中怨恨之氣長期鬱積，憋出來的毛病。」劉徹聞言，感思頗多，送走司馬琴心後，立即派人將大將軍衛青召進宮來，道：「漢家的內政尚在草創階段，而外有四夷．經常侵凌中原。朕不變更制度．後世即無法可循；朕不出師征伐，天下就會動盪不安。為此，朕不得不徵發民力、財力而用之。如果後世天子還像朕這般作為，那就是蹈暴秦的覆轍了。太子為人敦重好靜，一定能夠安定天下，朕對此十分放心。欲求守文安邦之主，哪兒還有比太子更賢德的呢？朕聽說皇后和太子有些不安心。真是這樣嗎？你把朕的這個意思告訴他們吧。」衛青被閒置已久，忽聽得皇帝這番語重心長的話，涕淚交加，原原本本地將話轉達給了姊姊衛子夫。衛子夫聽後，即趕去向皇帝脫簪請罪。衛皇后年老色衰，失寵是無可挽回的事實，衛氏集團長久以來最擔心不是她的失寵，而是劉據的太子之位不保，得了皇帝的這番話，猶如吃了定心丸，長期的擔驚受怕終於緩解。得知是司馬琴心的言語起了旁敲側擊的作用後，衛皇后隨聯絡太子劉據、大將軍衛青，一起派人來向她道謝。

司馬琴心聽說衛皇后等人有使者到來，一時顧不上霍光之事，只得道：「那麼等東方先生回來，商議好了再搬過來也不遲。」

然而過了正午，東方朔仍未回來，劉解憂不免有些擔心起來，派僕人出去打聽。不久後僕人回來，稱全茂陵都在傳一件大奇事：那就是被打入冷宮多年的大將軍衛青昨日突然被召進未央宮中，出來時喜笑顏開。這還不算甚奇，甚奇的是衛青在回去北闕甲第家中時，路上見到一名男子，居然一眼認出那男子是皇帝詔書名捕的長安大俠朱安世，忙親自帶領侍從上前逐捕，逮到送去廷尉府比照文書，真的是朱安世。這還不算最奇，最奇的是今日一早天矇矇亮時，一群黑衣蒙面男子闖入廷尉獄，劫奪走了朱安世。

劉解憂心道：「昨日師傅離開時，從書房取走了董先生的新書，那可是能救命的書。師傅拿走它，一定是要去救什麼人。總不會是朱安世吧？那可是皇上詔書名捕的要犯。」

霍光聽僕人繪聲繪色的一番描述，心中更見驚疑不定。當年雷被被捕，囚禁在廷尉獄時，皇帝劉徹出於某種目的，曾預備派他帶郎官去劫獄救走雷被，事雖未成，但聽起來今早這夥子黑衣人選擇的時間、所用的手段跟當初皇帝的安排一模一樣。可朱安世明明是皇帝點名的要犯，又怎會由皇帝的手下救出？莫非是皇帝的放長線、釣大魚之計？這可不符合皇帝的嚴峻性情。一時百思不得其解，遂跟劉解憂說了。

劉解憂道：「哎喲，該不會真的是師傅做的吧？他拿董先生的書跟皇帝交換，皇帝又不能明目張膽地赦免自己下詔追捕的要犯，遂派人暗中劫囚，放走了朱安世。」

霍光道：「皇上酷好讀書，為得到好書而放過朱安世也在情理之中，可東方先生為什麼要這麼做？」劉解憂道：

「你還記得那盜走高帝斬白蛇劍的匈奴內奸麼？師傅叫我們不要追查，說他自有主張，那件案子不僅關係著大漢國運，而且夷安公主也是為它而自殺，我猜他絕不會輕易放棄，一定在暗中調查這件事。不過我師傅在這件案子上牽涉過多，一舉一動都被人矚目，所以另外請人參與其事是最好的選擇。你想想看，還有比朱安世更好的選擇麼？他可是長安的地頭蛇，連官府都拿他沒辦法。」

正說著，東方朔踱進房來，笑道：「解憂，你可是越來越聰明了，事情居然被你猜得八九不離十。」

原來他連夜進宮求見皇帝，正是想用董仲舒的新書換取朱安世的性命。劉徹開始非但不准，還預備將東方朔一併下獄治罪。東方朔無奈之下，只得說出了高帝斬白蛇劍落入匈奴人之手的重大機密，他正請朱安世暗中調查此事。劉徹聞言更是暴怒，道：「我大漢滿朝文武，人才濟濟，輪得到一名囚犯來查案麼？」東方朔道：「滿朝文武，陛下又有幾個真正信任的人呢？調查匈奴內奸這件案子，沒有人比朱安世更合適。他有遊俠之名，必定不會墮落到與匈奴勾結的地步，扳倒權貴正是他內心最渴望的事，他勢必傾盡全力而為。」又承諾遊說朱安世獻出昔日女相士許負的玉佩，這才換來劉徹的勉強同意。因不便公然釋放要犯，遂命手下郎官裝扮成強盜，清晨從廷尉獄中劫走了朱安世。

劉解憂道：「師傅冒這麼大的風險，險些被皇上下獄。萬一朱安世查不到什麼端倪，不是白搭了麼？」

東方朔只是不答。自夷安公主自殺以來，他雖然傷懷之下，從此不問世事，但往事歷歷，又怎麼可能輕易釋懷？當年的情形早在他腦海中過了千遍萬遍——當初他將假的斬白蛇劍交給平陽公主，平陽公主親自到長樂宮前殿用它換出了真劍。為保險起見，他又讓夷安公主將真劍藏在了長樂宮鐘室中。整個事情經過只有他本人、夷安公主、劉解憂和平陽公主知道，但之後鐘室案桌下的真劍卻變成了木棍，四人中必有一人洩露了消息，這個人肯定就是平陽公主。這位公主城府極深，而且有極強的控制慾，從她獻衛子夫給劉徹，主動與平陽侯曹壽離婚下嫁衛青，又在王寄死後獻李妍給皇帝就可以大致看出其為人。即使有衛子夫以皇后身份母儀天下，即使有衛青以大將軍、大司馬官職權傾朝野，平陽公主才是整個衛氏集團的主心骨和智囊，當她被人暗中告發畏罪自殺後，衛氏一蹶不振就是明證。這樣一個女人，雖然因為有求於東方朔而不得不去盜出鎮國之寶，但不會不留下後招，就如當初無終縣的老翁管線一樣，金劍之後還有郭解，平陽公主一定或是有意，或是無意，將東方朔手中有高帝斬白蛇劍的消息透露給某人，卻沒有想到他是匈奴內奸。某人暗中監視著東方朔師徒的一舉一動，等到夷安公主受命送劍，他由此知道了真劍的藏處。但這個人不但是匈奴奸細，還是朝廷重臣，只有如此身份，才會有進出宮禁的門籍，才能一路跟隨夷安公主進入長樂宮中。他取得真劍後即交給出使大漢的匈奴使者帶回胡地，毫不拖泥帶水。之後斬白蛇劍失蹤，東方朔百口難辯，夷安公主為替他脫罪，主動承認是自己盜走真劍，因其當場自殺，真劍下落遂成不解之謎。若不是劉解憂誤打誤撞從匈奴使者丘人口中問到真相，誰又能想到堂堂大漢鎮國之寶正被供奉在匈奴王庭中？

但盜劍者既能為平陽公主信任，將如此機密之事相告，一定是衛氏集團的核心成員——衛皇后、衛青自然不可能做出盜劍之事。衛家老二衛少兒生性淫蕩風流，只以床笫之歡為樂，不被眾人看重，她最大的成就也就是生下了兒子霍去病，母子關係也並不好。那麼就只剩下老大衛君孺的丈夫公孫賀，以及他的兒子公孫敬聲。公孫敬聲官任太僕，正是當日主持磨劍之事的人。陽安率領盜賊從他手裡搶走假劍後，他先是癱倒在地，不顧身份當眾哭泣，後來得知東方朔安排的埋伏攔住了盜賊，立即火速趕來，從東方朔手中搶走假劍，驚喜溢於言表，這是真情流露，萬難假裝，所以他一定以為那是真劍，對真相並不知情。如此，就只有公孫賀一個嫌疑人了。這人本來就是匈奴人，祖父公孫昆邪是匈奴降將。昔日大夏殿於單案發後，張騫特意來告知匈奴人在中行說的建議下，正大力策反降漢的匈奴將領，夷安公主聽到後第一個懷疑的對象就是公孫賀，但東方朔認為公孫賀位居九卿，又是皇后的姊夫，不大可能會倒戈相向。現在想來，若是公孫昆邪在世時就被匈奴人策反，那麼就不是公孫賀願不願意、可不可能的事了，他有父親倒戈的把柄握在匈奴人手中，須得時不時地向匈奴人提供情報來換取安寧。自馬邑之謀起，他多次任將軍領兵出戰，卻沒有一次與匈奴軍遭遇過，這本身就能說明問題。另外還有一件事，足以證明公孫賀有重大嫌疑，當日在大夏殿中，公孫賀聽內侍說後院方向有動靜，便往北面趕來，先遇到當時還是宮女的王寄，隨即遇到郎官趙破奴，趙破奴被皇帝授官時，他明明在場，卻稱不認得郎官是誰。東方朔雖起了疑心，但也只是一帶而過，沒有深究。現在想來，公孫賀一定是有意不說出趙破奴的名字，因為他以為趙破奴就是殺死於單的凶手，他要保護他，原因不是別的，只因為他以為趙破奴跟他一樣，是匈奴派回漢地的奸細。但從後來趙破奴跟隨漢軍作戰、多次立下大功來看，他跟匈奴人並沒有干係，倒是公孫賀愈發顯得可疑。

再說告發平陽公主一事，無論是陳皇后案，還是王夫人案，公孫賀都是可以輕而易舉瞭解到真相的人。匿名告發，也並非要針對平陽公主，而是要扳倒大將軍衛青。因為大將軍衛青和驃騎將軍霍去病都是匈奴人心目中最可怕的勁敵，霍去病已死，衛青就理所當然地成為匈奴人下一個要暗算的目標。但公孫賀本人是冒了風險的，他本人娶了衛君孺為妻，也是屬於衛氏一方的人，很有可能衛青一倒，他也要跟著倒楣。但倒楣總比丟命好，他若不肯做，多半要被匈奴人揭破其內奸身份，從此死無葬身之地。皇帝的心思也當真難以猜測，事情發展一如所料，衛氏急遽失勢，大將軍衛青不死也跟死沒有什麼分別，連衛皇后、衛太子都惶惶不可終日，偏偏他公孫賀逆勢而上，反而格外得到皇帝的重用。

東方朔猜到自己言行歷來被人關注，遂出重金請長安大俠朱安世暗中調查公孫賀。至於朱安世出入北闕甲第時被大將軍衛青認出則完全是意外，但到了這個關頭，不由得東方朔不出面營救。只是這些事情干係權臣，而且全是推測，並無扳倒公孫賀的真憑實據，他不便向劉解憂提起，以免為其惹來殺身之禍，當即只是敷衍一笑。

霍光遂提了不便多打擾東方朔、想搬去嫂嫂家一事。東方朔道：「也好，你毒性雖然拔除，但四肢無力，很長時間內不能行走自如，需要家人照顧，我和解憂送你過去。」

當即扶霍光出來，正好遇到前來調查案情的御史咸宣。咸宣之前擔任過平陽縣令，算是霍光生父霍仲孺的上級，霍光視其為故人，頗為敬重。遂一起來到司馬相如舊居。太子太傅卜式、衛青門客任安、田仁等人正從府中辭出，司馬琴心忙送走諸人，親自扶了霍光進房。

劉解憂見東方朔不隨咸宣進堂，只在院子中徘徊尋找著什麼，忙問道：「師傅要找什麼？」東方朔道：「司馬相如留下的寶貝。」又往後院仔細查看一番，這才進來堂中。

咸宣正帶著屬吏向霍光問話。東方朔招手叫過司馬琴心，道：「霍夫人，請找一間安靜的靜室，我有幾句話要說，事關霍光。」

司馬琴心遂領著他和劉解憂進來父親的舊書房。

書房窗明几淨，但書架上空空如也，大約書都已經被人取走。窗下的案几上擺著一具桐木琴，通體黑色，細密的紋理中隱隱泛出幽幽綠光，猶如綠色藤蔓纏繞於黝木之上，古意盎然。

劉解憂好奇問道：「那就是大名鼎鼎的綠綺麼？」司馬琴心道：「嗯。」

這具綠綺琴是當世有名的名琴，原為梁王劉武珍藏，後送給了司馬相如。司馬相如就是用此琴高奏一曲《鳳凰》，琴挑卓文君，才成就了一段千古良緣。司馬琴心的名字「琴心」，實際上也是來自於這段典故。

東方朔上前撫弄了兩下馬尾琴弦，嘆道：「願得一心人，白首不相離。世間的情深伉儷，大概再無能比過司馬夫婦了。」

司馬琴心道：「東方先生不是有關於霍光的事要對我說麼？」東方朔道：「那好，我也不拐彎抹角了。霍夫人，你昔日是何等溫柔賢淑的女子，我實在沒有想到你會變成現在的樣子。」

司馬琴心臉色一變，問道：「東方先生想要說什麼？」東方朔道：「夫人殺董大滅口我還能理解，可你怎麼能對霍光下得了手？」一旁劉解憂大吃一驚，道：「師傅你弄錯了，怎麼可能是琴心姊姊？」

她這句反問話只是本能的反應，話一出口，她自己也慢慢會意過來——無論從哪個方面來說，司馬琴心都有很重的嫌疑，她知道金劍的祕密，無論從霍光口中，還是從雷被那裡，她都可以輕而易舉地得到消息，而且不被人懷疑。至於暗算霍光，多半是因為霍光知道了什麼不利於她的事情，所以她必須要除掉他滅口。只是，她為什麼要這麼做？

她是司馬相如和卓文君的女兒，外公是蜀郡巨富，丈夫是驃騎將軍霍去病，兒子也曾襲封萬戶侯，家裡金山銀海，一輩子花不完的錢財，使喚不盡的奴婢，她又有什麼動機要殺人奪劍，甚至不惜對自己唯一在世的親人小叔子下手呢？

東方朔道：「夫人不必驚詫，我本來也想不到是你。」司馬琴心道：「我不明白先生在說什麼。」東方朔道：「夫人堅持離開北闕甲第，名為搬回父母舊居安靜，實際上是要方便你自己行事，對不對？夫人搬回茂陵後，隔了一日，便有董大失蹤之事發生，這應該不是巧合。我一直在想，霍光、桑遷到廷尉府翻找金劍未得，便立即發生了董府失竊金劍，這個人一定離我們不遠。不過若不是貿然派人對霍光下手，我還是想不到是你。」

司馬琴心道：「刺客要行刺的不是桑遷麼？」東方朔道：「這只是夫人的詭計罷了，因為一旦認定霍光是真正的目標，很快就會順藤摸瓜地追查到夫人身上。霍光為人沉悶，半天也放不出一個屁，你是他唯一的親人，唯一信任和依賴的人，他習慣將所有的事都告訴你，絲毫不加防備。他也一定在無意中知道了你的什麼祕密，是以你不得不狠下殺手。夫人素來不出門，偏偏昨日一早出茂陵散心，分明是知道要發生事情，料到霍光中毒後必然會來向夫人求醫，所以提前避開，這樣好讓霍光必死無疑。可夫人不知道麼？我東方朔上次中了毒箭命大活下來，不是因為我是什麼狂人、神人，而是我家裡有懶老婆花。如果夫人還是不願意承認的話，我們這就可以去後院，那裡有一片不久前才新翻過的土，我相信一定能從下面挖出董大的屍首來。」

司馬琴心長嘆一口氣，道：「東方先生不是早不問世事了麼？我真該聽人勸，先殺了先生的。」

劉解憂瞪大眼睛，道：「琴心姊姊，真的是你？你……你為什麼要這麼做？」司馬琴心道：「不為別的，就是要跟那愚不可及的皇帝作對。」

原來司馬琴心曾回父母故居收拾舊物，意外發現父親留下的一卷草稿，內中談及封禪儀式，稱封泰山時行禮，要埋玉簡、殺寵臣，即埋下玉牒書，殺死還是處男的寵信臣子祭天，才能尋仙求藥，得到長生不老。她這才聯繫到兒子霍嬗跟隨皇帝封泰山時暴死在山頂一事，什麼暴死，根本就是被皇帝殺死。她父親司馬相如一心創下封禪儀式來討好皇帝，卻害死了自己的外孫。皇帝好大喜功，前面已經有秦始皇的教訓，居然還信用方士、巫師，妄想長生不老，可笑之極。生老病死，人之自然，盛極必衰，物之自然，鑒往知來，不必預卜也應該知其大概了。人人都說當今天子英明神武，文治武功前所未有，可看看這頭蠢貨做出的好事，為了討好方士，求得不死藥，不惜將嫡長公主嫁給豬一樣的欒大，又因為受騙，毫不遲疑地將欒大腰斬，讓女兒做了寡婦。他若是只犧牲自己的女兒也就罷了，犧牲他自己的老婆、兒子都沒有人理會他，為什麼偏偏要用她的兒子祭天？她的霍嬗才剛剛十歲，憑什麼要成為皇帝虛妄成仙的犧牲品？

一想到幼子稚嫩的面容，她只覺得胸口憋屈得厲害，突然忍不住仰天大笑起來。笑聲既尖厲又辛酸，如同夜梟在月夜林中的呼叫。

劉解憂從來沒見過司馬琴心這樣失態，瞪著她，有些毛骨悚然起來。書房中瀰漫著令人窒息的哀愁。

笑了好一陣，司馬琴心才止歇下來，道：「我可以將金劍交出來，但有一個要求。」東方朔道：「夫人請說。」司馬琴心道：「請不要讓霍光知道昨日是我派人殺他。」東方朔道：「這點我可以辦到。不過還要請夫人將雷被也交出來。他殺了平陽侯曹襄，之前我曾答應平陽公主，要為她兒子報仇。」司馬琴心搖頭道：「我做不到。他的性命屬於他自己。」

忽見書架往兩旁移開，牆上開出一個大洞，有男子自洞中鑽了出來，飛快地拔劍指住東方朔，道：「琴心，既然事情已經敗露，不如殺了他們兩個滅口。」隨即冷笑道：「東方朔，上次你命大，從我弩箭下逃生，這次我倒要看看你有什麼本事，能從我劍下逃生。」

劉解憂道：「你就是雷被？不准殺我師傅。」雷被道：「你自己也難逃一死，憑什麼為東方朔求情？」

司馬琴心走過去握住雷被手腕，道：「我們已經一敗塗地，不必再多殺人了。再說，就算殺死他們兩個滅口，我們手裡還是只有雌劍，沒有雄劍，依舊難以得到寶圖。」雷被道：「只要你想要，我這就去匈奴把雄劍盜回來。」

司馬琴心搖了搖頭，道：「怎麼可能？那可是匈奴王庭。阿被，趁事情還沒有張揚開去，你快些走吧，這裡由我來應付。」

雷被還想再勸她一起走，司馬琴心忽然厲聲道：「走！快走！」

雷被呆了一呆，收了劍，疾步出去。

劉解憂還欲出去叫人追捕，東方朔道：「不必了。」轉頭道：「多謝夫人手下留情。你的要求我答應了。」司馬琴心道：「多謝。金劍就在琴案的下面，先生可自行取出。」

劉解憂道：「琴心姊姊，你要去哪裡？」司馬琴心淒然笑道：「放心，我不會逃走的，我只是想去跟霍光做最後的訣別。」

來到房中，霍光斜倚在床上，御史咸宣已經問完案情，正與他閒話平陽家常。咸宣見司馬琴心進來，便起身告辭。

司馬琴心道：「不送。」等咸宣和從吏退出，命心腹婢女顯兒掩上房門，這才來到床前，坐在床邊，握住霍光雙手，叫道：「阿弟。」

霍光以為嫂嫂為自己傷勢擔心，忙道：「不過是點小傷而已，阿嫂千萬不要為我難過。」

司馬琴心道：「阿弟，阿嫂有些話要告訴你。你好好聽著，只能聽，不能問，好麼？」霍光強忍傷口疼痛，將身子坐得直些，道：「好。」又道：「嫂嫂，咱們似乎好久沒有這樣說過話了。」司馬琴心道：「嗯。自從嫿兒死後，咱們再也沒有好好說過話。阿嫂的時間不多了，長話短說，你知道你阿兄是怎麼死的麼？」霍光道：「不是病死的麼？」

司馬琴心道：「不完全是。他當時是生了病，但實際上卻是被皇帝害死的。」霍光驚駭得瞪大了眼睛，卻是一個字也說不出來。

司馬琴心也是雙手顫抖不止，顯是緊張激動之極，道：「你阿兄聽信旁人讒言，射死了郎中令李敢將軍後，心中一直有愧。後來他生了病，其實也不過是鬱氣中結，中了寒氣，只要養息一段時間就會好起來。偏偏皇帝聽信胡巫之言，送來一碗藥，說是用他的龍鬚熬成的藥，結果你阿兄喝下後就死了。我不敢對旁人說這件事，只說去病是自己病死。皇帝心知肚明，所以才為你阿兄辦了一場風風光光的葬禮。其實人都已經死了，墳塋起得再高又有什麼用呢？」嘆了口氣，幽幽道：「自古以來，功高蓋主的臣子都沒有好下場，劉家的人更是出名的刻薄寡恩，你看周勃、周亞夫、李廣，這些名將功臣哪一個有好的結局？力主削藩的晁錯被景帝腰斬，推恩有功的主父偃更是被當今天子族誅，所以本朝開國名將韓信才說『飛鳥盡，良弓藏，狡兔死，走狗烹』。」她的兩隻美麗的眼睛裡閃爍著朦朧的淚光，流露出一種令人心碎的哀怨。

霍光期期艾艾地問道：「阿嫂在暗示是皇上有意毒死阿兄麼？」司馬琴心溫言道：「阿嫂剛才說過，你只能聽，不能問，不記得了麼？」

霍光性格本來怯懦，這些年跟在皇帝身邊雖然大有長進，但秉性未改，忽然聽到如此驚天內幕，忍不住眼淚就流了出來。

司馬琴心道：「別哭，這不算什麼的。你不是最喜歡小姪子霍嬗麼？他是被皇帝親手殺死在泰山峰頂的，因為皇帝想長生不老，要殺死童男祭天。而今，我們霍家唯一的男子只有你了，你要答應阿嫂，終有一天，你要成為真正的頂天立地的男子，你要為阿兄和阿姪報仇，要讓這劉姓江山改姓霍，知道麼？」

霍光萬萬料不到一向嫻雅的嫂子會說出如此大逆不道的話，「啊」了一聲，先看了一眼婢女顯兒，這才道：「阿嫂切不可……」

司馬琴心側過頭去，一口黑血從櫻唇中噴了出來。她進房前已經服下毒藥，強忍痛楚說了這麼多話，終於毒發。

霍光大吃一驚，叫道：「阿嫂，你怎麼了？」一旁的婢女顯兒更是驚駭得哭了起來。

司馬琴心道：「阿弟，顯兒是我最喜歡的婢女，比我女兒還要親，我死了以後，就讓她跟你吧。」霍光哭道：「好，好，我全答應你。阿嫂不要死，求你不要死。」

東方朔和劉解憂聞聲推門進來。霍光忙叫道：「東方先生，快救救我阿嫂。」

漢人重視氣節，有身份的人寧可自殺也不願意受刀筆吏的污辱，劉解憂早料到司馬琴心會選擇自殺，卻沒有想到她居然會死在霍光面前，忙上前扶住她，叫道：「琴心姊姊！」

司馬琴心已然說不出話來，嘴角、鼻孔不斷有絲絲血跡沁出，又劇烈抽搐了幾下，便垂頭死去。

霍光哭道：「阿嫂！阿嫂！」他雖不知道司馬琴心為什麼會服毒自殺，卻恍然明白多半與她自己報不了夫仇和子仇有關，她是怕牽連自己，才不得不服毒自殺，不由得又感動、又難過、又傷心、又憤怒，當即失聲痛哭起來。

司馬琴心死後次日，雷被亦趕來靈前橫劍自殺而死，倒令一向憎惡他的眾人格外感慨。

劉細君一行離開京師一個月後，皇帝派郭昌為拔胡將軍，與浞野侯趙破奴一起屯兵朔方備胡，等到一切安排妥當後，這才派郎官路充國佩二千石印綬送匈奴使者丘人回去胡地。烏維單于見到丘人屍首，勃然大怒，無論路充國如何解釋，都認定是大漢有意殺死使者，下令逮捕扣押了使者一行。又召集騎兵，攻打漢邊，由於漢軍事先早有防備，終未能有所獲。但自大漢、匈奴連番惡戰之後微露出來的和平曙光也一縱即逝，從此又成為生死仇敵。

漢家天子深以鎮國之寶為匈奴所奪為恥，雖表面不肯張揚此事，然而心中氣憤難平，一度欲興兵再討匈奴。不料大軍未發，南越、西羌先後叛亂，朝廷不得不先應付西面和南面的威脅。匈奴趁機落井下石，舉兵攻破五原郡，郡太守也被殺死。

李陵護送劉細君一行因為提前出發，倒是未受到匈奴騎兵的騷擾，僅僅在出玉門關時出了一點小意外。出關前一晚，公主一行停歇在驛站，湊巧樓蘭國王伐色之子莫那前往長安當質子，也住在驛站裡。莫那一眼望見劉細君，驚若天人，半夜居然趁著酒興潛入公主房中，欲成好事。劉細君奮力掙扎，引來侍衛，這才得以脫身，總算有驚無險。

莫那被李陵派人押送到長安後，論罪當死，但他是樓蘭王子，處死只能促使樓蘭國倒向匈奴，可法紀又不容鬆弛，劉徹遂命行腐刑，將莫那閹割後留在皇宮中。

劉細君一行出玉門關，跨流沙大漠，經樓蘭、車師等國，一路平安到達烏孫首都赤谷城。烏孫昆莫獵驕靡舉行了盛大的歡迎儀式，立劉細君為右夫人。匈奴烏維單于得知後也效法漢朝，將親生女兒奇仙嫁給獵驕靡。獵驕靡雖然得到漢朝的支持，但畢竟漢朝遠在東方，而匈奴則近鄰，於是兩不得罪，遂立奇仙為左夫人，位在右夫人劉細君之上。

但這只是表面功夫，獵驕靡是烏孫歷史上最傳奇最偉大的昆莫，由冒頓單于親自撫養長大，為人有遠謀。他雖尊崇匈奴公主奇仙的地位，卻將劉細君先行改嫁給孫子岑陬[5]軍須靡。軍須靡是烏孫太子的長子，太子早已病故，他則是未來的昆莫繼承人。獵驕靡當時已經七十餘歲，根本無力行男女之事，此舉實際上是在安排後事——他時日無多，按照烏孫習俗，他死後，左、右夫人都要歸軍須靡所有，若是劉細君能先奇仙生下一子，那麼漢外孫就是合法的太子，就是未來昆莫的繼承人。

獵驕靡本是好意，然而漢胡不同俗，此舉在受儒家文化浸溽長大的劉細君看來，卻是亂倫的禽獸行為，她本是堂堂正正嫁給獵驕靡的夫人，怎麼又能改嫁給他的孫子呢？堅決不肯聽從。皇帝劉徹得知後，下詔命劉細君從烏孫國俗。劉細君無可奈何，只得忍辱含垢再嫁軍須靡。

一個不願意遠嫁他鄉的弱女子，被迫擔負起和親使命，遠離故土，來到語言不通的異國他鄉，又要先後侍奉祖孫兩代昆莫，心中自然悲憤難平。劉細君自作悲歌道：

5 岑陬：烏孫官號，尊官不常置。

吾家嫁我兮天一方，遠托異國兮烏孫王。
穹廬爲室兮旃爲牆，以肉爲食兮酪爲漿。
居常土思兮心內傷，願爲黃鵠兮歸故鄉！

此即著名的《黃鵠歌》，成為千古不朽的思鄉之曲，濃重的思念中透露出來的是肝腸寸斷的淒涼，傳到長安後，連性格剛硬的劉徹也為之感動。

但對皇帝而言，感動不過是一時之感、偶然心動，在他所勾畫擊滅匈奴的宏偉藍圖上，劉細君僅僅是一顆棋子，當然，還是一顆很重要的棋子。他希望這顆棋子發揮應有的作用，而不是整日悲泣苦思，「願為黃鵠兮歸故鄉」，所以派出大批使者攜帶錦繡帷帳、美味佳餚等物品前往烏孫，一面慰問劉細君，一面勉勵她安心邊塞。

李陵護送劉細君到達烏孫後，繼續執行皇帝交付的使命，在西域滯留了不少時日，將沿途經過的國家都繪成了詳細地圖。回到漢地後，又出居延塞，往北深入匈奴腹地，查探山川地形。

居延塞是大漢最北的邊塞，昔日河西之戰時，驃騎將軍霍去病就是從這裡出塞。塞外有一處巨大的居延海，漢人稱居延澤，煙波浩渺，一望無際，是邊關外的一道奇景。

這一日，李陵率八百騎兵過了居延海，繼續往北。這一帶均是匈奴之地，除了間或遇到幾個匈奴牧民外，並未遇到武裝的匈奴軍隊。

管敢等幾名心腹侍從卻甚是擔憂，上前勸道：「這裡是匈奴腹地，去邊塞已有兩千里，我們只有八百人，萬一與匈奴大軍遭遇，那可就萬難脫身了。都尉君已繪下山川地形，完成了天子交付的使命，何不就此折返呢？」李陵沉思片刻，道：「那好，明日就動身回去。」

當晚就地在山坡上紮營。此時雖然才是初秋，但塞外的夜晚已是寒冷如冰，空曠的夜空中不斷有淒厲的狼嚎聲傳來。李陵一時難以睡著，披衣起身，一直走到遠離營帳的坡角坐下。

頭頂的蒼天黑暗而深邃，腳下的大地空茫而清冷。這片廣闊無垠的土地上，屍骨累累，白骨成堆，遠至秦將蒙恬，近至飛將軍李廣、大將軍衛青和驃騎將軍霍去病，都曾在此縱橫捭闔，沙場點兵。而今，一切歸於了沉寂。對於沉寂粗獷的大地而言，人類滄桑漫長的歷史，對它不過是彈指的一瞬間，沙場上的紛爭奮戰也都只是歷史塵埃中的過往雲煙。昔日秦始皇平定六國，一統天下，然而才過了百年，強大的秦朝便成為了歷史的陳跡，所謂不朽功業，無非如此而已。再偉大的英雄，早晚都要化作塵土，最終回歸到大地的懷抱，一如普通人的命運。

一時間，思緒漂浮無著，人也跟隨著遙遠無限的四周空靈了起來，心地明清得有如沒有一絲雲翳的夜空。不去想什麼，不去做什麼，只靜靜地坐著，期盼這一刻的平靜能夠長久。

萬籟俱寂中，忽聽到有極細微的聲音，似是有人在前面草叢中爬動，當即意識到很可能是有敵人摸營，忙起身高叫道：「有警！有警！」自己拔出佩劍，朝出聲處趕去。走出數步，便即呆住——山坡下的曠野中聚集著一大群黑乎乎的動物，只露出一雙雙綠中顯紅的眼睛，在星空下閃爍著詭異的光芒，那是草原上最可怕的敵人——狼群。

哨兵聽見叫聲，敲起了銅鑼，軍營立即騷動了起來，士卒們從睡夢中驚醒，各自舉火，穿好衣服，拿起兵刃趕過來。

李陵已從草叢中拖出一名傷者，卻是一名匈奴少女，不過十二三歲年紀，人已經昏迷過去，正是她身上傷處流出的血引來了狼群。李陵命人將她抱走交給軍醫，招手命道：「弓弩手準備！不過不必傷了牠們，將牠們嚇走即可。」

他曾聽張騫說過，狼是草原上最凶殘野性也是最傲氣靈性的動物，被視為草原的保護神。就連匈奴人也是以狼為圖騰，不但不能殺狼，甚至不能罵狼。匈奴語稱狼為「卡斯克爾」，詞意即為「尊敬」、「崇拜」。這些狼不過是聞見血腥之氣趕來，若是將牠們當場射殺，也許會招來更多的狼，而且漢軍消耗大量箭矢在狼身上，萬一遇到真正的敵人可就難以拒敵，不如就此將牠們驚走了事。

然而不等漢軍弩箭射出，那些狼群看見火光閃閃，已提前嗅出了危險。為首的頭狼長嚎一聲，狼群便一齊轉身，瞬間遁入了黑暗中，無聲無息，無影無蹤。

李陵這才長吐一口氣，為防狼群去而復返，又加派了崗哨。幸好一夜無事。

次日一早，李陵下令拔營回師。軍醫匆匆趕來稟告道：「那匈奴女子已經醒了，她會說漢話，還打聽了本軍主帥的名字，都尉君預備如何處置她？」

會說漢話的匈奴人如果不是投降的漢人或漢軍俘虜，通常是匈奴貴族，因為普通的匈奴人根本沒有學習漢話的機會。李陵微一沉吟，來到軍醫營帳，卻見那紅衣少女瑟縮在一角發呆。他上前溫言問道：「你叫什麼名字？」那紅衣少女只呆滯地望了他一眼，即扭轉頭去。

李陵道：「那麼你家住在哪裡？我派人送你回去。」那少女似是很驚異，轉過頭來，凝視著他。李陵道：「你放心，大漢和匈奴雖是敵國，但我們不會濫殺匈奴老百姓的。你家在哪裡？」

管敢在一旁道：「都尉君是明知故問麼？看她的服飾打扮，一定不是個普通的女子，說不定她家就住在匈奴王庭呢。」

李陵擺擺手，命道：「去準備一匹馬，帶上水和食物。」上前扶少女起身，道：「走吧，我送你一程。」命大軍拔營往南先行，自己只帶了幾名侍從，護送那少女北行。

走出近百里，遠遠望見前面有一頂半圓帳篷，李陵這才停下來，道：「前面有你的族人，我只能送到這裡了，你自己走吧。」

那少女一直沉默不語，見李陵提馬轉頭，忽開口叫道：「喂，我……我叫夷光。」李陵奇道：「你叫夷光？」夷光道：「不好麼？」李陵道：「在我們中原，春秋戰國時代，有個著名的美女西施，原名就叫夷光。」夷光道：「西施麼？我曾經聽過她的故事，她是戰國時代越國苧蘿山施姓樵夫的女兒，因家住西村，所以叫西施。她長得紅顏花貌，芙蓉之姿，號稱天下第一美女。不過我見過的秦人女子中，以江都公主最為美貌了。她是不是可以稱得上天下第一美女？」

原來夷光是匈奴貴族女子，這次是陪送匈奴公主奇仙出嫁烏孫，歸國途中因為好玩，甩開了侍從，孤身遊玩，結果遇到意外，馬匹受傷，自己也差點成了狼群的腹中之餐。李陵可沒有心思跟她瞎扯，微微一笑，道：「再會吧。」

話音未落，便聽見馬蹄聲、呼喝聲如疾風暴雨般襲來，無數匈奴人馬驟然從西面山丘後冒出，層層疊疊地包圍了上來。

李陵幾人見對方有萬餘人之多，無不駭然色變。管敢忙道：「都尉君，敵人人數太多，我們難以逃脫，不如挾持這女子做人質，也許還有一線生機。」

李陵搖了搖頭，道：「大丈夫頂天立地，死也該戰死沙場，何須用女子做擋箭牌？」拔出長劍，轉頭叫道：「夷光，你走吧。」夷光卻只是搖了搖頭，佇立不動。

匈奴軍瞬間趕到，將李陵幾人圍在中間，水洩不通。包圍者一齊彎弓搭箭，只要李陵幾人稍有異動，就能立即將他們射成刺蝟。

領頭的匈奴將軍是名中年男子，沉聲喝道：「我是匈奴左賢王且鞮侯，快些放了我女兒，饒你們不死。」

且鞮侯是前任單于伊稚斜第三子，現任單于烏維的同產弟弟，地位極尊。管敢聽說夷光居然是且鞮侯的女兒，不禁又驚又悔，心道：「真該早挾持了這女子的。」

夷光卻叫道：「父王，他們都是我的救命恩人，你快些叫人退下。」

且鞮侯愕然道：「救命恩人？」夷光策馬過去，用匈奴話講述了一番。且鞮侯很是驚訝，問道：「你就是飛將軍李廣的孫子李陵？」李陵明知道此時凶險異常，自認身份只會雪上加霜，但還是點頭道：「是我。」

且鞮侯轉頭大聲下令，匈奴一齊張弓舉箭，對準了李陵。

夷光大急叫道：「父王這是要做什麼？」且鞮侯轉頭命道：「帶居次[6]先走。」一名騎士應聲上前，不顧夷光高聲抗議，橫臂將她抱過來，策馬去了。

且鞮侯道：「李陵，你祖父李廣射殺了我兩位舅父，你我仇深似海。若是你現在肯下馬投降，本王勉強可以考慮饒你一命，若是不然，哼！」

李陵道：「只有戰死的將軍，沒有投降的臣子。況且我跟大王之仇只是公仇，要報公仇，就該戰場上見。今日我只是護送大王愛女至此，並無敵意，大王若是就此殺了我，人心難服。」

且鞮侯道：「你想花言巧語讓我放你走麼？本王可不會上當。你自願送夷光回來，是你自己心軟，怨不得旁人。」頓了頓，又道：「不過，就此殺了你，諒你也不會心服。聽說李氏箭法天下無雙，今日就讓本王來見識一下。」命人上前將管敢等五名侍從扯下馬來，繳去兵器，取繩索縛了手腳，拖到百步之外站定，往各人頭上擱置了一副水袋，道：「你如果能射落所有水袋，本王就放你和你手下走，絕不為難。若有一箭不中，你和他們五個都要死！」

李陵當此境地，別無他法，只能同意。且鞮侯遂命人數好五支箭給他。

「弓矢斯張，干戈戚揚，爰方啟行」。弓箭是古代軍事最重要的兵器，自古有「軍器三十有六，而弓為稱首；武藝一十有八，而弓為第一」的說法。與弩機命中度很大部分取決於弩器設計不同的是，弓箭完全依靠射手的意志、心理和射術。李氏箭術代代相傳，其實也沒有什麼祕技，只是特別強調專注，射手須得以靶為志，以心為箭，達到弓、箭、手三者合一的境界。

李陵默默站了一會兒，且鞮侯看到他茫然地凝視前方，以為他心生膽怯，正要出聲嘲笑時，李陵忽然舉弓，箭連珠發出，一一掠過侍從頭頂，將水袋射落。最妙的是，羽箭並未射穿水袋的皮囊，而只是射中了束住水袋的結口，巧妙地用箭力將水袋帶落。

管敢站在第二位，頭上的水袋被射掉後，綳緊的身心這才鬆弛下來，雙腳一軟，當即癱倒在地。

匈奴素來敬慕英雄，眼見李陵如此神奇箭術，立即高聲叫好，就連且鞮侯也忍不住出聲喝彩。

唯獨到第五箭時，任立衡背後的山丘上出現了夷光的紅色身影——她一邊奔跑著，一邊大力揮舞著手臂，也許是因為著急的緣故，腳下一滑，居然摔倒了，一路滾下了山坡。不知怎的，李陵手微微抖了一下，那支羽箭依舊疾若流星般射出。箭一離弦，他就知道大事不妙。湊巧的是，任立衡手足被綁得麻木，剛好在此時低下頭來，那水袋就勢滑落，羽箭呼嘯而至，先穿透了水袋，緊接著穿進了他額頭……

6 居次：匈奴王侯之妻、女的稱號。

卷九 紅豔沙塵

李陵率軍回到京師後，皇帝立即在未央宮宣室召見。劉徹已經事先得報李陵軍所歷見聞，一見面就厲聲斥責他婦人之仁，不該為了護送一名受傷的匈奴女子貿然深入腹地，以致被匈奴大軍包圍，卻又極讚賞他於千軍萬馬之中連射五副水袋的鎮定和勇氣，稱讚他有大將風度。

李陵黯然道：「臣不敢欺瞞陛下，其實臣的最後一箭是失敗的，若是臣的侍從任立衡絲毫不動，那一箭只會射中他的額頭，而不會湊巧射中掉落的水袋。」劉徹道：「卿為人誠實，這點很好。不過朕曾聽你祖父李廣談論射箭之道，稱靶為志，心為箭，心隨靶動，任立衡一動，卿的箭自然就跟著動了，這是卿天生的本能，而不是什麼失誤。」

李陵默然不語。射箭最高明的境界是心神合一，他自認箭術不凡，但他並不能未卜先知，最後一支羽箭離弦之後，任立衡才開始低頭。他的確是受到了那山坡上滾落的紅色身影的干擾，分神失了手。如若正常的話，那一箭該掠過任立衡的頭頂，當然，水袋也會掉落而不會被射中，他們一行六人也都將死在匈奴左賢王且鞮侯的刀下。

劉徹又道：「不過任立衡也算是為國盡忠，朕會好好撫恤他的家人。」李陵道：「多謝陛下。」正想要繳還騎都尉之印，劉徹卻擺手道：「正好朕新從楚地選募了五千精兵，就交由卿統領，酒泉、張掖兩郡的邊關防務也交給卿了。」

昔日飛將軍李廣最盛時也不過是邊郡太守，李陵時年不過二十歲出頭，居然同時統領兩郡軍務，可謂官高權重，只是想到從此要屯駐在邊境，遠離京師，遠離老母，遠離解憂，一時也不知道是喜是憂。然而皇帝旨意容不得他考慮，只得伏地拜謝。

出來未央宮，卻見劉解憂和桑遷正等在北司馬門前。數月不見，劉解憂似乎長大了許多，圓圓的臉龐也尖瘦了一些，明麗中流露出一股韶華少女特有的嫵媚來。他心中不禁一漾，忙定了定神，迎上前道：「我正要回茂陵去看你們。」桑遷笑道：「解憂妹子聽說你回來了，立即就扯上我飛馬趕來這裡。」劉解憂臉色一紅，道：「我們走吧。」

李陵見她神情悶悶不樂，似乎並不以見到自己為喜，不禁奇怪，想要問起緣故，卻又礙於身後跟著不少侍從，只得強行忍住。

一行人剛走到直城門，便迎面遇上一名內侍，叫道：「都尉君，太子請你去北宮一趟。」李陵無奈，只得道：「解憂，你和桑遷先回茂陵，我回頭去找你們。」

劉解憂道：「李陵哥哥，我有句要緊話先要問你。」將李陵叫到一旁，嚴肅地問道：「你送回家的那個匈奴女子……她……她很美麗麼？」李陵道：「誰？哦，你說左賢王的女兒夷光麼？我沒有留意她美不美麗……」驀然領悟到對方的言外之意，忙道：「啊，不是你想的那樣，夷光才是個小孩子。」劉解憂這才展顏而笑，道：「原來如此。李陵哥哥，你快去見太子吧，我就在這裡等你。」李陵應了一聲，便跟隨內侍來到北宮。

太子劉據正與大將軍衛青在太子宮博望苑談論和親烏孫之事，見到李陵到來，很是欣喜，親自上前扶起他，笑道：「你我自小一起長大，情若手足，何須多禮？」李陵道：「太子身份尊貴，臣只是盡做臣子的本分。」

劉據道：「我叫你來，不為別的，只想聽你說說西域之行的見聞。」李陵道：「是。」大致說了一路西行到烏孫所經歷的諸多西域綠洲小國的風貌。

劉據道：「我曾聽博望侯張騫說過，大月氏用銀鑄造錢幣，銀幣正面鑄印國王肖像，背面鑄印國王夫人肖像，國王若死，則另鑄新幣。還聽說他們用皮革書寫文字，文字皆是橫寫。果真是這樣麼？」李陵道：「大月氏在烏孫的西南面，中間還隔著大宛等諸多國家，臣這次沒有到達，所以不能確定。」

劉據道：「那麼你到過的國家，那些人可是長得跟我們漢人大有分別？」李陵道：「是。從西域東面第一國樓蘭開始，就能看到樓蘭人的容貌迥異於漢人。不過我聽說西域南邊有一個名叫于闐的國家，那裡的人的樣貌跟我們中原人一模一樣，並無分別。」劉據道：「這一點我也聽張騫說過，昔日張君第一次出使西域歸來，途中遇到匈奴遊哨，便是謊稱自己是來自于闐國的商人，只是因為沒有貨物，才被匈奴人識破。」

李陵心道：「博望侯張騫到過西域絕大部分國家，見聞遠在我之上，他在世時，太子曾多次召他秉燭夜談，早對各種風俗人情瞭若指掌，為何今日還要特意召我來問這些？」正疑惑間，又聽見劉據道：「李君目下深得父皇信任，拜將封侯是不日之事。我娶了李君堂妹，與李家已是至親，日後還要與李君互相扶持才是。」

李陵這才恍然大悟，原來太子是看到他在皇帝面前得寵，刻意籠絡。他知道皇后、太子失寵已久之事，雖然皇帝曾特意召見大將軍衛青，轉告太子不必憂慮，但行動上依舊未有任何親近的表示，始終難以真正令衛氏一方放心。雖然他一直有心幫助太子，不僅僅因為他擔任過太子的伴讀，而且太子為人敦厚儒雅，將來必定是個明君，但現在劉據如此明目張膽地示好，使得太子在他心中的形象陡然陌生了起來，再不是那個一起讀書、一起習武、毫無心機、坦誠相見的夥伴了。他面臨如此局面，內心深處總有一絲內疚縈繞，似乎有種背叛了太子的感覺，他是太子自幼的伴讀，長大後也該是太子屬官，可他卻轉身成為天子寵臣，以致太子也不得不屈尊討好他。不應該是這樣的，真的不應該是這樣的。

正感尷尬難以自處之時，忽聽到大將軍衛青道：「太子特意命我準備了一點禮物，恭賀李君平安脫險歸來。」一揮手，一名內侍捧上來一方木匣，打開一看，卻是一件鐙亮簇新的鎖子甲。

衛青道：「這是昔日淮南王送我的禮物，我稟告了皇上，皇上命我自行留下，但我一直沒有穿過，現在轉送給都尉君。這件甲衣刀槍不入，卻又輕不過二兩，正是都尉君良配。」

當今皇帝最忌諱臣子結黨營私，尤其示好方是太子，李陵本不想接受禮物，但轉念心道：「我與太子一起長大，原是無話不說的好朋友，拒絕朋友禮物於情理不合。況且太子處境本已十分可憐，我不如收下甲衣，也好令他稍稍心安。只要我自己問心無愧，就是皇上知道也不能多說什麼。」當即上前接過甲衣，滿口稱謝。

劉據果然十分高興，道：「本來我該置辦酒宴為李君接風洗塵的，但你新回京城即被召入宮中，還沒有來得及歸家探望太夫人，我也不敢多阻你這個大孝子。」李陵道：「多謝太子體諒。」再次拜謝，這才捧了木匣出來。

出北宮時正遇上宦者令春陀。春陀陰陽怪氣地道：「都尉君可是南北兩面都春風得意啊，難得，難得。」

李陵也不理睬，自行出宮，將木匣交給侍從，上馬趕來直城門，卻不見了劉解憂和桑遷人影，以為他們等不及已先行回茂陵了，忙馳回家中，先趕去拜見母親。

李母肅色道：「老身已經聽說你出師遭遇左賢王之事，我知道，你那麼做，是要救其餘的侍從，可任家父子三代為我李家效力，你親手射死了任立衡，日後到地下見到你祖父，如何向他交代？」

李陵知道母親以為他是一心想射中水袋，所以不惜射死了任立衡，忙跪下道：「事情不是那樣的。」將事情原委說了一遍。李母道：「你是說，是那摔倒的匈奴女孩兒分了你的心神？」李陵道：「是的，孩兒不敢隱瞞母親，那支箭本該落空的。」

李母道：「那麼你可有對旁人說過這件事？」李陵道：「當然，孩兒早將真相告訴了所有侍從，包括任立衡的弟弟任立政，適才又如實稟告了天子。」

李母這才釋然，親自上前扶起李陵，讚道：「我兒做事光明磊落，這才不失為英雄行徑。」命人叫進來任立政，命李陵向他跪下，道：「雖然李陵是你上司，然而自古以來殺人償命，他射死了你兄長，老身這就將他交給你處置，要打要殺，悉聽尊便。」

任立政慌忙跟李陵跪作一排，道：「太夫人無須如此。且不說都尉君神箭救了我們大家，就是他事後肯向臣親口坦白承認失手之事，足見胸襟坦蕩，是世所罕見的君子。」

李母道：「你願意原諒李陵？」任立政道：「當然。戰場上的事本就死傷無定，況且真正射死臣兄長的也不是都尉君，而是匈奴左賢王。」李母道：「那好，老身很感激你有這份氣度。來人，帶李陵出去，責打五十鞭。」

任立政還想再求情，李陵道：「不必了。就讓我挨這一頓打吧，我也好心安些。」出來脫掉外衣，跪在堂前。

李母擔心家卒徇私，親自從旁監督，每每見到家卒落鞭稍輕之時，便大聲喝斥。打到三十鞭時，李陵背上已是血肉模糊，鮮血淋漓，身子搖搖欲墜。

侍從一齊跪下求情，李母絲毫不為所動，一直到五十鞭打完，這才道：「等任立衡棺木運回京師，你須得三叩九拜，以孝子身份為他送葬。」

李陵幾近昏死，連一聲「諾」也答不出來。侍從們忙搶上來，七手八腳地將他抬回房中，令他臉面朝下，伏在床上，為他擦傷上藥。他劇痛難忍，挺了片刻，便暈了過去。

也不知道過了多久，昏昏沉沉中，只聽見耳邊有個焦急的聲音叫道：「李陵！李陵！」他勉強睜開眼睛，卻是霍光，道：「你來了。」

霍光道：「你有沒有看見解憂和桑遷？」李陵道：「他們沒有回家麼？」霍光道：「沒有，我還以為他們來了你這裡。」

李陵剛欲撐起身子，背上如同火炙一般，又無力趴下，只得老老實實不再動彈，道：「我們本來約好直城門見的。但我從北宮出來時，他們人就不見了。」霍光道：「那好，你先好好養傷，我再去找找看。」

李陵捉住他衣袖，道：「等一等！你……你怎麼好像完全變了一個人？」霍光沉默半晌，道：「我嫂嫂死了，而今我們霍家只剩下我一個人，我再不能幹些怎麼行？」李陵聞言便放開了手。

司馬琴心是公認的美女加才女，被譽為茂陵第一美女，她曾是茂陵所有男子談論的對象，就連太子劉據幼年時也曾經向李陵打聽她的事蹟。如此完美的女子，後來嫁給了最完美的男子，受盡天下人的豔慕。可惜人生如夢，富貴塵土，昔日揚威天下的驃騎將軍，而今也成了茂陵的一抔黃土。再絕世的功業，再驚豔的美人，終究要追隨著年華逝去，這大概就是當今天子不甘心屈服於命運，拚命要追求長生不老的原因吧。

那麼他的將來呢？他將來是什麼樣子，或者說，他希望他將來是什麼樣子？他又回想起那個塞外的寧靜夜晚，如果能時時牽著解憂的手，一起仰望星空，一起俯瞰大地，一起沉默，一起微笑，那才是他真正感到快樂的生活吧。人來到塵世間，就如同一隻漂泊無定的小鳥，渴望棲身。即使如大漢皇帝那樣的英雄人物，也夢想著能與愛姬李妍重新相會，相守終生。如果能夠追到幸福的青鳥，他寧願放棄名利，放棄高官厚祿，默默無名地過完下半生。畢竟，愛人才是人生的最後一站。

癡癡想著，心中溫暖而寧靜。

月白風清的夜晚，他因為受了傷而無法動彈，但某些古老永恆的情感和渴望像輕風一樣拂進他心裡，讓他能夠靜下來，傾聽一下內心真正的聲音。

次日上午，任立政正在為李陵換藥時，霍光匆匆闖了進來，道：「解憂和桑遷昨日是被人劫走了。」

李陵「哎喲」一聲，忙令侍從扶自己坐起，道：「你怎麼不早來告訴我？」

霍光道：「你受了這麼重的傷，本來我是不打算告訴你的，不過今早有人往我家投書，指名要你前去交涉。」李陵道：「我？怎麼會是我？」

東方朔慢慢踱步進來，道：「大概是對方知道你新挨過打，身上有傷，最容易對付。」

管敢忙道：「那麼都尉君更不能去了。他是二千石大官，萬一被對方脅持，不是更加不妙麼？」

李陵道：「我去。他們讓我去哪裡？」霍光道：「信中讓你到東市去，不准帶侍從，不准攜帶兵器。」

任立政道：「劫持人質，大多是為求財，桑遷家中富可敵國，那人一定是針對他的，為何反倒要都尉君做中間交涉者？這其中一定有詐。東方先生，你的意思呢？」東方朔道：「嗯。」

李陵道：「好了，我意已決。拿衣服過來。」任立政道：「既然如此，那麼也請都尉君讓臣帶人暗中跟隨，萬一有事，也好策應。」李陵道：「你們都聽東方先生的安排吧。快去備車。」

車一路馳進長安，剛上雍門大街便是車水馬龍，車子走得比蝸牛還慢。李陵心急如焚，索性下車走進東市。他背上有傷，只能扶著拐杖慢慢行走。

剛進東市西門，便有一名七、八歲的小孩子走過來問道：「你是叫李陵麼？」李陵道：「是我。」孩子笑道：「跟我來吧，有人在等你。」

李陵便跟在那孩子身後，一路走街穿巷，來到一家肉食鋪子中。早有一名男子等在那裡，領著李陵穿過鋪子，自後門出來，鑽入斜對面另一家鋪子的後院，這才停下來道：「你就是李陵麼？」李陵道：「嗯。」

那男子往他腰間摸索一番，卻不見官印，道：「沒有騎都尉的官印，如何能證明你就是李陵？」李陵道：「你給我一把弓箭，我立即能證明給你看。」

那男子便不再多問，打個呼哨，房中奔出來兩名男子，奪過李陵拐杖，反擰過手臂，將他雙手綁了起來。

李陵大聲抗辯道：「你們不是要我來做中間人麼，為何還要綁我？」領頭男子道：「你武藝太強，不得不防，得罪了。」

又用黑布蒙住李陵的眼睛，帶著他曲曲折折走了一段，乘上馬車，又走了好大一段路，這才扶他下來，帶到一間房中，讓他坐在地上。

過了小半個時辰，有人推門進來，問道：「你就是李陵？」年紀聽起來已不輕。

李陵道：「是我。足下是誰？」那人道：「我姓暴，你叫我暴甲好了。」李陵道：「桑遷和劉解憂人在哪裡？」

暴甲道：「他們都很好。」

李陵道：「你想要什麼？」暴甲道：「我們冒險劫持人質，犯下死罪，當然是要錢。你回去告訴桑弘羊老兒，要贖回他的寶貝兒子，先準備好兩千金。」李陵道：「好。既然你們只要錢，那麼請先放了那女子吧。桑遷是獨子，你們只要有他在手，還怕桑弘羊不聽命麼？」

暴甲笑道：「這可不行。我特意叫你來當中間人，也是有原因的。要贖回劉解憂，你得拿另一樣東西來換——你們李家的《李將軍射術》一書。」李陵道：「原來你真正想要的是《李將軍射術》一書。好，我留下來做你的人質，你放劉解憂回去替你傳話。」

暴甲很是意外，道：「你自願留下來做人質？」李陵道：「是。《李將軍射術》一書由家母收藏，劉解憂又不是我李家什麼人，家母怎麼可能拿出祖傳之物來換她性命？但若是你用我做人質，情形就完全不同了。」又道：「目下我受了傷，連小孩子都打不過，你還怕我會逃跑麼？不過在交換之前，我要見劉解憂一面。」

暴甲微一沉吟，道：「好。來人，去帶那女子來這裡。」

過了一會兒，腳步聲紛沓進來，有人揭開李陵眼睛上的黑布。卻見房中站著數名男子，均用黑布蒙住了臉，兩名男子挾著劉解憂站在面前，不過她眼睛被蒙住，口中也堵了破布。

暴甲道：「人你已經看到啦，現在該放心了吧。」

李陵也不吭聲，只點了點頭。暴甲便命人帶劉解憂出去。劉解憂雖然目不能視，口不能言，還是有所感應，「嗚嗚」一出聲，大力掙扎。只是她雙手被縛在背後，哪裡抵得過兩名彪形大漢，輕而易舉地便被拖了出去。

兩名男子走上前來，依舊用黑布蒙住李陵雙眼，將他從地上拉起來，扯出房來。走了大概一刻工夫，跨過一個高高的門檻才停下來。有人往他口中塞了一團布，給他左腳上銬了鐵環，這才將他推倒在地。李陵後背撞在牆上，傷口迸裂，痛得大呼，只是苦於不能出聲罷了。
忽覺得左腳踝被什麼東西扯動，當即意識到鐐銬另一端鎖的可能是桑遷，慢慢往左邊摸索過去，果然碰到了一個人。那人「嗚嗚」怪叫不止，大概也是跟李陵一樣無法說話，只有乾著急的份兒。
李陵強忍背傷疼痛，用肘臂撞了撞身旁的人。那人愣了許久，最終還是會意過來，背過身子，將雙手遞到李陵手邊。李陵摸索了半天，終於解開了那人手腕上的繩索。他雙手得脫舒服，立即摘掉眼睛上的黑布，又扯出了口中的堵塞物，長舒一口氣，隨即驚叫道：「李陵……怎麼是你？」
李陵吃驚更是遠在對方之上，心道：「這不是桑遷的聲音，說話的腔調不是地道的漢話，倒像是匈奴人。」
忽覺眼前一亮，定睛望去──那人當真不是桑遷，而是金日磾，即前匈奴休屠王勇夫的太子日磾。渾邪王於軍降漢時殺了勇夫，日磾則成為俘虜，被罰在未央宮馬廄養馬，因善於養馬而被愛馬成癖的皇帝器重，由馬奴一躍成為天子寵臣，賜姓金，而今官任駙馬都尉，佩二千石印。
李陵驚得目瞪口呆，問道：「怎麼會是你？」金日磾一邊解開他手上的綁索，一邊答道：「我是被人綁來了這裡。都尉君也是如此麼？可他們為什麼要綁你？」
李陵心念一動，道：「難道你知道這些人綁你的原因？」金日磾道：「我聽到過隻言片語，似乎是他們要將我高價賣給匈奴人。哦，我的意思是賣給胡地的匈奴人。」
李陵道：「可是為什麼一定是你呢？」
他質疑是肯定的──投降漢的匈奴人中，地位最高的是匈奴太子於單，他是軍臣單于的兒子，當年天子對其極為重視，不惜以夷安公主下嫁就是明證，可惜於單很快被淮南王劉安一夥害死；其次則是渾邪王於軍，被封為漯陰侯，食邑萬戶。就算匈奴人要下手，渾邪王遠比金日磾更有影響力。金日磾雖然在漢朝為官，卻不是主動投降，他早先就是因為不肯歸順才被沒入宮中為馬奴，後來得到天子寵幸，完全是僥倖。如果說要對付的是在朝為官的匈奴人，位列九卿的公孫賀則是更好的選擇呀。為什麼偏偏是金日磾呢？

但金日磾自己似乎並不奇怪，只道：「有人來遊說我重新為匈奴效力，我沒有同意。」

李陵這才恍然大悟——遊說金日磾的人多半就是東方朔一直在追查的匈奴內奸，他滿以為金日磾跟大漢有殺父之仇，本來就不願意降漢，到今天的位子有太多的偶然性，說服其倒戈輕而易舉，哪知道金日磾卻沒有同意。他擔心暴露自己身份，遂有意滅口。外面的這夥人一定是那內奸找來的，可為何不殺了金日磾呢，那樣豈不是更容易？

金日磾似是看出李陵心中疑問，道：「都尉君可知道我為什麼姓金？」李陵道：「當然知道，是因為祭天金人的緣故。」

匈奴鎮國之寶祭天金人原由休屠王勇夫保管，大漢皇帝大規模出擊匈奴前，派驃騎將軍霍去病千里奇襲，用武力奪取了祭天金人，至今隆重地供奉在皇帝最愛的行宮甘泉宮中。日磾因為是休屠王之子，所以被特意賜姓金，以紀念這次勝利。

金日磾道：「不錯，是因為祭天金人。我父王是蘢城大會公選出的護寶者，後來祭天金人歸漢，匈奴時時刻刻想要奪回金人，從伊稚斜單于到烏維單于，嘗試過許多方法，甚至也想過學習當年驃騎將軍的深入奇襲，強取豪奪。」

李陵心道：「匈奴軍力雖然強悍，國力卻遠遠無法與大漢抗衡。當年驃騎將軍深入匈奴腹地，是因為匈奴地廣人稀，漢軍逼近休屠王駐地時才被發現。我大漢人口稠密，匈奴騎兵想要悄無聲息地潛入京畿，簡直是癡人說夢。除非是利用內奸巧取，像盜取高帝斬白蛇劍那樣。偏偏金人沉重碩大，須得數名健壯的男子才能合力抬起，根本不可能被盜走。」

金日磾續道：「但最終烏維單于發現奪回金人已不可能，所以又從西天[1]新請了一座金人，但要成為鎮國之寶，

1 西天：指佛教的發源地古印度。

還需要用活人祭天。」李陵道：「你是前任護寶者的兒子，所以烏維單于選中了你？」金日磾點了點頭。

李陵不禁啞然失笑，道：「難道這些人是打算將你捆送去匈奴麼？這一路漢軍關卡重重，怎麼可能送一個大活人出關？」

金日磾沉默不語。他的心情其實是矛盾而複雜的——一開始他是極度仇恨漢朝的，一心要為父報仇，曾不計生死兩次在軍中行刺驃騎將軍霍去病就是明證。後來雖然因會養馬得到皇帝信用，依然並不如何真心臣服大漢，只不過為了幫助母親和弟弟擺脫官奴身份，不得已在朝為官，但從未想過要與自己的族人為敵。也許正是這一點被匈奴安插在朝廷中的內奸看到，誤以為他仍然心向匈奴，所以來勸說他重新為匈奴單于效力。但他已經見識到大漢方面面遠勝匈奴，知道匈奴絕不可能與大漢長久抗衡，況且暗中耍陰謀詭計也不是他喜歡的方式，遂堅決地拒絕。當然，他也表示絕不會與烏維單于為敵，洩露內奸的身份。可沒想到他剛離開見面的地方，便被人從後面打暈，綁來這裡關押。他途中醒轉過來，聽到綁架者談話，這才知道內奸早有準備，若是自己不肯從命，便會立即擒拿自己，設法押回胡地祭天。他倒沒有想過內奸這夥人能否順利將自己運出關塞，只是擔心此人心計深遠，萬一謊稱自己主動叛逃，那麼他母親和弟弟都要被牽連處死。那麼，他此刻到底要不要違背諾言，將那內奸的名字說出來呢？

二人被囚禁的地方只是一間空蕩蕩的土房，房中間停著兩具梓木棺材，也不知道裡面有沒有死屍。

他二人雖然互相解開綁繩，但各有一隻腳被鐐銬鎖在一起，行動受限，還是難以逃走。金日磾不甘心坐以待斃，低聲道：「都尉君，雖然逃跑有些困難，但你我還是要奮力一試。」

李陵搖了搖頭，道：「怕是我要連累你了，我受了傷，難以行走。」金日磾大奇，道：「是這些人傷了你麼？」

忽有一名灰衣男子推門進來，見李陵、金日磾二人自行解脫綁縛，正在交談，不禁吃了一驚，忙叫道：「來人，快來人，快將他們兩個人的嘴堵上。」

李陵忙問道：「那人是誰？」金日磾愣了一下，問道：「誰是誰？」驀然會意對方是問內奸是誰，微一遲疑，還是決意說出來，道：「是公……」

但還不及說出遊說者的名字，便被重新堵上嘴巴、蒙住眼睛，反手縛住。先進來的灰衣男子拿鑰匙開了他右腳上的鐐銬，兩名男子將他拉起來，架了出去。

李陵道：「喂，你們要帶他去……」一語未畢，口即被堵住，眼睛也失去了光明。雙手被重新拉到背後，用繩索牢牢捆住。有人將鐐銬的鐵鍊往他小腿上繞過數圈，用另一隻銬環鎖住他右腳踝上，令他動彈不得。

只聽見有重物滑動之聲，隨即有兩人上來，一人抓住李陵肩膀，一人抓住他雙腳。他意識到不妙，大力掙扎，卻還是被強行抬起來丟入了棺材中，棺蓋隨即「軋軋」合上。

四周一下子寂靜了下來，李陵甚至能聽見自己沉重的喘息聲。他背上傷處觸碰到棺底，傷口火辣辣地刺痛，似乎每一寸皮肉都重新被生生扯裂，撕心裂肺的疼痛像萬根鋼針深深地扎進了他的身體。喘了幾口大氣，勉強積蓄了一點氣力，這才努力坐起。哪知道不及挺直身子，頭便撞上了棺蓋，又重新摔倒，幾欲昏死過去。

休息了一會兒，他慢慢側過身子，一點一點挪動，終於翻轉了過來，背部朝上，累得大汗淋漓。雖然傷口疼痛不減，但傷處不再受到擠壓，可以減緩流血。

他就那麼孤零零地伏在棺材中，飢渴交加，傷痛如炙，卻又無法喊叫，強忍痛苦煎熬，當真難受之極。他從來沒有覺得時光流逝得如此之慢，只覺得每一刻都格外難熬。

忽聽得外面隱隱有歌聲傳來，聲音雖然微弱，歌詞卻是清晰可辨：

薤上露，何易晞。

露晞明朝更復落，人死一去何時歸？

蒿里誰家地，聚斂魂魄無賢愚。
鬼伯一何相催促，今乃不得少踟躕。

這支《薤露》前一章言人命奄忽如薤上之露，容易乾枯，後一章言人死精魄歸於蒿里，原是田横門人為紀念田横而作。漢代立國之初，田横不願意臣服漢高帝劉邦，於被召途中自殺，門人傷之，為作悲歌。協律都尉李延年生前極愛這支曲子，特意將其收入樂府《相和曲》中，成為著名的挽歌辭。

李陵本人也精通詩文音律，聽那歌聲淒婉悲涼，一詠三嘆，不由得心頭也跟著凝重了起來，暗道：「我就快要死了，這支《薤露》像是為我而唱。逝波難駐，西日易頹，花木不停，薤露非久。可惜！」

正鬱鬱感懷之時，忽聽見外面有叫喊嘈雜之聲。片刻後，即有人奔跑過來，一腳踢開門。李陵聽得清楚，忙用力彎腿，來回擺動。他小腿上纏繞著鐵鍊，敲在棺木內壁上，發出清脆的「鏘鏘」聲。

這一招果然有用，只聽見有人高喊道：「有人！這裡面有人！」

棺木很快打開了，聲音登時高亢而清晰起來：「找到了！這裡有一個人質！」

有人將李陵抬了出來，讓他坐在地上，扯下他眼睛和口中的束縛，問道：「你是桑遷桑公子麼？」李陵道：「我是騎都尉李陵。」一見對方服飾是廷尉府的吏卒，忙道：「駙馬都尉金日磾剛才也在這裡，他被帶出去不久，你們快去搜索。」

吏卒們本是為搜桑遷而來，根本不知道李陵和金日磾之事，一聽這裡關押有兩名二千石都尉高官，不禁咋舌。他們沒有鑰匙，無法打開李陵腳上的鐵銬，只得留下一人看守，另一人奔出去尋求幫助。

等了好大一會兒，才有一大群人湧了進來，領頭的卻是廷尉杜周。

杜周，字長孺，出身小吏。酷吏義縱以其甚有能名推薦出任廷尉史一職，得到前廷尉張湯的賞識，官至御史。此人平素沉默寡言，老成持重，外表寬柔，而內心深刻。他曾受命查邊郡因匈奴侵擾而損失的人畜、甲兵、倉廩問題，執法嚴峻，很多人因此被判死罪。但正因為其用法嚴酷，反而得到皇帝的賞識，認為其人盡力無私，提拔他做了廷尉。他決案方式大抵仿效張湯，即不以法律條文為準繩，而以皇帝的意旨為轉移，皇帝想懲辦的，他就嚴辦，皇帝想釋放的，他就顯示罪犯的冤狀，人稱「從諛」，意即專以秉承上意邀功，獵取高位。

杜周上任廷尉後，極嚴刻之能事，重大案件數量激增，二千石以上高官因罪下獄前後達一百餘人。加上各郡太守和丞相府、御史大夫府交付廷尉審訊的案件，每年不下一千餘起。每一起案件所牽連的人數，大的案件達到數百人，小的案件也有數十人。獄吏辦案奔跑的路程，遠者數千里，近者數百里。由於案件實在太多，獄吏無法一一地詳細審問，只得按照所告事實引用法令條文判罪，有不服的，便採取嚴刑拷打、逼取供狀的辦法來定案。廷尉及京師官府所屬監獄所關押的犯人多至六、七萬人，加上執法官吏任意株連，有時多達十餘萬人。因而時人稱杜周「內深刺骨」，是繼張湯之後又一個令人聞名色變的酷吏。

李陵見到廷尉最高長官親自帶人搜索人質，先是驚訝，隨即想到這位酷吏出馬為的不是自己，也不是為金日磾，而是為了桑遷，確切地說，是為桑遷的父親桑弘羊。天下人都知道，這位搜粟都尉兼大司農是天子面前當之無愧的紅人，自其十三歲以神童之名入宮伴讀，便與皇帝結下了深厚的情誼，數十年恩寵不衰，朝臣中沒有人能與其相比。果然，杜周第一句話就問道：「桑公子人呢？」李陵道：「我來這裡後沒有見到桑遷，只見過解憂和金日磾。」杜周道：「那麼都尉君又是如何落入歹人之手？」李陵道：「是這些歹人指名讓我來談贖金的。廷尉君又是如何找到了這裡？」

杜周心思全在搜尋桑遷下落，無意與李陵閒話，但對方也是二千石高官，官秩與他相等，怠慢不得，便留下御史咸宣處理後事，自己匆匆帶人出去繼續追索。

咸宣一面命吏卒尋來重斧，砸開鐐銬，一面向李陵大致介紹了追查經過——原來昨日就有人往桑弘羊門前投書，稱桑遷已被劫持，讓桑弘羊準備贖金，等候通知。桑弘羊脾性與當今皇帝極像，為人強硬好勝，當即不顧歹人警告，親自帶著投書來找廷尉杜周。杜周仔細看過投書後，斷定一定有熟人做內應，立即帶著精幹官吏來到桑府，關起大門，將下人們叫來一一審問，折騰了眾人一夜，終於得到一條有用的信息——桑遷的堂兄桑晉遊手好閒，好鬥雞賭博，花光了自己的那份家產後，幾次來找桑弘羊求官，都被趕了出去。前不久，桑晉常常在茂陵桑府附近徘徊，形容甚是鬼祟。杜周一早回來長安，親自帶人將桑晉從被窩中抓到廷尉府。桑晉開始尚且抵賴，後來抵不住酷刑拷打，終於承認是自己勾結暴甲綁架了桑遷，意欲向桑弘羊索取巨額贖金後與暴甲各分一半。本來暴甲一切都有安排，可他自己著急，忍不住也要讓桑弘羊著急，先行暗中投書到桑府，哪知道語氣中露出破綻，被杜周追蹤到。問起暴甲來歷，他只知道那人姓暴，原來也是個官吏，因犯法而逃亡，來到長安後招來了一幫亡命之徒，專門做「替人消災」的事，無論是誰，只要出得起價錢，他們就替雇主辦事。杜周遂根據桑晉的口供，尋來東市這家凶肆[2]。

李陵心道：「原來這裡是家凶肆，難怪會有人唱挽歌。」忙問道：「這裡所有的棺木都查驗過了麼？」咸宣道：「都尉君請放心，臣正在派人一一搜查。」一見李陵後背被血跡浸透，忙道：「都尉君受了傷，臣送你去醫治。」命人扶了李陵出來。正好遇到東方朔一行人。

劉解憂奔過來，握住李陵的手臂，喜極而泣，道：「李陵哥哥，你沒事，實在太好了。」

她知道李陵實際上是捨己救人。《李將軍射術》是飛將軍李廣所著，詳細記載了李家射術和箭法的要訣，李陵斷然不會容忍祖父之書落入奸人之手。他拿自己換走劉解憂，實際上就是在暗示母親，寧可他死，也不能交出祖父遺書。他知道劉解憂冰雪聰明，擔心她猜到自己意圖，所以在綁架者同意他二人見面時有意不出聲。劉解憂隨即被綁架者帶出東市釋放，正遇到四下尋找李陵蹤跡的任立政等侍從，便一面派人去通知桑弘羊準備贖金，自己回茂陵向李母索取《李將軍射術》一書。李母聽說究竟，沒有答話，只輕輕嘆息了一聲。劉解憂這才恍然明白過來，李家是絕不會交出《李將軍射術》的，這不但是李母的意思，也是李陵自己的意思。一時也無法可想，只得來求助東方朔。東方朔本在李陵攜帶的拐杖上鑽了一些小孔，灌入花粉，好便於追蹤。但任立政、管敢等侍從一路追到某家肉食店的後院時，只看見丟棄的拐杖，李陵人早就不見了。眾人無可奈何，正要先回茂陵等待歹人下一步通知，卻看見廷尉杜周率領大批吏卒到來，封鎖了東市，挨家挨戶搜捕逃犯。自杜周上任廷尉，大獄不斷，日日有吏卒出動逮人，人們早已經是見怪不怪。東方朔等人雖然猜到杜周是為桑遷而來，卻有意不阻止，想趁廷尉打草驚蛇之時，尋訪到李陵被關押之處。杜周根據桑晉的口供尋到凶肆，卻只發現了李陵。

李陵道：「你沒事麼？有沒有受傷？」劉解憂道：「沒有，我很好。桑遷人呢？」李陵道：「我沒有見過他，只在不久前見過金日磾。」

他新受鞭傷，帶傷折騰了一天，體力消耗極大，失血又多，說完這幾句話，再也支撐不住，眼前一黑，便暈了過去。

再醒來時，已經回來茂陵東方朔的住處，俯臥在床上，背上清涼一片，痛楚大為減輕。

劉解憂守在床邊，見李陵醒來，忙解釋道：「是我怕太夫人擔心，先帶你來了我師傅這裡。任立政他們已經回去告訴太夫人，說你已然沒事，去幫廷尉抓捕歹人了。」李陵道：「多謝。」又問道：「你和桑遷是如何被劫的？」

劉解憂道：「我們兩個本來在直城門等你，有一個小孩子跑過來嬉笑玩耍，突然伸手搶走了桑遷腰帶上的玉佩。他急忙去追，結果不知怎的摔倒了，我趕去扶他時，頭發暈，眼前一黑，就什麼都不知道了。師傅說多半是那小孩子

2 凶肆：古代出售喪葬用品的店鋪，如棺材、瘞錢（專門供喪葬用的冥錢）、木馬、木俑、土偶（均為隨葬品）等。古人稱喪葬之事為凶事，其禮儀甚為隆重，需要各式各樣的用具來作裝飾、儀仗。在凶肆中，不僅有喪車及喪事器具供租用，還有「音聲伎藝人」為喪家鼓吹奏樂，有「挽歌郎」為喪家唱挽歌。

施放了迷藥什麼的。」

李陵道：「這夥人膽大妄為，行動周密，早晚會成為京師大患。」

劉解憂嘆道：「你以後不要再做這麼危險的事了，我不要你為了我以身涉險。」李陵握住她的手，只默不作聲。

正好東方朔和霍光進來，劉解憂忙抽手站起來，問道：「有桑遷哥哥的消息了麼？」霍光搖了搖頭，道：「只在凶肆的一具棺材裡找到桑遷的一隻鞋子。」

東方朔道：「想來綁架者帶走金日磾時就已經得到消息，所以同時轉移走了金日磾和桑遷。只是為什麼又獨獨沒有帶走李陵呢？」劉解憂道：「這些人都是亡命之徒，要錢不要命，對他們來說，《李將軍射術》當然比不上黃金重要。不過金日磾家中只有母親和弟弟，算不上什麼有錢人啊，咱們茂陵隨便一戶人家就能超過他，為什麼要帶走他呢？」

李陵道：「這正是我要告訴你們的，這夥人綁架金日磾是因為別的事。」當即說了匈奴內奸親自出面遊說金日磾效命單于之事。

東方朔道：「你是說金日磾被帶走時來不及說出內奸的姓名，只說了一個『公』字？」李陵點點頭，道：「我真不該跟金日磾東扯西拉，應該最先問那匈奴內奸的名字的。」

東方朔道：「你不必自責。我猜就算你一開始就問，金日磾未必肯告訴你。他那樣的性子，雖然沒有同意背叛大漢，卻也不會輕易出賣自己的族人。」

劉解憂道：「會不會就是公孫賀？師傅不是一直懷疑他是匈奴內奸麼？」東方朔搖了搖頭，道：「我懷疑公孫賀，完全是基於推測，並沒有真憑實據。我請長安大俠朱安世監視他好些日子了，也沒有發現蛛絲馬跡。不過即便如此，他依然有最大的嫌疑。」

李陵道：「朱安世都未能發現公孫賀的可疑之處，言下只有金日磾的隻言片語，難以指正。況且朝中有好幾位複姓公孫的官員，譬如與衛青大將軍交好的公孫敖，又譬如前丞相公孫弘之子平津侯公孫度、太中大夫公孫卿等。」

劉解憂道：「要是能及時救出金日磾就好了，他是最好的人證，可以當面指認內奸，將大漢的心腹大患一舉剷除。」李陵道：「金日磾洞悉如此重大機密，那些人即使不能帶他去胡地祭天，也會殺了他滅口。」

幾人均知金日磾危在旦夕。尤其是霍光，在他初到京師最孤獨的日子，是金日磾給了他心靈的撫慰，他歷來視其為密友，一想到其必死無疑，自己卻無力營救，心情極為沉重。

劉解憂道：「不如這樣，我明日一早去見公孫賀，說我被綁架後遇到了金日磾，金日磾提到匈奴內奸之事，如此來試探他的反應。如果他露出破綻，也許可以順勢追查到金日磾和桑遷的下落。」李陵斷然否決道：「不行，這樣太危險。萬一公孫賀就是內奸，他一定會想方設法殺了你。」

劉解憂道：「如果真是這樣，他不是就暴露了麼？我會預先做好防備的。」李陵道：「不行，我不能讓你去冒險。一定要去，也該是我去才行。」劉解憂道：「不行，你受了傷，行動不便，我怎麼能放心讓你去？」

他二人爭執不休，霍光忽插口道：「我去。」劉解憂道：「你？你又沒有被綁架過，沒有跟金日磾在一起的機會。如果公孫賀就是內奸，他很清楚金日磾跟他交談後一出門就被綁架了，他才不會相信你的話呢。」霍光道：「可我是金日磾在朝中唯一的好友。我可以說金日磾早看出公孫賀就是匈奴內奸，告訴我萬一他有什麼不幸，就讓我去找公孫賀對質。」

東方朔道：「不，還是李陵去最合適。他已經告訴廷尉他在凶肆中跟金日磾關押在一起，那內奸也一定已經知道了，如果由他出面去試探，效果一定最好。」

劉解憂道：「師傅，你別怪弟子跟你唱反調，果真是這樣的話，還用得著去試探公孫賀麼？他一定會自己找上門的，或者會派刺客來殺李陵哥哥滅口。總之，我不准李陵哥哥去。」一面說著，一面出去通知管敢等侍從嚴加戒備。

忽聽見門外車馬轔轔，不由得吃了一驚，道：「這麼快就來了？」

門外有人朗聲叫道：「大司農桑君前來拜會東方先生。」

東方朔聞聲迎了出去。桑弘羊年近五旬，卻是滿臉紅光，無一根白髮，進門立即揖手拜道：「深夜冒昧驚擾先生，還望恕罪。」東方朔道：「大司農君父子情深，也是人之常情。」

進來坐下，桑弘羊見對方早猜到自己來意，便道：「犬子桑遷被歹人所擄，今日廷尉搜捕東市，卻只救出了李都尉。我實在擔心犬子安危，特來向先生求教。」東方朔道：「大司農君放心，桑公子暫時不會有危險。如果歹人要撕票，廷尉早該在囟肆找到桑公子屍首，既然冒險帶走了他，說明還是想用他換取贖金。只是廷尉今日動靜太大，這些人不便再露面，怕是要消沉一段時間了。」

桑弘羊搓手不止，躊躇許久才道：「我只有桑遷一個孩子，而今也十分後悔，不知道先生可有法子救他？我願意付雙倍贖金。」東方朔道：「大司農君是要我出面替你向歹人贖回桑公子麼？這怕是難以做到。」

桑弘羊道：「我曾聽皇上提過，先生和長安大俠朱安世有些交情。這些人在長安弄出這麼大動靜，朱安世身為地頭蛇，不可能不知道。」

東方朔正色道：「我可以明白告訴大司農君，這夥歹人跟朱安世決計是不同的人。朱安世不過是做些雞鳴狗盜的勾當，至少有劫富濟貧的美名，但這些人……嘿嘿，大司農君難道沒有聽說麼？這夥人可是跟匈奴人都勾結上了。」

桑弘羊吃了一驚，道：「居然有這等事！」神情沮喪之極。

劉解憂跟桑遷要好，於心不忍，安慰道：「大司農君也不必太過煩心，既然歹人還想用桑遷哥哥換取贖金，總不會對他太壞的。其實不勞大司農君囑託，我師傅一向很喜歡桑遷，他一定會設法營救的。」東方朔道：「但大司農君可不能再自行其事。」

桑弘羊一聽事有轉機，忙道：「全聽先生吩咐。」東方朔道：「那好，請大司農君開始準備贖金，二千金，一兩也不能少。明日一早再去告訴杜廷尉，切不可牽連無辜。事情鬧大了，反而會促使歹人撕票，桑公子的性命可就危險了。」桑弘羊道：「這個好說。」

東方朔道：「夜深了，我就不多留大司農君。」叫僕人送客。

霍光在內堂聽得一清二楚，等桑弘羊離去，忙出來問道：「東方先生既然叫大司農準備贖金，是有辦法救桑遷麼？那麼也應該有辦法救金日磾。」東方朔搖了搖頭，道：「辦法暫時沒有，希望暴甲這夥人知道桑弘羊預備妥協，想交出贖金，他們不殺桑遷，那麼金日磾活著的希望也更大些。」

霍光道：「可他們不是要運金日磾到胡地祭天麼？」劉解憂道：「如今弄成這樣，長安連一隻蒼蠅都飛不出去，還怎麼可能送一個活人出城？這夥歹人一定會先隱藏起來，等風平浪靜再說。搜查得越嚴，金日磾活著的希望就越小。所以我師傅才要桑弘羊出面，讓杜廷尉不要把動靜鬧得太大。」

東方朔道：「好了，也不早了，解憂，你先回去歇息。霍光不能回城了，就留在我這裡將就一晚。」叫僕人護送劉解憂回家。

次日一早，霍光匆忙趕回北闕甲第住處，預備換上官服去未央宮中當值，卻見隔壁龍額侯韓說家門前掛起了喪燈，忙派僕人過去打聽，才知道韓說的兄長韓則昨夜過世了。

韓則是弓高侯韓頹當的嫡長孫，世襲了祖父爵位，之前因為裝病，不肯侍從皇帝到甘泉宮，犯下大不敬之罪，被取消了爵位。韓說則是韓頹當的庶孫，因戰功封龍額侯，現任郎中令，位列九卿，成就反而遠在兄長韓則之上。

不知怎的，霍光腦子突然冒出來一個極為奇怪的想法。這想法雖然只是靈光一現，卻如毒蛇般占據了他的整個心靈，以致再無心思想別的事情。

侍妾顯兒很是奇怪，問道：「夫君為何這副表情？」

她以前是司馬琴心的心腹婢女，跟著主君讀書識字，很有些見識。霍光有事從不瞞她，當即說了自己想法。

顯兒道：「夫君的懷疑只是猜測，還是要與東方先生商議一下才好。」

霍光深以為然，忙派僕人到茂陵去請東方朔和劉解憂來家中，自己到北司馬門向當值官員告假，之後返回家中，換上素服，專程到隔壁韓府致哀。他官任奉車都尉，雖與郎中令平級，但在行政上卻是郎中令的下屬，到韓府祭奠上司的兄長是合情合理之事。

韓說卻知道霍光是天子寵臣，不敢以上司自居，親自迎了出來。霍光不善言辭，只勉強寒暄幾句，依禮祭奠完畢，便退了出來。

等了大半個時辰，東方朔和劉解憂終於乘車趕到。劉解憂問道：「到底有什麼發現？一大早就急著叫我們進城。」霍光道：「隔壁韓則得暴病死了。」

劉解憂道：「那又怎樣？老實說，我一直覺得全長安的列侯中，就屬韓則最奇怪了。人人搶著巴結皇帝，爭相留在皇帝身邊，他卻裝病，不肯跟隨皇帝去甘泉宮打獵，結果弄得世襲的爵位也丟了。」

霍光道：「我昨日還遇到過韓則，他正馳馬如風，沒有任何病症之相。」劉解憂道：「你是說韓則死得可疑？那該直接報官呀。」

東方朔卻驀然省悟過來，道：「韓則以前的爵位是弓高侯，你是懷疑金日磾說的是『弓』，而不是『公』？」霍光點點頭，道：「韓則雖然失去了爵位，但大家也都覺得他的列侯爵位丟失得莫名其妙，依舊稱他弓高侯。金日磾來我家中，撞見他好幾次，當面、背後都是稱他弓高侯。而且，韓則死的這個時候，也實在太巧了。」

劉解憂道：「難道韓則真的就是匈奴內奸？他以為金日磾已經告訴李陵哥哥真相，所以畏罪自殺了？」

霍光道：「還有，我至今還記得當年襄城侯韓釋之被匈奴使者的侍從刺死之事，韓則也受了傷。雖然對外宣稱是刺客跟韓氏有私仇，二人的祖父是自匈奴降漢，但他們本人自父輩起，就都是在長安出生、長大，還能跟匈奴人有什麼私仇？會不會正如解憂所說，其實他們本來就是匈奴內奸，匈奴人去找他們就是談公事，結果起了口角，匈奴人一怒殺了韓釋之、傷了韓則？」他性格內向，一向沉默寡言，忽然侃侃而談，頗令人側目。

其實霍光一直對韓氏充滿了好奇，最主要的原因，就是因為韓氏明明跟大漢有不解深仇，卻反過來投降了大漢，實在令人費解。韓王信當年雖然是被迫投降匈奴，但降胡後經常引匈奴騎兵侵入內地，對大漢危害頗大。漢高帝十一年的春天，韓王信引匈奴侵入參合。漢朝派遣柴將軍帶兵前去迎擊。柴將軍的兵力有絕對優勢，將韓王信圍困在參合城中，但他對韓王信的處境頗為同情，特意寫信招降，承諾恢復韓王信原來在漢朝時的爵位和封地。韓王信卻回信拒絕道：「皇帝將我從里巷平民中提拔上來，使我南面稱王，這是我的榮幸。但我犯下了三條大罪：楚漢相爭，我在滎陽保衛戰中被項羽俘虜，沒有以死效忠，這是罪狀一；匈奴進犯馬邑，我未能堅守城池，而是獻城投降，這是罪狀二；我現在為敵人帶兵，與將軍爭戰，爭一旦之命，這是罪狀三。昔日越國文種、范蠡沒有一條罪狀，卻在功成後身敗，一個被殺，一個逃亡。對皇帝犯下三大罪狀，還想求活於世，這是伍子胥之所以在吳國被殺的原因。現在我亡命於山谷間，每日都靠向蠻夷乞討過活，思歸之心，就同癱瘓之人不能忘記直立行走，眼盲之人無法忘記睜眼一樣，只不過情勢不允許罷了。」顯然是對高帝劉邦的刻薄寡恩、過河拆橋有著極為清醒的認識，以致在明知必將慘敗的情況下都不願意重新歸降大漢。結果兩軍交戰，韓王信大敗，參合被屠城，韓王信本人也被斬殺，落了個屍骨無存的下場。韓王信的後人長大成人後都在匈奴擔任高官。但奇怪的是，他的兒子韓頹當和孫子韓嬰在文帝在位時以匈奴相國的身份投降了漢朝，積極參與平定吳楚七國之亂，以軍功各自封侯。自古以來，殺父之仇都是不共戴天之深仇，到底是什麼原因促使這對叔姪又重新在匈奴的尊位上降漢呢？這是霍光心中的一個重大疑問，且已經為此納罕了許多年，但他從來沒有開口問過別人，當然沒有人會主動告訴他原因。但當今日他得知韓則暴斃時，心中不由自主地將所有的疑點都聯繫到一起。

東方朔閉目不語，凝思半晌，驀然睜大眼睛，道：「你們的推測都很有道理。解憂，我和你過去韓府看看。」走出幾步，又回頭讚道：「霍光，你做得很好。」

東方朔和劉解憂一齊來到韓府，稱要拜祭弓高侯韓則。韓說聽說東方朔到來，飛快地迎出堂來，道：「先生真是稀客。」東方朔道：「我和解憂正好路過貴府，見府中有喪，所以順便進來拜祭。」

進來靈堂行禮完畢，東方朔問道：「昨日還有人見到弓高侯在道上縱馬飛馳，不知何以會突然得了暴病？」韓說道：「這個……我也不知道阿兄患了什麼怪病，突然就……就過世了。」

東方朔「嗯」了一聲，道：「我與弓高侯也算有些舊交情，想瞻仰一下遺容。」不等對方回答，徑直走上前去。

韓說登時臉色煞白，當東方朔即將走近棺木的一剎那，他奔了過來，懇切地道：「韓某曾與東方先生一道出使右北平郡，算有些交情，先生請隨我來，我有話說。」

東方朔料想韓則必定是非正常死亡，一檢屍首就能驗證，當即道：「好，就先聽郎中令君的吩咐。」

韓說領著東方朔、劉解憂來到書房，命僕從退出，關好房門，這才道：「先生是天下第一聰明人，我知道一切瞞不過先生法眼，如果先生能夠替我保密，我願意將一切和盤托出。」東方朔悠然道：「我又不知道郎中令君所言何事，可不敢先行答應。」

韓說咬咬牙，道：「是我殺了我阿兄。」

東方朔和劉解憂均吃了一驚，師傅二人均猜想韓則多半是擔心內奸身份暴露、搶先服毒自殺，卻想不到韓說會主動承認殺兄的罪名。他雖然有列侯的爵位，卻始終只是庶子身份，但韓則卻是嫡長子，漢代嫡庶界線分明，庶弟殺嫡兄，那可是腰斬的重罪。

韓說不等對方發問，先訕訕解釋道：「我昨日才知道阿兄他……他跟匈奴人勾結……我怕他連累族人，不得不殺了他。」

他邊說邊舔嘴唇，說得極為艱難，顯然自己也不如何相信這套說辭，但見東方朔並不十分詫異，反而吃了一驚，道：「原來先生早知道了！」

東方朔道：「嗯，如果不是知道些什麼，我師傅二人今日何以會特意過府拜訪？郎中令君，你這就將你所知道的一一說出來吧，如果可以及時捕獲那夥匈奴人，還能將功贖罪。」

韓說長嘆一聲，道：「本來早有下人來稟告，說阿兄這些日子一直很是怪異，但我想興許是他失了列侯爵位，無事可做的緣故，況且我們韓家一向以嫡長兄最尊，我也不能多說什麼。昨晚我從宮中回來，阿兄忽然來找我，說有極要緊、極機密之事商議，我遂命人置了酒席，請他坐下，邊喝邊談。他連飲了三大杯酒，才開口道：『阿說，你可還記得先祖韓王信是怎麼死的？』我一聽這話，就知道不妙，當即道：『那些都是陳年舊事，而今你我兄弟既是大漢臣民，不提也罷。』阿兄卻說：『劉氏不過是起自草澤的無賴之徒，當今天子尚且興兵匈奴，念念不忘要報九世之仇。我們韓氏是真正的貴族[3]，你怎麼反倒忘了祖先深仇？我要告訴你一個天大的祕密，按照祖先規定，這祕密只能傳給嫡長子，可惜我沒有兒子，眼下只能傳給你了。』我聽了忍不住問道：『什麼天大的祕密？』阿兄道：『當初祖父頹當和伯父嬰降漢，本來就是奉單于之命，要回漢朝來當內應。』」

原來漢文帝時宦者中行說投降匈奴後，向匈奴人詳細解釋了漢朝和親的用意，大漢皇帝不斷將公主嫁往匈奴不過是中原慣用的美人計，最終目的在於用女色痲痺單于，讓漢公主所生之子當上下任單于。老上單于聽聞後悚然而驚，自此以後，凡漢公主所生兒女一律放逐。中行說又獻計回擊漢朝，不間斷地派心腹可靠之人投降大漢。自景帝以來，凡匈奴重臣投降者均可封侯，這些人不僅位居高位，且與漢人重臣通婚，如此幾十年下來，匈奴勢力就能逐漸深入漢朝廷，效果會遠遠超過美人計。韓頹當和韓嬰歸漢，便是中行說策劃，對付大漢的和親之計。不然以他二人與大漢有

3 韓王信是韓襄王庶孫。韓國是戰國七雄之一，開國君主是晉國大夫韓武子的後代。韓武子為春秋時期晉國公子，姓姬，因封地名為韓氏，謚號武，所以世人稱其韓武子。漢高帝劉邦是中國歷史上第一個平民出身的帝王。

殺父深仇，如何肯浪子回頭？

這件事，其實就是昔日王寄所稱漢朝廷重臣中有匈奴內奸之事，進行得極為機密，只有歷任單于和獻計者中行說知曉。只不過王寄偷聽得零零碎碎，不得要領，以為是單于要策反之前降漢的匈奴人。但因為她長期在王庭出入，匈奴人也不知道她到底知道多少機密，所以當她逃走後，新即位的伊稚斜單于立即派出精銳騎士追殺。

計畫的初衷是好的，執行起來卻有新的問題。以韓頹當為例，他降漢後，因平定七國之亂立下戰功，被封為弓高侯，順利進入朝廷重臣行列。但當匈奴內應一事，最關鍵的就是機密，一定要保持機密，初時單于與他約定，只將祕密傳於嫡長子一人，而且除了姪子韓嬰外，他也不知道還有誰跟自己一樣，是匈奴派回來的內應。隨著時光的流逝，韓頹當娶妻生子，兒子又娶妻生子，兒孫們在漢地長大，除了嫡長子之外，其餘人都以為父輩已成為漢朝的良臣，當然再無報先祖之仇的意向。最極端者如韓說的同產兄長韓嫣，自小入宮擔任伴讀，與皇帝劉徹一起長大，同起同臥。他知道皇帝一心要擊滅匈奴，所以練習騎射，研究匈奴地形風貌，積極做各種準備。繼承匈奴內應職位的嫡兄長韓則看在眼中，不免既氣且恨。尤其是匈奴單于得知後極為惱怒，祕密派使者嚴厲斥責韓則，韓則不得已，只得向太后王娡告發韓嫣與宮女有姦情，直接導致韓嫣被賜死。

至於韓則不肯隨侍皇帝狩獵甘泉宮以致失去列侯爵位一事，則是因為他得知另有匈奴內應安排了一起刺殺計畫，打算在狩獵時刺殺皇帝。他只是世襲爵位，並不在朝中任職，雖是匈奴內應，但除了曾派人用弩箭伏擊降漢的匈奴太子於單外，並未對漢朝造成實質的損害，不欲捲入其事，所以寧可失掉爵位，也不肯扈從皇帝到甘泉宮。結果那一次並沒有發生什麼行刺皇帝的大事，只有郎中令李敢被驃騎將軍霍去病射死，皇帝對外宣稱是鹿角撞死，極為詭異。他雖然不知道具體發生了什麼事，但料到必與那匈奴內應有關，也許行刺的對象本來就是霍去病，卻不知道如何令霍去病轉而親手射死了李敢。不過他對這些事並不真正關心，他在長安出生、長大，內心深處並不仇恨漢朝，只是上天讓他有嫡長子的身份，他不得不在世襲爵位的同時，承襲一份責任。而且如果他不履行這份責任的話，他的匈奴內應的身份就會被匈奴人公開，那麼韓氏也將面臨滅族的命運。這次有人來找他，要他運送一批人出關，威脅如果辦不到的話就向漢朝告發他。他早已經失去列侯爵位，無權無勢，不得已，只能求助正當紅的庶出弟弟韓說。

韓說大致說了經過，續道：「我聽到這些，自然極是吃驚，一時間不知道該怎麼辦才好。阿兄又道：『而今我們韓家只有你有爵位，官職也最高，內應的事須得交給你來做。』接著便勸說我用郎中令的節信助他一臂之力，替他送一些人出城回去胡地……」

劉解憂忙問道：「弓高侯沒有說要郎中令君運送的是什麼人、怎麼運麼？」韓說道：「他本來是要說的，可我既震驚又恐慌，實在不願意聽阿兄再說報先祖之仇之類的話，所以就上前緊緊掐住了他的脖子，結果他……他就死了。」當即朝東方朔跪下，懇求道：「東方先生，你是知道的，我一直對皇上忠心耿耿，從無二心，也就是昨晚我才知道這些事。求求你救救我，救救我們韓家。」

東方朔道：「就算我肯替郎中令君隱瞞殺死兄長的祕密，那些知道你兄長內應身份的匈奴人會輕易放過你麼？郎中令君受皇上寵信日久，何不立即進宮請罪，將一切稟明？皇上也許非但不怪罪，還會贊你大義滅親。」韓說仔細思慮，的確是這個道理，忙拜謝道：「多謝先生指點。」

二人遂告辭出來。

劉解憂道：「師傅相信韓說的話？」東方朔道：「嗯。他本來可以編造別的謊言，譬如韓則是被仇人掐死之類，但他卻如實說出了祖父降漢的內幕，這可是滅族的罪名，足見他內心驚慌失措，是新近才知道這一祕密。」又嘆道：「可惜韓說殺了韓則，掐斷了一大條重要線索。」

劉解憂道：「這也不能全怪韓說，若不是韓則之死提示了霍光，我們又哪裡能想到『公』是指弓高侯呢？不過韓則一定不是盜走高帝斬白蛇劍的人，上次磨劍之期時，他早已經失去爵位，也相應沒有了門籍，無法隨意進出長樂宮，一定是另外的內奸所為。其實如果讓韓說將計就計，等那些匈奴人來找他，利用他兄長之死威脅他替他們辦事，不正好可以將他們一網打盡嗎？」東方朔道：「如果這樣，那麼韓氏就該被滅門了，當今天子能夠容忍失敗，但絕不能容忍被欺騙。」

當即回來霍光宅邸，告知韓說之語。霍光多年的困惑終於解開，長舒一口氣，道：「原來是這樣。」又道：「韓則要郎中令運送出城的人中，一定有金日磾。」劉解憂道：「嗯，這正是我和師傅擔心的，等待韓則死訊傳來，暴甲那些人也許怕行蹤暴露，會就此殺了金日磾滅口。」

他們三人在堂中長吁短嘆，苦無營救金日磾和桑遷之計，廷尉那邊卻有了重大進展。杜周雖得桑弘羊囑託，同意不再肆意牽連，將搜索東市的吏卒撤走，卻又將桑晉提出來反覆訊問。杜周本就以殘忍聞名，見桑弘羊絲毫不以姪子性命為然，更是痛下狠手，恨不得將天下所有刑具都加在犯人身上，好逼問出口供。桑晉連遭多番酷刑折磨，口吐白沫，小便失禁，完全沒有了人形，終於又招出一條重要線索，最先居中為他和暴甲牽線的是衛廣，即大將軍衛青的幼弟。

衛氏共有五姊弟，分別是衛君孺、衛少兒、衛子夫、衛青、衛廣，均是衛媼所生，父親則各有不同，五姊弟均冒姓衛。衛子夫、衛青等顯達時，衛廣年紀還小，等他成人，衛氏又已經失寵，所以並未步入仕途，只跟那些富貴人家的浪蕩子一樣，日日在京師閒晃。

桑晉招出衛廣後，杜周也不管他是不是皇后和大將軍的弟弟，派吏卒逮捕了衛廣，帶到廷尉府拷問。衛廣在嚴刑下供出了一處地點，杜周親自帶人去搜，居然逮到了三名歹人，同時搜出了金日磾和桑遷。

雖然未能逮到頭目，卻得知為首的歹人暴甲原來就是昔日在右北平郡李廣手下為吏的暴利長。他因為頂撞李廣被下獄判刑，在邊關服苦役，因受不了虐待而逃亡，流竄各地為盜，招攬了不少亡命之徒，後來乾脆來到京師，專門收錢辦事，殺人綁架，無所不為。

此案最終驚動了天子，所有涉案者不分首從，均被腰斬，包括桑晉和衛廣。杜周由此贏得了不畏權貴的美名，更加得到皇帝的信任。

由於金日磾被順利救出，他也能夠指認那來遊說他效命單于的匈奴內奸——居然並不是弓高侯韓則，而是宦者令春陀。他原先告訴李陵的既不是「公」，也不是「弓」，而是「宮」，意思是宮裡的宦者。內應之計的始作俑者中行說原本就是宦者，知道皇宮中的宦者大多是犯法或受牽累受腐刑的人，不少人仇恨官府、仇恨朝廷，是以刻意在宦者中發展內應。春陀既是內應，一切疑問都迎刃而解，他是宦者首領，吃住都在皇宮中，進入長樂宮鐘室取走高帝斬白蛇劍實在是再容易不過的事情。他在皇宮任職三十年，瞭解各種宮廷祕聞，知曉平陽公主涉入前皇后陳阿嬌巫蠱案、王夫人中毒案也毫不稀奇，匿名告發並不是針對平陽公主，而是要扳倒大將軍衛青。至於韓則所提到的甘泉宮行刺事件，多半也有他參與其中。只是他搶先在逮捕者達到前自殺，許多事情再難以當面對質。

自古以來都是禍起蕭牆，內奸的巨大危害難以想像。春陀自殺後，很多人包括皇帝劉徹都安心了許多。

劉徹一度打算重新對匈奴用兵，偏偏這時候大將軍衛青病逝了。雖然衛青已經被閒置了十幾年，門前冷落，一度煌煌雲集的門客早各自做鳥獸散，空有大將軍、大司馬的頭銜，但他畢竟是一個象徵，他的去世令朝堂一下子空蕩了許多，大漢再也沒有能令匈奴人聞名震懾的名將。劉徹也明顯感到衛青死後所帶來的巨大缺失感，感到朝中再無文武名臣，特意下詔書令郡縣地方官吏舉薦有才學的人。

衛青死後與平陽公主合葬，其陵墓建在茂陵東邊，形似廬山。雖然葬禮遠遠不及外甥霍去病風光，但陪葬皇帝寢陵，亦是難得的殊榮。

衛青的去世令皇帝暫緩了對匈奴新一輪的攻擊，如此一來，就愈發彰顯出與烏孫結盟的重要。

烏孫昆莫獵驕靡已經去世，匈奴公主奇仙也按照烏孫習俗改嫁給了新昆莫軍須靡，再次與大漢公主劉細君共侍一夫。漢朝與烏孫的和親結盟並不如預想中順利，這實在是因為匈奴公主比大漢公主做得要好得多——奇仙性情開朗，精於騎射，與新昆莫軍須靡志趣相投，夫妻極為恩愛；劉細君高雅矜持，自恃大國公主身份，不居住在赤谷城中的昆莫穹廬中，而是在城外另行築城居住，一月僅僅與軍須靡見幾次面。她雖然得前昆莫獵驕靡巧妙安排，先嫁給軍須靡，卻只生下一個女兒少夫，而奇仙嫁給軍須靡後不久就生下兒子泥靡，因為是現任昆莫長子，如無意外，勢必將成為下一任昆莫。

匈奴人不過是效法漢朝和親，結果卻比漢家有效得多。皇帝劉徹得知消息後，心中很不高興，下詔切責。劉細君接獲天子詔書，又是惶恐，又是委屈。她看見了使者眼中的不滿，但沒有聽清楚他的話。傷痛、無助占據了她的全身，傷痛到骨髓，無助到絕望。

使者的嘴唇還在不停地張翕著，聲音如蚊蟻，聽起來遙遠而空洞。她只感覺自己的思緒在減退，意識在模糊，身體開始往濃重的黑暗中墜落。她想要抓住點什麼，但周圍什麼都沒有。只是不停地墜落，不停地沉淪，永無盡頭……

最先得知劉細君病死消息的是李陵，他回去長安後不久，便再度以騎都尉的官職率軍屯駐在張掖一帶，負責酒泉、張掖兩郡邊軍的騎射訓練。烏孫使者東來長安報信，必然要經過張掖。那日黃昏時分，他在城上看見持著節旄的烏孫使者氣急敗壞地馳進城中，心中已經隱隱感到不妙，追到驛站一問，果然聽到江都公主病歿的消息。

那一刻，李陵的心陡然一沉，轉過頭去，彷若看到劉細君就站在如血的殘陽中，她還是他記憶中最美妙的樣子：娉娉婷婷，秀麗婀娜，如弱柳扶風，道不盡的婉轉風流。

令他傷痛的不僅是劉細君之死，還有京師所傳來的新一任大漢公主即將再嫁烏孫昆莫的消息——被選中的宗室女子正是劉解憂，她已經被封為楚國公主，很快將啟程嫁去烏孫。漢女悲而歌飛鵠，楚客傷而奏南弦。劉細君和劉解憂先後被封為公主出塞和親，前後不到四年。

李陵實在不能想像劉解憂接到天子詔書時的表情，他想她一定是不開心的，因為他這次離開長安時，當面向她許諾下次回去時就會正式迎娶她，她也微笑著答應了。誓言猶在耳邊，佳人卻永遠不再屬於自己，他心中不免有了一絲怨恨：皇族中有那麼多的公主、翁主，光皇上的哥哥中山王劉勝就有幾十個女兒，為什麼偏偏要選中解憂呢？他很想立即馳回京師，當面請求天子收回成命，可他是邊將身份，不得皇帝詔書不可以擅自離開轄地，只能茫然無措地南望長安，空自興嘆。

此時正是邊郡的多事之秋。匈奴烏維單于病死不久，其子烏師廬即位，因不過十來歲年紀，所以號稱「兒單于」。烏師廬年少氣盛，雄心勃勃，意圖恢復祖先的基業。為了與大漢對抗，下令族人往西北遷徙，左方兵直指雲中，右方兵逼近酒泉、敦煌郡，離李陵駐地張掖僅有一步之遙。李陵率領五名校尉、一萬人馬，日夜巡防。繁忙的軍務雖然暫時分散了注意力，但離別的日子終究還是會到來。這一日，楚國公主劉解憂一行到達了張掖，被安置在驛站中。負責護送公主一行的是浞野侯趙破奴，天子面前最得寵的匈河將軍。

李陵早迎候在驛站外，劉解憂命人引他進來，笑道：「李陵哥哥，好久不見，你可是消瘦不少。」命人置辦酒席，請李陵坐下，一邊飲酒，一邊談些京師見聞。

劉解憂道：「今年可是發生了不少大事，皇上聽從太史令司馬遷的建議，改用夏正新曆法，今後再也不是十月是歲首了，而是正月，聽說天下的農民都歡天喜地[4]。皇上為此大改官制，現在中尉叫執金吾，郎中令叫光祿勳，內史則叫京兆尹了。」李陵道：「嗯。」

劉解憂道：「還有一件大事，跟李陵哥哥你還有點關係呢。皇上最先拜你的官職不是建章監麼，現下新皇宮的名

4 新曆法《太初曆》採用了有利於農時的二十四節氣，並在無「中氣」（指冬至、大寒、雨水、春分、穀雨、小滿、夏至、大暑、處暑、秋分、霜降、小雪）月份插入閏月，調整了太陽周天與陰曆紀月不相合的矛盾，使朔望晦弦較為正確，是中國曆法上一個劃時代的進步。

字已經定了，就叫建章宮。之前可是只有你和衛青大將軍任過建章監呢。」

她所稱的建章宮即是指在長安城西上林苑中新營造的宮殿。之前未央宮中失火，用來承接玉露的柏梁臺被焚毀，皇帝寵信的胡巫勇之進言說：「如果發生火災，就要另建造一個比原來更加高大的建築物來壓住火魔，此為服勝。」劉徹信以為真，於是在城西修建了規模宏大的建章宮。這座宮殿在規模和華麗程度方面都遠遠超過了未央宮，由許多宮殿臺閣組成，號稱「千門萬戶」。

李陵見她強顏歡笑，也不得不附和道：「嗯，我也聽說建章宮宏偉奢靡之極，下次回京朝見天子，要好好去看一看。」劉解憂道：「我可以先給李陵哥哥講講。」也不待李陵答應，自顧自地講述了起來——

建章宮周圍築有宮牆，長二十餘里，四面各有一座宮門。南門是正宮門，雄偉高大，故名「閶闔」，意即「天門」。有門樓三層，高達三十餘丈。又因其建築裝修以玉石為主，也稱「璧門」。東宮門外築有鳳闕，因其上裝有鎏金銅鳳而得名，高二十五丈。北宮門的闕樓則稱圓闕，建築形制一如鳳闕。與未央宮之間架有飛閣複道，方便交通。

建章宮主要建築為玉堂殿，又稱前殿，金碧輝煌，登臨其上，就連高出長安城許多的未央宮也盡在眼底。殿內十二門，階陛均用玉石作成。又鑄五尺高的銅鳳凰，飾以黃金，豎立在屋頂上，在陽光照耀下閃閃發光，下有轉機，向風若翔。

玉堂殿外，還有駘蕩、馺娑、枍詣、天梁、奇寶、鼓簧等宮，及有神明、疏圃、鳴鑾、奇華、銅柱、函德等殿，皆宏偉高大，飛簷翹角，振翼欲飛，可以將日影折射入殿內。各宮之間及其與城內諸宮之間皆有飛閣相連，可以乘輦自由上下。駘蕩位於前殿東北，以景色優美而得名。每當春暖花開之時，宮中萬木蔥綠，百花齊放，姹紫嫣紅。

鼓簧宮是帝王鼓簧作樂之處。奇華殿就在玉堂殿近側，專門用以陳列外國奇物及外國使者獻給漢天子的禮品，如火浣布、切玉刀、巨象、大雀、獅子、寶馬等，奇珍異寶，充塞其中。神明殿為祭祀仙人之處，高五十丈，上有九室，以象九天；室中常置九天道士百人，以便隨時和神仙通話。在臺上正中，巍然屹立著一巨大的銅鑄仙人，其手掌前舒，大有七圍；掌上托著一直徑達二十七丈的大銅盤，盤中有一巨型玉杯，用以承接露水，因而稱為承露盤。

前殿北邊還修了一個範圍寬廣的人工湖——太液池，將建章宮點綴得更加美麗宜人。池中建築完全是仿照傳說中的東海仙境來布局，築有三座假山，分別名之以瀛州、蓬萊、方丈，以象徵傳說中的三座神山[5]。池中起有漸臺，高二十餘丈。池北岸有人工雕刻的石魚，長三丈，高五尺，西岸則有三隻石鱉，各長六尺。池邊長滿了雕胡、紫籜、綠櫛之類的植物。因為環境優美，池中魚鱉成群，池邊沙灘上鷀鴣、鶺鴒、鴻鶩等水鳥佈滿充積。

繪聲繪色地描述一番，劉解憂又笑道：「你不知道，我臨出發前，皇上在建章宮太液池上的漸臺設宴送行，忽然有大批黃鵠飛落太液池中，景象壯觀，令人嘆為觀止，而且是京師裡從未見到的那種黃鵠，在場群臣無不振奮，皇上大喜，認為是難得一見的吉兆[6]，這是上天在昭示這次和親烏孫一定能夠馬到功成。」

她興致很高，談笑風生，臉頰上不時露出兩個圓圓的可愛的酒窩。但不知怎的，話到這裡，再也難以掩飾內心的淒涼，笑意漸漸淡了下去。又想起了劉細君所作的那首廣為傳唱的《黃鵠歌》：

吾家嫁我兮天一方，遠托異國兮烏孫王。
穹廬爲室兮旃爲牆，以肉爲食兮酪爲漿。
居常土思兮心內傷，願爲黃鵠兮歸故鄉！

---

5 據《史記‧封禪書》記載，三神山在渤海之中，上面的動植物皆呈白色，宮闕樓臺由黃金和白銀構造，裡面居住著許多仙人，並產有長生不死之藥。

6 中國傳統以五行象徵帝德。漢初服水德，所以每年歲首以十月為始，服色外黑內赤，與水德相應。但自漢武帝於太初元年（西元前一〇四年）採用新曆法《太初曆》後，漢改從土德，服色尚黃，因而黃鵠降落是大吉之兆。

這些遠道而來的黃鵠，興許就是劉細君的精魂所化吧？一縷香魂，最終還是返回了故鄉。那麼她呢？是不是也要客死他鄉，才得以化身黃鵠，返回故鄉？

今夜無月，只有燈影綽約。劉解憂盛裝坐在那裡，身影映在青灰紅的帷幔上，像是一片薄薄的剪影。燈光並不明亮，但李陵可以感覺她的明眸正閃爍著光芒，像晶晶亮的星星。她也正打量著他，他的濃眉，他的微聳的顴骨，他那象徵堅毅不拔的方方的下巴。

忽然，毫無徵兆地，劉解憂起身奔近李陵，彷彿穿過了蒼茫的時光、越過了遼闊的荒野，突然出現在眼前一樣。她在他背後跪了下來，從後面抱住了他，將頭靠在他健壯的肩膀上。

侍立在一旁的幾名宮女急忙退了出去。

李陵一動不動地席坐在原處，彷若石化了一般，但心中卻噙滿莫名的哀愁。他跟解憂從小相識，至今已近二十年，似乎從來沒有這般靠近過。他甚至可以清楚地聞見她髮梢上的香氣，不禁有些恍恍惚惚起來，喃喃問道：「為什麼是你？為什麼一定要選你和親？」

劉解憂一時心意徬徨，猶豫要不要告訴李陵真相。其實皇帝並沒有直接下詔強行選她做和親公主，而是先召她去了未央宮，告訴她道：「像劉細君那樣美貌的宗室女子多的是，可朕不要她那樣沒有擔當的。朕原先選中她，是因為她是董仲舒的義女，以為她知書達禮，可沒有想到她終究還是頭髮長、見識短的女子，只關心她自己的情感，關心她自己的命運，嫁到烏孫後除了日夜悲嘆哭泣，沒有做過任何對大漢有益的事。與烏孫結盟是國之大事，絕不能讓匈奴人占了上風，所以朕這次要選的是聰明智慧、深明大義的大漢公主，你是最合適的人選。不過朕也不想勉強你，以免你會重蹈劉細君的覆轍，所以先召你來問你個人的心願。解憂，你願意做一位大漢公主和親烏孫、助朕完成共擊匈奴的使命麼？」劉解憂只微微遲疑了一下，便朗聲答道：「願意，臣女一定不負陛下重託。」劉徹大喜過望，當即下詔封她為楚國公主，為她設置官署。

劉解憂答應得爽快，心中卻還是有所起伏，這自然是她心中一直有李陵的緣故。此刻她悲情流露，也不是想要抗拒皇帝交付的使命，只是不能見到心愛的男子如此傷心難過。是她自己選擇了和親這條路，在她內心深處，總覺得是自己拋棄了愛人，拋棄了誓言，拋棄了承諾。她嘴唇翕張了幾下，艱難地道：「對不起，真的對不起。」

李陵看不見她潮紅的雙頰，但清楚地聽到了她急促的呼吸和咚咚的心跳，只覺得鼻子發酸，閉上了眼睛，淚水終於奪眶而出……

案上紅燭，紅焰熒熒，似滅未滅，令人心驚。

次日一早，劉解憂一行動身出發，繼續西行。李陵因要處理緊急軍情，連夜趕往邊塞，竟是連最後一面也未能見到。

昔日大將軍衛青率兵大敗匈奴，收復黃河以南失地，皇帝劉徹詔令災民遷徙新秦中地區屯耕，由朝廷供給口糧、衣物、種子和耕牛，興開渠引水灌溉之先。數年之內，這塊往日人口稀少的地區出現了「冠蓋相望」的繁榮景象。然而朝廷接連對匈奴用兵，大批丁壯被徵發往前線，田園荒蕪。民間有童謠唱道：「小麥青青大麥枯，誰當獲者婦與姑。丈人何在西擊胡。吏買馬，君具車，誰為諸君鼓嚨胡。」

看盡沿途人丁凋零景象，劉解憂心頭愈發沉重，她深深地感受到自己使命重大。強烈的責任感暫時沖淡了她與心愛的男子從此將天各一方的傷懷，她決意要竭盡全力完成皇帝交付的任務。

跟隨楚國公主一起出玉門關的還有使者車令率領的出使大宛的求馬隊伍。自張騫通西域以來，有漢使者出使大宛國，得知當地有一種汗血寶馬，能夠日馳千里，大宛國人十分珍愛，視為國寶，並千方百計地防止被別國得到，將所有寶馬藏匿在貳師城中。正如中原極力阻止絲綢製造技術外傳一樣，大宛珍惜國寶，也是人之常情。但漢家天子劉徹愛馬成癖，聽說汗血寶馬的種種神奇之處後，對其夢寐以求，所以特意招募使者出使大宛。車令本是民間一莽夫，因仰慕昔日張騫建殊勳於域外，主動應徵，由於其人孔武有力，被皇帝相中，拜為使者，攜帶一千斤黃金及一匹純金打造的真馬大小的金馬前去大宛，萬里迢迢，只為換取汗血寶馬。

跟車令滿心渴求建功立業相比，劉解憂完全是另外一種心情，她已經做好了承擔使命的準備，但想到從此將與心愛的男子關山遠隔，望斷天涯，從此只能在夢中相會，她還是會忍不住地心痛。直到出了玉門關後，從所未見的塞外風光才將她的鬱鬱情懷一掃而光——

玉門關位於敦煌的西北方向，是通往西域必經的關隘。這裡新修建了防禦匈奴的長城，城牆自東沿著刀鋒般的山脊奔馳，蜿蜒向祁連山延伸，障牆、城臺、烽燧交替起落，雄渾壯美。這樣，漢代長城規模遠遠超出了秦長城，東起遼東，西至鹽澤，工程浩大前所未有，雄關勝跡，壯比山河，充分展現了一個民族的豪邁與堅韌。

這段長城的修建十分艱鉅。築牆往往要就地取材，但當地乾旱，黃沙土沒有黏性，很難築成高牆。後來修城的民夫偶然發現田鼠的洞非常牢固，仔細觀察後發現田鼠是將吃過的葡萄皮、細柳枝與沙土混在一起築窩。民夫便照貓畫虎，用細紅柳枝、沙蒿、蘆芭及拌了釀過酒的葡萄皮混上沙土，再用打夯的辦法，鋪一層，築一層，終於修起了一丈多高、八尺多厚的沙土城牆。著名的玉門關也是用這種跟田鼠學來的辦法修成，城牆上的磚群刻有文字，清晰地記載著民夫們的辛苦及斑斑血淚。

玉門以西，則是茫茫荒漠，很少有人煙。蒼穹浩浩渺渺，戈壁一望無際。一簇簇灌木似的紅柳錯落生長在黃褐色的沙石上，開著紫紅色的小花，沒有胭脂露染的瑰麗，沒有麗質天成的芬芳，沒有人播種，沒有人耕耘，沒有人澆灌，甚至沒有人欣賞，卻以赤骨錚錚的頑強給這片荒涼得震撼人心的大地帶來幾許柔韌，幾許飄逸。

偶然可以見到成群的野驢和膽小的羚羊，表情生動，神韻活靈活現。還有一種周身泛著古銅色光澤的野駱駝，發狂地奔馳而過，騰起陣陣沙霧。有漢軍意圖捕捉一頭當作坐騎，策馬奮起直追，卻是始終未能追上。

出玉門關一百三十里有石崖，崖上有泉水名懸泉水，水流細如指柱，淌流不盡，但只能流出一里之遠。然而奇特的是，當來取水的人馬多時，泉水出水即多；人馬少時，水流又變得細小，如同有靈性一般，令人嘆為觀止。

遼闊的戈壁，廣袤的天地，熱烈奔放的生命，無所羈絆的自由，連人的心胸也跟著豪邁了起來。古今俱失，天獨斯人。當人微小得如一粒塵埃時，往往能夠發現更為廣大的世界，世事往往奇妙如斯。

戈壁過後便是白龍堆沙漠，因沙梁縱橫高大、沙土發白、蜿曲如龍而得名，莽莽數百里，一直延伸到西域樓蘭國境。

劉解憂曾聽不少人講過沙漠的景象，無非是沙如雪、月如霜之類，可只有親眼見到沙漠時，才會發現它的華貴與雄奇——沙丘跌宕起伏，彷若凝固的波濤，靜靜地臥在金燦燦的陽光下，發出柔和的光芒。那種浩浩蕩蕩的博大胸懷，那種悄然無聲的沉靜氣度，令每一個第一次見到的人都驚嘆不止。輕風拂過沙梁，梳理出一道一道的紋理，彷若精美的織錦。而當風暴來臨時，大風驟起，彷彿張牙舞爪的怪獸，撲過來與黃沙進行殊死搏鬥，肆虐狂亂，驀然間黃塵滾滾，飛沙走石，天昏地暗，天地間變為一片混沌。風與沙最終難分勝負，各自偃旗息鼓，沙漠復歸寂靜。沙丘上所有的痕跡都被撫平，彷若從來沒有人踏足過。風暴一過，人人爭相爬起來，張開嘴巴啐沙，再往眼睛裡揉沙，往臉上搓沙，又往耳朵裡挖沙。

白龍堆沙漠本有「魔鬼之地獄」之稱，意思是人力難以穿越的死亡地帶。除了氣候惡劣、難辨方向外，還常常有龍捲風驟然而起，最高可達近百丈，風力足以將活人捲入半空中。時有俗諺形容白龍堆道：「有人進去無人回，天陰時聞鬼啾啾。」

然而自從張騫通西域以來，這片沉寂的死亡地帶也變得熱鬧起來，駝鈴陣陣，馬隊成群結隊。穿梭來往的除了大漢和西域各國的使者外，更多的還是商人。胡商重商逐利，發現中原的絲綢銷往西方能夠牟取巨利，因而甘冒路途艱險之苦，運送一些體積小、價值高的珍寶，如瑟瑟、美玉、瑪瑙、珍珠等，到中原換購絲綢，白龍堆沙漠遂成為著名的絲綢之路的必經要道。

間或也會遇到死人或動物的白骨。大漢每年排遣大批使者前往西域，能活著回來長安的只有一半，另一半只有極少數是被匈奴遊騎劫殺，大多數都是因為迷失道路、缺乏食物和水而死在了沙漠中，可見白龍堆之兇險。

劉解憂一行攜帶有大批嫁妝財物，行走得極為緩慢。這一日，車子又陷進了流沙中，她遂下車步行。陽光灑在無盡的沙丘上，滿眼蔓延著純淨的金黃色芒，層層疊疊的沙紋彷彿是風的漣漪。她試著在沙脊上行走，腳下軟軟綿綿，身影印在沙上，彷若一幅絕妙的剪影。當她用力踩踏沙梁的脊背時，細沙便像水銀一般傾瀉而下——那一刻，她想她是愛上了沙漠。

正瘋狂地迷戀大漠景色時，忽遠遠看見前面沙谷下半掩著一個人身，劉解憂忙命侍衛過去查看。侍衛長張博帶人將那人從流沙中挖了出來，卻是一名年輕的少女，臉上生滿惡瘡，已是瀕死的邊緣。

張博即是跟隨張騫第一次出使西域的匈奴人甘父之子，「張」姓是跟從張騫，「博」則是取張騫爵位博望侯之字。他本人曾多次跟隨使者隊伍出使西域，大致一看情形，便過來稟告道：「公主，那女子雙手被繩索縛在胸前，應該是胡商預備販去西域的奴婢，途中生了重病，所以被丟下了。她活不了了。」

奴隸和絲綢是絲綢之路上最賺錢的兩大商品，漢朝強大富庶，西域各國貴人無不以擁有秦人奴隸為榮，遂滋生了商人往西方販賣奴隸的買賣。

劉解憂聞言，走到那女子身邊，道：「我是要去烏孫和親的楚國公主，你叫什麼名字？」

那少女枯瘦如柴，脫水嚴重，已是奄奄一息，雖然甦醒，卻是說不出話來。張博命人取來酒漿，往她喉嚨中灌下幾口。她咳嗽了幾聲，斷斷續續地道：「馮……馮嫽……」

劉解憂道：「你叫馮嫽？是哪裡人氏？可還有什麼未了心願？」那少女搖搖頭，只喃喃重複道：「馮嫽……馮嫽……」

劉解憂心念一動，問道：「是不是你還有個同伴叫馮嫽？」那少女不知從哪裡生出來的力氣，挺起身子，捉住劉解憂，道：「救……救救……她……」不及說完，便鬆開鳥爪一般的手，倒地死去。

劉解憂遂命人就地挖了一個坑，將少女掩埋。也許不久後到來的風暴將會捲走浮沙，少女屍首重新暴露於陽光之下，即使不被兀鷹吃掉腐肉，也會被風沙剝蝕，逐漸變成一具白骨。也許沙梁移動，最終將她深埋於沙漠中，變成一具乾屍。無論是哪一種結局，她將永遠地留在這裡，籍籍無名，靈魂亦不得安息。

劉解憂與少女萍水相逢，不知對方姓名來歷，倒也不如何悲傷。只是在這廣闊無垠的天地中，平地生出人的卑微和渺小來，生命在這漫無邊際的黃沙中也成了一粒塵埃，如此微不足道。

穿越白龍堆沙漠後，就到達了西域最東面的國家——樓蘭。這是個綠洲小國，國中多怪柳、胡桐、葭葦、白草，為了保護國境不被風沙侵蝕，樓蘭制定有嚴格的保護環境[7]法律：樹存活著時將樹砍斷致死，要罰馬一匹，砍斷樹枝則罰母牛一頭。

樓蘭人種膚白，高鼻深目，與漢人和匈奴人有明顯差異，生活習性也大異於遊牧為主的匈奴人，譬如懂得建築之術，建有房屋和城池。護送楚國公主一行的匈河將軍趙破奴就是因為攻破樓蘭王都打泥、俘虜國王伐色而封浞野侯。樓蘭時已歸漢，伐色國王親自出城迎接劉解憂一行。之前伐色曾應漢朝要求，將長子莫那送往長安作為人質，幾年不見愛子，難免牽掛，特意詢問其生活。趙破奴不敢實說莫那已犯法被閹割為宦者，只能含含糊糊地應對過去。

參加完王宮宴會，回到驛館已是晚上，劉解憂遂換上便服，也如樓蘭女子一般，拿一塊黑巾蒙住面孔，帶上張博幾名侍衛，自側門悄悄溜了出去。

今日湊巧是樓蘭的葡萄酒節。樓蘭有歲首節、葡萄酒節、乞寒潑水節三大節慶，均是舉國狂歡的大節日。打泥城

7 樓蘭所頒布的環境保護法律是迄今為止所發現的世界上最早的環境保護法。

中處處火樹銀花，歡歌笑語。

這個國家的男子都是剪髮齊項，並不似中原男子那般挽髻。少女則是梳髮為五辮，左右各二，腦後一辮。婦人將辮子盤梳成髻，而且要面蒙黑巾。人人喜穿白色窄袖緊身的衣裳，多夾用綠花，愛戴尖頂虛帽，有的帽子還有前簷，稱卷簷虛帽，便於遮擋太陽。漢人很喜歡這個國家出產的長筒革靴，軟硬合適，便於跋涉風沙。

張博多次到過樓蘭，熟悉扜泥情形，當即領劉解憂來到市集中的女市，即專門買賣女奴的地方。

幾名胡商正在按照習俗陳寶鬥富，即互相比拚所售女奴的容貌。高臺上站著三名年輕少女，被迫按照命令在臺上轉來轉去，一人是褐髮碧眼的西域女子，一人是寬額濃眉的身毒女子，另一人則是漢家女子。三人均赤著雙腳，雙手縛在身前，只穿著極單薄極緊身的衣裳，窈窕身姿展露無疑。那漢人女子姿色頗佳，只是緊咬雙唇，神情冷漠。另外兩名女子則是驚懼異常，梨花帶雨，楚楚可憐。

臺下聚集了不少圍觀的人，眾人高喊一陣，便有人跳上臺去，抓住西域女子的雙手舉了起來，似是公選出了她是最美麗的女奴。一名商人跳上臺去，一腳將那漢人女子踢倒在地，揚起手中的鞭子，便朝她劈頭蓋腦地抽打下去。那漢人女子也不求饒，只舉手護住臉面，咬牙強忍。

劉解憂在人群後看得一清二楚，忙命道：「去叫那商人過來，告訴他我要買下他的女奴。」

張博奔近臺前，用匈奴話喊了幾句。西域受匈奴統治日久，幾乎人人會說匈奴話，但那商人只是一愣。劉解憂見那商人分明是個漢人，依稀有些眼熟，忙親自擠到臺前，道：「你這名女奴我買了。」

那商人奇道：「你是漢人？」他只說「漢人」，卻不說西域人習慣說的「秦人」，顯然是土生土長的中原人了。

劉解憂道：「不錯，你不認得我了麼？我可是還記得你。」當即取下面巾來。

那商人看清她的面容，「啊」了一聲，一把甩掉頭上的尖頂虛帽，轉身就跑。兩名侍衛早得劉解憂暗示，正守在他身後，當即捉住他手臂，將他拖下臺來。

原來這商人就是昔日綁架劉解憂和桑遷的歹人之一。本來劉解憂被劫後一直被捆縛住雙手，眼睛也被蒙住，看不到對方樣子，但後來李陵自願換她出去，歹人將她帶出長安後解開綁縛，推下車子。她甚是機警，忙扯下眼睛上的黑布，看見了趕車的車夫樣貌，正是今晚在女市跟胡商鬥女奴的商人。

市集中人山人海，這一小小糾紛很快被喧鬧蓋過去。劉解憂徑直帶著那商人和女奴回來驛館，問道：「你們改做販賣奴隸了麼？暴利長人在哪裡？」商人只是不答。

劉解憂見他倔強，便命張博帶他出去，交給趙破奴處置，又問那女奴道：「你叫什麼名字？」女奴已經知道她是楚國公主的身份，當即垂首道：「回公主話，臣女名叫馮嫽。」劉解憂道：「啊，你就是馮嫽，我今晚到女市，就是為了找你。」

馮嫽聽說劉解憂在沙漠中遇到過病重少女之事，沉默許久，才道：「她叫馮妙，是我的親妹妹。我姊妹二人本是良家女子，家住在金城，母親早逝，只與父親相依為命。不久前家父不幸病故，請了凶肆來操辦喪事。哪知道父親新葬、親友剛剛散去，這夥人就綁架我姊妹，說要賣去西域做女奴。我們被綁起來關在馬車裡，一路向西馳去，後來陸續有四名女子加進來，應該是他們沿途劫掠來的女子。」

劉解憂道：「這夥歹人的首領暴利長當過官吏，手段高明，偽刻關傳混出關外也不足為奇，可出玉門關並不容易，士卒會嚴格搜出行人和貨物。你們為何不向邊將呼救？」馮嫽道：「他們每日給我們服下的湯中下了幻藥，我們大多時候都是迷迷糊糊的，完全不清醒，如何能夠呼救？」

劉解憂道：「原來如此。」她不能在樓蘭滯留，明日一早便要出發，當即道：「你不必擔心，我會請趙將軍將這件事轉告樓蘭國王，請國王派人追捕暴利長一夥，解救其餘被拐賣的女子，再送你們回去漢地。」馮嫽點點頭，道：「多謝。」

次日一早，趙破奴進來稟告，他已經連夜拷問了劉解憂自女市捕獲的商人，原來那人名叫郭建，正是暴利長手下。

當初廷尉杜周用酷刑拷問桑晉和衛廣後，解救了金日磾和桑遷，同時嚴令追捕暴利長。暴利長難以在京師立足，遂帶領手下逃到河西一帶。這裡雖然是絲綢之路的必經之處，但還是屬於邊郡，地廣人稀，朝廷正大肆鼓勵內地百姓到此處安居，容易立足。他們先是重操凶肆舊業，不久即發現往西域販賣貨物能夠獲取巨資，而女奴即是利益最大的生意。他們也不會學那些胡商，到中原各地低價購買貧苦人家的女兒，而是徑直綁架良家女子，無本萬利，只是路費上有些開銷罷了。郭建這次一行四人，是第二次押送女奴來樓蘭轉賣，想不到馮妙半途生了重病，生怕她感染其他女奴，只好將她丟下。不想劉解憂意外撞見馮妙，不忘她臨終遺言，到樓蘭女市尋訪馮嫽，竟意外認出了郭建，可謂巧得不能再巧。

郭建在嚴刑下招供後，趙破奴遂連夜聯絡了樓蘭執政官，派兵到客棧逮捕了郭建的三名同夥，救出了其餘四名女奴。

劉解憂道：「暴利長沒有在其中麼？」趙破奴道：「聽說他仍然留在敦煌一帶。臣會派人送信給敦煌太守，請他立即派兵追捕。昨夜逮捕的人犯，還有那幾名被解救的良家女子，都會由樓蘭派人護送回敦煌。」

正說著，侍衛長張博引著馮嫽進來，稟告道：「她一定要當面見到公主拜謝。」劉解憂道：「不過是舉手之勞，何足掛齒。」馮嫽上前道：「公主於馮嫽有救命之恩，又助我葬妹，馮嫽無以為報，想從此追隨公主，為公主端湯送水，聊盡犬馬之勞。」

劉解憂很是意外，道：「你想做我的侍女？你可知道烏孫風俗不同於漢地？」馮嫽道：「公主既能去得，馮嫽也可以做到。」

劉解憂見她談吐不凡，心道：「皇上為我配了眾多屬官，偏偏沒有這樣有氣概的女子。嗯，她在漢地再無親人，心無所戀，跟著我也好。」當即應允，攜了馮嫽重新上路。

西域地域極為廣闊，東西六千餘里，南北千餘里，東接玉門關，西限蔥嶺，北面是蜿蜒的阿爾泰山，南面是巍峨高峻的崑崙山。在這兩大山脈之間，還橫亙著綿延不絕的天山。天山南北各有一個盆地：北面是準噶爾盆地，南面是塔里木盆地，盆地的中央即是浩瀚如海、一望無際的塔克拉瑪干沙漠，中間有塔里木河穿過。西域三十六國大多緣水源分布在塔里木盆地周圍，南緣有樓蘭、且末、于闐、莎車等，北緣有車師、尉犁、焉耆、龜茲、溫宿、姑墨、疏勒等。這些國家面積不大，多數是沙漠綠洲，也有山谷或盆地。人口一般不多，如樓蘭只有幾萬人，小國如溫宿只有一兩千人。國家雖小，卻大都有城郭，與匈奴依舊保持濃厚的遊牧習性完全不同，百姓多從事農業和畜牧業，民風淳樸祥和。

儘管張騫通西域已經十餘年，漢朝勢力進入西域，漢軍甚至一度攻破樓蘭王都扜泥，用武力降服樓蘭國，但漢人在西域仍然不多見。劉解憂一行所經之處，均引起巨大轟動，觀者如潮。

其實在西域人心中，普遍喜歡漢人要多過匈奴人。之前匈奴統治西域時，在各國設有僮僕都尉，徵收繁重的賦稅。所謂僮僕都尉，顧名思義，意即視西域諸國為僮僕。西域各國作為匈奴的附屬國，國王每年都須得親自趕赴胡地，參加祭天等各種活動。對這些小國而言，無疑是沉重的負擔。而大漢國力富庶，自與西域通好之後，皇帝劉徹賞賜給各國使者極其豐厚的禮物，財物不計其數。以利來論，自然是大漢要比匈奴好上千百倍。只是西域諸國也不敢輕易得罪匈奴，畢竟從距離遠近而論，匈奴近在咫尺，匈奴在西域設置的僮僕都尉一直還存在。而大漢即便占領了河西之地，依舊與西域隔著難以逾越的茫茫大漠，在西域人眼中，即使大漢有心助諸國擺脫匈奴的羈縻，也是鞭長莫及。

劉解憂便在西域人刻意保持著距離的熱情和好奇中一路西行著。

自樓蘭西行六百里，就到達尉犁國，這是個綠洲小國，只有不足一萬人口。再西行五百里，就到達了龜茲，人口多達八萬，出產五穀，以音樂歌舞著名。漢軍軍樂就是根據這個國家的《摩訶》、《兜勒》等樂曲改編而成。又先後經過車師、溫宿等國，終於踏入了西域之國烏孫的國境。

烏孫原先只是一個部落，和月氏一樣，居住在河西走廊的祁連山一帶，生活習俗與匈奴相同。月氏強大後，發兵攻擊烏孫，烏孫族大敗，昆莫難兜靡被殺害，烏孫族人民四散逃亡，土地、牧場、水源均被月氏占領。難兜靡之子獵驕靡當時還在襁褓中，烏孫大臣布就抱著他去投奔匈奴冒頓單于。布就極有心計，知道冒頓單于迷信，便稱獵驕靡被遺棄荒野時，有烏鴉銜肉餵養，有惡狼主動哺乳。狼是匈奴的圖騰，冒頓單于聽後果然認為獵驕靡有神靈庇佑，不但願意提供庇護，而且決定親自撫養他，將匈奴軍隊收編的烏孫人都交給他率領。獵驕靡長大後，聯合老上單于，一舉攻滅月氏，老上單于甚至砍下了月氏國王的首級，做成酒器飲酒。經過多年征戰，獵驕靡征服了金山到天山一帶的大片土地，東接匈奴，西連康居和大宛，一舉成為西域最強大的國家。但烏孫作為匈奴的附屬國，昆莫每年年初都必須到單于王庭朝見，年中則要到蘢城參加祭祀祖先、天地、鬼神的禮儀，入秋後還得根據人畜數奉納課稅，不能不說是一個沉重的負擔。老上單于死後，軍臣單于繼位，羽翼已豐的獵驕靡不願意再臣服於匈奴，停止了到匈奴王庭朝拜。軍臣單于勃然大怒，派兵進攻烏孫，結果反而被烏孫打得大敗，烏孫由此贏得了獨立地位，獵驕靡也因此被認為是烏孫國史上最傳奇、最偉大的昆莫。正是因為有這一段輝煌的力抗匈奴的故事，當年張騫才認為大漢可以聯合烏孫共擊匈奴，建議為皇帝採納後，才先後有了劉細君和劉解憂的出嫁。

烏孫沃野千里，水草肥美，盛產良馬。大漢天子曾特意為烏孫進獻的良馬作《西極天馬歌》道：

天馬徠兮從西極，經萬里兮歸有德。
承靈威兮降外國，涉流沙兮四夷服。

雖然擁有遼闊的土地，國民也學會田作種樹，開始由畜牧轉向農業，但烏孫依舊保持有「逐水草而居」的遊牧習俗，譬如國中共有三座王都，分別是夏都、冬都、赤谷。顧名思義，夏都位於海拔較高的地方，適合炎熱的夏季居住；冬都則位於氣候溫和的盆地中，適宜寒冷的冬季居住；赤谷則是春秋兩季居住的都城，山花爛漫，風景優美。昆莫率領群臣在三座王都中定時遷徙。

赤谷是烏孫最大、最繁華的城市，位於天山最高峰博格達峰西北部一座平坦的山坡上，南對高聳的雪峰，北面則可以俯瞰伊塞克湖。城外築有一圈用土石築成的高牆。

昆莫的王宮位於城市中央的最高處，稱為昆莫勒，即昆莫居住的地方。其餘建築均以王宮為中心，圍成半圓圈，一圈一圈向山坡下延展，彷若向外輻射的太陽。名義上是建築，其實卻只是一座座半圓球形狀的氈房，昆莫的王宮也是如此，不過是更大、更多、更豪華些而已，此即為劉細君在其《黃鵠歌》中所唱的「穹廬爲室兮旃爲牆」。

為了迎接大漢公主的到來，整座城市早打掃得乾乾淨淨。城門處掛起了烏孫的旗幟——天藍色的幕布上繪著鮮紅的太陽和蒼狼的圖案。烏孫族崇拜天地日月，奉太陽若神，因而太陽是烏孫王族的標誌，蒼狼則是烏孫的圖騰。

雖然赤谷是烏孫首都，號稱西域第二大城市，僅次於康居國的王城，城池的規模和繁華卻遠遠不及中原的一個中等縣邑，甚至無法接納劉解憂一行千餘人盡數入城。趙破奴只得將大多數人馬安置在城外，帶了少數心腹，護送公主進城。

這是一個萬人空巷、傾城而出的日子，許多牧民甚至提早從遙遠的地方騎馬趕來，看熱鬧的人群擠滿了道路兩旁。因為烏孫並非此地土著，而是後來的征服者，因而國人除了藍眼睛、紅鬍子的烏孫族人，還有被征服的黃皮膚的月氏人和白皮膚的塞種人。事實上，在烏孫國六十三萬人口中，月氏人和塞種人的人口加起來比烏孫人還要多。

烏孫的風俗與樓蘭國甚像。國民的服飾多用牲畜皮毛加工而成，喜歡用銀元或銀製品來做裝飾。年輕女子頭戴圓形花帽，帽頂插著貓頭鷹[8]的羽毛作為帽纓。已婚婦女則戴著白布蓋頭，外披白布大頭巾，長及腳跟。因為人人經常騎馬，所以男女都穿著長筒皮靴。

作為萬眾矚目的中心，劉解憂也好奇地打量著眼前的一切。自從踏上了烏孫的土地，看到綠草如茵，牛羊遍野的風景，她便愛上了這個國度，她在心中默默許諾，也將用全部的熱忱來熱愛烏孫的子民。

昆莫軍須靡親自率領國相、左右大將、都尉、大監等大臣趕來城門迎接。軍須靡大概二十來歲，身材瘦削，戴著一頂像蒼鷺頭顱的翻邊寬簷的王冠，有一雙藍若寶石的眼睛，鼻梁很高，鼻子前突，下巴下留著茂密的紅色鬍鬚，看起來有些滑稽，完全像是另一個世界的人物。不知怎的，劉解憂第一眼見到他，就很想發笑，只不過礙於身份，強行忍住。

烏孫跟匈奴同習俗，昆莫夫人可以議政、參與行軍打仗，左夫人匈奴公主奇仙也抱著小太子泥靡跟在昆莫身邊。軍須靡為她引見，她依舊只是警惕而好奇地審視著劉解憂，敵意極盛。

這種場面早是意料之中的事，劉解憂遂主動招呼了一聲。奇仙很是驚訝，道：「你會說我們匈奴話？」劉解憂笑道：「路上臨時學了一些，說得不好，還請左夫人多多指教。」

這位新來的公主當真與之前的劉細君性情完全不同，劉細君一點也不討人喜歡，嬌氣，矜持，成天一副苦瓜臉，還喜歡擺架子，這位公主卻是明媚而熱情，臉上笑顏如花，不時露出兩個可愛的小酒窩，不由得讓奇仙納罕起來。

軍須靡看到新夫人隨和友善，還會說匈奴語和烏孫語，不像之前的劉細君完全無法交流，很是高興，忙迎進王宮。

烏孫的王宮由十二座巨大的氈房組成。氈房是烏孫族人的獨特發明創造，完全由木架、毛氈、草繩、牛筋等搭建，不用任何釘子、楔子等工具，輕便牢固，拆卸方便，便於搬遷，適應遊牧民族「逐水草而居」的特點。一座完整的氈房由圍牆、房杆、頂圈、房氈、門組合而成，大致分為上下兩部分：下部為圓柱形，用橫豎交錯相連而成的紅柳木柵欄構成一圈圍牆；上部為穹形蓋頂的骨架，由數十根撐杆搭成。每座氈房內又有不等數目的房牆，將氈房分隔成不同的房間，如客廳、臥室、廚房等。王宮的氈房比普通百姓的氈房要講究得多，全部用潔白如玉的白色氈子做成，所以又被稱為「白色的宮殿」。所用的氈子不但精密細緻，而且厚實無比，全部是由烏孫婦女手工製成。製作時，先用木棍將羊毛敲打鬆散，灑水打濕，鋪在平整的地上壓實，再由多人反覆捲壓，工藝極為複雜，費時費力。烏孫氣候寒冷並且多雨，這種氈子製作的氈房不但能夠很好地遮風擋雨，而且冬暖夏涼，十分適應當地的氣候特點。

十二座氈房中，中間最大最高的兩座氈房為昆莫所獨有，一座是昆莫大帳，是昆莫與群臣議事的地方，另一座則是昆莫住所。

昆莫大帳的氈房頂部開有四個天窗，光線很好，與中原宮殿深邃幽密的感覺全然不同。帳中早已準備好接風洗塵的酒席，正首是昆莫的寶座，左下方是左夫人奇仙的座位，右下方則是劉解憂的座位，烏孫百官以及左、右夫人的屬官依官秩分排坐在兩旁。所謂座位，只是在地上鋪了一塊精美的羊毛氈，供主賓席坐。昆莫的寶座是一塊貼金地毯，極為華麗。地毯前面擺有低矮的長條木案，用來置放食物和酒水。軍須靡一聲令下，伴隨著冬不拉和阿肯們[9]歡快的歌聲，歡迎大漢公主的宴席開始了。

歌舞正酣時，帳外忽然傳來一陣雄厚急促的號角聲，這是有敵人來襲的信號，軍須靡臉色頓變。劉解憂見他深有憂色，不禁大奇，心道：「烏孫有人口數十萬，是西域第一大國，實力遠在其它各國之上。烏孫昆莫又娶得匈奴公主和大漢公主為左右夫人，等於同時與匈奴、大漢結盟，是誰有這麼大的膽子，敢在今日進犯赤谷？」

公主丞寶典是前右夫人劉細君官署的最高長官，也在帳內，座位正好離劉解憂不遠，忙附上來低聲稟告道：「這

---

8 貓頭鷹跟狼一樣，是烏孫（包括鄰國康居）的圖騰，象徵著勇敢凶猛。烏孫人結婚時，男方要送給女方貓頭鷹羽毛，作為定情信物。

9 阿肯：歌手，通常是即興作詞演唱。以歌聲口頭傳承歷史是烏孫的民族特色。

一定是大祿來了。」

原來前昆莫獵驕靡共有兩個兒子：長子蚤和次子祿。兄弟二人性格截然相反，蚤知書文弱，祿驍勇善戰。按照烏孫長子即位的傳統，蚤很早就被立為太子。但還沒有等到他繼承昆莫之位，便先行病死，臨死前懇請父親立自己的兒子軍須靡為太子，獵驕靡答應了他。祿為此非常不滿，打算起兵殺死軍須靡。獵驕靡年紀已大，不願意見到骨肉相殘，遂將烏孫國分為三部，令次子祿和孫子軍須靡各統治一部，自己統治餘下一部，三部土地、軍力相當，又尊祿為大祿，才勉強平息了事態。張騫出使烏孫時，正是烏孫國分的時候，獵驕靡起初不敢答應張騫與漢結盟的請求，最根本的原因就是「年老國分，不能專制」。後來獵驕靡病重，將左夫人劉細君先許配給軍須靡，其實也是要鞏固他的太子之位。由於獵驕靡事先做下了周密安排，軍須靡得以順利繼承昆莫之位。但叔叔大祿依舊不服氣，一直拒絕來赤谷朝拜軍須靡。

右大將阿泰早就奔出去查看敵情，一刻後即進來稟告道：「是大祿來了。」軍須靡道：「他帶來多少人馬？」阿泰道：「大概一萬騎。」

軍須靡遂出來大帳，果見西面城下有無數密密匝匝的騎士，銀槍閃亮。

烏孫國相特則克道：「昆莫，赤谷城中只有五百衛士駐防，大祿來者不善，我們須得立即派人出城召集兵馬。」「特則克」在烏孫語中是「糞便」的意思，因為國相出生時不足月份，因而有此名。

軍須靡點點頭，正要下令，有騎士飛奔上來，稟告道：「大祿已進城了，只帶了他兒子翁歸靡和十餘名侍衛。」群臣不由得面面相覷，不知道大祿葫蘆裡賣的是什麼藥。

等了好大一會兒，才見到一群騎士穿過一圈一圈的氈房，縱馬爬上山坡。到得王宮大帳前，眾人翻身下馬，為首的是一名五十餘歲的白髮老者，高額隆鼻，鼻梁勾曲，唇厚多鬚，有一雙碧綠而桀驁不馴的眼睛。軍須靡一眼認出他就是一直跟自己爭奪昆莫之位的叔叔大祿，卻還是心中一震，暗道：「多年不見，叔叔竟然已經衰老得這般厲害。」

大祿似是患了重病，攙扶著一名肥胖男子的手，慢吞吞地走到軍須靡面前。軍須靡將右手斜向上擱置在胸前，微微頷首，叫道：「叔父。」又對大祿身旁的男子道：「翁歸靡堂兄。」翁歸靡躬身回了一禮，道：「昆莫。」

大祿卻甚是倨傲無禮，道：「軍須靡，你新娶的公主人呢？怎麼不叫她出來拜見叔父？」

軍須靡忙招手叫過劉解憂，道：「這位是楚國公主。」大祿道：「你就是大漢公主麼？」指著身邊的肥胖青年道：「這是我的兒子翁歸靡，名字是先父取的，按照我們烏孫的傳統，名字中帶有『靡』字的王子都是有資格繼承昆莫王位的。就算他現在不是昆莫，將來也會當上，公主何不及早改嫁給他？」言語中竟然有為兒子搶親之意。搶親雖是草原舊俗，但畢竟涉事者是烏孫昆莫，軍須靡和一旁群臣聽在耳中，均勃然色變。

劉解憂的烏孫話已經講得很好，不需要通譯，當即笑道：「大祿就愛開玩笑。我今日新到赤谷，大祿也是遠道而來，何不進帳同飲一杯？」大祿見她豪爽英氣，落落大方，應道：「你這女子很好，我喜歡，就聽你的。」扶了兒子的手，旁若無人地進來大帳。

烏孫國相特則克急忙讓出自己的座位，請大祿父子坐下。

軍須靡不知道大祿到底為何而來，如果真的是要奪位或是搶親，為何又肯孤身來到王宮？一時難以猜透用意，暗中命左右大將出城召集人手，全力戒備。

烏孫人習慣飲用葡萄酒，王宮酒宴不用酒壺，而是將酒盛放在一種特殊的碗形酒器叵羅中，用酒勺舀取。大祿大大咧咧地到國相席位上坐下，自顧自地舀出酒來，飲了兩杯。叵羅已然見底，一旁奉酒的侍女忙取過一壺新酒，傾倒在叵羅中。

大祿又新舀了一杯酒，起身走到劉解憂酒案前，道：「公主，我大祿敬你……」一語未畢，便忽然愣住了，直勾勾地盯著對方不放。劉解憂見他眼球突出，目光異樣，忙起身問道：「大祿還好麼？」

話音剛落的那一刻，大祿直挺挺地倒了下去，彷若一塊立不住的木板，「咚」地一聲砸在地上，濺起一陣塵土。

翁歸靡急忙搶過來扶起父親，卻見大祿已然氣絕，雙目猶自睜得滾圓。他先是一愣，隨即像一個孩子般大哭大叫起來。

軍須靡萬萬料不到會出了這樣的事，一想到大祿的軍隊很可能將大祿之死歸咎於他而瘋狂報復，登時臉色蒼白。

劉解憂忙上前親自扶起翁歸靡，溫言問道：「大祿可是身患重病？」翁歸靡一邊哭，一邊斷斷續續地道：「阿翁外出打獵時受了風寒，知道自己活不久了，所以要趕來赤谷看看昆莫新娶的公主。他還說，這也許是他最後一次來赤谷，想不到……想不到成了真的……」

軍須靡聽在耳中，這才長舒一口氣。他雖然並不傷心大祿之死，但看到翁歸靡痛哭不止，不免對這位淳厚的堂兄多了幾分同情，忙上前道：「叔父不幸病故，還請堂兄節哀。我一定會用最隆重的葬禮……用昆莫的葬禮來安葬叔父，將他葬入王陵。」翁歸靡道：「多……多謝。」

軍須靡道：「那麼還是先請堂兄出城去命軍隊散了吧。赤谷城小，這麼多人擁在這裡，旁人不知情，還以為發生了什麼大事，萬一驚嚇了公主及使者，那可就不好了。」翁歸靡抹了一把眼淚，道：「好，我這就去。」

大祿來得突然，去得更是突然。所幸其子翁歸靡單純忠厚，只認為父親是病情突發而死，並沒有因此而為難昆莫，旋即出城命大軍回去屬地，自己只帶了少數侍衛留在赤谷，協辦父親喪事。

劉解憂態度從容，應答得體，極有大國公主風範，當即令昆莫及群臣刮目相看。軍須靡聽說她不願意居住在城外劉細君修建的廬舍中，便命人在昆莫大帳後安排了一座最大的氈房給她。

到達赤谷一個月後，劉解憂便與軍須靡舉行了盛大的婚禮，被正式立為昆莫的右夫人。她一直在不停地忙碌，忙著安置各種事宜，又過了一個月後才抽出空來，由王宮女官支謙引領，到劉細君的墳塋前拜祭。

劉細君被埋葬在伊塞克湖[10]邊一塊坦蕩如砥的草地上。伊塞克湖是西域最大的高山湖泊，周千餘里，東西長，南北狹，四面環山。湖中的水都是由高山冰雪融化而成，幽綠可愛，清澈透明，像一面天然的大鏡子。皚皚雪峰從無邊無際的碧藍湖面升起，湛藍得發黑的天空、絮狀的白雲、翠綠的雲松一一倒映在湖中，構成了一幅絕美的山水圖畫，使人感到如臨仙境。最奇特的是，這座湖泊雖然坐落在終年積雪的天山峻嶺之中，地處高寒，卻是終年不結冰，與周圍積雪的峰巒形成鮮明對照，因此享有「熱湖」之稱。只是湖水微鹹，不能飲用和灌溉。大風起時，洪濤浩瀚，水浪翻滾不息，往往有龍魚和水怪湧出，因而湖中魚蝦雖多，卻沒有人敢捕獵，生怕觸怒水中的神靈。

烏孫國人認為靈魂不死，今生和來世是同樣重要，因而重視喪葬。劉細君以烏孫昆莫右夫人身份病故，按照習俗，後事頗為隆重。與中原流行堆土起墳塋不同的是，這裡的陵墓稱作庫爾干，外面看起來是一座圓形帳篷模樣的圓頂房屋，門兩邊各立有一座高及房屋的圓柱，均用石頭和泥巴砌成。屋頂繪有壁畫，有手拿長矛騎著馬的武士，有別緻的樹木花草等。房屋中間則放著石槨，槨首朝東，表示敬慕太陽升起，劉細君就安葬在裡面。按照中原習俗，石棺旁還立了一塊石碑，刻著「細君公主之墓」六個漢字，是昆莫請公主屬官公主丞寶典所書。

劉解憂很是驚異，問道：「細君姊姊的封號是江都公主，為何要刻上『細君公主』？」劉細君的侍衛長魏超忙上前答道：「細君公主因為江都封國已削，不怎麼喜歡江都公主這個封號，所以臣等一直稱呼她為細君公主。」

劉解憂心道：「我的封號是楚國公主，楚國雖在，然而父親從未受封楚王，我也不是真正的楚國翁主。」默默拜祭一番，不禁又想起昔日曾當著劉細君的面許下要來烏孫探望的承諾，只是想不到細君的去世會成為她來到赤谷的理由。正凝思感慨時，魏超忽然又湊上前來，低聲道：「公主，臣有一件要緊事要稟告。」

劉解憂見他神色甚是詭祕，道：「有話不妨直說。」魏超道：「請公主借一步說話。」

---

10 伊塞克湖：位於今吉爾吉斯斯坦西北部天山山脈北側，長一八二公里，最寬處六十公里，是世界上面積第二大的高山湖泊，僅次於南美洲的的的喀喀湖。前蘇聯時期，該湖是有名的療養勝地，據稱還是前蘇聯海軍祕密的魚雷試驗場。吉國一些歷史學家和考古專家聲稱成吉思汗墓地即在該湖湖底。特別值得一提的是，伊塞克湖西北岸就是托克馬克，古稱碎葉，是中國偉大詩人李白的出生地。

劉解憂先是一愣，隨即走出陵屋，有意無意地走到伊塞克湖邊，離得眾侍從遠些，這才道：「你說。」魏超猶豫半晌，最終還是說了出來，道：「細君公主死得十分可疑。」

劉解憂心中暗驚，表面卻故作鎮定，問道：「你為何這樣說？」魏超道：「當日長安來了使者，向細君公主來宣讀皇上詔書，細君公主當場暈了過去。大夫診治後並無大礙，說公主只是身子弱，休養幾天就好了。可昆莫和左夫人來廬舍探望後，公主當晚就死了。」

劉解憂道：「你懷疑是左夫人害死了細君公主麼？為何不稟報昆莫？」魏超道：「臣是侍衛長，怎敢越權上報昆莫？臣只將疑問稟告了公主丞，可公主丞君說昆莫極為寵愛左夫人，如果沒有真憑實據，貿然提出疑問只會引禍上身。若是奏報天子，則顯得是我等失職，回國後必然要被皇上下詔處死，所以不准臣張揚。臣即將啟程返回漢地，自思若不將實情告訴解憂公主，怕是那暗害細君公主的人還要繼續對公主你下手。」

劉解憂道：「好，我知道了。多謝你。」又問道：「這件事，除了寶典外，你可有再對旁人提過？」魏超道：「沒有。」劉解憂道：「那好，你依然不能張揚，也不要告訴寶典。」魏超道：「遵命。」

回來王宮後，劉解憂又召來侍奉過劉細君的宮女、侍衛等，詳細盤問劉細君病死的經過，情形均跟魏超所報相同。這些人雖然不敢如魏超那般明說，但臉上的表情也分明是懷疑劉細君死得不明不白。

如此調查了數日，劉解憂心中有數後，這才派人召來公主丞寶典，道：「我來這裡後，聽到不少人說公主丞君極是能幹，跟昆莫和左夫人都相處得很好。」寶典忙道：「那不過是臣分內之事。細君公主已死，臣目下已經不是公主丞了，還是請公主直接稱呼臣的名字。」

劉解憂道：「昨晚我在夢裡見到了細君公主，她告訴我說，她死得冤枉，死不瞑目，讓我替她昭雪。寶君，我不想瞞你，我跟細君公主同在茂陵長大，有姊妹之誼，她託付給我的事，我是一定要做的。」寶典嚇了一跳，忙道：

「那不過是個夢，公主怎能當真？細君公主當眾昏倒後即一病不起，皇上的使者可以作證。」劉解憂道：「我正要將這個奇怪的夢稟告皇上，既然你提到使者，我也可以順便在奏章中問他一下。」

寶典「撲通」一下跪倒在地，道：「公主，臣說實話，臣也懷疑細君公主死得不明不白。可臣懇求公主千萬不要稟告皇上，不然我們這次回國的數百名官吏、侍衛、宮女就全部要人頭落地了。」

劉解憂道：「你自己想要活命，就任憑細君公主冤死麼？」寶典道：「是，是臣的不對。可就算查出是誰害死了細君公主，那又能怎樣？解憂公主來了烏孫也有一個月了，昆莫才來過公主這裡幾回？他的心思全在匈奴公主身上，就算他知道了是奇仙公主害死了細君公主，也絕不會拿她怎樣的，況且她還是未來昆莫的母親。就算退一萬步說，昆莫肯處罰奇仙公主，可他會因此而親近我們大漢麼？臣很懷疑這一點。以昆莫對奇仙公主的感情，只會更加恨我們，恨我們逼迫他處罰了他最心愛的左夫人。」

劉解憂一時無語，只揮手斥他出去，好半晌才問道：「馮嫽，你怎麼看這件事？」馮嫽道：「寶典這人雖然自私可惡，但他的顧慮確實有道理。如果真是奇仙公主下毒害死了細君公主，我們出面揭破此事，就等於是跟昆莫撕破臉皮。」劉解憂道：「如此，這件事只能忍，不能揚了。」心中雖然不平，卻也無可奈何。

悶悶出來營帳，正見到左夫人奇仙帶著兒子泥靡和劉細君的女兒少夫在草坪上玩耍，不禁心中一動，心道：「奇仙公主性格開朗，活潑可愛，她所生的兒子是昆莫長子，將來必然要被立為太子。細君姊姊多愁善感，不得昆莫歡心，一個月不過才與軍須靡見一次面，所生少夫也只是個女兒，又拿什麼與奇仙相抗呢？既然如此，奇仙為何還要平白冒著失寵的危險毒殺細君姊姊呢？她根本沒有必要這麼做啊。」正沉思間，忽見奇仙朝自己招手，忙走了過去。

奇仙道：「右夫人，少夫的手劃傷了，我得帶她去巴克斯[11]那裡看看，正好你來了，你幫我送泥靡去他父親那

11 巴克斯：即薩滿巫師。胡地巫師除了施行巫術外，本身也通曉醫術。

裡。」劉解憂微一遲疑，道：「好。」奇仙遂命侍女抱了少夫，往坡下氈房去了。

劉解憂轉過身來，還不到兩歲的小泥靡正坐在草叢中，瞪大兩隻月亮般澄澈的淡藍色眼睛，好奇地看著她。一時心中很是感慨：也許奇仙能夠裝出對少夫好的樣子，但放心將兒子交給她這個情敵加政敵看管，這是決計偽裝不出來的。當即上前幫泥靡扶正小圓皮帽子，親自抱他來到昆莫大帳。

昆莫軍須靡正與堂兄翁歸靡商議事情，烏孫相特則克、右大將阿泰等人也在一旁。原來翁歸靡有意將前昆莫獵驕靡劃給父親大祿一部的土地歸還給現任昆莫，如此一來，烏孫就能夠重新成為一個完整的國家。軍須靡極是高興，當即封翁歸靡為岑陬，正是他本人繼任昆莫前的封號，見到劉解憂抱著泥靡進來，更覺開心，招手叫道：「右夫人，快過來坐下，跟我一起喝一杯慶賀。」

烏孫禮儀遠不及中原複雜森嚴，臣子朝見昆莫不必下跪，平常議論政事也是與昆莫同帳而坐，邊吃喝邊談論國家大事更是常有之事。昆莫案上早擺有酒肉。酒是醇厚芬芳的葡萄酒，盛放在黃金製成的碗狀叵羅中。肉是香噴噴的羊肉，烏孫人以麥麵和羊肉為主食，喜歡吃一種名叫鏵鑼的食物，即一種用大米混合尾巴油、羊肉、蔥、葡萄乾加工而成的油燜米飯，又稱抓飯。一進來大帳，便可以聞到一股類似杏仁的奇特味道。

劉解憂聽見招呼，抱著泥靡過來坐下。軍須靡親自握起酒勺，從叵羅中舀了一杯酒遞給她。

劉解憂道：「多謝昆莫。」正要舉杯飲下，卻被什麼扯住了手臂，低頭一看，竟是小泥靡攀住了她衣袖，「呀呀」叫個不停。

眾人見狀，無不大笑。軍須靡笑道：「我的寶貝兒子也要喝酒呢。喝酒好，喝酒的男子才能快些長大。」劉解憂也覺得好笑，柔聲道：「別急，我來餵你。」

正舉杯湊近泥靡嘴唇，忽聽到軍須靡一聲悶叫，捧腹仰天倒了下去。侍立一旁的馮嫽極是機警，搶上來奪過劉解憂手中的金酒杯，丟到地上。紅褐色的葡萄酒流了出來，「滋滋」冒出細小的泡沫來。再看軍須靡，已是臉色發青，抽搐不止。

帳中忽起驚變，群臣盡皆愣住。右大將阿泰到底是軍人，比文臣反應要敏捷，急忙起身出帳，一面派人去請巫醫，一面召集衛士封鎖王宮，即十二座氈房，不准任何人離開。

劉解憂將泥靡交給馮嫽，上前抱住軍須靡，叫道：「昆莫！昆莫！」軍須靡卻不應她，只叫道：「堂兄……翁……翁……」

翁歸靡早驚得目瞪口呆，被烏孫國相特則克推了一下，才反應過來，急忙湊過來跪下，道：「臣翁歸靡在這裡。」軍須靡道：「暫時由你……你繼承昆莫之位，直到……泥靡長大……」

翁歸靡一呆，隨即胡亂擺手道：「不，臣不能……」軍須靡忽然挺起身子，緊緊抓住了他的手，道：「你……就是新昆莫……但將來要傳回給我兒子，答應我……你對著太陽發誓……」翁歸靡道：「我……」不及說完後面的話，軍須靡的手已經鬆了開去，軟倒在劉解憂懷中，歪頭死去。

翁歸靡慌亂萬分，只茫然叫道：「昆莫！昆莫！」

烏孫相特則克忙上前扶起翁歸靡，道：「國不可一日無君。昆莫，請你節哀。」翁歸靡道：「不，我不能……」特則克道：「我們這麼多人都聽得一清二楚，軍須靡昆莫臨死前將昆莫的位子傳給了你，等到泥靡王子長大成人，再傳回給他。」

翁歸靡道：「可是我……」特則克堅決地道：「不要再推辭了。眼下有許多事要處理，最要緊的當然是要追查害死前昆莫的凶手。請昆莫立即即位，好出面主持大事。」不由分說地將翁歸靡推到寶座上坐下，率領群臣站到前面，一齊鞠躬道：「恭賀新昆莫即位。」

翁歸靡見木已成舟，只得勉強應道：「各位免禮。」猶自不能相信適才還與自己談笑風生的堂弟已經死去，問道：「昆莫他真的是被毒死的麼？」

特則克道：「眼下還不能確定。右大將阿泰精明能幹，忠心耿耿，陛下可以將案子交給他處理。」翁歸靡道：「那好，就有勞右大將了。」起身欲回去自己居住的客舍。

阿泰忙道：「昆莫也是重要證人，暫時不能離開這裡。」命衛士取來銀針，分派人手檢試大帳中所有案桌上的酒肉，銀針唯獨在插入軍須靡案上叵羅的葡萄酒中時變得烏黑。

阿泰道：「右夫人，臣有幾句話要問你，若有冒犯之處，還請恕罪。」

劉解憂早留意到眾人目光灼灼，都落在自己身上，知道所有人都懷疑是自己下毒殺了軍須靡，當即點頭道：「右大將請問。」阿泰道：「夫人進來大帳……」

一旁馮嫽命侍衛先帶泥靡王子出去，搶上來喝道：「右大將這是在盤問犯人麼？難道懷疑解憂公主下毒殺了軍須靡昆莫？」阿泰道：「臣不是有意對右夫人無禮……」

馮嫽道：「你這還不是有意無禮麼？右大將剛才人也在場，親眼所見，解憂公主手裡的那杯酒是軍須靡昆莫親自從叵羅中舀給她的。如果不是泥靡王子臨時吵鬧阻止，她本來是要自己喝下的。試問如果是解憂公主下毒，她怎麼可能自己飲下毒酒？大夥兒可不要被那天殺的兇手騙過去了。」

烏孫崇拜大自然的天地日月，發誓須對著太陽發誓，罵人語也是「天殺的」、「天劈的」之類。馮嫽天生有語言才能，雖然來烏孫不久，但卻學會了一口地道的烏孫話，若不是看她面孔，只聽她聲音，任誰也聽不出來這是一個異鄉人。

群臣本來只是本能地懷疑大漢公主，因為本來一切都好好的，劉解憂進來大帳後才發生變故，此刻聽了馮嫽的侃侃言辭及那一句極令人極感親切的「天殺的」，再細細回憶適才情形，心頭俱是一凜，暗道：「馮女官說得不錯，如果是右夫人下毒，她斷然不會自己飲下毒酒。」

馮嫽繼續道：「解憂公主新到烏孫才兩個月，諸事正要仰仗軍須靡昆莫，她又不是傻子，幹嘛要害死自己的夫君？就算要下毒，難道不會挑個好時候麼？為什麼偏偏要當著你們這麼多雙眼睛下手？」

阿泰精幹敏銳，立即回過味來，叫道：「來人，將當值的廚子和今日所有進過大帳侍宴的侍女都拘禁起來。」又上前賠罪道：「臣多有失禮之處，請右夫人恕罪。」劉解憂道：「右大將不必客氣，你也只是盡職而已。」

轉過頭去，黯然凝視著軍須靡的屍首，心情極為複雜——她對這個人並沒有多少感情，或者說，還沒有來得及培養出更多感情。她雖然嫁給了他，但夫妻二人心中都很清楚，這只是一項政治任務：大漢需要利用烏孫牽制匈奴，烏孫則需要利用與大漢的聯姻在與匈奴的對峙中取得更多的資本。她或許不怎麼喜歡他，但她一直在極力地奉承他、討好他。而他的心思全在奇仙和兒子泥靡身上，還沒有騰出多餘的位置，但他也客氣地敷衍她，隔幾日就會來她的氈房與她行房事。正因為都知道對方懷著目的，所以二人之間橫亙著一層隔膜，交談的一切都因為過於禮貌而顯得有些遙遠，遠遠說不上關係親密。現在他就這麼突然地去了，令她的將來又迷茫起來。她，要按照烏孫習俗，立即改嫁給那新即位的肥胖昆莫翁歸靡麼？她在心理上還沒有準備好要接受這一點。她離開長安的那一天，皇帝親自送她出城，對她期待極高，她也早有奉獻一切的準備，自以為能比劉細君做得更好，但現在，她覺得她還是做不到。

不知道怔了多久，茫然回身，新昆莫和群臣已經離開了，右大將阿泰正在和馮嫽及侍衛長張博說著什麼。

馮嫽走過來道：「公主，右大將請我留下來協助他查案，我讓張博送你回氈房休息。」劉解憂搖了搖頭，道：「不必，我留在這裡，也許可以幫到你們。」

左夫人奇仙已然得知消息，闖了進來，奔近軍須靡屍首大哭了一番，隨即奔過來扭住劉解憂，道：「你怎麼可以因為昆莫不喜歡你就下手殺他？你……」

阿泰忙拉開她，道：「左夫人請冷靜，不是右夫人下的毒。」奇仙哭道：「除了她，還會有誰要害昆莫？」

阿泰知道她心存成見，多說無益，便命衛士強行送她回氈房歇息。

馮嫽道：「左夫人這句話問得好，還會有誰要害昆莫。」阿泰不解其意，問道：「馮女官的意思是……」馮嫽道：「殺人總要有動機，就算能查出是廚子或是侍酒的侍女下的毒，可他們為什麼要殺昆莫呢？」

阿泰道：「你是說他們背後還有主使？」馮嫽點點頭，道：「事情緊急，我就實話實說了，拋開情感不論，僅從動機來判斷，嫌疑最大的是你們的新任昆莫翁歸靡。」

她一語提醒，阿泰便立即會意了過來——翁歸靡的確有很重的嫌疑。

獵驕靡昆莫在位晚年，烏孫就陷入了嚴重的危機，這危機不是源自敵國，而是來自內部的分裂：大祿雖然得到了烏孫三分之一的土地和軍隊，但還是一心想當上昆莫，預備用武力剷除當時還是岑陬的軍須靡，甚至想學昔日匈奴冒頓單于殺父自立，連父親老昆莫獵驕靡也一併除掉。後來獵驕靡同意與漢朝結親，也是想借大漢來加強自己的力量。他這一招極為高明，烏孫與大漢的和親甚至引起了匈奴的恐慌，匈奴單于也將奇仙公主嫁給獵驕靡為妻，如此獵驕靡羽翼更盛。大祿有所顧忌，這才沒有動手。由於獵驕靡的巧計，孫子軍須靡順利繼承昆莫王位，也順利繼娶了兩位繼祖母：細君公主和奇仙公主。如此一來，軍須靡的力量也得到了加強，大祿再與他爭鋒，就要冒著同時得罪匈奴和大漢的危險，大漢遠在天邊，匈奴卻是近在眼前，不能不令他顧忌。他自知再無力從軍須靡手中奪取昆莫王位，鬱悶之下，生下一場大病。兩個月前，大祿和兒子翁歸靡率領重兵毫無徵兆地來到赤谷。隨即發生的事情更是匪夷所思，大祿說了一些莫名其妙的話後，戲劇性地暴斃在昆莫王帳中。翁歸靡絲毫不怪軍須靡，命軍隊解散回去屬地，自己主動留在王都，已極令人側目。今日他又接受岑陬封號，要將屬地和軍隊還給昆莫。結果話音剛落，軍須靡便中毒倒地，臨死之時將昆莫之位傳給了翁歸靡。

如果說這一切從一開始就是計畫好的，那麼大祿之死也應該是刻意安排的，興許是大祿知道自己時日無多，有意回來赤谷，好給兒子製造留在王都的機會。他當著軍須靡和烏孫群臣說的那些話也許不是戲言，譬如他一見面便要求劉解憂改嫁給他的兒子翁歸靡。只是從翁歸靡的種種表現來看，他為人友善平和，跟果敢傲慢的父親有很大分別。今日軍須靡在大帳中毒，他也很是意外，甚至不願意接受昆莫王位。這樣的一個人，會有可能計畫這一切麼？還是說，他的父親大祿早有計畫，自有手下人按部就班地執行，他只是被動的參與者？

正疑惑間，王宮女官支謙掀簾進來。她長相有些怪異，身材細長乾瘦，皮膚很白，眼多白而睛黃，有明顯的月氏血統，但她卻是烏孫最重要的女官，非但是王宮大小事務的主管，而且是右大將阿泰的妻子。阿泰非常愛她，烏孫實行一夫多妻制，貴族男子往往同時擁有多名妻子，但阿泰卻只有支謙一位夫人，二人還是赤谷城中著名的恩愛夫妻。

阿泰忙迎上前去，問道：「你怎麼來了？」支謙道：「我剛聽說……」小心翼翼地看了一眼軍須靡的屍首，沒有再說下去，只低聲問道：「查案應該是國相的事，夫君只是統領將領，為什麼一定要你來處理？」阿泰道：「這是新任昆莫的命令，我不能拒絕。你先回家去，晚飯不用等我。」支謙應了一聲，向劉解憂行了個禮，這才退出去。

阿泰一直目送妻子出帳，才道：「相關的下人都已經拘禁起來了。請右夫人、馮女官和臣一道去審問吧。」

離開昆莫大帳，來到王宮邊緣的一座小氈房前。三十餘名侍女、僕從被全副武裝的衛士圈坐在那裡。阿泰請劉解憂和馮嫽進氈房坐下，再命將外面的人一一帶進來訊問。審過一遍，經過自述和互證，留下有機會接觸昆莫案上叵羅的十二名侍女和五名僕從，但沒有人肯承認往軍須靡昆莫酒中下了毒。

馮嫽道：「大帳中除了大臣，兩旁還有不少警戒的衛士，眾目睽睽之下，直接往叵羅中投毒不大可能做到，風險太高。毒藥應該是預先摻雜在一旁備用的酒壺中，侍女取過酒壺往叵羅添酒時倒入的就已經是毒酒。這樣一來，不管是誰往酒壺中下的毒，都需要能夠進昆莫大帳侍酒的侍女的配合，取過下了毒的酒壺，添加到昆莫案上的叵羅中。這五名僕從只在廚下當差，沒有進過大帳，知情的機會很小。」

劉解憂道：「五名僕從應當是無辜的，但毒藥未必是事先下在酒壺中。酒壺容器甚大，一次可以注滿兩到三個叵羅，重量不輕。大帳角落的案桌備有十來個盛滿葡萄酒的酒壺，供侍女添酒使用。適才昆莫大帳內有近二十名大臣，分案而坐，每人面前都有叵羅，不斷有侍女添酒。如果是酒壺中早下好了毒，正好被侍女取到添加到昆莫叵羅中的機會很小。除非是有一名添酒侍女刻意為之，尋找機會將毒酒倒進了昆莫叵羅中，但酒壺中還剩有一半多的酒，照例她該捧著酒壺立在一旁，隨時為帳中其他大臣添酒。可適才右大將派人驗過，只有昆莫叵羅中的酒有毒。即便那侍女將手中酒壺放回案桌，那麼還是有別的侍女會取到裝有毒酒的酒壺。她也不可能在宴飲中抱著大半壺酒出帳，那樣一定會被衛士留意到。所以我推測，毒一定是事先下在昆莫的叵羅中。」

阿泰聞言，急忙派人回昆莫大帳清點今日宴飲所用酒壺，果然都是無毒，不由得對劉解憂更是欽佩，遂命人放了五名僕從。

劉解憂沉吟片刻，走到那十二名侍女面前，將每個人都仔細掃視了一遍，這才道：「我知道你們十二個人中一定有人知情。當然，知情者是不會主動站出來承認的。可事情關係的是軍須靡昆莫，你們也該知道接下來會發生什麼。你們每個人，不管有罪還是無辜，都會面臨嚴刑拷打，直到知情者肯招供為止。我也是女子，不願意見到你們被衛士用刑具羞辱身體，所以我給你們一夜的時間考慮。如果明日一早還是沒有人肯坦白，那麼我可就要將你們交給右大將處置了。」說罷，她朝阿泰打了個眼色，一齊退出氈房來。

阿泰問道：「右夫人確認這樣可行麼？」劉解憂道：「就一夜時間，實在不行，再由右大將處置她們不遲。」

回來氈房，卻見新昆莫翁歸靡正坐在她房中上首的地毯上，抱頭思索著什麼，樣子很是苦悶。

劉解憂很是吃驚，問道：「昆莫在我這裡做什麼？」隨即想到翁歸靡已是昆莫，自己也已經算是他的右夫人，他來夫人房中又有什麼稀奇，不禁紅了臉。

翁歸靡卻抬起那顆碩大的腦袋，道：「我實在很煩惱，可又沒有人可以說心裡話。」

劉解憂心道：「無論怎樣，翁歸靡已經是新任昆莫，我也成為了他的夫人，我須得跟討好軍須靡一樣來討好他，只有如此，我才能左右烏孫的政局，才能完成天子交付的使命。他今晚來我這裡，而不是到左夫人那邊，可見對我的好感要多於奇仙，也許是因為奇仙身邊有泥靡王子的緣故。但不管怎樣，我該好好抓住這個機會。」一念及此，忙上前坐在翁歸靡身邊，柔聲道：「昆莫有話不妨對我說。」

翁歸靡道：「不，不，你不要叫我昆莫，直接叫我的名字好了。我也叫你的名字解憂，好麼？」劉解憂道：「當然好，昆……不，翁歸靡，你到底有什麼心事？」翁歸靡道：「那個……那個前昆莫……我堂兄的死……他……」

劉解憂心中「咯噔」一下，暗道：「莫非真的如馮嫽所暗示的那樣，是大祿父子策劃了一切？哎喲，如果翁歸靡真的知情怎麼辦？我要告發他麼？如果揭破他參與了毒害軍須靡，即使不是罪魁禍首，僅僅是知情者，他也會立即被烏孫群臣廢除昆莫之位，不被處死，也要被驅逐出赤谷城。那麼泥靡將成為新的昆莫，那麼我呢？我自然不可能嫁給這個兩歲的孩子當夫人，奇仙則成了王太后，他們母子執政，匈奴勢力占盡上風，說不定會立即驅逐我回漢朝。不，我不能告發翁歸靡，相反，還要竭盡全力保住他的昆莫之位。」

翁歸靡幾次欲言又止，見劉解憂目光閃爍不定，瞪視著自己發呆，終於還是說了出來，道：「堂兄中毒，我……我懷疑是手下人下的手。」

原來翁歸靡深知父親大祿千方百計地想要當上烏孫昆莫，曾經制定過起兵、行刺、下毒等各種計畫。當軍須靡中毒倒下時，他本來只是震驚，沒有往別的方面多想，可當軍須靡堅持將昆莫之位傳給他時，他心中忽然冒出一個奇怪的想法：會不會是親信部屬按照父親生前的安排，謀劃了這一切？這念頭一旦冒出，就再也難以抑制，如同雨後的春芽，在他心底深處滋滋生長。他既不敢去向部屬確認，又覺得憋悶得難受，不知不覺地就來到了劉解憂的氈房。他在昆莫大帳中看到了她被人懷疑成殺害軍須靡的凶手，但她卻是那麼冷靜，一點也不驚慌，手下的女官又是那麼機智聰明，幾句話就擺脫了公主的困境。他在想，她應該是他可以信賴的人吧？至少，他是很為她那種大國公主的氣度折服的。

劉解憂聽了翁歸靡的坦白，倒是長長鬆了一口氣。她早已經看出他是一個天真純樸的人，沒有多少心機，他既然肯主動說出他懷疑自己的下屬，就表明他在下毒這件事上並不知情。如果是這樣的話，大祿是幕後主使的可能性就相當小了，他既然意在讓兒子當上昆莫，就根本不可能瞞著兒子來計畫這一切。主使者應該另有其人，會是誰呢？

她來烏孫時間雖然不長，但一直格外留意王都政局，昆莫帳下官吏不多，文武大臣大多本分忠厚，沒有野心突出者。匈奴公主奇仙正受寵愛，兒子泥靡年紀尚幼，匈奴完全不能從軍須靡之死上獲利，應該不會是那一方的人做的。那麼就只剩下大漢這方了。她嫁給軍須靡後，因為昆莫深愛左夫人奇仙母子，她的處境並不算太好，以致奇仙都沒有將她當作對手，反而待她頗為友好。軍須靡一死，翁歸靡即位，形勢反而變得對她有利。會不會是她自己這邊的人所為呢？

這個念頭剛一冒出來，她便像是被蠍子螫了一般跳了起來，反而將翁歸靡嚇了一跳。他訕訕問道：「解憂是要去向國相告發我麼？」劉解憂搖了搖頭，道：「不，不是。你不用煩惱，不是你手下人做的。」

翁歸靡奇道：「你怎麼知道？」劉解憂道：「如果是你手下人下毒，目的無非是要讓你當上昆莫。可按照常理，軍須靡去世，應該是他兒子泥靡即位。你手下人要達到目的，就必須使用武力脅迫烏孫群臣擁立你為昆莫。你手下軍力不少，足以與軍須靡相抗，卻無一兵一卒趕來赤谷，足見事情跟你手下無干。至於軍須靡臨死前傳位給你，則是一個大大的意外。我猜，他大概是擔心泥靡王子太小，無力主政。」

還有一種可能，她沒有說出來──那就是軍須靡擔心即使傳位給泥靡，還是難以壓服翁歸靡，畢竟翁歸靡手下兵強馬壯，萬一他部下不服泥靡，發生譁變，用武力擁立翁歸靡，那麼泥靡不但將失去昆莫之位，而且性命難保，極可能在兵變中被殺害。如果將昆莫之位暫時傳給翁歸靡，要求他等泥靡長大後再歸還昆莫之位，一切顧慮將迎刃而解。烏孫人極重信譽，翁歸靡當著群臣受位，到泥靡長大時也不可能不歸還昆莫王位，否則他將受到國人的鄙視。無論怎樣，軍須靡最關心的都是兒子泥靡，他的老謀深算實在不在其祖父獵驕靡之下，難怪昔日大祿多番加害，仍是未能將他扳倒。

翁歸靡卻是不知道自己其實也在被軍須靡利用，聞言大喜過望，道：「謝謝解憂，你真是冰雪聰明。」按照烏孫的禮儀深深鞠了一躬表示謝意，這才告辭而去。

劉解憂忙叫進來馮嫽和侍衛長張博，說了自己的懷疑。二人都很吃驚，但細想也覺得公主的推測極有道理。

馮嫽道：「今日被捕的侍女都是烏孫人，在王宮中當值日久。我們才來這裡兩個月，根本沒有時間和能力去左右那些王宮侍女。如果真的是我們這邊的人做的，那麼一定是細君公主的舊屬。」

劉解憂道：「我也是這樣想。現下到底要怎麼辦才好？如果不出意外，今晚就能找出那名將毒藥下到昆莫叵羅中的侍女。若她抵不住酷刑拷打，招出真相來，即使事情與我們無干，也是百口莫辯。」

張博道：「不如屬下今晚設法混入關押那些侍女的氈房，將她們殺了滅口。」劉解憂道：「絕對不行。右大將派了人嚴密監視，再說那些侍女絕大多數都是無辜的。」轉頭命道：「去叫侍衛長魏超來我這裡。」

張博大奇，道：「公主屬官以公主丞官職最高，公主為何不召寶典，反而要召魏超？」劉解憂道：「寶典只愛惜他自己的性命，只有魏超這樣有膽識的人，才敢謀劃下毒的事。」

次日一早，右大將阿泰親自來見劉解憂，稟告道：「臣按照右夫人的妙計，已經順利找出那名下毒的侍女，她名叫胭脂。」

原來劉解憂有意對十二名有嫌疑的侍女說了一番威脅的話，隨即讓阿泰將她們囚禁在一起，再派人暗中監視侍女的一言一行，不令她們知道。侍女們反應不一，有恐懼得哭泣的，有相互指責的，有猜忌他人的，只有一名名叫胭脂的女子極是冷靜，一直沉默地坐在一旁。阿泰聞報後親自觀察，斷定胭脂就是下毒者，遂連夜將她提出審問，胭脂自己也供認不諱，只是不肯招出幕後主使。衛士動了大刑，將她綁在地窖中鞭打得死去活來，到今天早上她實在抵受不住折磨，招供出是受新昆莫翁歸靡主使。阿泰之前早得馮嫽提示，新昆莫翁歸靡是最大的嫌疑人，得到胭脂的口供後，雖不震驚，但還是很意外，一時也不知道該如何處置，不敢張揚，遂趕來見劉解憂。

劉解憂道：「新昆莫對此事毫不知情。」當即說了昨晚翁歸靡來找自己之事，阿泰這才釋然。

馮嫽道：「這胭脂懂得欲擒故縱，先擺出一副寧死不屈的樣子，再假裝抵受不住刑罰而招供，如此便可以令口供更加可信，可真是不簡單。」

劉解憂道：「右大將可有調查過她的來歷？」阿泰道：「還沒有。王宮侍女事務由臣妻支謙負責，臣還沒有來得及回家。」劉解憂知他忙碌了一夜，道：「右大將辛苦了一夜，不如先回家稍作歇息，我去會會這個胭脂。」阿泰道：「是。」

劉解憂便帶了馮嫽、侍衛張博等人趕來地窖。

烏孫人不懂建築之術，沒有房屋，昆莫居住的也只是氈房，因而也沒有牢獄之類，犯人通常都被放逐到荒涼寒冷地帶。臨時囚禁胭脂的地窖其實是王宮中儲藏糧食、酒肉的地方，類似中原的糧倉。

地窖中火光通明，涼氣颼颼。胭脂手腳均被繩索縛住，瑟縮著坐在一個盛放葡萄酒的木桶邊。她有一頭紅棕色的頭髮，一雙藍色大眼睛，眼窩深陷，本來是個絕色的美人，可眼下的模樣卻是慘不忍睹：臉腫脹得厲害，青一塊紫一塊的；眼睛瞇著，似乎不能完全睜開；嘴唇也裂開了，嘴角和鼻子都有血絲；她全身都在顫抖，流露出她正在忍受著極大的痛苦，但是她緊咬住嘴唇克制著自己，一聲不吭。

馮嫽見胭脂身上衣衫已被鞭子抽爛，衣不蔽體，地窖中又甚陰寒，便脫下自己的外袍，上前披到她身上。

劉解憂道：「你敢對昆莫下毒，做出如此大逆不道之事，當是與昆莫有深仇大恨了？」胭脂仰起頭來，道：「不，不是這樣，我只是聽命於翁歸靡。」

劉解憂道：「人人知道翁歸靡單純善良，你攀誣上他，以為旁人會相信麼？」胭脂道：「可烏孫人都知道大祿想當昆莫想得發瘋呢，翁歸靡也只是遵從他父親的遺願。」馮嫽聞言，忍不住笑了起來。

胭脂道：「你笑什麼？」馮嫽道：「公主只是在誘你的話，你實在不該提大祿一心想當昆莫。」胭脂道：「這是人人都知道的事實，我隱瞞也沒有用。」馮嫽道：「不錯，這是事實。可你在當下的處境說出來，只會愈發顯得你是刻意要扯上翁歸靡父子。」

胭脂心想確實是這個道理，便乾脆閉了口。

劉解憂道：「我想你早存了必死之心，絕不會招供出你背後的真正主謀，嚴刑拷打對你全無用處。但你有沒有想過你的主人會怎麼做，會不會著急殺你滅口？」胭脂冷冷道：「反正都是一死，被誰殺死又有什麼分別？」劉解憂見她強硬，只得悻悻退了出來。

馮嫽道：「胭脂是王宮侍女，不能隨意出去，要得到毒藥這種王宮禁物更是難上加難。」劉解憂道：「不錯，毒藥一定是有人帶來王宮交給她的，所以那背後主使一定是可以隨時出入王宮的人。」

儘管縮小了範圍，可烏孫王宮不似漢朝皇宮那般有門籍、有制度管理，只要是夠級別的官員、皇室的親眷家屬，都可以隨意進出，嫌疑人的數目仍然不少。而且眼下不瞭解胭脂下毒的動機，更難以推測出主使的身份。

張博道：「胭脂雖然倔強，堅決不肯吐實，但那主使未必知道她抱了必死的決心。如果我們散布消息，說胭脂昨夜被捕，正被押在地窖中拷問，說不定可以將主使引出來。」

劉解憂尚在猶豫之中，卻見左夫人奇仙帶著數名侍從趕來地窖，一見到右大將阿泰的夫人支謙跟在奇仙身後，便知道她已經得知了胭脂的事情。

奇仙見到劉解憂，倒甚是禮貌，道：「聽說是右夫人安排下的妙計，才捉住了胭脂，多謝。」劉解憂道：「左夫人是來審訊胭脂的麼？」奇仙道：「不錯。右夫人，請你讓開。」

烏孫以左為尊，她是左夫人，地位比劉解憂的右夫人高出一級，劉解憂只得讓到一旁。

張博問道：「我們要不要也跟進去看看？」劉解憂搖了搖頭，道：「左夫人雖然客氣，但她畢竟是代表匈奴一方，我們摻和其中，多有不便，不如就在這裡等著。」

地窖大門未掩，片刻後就傳來奇仙的厲聲斥罵聲，隨即是鞭子抽在人體上「劈里啪啦」的聲音以及胭脂淒厲的慘叫聲。過了一刻，慘叫聲變成了哀號，繼而又成了呻吟喘息，終於微不可聞，大約犯人已經昏死過去。又聽見奇仙尖聲叫道：「快拿水潑醒她，拿火鉗來，我不信撬不開她這張嘴。」

劉解憂忙走進地窖。胭脂被反綁在一根木柱上，頭無力地垂在胸前，上半身鞭痕累累，鮮血淋漓，破爛的衣服已不能遮住胴體，露出一隻乳房來。奇仙與軍須靡夫妻情深，恨胭脂入骨，不及等衛士取來刑具，從靴子中拔出匕首，舉刀就朝那隻裸露的乳房割去。

劉解憂忙上前攔住，勸道：「左夫人，這侍女是要犯，追查幕後主使勢必要著落在她身上。昨晚她已經被衛士拷打了一夜，再用重刑，怕她捱不過去，萬一死了可就不好辦了，不如暫且罷手。」

奇仙這才勉強收手，喝令侍衛道：「你們給我看好了她！若有差池，拿你們是問。」走到胭脂身前，捏起她的下巴，冷笑道：「你殺死我最愛的人，我會慢慢炮製你，叫你生不如死。」驀然挺出匕首，割下了胭脂的乳頭，登時血流如注。

胭脂嘶聲叫了一聲，卻一時不得昏死，精神上的羞辱更是遠遠超過了身體的痛楚，只能一邊呻吟著，一邊徒然地扭動身子，眼淚簌簌滑落，情形極是淒慘。劉解憂心下惻然，大是不忍，等奇仙出去，忙命衛士解下胭脂。馮嫽撿過自己的外袍，為她蓋在身上。

胭脂道：「多謝。你們……你們是好人……」頭無力地垂了下去。

劉解憂道：「她失血過多，昏了過去。張博，快去取金創藥來。」張博道：「公主，她……她好像是死了。」

劉解憂伸手一探，果然鼻息全無，長嘆一聲，心頭又沉重起來。胭脂一死，線索就此中斷，要查出主使可就難上加難了。

正巧右大將阿泰陪著新昆莫翁歸靡和國相特則克進來，見到劉解憂站在胭脂身旁長吁短嘆，不禁吃了一驚。翁歸靡上前問道：「犯人死了麼？」劉解憂點了點頭，道：「抱歉，我還沒有來得及問出她背後的主使。」

翁歸靡忙道：「右夫人不必憂煩，奸人早晚會自己露出馬腳的，這件事有右大將主持，定能查明真相。」他還有國事在身，不過是聽說捉住了下毒的侍女，順路來地窖看看，當即安慰劉解憂幾句，跟著國相特則克走了。

阿泰一直蹲在胭脂屍首邊上，忽然站起身來，道：「右夫人，臣有幾句話要說。」劉解憂道：「什麼話？」阿泰道：「是右夫人殺了胭脂滅口，對吧？」

劉解憂一愣，不及回答，張博已搶過來道：「明明是左夫人奇仙公主動用酷刑逼供，拷打死了胭脂，怎麼能又扯到我們公主頭上？」

劉解憂揮手止住他，問道：「右大將這麼說，可有憑據？」阿泰道：「胭脂是中毒而死，右夫人請看。」用力撐開胭脂的嘴唇，果見舌頭青紫，顯然是口服了什麼毒藥。又道：「犯人雙手一直被捆在背後，目的就是防止她自殺，就算她身上藏有毒藥，也無法自己服下，一定是有人從旁協助她。」

馮嫽道：「可到過地窖的人除了我們公主，還有左夫人奇仙公主啊，右大將為何不懷疑她呢？」阿泰道：「這其中當然是有原因的。聽說右夫人昨夜見過新昆莫後，又立即召見了細君公主的侍衛長魏超。魏超進氈房前，先被侍衛強行繳了兵器，進去右夫人大帳後，一直到後半夜才憤憤出去。我想，應該是右夫人得到提示，猜到魏超就是下毒主使，所以才連夜審問的吧。」

劉解憂道：「你敢暗中派人監視我？」阿泰道：「臣也只是盡職而已，還請右夫人恕罪。王宮發生了毒殺昆莫的大事，每個人都有嫌疑，臣當然要謹慎行事。不獨右夫人，臣還派人監視了左夫人，左夫人哭泣了一夜，可是跟右夫人你忙了一夜大相徑庭呢。」

馮嫽道：「可明明是我們公主的妙計，才讓將軍揪出了胭脂。」阿泰道：「不錯，臣猜測右夫人原先對下毒這件事並不知情，但夫人昨夜審過魏超後就該知道了。所以我一早特意來將胭脂被捕的消息告訴右夫人，就是要看夫人如何反應。想不到夫人果然提出要自己審問胭脂，不是正想找機會殺人滅口麼？」

劉解憂道：「不錯，我昨夜與翁歸靡昆莫交談後，的確懷疑魏超就是下毒主謀，所以派人召他來訊問。但審問過後很快弄清楚了真相，魏超根本毫不知情，他是細君公主的侍衛長，使命已經完成，很快就要返回中原，有什麼必要在這個時候節外生枝？」

馮嫽也道：「如果真是魏超所為，公主要替他掩蓋，就會將你們的注意力先引向新昆莫，而不是一開始就告訴右大將胭脂的招供不可信。」

阿泰道：「不錯，所以早上我聽了右夫人替新昆莫辯解的話後，就立即打消了對右夫人的懷疑。但我回家後問過我妻子，得知了一些事情，才可以肯定魏超絕對是知情者。不信的話，右夫人可以自己看。」揮了揮手，幾名衛士扯進來一名五花大綁的男子，正是前侍衛長魏超。

劉解憂面色一沉，道：「右大將，你怎敢不知會我，就隨意逮捕我大漢的屬官？」

魏超卻一眼看見了胭脂的屍首，大叫一聲，掙扎著要撲過去，卻被衛士死死抓住。

阿泰命道：「放開他。」衛士便鬆了手。魏超撲到胭脂身旁，跪了下來。他雙手被反剪在背後，無法撫摸胭脂，只能埋下頭去，飲泣起來。

劉解憂早已目瞪口呆，她昨夜嚴厲訊問過魏超，魏超對天發誓，表示對毒害軍須靡昆莫之事毫不知情。之前他肯冒性命危險為劉細君之死挺身而出，她也深信他是一個忠肝義膽的男子，所以相信了他。卻料不到他原來認識胭脂，而且從他如此悲慟胭脂之死的表現看來，兩人關係非同一般。

阿泰的藍眼睛緊緊盯著劉解憂，閃爍著冰冷的光芒，道：「右夫人，你還有什麼話說？一定是魏超昨夜告訴了你真相，所以你必須來地窖殺死胭脂滅口，這樣才能保住魏超，保住右夫人自己。」劉解憂緩緩道：「不，我根本不知道這件事，我也沒有殺死胭脂滅口。」

阿泰道：「事實俱在，右夫人抵賴也是無用。請右夫人和你的下屬暫時委屈一下，暫時留在地窖裡，等臣稟告新昆莫後再作論處。」命衛士上前收繳漢軍侍衛的兵器。張博還想要反抗，劉解憂道：「不准動手，聽右大將的命令。」

阿泰冷笑一聲，命衛士抬了胭脂的屍首出去，只留下劉解憂幾人在地窖中。

劉解憂命張博解開魏超身上的綁縛，厲聲問道：「你老實回答，你和胭脂是什麼關係？」魏超舉袖抹了抹眼淚，道：「情侶，我們只是情侶。臣護送細君公主來烏孫的時候，胭脂就已經在王宮當侍女，我們情投意合，所以暗中一直有來往。」

馮嫽道：「那麼魏君也不知道胭脂要下毒謀害軍須靡昆莫一事麼？」魏超道：「當然不知道。臣只知道昆莫遇害，根本想不到會跟胭脂有關，臣甚至不知道她昨夜已經被右大將逮捕。若是臣知道，一定會衝來地窖救她，會任憑她被關在這裡受盡凌辱麼？」想到胭脂的種種可人之處，眼淚不禁又流了出來。

張博道：「你私自與王宮侍女交往，如今連累了解憂公主，居然還敢理直氣壯，真想一刀殺了你。」魏超道：「是臣的不對，臣願意以死來謝公主。」他傷痛愛人慘死，心中早萌死念，當即轉身，欲往一旁木桶撞去。

劉解憂忙令侍從擋住他，喝道：「胡鬧！魏君是大漢的臣子，要死也要死得冠冕堂皇，在這裡自殺成何體統？給我滾到一邊去。」

馮嫽道：「公主，那十一名有嫌疑的宮女仍然被囚禁在氈房中，胭脂被帶來地窖拷問的事並沒有傳開，知道的人寥寥無幾，除了右大將和他的手下，就只有我們這幾個人和奇仙公主那一方的人。」劉解憂道：「還有翁歸靡昆莫和特則克國相。」

馮嫽道：「翁歸靡昆莫和特則克國相來的時候，胭脂已經死去。既然我們沒有助胭脂服毒自殺，問心無愧，那麼凶手一定是混在奇仙公主所帶的侍從中。奇仙公主跟公主一樣，身邊侍從都是匈奴人，奇仙恨死胭脂，不惜動用重刑拷問幕後主使，她手下人必然是跟她一樣的心思。只有一個人……」劉解憂驀然得到了提示：「啊，王宮女官支謙，她是那些人中唯一一個非匈奴人。」

仔細回想，支謙的種種言行相當可疑——是她告訴了右大將阿泰王宮侍女胭脂與侍衛長魏超有私，將阿泰懷疑的目光引向劉解憂一方。大概也是她將胭脂被捕的消息告訴了奇仙公主，目的在於製造自己來地窖接近胭脂的機會。當然，她是右大將的妻子，也可以隨意進出地窖，可那樣一來，她就會不可避免地引起別人的懷疑。

張博道：「就算找到了嫌疑人，可右大將會相信我們麼？就算相信我們的話，他多半也要庇護自己的夫人，那可是他的妻子。」

劉解憂道：「你說的不錯，我們全憑推測懷疑支謙，沒有任何真憑實據，實在難以取信於人。況且，只有我們自己清楚我們沒有對胭脂下毒，在旁人眼中看來，我們的嫌疑確實是最大。我們有殺軍須靡昆莫的動機，雖然有些勉強，但支謙卻沒有任何理由。」

阿泰、支謙夫婦二人一個在外，一個在內，極得昆莫信任。支謙雖是女子，卻身居高位，又嫁得一位好郎君，根本沒有任何理由要謀害軍須靡昆莫。也許她是在為丈夫製造上位的機會，阿泰雖然年輕，卻是世襲右大將之位，軍須靡在位時就極得寵信，翁歸靡即位又立即將前昆莫之死交給他調查，無論是誰當昆莫，他都是右大將，殺死軍須靡對他又有什麼好處呢？就算是泥靡王子即位，因年幼需要大臣輔政，但右大將上面還有國相、左大將等長官，絕輪不到他來擅權。既然沒有動機，又怎麼會有嫌疑呢？從支謙的角度來說，她是王宮女官，丈夫向她詢問胭脂的來歷，她有必要將胭脂與漢軍侍衛長魏超暗中交往的事情和盤托出。她在王宮日久，與左夫人奇仙關係很好，從丈夫口中得知胭脂被捕，趕來王宮將消息告訴奇仙，也不足為奇。但不管怎樣，她仍然有重大嫌疑，僅僅因為她是奇仙所有侍從中唯一的一個烏孫人。要證實這種嫌疑，就要證明她有殺害軍須靡昆莫的動機。

劉解憂沉吟許久，轉頭問道：「魏君，你可瞭解王宮女官支謙這個人？」

魏超魂不守舍，垂淚不止，全然沒有聽進去。張博上前踢了他一腳，喝道：「解憂公主問你話呢。」魏超茫然抬起頭來，問道：「什麼？」劉解憂又問了一遍。魏超想了想，才答道：「支謙女官人很好，細君公主在世的時候，她經常來廬舍探望，細君公主也很喜歡她。」

張博道：「胭脂是王宮侍女，也算是支謙女官的下屬，會不會是她實在不忍心見到奇仙公主如此虐待胭脂，所以想幫她解除痛苦，少受折磨？」劉解憂道：「這不大可能，因為用毒害人不可能臨時起意，一定要事先準備好毒藥才行。你想想看，胭脂昨夜被捕，衛士拷問了她半夜，到今天早上她招供出是受新昆莫指使，整個經過只有右大將和他手下人知道。右大將不可能回家後將如何折磨一名侍女的詳細過程告訴妻子，況且這侍女還是他妻子的下屬，所以支謙不會知道胭脂被刑訊的情形。既然不知道究竟，又如何會事先準備好毒藥帶在身上？」

魏超這才會意過來，問道：「公主懷疑是支謙女官殺了胭脂麼？不，這不可能，她待胭脂一直很好。胭脂曾經跟我說，在烏孫國裡，除了我之外，就只有支謙對她最好。」劉解憂道：「這話聽起來很有些奇怪。」魏超道：「這沒有什麼好奇怪的，胭脂是孤兒，在這世上沒有親人了。」

劉解憂道：「魏君，我不是有意要打擊你，胭脂的這句話多半是假話，所謂孤兒身份，正是要掩飾她的真正來歷。如此就更加顯得支謙女官可疑了。據我所知，只有出身良好的女子才能進王宮當侍女，選拔由王宮女官負責。既然胭脂是孤兒，又是如何通過了支謙的審查呢？也許，胭脂正是她刻意安排進王宮的。」驀然想到什麼，急忙走到地窖門前呼叫衛士。

衛士聞聲開了門，問道：「右夫人有何吩咐？」

劉解憂索要了一隻炭筆，撕下自己的一片衣襟，寫下一行漢字，交到衛士的手中，低聲吩咐了幾句。她雖被右大將臨時囚禁在此，但並未被正式廢黜，依舊是右夫人的身份，衛士不敢怠慢，鞠了一躬，拿了帛書去了。眾人不知道她傳信給誰，但既然是漢文書信，當是給公主官署的屬官了。

馮嫽卻念念不忘魏超說過的那句「胭脂曾經跟我說，在烏孫國裡，除了我之外，就只有支謙對她最好」，道：「公主，我還有一個想法——毒死胭脂滅口的人跟下毒殺死軍須靡昆莫的主使一定是同一人，這是毫無疑問的。這個人會不會跟細君公主的死有關係呢？細君公主死得不明不白，應該也是被人下毒害死。」

劉解憂道：「不錯，這是一個很大膽的猜測。我詳細問過寶典等人，當日軍須靡昆莫和左夫人奇仙公主到廬舍探望細君公主病情時，支謙女官也是在場的。」

魏超卻是不服氣，辯道：「如果真是支謙女官指使胭脂謀害軍須靡昆莫，她也許是大祿一方的人，那麼她為何又要謀害細君公主呢？」劉解憂道：「支謙女官絕對不是大祿的人，翁歸靡也跟這件事毫無干係。」

魏超道：「支謙女官既不是大祿一方的人，又不是匈奴一方的人，更不是我們大漢的人，那麼她下毒殺害軍須靡昆莫就應該是私人恩怨了。可她跟細君公主一向相處得很好，我實在想不出她有什麼動機要下毒殺害細君公主。」

馮嫽道：「私人恩怨，嗯，聽起來倒是個殺人的動機。姑且不論支謙女官是不是跟細君公主之死有關，如果她是為報私仇要毒害軍須靡昆莫，她擔任王宮女官也有幾年了，隨時可以接近昆莫，為何偏偏要選這個時候動手呢？」魏超道：「也許她想嫁禍給翁歸靡。」

馮嫽道：「如果是私人恩怨，她最關心的應該是能否報仇，而不是報仇後何以脫身。當然，也許如魏君所言，支謙女官想找個替罪羊，好在殺死軍須靡昆莫後能繼續與右大將過幸福的生活。」

張博聽得糊裡糊塗，煩亂地道：「你們在這裡爭辯也沒有用。為何不把我們的懷疑告訴新昆莫，請他立即派人逮捕支謙審問？」馮嫽道：「因為沒有人會相信我們的話，我們的嫌疑可比支謙大多了。」

張博道：「就算我們有嫌疑，支謙也有嫌疑，這是兩碼事，應該同時接受調查。」正要去敲門呼喚衛士，劉解憂道：「不急，等一等再說。」

張博道：「公主要等什麼？」劉解憂道：「等該來的人。」

話音剛落，地窖的門就開了，新昆莫翁歸靡帶人走了進來，急切地道：「我剛聽右大將說是細君公主的侍衛長魏超指使胭脂下的毒，大臣們商議過，決定先逮捕魏超公開審問。解憂事先對這件事毫不知情，請帶你的屬下先回去氈房。不過右大將指控是你殺了胭脂滅口，所以，請你暫時不要離開住處。」

幾名衛士取出繩索，上前就要捆綁魏超。魏超極力反抗，叫道：「我不是主使！我沒有做過！」

劉解憂忙道：「等一等！昆莫，你也懷疑是我殺了胭脂麼？」翁歸靡道：「我來就是想問你，你殺了人麼？」劉解憂道：「當然沒有。」翁歸靡道：「我相信你。不過，你也知道，我才剛剛當上昆莫，要尊重大臣們的意見。」劉解憂道：「我能理解，這就請昆莫公事公辦吧。不過既然是公開審問魏超，我也應該在場。」命魏超束手就縛，道：「清者自清，濁者自濁，抵抗無益，咱們走吧。」

眾人出來地窖時，奇仙公主的侍衛長蘭夫氣喘吁吁地奔過來，叫道：「右夫人，多謝你！多謝你！你救了我們公主！」

翁歸靡莫名其妙，問道：「侍衛長說什麼呢？」蘭夫道：「昆莫，你們冤枉右夫人了，真正的主謀是支謙女官。」

張博驚喜得大叫一聲，道：「原來蘭夫侍衛長也一直在懷疑支謙女官。」蘭夫道：「不，不，全虧右夫人提醒。」

原來劉解憂在地窖中所寫帛書是送給蘭夫的。匈奴雖然軍力強大，文化、經濟卻極為落後，甚至沒有自己的文字，往來的文書都是用漢文。蘭夫是匈奴貴族，匈奴除了皇族外，還有四大家族：呼衍氏、丘林氏、須卜氏和蘭氏。蘭夫出自蘭氏家族，是奇仙公主官署中唯一認識漢文的。劉解憂在信中提醒他暗中留意支謙女官的動向，但一定不能讓旁人知道，事關奇仙公主的安危。當時支謙女官正在奇仙氈房中，蘭夫讀信後立即趕去奇仙隔壁房間，用利刃劃開了氈子，親自監視房中情形。不久後，竟然真的發現支謙背對奇仙公主，在酒瓶中倒入白色粉末。他急忙奔進房去，阻止了正要舉杯的奇仙，用銀器檢試瓶中酒漿，果真有毒，當即拿下了支謙。奇仙極為震驚，審問支謙，她卻是一句話也不肯說。奇仙已得知胭脂被人毒殺滅口的消息，這才想到支謙很可能就是毒殺軍須靡的主使，也多半是她借跟隨自己到地窖的機會殺了胭脂，她站到胭脂面前厲聲訊問半天全是有意為之，忙命蘭夫趕來地窖解救劉解憂諸人。

張博這才恍然大悟，道：「原來解憂公主等的就是這個。」又問道：「公主如何能知道支謙會立即向奇仙公主下手？她剛殺了胭脂，風聲正緊，應該暫且歇手才是。」馮嫽也很是不解，道：「是啊，本來眾人都懷疑是我們這邊的人，支謙再下毒毒害奇仙公主不等於是為我們脫罪麼？這實在對她自己不利呀。」

劉解憂道：「胭脂被關在地窖的時候，身旁隨時有侍衛看守，只要她稍微出聲示警，任誰都難以殺她滅口，更何況她是口服毒藥而死。唯一的解釋是，她是在心甘自願的情況下服下毒藥，一是為了自己少受痛苦，二來也可以保護背後的人。胭脂曾經跟魏超說過，在烏孫國裡，除了他之外，就只有支謙女官對她最好。這句話可以理解成，在烏孫國裡，只有這兩個人，可以令她去為他們生，去為他們死。反過來則可以理解成，在烏孫國裡，也只有胭脂對支謙女官最好。胭脂被捕，支謙自忖救不了她，只得毒死了她，但這不是滅口，而是要讓她少受痛苦。但胭脂死前曾被奇仙公主施酷刑羞辱，支謙親眼見到，心中難免不會憤恨交加。我猜她處心積慮多年，終於成功毒殺軍須靡昆莫，大仇得報，人也鬆弛了下來，也許會抑制不住內心的狂怒和衝動，立即下手毒害奇仙公主，所以立即寫信提醒蘭夫侍衛長。」她本來只是推測，也沒有抱多大希望，想不到居然僥倖成功，成為自己一方脫罪的關鍵，心中亦是慶幸不止。

翁歸靡大喜，道：「解憂真是世間最聰明的女子。我就知道不會是你。走，快去告訴大臣們。」

來到昆莫大帳，大臣們都聚集在這裡，交頭接耳，議論不止，見新昆莫帶著右夫人一行人進來，便各自住了口，往兩旁站好。

翁歸靡不等坐下，便高聲道：「來人，快些將右大將拿下了！」

眾人聞言均是一愣。阿泰更是愕然，問道：「昆莫為何要拿我？」忽聽見門外衛士叫道：「左夫人到。」轉過頭去，正見到奇仙公主帶著侍從押著五花大綁的支謙進來，阿泰詫異無比，問道：「我妻子如何得罪了左夫人？」

奇仙公主道：「哼，你妻子就是下毒害死前任昆莫的主使，她剛才還想要下毒害我，被我的侍衛長當場擒獲。」想到適才差點不知不覺飲下毒酒的驚險，對劉解憂更加感激，忙上前握住她的手，道：「右夫人，多謝你，你救了我的命。」

阿泰震驚極了，緊緊盯著妻子，她卻扭轉了頭，不肯與他的目光對視。阿泰道：「支謙，你……怎麼會是你？」

翁歸靡攜左、右夫人坐下，示意群臣各自就座，大致說明了經過。國相特則克道：「原來如此。臣等之前聽信右大將的讒言，冤枉了右夫人和細君公主的下屬，真是抱歉。」喝令衛士上前擒拿阿泰。

劉解憂忙道：「等一下。據我看來，右大將並不知情。」翁歸靡道：「可他適才還說是你毒殺了胭脂，不是有意想替他妻子脫罪麼？」劉解憂道：「右大將懷疑我有理有據，他只是盡責而已。各位想想看，右大將負責審理翁須靡昆莫一案，如果他是知情者，就不會輕易從眾多侍女中將胭脂揪出來，也不會讓支謙女官出面到地窖毒死胭脂了，看守的衛士都是右大將下屬，他本人多的是機會，而且不會引起任何人的懷疑。」

眾人聽了均覺有理，又極為劉解憂不計前嫌的大度讚嘆。

特則克道：「即便如此，右大將妻子是殺人凶手，不該再負責主審這件案子。昆莫，不如……」阿泰上前單膝跪下，道：「臣懇請昆莫准許臣繼續主審這件案子。」翁歸靡道：「你……」阿泰道：「昆莫放心，臣一定不會徇私。」

翁歸靡並無多少主見，不由得轉頭去看劉解憂，見她點了點頭，便表示同意，道：「好。」

阿泰令衛士將支謙拖到帳中跪下，走近她身邊，問道：「支謙，是你指使胭脂往叵羅中下毒，害死了軍須靡昆莫麼？你為什麼要這麼做？」

支謙微垂著眼簾，神色極是漠然，毫不理會丈夫的盤問。阿泰一連問了幾遍，她始終一言不發。阿泰氣極，叫道：「來人，取鞭子來。」站到支謙身後，親自舉起鞭子，但卻無論如何都抽不下去。眾人都能清楚地看到他高舉的右手在顫抖，顯是內心情感澎湃，激蕩不止。一日夫妻百日恩，他夫妻二人和睦幸福，一直是赤谷城中最令人羨慕的一對，忽然讓他當眾刑訊侮辱自己的妻子，他如何下得去手？

大帳中安靜極了，連一聲咳嗽也聽不到。

支謙忽然開了口道：「將軍不必用刑，我願意招認。」

話匣子一旦打開，刻意封閉多年的往事便如青煙般冒了出來。原來她是大月氏人，母親支清是現任大月氏國王支秉的妹妹，與烏孫和匈奴兩國有不共戴天的世仇。昔日月氏與烏孫共同居住在河西走廊，為爭奪地盤，月氏發兵攻滅了烏孫，殺死昆莫難兜靡。烏孫遺臣抱著難兜靡之子獵驕靡投奔匈奴，獵驕靡長大成人後，欲借助匈奴的力量復國，與匈奴聯軍攻打月氏。月氏為保衛家國，進行了激烈的抵抗。這是一場極其慘烈的戰鬥，有月氏民歌唱道：

孩子，你要是渴了，莫飲河水。
河水裡，敵人下了毒。
你就喝敵人的血吧！
孩子，寧死，也莫屈服。
死了，不要讓我看到你睡在棺材裡，
你的屍首一定要躺在盾牌上被抬了回來。

大戰之後，月氏終於還是失敗了。匈奴老上單于砍下月氏國王支盧的頭顱，裝飾上珠玉，製作成飲酒器具。殘餘的月氏人逃到西域，不久又被烏孫人一路追殺，不得不逃到更西的地方，從此遠離故土，關山萬里。大漢皇帝劉徹即位之初，正是因為聽到這個故事後，才起了聯合大月氏共擊匈奴的念頭，所以派張騫出使西域。張騫途中被匈奴人俘虜，被關押十年後設法逃出，歷經千辛萬苦，終於輾轉來到了大月氏。大月氏國王支秉是被匈奴、烏孫聯軍殺死的支盧國王的孫子，聽了張騫的提議後，興趣不大，原因有三：一是他當時新即王位，不願意多興事端；二來大月氏土地肥沃，百姓安居樂業，日子比以前在河西時過得還要好；三是月氏雖然復國，宿敵匈奴和烏孫的實力都遠遠在大月氏之上，大月氏根本難以與其相抗。張騫的大月氏之行遂以失敗而告終。但他的話卻激勵了支秉國王妹妹支清公主的鬥志。支清公主見兄長安於現狀，甘願放棄祖父之仇，一氣之下離開了大月氏，獨自帶著女兒支謙來到烏孫，改名換姓，意圖憑一己之力復仇。

為了便於安頓，她先是嫁給了赤谷城外的一個牧民，生下一個女兒，即是胭脂，但卻有意寄養在別處。支謙逐漸長大，一日右大將阿泰出城狩獵，遇見了她，一見傾心。二人不久後即結為夫婦，支謙更是意外得到獵驕靡昆莫的賞識，被選進王宮做了女官。當時支清夫婦已經去世，支謙遂將同母異父的妹妹胭脂引進王宮做了侍女，好互相扶持。按照支清公主原先的計畫，最好是挑撥烏孫一方脫離附屬國的地位，令獵驕靡昆莫與匈奴單于自相殘殺，從而達到兩敗俱傷的目的。然則烏孫逐漸強大後，本身就有脫離匈奴控制的意願，匈奴用武力討伐不成，又顧忌東南方還有大漢這等強敵，所以無可奈何地默許了烏孫的獨立地位。甚至當大漢主動與烏孫和親時，匈奴也忙不迭地遣送奇仙公主來到赤谷，討好籠絡獵驕靡昆莫，足見烏孫在西域的地位舉足輕重，匈奴已經不願意與它為敵。如此一來，支清公主原先的計畫全然泡了湯。支謙為人堅強隱忍，倒也不急不躁，一直暗中等待機會。

大仇人獵驕靡昆莫病死後，孫子軍須靡即位，續娶了匈奴公主奇仙和大漢公主劉細君為左右夫人。支謙聽說大漢強大無比，即使烏孫與匈奴聯手，也難以與其抗衡，遂決意尋找機會殺害劉細君，再嫁禍到奇仙身上，這樣大漢勢必要討伐匈奴。當日劉細君病倒，她跟隨軍須靡昆莫和左夫人奇仙到城外廬舍探望，趁機往劉細君的藥碗中下了毒。他們離開廬舍後不久，劉細君就毒發而死，但她手下卻沒有一人提出右夫人死得可疑，事情遂不了了之。大漢很快又派了劉解憂繼續劉細君的使命，湊巧接風當日大祿父子到來，大祿一直是軍須靡昆莫最顧忌的對手，她當時立即意識到這是個絕佳的機會，加上多年來心懷異圖，身上隨時備有毒藥，便趁眾人在帳外寒暄，搶先入帳，往國相特則克的叵羅中投下藥粉。大祿是昆莫的叔父，地位在國相之上，國相必然要讓出自己的位子給他。事情果然如她所料，大祿連飲兩杯，將叵羅中的毒酒盡數喝下，當場毒發身亡。可嘆的是居然沒有人起疑，連他自己的兒子翁歸靡都只以為父親是發病而死。大祿之死反而促進了軍須靡和翁歸靡的感情，她的計畫再一次落空。

連著兩次下毒都石沉大海，悄無聲息，這實在是大大出乎支謙的意料，她終於意識到必須得選一個有足夠分量的人下手才行，軍須靡昆莫遂成為她下一個下手的目標。她眼光當真犀利，選取的時機恰到好處——當時軍須靡昆莫正要召集群臣商談政事，她遂讓胭脂先將毒藥下到昆莫案頭的叵羅中。正巧右夫人劉解憂又領著泥靡王子進來，若是就此能同時毒死軍須靡昆莫和劉解憂，那實在是再好不過。哪知道事情臨時起了意外，泥靡王子阻止了正要飲下毒酒的劉解憂，片刻後軍須靡毒發，臨死遺言傳位給堂兄翁歸靡。情勢陡轉直下，劉解憂聰明機智，不但化解了自身嫌疑，還立即找出了胭脂就是下毒者。支謙頭天已經知道包括胭脂在內的十二名侍女被囚禁，心中一直擔心不已，一早趕來王宮，正好遇見丈夫，從他口中得知胭脂被捕的消息後，立即趕來見左夫人奇仙，然後一起來到地窖。她假意訊問胭脂，將毒藥塞到了她口中。她知道自己這次無論如何都救不了妹妹，只能助其早點脫離痛苦。但當她見到奇仙舉刀割下胭脂的乳頭時，登時血脈賁張，心中的火山徹底爆發。那一刻，她幾乎要忍不住撲上去扼住奇仙的脖子，將其活活掐死。可她看見了胭脂哀求的目光，那是在懇請她不要輕舉妄動。她終於還是忍了下來，木然走了出去。但她一直處於手足發麻的游離狀態，滿腔怒火地瞪視著奇仙在眼前走來走去，終於，她決意要殺了她，就在今天。

支謙的故事驚心動魄，但她神情坦然，語氣極為平靜，娓娓講完這一切，道：「右夫人，請你過來，我有幾句話要對你說。」

劉解憂聞言便走下坐席，道：「女官有話請說。」支謙道：「本來我是該深恨右夫人的，如果不是你那麼聰明，胭脂不會那麼快被捕，她可以有機會逃走的。可是我親眼看見右夫人屬下為我妹妹披上衣服，令她少受侮辱，我很感動，真的很感動。謝謝你，你是個好人。」劉解憂一時無語，不知道該如何回答。

支謙又叫道：「魏超君，請你過來。」

魏超心情極為複雜，雖然他的罪名已經洗脫，但實在想不到真正的罪魁禍首居然是他所愛女子的姊姊，當即默默走到支謙身邊。

支謙道：「胭脂她很愛你，因為你要離開烏孫，她還哭了好幾次。本來我跟她說，她可以跟你一起走，可她又不願意留下我一個人在這裡。唉，我實在該自己動手落毒的，那樣就可以保全胭脂，讓她跟你回去漢地。」

她的聲音很低，語氣極為溫柔，充滿了難以挽回的痛苦。魏超堂堂男子，居然當眾掉下了眼淚，怔了好半晌，才問道：「你……你不是一時衝動，你是有意要在這個時候毒死左夫人，好替我和解憂公主脫罪，是不是？」支謙道：「當然不是。」淒涼一笑，驀然提高聲音，道：「我已招承一切，這就請昆莫處罰吧。」

阿泰見妻子先後與劉解憂和魏超交談，儼然有交代後事之意，卻唯獨不與自己說一句話，不肯看自己一眼，不由得心如刀絞。

昆莫與群臣商議後，判決很快下來了。根據烏孫國的法規，月氏人支謙被判倒垂在公駝背上吊死。這是一種極其殘酷的刑罰：犯人被反縛住雙手，用繩索綁住雙腳，頭朝下，面朝外，倒著懸掛在公駝的左側。身體固定好之後，再將腳上的繩索從右側繞過去，套在犯人的脖子上，打成死結，犯人通常會被擺弄成一個反弓字形狀。將犯人綁好後，行刑者會牽著公駝在城中主要街道上行走，一邊搖搖晃晃地遊街，一邊大聲宣布犯人的罪狀。雖然有公駝支撐，但犯人身體的相當一部分重量都通過繩索轉移到脖子上，難受之極，卻又叫喊不出來，最終會慢慢窒息而死。死亡時間的長短取決於雙腳和脖子間繩索的長短，愈短斷氣愈快。

支謙的死刑被要求立即執行。行刑者惱恨她害死了軍須靡昆莫，有意將繩索放到最大限度，好讓她死得更加痛苦。直到遊完赤谷城的大街小巷，她還沒有斷氣，以致行刑者不得不將她從公駝上解下來，用一張弓弦絞死了她。

據說行刑的場面很是壯觀，人們大呼小叫，一路跟隨在公駝前後，匯成長長的隊伍。但劉解憂卻沒有去看這個熱鬧，她已經是翁歸靡昆莫的右夫人，還有很多大事要做。

光陰荏苒中，天下局勢也在發生劇烈的變化。

大漢匈河將軍趙破奴護送劉解憂到達烏孫國都赤谷的次日，便被緊急召回漢地。原來新即位的兒單于烏師廬一心要從漢軍手中收復失地，正厲兵秣馬，預備大舉出擊。匈奴左大都尉蘭及認為大漢國力強大，人口眾多，匈奴尚無實力對漢軍發起大規模的反擊，貿然出兵只是以卵擊石。烏師廬大怒，當眾責打了蘭及。蘭及懷恨在心，決意舉兵暗殺烏師廬，再攜帶其頭顱投奔漢朝。皇帝劉徹接獲消息後，立即自西域召回匈河將軍趙破奴，令其率二萬騎兵深入匈奴境內，策應蘭及。趙破奴按照事先與蘭及約定的地點，到達浚稽山，不料等到的不是左大都尉蘭及，而是匈奴左方兵，這才知道事情敗露，蘭及已經被烏師廬單于親手處死。趙破奴舉兵反擊，突破了左方兵包圍。但在回到離受降城四百里之地時，遭到匈奴八萬騎兵包圍。漢軍被困多日，糧水俱盡。趙破奴在胡地長大，自認為熟悉地形，半夜親自出營尋找水源，結果被守候已久的匈奴兵俘虜。漢軍失去主帥，按照軍法，所有士卒都要被誅罰，士卒恐懼之下，一齊投降了匈奴。趙破奴一軍遂全軍覆沒。

趙破奴一直被皇帝劉徹寄予厚望，天下人均以為他早晚會登上大將軍之位，他的被俘，不僅令劉徹痛失愛將，還直接促使了另外一個人的崛起。眾所周知，劉徹喜歡從身邊的女人中發掘人才，培養將帥人選，如衛青，如霍去病，甚至連趙破奴得到信用也是因為夫人王寄，主帥跟皇室有裙帶關係更讓他覺得放心，但霍去病死了，衛青死了，趙破奴被匈奴人押去王庭了，他再無將可用，遂又想起夫人李妍的臨終囑託來——李妍臨死請求皇帝善待她的兄弟，李延年和李季因為捲入毒害王寄一案已被處死，只剩下了一個遊手好閒的二哥李廣利，但不管這人名聲如何不好，他終究是李夫人唯一在世的哥哥了。劉徹在未央宮召見了李廣利。李廣利他長得高大魁梧，眉眼與李夫人十分相似，皇帝第一眼見到就很喜歡，當即拜他為貳師將軍，率領數萬騎兵討伐大宛。

大宛即是擁有汗血寶馬的西域國家，號稱寶馬之邦，貳師則是大宛的一個城市的名字。昔日張騫第一次出使西域時即到過這個國家，這裡的風光不僅異於漢地，跟西域樓蘭等綠洲國家也大不相同：建築全部是尖形的磚木房屋，沒有房簷；國人不會煉鐵，依舊使用青銅的武器和工具；田野中長滿大片的紫花苜蓿。不僅嫩葉可當菜吃，而且是上等肥料兼優質的飼料，是汗血寶馬最愛的食物；道路兩旁及國人的庭院中爬滿葡萄架。大宛葡萄釀成的酒又香又甜，而且儲藏越久，味道越是濃郁。因而大宛人都不願意飲用當年新製的葡萄酒，只吃陳年的老酒，陳酒便越積越多，多有藏酒至萬石的人家；大宛國最獨特的當然是汗血寶馬。傳說大宛境內有高山，山上有天馬在雲霧中奔馳，人力不可得，於是大宛人將五色母馬放在山下，五色母馬與天馬相交，生下的馬駒就是汗血馬，因此汗血寶馬又稱為天馬子。這種馬身材高大，體態健美，行走如風。在長途奔跑時，身上所出的汗如血色一樣，所以才被稱為汗血馬。

之前劉徹派使者車令攜帶金馬和黃金前往大宛求取汗血寶馬。車令到達大宛國都貴山城後，奉上書信，轉達了大漢皇帝的心願。大宛王毋寡召集大臣商議。大臣均認為汗血寶馬是大宛國寶，既然是國寶，那就絕不允許別國得到它。雖然大漢強大，有北逐匈奴的實力，但大漢離大宛一萬二千五百里，路途遙遠不說，沿路有高山、大河、沙漠阻擋，道路艱險難行，出使西域的漢使常有一半死於途中，即使大漢有心用武力奪馬，漢軍也難以到達大宛。毋寡遂拒絕了漢使者的要求。自張騫通西域以來，皇帝劉徹熱衷與外國通好，需要大批使者出使異國，因而廣在民間招募人選。車令本是一普通黔首，沒有多少見識，不過是有些勇力，所以才應募出使，希冀跟昔日博望侯張騫一樣，靠出使外國來創下不世之功。他肩負著大漢天子親自賦予的求馬使命，攜帶著極為貴重的禮物，經過長途跋涉，歷盡磨難，好不容易才達到大宛，卻被大宛國王當面拒絕，當即氣急敗壞，當面辱罵大宛國王，還將所攜帶的金馬砸壞，這才揚長而去。大宛群臣見漢使者如此蠻橫無禮，均是憤怒異常。車令事後也有些後悔，但事情已經不可挽回，只好將金屑收集起來，準備運回漢朝。到達大宛東部的郁成時，郁成王派兵攔截並殺死了車令一行，奪走所有財物。消息傳到長安，劉徹勃然大怒，不顧山高路險，決定出兵討伐大宛。

大宛只是西域小國，人口不多，舉國不足三千兵力，劉徹卻調給李廣利數萬人馬，期待他一舉蕩平大宛，立下奇功。孤軍遠征，遠涉大漠，水土不服，補給困難，包括李陵在內的許多將領紛紛上書勸阻，但是皇帝立意已堅，一定要不計代價地勞師遠征。

李廣利出身市井，毫無作戰經驗，一出征就遇到意想不到的困難。漢軍出了玉門關後，沿途都是鹽澤和沙漠地帶，無糧可用，無水可汲。而西域的當道小國都各守其城，不肯供給漢軍。漢軍必須得攻下這些小國才能取得糧食和給養，只好邊打邊進。許多漢兵都忍不住飢渴，倒斃在路中。到達大宛東部的郁成城時，漢軍折損很大，數萬人馬已經只剩下數千人。

郁成王因為曾經殺死漢使車令，早擔心漢軍前來報復，一直嚴兵守候。兩軍交戰，飢乏的漢軍無法取勝，傷亡慘重，折傷了近一半的人馬。李廣利見取勝無望，道：「郁成尚不能攻克，更何況大宛王都！」便沒有繼續向大宛國都貴山進發，而是引兵撤退。等漢軍退回敦煌時，所剩的士兵只有出發時的十分之一二了。

劉徹原想給李廣利立功建業的機會，等他得勝回朝，就立即授封爵位，沒想到他卻大敗而歸。所以，當李廣利派人向朝廷報告並請求罷兵時，劉徹勃然大怒，立即派使者趕到玉門關前，阻止李廣利等入關，並傳諭李廣利軍前：漢軍敢有入關者，一律處斬。李廣利不敢違令，只好留在敦煌玉門關外。

但心高氣傲的大漢天子並沒有就此放棄奪取汗血馬的念頭，他認為大漢威風赫赫，若是連大宛這樣的小國都不能征服，只會使所有的西域國家都輕視漢朝。除了得到汗血寶馬外，劉徹還有一個不足為外人道的心願，那就是期望能與住在西域的大神西王母相會。傳說西王母容貌絕代，居住在「飛鳥之所解其羽」的崑崙之丘，有三隻青鳥為伴，法力無邊，曾經贈送不死藥給射落九個太陽的后羿，以嘉獎其功勞，但后羿的妻子嫦娥偷吃了靈藥，成仙飛到了月亮上。周穆王姬滿也曾經駕著八匹駿馬拉的馬車到瑤池與西王母相會，臨別時西王母贈《白雲謠》歌道：

白雲在天，山陵自出。
道里悠遠，山川間之。
將子無死，尚能復來。

劉徹也渴望能如周穆王一般，以功業來博得西王母的垂青，好求得長生不老之藥。於是堅持繼續攻打大宛，果斷將主張與大宛停戰的大臣治罪，同時徵發被赦免的囚徒、郡國惡少年及邊郡騎兵六萬人，以及由三萬匹馬、幾萬頭驢、騾、駱駝以及十萬頭牛組成的運輸隊，攜帶足夠的軍需補給物資，由貳師將軍李廣利統率，再次進攻大宛。不久，又增發七科謫[1]和甲卒十八萬屯駐在酒泉、張掖北面，作為後續部隊。

這一場為奪馬而發起的戰爭，不僅令漢家天下騷動，也對西域諸國產生了巨大的震懾作用。李廣利大軍所到之處，西域各小國無不爭相迎送。只有輪臺一城閉門拒絕，李廣利揮兵攻打數日，城破後大肆屠城，從此乘勢長驅，直到大宛，一路毫無阻礙。不過即使如此，到達大宛的漢軍也只剩下了三萬人。

在大宛國都貴山城下，漢軍遇到了激烈抵抗，連續攻打四十多天，未能攻下。最後還是大宛內部發生動搖，大宛貴族殺掉了大宛國王毋寡，主動向漢軍求和，漢軍才得取勝。漢軍挑選了數十匹好馬，並立親漢的大宛貴族昧蔡為國王，然後結盟而還。李廣利又命搜粟都尉上官桀攻滅郁成，郁成王亡走康居，康居國王畏懼漢軍，將其縛送上官桀。

西域諸國無不震懼，爭先恐後派遣子弟攜帶方物珍寶，隨軍東來為質於漢朝。劉徹龍心大悅，加封李廣利為海西侯，食邑八千戶。當年衛青、霍去病橫掃匈奴，所得封賞也不過如此而已。

面對這樣一個為奪馬不惜軍力、民力、國力的大漢天子，匈奴人也感到害怕了。在左大都尉蘭及降漢失敗後不久，匈奴內部再次發生動盪，烏師廬單于暴斃，因其子年幼，由叔父右賢王呴犁湖繼任單于之位，但呴犁湖在位不久便病死，其弟左賢王且鞮侯繼立為單于。這樣，伊稚斜單于的三個兒子烏維、呴犁湖和且鞮侯先後都當上了單于。

昔日伊稚斜用武力驅逐了匈奴太子於單，奪得了單于寶座，即位不久即遭遇漢軍大規模反擊，先後被衛青、霍去病擊敗，在漠北之戰中，連他本人也差點被漢軍俘虜，可謂自冒頓以來境遇最慘的單于，從此龜縮在漠北，再也不敢輕易南下。他的子孫中，以孫子烏師廬志向最大，一心要收復失地、與大漢爭鋒，可惜在匈奴並不得人心，很快死於貴族爭權的內訌中。

且鞮侯即位之時，正值漢軍傾力攻破大宛、奪回汗血寶馬，他畏懼漢軍會趁勢出擊匈奴，忙送信給漢朝，道：「漢天子，我丈人[2]也。」又派人送回之前所扣押的漢使者路充國等人，以示親善。

被皇帝急召回京的李陵趕來建章宮時，正好在上林苑北門遇見了漢使者路充國。路充國原是李陵任建章監時部下的郎官，匈奴使者丘人死在長安後，他奉皇帝之命佩二千石印綬送丘人靈柩回去胡地，結果被匈奴扣留，新近才被釋放回國。幾年不見，他老了許多，才是三十幾歲的人，鬢角就已經變得花白，足見胡地囚徒生活之艱苦。

一見到李陵，路充國便跳下車子，叫道：「都尉君，想不到會在這裡遇見你，我這裡有一件禮物給你。」從懷中掏出一個小小的錦袋遞過來。李陵道：「多謝，路君有心。」路充國道：「不用謝我，這是公主給你的，我也只是受人之託。」

李陵臉上一下子有了難以言喻的光彩，急切地問道：「路君見過解憂公主？」路充國「啊」了一聲，忙道：「不，我說的不是解憂公主……」往左右看了一下，才低聲道：「是夷光公主。」

李陵怔得一怔，問道：「夷光公主是誰？」路充國道：「新即位的且鞮侯單于的女兒，她說她認識你，你是她的救命恩人。」

李陵這才想了起來，道：「原來是她！我倒是忘記了，她是新單于的女兒，也是公主身份了。」解開錦袋，卻是一串用石頭和動物骨頭做成的彩色珠子。

---

1 七科謫：原為秦朝懲罰犯罪官吏和商人的一項制度。漢武帝時期，因連年用兵，兵源不足，乃繼承秦朝這一制度，徵發七科謫隨軍打仗。具體是：犯罪的官吏、亡命、贅婿、賈人、故有市籍者、父母有市籍者、大父母有市籍者。

2 漢初到武帝初年一直保持著公主和親的政策，匈奴單于在政治需要時，總是自稱是漢朝的女婿或外甥。

路充國道：「夷光公主說，那骨頭是狼的踝骨，帶在身上，不但能治病，而且可以避免旁人的讒言陷害。」

忽見掌管上林苑門屯兵的步兵校尉韓平疾馳過來叫道：「都尉君，你總算到了，皇上已經派人催問好幾次了，這就隨我進苑吧。」

李陵一時不及多想，忙收了錦袋，道：「路君，我還要到建章宮去見皇上，回頭我再來找你。」路充國道：「好。」

韓平是成安侯韓延年的堂兄。李陵已經娶了韓延年的妹妹韓羅敷為妻，與韓平也算親戚，當即簡略招呼，便率領侍從跟隨韓平馳入上林苑中。他雖曾多次扈從皇帝來上林苑中遊獵，但管敢等侍從卻是第一次進來這裡，見到園林秀麗，宮觀玲瓏，繁花茂樹，點綴四周，無不驚嘆。

上林苑始建於秦惠文王時期，秦始皇時擴大規模，形成西到灃水、南到終南山、北到渭河、東到宜春苑的龐大規模，著名的阿房宮就修建在上林苑中。秦亡後諸多宮殿化為焦土，但林苑仍在。文帝、景帝時曾開放上林苑，讓百姓耕種空地，因而上林苑中除皇家宮室、苑囿、園池以外，一度還有許多農田，百姓亦可以自由出入。當今天子劉徹即位之初，因政事受制於太皇太后竇漪房，便縱情遊獵，經常微服出遊，每每半夜壁漏下十刻出宮，次日天亮前馳入終南山下，縱馬馳騁，嬉戲圍獵。但由於踩壞了莊稼，農民去向縣令告狀，縣令親自率兵圍捕，侍從不得已拿出御賜之物才得以脫身。還有一次，劉徹狩獵忘了時間，不及回城，去向柏谷亭長借宿，卻被趕了出來，不得已只得率領侍從來到附近的一家客店投宿。客店主人見劉徹進來，很不客氣地喝斥道：「你這麼高大的一條漢子，不在田間勞作，卻帶劍聚眾夜行，不是為盜，便是為淫！」劉徹也不敢說出自己皇帝的身份，請求上酒，店家輕蔑地道：「我只有尿，沒有酒。」一行人坐了好久，始終不見酒飯上來，劉徹派人去查看，才發現店主正邀集鄉鄰，打算收拾他們。幸虧店主妻子見劉徹氣度不凡，便以酒灌醉丈夫和其他人，劉徹才脫此大難。他很贊許店主的警惕，特意召其入宮為郎官。經過數次驚險後，劉徹決意將經常打獵的地方全部徵入上林苑，並將原先在苑中的農民耕地也全部遷出去，漢上林苑由此比秦上林苑範圍更為擴大，遠在雲陽的甘泉宮也被納入到上林苑中。

上林苑四周有垣牆圍繞，長達數百里，僅大門就有十二座，內中有三十六座園苑，十二處宮殿，著名宮殿有建章宮、甘泉宮、宜春宮、五柞宮等，都是建制龐大的建築群。僅以建章宮為例，馬在內中馳騁，要跑一天才能跑完。著名的昆明池也在上林苑中。昔日皇帝劉徹派使者取道西南通使身毒，卻被滇國[3]國王所阻。滇國附近的昆明國有一個方三百里的滇池，更是一大障礙。劉徹決心討伐昆明諸國，遂派人在上林苑中造周迴四十里的昆明池，以操練水軍。

除了水波蕩漾外，苑中林木蔥翠，養有許多珍禽異獸。文帝劉恒在位時，曾經來參觀養虎的虎圈，興起之下，詢問起禁苑中所飼養的各種禽獸的數目，上林苑令一個也答不上來。一旁的虎圈嗇夫見上司發窘，遂主動代答。劉恒又有意詢問各種禽獸登記的情況，虎圈嗇夫隨問隨答，答對如流。劉恒十分感慨，道：「官吏就應該是這樣的。」詔令將原上林苑令免職，任命虎圈嗇夫為新上林苑令。負責傳令的謁者張釋之卻不肯動身，反而問道：「陛下認為絳侯周勃是什麼樣的人呢？」劉恒道：「忠厚長者。」張釋之道：「可是絳侯周勃卻是口才不佳，議事時往往有話說不出口，根本無法跟這個嗇夫的多言善辯相比。秦朝重用刀筆吏，考核官員則用敏捷苛察作為標準，其害處是空有其表，從無實際內容，皇帝聽不到對朝政過失的批評，最終導致國家走上土崩瓦解的末路。現在陛下因嗇夫善於辭令而破格升官，比影隨景，只怕天下人會爭相效仿，都去練習口辯之術而無真才實能。還請陛下三思。」劉恒大為震動，遂取消了詔令，也由此對張釋之刮目相看，升其為中大夫，執掌諫諍論議，專為皇帝獻計獻策。

上林苑既是皇家林苑，戒備森嚴，一草一木都不容侵犯。昔日有百姓射殺了上林苑中逃逸的白鹿，被判棄市，多虧東方朔從中圓緩，才得脫死罪。安丘侯張拾需要藥引，曾暗中策劃到鹿苑中盜取白鹿，結果被人告發，丟失了列侯之位不說，還被完為城旦。右扶風咸宣是皇帝寵臣，掌管京畿之地，其轄下鄠縣、湄縣等縣有不少風景優美之地都在

3 滇國：今雲南晉寧一帶。關於雲南更詳細的歷史，請參讀吳蔚同系列圖書《孔雀膽》。

上林苑中，即便如此，沒有天子詔書，他也不能隨意進出林苑。其親信小吏成信得罪了他，便是利用這一點，搶先逃入上林苑中避難。不料咸宣威風慣了，不容成信逃脫，藉口追捕要犯，派吏卒闖進上林苑中，一路追到蠶室門下，終於射殺了成信。咸宣雖有執行公務之名，但不巧的是，吏卒向成信發箭時，有不少箭支射中了蠶室門。大漢律令，凡天子駕幸之地即為禁地，射中上林苑門跟箭射未央宮殿門一樣，都是大逆不道的死罪。咸宣因此而下獄，被判族誅。一想到這些血淚故事，管敢等人不由勒緊馬韁繩，不敢有絲毫放鬆。

來到建章宮圓闕，早有內侍等在那裡。李陵翻身下馬，令管敢等人在圓闕外等候，自己跟隨內侍進宮，一路往南，趕來正殿玉堂殿。霍光正在殿外階下徘徊，似在等什麼人，一見李陵便招了招手。

李陵問道：「有事麼？」霍光低聲道：「你得小心些，貳師將軍班師回朝後告了你的狀，皇上很有些不高興。」第一次征伐大宛時，皇帝本有意任命李陵為統帥，但李陵卻對勞師動眾奪取汗血寶馬持反對意見。劉徹很是生氣，當面嚴厲訓斥了他，他由此失寵，被喝令回屯駐地張掖待命。從來沒有帶過兵的李廣利反而成為征伐大宛的主帥，結果遭遇慘敗。不久，劉徹第二次派李廣利進攻大宛，命李陵帶領部下五校尉兵跟在主力部隊之後，策應李廣利的行動。李陵對不學無術的李廣利很是反感，現在居然要受其節制，心中很是不服，有意遷延，進軍遲緩。等他率軍到達敦煌的時候，李廣利軍已經得勝回師了。

李陵料想李廣利必是利用這件事大做文章，天子急召自己回京也多半與其有關，當即點點頭，摘劍免冠，進來大殿。

玉堂殿內聚集了不少大臣和西域各國的使者，皇帝正與李廣利談論西域風情，興致頗高，見內侍引著李陵進來，立即叫道：「都尉君，大夥兒可都一直在等著你呢。」劉徹已年過五旬，但由於長期過著優裕的生活，望起來還是中年人的樣子，氣色極好。

李陵忙上前拜見。劉徹道：「都尉君免禮。朕來為你介紹，這位是康居使者克盧，也是康居國的神射手，他一直很仰慕李氏箭法，來到長安便向朕提出很想與飛將軍的後人較量箭法。」

李陵這才知道天子急召自己回京是要讓自己與康居使者比試箭術，心道：「我是邊關重將，軍務繁劇，皇上為了一名使者的比箭請求就派人用傳將我緊急召回，未免小題大做了。」他不願意在這些事上浪費時間，當即朝那使者克盧點點頭，問道：「使者君想要如何比試？」

克盧不懂漢文，一旁通譯用匈奴話翻譯了一遍。克盧道：「聽說漢軍考試射藝，通常是參賽者每人射十二支箭，中六箭為合格。將軍是主人，我只是客人，當然要入鄉隨俗，我和將軍也各射十二箭，以中靶多者為勝，如何？」李陵道：「甚好。」

眾人便出來玉堂殿，光祿卿韓說早命人在殿外豎起紅、藍兩個箭靶，李陵、克盧各選了一張弓，李陵取紅箭，克盧去藍箭，並排站到箭靶前。克盧道：「這場比試，當然是中靶多者是勝者，但你我均有神射手之名，想來十二箭都不會落靶。既然各人有各人的箭靶，我還有個新提議：我和將軍交叉站立，我站在紅靶前，但目標是藍靶，將軍站在藍靶前，目標是紅靶。你我二人同時開弓，若是十二箭都能中靶，便以先射完箭者為勝，如何？」李陵微一沉吟，即應道：「好。」

如此一來，二人不但要比試準確度和速度，還要預防對方羽箭的干擾，難度大大加大。眾人第一次聽說如此稀奇的比試方法，均是極感興趣，不獨皇帝、大臣、使者圍在一旁，當值的郎官、衛卒、內侍等也爭相趕來觀看。

李陵和克盧同時拈箭引弓，一旁光祿卿韓說見二人已準備好，便叫道：「開始！」

李陵手指一鬆，羽箭便離弦而去，斜射向前方的紅靶。他自幼學習箭術，射箭對他而言跟吃飯一樣嫻熟，幾乎成為一種本能，一箭既出，便迅即自背後箭箙中取出第二支箭上弦。只聽見一旁「嗖」地一聲輕響，克盧也射出了第一支箭。李陵第二支羽箭旋即射出，隨即是第三支箭，箭如連珠般發出，箭箭中靶。兩方羽箭呼嘯交替，情形煞是驚險壯觀。旁人瞧得目不轉睛，連鼓掌叫好都忘記了。

到第十支箭時，李陵已經看到了勝利的曙光，雖然克盧也支支中靶，但卻落後了他一箭的時間。就在他第十支箭離弦的一剎那，克盧也射出了第九支箭，卻不是對準藍靶，而是朝外偏出許多。一旁圍觀者包括皇帝本人都精於騎射，一見克盧出手便知道這箭射得偏了。但不可思議的是，那支箭卻射中了李陵第十支箭的箭羽，被箭力一帶，破羽而過，重新回到了藍靶正中。而李陵的第十支紅箭卻被這一帶偏離靶心，只勉強射中了紅靶的邊緣。那一刻，他的第十一支箭也已經出手，雖然中靶，卻呆在了那裡。克盧適才那一箭太絕妙了，角度、力度把握得剛剛好，不僅成全了自己，也干擾了對手，他只剩下最後一支箭，不管他再怎麼努力，他始終比克盧要少一支中靶的箭。

克盧卻趁李陵這一呆的工夫，從容地射完了餘下的三支箭，收弓笑道：「將軍，你輸了。」他不但十二支箭全中，而且比李陵先一步完成，已然是鐵定的贏家。

李陵嘆了口氣，道：「使者君箭術神奇，令我大開眼界，請容我將剩下的這支箭射完。」克盧見他雖然已經落敗，卻還是要按照規則射完最後一支箭，極具大國將軍風度，當即點頭道：「將軍請。」

李陵遂引弓如滿月，使盡全身的力氣，將箭彈弓發出。令眾人大為意外的是，這一箭卻不是對準他自己的紅靶，而是克盧的藍靶。最後一支紅箭力道極大，死命擠開了一堆藍箭，釘在了藍靶的正中心。

克盧笑道：「將軍這是……」一語未畢，便聽見「支呀」一聲，藍靶竟然從中間橫著裂了開來，裂口越來越大，最終有兩支藍箭掉落了下來。

原來那箭靶本是木板和乾草製成，克盧十二箭均射中箭靶，箭道強勁，早已經將中心射裂。李陵見最後一支藍箭已然穿透箭靶，料到木板中心承受力已到極限，遂乾脆將最後一支紅箭改射藍靶，目的在於加大木板的裂變力，想不到居然一舉奏效。

克盧乍見如此變故，一時愣住。在眾人的目光中，藍靶終於還是完全裂開了，上半塊掉了下來，只剩下半塊淒涼地站在那裡。

光祿卿韓說親自奔過去清點箭支，數完後忙趕過來報道：「都尉君有十支箭中紅靶，使者君只有三支箭。」眾人登時歡聲雷動。

克盧呆了好半晌，才黯然道：「我輸了。」李陵亦是對克盧第九箭的力道極為佩服，道：「我只是僥倖取勝。使者君箭術高明，我深為仰慕。」

劉徹哈哈大笑道：「你們兩位今日可真讓人大開眼界。好，好。」大為心悅，當即下令在太液池大開酒宴，宴飲外賓。

太液池前置有銅龍，長三丈，銅樽可容四十斛酒。每逢宮中大宴會時，龍從腹內受酒，口吐於樽內，象徵酒是天之美祿，又代表酒是真龍天子所賜。

劉徹生活奢侈，最好誇耀於外賓，特意製作了一些大鐵杯，盛酒其中，賞賜給西域使者。由於鐵杯太過沉重，舉不起來，使者們只好低頭引首，其形態恰似群牛飲水，所以宮中宴會往往被稱為「牛飲」。這一次參加牛飲的賓客多達三千人，可謂壯觀之極。

當然，出風頭最大的還是還是來自烏孫的貢物青田核，核大如六升（瓠），盛以清水，頃刻變成醇美好酒，隨盡隨盛，稱為青田酒。但有一點，這酒不能久放，置久就會發苦。如此神奇之物，令人大開眼界，就連皇帝劉徹這等見多識廣之人也嘖嘖稱奇，嘆為觀止。

一直到傍晚時，李陵才有機會得以離開建章宮。他自張掖星夜趕回，急馳回京師後，立即趕進建章宮，又是比箭，又是酒宴，極是疲倦。正要回去茂陵家中休息，郎官蘇武匆匆趕來叫住了他，道：「我被皇上新拜了中郎將，奉命護送歷年被大漢扣留的匈奴使者回去胡地，之後便要順路出使烏孫，賀喜解憂公主新誕下小王子。」

他沒有說完下面的話，李陵卻是明白過來，蘇武是在問他有沒有信件之類的物品要轉帶給劉解憂，心中一時茫然起來。自從劉解憂出嫁烏孫，他也按照母親的安排娶了韓羅敷，依然是聚少離多。他在邊關的時候，時常想不起新婚妻子的容貌，浮現在腦海中的總是解憂俏麗的影子。他知道這樣並不對，對韓羅敷也不公平，只是他控制不了自己的情感，心中總還在期盼終會與解憂有再會的那一天。此刻聽到蘇武的話，才知道解憂已經當了母親了，心頭不由得愈發黯然起來，過了好大一會兒，才問道：「解憂公主她還好麼？」

蘇武道：「很好。聽烏孫使者說，公主跟新昆莫翁歸靡夫妻恩愛，十分和睦，新誕下的小王子元貴靡是昆莫長子，將來是有可能繼承昆莫王位的。皇上得知消息後非常高興，特意準備了大批禮物賞賜公主。」李陵「喔」了一聲，也不知道該如何回答。

蘇武見他鬱鬱寡歡，便道：「我還有幾日才會離京，都尉君若是有信件要我帶給解憂公主，也還是來得及。」隨即拱手告辭。

李陵遂到圓闕外尋到侍從，徑直馳回茂陵家中，只拜見了母親，甚至不及與妻子韓羅敷說上幾句話，便疲倦地倒在床上沉沉睡去。

這一覺睡得極長，直到次日正午，李陵才醒過來。正好韓羅敷進來，見丈夫睡醒，忙叫婢女打水服侍他梳洗。

李陵打量著妻子，幾個月不見，似乎她又比上次瘦了許多，想到自己長年累月不在家中，只留下妻子獨守空房，不由得心生歉疚，叫道：「羅敷！」韓羅敷道：「嗯。」李陵道：「你過來坐下，別忙前忙後的，這些雜事自有婢女來做。」韓羅敷道：「她們做得不好。」扶李陵到鏡前坐下，細心為他結好髮髻，這才道：「適才有客來訪，聽說夫君沉睡未起，便往東方先生那邊去了。」

李陵道：「他沒有自報身份麼？」韓羅敷遲疑了下，還是道：「是個女子，自稱是烏孫使者。」

李陵「哎喲」一聲，急忙起身穿好衣服，埋怨道：「你怎麼不早叫醒我？」佩了官印和寶劍，也不及叫上侍從，自己騎馬往東方朔家中趕來。

卻見東方朔門前停著幾輛車子，幾名紅髮碧眼的挎刀男子守在門前。李陵在邊關日久，粗略通曉匈奴語，當即用匈奴話道：「我是來找烏孫使者的。」

一名男子點點頭，往院子裡叫了一聲，一名年輕的陌生女子應聲而出，道：「你就是李陵君？我叫馮嫽，是解憂公主身邊的女官。」又指著呼叫自己出來的男子道：「這位是我丈夫阿泰，他是烏孫的右大將。」

阿泰道：「我記得李陵君，你昨日跟康居王子克盧比試箭術，我也在場。」

李陵道：「使者君適才是到過我府上麼？實在抱歉得緊，我居然沒有出來迎接。」馮嫽道：「不要緊。我其實也沒有別的事情，只是想順路來看看李陵君。我們這就要走了，李陵君，你多保重。」

李陵滿以為烏孫使者來找他，一定是奉劉解憂之命，當是有什麼私人書信要交給他，不料對方卻稱只是順路探望，不由得滿腹狐疑，又不便明問，只能眼睜睜地看著馮嫽諸人登車離去。終於還是忍不住奔進東方朔家中，問道：「馮女官來拜訪先生，是奉解憂公主之命麼？」東方朔正在窗下撫琴，淡淡應道：「嗯。」

李陵道：「那麼解憂可有什麼書信？」東方朔道：「書信沒有，只有一堆吃的、喝的，全是烏孫的土特產，你要喜歡可以全拿去。」

李陵往旁邊一看，果見房角堆著好幾個紅柳條編製的箱子。一時思如潮湧，心道：「解憂是個熱情周全的人，遠在異國他鄉，還記得派屬官給東方先生捎帶禮物。可她為何對我置之不理，一封信、一句話也好，難道她已經忘記了我麼？」轉念又想道：「啊，這馮嫽並不是朝廷派給解憂的屬官，一定是她後來收的部下。若是她早已經將我忘懷，馮嫽又怎麼可能知道我的名字，還特意來茂陵探望？一定是解憂常常提到我，馮嫽心中好奇，想看看我長得什麼樣子。」他不是蠢人，很快想通關節所在，這才釋然，暗道：「解憂是在刻意避開我，她之所以逃避，一定是因為太在乎了。」

琴聲叮咚中，他的心緒慢慢平復下來，取過帛筆，就地在東方朔的書房中寫了一封帛書，封在竹管中，騎馬進城來找蘇武。

蘇武道：「我得先去匈奴，再去烏孫。若是緊急的話，你可以將信交給烏孫使者，他們會直接啟程回烏孫國，時間要快許多。」李陵道：「不，我要蘇君親自交到她手中。」蘇武當即允諾道：「好。」

將書信交給蘇武後，李陵便順路來尋霍光，卻只見到霍府中最得寵的侍妾顯兒。顯兒道：「夫君正在內堂會見貴客，不便打擾，都尉君不妨多坐一會兒。」

霍光所會見的貴客不是旁人，正是烏孫使者馮嫽。馮嫽帶來了一封帛書，是早已過世的江都公主劉細君寫給霍光的信，但信一直未寄出，直到她死後才被劉解憂發現。

霍光既意外，又驚訝。他雖然一直暗戀劉細君，兄長霍去病在世時也表示過要娶劉細君給他做妻子，但他其實很清楚她的心思並不在他身上，但後來細君被選作和親公主，無論她真正喜歡的是誰，都沒有了成親的希望，皇帝的詔令註定了她的命運，她最終遠赴西域，成為七十多歲的烏孫昆莫獵驕靡的夫人。

霍光手捧著帛書，不及展開，心頭忽然湧上一種難以名狀的淒然，萬里之外的細君當真再也回不來了麼？他多年前愛過她，想過她，有時想得輾轉反側，夢寐不寧。但她被封為江都公主後，他又不能確定是否真心愛她，如果他真的很愛她，為何不敢出面為她向皇帝求情，求皇帝放過江都王劉建唯一存活在世上的血脈，改選其他宗室女子作為和親公主？細君住在未央宮中時，雖然沒有明說，卻幾次將懇求的目光投向他，他懂得她的意思——她希望留下來，希望他能利用皇帝對他的寵愛和信任出面說情。但他卻不敢挺身而出，不為什麼，就是不敢。他的怯懦令他一度懷疑起自己的真情來。實際上，據他暗中觀察，皇帝雖然嚴酷，卻也是個性情中人，對於館陶公主與董偃這樣不倫不類的戀情都能接受，他若是鼓足勇氣一試，聲淚俱下地為細君懇求，聲稱自己愛她發狂，說不定能令皇帝改變心意。但他卻什麼也沒有做，甚至連勸慰的話也沒有對細君說過一句。也許他並不是全心全意地愛戀她，也許是因為他瞭解她的心裡另有別的男子，他不願意平白為他人作嫁衣，但無論怎樣，他始終沒有為她挺身而出。

她去了遙遠的國度後，她的影子總會模糊地隨處浮現，就好像人的呼吸一樣，看不到，卻是存在的。她那楚楚哀傷的目光，總是徘徊在他的腦海中，他知道他這一輩子都無法擺除這幽靈似的印象。他也從使者那裡打聽過劉細君在烏孫的生活，無非是語言不通、水土不服、如坐針氈、度日如年之類。到後來，她將滿腔的愁緒化成一曲《黃鵠歌》：「居常土思兮心內傷，願爲黃鵠兮歸故鄉。」訴不盡的思鄉幽怨之情。她始終只是一隻籠中鳥，雖然到了遠方，卻永遠回不去故鄉。

他終於抖索著打開了那封帛書，卻只是另一首歌辭：

月既沒兮露欲晞，歲方晏兮無與歸。
佳期可以還，微霜沾人衣。

他不明白細君為什麼指名要將這首傷感的歌辭寄給他，但眼前漸漸模糊起來，渾身的血液也在迅速地凝固。他竭力抑制著自己的情感，淚水終於還是當著馮嫽的面涔涔滾落。他閉上了雙眼，彷彿已經聽到細君那顆水晶般透明的心跌碎了一地的聲音。

等霍光情緒平靜時，馮嫽已經不見了蹤跡。剛才的一切，彷彿從來沒有發生過。只有手裡的一片絲帛，宛然是細君的筆跡，還帶著細君的氣息，表明馮嫽是真的來過。那氣息清清淡淡，若有若無，絲縷不絕，那是種令人迷戀、令人浮想聯翩的香氣。他癡癡地望著那片絲帛，彷彿感覺到了一絲飄然而逝的餘溫，其意殷殷，其情綿綿。

馮嫽的來訪，像一陣清風吹過湖面，泛起輕輕的微波，蕩漾了片刻，隨即就平靜了。從表面上看，霍光的生活還是老樣子，絲毫沒有什麼改變，依舊每天忙於公務、讀書。但他的內心卻久久不能平靜，好似塵封已久的古琴，一經撥動，便會發出深沉的聲響，回響不斷，餘音繞梁。夜深人靜，細君的影子總是重新浮現眼前，甚至在他讀書時也來干擾他，使他意亂心煩。

這邊李陵、霍光各有心事，他們的好友蘇武卻辭別了家人，率領副中郎將張勝及隨員常惠等人踏上出使匈奴的路程。除了護送之前被大漢扣押的匈奴使者回國外，蘇武此行還有兩項重要使命，那就是打探被匈奴人俘虜的匈河將軍趙破奴的下落及大漢鎮國之寶高帝斬白蛇劍的藏處。

一行百餘人出塞北上，徑直抵達匈奴王庭。按照匈奴當時的規定，凡是外國使節進入單于大帳，必須拿掉旄節，並在臉上刻字，用墨塗黑。蘇武不願意受此侮辱，寧可不進單于大帳。且鞮侯單于無可奈何，只得親自出來大帳會見大漢使者。蘇武遂送上書信，奉上金帛等禮物。匈奴人重利，且鞮侯見到漢朝贈送的禮物豐厚，很是高興，遂命人好生款待蘇武一行。

蘇武正要返回客帳，忽聽到背後有人叫道：「蘇武君！」轉過頭去，卻是一名面貌清臞、長髯飄飄的胡人男子。蘇武雖然愣了一會兒，還是認出了對方，問道：「你是衛律？」一旁通譯忙喝道：「這是我們匈奴的丁靈王，漢使者還不快快行禮。」

這衛律原是胡人，自小生長在漢朝，與李延年是鄰居，一起長大，關係極好。後來李延年當上協律都尉，妹妹李妍更是成為皇帝寵妃，衛律也被李氏兄妹舉薦到未央宮中為郎官，與蘇武算是同僚，頗為熟識。後來皇帝要派使者到匈奴去，李延年又舉薦了衛律，想讓他盡快立功。衛律完成使命後返回漢地，湊巧聽到李延年、李季兄弟因捲入宮廷紛爭被誅殺的消息，他擔心受到牽連，隨轉身逃奔了匈奴。目下極得且鞮侯單于寵幸，被封為丁靈王。

衛律笑道：「我與蘇武君是故人，禮儀那一套就免除了吧。」蘇武臉色登時沉了下來，行了一禮，冷冷道：「故人不敢當，丁靈王有禮。」不再多理睬衛律，逕自回來客帳，思索要如何打聽趙破奴和高帝斬白蛇劍的下落。

副中郎將張勝進來稟報道：「中郎將君，有客到訪。」引進來的卻是一名胡人。蘇武道：「我剛剛見過你，你不是衛律的侍從麼？」那人道：「臣是漢人，名叫虞常，是當年跟隨丁靈王出使匈奴的從人。」

蘇武當即拍案而起，道：「既然你跟衛律一樣投降了匈奴，我們也沒有什麼好說的，這就請吧。」張勝道：「中郎將君，虞常當年只是被衛律脅從，才被迫投降了匈奴。他今日來，是想……」蘇武決然打斷了他，喝道：「快些引他出去。我不跟這些投降匈奴的人說話。」

張勝見蘇武意志堅決，只好領著虞常出去。他與虞常是舊日相識，很是過意不去，賠禮道：「抱歉，我也料不到中郎將君的性子會如此固執。」

虞常見左右無人，壓低聲音道：「我請張君帶我來見中郎將君，原本是有大事相商。現在看來，中郎將君為人肅穆莊重，怕是大事難成。」嘆息不止。

張勝名利之心極重，此次也是主動應募出使，一聽到「大事」二字，登時怦然心動，忙引著虞常來到自己居住的客帳，懇切地道：「我雖然只是副使，但一樣代表大漢朝廷，虞君跟我說也是一樣的。」虞常遲疑道：「這個……」張勝道：「你我相識多年，難道你還信不過我麼？」

虞常便說了實話，道：「我雖然是衛律隨從，但他當年投降匈奴，我並不贊成。只是使者降胡，我若獨自逃回大漢，按漢家律法也要處死，遂只好暫時棲身在胡地，尋找機會。若是我能為大漢立下一件大功勞，自然就能抵消我之前的降胡罪名。」

張勝聞言大喜，連聲催問道：「虞君是不是發現了什麼立功的好機會？」虞常點點頭，道：「我與渾邪王姐姐的兒子緱王是好朋友。渾邪王於軍歸漢後，緱王在匈奴備受排擠，幾乎要待不下去了。我慢慢接近他，跟他聯為知己，都想找機會一齊歸漢。」

能夠遊說匈奴緱王歸漢，這可是一場大功勞，緱王必定被封侯，參與者也會得到豐厚的賞賜。張勝當即驚喜得

「啊」了一聲。

虞常道：「張君先別太過歡喜，緱王被排斥已久，地位連當戶都不及，部屬和兵力極其有限，完全不能與昔日渾邪王舉數萬之眾降漢相提並論。」張勝聞言，臉上的光彩立即黯淡了下來。

虞常一直刻意壓低的語調卻逐漸高亢了起來，道：「既然要做，就要做一場轟轟烈烈的大事，這件事，我和緱王已經盤算了很久。」張勝道：「要怎麼做？」虞常道：「我們打算殺死衛律，劫持母閼氏，一同歸漢。」張勝登時嚇了一跳。

虞常解釋道：「衛律跟昔日的中行說、趙信一樣，是單于最寵信的漢臣。他在未央宮當過郎官，熟悉朝廷內部情況，危害不小，殺了他，就等於是為朝廷立下大功，回去必然受到封賞。但匈奴王庭距離漢地有萬里之遙，憑緱王的力量，不足以與追兵相抗，所以我們須得劫持母閼氏為人質，她是我等能從胡地脫身的關鍵。」

母閼氏即是伊稚斜單于的妻子，其所生三子烏維、呴犁湖和且鞮侯先後都當上了單于，在匈奴地位極其尊貴。張勝卻很有些膽戰心驚，刺殺丁靈王、劫持母閼氏，這的確是了不得的大事，若果真能成功，回漢地後拜官封爵，不在話下，可萬一失敗了呢？

虞常道：「且鞮侯單于不日就要出行打獵，母閼氏會單獨留在王庭，丁靈王負責監視漢使者和王庭的安全，也不會隨行，這可是個千載難逢的大好機會。」張勝心中盤算了很久，終於還是點了點頭，道：「好。」

虞常道：「那就請張君跟中郎將君商量一下，我們且好動手。這件事，還需要中郎將君的協助。」張勝道：「不！這件事絕不能讓中郎將君知道！」見虞常露出了不解的神情，便解釋道：「中郎將君雖然是蘇建將軍的兒子，卻膽小怕事，為人極其謹慎，絲毫不敢冒險，他若是事先知道，一定會想辦法阻止我們這麼做。」

還有一個理由他沒有說出來，那就是他志在邀功，若是讓蘇武知道，蘇武是正使者，事成後就是首功，他可不願意頭功無端落到旁人身上。

虞常的母親與弟弟都在漢地，多年來他想念親人，一心歸漢，為此謀劃日久，當然不會因為一個蘇武就此放棄，當即道：「那好，張君是副使，也是一樣的。」

當下二人密謀，預備先由緱王派人埋伏，再由張勝出面，派人邀請衛律到客帳中，等衛律一到，便將他亂刀砍死，眾人再趁機到大帳劫持母閼氏。彼此約定好後，虞常當即回去告知了緱王，緱王欣喜，召集了七十餘名親信，告知行刺計畫。

幾日後，且鞮侯單于果然率大隊人馬出獵。虞常派人來向張勝報信，通知立即動手。張勝遂派出信使袁寧，以正使蘇武的名義前去邀請丁靈王衛律過來客帳議事。哪知道左等右等，不但緱王未按計畫先率領親信到客帳埋伏，就連袁寧也不見回來，更不要說丁靈王衛律的影子。

張勝心下焦急，生怕出了意外，正打算再派人去查看情形，卻聽見外面一片嘈雜爭吵聲。他慌忙踏出客帳，卻見大批匈奴兵已經將漢使營地團團圍住，嚴禁人外出。張勝心下頓時明白：多半密謀已經洩露，虞常、緱王等人恐已遭不幸。登時如墜冰窖，惶恐不已，又擔心禍及自身，無計可出之下，只得去見主使蘇武，吞吞吐吐地將事情經過全說了。

蘇武臉色頓時沉了下來。在他看來，張勝和虞常的計畫是非常幼稚的，而且不合時宜，不僅因為張勝是漢朝外交使節的身份，而且此時匈奴正在向漢朝謀求和平。虞常則更加可笑，倘若他真的想回去漢朝，完全可以靠外交手段解決，被匈奴扣留那麼多年的路充國等人不是都回去了麼？無論從哪點看，這二人的計畫都是讓人百思不得其解的。只有一個合理的解釋：那就是他們想創造一個驚天的奇蹟，就此立下大功，回到中原後好拜相封侯。

侍衛常惠連連跺腳道：「這麼大的事情，副使怎麼不預先同中郎將君商量？」張勝道：「我原想虞常計謀已久，定當能成。生怕中郎將君阻攔，所以想事情辦成再說，誰料到……只盼著不要連累中郎將君。」

蘇武心中對張勝的動機了如明鏡，卻也不揭破，只嘆息道：「事情到了如此地步，我是正使，怎可能不被牽累？

稍後匈奴人必定來逮捕我們前去大帳受審，我身為大漢使者，若是對簿虜庭，對不起國家，不如早圖自盡！」隨即拔出佩劍，橫劍便欲自刎。

張勝、常惠等人料不到蘇武如此剛烈，大驚失色，幸好常惠離得蘇武極近，連忙上前攔住，把劍奪下，才得無恙。大批匈奴兵在漢使者營地外來回巡弋，顯是十分警惕。眾人被圍困在營地中，無法與外面聯絡，也不知道情形到底如何，虞常、緱王是否已經被捕。蘇武已然冷靜下來，與眾人商議道：「如今之計，也只有靜觀其變了。但有一條，若是單于問起究竟，如論如何不能說起張勝與虞常事先謀劃之事。」眾人遂點頭應允。

過了大半個時辰，有匈奴兵闖進客帳道：「單于請使者君前去大帳議事。」蘇武問道：「單于突然召見，有何要事？」對方道：「使者君去了便知。」

蘇武便正正朝服，手執漢節，跟隨來人前去。張勝剛要跟上前去，匈奴兵舉刀攔住了他：「單于只請使者君一人。」

蘇武回頭向張勝點頭，示意他沉住氣，大踏步出了帳。

蘇武被徑直帶來單于大帳外。這裡也是五步一崗，十步一哨，警戒異常嚴密。大帳左側擺放著十幾具屍體，都是匈奴人打扮，其中便有緱王。虞常則被捆縛在一旁木樁上，渾身是血，低垂著頭，顯然已經昏迷了過去。衛律手執馬鞭，怒氣沖沖地站在木樁邊，因為震驚與憤怒，猶自大口喘息不已。見到蘇武到來，恨恨地瞪了他一眼。

且鞮侯單于剛從外面聞變馳歸，坐在大帳正中飲酒解渴，聞報出帳，指著一旁的虞常問道：「使者君，你可認識此人？」目光灼灼，仔細打量著蘇武的反應。

蘇武答道：「他是丁靈王的隨從虞常，不久前曾來客帳求見，但被我下令趕出。請問單于，這裡到底發生了什麼事？」

且鞮侯道：「虞常與緱王串通，要刺殺丁靈王衛律，挾持我母親，好逃回漢朝。使者君，你可知道此事？」蘇武望了衛律一眼，平靜地搖搖頭道：「我不知道。」

衛律怒道：「蘇武，你我雖然不是朋友，但也有過交往，關係還算不錯，現今也不過是各為其主，想不到你會這樣歹毒，居然收買虞常來暗算我。」蘇武正色道：「丁靈王，我確實痛恨你投降匈奴，但行刺之事我事先確實不知。」

衛律道：「緱王的手下告訴我，是你的副使張勝跟虞常串通，事先謀劃了一切。然後由你出面，派信使來邀請我去你的住地，然後趁機殺死我，是也不是？」蘇武道：「不是這樣。」

衛律見他抵死不認，揮了揮手，幾名匈奴兵拖著一名漢人過來，卻是蘇武的侍衛袁寧。袁寧顯然受過毒打，站也站不穩，一見到蘇武就哭道：「中郎將君救我！」

匈奴兵將袁寧拖到衛律面前跪下。衛律舉起馬鞭，狠狠抽到他身上，喝道：「說，是誰要你來誘我？」袁寧道：「是副中郎將張勝！是張勝君讓我去請大王！說是中郎將君有要事找大王商議。」

人證當前，蘇武難以再抵賴，當即上前承認道：「不錯，確實是我叫副中郎將張勝派人去請丁靈王。但我並無惡意，只不過想敘敘舊。在這匈奴腹地，我若想加害於丁靈王，那不是自尋死路麼？」他一揚手中的漢節，忽然提高了聲音，厲聲道：「我是大漢使節，奉皇帝陛下之命前來與單于修好，並不是來剷除叛賊的。」

衛律的臉色鐵青，剛要發作，且鞮侯單于道：「丁靈王，既然使者君說不知情，你便嚴訊此案，一定要讓虞常招出主謀是誰。使者君，過來坐下吧，我們便一道看看丁靈王如何審訊犯人。」

蘇武還要拒絕，兩名匈奴一左一右挾了他手臂，將他強行拉到一條毛氈上坐下。

整個下午便在虞常的淒厲慘叫聲中度過。衛律用各種刑罰折磨著他，硬逼著他招認。蘇武幾次忍不住要起身離開，卻被且鞮侯單于強行留了下來。他心中很明白，匈奴是有意如此，有意要試探他，他們已經起了疑心，懷疑漢使跟虞常相通。現在唯一的期望就是虞常能頂住拷打，供詞不要提及張勝。

虞常受盡種種刑罰，死去活來，只承認跟副使節張勝是朋友，說過話，拚死也不承認跟他同謀。

蘇武站起身來，朗聲道：「虞常是條好漢子，他謀刺衛律，並非背叛單于，只是想要回歸故里。單于心底裡已經認為我跟虞常相通，既是不信任我，便可殺了我。」

且鞮侯興致勃勃地出去打獵，出發不久便被人叫回，敗了遊興，見虞常抵死不認，心中早自惱怒，聽蘇武如此說，霍地站了起來，殺氣騰騰地道：「你是漢使，若說你不知虞常謀刺一事，情理上說不過去。來人，將蘇武拿下了。」

衛律見單于忿怒，要殺蘇武，忙上前勸阻道：「蘇武若是謀害單于，也不過罪及死刑，今尚不至此。單于有所不知，蘇武是右將軍蘇建之子，蘇建在漢朝極有名望。不如暫且赦免蘇武一死，由我來勸他投降。」且鞮侯覺得有理，便揮手令人退下。

衛律上前一步，還沒有開口，蘇武已然起身，冷笑道：「我是漢朝的使者，若是屈節辱命，即使得生，有何面目復歸漢朝？」他說這番話時已萌死念，話音已落，便拔出佩劍，往自己頸中抹去。

衛律見狀大驚，慌忙上前搶救，捉住蘇武的手臂。但還是晚了一步，蘇武脖頸已著劍鋒，鮮血汩汩流出。衛律急忙將他身子平放，用手緊捂住傷口。且鞮侯單于也深為震驚，連忙命左右飛騎去召巫醫。

等到巫醫趕來，蘇武失血已多，已然暈了過去。然而巫醫卻自有一套土方妙術專治血創外傷，命人將蘇武身子翻轉，俯伏在地上，再在他的身子下挖一個坑，在坑中點燃小火，一邊用火炙烤蘇武的身子，一邊赤腳在蘇武背上輕輕踩踏，促使傷處繼續出血。等到淤血流盡時，再用金創藥敷治。

如此過了一個多時辰，蘇武慢慢地甦醒了過來。衛律這才鬆了口氣，用車子將蘇武送回營帳，令常惠等人好生看視蘇武。又囑巫醫勤加診治，派人逮捕了張勝，囚禁起來。

且鞮侯極欽佩蘇武的節操，早晚派人探望，詢問病情，等他的傷漸漸癒合，又跟衛律商量，想要逼迫蘇武投降。衛律遂在單于大帳外的平臺上審問虞常，讓蘇武坐在旁邊聽審。

虞常、張勝被帶了出來，被迫面向平臺跪下。衛律先宣告虞常死罪。虞常此刻已經說不出話來，衛律下令用火鉗燙傷了他的舌頭，他的牙齒也早在刑訊中被一一敲落，但他仍然含糊不清地高聲怒罵著，寧死不屈。衛律大怒，讓人將他倒掛在平臺左側的轅木架上，然後走下平臺，親手用匕首割斷了他的喉嚨。虞常的罵聲戛然而止，鮮血從他被切開的喉嚨噴了出來。他激烈地扭動著身子，卻再也喊不出一個字來，反縛著的手臂上下揮動。漸漸地，他的動作緩慢下來，身子不時地抽動一下，直到再也不能動彈為止，只有散亂的頭髮尚在風中飄舞。

蘇武心中不忍，暗道：「原來虞常也是條血性漢子，不肯隨衛律事胡。想來他已苦心謀劃多年，只不過湊巧趕在了我出使的時候。他應該知道且鞮侯單于正向漢朝示好，他有很大的機會可以和平返回漢地，興許他知道的祕密太多，知道匈奴人不會放他走，所以決意鋌而走險，可惜事不機密，最終還是功虧一簣。因為他的這次冒險，怕是匈漢剛剛恢復的邦交又要出現危機了。」見虞常死得慘烈無比，不由得低下頭去，臉有惻然之色。

衛律又大聲宣布道：「漢副使張勝，謀殺單于近臣，罪亦當死。如果現在肯投降，還有宥免的機會。」

張勝臉色灰白，嘴唇不停地顫抖，早已畏縮著歪倒在地上。衛律揮一揮手，兩名匈奴兵上前將篩糠一般軟在地上的張勝提起來，拖到轅木架下，預備將他也倒吊起來，如同虞常一般處死。

張勝早已經嚇得魂不附體，兩腿哆嗦發軟，站都站不起來，嘶聲叫道：「我願意投降！我願意投降！」

衛律哈哈大笑，下來將張勝一腳踢翻在地，喝道：「匈奴法律規定，犯死罪者處死，犯嚴重罪行者處以軋刑。你本來犯了死罪，姑念你肯投降，改判軋刑。」張勝忙爬起來，連連磕頭道：「謝謝丁靈王不殺之恩，」一旁匈奴人瞧見他這副熊包樣，都笑了起來。

兩名匈奴兵重新將張勝拖到木樁前縛好。張勝見一名士兵拔出了匕首，忙道：「丁靈王不是已經饒我死罪了麼？」那士兵笑道：「可丁靈王判了你軋刑呀。你不知道軋刑是什麼麼？我告訴你，就是你們秦人所說的肉刑，如臉上刺字，別去眼珠，砍去四肢，割斷腳筋等，你選哪種？」張勝見勢不可回，琢磨一番，只得忍痛道：「臉上刺字吧。」那匈奴兵道：「好。」舉起匕首便往張勝臉上刻畫起來。張勝嘶聲大叫，徒然地扭動身子，卻始終避不開無情劃下來的鋒利匕首。

衛律這才回視蘇武道：「使者君的副手有罪，按律也要連坐。」蘇武想不到張勝如此貪生怕死，心中氣極，怒道：「我既沒有參與謀劃，又不是張勝的親屬，為什麼要連坐？」堅決不肯認罪。

衛律示意兵士執住蘇武手臂，驀然拔出佩劍，舉劍要砍蘇武。蘇武巋然不動，怡然自若。衛律反而將劍頓住，還劍入鞘，換上一副和顏悅色，勸道：「蘇君，我衛律也是不得已才投降匈奴的。單于待我好，封我為王，給數萬名部下和滿山的牛羊，享盡富貴榮華。蘇君如果能夠投降，明日也會跟我一樣，何必執拗成性，白白在這裡送掉性命呢？你徒然用身體給草地做肥料，也不會有人知道。」蘇武只是搖頭不答。

衛律又勸道：「蘇君，你我相識已久，在長安未央宮宿衛的時候情同手足。你若肯順著我意歸降，我便與君結為兄弟。但如果你不聽我言，恐怕就不能再見我面了！」

蘇武聽了這話，怒氣沖沖地甩開匈奴兵士的掌握，道：「衛律，你雖是胡人，卻是在漢地長大，成人後還做了漢朝的臣下，但你後來卻不顧恩德義理，叛主背親，甘降夷狄，我根本就不想再見到你的面！單于派你來斷案，你不能平心持正，反欲藉此挑釁，想要使漢皇帝和匈奴單于二主相鬥，你自己則坐觀成敗，我真想不到你會變成這樣子！我是大漢使者。南越殺漢使，屠為九郡，宛王殺漢使，頭懸北闕，朝鮮殺漢使，立時誅滅，唯獨匈奴尚未至此。你明明知我不肯投降匈奴，卻要多方脅迫，我死便罷，恐匈奴從此惹禍，你難道尚得倖存麼？」

衛律軟硬兼施，對方不為所動，反而碰了一鼻子灰，又不好就此殺死蘇武，只好入大帳回報且鞮侯單于。且鞮侯道：「蘇武是個好漢，我很喜歡他，先把他扣留在王庭，我要親自勸他投降。」衛律道：「漢家天子新近平了大宛，正不可一世，我們扣押漢使，也許會激怒大漢皇帝出兵。」且鞮侯道：「你的顧慮也有道理。嗯，那麼你跟蘇武好好談上一談，這就放他回去吧。」

話音未落，便有一名當戶進來稟告道：「漢將軍趙破奴逃走了！」且鞮侯吃了一驚，問道：「怎麼可能？」

匈奴沒有監獄，俘虜和犯人通常是罰為奴隸，幹各種苦活，只有極個別的特殊人物才會關押在很深的土牢裡，說是土牢，其實就是乾涸廢棄的水井。趙破奴兩年前被俘虜後，一直不肯投降，因為他不但是漢軍將軍，還有列侯的爵位，更是以漢軍主帥的身份被俘虜，在匈奴人心目中地位很高，所以被丟在王庭的一口十餘丈的深井中，吃喝拉撒均在井下，除了坐井觀天外，根本沒有任何逃走的可能。

當戶道：「犯人當然不可能自己逃出井來，井邊還留有繩子，有人暗地協助他。一定是漢使者這些人做的，他們一到王庭就暗中打聽趙破奴的關押處。」

且鞮侯登時怒氣沖天，命道：「衛律，你立即率兵去追捕趙破奴，一定要把他捉回來。當戶，立即逮捕漢使者一行，除了蘇武外，其餘人全部罰作奴隸，分開押送到不同的地方去。」衛律、當戶接令而出。

且鞮侯親自出帳。兵士正要將張勝自木樁上解下來，單于上前厲聲問道：「快說，你們此行還有什麼其他目的？」張勝血流滿面，痛入骨髓，難以張嘴說話。且鞮侯見他不答，喝道：「來人，繼續執行軋刑，挖出他的雙眼，再砍去四肢。」

兵士大聲應命，拔刀便朝張勝眼中剜來。張勝尖叫一聲，忍痛大叫道：「我說，我說了，還要打聽匈河將軍趙破奴和高帝斬白蛇劍的下落。」且鞮侯臉色極為難看，命人押過蘇武，喝道：「你還有什麼話說？」

打探趙破奴和高帝斬白蛇劍下落之事極為機密，只有正、副使二人知道，蘇武料不到張勝為了活命居然供了出來，心涼如鐵，再也無話可辯。

且鞮侯道：「你不用再妄想回去漢地，除非投降，不然就會落得跟虞常一樣的下場。」蘇武道：「單于殺我容易，要我投降千難萬難。」且鞮侯冷笑道：「我倒要看你能倔強到什麼時候。」便下令將蘇武投入大窖中。

這大窖原是匈奴王庭用來存儲糧食用的，其實就是個又大又深的巨坑。匈奴人通常不給俘虜提供食物，全靠俘虜自力更生，對待蘇武也是如此。時值冬季，天空中飄著鵝毛大雪，蘇武飢渴難耐，便以口嚼雪，和著地窖中的零星氈毛一起吞下充飢，如此過了好幾天，居然沒有餓死。

匈奴人素來迷信，且鞮侯疑有神助，又見蘇武傲骨錚錚，用刑罰折磨他全無用處，便派人將他從大窖中吊出來，押送去北海[4]牧羊。臨別時，且鞮侯特意告知道：「等到公羊生了小羊，就立即放你回國。」言外之意，無非是要長期監禁蘇武。

蘇武到了北海。北海名字叫海，其實只是個一望無邊的大湖，湖形狹長彎曲，宛如一彎新月，所以又有「月亮湖」之稱。這裡雖然風景優美，卻是人跡罕至，即使沒有任何看守，單憑人力也難以逃離。蘇武只有幾隻公羊作伴，以野鼠、草籽為食，風餐露宿，生活極為艱苦。但他手中始終握著代表大漢使節的旌節，同起同臥，表示忠於漢朝，誓死不屈。那旌節是一根竹製的長竿，長約七、八尺，節上裝飾有三重的赤紅色旄牛尾[5]。時間久了，繫在節上的旄牛尾全部脫盡，旌節成為一根光禿禿的竹竿，蘇武卻依舊不肯放鬆，視為至寶。

日復一日，月復一月，年復一年，奇麗的風光也成了單調的景象，令人厭倦。

何時才能回到長安，向天子交還漢節？何時才能返回家中，跟妻子重新團聚？何時才能永遠結束紛爭，其他人也不用像他一樣妻離子散？戰爭就像一個怪物，將大大小小的事情揉捏在一起，套在單個的人身上。蘇武從來沒有像現在這樣焦急過，深深感覺到個人的命運與國家的未來是多麼密不可分。

這樣的日子還能捱多久呢？

遠處忽然傳來一陣馬蹄聲，伴著滾滾的黃塵，大隊匈奴騎兵出現了。原來是且鞮侯單于的弟弟於軒王來北海散心打獵，這是蘇武被放逐到北海後見到的第一撥人馬。於軒王見到蘇武雙手靈巧，會編結打魚的網，感到十分新奇，遂將漁網索要了去，作為回報，供給他衣服、食品、盛酒酪的瓦器以及圓頂的氈帳篷，蘇武的生活才有了轉機，總算有了居住之所，脫離了天為被、地為床的野人生活。

歲月如梭。太陽在每一天的清晨升起，又在每一天的黃昏墜落。對於只能用太陽的起落來計算日子的人來說，時光殘酷得可怕，也無情地沖刷著他的記憶，遙遠的故鄉，遙遠的長安，在夢中逐漸模糊起來。

這一日，南方的地平線上忽然又出現了一隊人馬。稍微走得近些，蘇武便一眼認出為首的是名漢人男子，居然是李陵！那一剎那，不由得激動欲狂，心道：「李陵終於來救我了！」奔跑著迎上前去，然而當他看清李陵身後還跟著大批全副武裝的匈奴騎兵時，這才省悟過來：李陵一定是被俘虜了！

蘇武猜測得不錯，李陵的確是當了匈奴人的俘虜。

蘇武一行出使匈奴被且鞮侯單于扣留後，皇帝劉徹很是生氣，決意出兵征討匈奴。貳師將軍李廣利被再度選中，任命為主帥。李廣利率領三萬騎兵從酒泉出發，預備進擊匈奴右賢王駐牧地。李陵則被任命為後將軍，負責監督輜重，跟隨李廣利的大軍北進，其實就是負責押運糧草的後續部隊。鑒於上次有李陵不肯配合李廣利出師大宛的教訓，劉徹親自在建章宮駘蕩殿中召見李陵，當面交代他這次務必要支援李廣利一軍。

李陵叩頭自請道：「臣願意全力支持貳師將軍，但臣希望能自己獨當一面。請皇上准許臣自領一隊，到蘭干山南吸引單于部隊，這樣匈奴人就無法集中兵力攻擊貳師將軍。」

---

4 北海：匈奴統治的極北地區，即今西伯利亞貝加爾湖。該湖是世界上最古老的湖泊之一，擁有全球五分之一的淡水總量，水深為世界之最，透明度極高，水質極好，可直接飲用。

5 旄牛尾：漢節旄牛尾均由蜀郡旄牛縣（今四川）歲貢。

劉徹知道李陵這樣的名家子弟看不起李廣利，所以不願意跟隨其出戰，怫然不悅，當即拉下臉道：「你不願意隸屬貳師將軍麼？朕這次出兵眾多，沒有多餘的騎兵分給你。」李陵憤然答道：「臣無需騎兵。臣所率領的邊關屯軍，均是荊楚一帶的勇士和能力出奇的劍客，力氣大得可掐死老虎，射箭百發百中。臣願用少擊眾，只帶領五千步卒，用五千步兵橫掃單于王庭。」

他說得慷慨激昂，豪情滿懷，一股英雄之氣在他身上澎湃激蕩。一向剛毅的劉徹居然也受了感染，不由得回憶起李陵生父李當戶來——當年李當戶在皇宮中任郎官，侍奉皇帝左右。劉徹寵愛一塊長大的玩伴韓嫣，親若兄弟，韓嫣仗著天子寵愛，勢比王侯，群臣無不禮讓三分。唯獨李當戶見不慣韓嫣與皇帝肆無忌憚地調笑，居然衝上前打了韓嫣，而且是當著劉徹的面。從此以後，非但韓嫣遠遠見到李當戶便主動避開，就連劉徹也對他多了幾分恭敬。可惜，若不是李當戶在雁門大戰中戰死，說不定他今日也可以成為大漢的一員良將。

大殿中寂然無聲。皇帝沉思了很久，也許是被李陵的豪言壯語打動了，也許考慮到他出兵確實可以分散敵人的兵力，最終點頭同意了這冒險且不合常規的請求，允准李陵率領步兵、射手五千人，兵出居延。

但李陵心中並不如何喜悅。漢朝自立國以來，一直不得不送公主到匈奴，以和親換取和平，就是因為匈奴騎兵強大，來去如風。李陵雖然沒有直接與匈奴交過戰，但畢竟出身將門，熟知兵法，深知步兵在大漠中根本無法與騎兵相抗，他是在激憤下將自己推上了一條危險之極的路。

離開建章宮的一剎那，李陵忽然有一種從所未有的感覺，胸口彷彿被什麼東西堵住了，喉嚨也是澀澀癢癢，難受得很。回首瞻觀這座巍峨華貴的皇家宮闕，竟生出一種生離死別的情感，似乎這一次離開就永遠回不來了。他的心陡然空蕩了起來，悵惘若失。回到茂陵家中，忍不住拔劍歌道：

日居月諸，胡迭而微？

心之憂矣，如匪浣衣。
靜言思之，不能奮飛。

這是詩經《柏舟》中一章，寫的是一個胸懷大志的人被群小所制，無法奮飛，又不甘心退讓，空懷滿腔憂憤。

韓羅敷見丈夫心情鬱悶，便取過琴來，也撫弦和歌道：

芳與澤其雜糅兮，羌芳華自中出。
紛鬱鬱其遠蒸兮，滿內而外揚。
情與質信可保兮，羌居蔽而聞章。

歌詞即為屈原所作《思美人》，稱美麗的香花終究會芳香四溢，美好的聲名即使地處荒僻也總能傳揚開去。

李陵聞歌深受鼓舞，上前握住妻子的手。韓羅敷順勢投入丈夫的懷抱，將頭倚靠在他肩上。這還是第一次，夫妻二人同時感到心靈是如此接近。

李陵喃喃道：「羌居蔽而聞章，說得真好。我一定要讓皇帝在建章宮也聽到我得勝的消息。」

韓羅敷抬起頭來，雖只是一瞥眼間，她已看清丈夫臉上那破釜沉舟、似是一去不返的悲壯之色，心中忽起了一種異樣的思緒。

而李陵離開駘蕩殿後，劉徹也漸漸回過神來，左右顧盼，殿中適才還有李陵豪言壯語，聲稱要橫掃匈奴王庭，擲地有聲，頗有昔日皇帝最寵愛的驃騎將軍霍去病之風，如今卻已人去殿空，孤清冷落，心中不覺真的起了悲戚之感。

他信步茫茫走出殿外，天高雲淡，樹葉奼紫嫣紅，如同春花一般華麗靜美，好一派秋高氣爽的景致。

奉車都尉霍光緊緊跟隨皇帝身後。他雖然是劉徹最信任的內臣，但對於天子的感情，早已經不是初到長安時的敬畏和崇拜了。他常常想起嫂嫂司馬琴心臨死前的那番話，對於她聲稱是皇帝殺死了兄長霍去病，他其實是並不相信的。多年來，他朝夕侍奉在皇帝身邊，親眼看到劉徹追憶兄長霍去病不已，自己能夠得居高位也全是因為皇帝愛屋及烏之故。當年兄長曾有豪言云：「匈奴未滅，何以家爲？」霍去病死時，匈奴單于還沒有就擒，皇帝怎麼可能下毒殺死最心愛的大將呢？但霍光也不認為司馬琴心會以謊言騙他，他寧可相信那只是一場誤會，就像兄長誤會之下射殺了郎中令李敢一樣。

但無論如何，司馬琴心的話還是在霍光心中投下了濃重的陰影，因為他幾乎能夠肯定是劉徹殺了姪子霍嬗。那以後，皇帝在他眼中就變得陌生起來，以前他敬畏皇帝，之後全成了畏懼。他偶爾會想：這樣一個老人，是如何在幾十年的時光中由一個乳臭未乾的孩子變成了威震八方的皇帝，手段嚴酷，心如鐵石？當然，他從來沒有過要向劉徹復仇的意思，即使司馬琴心的話是真的，他也絕不敢起一絲復仇的念頭，哪怕是一絲的恨意。他只是格外留意地觀察著那位皇帝，雖然貴為天子，雖然花費巨資求神拜仙，希求長生不老到了幼稚可笑的地步，卻還是在追逐著日月年華老去，頭髮日漸花白，每晚所召幸的嬪妃數目也大為減少[6]，後宮七、八千美女大多終日獨守空房，在寂寞中撓頭度日。他心中竟有一點幸災樂禍的感覺，只是一點點幸災樂禍而已，實際上，朝中應該有許許多多的人心中都在暗暗盼著老皇帝快點歸西呢。

他有時候會想，這位不可一世的皇帝臨死時，最後想到的人會是誰？當然不會是皇后衛子夫，也不會是衛太子劉據，這對一度有「獨霸天下」之稱的母子失寵多年，早已經被徹底擯棄在恩寵之外。幾年前，丞相石慶病死，公孫賀被皇帝選中，拜為丞相。當時朝廷多事，大臣難安於位。石慶之前，已連續有李蔡、莊青翟、趙周三名丞相因犯事坐罪下獄而死。石慶為人謹慎，朝議時從不多言，只唯唯聽命，雖最後得以善終，但亦屢受皇帝督責。丞相位子形同爐火，居位者經常難以保全首領。所以當公孫賀被任命為丞相時，頓首涕泣，不肯接受丞相印綬。劉徹見狀起身離去，公孫賀才不得不受職，事後哀嘆道：「這下我完了。」又委託妻妹衛皇后出面向皇帝說情，想辭掉丞相之位。劉徹很是奇怪，道：「驃騎將軍和大將軍都是已經過世，你們衛家外朝無人，朕這是為你們好啊。」脫口而出的「你們」二字，等於是跟衛氏劃清了界線，這可真是讓人從頭涼到腳的大實話啊，侍奉在一旁的霍光甚至能清楚看見衛皇后臉上的塌肉在抽動。

正想得出神，忽聽見劉徹悠悠吟道：

秋風起兮白雲飛，草木黃落兮雁南歸。
蘭有秀兮菊有芳，懷佳人兮不能忘。
泛樓船兮濟汾河，橫中流兮揚素波。
簫鼓鳴兮發棹歌，歡樂極兮哀情多。
少壯幾時兮奈老何！

這是皇帝本人昔日巡遊天下時所做的《秋風辭》，清新雋永，纏綿流麗。劉徹有些感傷起來，慨嘆道：「霍卿，你看朕是不是真的很老了，才變得兒女情長了？」

霍光一時不知道該如何回答，仔細思慮了好大一會兒，才小心翼翼地答道：「陛下龍鳳之姿，天日之表。既有雄才偉略，又感情真摯深厚；既有帝王之心，又有平常百姓之情。這才是陛下可貴的地方。」

6 漢武帝劉徹身體強壯，好色成性，性慾極強，自稱「能三日不食，不可一日無婦人」。

劉徹聞言心中大悅，半開玩笑地道：「朕下次倒是可以考慮派霍卿為主帥，率軍出擊匈奴，立下戰功，才好封侯拜相。」霍光道：「多謝陛下厚愛，臣深感惶恐。朝中有李陵將軍這等精於騎射的良將，哪裡輪得到臣來擔任主帥。僅憑他敢率五千步兵深入胡地，朝中再無第二人有此等膽色。」

霍光一語提示，劉徹這才考慮到僅五千步兵與匈奴騎兵作戰風險太大，他內心深處還是極愛惜李陵的，便下詔命強弩都尉路博德半路接應李陵一軍。路博德是員老將，資歷聲望頗高，昔日曾接替李廣擔任右北平郡太守一職。他自認為昔日不但與李廣平起平坐，而且以伏波將軍的身份南征，平定了南越叛亂，得海南島，在其上建立珠崖、儋耳兩郡，功勳赫赫，而今卻要作為後隊接應一個年輕的後生小輩，心中很是不滿，但又不便公然違抗皇帝詔令，於是上奏稱現在是秋季，匈奴馬肥，不可輕戰，不如讓李陵一軍暫時留在酒泉，等到明年春天再出兵不遲。

劉徹最見不得將領逡巡不前、藉故推託，看了路博德奏摺後，懷疑李陵害怕匈奴，自悔前言，想拖延出兵，所以才暗中委託路博德代為上書勸阻，聯想到之前李陵不肯率兵攻打大宛之事，心中愈發惱怒起來。正好此時匈河將軍趙破奴輾轉自胡地逃回，向皇帝報告說匈奴認為漢朝霍去病和衛青已經相繼病死，朝中無人，蠢蠢欲動，正要入侵西河。劉徹極是生氣，下詔書嚴厲訓斥路博德，命其立即率軍趕往西河，嚴守要道，阻擋匈奴軍。又派使者急馳到邊塞，敦促李陵迅速出兵。

李陵遂在九月從居延出發，率領五千步卒向匈奴境內進擊，向北行軍三十日，出居延千餘里。他將沿途所經過的山川地形繪成詳細地圖，派遣心腹侍從陳步樂送回長安。劉徹得到地圖後很是讚賞，當場提拔陳步樂為郎官。

漢軍三萬主力則由貳師將軍李廣利率領，到達天山一帶時與匈奴軍遭遇，李廣利揮師進擊，一場激戰後，漢軍獲勝。然而就在回師途中，李廣利軍被聞訊趕來的匈奴主力包圍。李廣利非軍旅出身，不恤士卒，漢軍已缺糧多日，難以持續作戰，因而死傷甚眾。李廣利惶恐不已，不知該如何是好。還是假司馬趙充國召集了一百餘名壯士，拚死衝鋒，趙充國本人身上也受了二十多處創傷，終於殺開了一條血路。李廣利引兵緊隨趙充國之後，才得以突圍而出。此戰中，漢兵死傷十之六七，三萬騎兵只剩不到萬餘人。

李陵一軍出塞後未遭遇敵軍，順利到達東浚稽山，駐紮在龍勒水上。時逢九月，胡地正是一派荒秋暮景——暮雲空磧，關河蕭索。蓑草連天，萬里秋霜。雁陣掠過，飛落沙灘。秋水生寒，煙靄濛濛。天氣日益陰冷，河水已經結起了薄冰，漢軍全是步卒，難以繼續深入，李陵遂決定就此回師。然而此時匈奴且鞮侯單于得到了消息，他猶自不能忘記這個當年以神奇箭術贏得脫身機會的年輕人，遂親自率領三萬騎兵前來圍攻李陵。

李陵一軍剛好被圍困在兩山之間。他命兵士效仿當年大將軍衛青創下的陣法，將武剛車環繞起來當作營寨，自己則率領士兵出營外列陣：前排步兵持戟、盾堅守，後排射手持弓弩射擊。匈奴軍見漢軍人少，便直接正面攻擊大營。李陵道：「聞鼓聲而縱，聞金聲而止。」親自挽弓，等到敵人蜂擁近前，才下令擊鼓。漢軍千弩齊發，匈奴士兵應弦而倒。殘兵見漢軍弩箭厲害，氣勢受挫，急忙往山上撤退。李陵親自帶領步兵追擊，擊退了匈奴的進攻。此戰下來，竟然殺死數千敵人。

匈奴且鞮侯單于見李陵能夠以寡退眾，大驚失色，立即召集左、右賢王，徵發八萬騎，前來追捕李陵。李陵孤軍不利，而援軍遲遲未至，只得且戰且走。由於全部是步兵，沒有馬匹，始終無法擺脫匈奴騎兵的追擊。連續多日作戰後，漢軍死傷慘重，未死者幾乎人人身上帶傷。李陵不願意拋棄傷患逃命，下令將傷勢沉重、無法動彈者裝到車上，勉強可以行動的負責推車，傷勢略輕的則繼續作戰。

但漢軍意志消沉，始終提不起士氣，李陵不由得起了疑心，召來校尉韓延年商議。韓延年雖然因父蔭封成安侯，但一直是李陵部屬。

李陵道：「我軍士氣少衰，鼓聲不起，我懷疑軍中藏有女子，校尉君可有聽到風聲？」韓延年不直接回答，只道：「將軍既然有此疑慮，何不立即封營搜索？」

李陵見韓延年答得含糊，目光閃爍，疑心更重，遂親自帶人在軍中大車上搜索，居然當真搜出了數名婦人。

這些婦人原是盜賊家屬，受牽連被遷徙邊郡，充作苦工。邊塞生活極為艱苦，士卒們大多是青壯年男子，血氣方剛，偏偏軍營又不准攜帶家眷，士卒們遂將精力發洩到這些帶罪的婦人身上，正如當年昭陽公主逃到右北平郡之初的遭遇一樣。李陵為人親厚，愛護士卒，在軍中聲譽很好，他體諒士卒們正是精血旺盛之時，對這類事也只是佯作不知，聽之任之。久而久之，士卒們膽子越來越大，乾脆將婦人喬裝打扮成軍士，藏在軍營中，方便隨時交歡取樂。這些婦人本該戴著鐵鉗和腳鐐，從事修建城牆等工作，不但辛苦，而且常常吃不飽、穿不暖，多有累死、餓死者。但跟了士卒後，再也不用勞作，也不必戴上刑具，常常還能吃上酒肉，代價不過是用身體取悅一幫如狼似虎的男子而已，遂也樂得從命。此次出征，更有膽大妄為的軍侯因為一日也離不開婦人，遂瞞過主帥，將她們帶在軍中。一干婦人早被整治得服服貼貼，只知道曲意迎合眾士卒，好保住性命，絲毫不敢聲張。李陵心思全在戰事上，居然對婦人就在自己眼皮底下之事一無所知。

真相大白後，李陵大怒，下令將這些婦人在軍前斬首。婦人們登時放聲大哭，不斷哀告饒命。士卒們內心有愧，不敢出聲求情。還是親信侍從管敢道：「而今大敵當前，匈奴人在後面虎視眈眈，這些女子手無寸鐵，並不是真正的敵人。不如饒了她們性命，驅逐她們離開軍中。」

李陵絲毫不為所動，道：「若不殺她們，無以正軍紀，我日後還如何率軍作戰？」喝令將所有婦人斬首。漢軍士卒凜然而驚，再次與追兵交戰時，一舉殺死匈奴軍三千餘人，終於突破了包圍。

李陵隨後引兵向東南撤退，沿著龍城舊道行軍。匈奴自恃兵眾，緊追不捨。李陵軍很快再次被匈奴騎兵包圍，被逼到一片大沼澤中，四周長滿了葭葦。匈奴兵順風放火，想要將李陵的軍隊逼出來。李陵教手下兵士自己先燒葭葦，燒出一片空地，等到匈奴放的火焰燒到這裡，已無可燃之物，火路被斬斷，大火漸漸熄滅了。李陵以火對火，保全了全軍將士。

退到達南山下時，且鞮侯單于親率大軍趕到，將李陵一軍包圍在山谷中。且鞮侯單于立馬山上，一心要擒住李陵，派兒子左賢王狐鹿姑率騎兵進攻。李陵率軍在樹林中接戰，又殺死數千敵軍，並且用威力強大的連弩仰射山上，差點射中且鞮侯，且鞮侯急忙下山退走。

此處離漢邊塞只有百里之遙，且鞮侯見漢軍作戰如此頑強，且一路往東南方向撤退，懷疑漢軍在前方邊塞埋有伏兵，李陵是有意引自己進入伏擊圈，打算引兵撤退。匈奴諸將很是不平，勸道：「單于親自率數萬騎都消滅不了數千漢軍，以後只會讓漢朝瞧不起匈奴。前面多是山谷，還有四五十里才到平原地帶，讓我們再攻打一次，如果還是不能攻破，再退兵不遲。」

匈奴騎兵遂繼續對李陵軍發起進攻，兩軍一日戰數十次，漢軍又傷殺匈奴兩千餘人。雖然匈奴人一時攻不進漢軍陣營，但漢軍也無法突破匈奴人的重重包圍。雙方僵持不下時，且鞮侯心生怯意，準備撤軍。正在這個關鍵的時候，李陵的心腹侍從管敢偷偷出營，投降了匈奴。

原來管敢早知道士卒在軍中藏有婦人，其中一名女子更是他的相好。婦人們被李陵發現斬殺後，他懷疑是校尉韓延年偷偷告了狀。漢軍中馬匹極少，只有諸將和李陵的親信侍從有馬，正好韓延年來找管敢，命他率偵騎出山谷查探敵情。管敢心中不滿，當眾頂撞了韓延年，不肯奉命。韓延年遂命士卒捉住管敢執行軍法，當眾打了他二十鞭。管敢憤怒難耐，居然出谷投降了匈奴，並洩露了機密軍情，告訴且鞮侯單于道：「李陵軍沒有後援，箭矢也快用完了，只剩下李將軍及成安侯韓延年麾下各八百人還能作戰。單于只要派出精銳騎兵，用羽箭突擊，就能一舉攻破他們。」且鞮侯單于大喜過望，派出數千銳騎，各持強弓，繞到漢軍前面，堵住了道路。李陵率部眾拚死力戰，最終箭矢用盡。

漢軍與匈奴作戰，並非士卒比匈奴人更驍勇善戰，主要還是靠兵器上的優勢。匈奴人不懂煉鐵，兵器多是銅器，遠遠不及漢軍鐵器鋒銳。尤其漢軍強弩便於遠距離攻擊，能夠有效地遏制匈奴騎兵。李陵以五千步兵抵抗匈奴八萬騎兵，時間長達八天之久，幾乎每戰必勝，這其中除了李陵善於用兵的原因外，主要還是要歸功於漢軍攜帶的強弩。然而箭矢一旦耗盡，漢軍就再也無力抑制匈奴騎兵的反覆衝鋒，李陵一軍最終被逼入峽谷中。

塵土飛揚，煙雲相連。一場天昏地暗的短兵交接後，山谷中屍山血海，雙方士兵的屍體及馬匹混雜在一起。有些死者的神態看起來只是剛剛入睡，有些卻肢體殘缺，甚至連頭也沒有。

匈奴軍雖然暫時退出山谷，卻居高臨下從山上投下礌石，截斷了漢軍退路，並且大叫道：「李陵、韓延年快快投降！」

漢軍被困在谷中，傷亡慘重，進退不得，只能束手待斃。

李陵神色複雜地看著陣亡部屬的屍首，既有驕傲，也有厭惡，還有點愧疚。這是他李陵的過錯麼？若是天子肯撥給他幾千騎兵，若是強弩都尉路博德肯如約來接應，若不是孤身奮戰，他無論如何都不會陷入絕境，士卒們也可以活著回去的。可如果不是他在天子面前誇下海口，聲稱能以五千步兵橫掃匈奴王庭，這些士卒也許不必死的。他們還年輕，還有機會回去家鄉與家人團聚，還要娶妻生子。而現在，他們全變成了冰冷的屍體。

夜色悄然降臨了，像黑煙一般，在山谷中瀰漫，山巒逐漸變成了黑糊糊的輪廓，一鉤殘月升起在天邊。深秋的深夜，如寒水一般淒涼。

李陵矛盾交織，時而拔劍起舞，意氣激昂，時而俯首嘆息，神情沮喪。直到深夜，他依舊未卸下鎧甲，徘徊在營帳外。營地中的漢軍看見自己的主帥露出少有的沉重悲哀表情，也就肅靜無言，整片山谷的氣氛變得莊嚴肅穆。

校尉李緒勸道：「將軍能用少擊眾，威震匈奴。雖然眼下天命不遂，不妨暫尋生路，將來總可望歸。不久前浞野侯趙破奴被匈奴俘虜後又逃亡回來，皇帝還是照樣禮遇他。何況將軍呢！」言下之意，無非是勸李陵不要再拚死與匈奴對抗，只要保全性命，即使是被俘虜，將來也總有機會歸漢。

李陵道：「不要說了！我如果不戰死，就不是壯士。」攜了佩劍，獨自著便衣出營，想看看有沒有機會趁夜色奇襲單于大營。然而峽谷前後燈火明亮，谷口已被大石堵住，要道有射手扼守，滿山遍野全是匈奴騎兵，別說接近單于，就是摸進敵營都不可能。

他見敗局已定，遂回營召集餘部，檢點士卒，還有三千餘人，但各人手中只剩空弓，無法再拒敵，不由得嘆息道：「如果再有數十發箭，我們就能突圍而出。可惜！如今已沒有武器再戰，等到天亮時，匈奴人會大舉進擊，我們不能就此束手就擒。待會兒由我和韓延年先趁天黑衝出峽谷，匈奴人看見黃、白主帥旗幟，必定全力追擊。你們大家就各自散開逃命，運氣好的話，應該有人能逃回邊塞。」命校尉李緒將隨軍攜帶的地圖、天子詔令、軍情文書等焚毀。軍士每人攜帶二升乾糧、一大塊冰，各走各路，分散逃走，約定突圍後到遮虜鄣會合。

隨即擊鼓拔營，李陵自己上馬先行，與副將韓延年帶領隨從十餘人，騎上軍中僅有的馬匹，趁夜色冒死衝殺出峽谷。行不到一里，到達一片胡楊林時，幾千匈奴騎兵舉火追到，將李陵等人團團圍住。

匈奴騎兵如潮水般湧過來，喊打喊殺聲震山驚水。地面顫抖著，李陵座下的馬匹也受了驚嚇，他不得不使勁勒緊韁繩。箭矢如雨，韓延年身中數箭，雙目眥張，在昏黑的夜色中，倒在了李陵腳下。

李陵見匈奴人密密麻麻地圍了上來，而身邊已無一個士卒，再無回天之力，當即長嘆道：「無面目報陛下！」放棄了徒勞的抵抗，凝神屏息地望著手中的佩劍。這柄寶劍還是文帝賜給他祖父李廣的，伴隨了他李家三代人，跟隨他也有多年了。

死？它來得這麼快嗎？多麼熟悉的面孔，卻又那麼遙遠，看過多少人的死，今天，自己將走近它。

對於死的考慮，李陵這幾天一直沒有停止過。自殺，在他來說，是不可避免的道路。不過，他不願簡單地死去，他在尋找一個最好的結束自己生命的方法。

他掌心沁出來的汗水使劍柄滑膩了起來，劍身也好像有了靈魂，抖動不已。他全身肌肉收緊，心口堵得透不過氣來，終於狠下心來，揮起了寶劍，用盡全身的力氣往頸中抹去。劍鋒在泠泠月光下吐出一股青光。這一刻，他離死亡如此接近，他突然感到無盡的寒冷，不禁打了一個寒顫。

那劍好重，他切實地感到了死亡的分量。此刻沒有紛飛的箭矢，但死亡的影子卻比任何時候更大，已經爬了上來，把他慢慢籠罩。

就在一剎那間，幾支羽箭呼嘯而來，射中了他胸腹。他身上穿著大將軍衛青贈送的鎖子甲，那甲衣能抵擋住漢軍弓弩，更不要說匈奴人的弓箭了。但羽箭雖未能穿透甲衣，強勁的力道仍然將他從馬上帶下來。他重重摔在地上，眼冒金星，五臟六腑都翻了個兒。他知道自己還沒有死，可手上的劍再也舉不起來。

匈奴人包圍的圓圈越縮越小，數名騎士靠近來，有的彎弓搭箭，有的舉起長槍，都對準了他。李陵想努力站起來，可是兩腿軟塌塌的，雙目開始迷離恍惚起來。他丟掉了寶劍，想要從懷中掏出什麼東西。但他連這份力氣也沒有了，眼前突然一黑，終於栽倒在韓延年的身上……

多少離亂分合，多少愛恨纏綿，天長地長，雲茫水茫，浩浩山丘，重重煙樹，月光下，夜色裡，浮生就像夢一場。但對於一個死者來說，任何往事，縱使再美好，再傳奇，再令人羨慕，也毫無意義。

李陵本來以為自己已經死了，但居然又被飢餓、乾渴喚醒了過來。他發現鎧甲已經被人剝去，身上只剩下褻衣，身子橫著俯在馬背上，雙手被繩索牢牢縛在背後，全身酸疼，想動一下都動不了，這才恍然明白過來：他當了匈奴人的俘虜！

太陽正在冉冉升起，點亮了絢麗的秋韻——胡楊林在曙光中泛著金色，翡翠石般的湖面被秋風吹皺，水草輕輕搖曳。遠處青山層林盡染，化在胡楊、紅松、冷杉、樟子松等交叉點綴的色彩中，金黃、橙紅、墨綠、黛青，五顏六色，五彩繽紛，彷若一幅斑斕的織錦。

比美景更驚心動魄的是這裡不久前還是鏖鬥廝殺的戰場——死傷者流出的鮮血散落在林草之間，寒風一吹，全部凝結成瘀黑的紅冰，觸目驚心。屍橫狼藉的地方，聚集著一大群不知道從哪裡飛來的烏鴉，正在啄食死者的肉。僥倖沒有戰死的幾匹馬，在徘徊悲鳴。野地裡汩汩的水聲，襯托著那一片幽暗的蘆葦，越發顯得冷寂與陰森。

屍填巨港之岸，血滿長城之窟，無貴無賤，同為枯骨。這些戰死的人當中，有漢軍士卒，也有匈奴騎兵，他們並沒有什麼私人恩怨，當某人的刀砍向對手時，他根本就不認得對方，不知道對方的名字。他們互相仇恨，互相廝殺，僅僅是因為大漢在與匈奴交戰，他們被君主的命令攪進了戰爭，最終橫屍在這裡。這一切，當真是無法避免的嗎？

李陵勉強抬起頭來，注視著血肉模糊的悲壯場面從眼前一一晃過。巨大的壓抑和絕望纏繞在他心頭，他忽然劇烈地咳嗽起來。

負責押送俘虜回王庭的左賢王狐鹿姑見李陵清醒過來，便命人將他從馬上解下來，餵他食物和水。

李陵道：「我要解手。」狐鹿姑道：「抱歉，我可不敢解開你手上的綁縛。昔日令祖飛將軍李廣被我匈奴俘虜，押送途中奪馬逃走，還射死了不少追兵，我舅祖就是在那次追擊中被射死。」命人扶起李陵，帶到一邊，解開他的褲帶，褪下褲子。

李陵羞憤難當，但當此境地，又能有什麼法子。等他解完手，匈奴兵扶他上馬，他回過頭來，這才發現校尉李緒等人也當了俘虜，被繩索縛成一串，拴在匈奴人的馬後，心中愈發悲涼起來。

往北行了數日，深入匈奴腹地，俘虜再無逃走的希望，狐鹿姑這才命人解開李陵身上的綁縛，卻只給了他一匹駑馬。

又行了數日，終於到達匈奴單于居住的王庭。這傳說中窮凶極惡的虎狼之地原來是一大片原野，天似穹廬，籠蓋四野，大群大群的牛羊在蓑草間遊弋，一頂頂圓形的氈帳篷點綴其間，一派安詳的景象。

且鞮侯單于母親母閼氏早已得報俘獲了李廣之孫李陵，親自迎出帳來，問道：「漢將人在哪裡？」

狐鹿姑揮了揮手，兩名匈奴兵執住李陵手臂，扯來母閼氏面前，強令他跪下。李陵硬挺幾下，最終還是被大力壓迫跪倒。

母閼氏道：「你就是李廣的孫子？」見李陵不答，以為他聽不懂胡語，又命通譯問了一遍。李陵面無表情，木然不應。

母閼氏道：「他是啞巴麼？」狐鹿姑道：「他不是啞巴，只是不肯開口說話，一路上幾乎沒有說過什麼話。」丁靈王衛律也在一旁，他原先與李陵相熟，忙上前勸道：「李君，尊祖李廣君曾射殺了母閼氏的親兄弟，母閼氏恨你們李氏入骨。我勸你趁早投降，不然有得苦頭吃。」

李陵只側頭望著地面，一聲不吭。母閼氏見他強硬，便命人將他綁到木樁上，親手挽弓，打算亂箭射死他。狐鹿姑忙勸道：「奶奶息怒。這李陵罪該萬死，但他著實厲害，只帶了幾千步兵，就殺死我方幾萬騎兵。父王很愛惜他的才幹，特命兒臣押他回來王庭，要想辦法降服他，為我匈奴所用。」

匈奴不尊重老弱，母閼氏雖然貴為烏維、呴犁湖和且鞮侯三任單于的母親，但終究還是要聽從單于的命令，聞言只得作罷。即便如此，還是命人狠狠抽了李陵五十鞭，直抽得他昏死過去，這才丟到臭氣熏天的馬棚裡。

再醒來時，卻是在一間頗大的氈帳中。帳篷中間支著一個三角架子，上面掛著一個冒著熱氣的銅壺，下面燒著乾馬糞。帳篷中暖氣洋洋，瀰漫著奇特的味道。

氈帳中有一名侍女打扮的匈奴女子，見李陵醒來，忙揭開門口氈毯，朝外面喊了一聲。回身扶李陵斜倚在床頭，取了一隻陶碗，從銅壺中倒了一碗羊奶給他。那羊奶中混了烈酒，雖然嗆口，羶味很重，喝到腹中卻熱乎乎的十分舒服，身上的傷痛也大為減輕。

過了一會兒，衛律進來，在床側坐下，道：「李兄，這裡是我在王庭的氈帳，但願你還住得慣。」

李陵精通音律，當年與協律都尉李延年多有來往，與衛律關係也不錯，聞言只冷冷道：「衛君如今已經是匈奴的丁靈王，李陵卻只是個俘虜，還是不要再稱兄道弟的好。」衛律道：「我投降匈奴也是逼不得已。李兄最清楚經過，我是受李延年舉薦出使匈奴，李延年兄弟被皇帝處死，我若回去長安，也難逃一死。而今你我即使立場不同，也還是可以顧念舊情，繼續做朋友。」

李陵道：「那好，衛君如果還當我是朋友，就助我逃走。」衛律道：「這裡是匈奴王庭，距離漢軍邊塞有數千里之遙，南下沿途都佈有重兵。李兄身上有傷，走不出幾里地就會被射殺。就算你能僥倖逃回漢地，按大漢軍法，你失亡過多，幾近全軍覆沒，本人又被匈奴俘虜，按律當腰斬。既然回去只是送死，何不暫時歸順單于，日後再作他圖？」李陵一時沉默不語。

衛律又道：「李兄出身將門，祖孫三輩盡為大漢效力，忠心耿耿。尊父正當壯年時在雁門關外戰死，當時李兄還未出生。尊祖飛將軍少年從軍，馳騁沙場五十餘載，最終卻被皇帝和大將軍衛青一再排擠，在古稀之年落了個自刎謝罪的下場。尊叔李敢將軍英勇善戰，威名不在飛將軍之下，結局又如何呢？被驃騎將軍霍去病射死。可笑的是，那位皇帝居然還對外宣稱李敢將軍是被鹿撞死。」

雖然關於李敢死因的傳聞極多，但李家一直保持沉默，外人也絕不會在李家人面前提起與皇帝大相徑庭的說法，衛律還是第一個公然聲稱李敢是被霍去病射死的人。李陵額頭青筋暴出，坐直身子，卻牽動了鞭傷，劇痛之下，又頹然倒了下去。

衛律對李陵的憤怒佯作不見，繼續道：「再說李兄你，文武雙全，箭術無雙，不僅漢人、匈奴人，就連西域人都仰慕你的大名。可皇帝卻對你的才幹視而不見，一再派你做李廣利那膿包的後勤。想來李兄自己也很清楚，皇帝從來就不信任你，因為你自小就是太子的伴讀，與太子親若兄弟，你堂妹又是太子寵姬。太子既然失寵，你當然也不可能被皇帝任命為一軍主帥。這次居然可笑到只派你率領五千步兵進擊匈奴，這不是明擺著要你來送死麼？」

他侃侃道來，似比李陵本人還要了解內幕。李陵聽到這話，竟然也呆了一下，暗道：「原來皇上一直將我當作了太子一黨。」

衛律見李陵神思，知道已說到他心中痛處，便道：「我知道一時難以說服李兄，你再好好想想。」轉頭命那侍女棄奴道：「好好服侍李君。」棄奴道：「奴婢知道。」走過來跪在床前，道：「奴婢幫將軍換藥。」助李陵解開上衣，用一種黃色藥膏塗他胸腹的鞭傷上，頓時一陣清涼，疼痛大為減輕。

過了幾個月，李陵身上的傷勢逐漸癒合，他已經可以自己站起來行走。肉體的痛苦減輕了，心境也就平靜了些。衛律依舊每日來看望李陵，時不時地帶來些消息給他——譬如他的部下約有四百人逃回了邊塞；又譬如皇帝劉徹聽到他兵敗後做的第一件事就是派相士為李母和李妻韓羅敷相面，見二人面上並無喪容，斷定李陵沒有戰死，而是投降了匈奴，勃然大怒，立即召集群臣議李陵之罪。大臣們都紛紛指責李陵貪生怕死，認為他投降匈奴有罪，全家當誅。劉徹遂逼迫新拜郎官不久的李陵心腹侍從陳步樂自殺，將李母和韓羅敷下保宮獄[7]囚禁。

李陵聞聽母親和妻子已被下獄，先是吃了一驚，隨即省悟過來，道：「我只是被俘，並沒有投降，我不信皇上會逮捕我的家眷，你休要挑撥離間。」衛律道：「大漢律法一向嚴酷，李君應該最清楚不過。」

李陵道：「我又不是第一個被俘虜的漢將。之前匈河將軍趙破奴被俘，皇上照舊優待他的家人。」衛律道：「趙破奴在漢地無根無底，是皇帝一手提拔起來的，算得上是皇帝心腹。而李君自小跟衛太子一起長大，在外人眼中，李君始終是太子一黨，你敢說皇帝不是因為這個而刻意排擠你麼？李君才華有目共睹，皇帝又不是瞎子，會看不出你比那李廣利要強過千百倍麼？但你卻始終只是李廣利的後隊，這是什麼緣故，難道不是顯而易見的麼？」

他見李陵沉默了下來，又婉言勸道：「我可沒有騙李君。實話告訴李君，單于在長安派有大批細作，漢朝稍有風吹草動，便立即有人馳報王庭。李君當日兵出居延，單于也是從細作那裡得知了消息，才星夜趕來阻截。尊母和尊夫人的確被關進了監獄，正在等待審判，這是昨日才得到的消息，萬萬不會有錯的。」

李陵心道：「不管怎麼說，皇上是個精細人，不可能沒來由地逮捕我家眷下獄。這一定是匈奴人有意散布我投降匈奴的消息，按照律法，投敵者一律沒家，他們是有意斷絕我的歸路，好強逼我投降。我得想辦法逃離這裡才是。」

李陵不知道的是，並不是匈奴人有意散布了他兵敗投降的消息，皇帝劉徹召相士為李母和李妻相過面後，便武斷地認為李陵投降了匈奴。

甚至劉徹自己也不知道為何對這件事如此在乎，以致暴跳如雷——也許是因為天下多事，朝廷徵調頻繁，官吏酷暴，農民起義不斷爆發。他們攻打城邑，奪取武庫，釋放囚犯，殺死官吏，斷截交通，被官兵鎮壓隊伍散亡後又重新聚集，官府亦無可奈何；也許是因為早先衛青、霍去病對匈奴取得過輝煌的戰績，而此後漢軍再無出色將領，對匈奴作戰也是敗多勝少，可匈奴未滅，單于未擒，偏偏皇帝又年近六旬，時日無多，聽不得前方戰敗的消息；也許是因為李陵之前不肯作為貳師將軍李廣利的後隊，受其節制，明顯不服李廣利為主帥，皇帝早已惱怒在心；也許是皇帝真的相信了李陵的豪言壯語，認為他有足夠的能力率領區區五千步卒橫掃匈奴王庭，想不到他會全軍覆沒；也許是因為李陵以五千步兵對抗匈奴八萬騎兵，輾轉作戰八天，殺死殺傷了三萬匈奴人，創造了以寡敵眾的奇蹟。而貳師將軍李廣利率領的主力部隊雖有三萬精銳騎兵，卻出師不利，死傷慘重。相比於李陵的戰績，李廣利顯得太過膿包，也由此顯得皇帝無能，有唯親是用的嫌疑，這是劉徹絕對不能容忍的，所以他要千方百計地挑出李陵的不是來。李陵降敵，不正是最好的理由麼？貳師將軍再沒有用，至少沒有投降匈奴呀。

滿朝文武都看出了皇帝的心思，紛紛指責李陵，力請族誅其家。只有太史令司馬遷一人挺身而出，為李陵辯解，

7 保宮獄：即少府下轄的居室獄，專門押犯罪大臣及家屬。太初元年（西元前一〇四年）更名為保宮獄。

極言道：「李陵率領不足五千人的步兵，深入匈奴腹地，打擊了幾萬匈奴騎兵，直到最後，矢盡道窮，援軍無望，仍與匈奴殊死拚搏，就是古代的名將也不過如此。他雖然打了敗仗，可是殺了這麼多敵人，足可以向天下人交代。李陵不肯盡死節，一定是想以後將功贖罪來報答陛下，請陛下曲加寬宥。」

劉徹怒氣正盛，恨不得立即將李陵碎屍萬段，認定司馬遷所言不過是想替敗將遊說，尤其極力誇說李陵殺敵之多，分明是暗示貳師將軍李廣利無能，正好戳中皇帝的痛處，令自高自傲的劉徹當朝大失面子，暴怒之下，立即將司馬遷逮捕下獄。

司馬遷是前任太史令司馬談的兒子，與李陵雖同居茂陵，卻算不上深交，只是看不過安享富貴的朝臣對前方冒死涉險的將領毫無同情心，出於公義出面陳說李陵投降是出於無奈，哪知道觸怒皇帝，被定了誣罔的罪名，關押到若盧獄。若盧獄屬於少府管轄，在黃門內寺，專門用來關押將相大臣犯罪者，算是高級監獄。獄吏頗敬重司馬遷的為人和學識，他倒也沒有吃太多苦，然而終究還是身在監獄中，度日如年。

終究還是有李陵的確切消息傳來，原來他只是被俘，並沒有投降。皇帝心中頗多悔意，後悔自己沒有及時救援李陵軍，特意派使者犒賞了李陵部僥倖突圍逃回的倖存者，又重新徵發大軍，分三路進擊匈奴：貳師將軍李廣利率騎兵六萬、步兵七萬出朔方，強弩都尉路博德率萬餘人跟在後面接應；遊擊將軍韓說率步兵三萬出五原；因杅將軍公孫敖率一萬騎兵、三萬步兵出雁門。其中李廣利一軍為主力，韓說軍從側翼牽制，公孫敖則被皇帝賦予一項祕密使命，那就是救回淪陷在胡地的李陵。

匈奴且鞮侯單于預先得知漢軍進軍路線，急忙將老弱民眾及牲畜撤退到余吾水以北，自己則親率十萬騎兵埋伏於余吾水南。不久，李廣利大軍至余吾水，匈奴兵出擊，李廣利大敗而歸。遊擊將軍韓說一軍未遭遇匈奴軍，無功而返。而身負營救李陵使命的公孫敖則遇上匈奴左賢王狐鹿姑，交戰後大敗而歸，因失亡部屬過多，被判腰斬。

公孫敖為了推脫責任，詐稱李陵教且鞮侯單于佈兵防備漢軍。劉徹年老多疑，聞報大怒，立即下令族誅李陵家屬。漢家律法，降敵者誅其身，沒其家。可因李陵是天子近臣，受刑格外重，被夷三族，李陵母親、妻子韓羅敷、堂弟李禹均被腰斬處死。李禹之妹李柔為太子劉據最寵愛的侍妾，也被賜毒自殺。李家唯有李禹同父異母妹李悅因是皇帝外甥女梅瓶所生，得以保全性命。李氏從此名敗，隴西李氏均以李陵為恥。

受李陵牽累，一直被囚禁在若盧獄中的司馬遷也立即被判處死刑。漢家律法允許交錢和受腐刑來贖死罪，但司馬遷家境貧寒，拿不出五十萬錢來贖罪，他最終選擇了被時人視為奇恥大辱的腐刑，以此來換取活命的機會，好有時間完成修史的志願。

那一日，司馬遷被剃光頭髮，戴上枷鎖，轉押到廷尉獄腐刑室受刑。腐刑即割掉男子的性具，破壞人的生殖能力，受刑後往往畏寒，只能待在溫度適中、密不透風的房間中，類似養蠶的溫室，因而囚禁宮刑罪犯的牢房又稱為蠶室。司馬遷在腐刑室被閹割掉生殖器後，隨即轉押到蠶室。

所謂「禍莫憯於欲利，悲莫痛於傷心，行莫醜於辱先，而詬莫大於宮刑」，尤其在大漢這個看重氣節的朝代，人們普遍認為人格尊嚴超過了生命本身，這也是為什麼漢名臣多自殺的原因。司馬遷由此陷入極大的痛苦和恥辱中，多次想要自殺，可是一想到還有文章未完成，終於還是強忍悲痛，苟活了下來。

過了幾個月，皇帝大赦天下，司馬遷出獄，以刑餘之人任宦者之職中書令，替皇帝處理日常文書事務。他發憤撰寫史書，欲「究天人之際，通古今之變，成一家之言」，此即為中國第一部紀傳體通史《史記》之來歷。《史記》最初沒有書名，司馬遷寫完書稿後，將其拿給茂陵鄰居東方朔閱覽。東方朔看過後佩服不已，認為此書可以藏之名山，傳於後世，特意為書稿取名為《太史公書》，《史記》一名為後世所稱。

不久後自胡地傳來確切的消息，教且鞮侯單于佈兵備漢的是漢校尉李緒，而不是李陵。劉徹的臉色陰沉了許多天，上朝的大臣個個噤若寒蟬，不敢仰視。但皇帝也未對李家做出任何補償，因為天子是天之驕子，是不會做錯事的，即使錯了也不能承認。劉徹只將公孫敖逮捕下廷尉獄論罪，公孫敖隨即以對匈奴作戰不力的罪名被判死罪。但他早料到誣陷李陵一事遲早要敗露，事先買通了廷尉，將另外一名囚犯當作自己斬首，自己則隱姓埋名，亡命天涯。

李陵家屬在冬季被誅殺，李陵得知消息的時候正是塞外最寒冷的冬日。他仍然是俘虜的身份，被滯留在匈奴王庭，雖然尚可以自由走動，但僅僅是因為胡地沒有監獄的緣故，他走到哪裡，都有一隊全副武裝的匈奴兵士跟著。

原本李陵得知母親、妻子被皇帝下獄後的消息後，想盡快找機會逃走，但匈奴人看守極嚴，就算他能用武力奪取馬匹逃出王庭，也難以穿越數千里之遙的胡地。他反覆權衡後，又改變了主意，決意先打聽到大漢鎮國之寶高帝斬白蛇劍的下落再說。但還沒有等他開始著手，另一個人搶在他前頭打起了寶劍的主意，這個人就是管敢。

管敢雖然為匈奴人擒獲李陵立下大功，但其人孱弱，文不能文，武不能武，沒有什麼真本事，到王庭後並不怎麼得單于歡心，且鞮侯也沒有給他封賞，只命他跟隨投降的校尉李緒為匈奴練兵。管敢不願意吃苦，遂將高帝斬白蛇劍是歐冶子所鑄之雄劍及雙劍合璧就能取出項籍藏寶圖的祕密告訴了且鞮侯。這一重大機密原本只有東方朔等極少數人知道，只因為管敢原先是雌劍的主人，一直念念不忘要奪回亡父遺物，東方朔從司馬琴心手中取回雌劍後，將劍上交給皇帝，同時也請李陵將真相告訴了管敢，用意無非是打消他期冀有一日能奪回雌劍的念頭。管敢得知雌劍背後原來有這麼多祕密，自然不敢再心生妄念。但當他投降匈奴後，這一消息立即變得極有價值。

且鞮侯單于得知高帝斬白蛇劍不僅是大漢鎮國之寶、且內中隱藏有巨大財富後，喜出望外，立即派人前往長安，謀劃奪取雌劍。但雌劍已經被皇帝收藏在甘泉宮中，即便是重臣也難以接近。管敢又出主意，據他推算，那藏寶圖一定是藏在雄劍劍柄中，如果能造出一柄新的雌劍，只要形狀跟原先那柄一模一樣，就能與雄劍契合成為一體，從而打開機關。且鞮侯單于由此對管敢刮目相看，因他原先就是雌劍的主人，特意命他主持此事。管敢畫出了雌劍的樣子，又請單于派人到漢地擄來幾名手藝高超的鐵匠，因時間過去已久，他記憶中的尺寸未必準確，所以需要高帝斬白蛇劍做比較。且鞮侯單于也放心將高帝斬白蛇劍交給他掌管。

高帝斬白蛇劍的藏處自己冒了出來，雖然省去了打探的力氣，但管敢主持的鑄劍所日夜有人看守，以李陵囚徒的身份，實在難以接近。他也曾經想過不如先假意歸順匈奴，好另作他圖，可「投降」二字實在說不出口，漢人最重名節，更何況他這等名家子弟。他也嘗試要找管敢談一談，但管敢似乎早猜中他心意，命兵士不准他靠近鑄劍所。李陵無奈之下，決意利用且鞮侯單于的女兒夷光公主。他被押送到王庭後，夷光對他多有照顧。丁靈王衛律甚至曾經幾次在言語中暗示，只要李陵投降，且鞮侯單于願意以夷光下嫁，李陵始終只是默然不應。他知道夷光一直感激他當年的營救之恩，甚至有心偷偷縱他逃走，如果不是實在沒有法子，他也不想利用這名天真爛漫、毫無心機的匈奴公主。

這一日，李陵讓看守請夷光來到氈帳，正躊躇著要如何開口時，衛律驀然闖進帳來。李陵見他氣急敗壞的樣子，心中隱隱覺得不妙，問道：「出了什麼事？」衛律遲疑著道：「漢地剛剛傳來消息，李君的母親、妻子，還有堂弟，已經……已經……」

李陵見他欲言又止，心中更加不安，忙催問道：「到底出了什麼事？」衛律咬咬牙，道：「漢朝皇帝族誅了李君全家。」

李陵一時愣住。大漢律法嚴酷，族誅的事在朝野間並不罕見，名臣如韓信、晁錯、主父偃均受族誅之刑，大名鼎鼎的關東大俠郭解也被族誅，但族誅歷來是用於罪名極大的罪犯，跟他李陵又有什麼干係？就算是皇上相信了他投降匈奴的謠言，也頂多是將家屬沒入官中為奴，何至於族誅呢？

衛律看出了李陵的疑惑和不信，忙道：「這樣的大事，我可不敢欺騙李君。聽說全是因為因杅將軍公孫敖為脫罪才謊言誣陷李君。」當即說了公孫敖之前兵敗於左賢王的情形。

李陵不等他說完，即忽忽若狂，像瘋子一樣奔出氈帳，用頭往馬樁上猛撞，直撞得額頭鮮血淋漓，血流滿面。衛律追出帳來，見李陵有自殘的企圖，忙命人上前抓住他。數名匈奴兵士擁上來，七手八腳，好不容易才制伏李陵，將他手足綁起來，重新拖入帳中。

李陵拚力掙扎，卻始終掙脫不開綁繩。他最終放棄了徒勞的反抗，瑟縮在帳角，發出嘶啞而撕心裂肺的慟哭聲。那是許多匈奴人生平所聽見的最可怕、最磣人的哭聲。

北風陡起，如雷霆萬鈞般碾過大地。冬夜格外漫長，無邊的黑暗籠罩著令人膽寒的漫漫長夜。所有人都在簌簌發抖，也不知道深入骨髓的陰氣是因為天氣，還是因為那顆冰凍的心。淒厲的風中，隱隱約約傳來胡笳的調子，彷彿人世間微弱而淒慘的哀怨聲。無言的悲哀更像這黑夜與寒冷，緊緊地籠罩在許多人的心頭。

極致的遭遇總是衍生出極致的慘烈。為了撫慰註定的悲涼和幻滅，也為了迎接未來的希望與曙光，只能靠自身在生命中不懈地抵抗。

李陵形容枯槁，肝腸寸斷，每日處於一種持續的煎熬中。他的生命運轉比別人快幾倍，十年比一生更跌宕——先是失去了最愛的女人，接著失去了至親的親人。他自己更是身敗名裂，一無所有，從此沒有了家，也沒有了國，恍然一片離開樹枝的樹葉，徹底失去了依附，無論如何飄零，最終也要乾枯死去。

他長久陷入似真似幻、似夢似醒的空虛裡，猶如跋涉在一片沙漠上，腳下鬆軟，有一種隨時墮入無底洞穴的恐懼。他的心靈被人世間所能想像的最大的苦痛攪動著，他的全身散發出死灰的味道。就算瞎子也能看出，他已經完全放棄了生的意念，不願意再活下去。

管敢進來氈帳的時候，李陵正縮在牆角坐著。他整個人完全蔫了下去。原先明朗的、紅潤的臉深陷了下去，瘦得臉頰完全突了出來，蒼白得可怕。以前那雙銳利有神的眼睛變得呆滯，只是死死地看著昏暗的角落。

管敢走近他身前，蹲了下來，道：「將軍，人死不能復生，還請將軍節哀。太夫人生前待我很好，聽到她的死訊，我也很是難過。」李陵木然看了他一眼，又轉過頭去。

管敢道：「我知道將軍恨我，對此我也不敢多辯解什麼。今天我來，是有一件事要告訴將軍，害死太夫人和夫人的罪魁禍首是李緒，他一直在教單于如何佈陣對付漢軍。公孫敖大概也是聽說有李姓將軍在為匈奴練兵，模稜兩可地便以為是將軍你。春季時，單于要舉行一場閱兵儀式，據說還預備當眾封李緒為右校王，由他擔任主帥，帶兵攻打漢地。將軍，難道你不想為太夫人報仇麼？」

李陵依舊只是盯著角落，面無表情，恍若未聞一般。管敢甚是無趣，只得悻悻起身，道：「將軍好好保重身體，改日我再來探你。」

李陵又發了半天呆，終於掙扎著坐起來，叫道：「來人！快來人！」

正巧衛律進來，問道：「李君有事麼？」李陵道：「單于人呢？我要見他。」衛律道：「單于正在大帳中議事，李君有話不妨告訴我，我會轉告單于。」李陵冷然道：「我有話只對單于說。」

這是李陵被俘以來第一次主動要求見單于，衛律不敢怠慢，遂帶他來到單于大帳外，又道：「這就是單于大帳了。李君該知道規矩，你仍然是漢臣的身份，要進帳見單于，須得用墨將臉塗黑。除非你現在投降，那麼這一套就可以免了。」李陵毫不遲疑地道：「我願意投降。」

衛律大喜過望，忙領著李陵進來大帳。且鞮侯單于正在與左賢王狐鹿姑、漢降將李緒等人商議春季入侵漢地事宜，聽說李陵終於肯投降，極為高興，親自走下來扶起李陵，安慰道：「將軍不必為親人之死太傷心難過，我一定會親自為將軍尋一門好親事。」

李陵道：「家室之事就不勞單于費心了，不過臣有一個請求，希望單于能答應。」且鞮侯道：「好，你說。」

李緒一直不敢正視李陵，忽聽到李陵投降還有附帶條件，料到他必然是要讓單于殺了自己，忙道：「單于……」且鞮侯卻揮手制止了他，笑道：「只要能得到李陵將軍，我願意付出任何代價。」

李緒登時冷汗直冒，只得乞求地望著李陵。李陵卻看也不看他一眼，躬身道：「臣想去趟烏孫，請單于允准。」且鞮侯原也以為李陵是要求自己殺死李緒，不料卻是如此簡單的一個要求，大是意外，問道：「將軍去烏孫做什麼？」李陵道：「楚國公主劉解憂是臣的舊識，臣想見她一見。」

且鞮侯見李陵連如此隱祕的男女之事都肯當眾說出，足見胸襟坦蕩，很是欣慰，道：「好。正好夷光一直吵著要去烏孫探望奇仙，你便裝扮成公主的隨從，跟她一起去。」李陵道：「是，多謝單于。」

走出單于大帳時，李陵不由自主地仰頭望天，天如灰幕，竟無半點陽光，似乎又有一場大風雪要到來。他轉而凝視西南方向，心中發出一陣悲切的呼喚：「知我者謂我心憂，不知我者謂我何求。解憂，你會原諒我嗎？」

胡地玄冰，邊土慘裂，但聞悲風蕭條之聲，胡笳互動，牧馬悲鳴。凜凜寒風抽打著臉頰，滾滾黃沙溶進了淚水。夢醒淚乾，過去的只是夢魘，眼前的才是真實——無情而冷酷的冬季來到了。

冬日的夜色降臨得格外早，才是黃昏時分，烏孫都城赤谷城內的燈火已次第亮起，一帳帳滲透出光亮的氈房將滿天的雲霾襯托得格外沉重。

雪如鵝毛似的飄灑，地上積雪盈尺，天地早已白茫茫一片，遮住了塵世的喧囂和紛亂，使大地顯得寧靜而高遠。烏孫是西域大國，赤谷又是都城，平時大街小巷中往來商人如織，真是舉袂成雲，揮汗如雨，如今到了冬季，不僅商旅駐足，就連城裡人也絕少出門，全躲在屋內烤火取暖去了。

外號「肥王」的烏孫昆莫翁歸靡正懶洋洋地躺在一張熊皮上，一邊摸著肥胖的肚子，一邊笑嘻嘻地看著右夫人劉解憂逗著兩個孩子玩耍。他從堂弟軍須靡手中接任昆莫位子時，也按照烏孫習俗接收了左右兩位夫人——匈奴公主奇仙和大漢公主劉解憂。他是真心地愛解憂公主，兩人先後生下了兩個兒子：長子元貴靡和次子萬年。當然，他跟奇仙公主關係也不差，生下了一個兒子烏就屠。

外面天寒地凍，昆莫氈房中卻是暖意融融，香氣氤氳。劉解憂抱著二兒子萬年坐在火盆邊，凝神望著兒子胖乎乎的臉蛋和小手、小腿，看著他一呼一吸中小胸脯也一起一伏，心中湧起無盡的慈愛憐疼。

一名侍女揭簾走了進來，稟告道：「右夫人，馮夫人求見。」劉解憂笑道：「又不是外人，請她進來吧。」侍女道：「馮夫人在右夫人書房中，她說有要事，只能對右夫人說。」

劉解憂望了丈夫一眼，翁歸靡憨憨一笑，毫不在意地道：「去吧。可別是馮夫人跟右大將吵架了，跑來找你告狀。」一站起來接過萬年，誰知道孩子剛到他懷中，就「嘩嘩」地尿在了他身上。旁邊的侍女和乳娘嚇得連忙上來賠罪。

翁歸靡卻一點也不生氣，笑道：「抱小兒，落一懷，我兒子的尿怎麼這麼香，真是神了。」

劉解憂忙讓乳娘將兒子抱了過去，忍不住對丈夫笑道：「我們中原有句俗話，狗養的狗疼，貓養的貓疼，不養不疼，誰養誰疼。這句話可一點兒也不錯。真沒見過你這樣的，自己的兒子尿了一身，不但一點兒不生氣，反而這麼開心。」嫣然一笑，走了出去。

書房內的火盆燒得很旺，炭旺得就像透明的紅玉，晶亮晶亮，閃閃發光，把昏暗的屋子照得通亮。

馮嫽正站在書房中。她身後還站著一人，披著斗篷，遮得密密實實，看不清臉。劉解憂進來後第一眼便留意到這個神祕的人，立即就猜到馮嫽今晚之神祕多半與他有關，心裡陡然升起了一種不安來。

馮嫽迎上來悄聲道：「公主，我先出去了，我就守在門外，不會讓任何人進來。」她輕輕地出去，帶上了門，又放下厚厚的門簾。

那人掀下頭上的兜帽，劉解憂一看到他的臉，疑惑的眼神變成了驚訝，心中猛地一抽搐，愣在了那裡，失聲道：「怎麼……是你？」

兩人目光一碰，劉解憂頓住腳步，李陵也是凝身不動。二人良久地對望，似有千言萬語在這默默無聲中已然傳達。

李陵眼睛裡閃動著難得一見的異彩，他仔細端詳著她。她似乎還是那個解憂，面貌並未改變多少，爽朗，豪氣，容貌、體態更顯豐滿，圓圓的杏眼中多了幾分成熟，也多了幾分沉鬱。

劉解憂心中也在劇烈地翻騰，默默凝視著李陵，他明顯蒼老憔悴了許多。是了，他們已經有數年未見了，七、八年是不短的時間，他早已是而立之年的人了，又長年在邊塞過著艱苦的軍營生活，該有些風霜之色。

她聽到過一些傳聞，據說這位李少將軍跟他爺爺飛將軍李廣一樣，總被壓抑在外戚手下，曾有人形容李陵在漢朝是最鋒芒畢露而又長期不得志的人。她有時候暗暗揣測，這樣的生活，應該會促使他衰老了很多吧？其實她常常擔心自己已經不能準確地記得起愛人的樣子，此刻當真看到他的面容，還是有些吃驚。

定一定神，再仔細打量，這才發覺他的樣子其實沒有太大的改變。衰老的不是他的相貌，而是他的精神——以前的李陵，是那麼神采煥發、目光如電、飄逸瀟灑，可如今……俊朗的臉變得蒼白麻木，嘴角無力地鬆弛下垂；一直泛有星光的那雙朗目，也黯淡了；眼中閃爍著的是游移不定的光芒，流露出他內心無窮的焦慮、不安和遲疑難決。

她禁不住脫口道：「你……變了。」李陵道：「風雪依舊，人卻老了。可是你，沒怎麼老。」

劉解憂幽幽地道：「想不到我們還能有相見的時候。我原以為……原以為這一輩子……」

那些本已經黯淡的舊事重新浮現在腦海中，她竟有些哽咽起來。多年過去，記憶依舊清晰。她這一生中最愛、最掛念的男人就站在她的面前，如何能不唏噓感慨！

劉解憂不是問「你是怎麼到這裡來的」，而是說出「相見」的話，這讓李陵更是生出一種悵惋來——惱恨世事無常，嘆息人生艱難。他重重跪倒在劉解憂面前，泣聲道：「解憂，我對不起你。你殺了我吧，我願意死在你的劍鋒下。」

西域路遠，消息不通，劉解憂還不知道李陵身上所發生的一切，他又不肯起來，只得一樣跪下來，不解地問道：「出了什麼事？」

李陵再也忍耐不住，伏到劉解憂肩頭，放聲大哭起來。大丈夫流血不流淚，鐵錚錚的漢子，如此眼淚橫飛。劉解憂從來沒有見過李陵這樣失態，知道一定是發生了可怕之極的事情，也急欲瞭解到底是怎麼一回事。但她更知道此時若開口問他，徒然又勾起他的傷痛，空口安慰，也於事無補，當下只是緊緊摟著他，將他擁入懷中，用自己的體溫來暖和他冷如寒冰的身子。

李陵把頭埋在劉解憂懷中，感到她溫熱的身軀貼著自己，聞到她身上熟悉的氣息繚繞在身邊，聽到她安詳平和的呼吸聲隨著胸脯的一起一伏也響一聲輕一聲的有如天籟之音。他心中悲憤沉痛之念如怒潮退卻的海面漸漸平復，迷迷糊糊間竟似又回到幼小的童年，自己正在母親的懷中安然入睡……

劉解憂終於還是得知了經過。舊歡如夢，竟遭此大變，椎心之痛又豈是筆墨所能形容！她為了聯盟烏孫共破匈奴而遠嫁萬里，而他則投降了匈奴，侍敵為主。世事如風，誰都想不到會有今日的局面。但她還能說什麼呢？自從她見到他的第一眼開始，她就該猜到發生了什麼，否則他為何能來到烏孫？如果他不投降單于，便只有死去，再也無法見她一面。他的親人均已被處死，她是他在這世上唯一的羈絆，唯一的留戀。沒有她，他根本無法擺脫過去。沒有她，他無法超越已經遇到的死亡。沒有她，他也無法了結今生夙願。沒有她，他又怎麼對得起她？

她撫摸李陵的頭髮，悲傷地道：「無論你做什麼，我永遠不會怪你。」

她感覺這不太像是她這種嫉惡如仇的人說出來的話。不過她確實這麼說了。因為她知道李陵這個人，沒有人比她更瞭解他，他是個慷慨激昂的男子，寧死也不會屈節投降匈奴的。但他確實降敵了，所以這句話也是她對李陵說的最後一句話。無奈而悲涼，是為大漢惋惜失去了一位難得的將才，是為李陵可惜，還是為她自己可憐？她也不知道。

她覺得李陵的投降，不是他對不起漢朝，不是漢朝對不起他，也不是他的錯，而是她的過錯。她注視著他，淚水撲簌簌而落。這是她生平第二次落淚，兩次都是當著李陵的面。雖然她不是大丈夫，但她做到了大丈夫才能做到的事。

靜謐如舞如歌。寂靜中能聽見炭火撲撲跳動的聲音。

終於還是李陵打破了沉默，道：「既然見到了你，我死而無憾。」他舉起手，用衣袖拂乾劉解憂臉上的淚水，站起身來，大步走出書房。從此，他們應該再也沒有見面的機會，直到死去。

氈房的門口正有幾樹紅梅映雪盛開，胭脂一般地嬌豔，飄揚著細細的幽香。這是劉解憂出嫁的時候從中原萬里迢沼帶來烏孫的，正是李陵所送。真情彷若梅花開過，縱然冰雪泠泠，亦不能湮沒。往事歷歷，如煙絲一般，一縷一縷地浮上心頭。他彷彿又回到了長安，與心愛的女子一起在茂陵漫遊，飲酒賞花，心中開始隱隱約約有一種遐想。突然回過頭來，劉解憂也跟了出來，眼睛澄如清水，那樣溫柔地瞧著他，目光裡有愛戀，有理解，有關切，有相見的喜悅，也有即將分別的哀愁。

李陵心頭掠過一陣難以名狀的複雜情緒，他驀然激動起來，一股熱流暖遍了周身，奔回去將她緊緊抱住，忘情地道：「解憂，我們一起走吧，去一個沒有人的地方，那裡只會有你，有我。」

劉解憂沒有回答，她心裡非常明白，這是不可能的事情，她知道他也非常明白這一點，於是她又說了最後一句話：「答應我，你要好好活下去。總有一天，我會帶你回家。」

二人再一次熱淚縱橫，不能自已。

李陵出來烏孫王宮時，朔風怒吼，雪依然大。有人迎了上來，為他披上了皮裘，原來是夷光，她還在外面等他。她的臉凍得紅彤彤的，映著雪光，顯得非常嬌豔，淡淡的紅暈一直蔓延到耳後根。

李陵見到她凍得通紅的臉，想起她千里相伴的情意，心中突然生出無限的歉意。不禁心想：「她的熱情大方跟解憂多像啊，只是要年輕些。」

突然間，風息雪止。夜，也就在這一瞬間陷入了難以形容的寂靜。凍雲漸漸散開，天空露出半輪明月，月光雪色，映照得如同白晝一樣。

月亮依然是那輪月亮，夜空依然萬點繁星。萬古千秋，世間發生了多少變故，但塵世如斯，蒼天無語。

回到王庭後不久，李陵應且鞮侯單于邀請，參加了李緒主持的閱兵儀式。匈奴貴族雲集，連單于的母親母閼氏也趕來校場觀看，想看看李緒用來對抗漢軍的新陣法到底是什麼樣。李陵到達時，且鞮侯單于人還未到，眾將三三兩兩地各自在議論著攻打漢地之事。

李陵徑直走到李緒身邊，道：「李君，別來無恙？」他之前是李緒上司，李緒素來極佩服他的才幹，當即起身，恭恭敬敬地回答道：「多謝……」一語未畢，只覺得劇痛無比，低頭一看，一柄匕首正插在自己胸前。

李陵冷冷道：「抱歉，李君，於公於私我都要殺了你。」李緒瞪大眼睛，結結巴巴地道：「你……你自己不也……投降……」他被刺中要害，無力說完後面的話，扶著李陵，慢慢軟倒下來。

衛律正好陪著母閼氏過來招呼，見狀不由得愣住。眾將這才留意到起了變故，不禁呆住。

母閼氏顫聲叫道：「你們還在等什麼？還不快將李陵拿下！」這才有兵士蜂擁上前，摘下李陵腰間的寶劍，將他雙手反剪起來。

母閼氏先去查看李緒的屍體，只見他雙目圓睜，滿是驚訝和忿忿不平之色，顯然是死也不相信李陵竟然當眾刺殺他。母閼氏怒極，走過來揚手給了李陵一個巴掌，喝道：「你為什麼要無緣無故地殺死李緒？」

一絲血跡從李陵嘴角沁出，他回轉了臉，平靜地答道：「李緒害死我全家，殺母殺妻之仇，不共戴天，我不過是報仇而已。」

母閼氏氣得渾身發抖，不顧年紀老邁，霍然從身邊的兵士腰間抽出彎刀，就要向李陵砍去。衛律連忙上前攔住，勸道：「母閼氏切莫為了李陵這麼個人氣壞了身子。要殺他，也不用勞煩母閼氏動手。」

母閼氏確實年紀已大，急怒攻心下，身子晃了兩晃，竟然舉不起彎刀來。本來按她的意思，應該當場將李陵亂刀砍死。但衛律卻堅持認為，李陵刺殺李緒事關重大，說不定還有什麼內幕同黨，還是要等且鞮侯單于到來，詳細審問後再作定奪。母閼氏思忖片刻，勉強同意了。於是李陵被五花大綁了起來，臨時監押在馬棚。

馬棚中有一股濃重的乾草和馬糞味。李陵被緊緊捆在柱子上，動彈不得。牛皮繩索深深勒進了他的手腕，先是劇烈的疼痛，繼而便麻木了，逐漸失去了知覺。然而，與他心中的傷痛相比，這點皮肉之苦自然算不了什麼。他知道他活不長了，自從他打算殺死李緒，為漢朝除去心腹大患那一刻開始，他就沒有打算還能活著看到明日的太陽。

殺掉仇人的興奮過後，他的腦子裡開始昏昏沉沉，開始陷入混混沌沌的一片混亂。他重新回憶起今天的一切，他殺了李緒，如願以償，應該多少有點得意和滿足，但現在充滿他內心的卻只有空虛，難以形容的空虛，無法填滿的空虛。李緒真的是他的殺母殺妻仇人麼？他最大的仇人應該是大漢皇帝才對呀，還有李廣利、公孫敖這些人。皇帝殺了他全家，他竟然還會為了漢朝冒險來殺李緒，這難道不是很可笑麼？

李陵似乎陷入了重重迷霧中。人在白茫茫的霧中，濃濃稠稠，分不清東西南北。突然，清涼的晨風驅散了濃霧，恍惚間韓羅敷就站在他面前。她正深情地凝視著他的眼睛，臉上是幸福的笑容。李陵上前握住她的手，這才發現兩人原來站在一個高塔上，韓羅敷微笑指著遠方，說：「那裡就是烏孫，解憂公主就在那裡。」李陵有些驚訝地去看她，不知道她為什麼會這麼說。猛然間，她掙脫了李陵的雙手，急奔到塔的邊緣，一躍而下，就像鳥一樣飛了出去。李陵大叫了一聲：「羅敷！」驀地一下睜開了眼睛，除了感覺汗珠正由前額倘佯而下，四周除了馬匹和看守的兵士，既沒有霧，也沒有高塔，原來都是他的幻覺。

忽見數名兵士走了過來，為首的當戶取出一支金箭，道：「單于有令，先押李陵回去單于大帳候審。」看守是母閼氏的心腹衛士，聞言不免很是驚訝，道：「單于既然到了校場，何不當著眾將審問李陵？」那當戶冷冷道：「單于處事，需要向你交代理由麼？」

衛士不敢再問，上前將李陵從柱子上解下，交給當戶。當戶命部屬攙李陵到外面，扶他上了馬，往北馳出十幾里地，夷光正率領一隊兵士等在那裡。

當戶道：「公主，李將軍人在這裡。」夷光點點頭，道：「嗯，辛苦你了。」躍下馬來，拔刀割斷了李陵手腕上的綁繩。

李陵心中早已經明白過來，很是感激，低聲謝道：「夷光，你又救了我一次。」夷光笑道：「這次救你的人可不是我，而是父王。奶奶和其他人已經決定，要將你當眾五馬分屍處死。父王愛你驍勇，有意拖延，暗中賜給當戶金箭救你出去，命我帶你去北方藏匿。」

李陵大感意外，問道：「真的是單于救了我，跟你無關？」夷光道：「嗯。我根本不知道校場發生的事，是父王派人來通知，我才知道的。咱們快走吧，萬一被人追到，那可就麻煩了。」

一行人往北行了大半日，天黑時才尋了一塊高地紮營住下。半夜時，忽聽見有馬蹄嘚嘚，似有許多兵馬連夜追來。夷光聽見動靜，驚慌失措地從營帳中衝出來，叫道：「李陵哥哥，追兵來得好快，你先走，我儘量拖住他們。」李陵見她披頭散髮，僅穿著單薄內衣，顯是剛從衾被中爬出來，很是感動，道：「既然是衝著我來的，理該由我一人承擔。」

追兵瞬間馳進營地，領頭的正是丁靈王衛律。李陵上前問道：「衛君是來追捕我的麼？」衛律道：「正是，我奉單于之命來捕你回去王庭受審。」

夷光斥道：「胡說八道，明明是父王……」李陵止住了她，道：「我這就跟衛君回去受死，不過還請不要提及見過夷光公主之事。」

衛律道：「李君果真不知道發生了什麼事麼？」李陵道：「除了我在校場刺死李緒，還有別的事麼？」衛律道：「李君從前的心腹侍從管敢帶著高帝斬白蛇劍逃走了！」

李陵聞言吃了一驚，這才會意到之前管敢來告知李緒為匈奴練兵之事，本意就是要激自己殺死李緒。管敢之前一氣之下投降匈奴時，並不知道且鞮侯單于即將退兵，也許他是見前途無望，與其戰死，不如詐降謀奪高帝斬白蛇劍，他是極少數知道雌雄雙劍祕密的人，也是唯一一個對金劍始終念念不忘的人。今日匈奴閱兵，所有王庭的重要人物都去了校場，當真是奪劍逃走的絕佳機會。管敢有高帝斬白蛇劍在手，足以抵消曾經降敵、出賣漢軍軍情的罪名，他若是能帶著大漢鎮國之寶平安返回漢朝，必將成為皇帝心目中的英雄人物，封官進爵，不在話下。只是他李陵卻因為管敢的降敵付出了慘痛的代價。他以前並不如何看重管敢，只不過因為他是爺爺身邊的老侍從，才一直留在身邊，現在想來，當真是小看了他的心機。

衛律見李陵神色，問道：「李君原來不知道此事麼？」李陵搖搖頭，道：「我到胡地後，從未跟管敢說過一句話。單于是懷疑我跟管敢勾結，所以才派衛君來追捕我的麼？」衛律道：「正是。」李陵道：「如果單于因為李緒之事殺我，我心服口服。如果因為管敢盜走了斬白蛇劍就要遷怒於我，我死也不服。」

衛律道：「那好，我問李君，如果管敢事先來向你求助，告知盜劍之事，你會幫助他麼？」李陵明知道這是個陷阱，還是毫不猶豫地答道：「會。」

衛律道：「答得好。單于有命，李陵，立即上前聽令。」見李陵站著不動，喝道：「李陵，你早先向單于下跪投降，以後就是匈奴的臣子，難道要抗命麼？」

李陵無奈，只得上前跪下。衛律道：「單于有命，封李陵為右校王，賞人口五千戶，牲畜萬頭，將夷光公主許配給你。」李陵和夷光均是一呆。

衛律笑道：「李君，恭喜，從此你與我平起平坐了。我帶來的這些人，都是單于調撥給你的部下。你先帶著公主到北方去躲一陣子，等母閼氏怒氣消了，單于自會派人接你回來。」頓了頓，又道：「不過單于還有一項特別的任務交代給李君，請李君到北海設法勸降蘇武。」

正如在北海牧羊的蘇武遠遠認出李陵後所推測的那般，李陵被俘了，但他卻沒有料到那些匈奴騎兵盡是李陵的部屬。當他一聽到李陵表明來意時，便轉過身去，冷冷撇下一句話，道：「我實在想不到李君這樣的名門子弟，居然也會跟衛律一般無恥，虧你還是飛將軍的孫子。」

「無恥」兩個字像尖刀一樣剜在李陵心頭，他面紅耳赤地垂下頭去，再也說不出一個字來。然而蘇武走出一段，又轉身走了回來，將一根竹管丟給李陵，道：「這是李君當年託我帶給解憂公主的帛書，我未能辦到，現在原物奉還。」說罷揚長而去。

李陵取出帛書，時間過得太久，帛書的墨跡都已經沁開，字跡變得模糊起來。那是他為解憂作的一首五言詩：

蘭若生春陽，涉冬猶盛滋。
願言追昔愛，情款感四時。
美人在雲端，天路隔無期。
夜光照玄陰，長嘆戀所思。
誰謂我無憂，積念發狂癡。

她沒有收到，也不會再有機會看到。美人在雲端，天路隔無期。

不知道站了多久，忽然有人將手搭在他肩上，轉過頭去，卻是蘇武。蘇武歉然道：「夷光公主將所有的事都告訴了我，抱歉我適才不明情由，即對李君口出惡言。」李陵搖搖頭，道：「我的確是羞見蘇君，若不是單于有命，我是沒臉來見你的。」蘇武道：「不管你我立場如何對立，我們都還是好朋友，就像在長安時那樣。」

李陵遂命部下置酒，道：「李陵今日是說客，先公後私，我先勸蘇君投降，再來喝酒敘舊。」蘇武道：「好，李君有話只管說便是。」李陵道：「蘇君的母親大人已經過世了，就在蘇君離開長安後不久，是我親自為尊母送葬到陽陵。」

蘇武一直在北海牧羊，沒有半分家人的消息，忽聽到老母已去世多年，很是難過，半晌才道：「多謝李君，還要勞煩你送葬。家兄和家弟呢？」李陵道：「令兄蘇嘉也已經不在人世了。他官任奉車都尉，跟隨皇帝出巡時，扶著皇帝的車輦下臺階，不小心失手，車輦撞到了柱子，折斷了車轅，犯下大不敬之罪，他怕連累家人，當即拔劍自殺。令弟蘇賢官任騎都尉，跟隨皇帝到河東祭神，受命追捕犯法逃跑的內侍，因不能完成使命，嚇得服毒自殺。蘇氏一門凋落後，聽說尊夫人也改了嫁，而今就只剩下蘇君的兩個女兒、一個兒子和兩個妹妹。這麼多年過去，他們幾人存亡亦未可知。人生如朝露，蘇君又何必自苦呢？」

蘇武道：「我蘇氏父子本無功德，全靠著皇帝的提拔和栽培。我父親做了將軍，被封為平陵侯。我兄弟三人也都是皇帝的親近大臣，侍奉宮禁，常想著肝腦塗地，報答主恩，雖斧鉞湯鑊，在所不辭。」

李陵見蘇武語意誠摯，不禁長嘆道：「義士！」從此只與蘇武日日飲酒閒談。

過了數日，有騎士來報，稱母閼氏已經病死，單于召右校王回去王庭。李陵遂與蘇武飲酒作別，酒酣時長嘆道：「行志志立，求仁得仁，雖遭困厄，死而後已。我李陵雖有奮大辱之積志，效曹柯之盟[8]之宿願，奈何志未立而怨已成，計未從而骨肉受刑，此李陵之所以仰天椎心而泣血也。」忍不住離座起舞，慷慨作歌道：

徑萬里兮度沙幕，爲君將兮奮匈奴。
路窮絕兮矢刃摧，士眾滅兮名已隤。
老母已死，雖欲報恩將安歸？

事與時違不自由，如燒如刺寸心頭。顧影自悲，長歌當哭，歌聲就像冬天的北風吹過乾枯的樹枝那樣舒緩而低沉。一曲歌罷，李陵淚水涔涔而下。蘇武亦是感傷不已，泣下沾襟。

不知別淚誰先落？同在河梁夕照中。

這一幕，被永遠定格在了中國歷史上，成為後世文學審美的意象。

---

8 曹柯之盟：指魯國人曹沫（讀作「妹」）劫齊桓公訂盟之事。齊桓公和魯公在柯地會盟，正當魯公要與齊桓公達成屈辱協定時，曹沫手執匕首上前，劫持了齊桓公，齊桓公被迫答應歸還侵奪魯國的土地。

古往今來，雄才大略的帝王到了晚年，常常會在選擇儲君的事情上猶豫困惑，以致讓奸佞之輩有機可乘，秦始皇如此，當今的大漢天子也是如此。尤其自從劉徹寵愛的鉤弋夫人生下少子劉弗陵後，朝野間關於皇帝將會改立太子的流言逐漸多了起來。衛皇后母子對此恐慌不已，甚至曾輾轉向並沒有血緣關係的親戚霍光打聽皇帝的心思。霍光非但沒有幫助太子一方，反而一改他的行事作風，刻意去巴結鉤弋夫人。須知這位夫人可是懷胎十四月才生下了兒子劉弗陵，歷史上只有堯帝的母親才懷孕十四月而生堯帝，劉徹認為這是吉兆，立即將鉤弋宮門取為「堯母門」。既然是堯母，那麼她的兒子就是堯帝了。

某一日，鉤弋夫人向霍光隨口笑道：「你們衛家可是了不得，外朝有丞相，內朝有霍君，皇上面前的紅人全讓你們占盡了。」

霍光聽後，不由得出了一身冷汗。他早看出了鉤弋夫人的勃勃野心，但她的話著實令他恐懼。因為在她的眼中，自己是霍去病的弟弟，斷然是衛太子一方的人了。多年來，他努力不偏向任何一方，甚至婉拒皇后、太子的多番好意，目的就是想在宮廷爭鬥中獨善其身。他早看出了皇帝對太子的不滿，當然要跟衛氏保持距離，他也早覺察到了皇帝對幼子劉弗陵的鍾愛，理所當然地對其母鉤弋夫人表示尊敬。然而事實證明，多年來的努力還是改變不了血緣紐帶，儘管他只是霍去病同父異母的弟弟，跟姓衛的並沒有直接關係。然而到了這種時候，他要自保，就必須得站到太子一方。

恰好機會就來了。這一日劉徹和鉤弋夫人坐在建章宮中，看著寵臣金日磾的兩個孩子和劉弗陵玩耍。三個孩子肆無忌憚，追逐中一齊攀到皇帝背上。鉤弋夫人很是不滿，厲聲斥責，金日磾惶恐不已，劉徹卻沒有計較。幾日後，皇帝得知金日磾竟然自己殺了兩個親生孩子[1]，很是詫異，問霍光原因。霍光支吾道：「嗯，這個……不好說。」

劉徹立即明白過來，道：「難道是鉤弋夫人不喜麼？」霍光只是不應，他這種反應令劉徹更加深信自己的判斷，見后妃居然能令外廷大臣畏不敢言，當即怒哼了一聲。

雖然皇帝並未因此事訓斥責罰鉤弋夫人，但霍光知道芥蒂已經在皇帝心中種下了，在合適的時候，它就會生根發芽長出來。

然而，還不等霍光再次尋到機會，京師發生了巫蠱案，衛太子一方急遽失勢。

最先捲入的是丞相公孫賀。公孫賀的兒子公孫敬聲驕奢放蕩，揮霍無度，曾經私自挪用北軍軍費一千九百餘萬。案發，公孫敬聲被逮捕下獄。公孫賀知道皇帝痛恨橫行京師的長安大俠朱安世，遂主動請命逐捕朱安世為兒子贖罪。他四下散布消息，稱朱安世就是當年向官府告發關東大俠郭解藏身在李延年家的人，朱安世在民間的俠義名聲遂敗，不久後即被公孫賀屬吏捕捉，劉徹便下旨赦免了公孫敬聲。不料朱安世卻是臨死也要拉個墊背的，居然設法從廷尉獄中上書，向皇帝告發了三件事：一是公孫敬聲與皇帝的女兒陽石公主通姦；二是公孫賀曾暗中庇護公孫敖，助他逃脫死罪；三是公孫賀本就是匈奴內奸，心懷不軌，一直暗中用巫蠱之術詛咒皇帝。

本來這些都是匪夷所思的罪名，但當衛卒從公孫家中搜出了早該死去的公孫敖時，劉徹不由得不信了。再聯想到多年前東方朔調查匈奴內奸時曾派朱安世監視朝中重臣，雖然東方朔已經病死，無從對證，但朱安世必然知道許多隱祕之事，而且都是可信的。一場大獄由此興起，公孫賀父子被下獄，餓死在獄中，其家被族誅。衛皇后的姊姊衛君孺、衛青長子衛伉、劉徹的親生女兒陽石公主、諸邑公主、浞野侯趙破奴等均受牽連被殺。

巫蠱之禍逐漸蔓延開來。皇帝年老有病，性又多疑，深居簡出，居住在甘泉宮中養病。水衡都尉江充告訴劉徹，

---

1 此為真實史實。正因為金日磾殺子行為太異常，所以有不少人揣度他其實是大奸之徒。

說他得病是因為宮中有巫蠱，於是劉徹派江充窮治巫蠱獄。

江充是本是趙王劉彭祖的門客，其妹為趙太子劉丹侍妾，後趙王父子不和，劉丹懷疑是江充從中挑撥，派人殺了他全家，江充僥倖逃脫，到長安告劉丹不法之事，劉丹被廢，江充由此被皇帝拜為直指繡衣使者，督察貴戚、近臣逾侈者。江充不畏權貴，舉劾無所避，皇帝更加認為他忠直可靠。皇帝到甘泉宮養病後，太子劉據派使者問候。使者誤走馳道，被江充撞見，將其扣押。劉據得知後趕緊去向江充賠禮，要求放人。江充不但不放人，反而將此事上奏皇帝。劉徹聽後稱讚道：「做臣下的就應該這樣。」此後對江充更加寵信，升其為水衡都尉。

江充之所以能夠權勢熏天、威震京師，完全是靠揣摩皇帝心意辦事。他知道皇后、太子母子早已失寵，劉徹最鍾愛幼子劉弗陵，便特意帶人到皇后衛子夫居住的未央宮椒房殿以及太子劉據居住的北宮掘地搜索。

椒房殿是皇后專用宮殿，位於未央宮前殿北面，其結構與皇帝大朝的前殿一樣，由正殿、配殿和便房等組成，大殿左右分布有各種附屬建築物，殿堂南、北均置庭院，規模宏大，建築考究。宮殿的牆壁均是以椒和泥塗抹，既暖色又芬芳，由此得名「椒房」。地面則鋪設有紋理細密的地板，是皇宮中唯一一座鋪木地板的宮闕。然而在江充的指揮下，這些精緻的地板被衛卒一塊塊撬開，粗暴地堆在一邊，好尋找所謂的「巫蠱」。衛子夫貴為皇后，母儀天下，居然連站立的地方都沒有。

在太子居住的北宮搜索時，江充部下從地下挖出一具桐木偶人，長約一尺，造型寫實，比例協調，胎髹黑漆。偶人體表正、背面有數道紅漆描繪的縱向線條，頭部與手背部尚有十餘道縱橫線條，為人體經脈。又尋到一封帛書，內中言語大逆不道。太子劉據明知是江充陷害自己，非常恐懼，唯恐不得自明，就聽從少傅石德的計策，以皇帝的名義矯詔起兵，捕殺了江充及光祿卿韓說等人。

甘泉宮中的劉徹聽到消息，以為太子造反，趕回建章宮，命丞相劉屈氂發兵擊太子。太子劉據舉兵對抗，雙方混戰五日，死者達數萬人之多，長安城中屍橫遍野。劉據最終兵敗逃亡，後被人發覺行蹤，被迫上吊自殺。皇帝又派宗正劉長、執金吾劉敢收回衛子夫的皇后璽綬，廢除了她的皇后位，衛子夫亦服毒自殺。當年皇后陳阿嬌因巫蠱被廢，她才得以登上皇后寶座，而今她也是因為巫蠱而死，可謂人生如泡影，富貴若幻夢。

漢朝國勢動盪，皇帝父子相殘，匈奴新即位的狐鹿姑單于亦趁機落井下石，入侵漢地，劫掠財物。劉徹大怒，命貳師將軍李廣利率兵七萬出兵五原，商丘成領兵二萬出西河，馬通將四萬騎出酒泉，兵分三道出擊匈奴。商丘成和馬通都是因為鎮壓太子有功而急冒出來的新寵。

李廣利一軍與匈奴右大都尉及丁靈王衛律率領的五千騎兵接戰於夫羊句山峽，漢軍仗著優勢兵力獲勝，匈奴敗走。馬通率部進至天山，匈奴大將偃渠率二萬餘騎準備迎戰，見漢軍強盛，乃引兵退去。馬通也不敢追擊，因而無所得失。商丘成一軍進至浚稽山，與匈奴右校王李陵的三萬騎兵接戰。浚稽山正是數年前李陵最後一次與匈奴決戰的地方，當年他就是在這一帶以區區五千步兵力抗匈奴八萬騎兵，殺敵三萬，創造了漢軍戰史上最輝煌的戰果，雖敗猶榮。然而，恰恰在這樣一個占盡地利的地方，李陵一軍居然大敗，給世人留下無窮的想像空間。這也是李陵投降匈奴後唯一的一次與漢軍的交戰。

就在李廣利回師的途中，他與丞相劉屈氂密謀立妹妹李妍之子昌邑王劉髆為太子一事被人告發，劉屈氂以大逆不道罪被腰斬於東市，妻子亦梟首示眾，李廣利家眷盡被逮捕下獄。李廣利得知消息後，就勢投降了匈奴，所率七萬大軍全軍覆沒。劉徹聞訊，誅滅了李廣利宗族，就連親生兒子昌邑王劉髆也被賜死。

劉徹一生，多次派大軍征戰匈奴，取得了赫赫成果，但到了最後，卻由於非軍事原因而遭到慘敗。李廣利投降匈奴對老邁的皇帝打擊很大，加之追悔太子之死，他終於發現「巫蠱之禍」中許多案件並無實證，大多是江充等人屈打成招而製造的冤案，便下令誅滅了江充全家及其親信黨羽，商丘成、馬通等因鎮壓太子而升遷的官吏多被誅殺。至此，中國歷史上牽連最廣、死人最多的一樁巫蠱之禍才宣告結束。

而李廣利投降匈奴後極得狐鹿姑單于寵愛，娶單于之女為妻，位在丁靈王衛律之上。衛律嫉恨不已，買通胡巫，不斷進讒言，終導致李廣利被殺。李廣利臨死居然罵道：「我死必滅匈奴。」

皇帝並沒有老糊塗，只是苛刻急躁，經歷喪子之痛的劉徹真正清醒了過來，他命人重新找出當年徐樂那篇「天下之患，在於土崩，不在瓦解」的上書，反覆誦讀，感慨萬千。

在最後一次封禪泰山時，劉徹召見群臣道：「朕即位以來，所為狂悖，使天下悉苦，不可追悔。從今開始，凡是傷害百姓，糜費天下之事，全部廢止。」

劉徹對已往之過很是追悔，特下《輪臺詔》悔過，之後下令罷方士求神仙事，禁止酷刑，減輕賦稅，從此不再對外用兵。

一個時代結束了。

再偉大的英雄，終究還是要走到生命的盡頭，劉徹不得不著手安排後事。他早有意立劉弗陵為太子，因幼子年少，必須得有大臣輔佐，派人畫《周公負成王朝諸侯圖》賜給霍光，暗示將來由他輔佐少主。霍光汗流浹背，不知所言，不敢接受。劉徹遂將鉤弋夫人祕密處死於甘泉宮，這才令霍光安下心來。

後元二年（西元前八七年）二月，大漢天子劉徹病死於五柞宮，年七十一歲，在位五十四年，諡「孝武」，史稱漢武帝。大司馬大將軍霍光、車騎將軍金日磾、左將軍上官桀等遵照武帝遺詔，擁立太子劉弗陵即位，是為漢昭帝。劉弗陵時年八歲，由霍光輔政。當年被人看不起的平陽鄉下小子，在韜光養晦數十年後，坐觀衛氏覆滅，最終成為最大的贏家，登上了權力的巔峰。

某日退朝後，霍光護送小皇帝回到偏殿，正要退出時，劉弗陵叫住了他，遲疑著道：「大將軍，有一件事我一直想問你。」霍光道：「陛下有話儘管問臣。」劉弗陵道：「聽說先帝是因為覺得對不起李陵，才給我取名叫劉弗陵，是麼？」

霍光萬萬料不到八歲的小皇帝會問出這麼個問題，一時呆住，不知道該怎麼回答。

劉弗陵嘆道：「我雖然不能忤逆先帝，公然為李陵翻案，但我很想親自補償他。大將軍，你派人到匈奴去，設法接李陵回來。」

劉弗陵即位不久，大漢使者任立政一行到達匈奴王庭，告知新皇即位等事宜。狐鹿姑單于置酒宴款待漢使，又特意召來右校王李陵陪酒。

李陵認出使者一行有三人都是李家的老侍從時，便大致猜到了對方來意。但當任立政尋機告知時，他只是默然不應，半天才答道：「我已經穿上胡服多年了。」

任立政道：「連小皇帝都知道你的苦處，更何況臣等？霍大將軍和上官將軍都命臣問候主君。」李陵道：「霍光和上官桀二位還好麼？」任立政道：「他們二位只等主君回去，一起享富貴呢。主君，這就請隨臣回去故鄉，朝廷自有公論。」

李陵沉默了很久，才一字一句地道：「大丈夫不能再受辱。」

故國如夢，相去萬里，親人不在，人絕路殊。破家亡親身敗名裂之人，心早如死灰，待死而已，復歸何益？因而只有以「丈夫不能再受辱」婉言謝絕了。但如果李陵真是心無故國，盡全力效忠於匈奴，那麼浚稽山下的商丘成恐怕就沒那麼容易全身而退了。李陵從此留在胡地，直到老死，生為別世之人，死為異域之鬼[2]。

2 漢代開創的和親亦為後世所延續。唐朝穆宗年間，唐穆宗封第十妹為太和公主，許嫁回紇崇德可汗。崇德可汗病死後，回紇內訌不斷，國力江河日下，先被吐蕃打敗，後來被勇悍善戰的黠戛斯（原名堅昆、結骨）部落打敗，太和公主也被俘虜。正當太和公主忐忑不安時，令人意外的事情發生了，黠戛斯酋長自認是漢將李陵之後，與李氏唐室本為一家，對太和公主禮敬有加，還專程派人護送她歸唐。此為史籍中關於李陵的最後記載。一個被大漢拋棄的人，一個落下了千古罵名的人，一千年過去了，他的後代竟然從來沒有忘記是漢人的後代，這是何等的諷刺。

任立政此行才得知管敢之事。原來管敢帶著大漢鎮國之寶高帝斬白蛇劍神奇逃離王庭後，並未返回漢地獻劍，求得皇帝封賞。或許他已經順利取出雄劍中的藏寶圖，得到了項籍留下的巨額財富，過起了五湖泛舟、逍遙快活的日子。或許他被匈奴騎兵一路追捕，抵不過飢寒，早已默默死在了流沙大漠中。無論結果如何，世間從此再無他的消息，高帝斬白蛇劍亦隨之下落不明。

但任立政也不是一無所獲，那就是從李陵口中得知了蘇武的下落。之前漢朝一再要求匈奴放回蘇武、常惠等漢使，匈奴稱蘇武等人已死。這次任立政見到李陵，才知道蘇武被放逐到北海牧羊，並已經娶了胡婦為妻，生下一子名通國。

次日，任立政再見到單于時，稱漢天子在上林苑射下一隻大雁，大雁腳上拴著一封帛書，是蘇武親筆寫的，告知他在北海放羊。單于聽後信以為真，驚恐異常，以為蘇武的忠心感動了上天，於是答應放回蘇武等人。

始元六年（西元前八一年），被匈奴拘留十九年的蘇武一行人終於回到闊別多年的長安，當年百餘人出使，活著回來的僅有常惠等九人。蘇武出使匈奴時剛四十歲，正當壯年，而今歸國，已是鬚髮全白的老翁。當人們看到蘇武手中仍然緊緊握著光竿子的代表使者身份的旌節時，無不感動淚下，此即後世所贊「牧羊驅馬雖戎服，白髮丹心盡漢臣。」

蘇武到未央宮拜見小皇帝，交還了旌節。劉弗陵下詔令蘇武等人拜謁武帝茂陵，任命蘇武為典屬國，秩中二千石，賜錢二百萬。隨蘇武出使的常惠等人均各有封賞。

蘇武歸國的第二年，左將軍上官桀之子上官安、御史大夫桑弘羊與皇帝兄長燕王劉旦、姊姊蓋長公主等陰謀發動政變，預備廢劉弗陵，黜霍光，立燕王為帝。政變失敗後，蘇武之子蘇元因參與上官安密謀被處死。剛好蘇武與上官桀、桑弘羊交好，而燕王劉旦還曾經上書，為蘇武回國後賞賜太薄鳴過不平。廷尉認為蘇武與政變有牽連，奏請逮捕蘇武。主政的霍光因為蘇武名氣太大，且沒有直接參加政變，沒有加以追究，僅僅罷免了蘇武的官職。

又過了幾年，昭帝劉弗陵死於未央宮，終年二十一歲，死因不詳。極為巧合的是，李陵也死在這一年。兩個名字中蘊含著某種因緣的男子，到死也未能見上一面。

劉弗陵皇后上官氏為霍光外孫女。皇宮慣例，嬪妃、宮女都不穿內褲，好方便皇帝隨時臨幸。手握朝政大權的霍光為使上官氏專房擅寵，強令皇宮中所有宮女都穿上了縫製得密密實實的袴褲，可惜上官氏還是沒有生下一兒半女。霍光於是立衛太子劉據之孫劉病已為皇帝，改名劉詢，是為漢宣帝。

宣帝即位後，蘇武重新被起用。劉詢憐惜蘇武孤身一人，派人攜帶重金到匈奴贖回了蘇武在匈奴所娶妻子生的兒子蘇通國，任為郎官。蘇武病故後，劉詢思股肱之美，命人畫蘇武樣貌，掛於未央宮麒麟閣中，以表彰其高尚的節操。

宣帝即位第二年，烏孫左夫人奇仙死。其長子泥靡為她與前任昆莫軍須靡所生，早已經長大成人，按照軍須靡臨終遺囑，現任昆莫翁歸靡該還位給泥靡。但翁歸靡在右夫人劉解憂的支持下，不願意輕易退位，而且有意立與劉解憂所生長子元貴靡為太子。泥靡對此十分不滿，憤怒終於在奇仙公主死後爆發了，他派人暗中聯絡匈奴，要壺衍鞮單于發兵攻打烏孫，扶他登上昆莫之位。壺衍鞮單于遂舉兵西犯烏孫，逼索解憂公主，聲稱「速送漢公主來」，才肯罷兵。

劉解憂見匈奴來勢洶洶，急忙派馮嫽為使者，到長安向漢朝求援。本來昭帝新逝，宣帝新即帝位，朝中局勢動盪不穩，烏孫又地處遙遠，群臣均不同意出兵相助，唯大將軍霍光力排眾議，堅持援助烏孫。漢軍出動了十五萬大軍，為漢代立國以來出兵最多的一次，分五路出擊匈奴。壺衍鞮單于聞之大恐，遠遠避開漢軍鋒銳，因而五路大軍收獲不大，共俘斬匈奴三千餘人。

而烏孫昆莫翁歸靡親自率領五萬烏孫騎兵從西方攻入匈奴右谷蠡王王庭，俘虜單于叔父、嫂、公主以及各王、千長、騎將以下四萬人，各種牲畜七十餘萬頭，取得了極為輝煌的戰果。稱霸大漠南北數百年的匈奴在大漢和烏孫兩面的夾擊下，從此走上衰亡的道路。

劉解憂與翁歸靡所生三子二女先後長大成人——長子即是希望能繼承昆莫之位的元貴靡；次子萬年受到莎車國王喜愛，被收為義子，現為莎車國王；末子大樂為烏孫左大將；長女弟史為龜茲王絳賓王后；小女素光則是若呼翕侯之妻。個個顯貴無比。

又過了數年，烏孫昆莫翁歸靡身體健康狀況急轉直下，劉解憂為了給長子鋪好昆莫之路，上書為元貴靡求娶漢朝公主。宣帝將此事交給大臣廷議。當時把持朝政多年的霍光早已病死，因其夫人顯兒曾經下毒謀害宣帝第一任皇后許平君，霍光死後事情即被揭露出來，霍家因此被族誅。劉解憂再無親朋好友在朝中任職，大臣們多不同意繼續與烏孫聯盟。但宣帝最終還是同意繼續與烏孫通婚，選中劉解憂的姪女劉相夫為和親公主。

然而劉相夫一行剛到敦煌，翁歸靡便已經撒手西去，烏孫貴族一致擁立軍須靡昆莫與匈奴公主奇仙之子泥靡即昆莫位，劉解憂對此也無可奈何。漢朝聽說後，遂將劉相夫召回。

泥靡自幼飽嘗冷漠滋味，養成了陰狠殘暴的性情，時人稱其為「狂王」。他即位後所做的第一件事就是續娶大漢公主劉解憂為右夫人，將她關在房中，日日求歡。不久，劉解憂生下一子，取名鴟靡。她已年過五旬，根本無法滿足正在壯年的泥靡的性慾，夫妻二人關係十分不好。

正好漢使者魏和意和任昌到達烏孫，劉解憂聯絡二人，要他們設法除掉泥靡，再立她的兒子元貴靡為烏孫昆莫。魏和意和任昌都是敢做敢為之人，當即同意。於是劉解憂在氈房設酒宴宴請漢朝使者，並邀請泥靡出席。泥靡不疑有詐，欣然赴宴。但漢使事先安排好的刺客下手不準，只砍傷了泥靡，泥靡趁亂逃走。泥靡的兒子細沈瘦聞訊後糾集兵馬，將劉解憂、魏和意和任昌圍困在赤谷城中。

當時漢朝為保證漢之號令行於西域，已在烏壘城[3]設置了西域都護府，西域都護鄭吉得知消息後發兵相救，細沈瘦這才領兵解圍而去。

因為事情牽涉兩國邦交，宣帝對魏和意和任昌的自作主張大為震怒，派中郎將張遵到烏孫撫慰醫治泥靡昆莫，魏和意和任昌二人則被逮捕，解送回長安斬首。

車騎將軍長史張翁奉命到烏孫查證劉解憂與謀殺狂王案件的關聯。其實這不過是漢朝表面的文章，意在撫慰泥靡，但張翁這個人有些分不清輕重，竟然不理解宣帝的本意，要認真查辦，還自恃是朝廷特使的身份，對劉解憂很不客氣，如同對待囚徒一般審問。劉解憂覺得自己所做的一切都是為了漢朝的利益，自然很不服氣。張翁脾氣暴躁，惱怒下竟然上前揪住解憂公主的頭怒罵。劉解憂憤怒異常，向朝廷上書，張翁回國後立即被宣帝以侮辱公主的罪名處死。

但烏孫局勢並未就此平靜下來，翁歸靡與匈奴公主奇仙所生的兒子烏就屠趁機殺了同母異父的哥哥泥靡，自立為昆莫，局面愈發動盪不安。漢朝出兵干涉，烏孫貴族遂立元貴靡為大昆莫，統治六萬戶，封烏就屠為小昆莫，統治四萬戶。雙方分而治之，暫且相安無事。

時光荏苒，又是若干年過去了。劉解憂所生的兒子元貴靡和幼子邸靡相繼病死，烏孫國人都歸附匈奴公主所生的烏就屠。劉解憂心情蕭索，遂上書表示：「年老思故鄉，願得歸骸骨，葬漢地。」言辭哀切，宣帝看後深為動容，於是派人以公主禮儀迎接劉解憂回朝。

在離開故國五十多年後，劉解憂偕同兩位孫兒回到京師。紅顏出國，白髮歸來，當年離開長安時還是粉白玉嫩的及笄少女·而今卻已是雞皮鶴髮的老太婆。物是人非，感慨不已。

到未央宮朝見完宣帝後，劉解憂做的第一件事就是驅車來到咸陽原上，取出李陵的骨灰，隨風拋灑。她回來了，她和他終於還是一起回來了，帶著一臉的困倦，滿身的傷痕，從西域，從胡地，從那個撒下青春、汗水和淚水的地方，又回到了他們原來出發的地方，走完了他們人生中的一次輪迴。

王孫遊兮不歸，春草生兮萋萋。當年的那些舊相識，李陵、劉細君、韓延年、蘇武，也包括衛律、李廣利，他們

3 烏壘城：今新疆輪臺東北。

都將生命消耗在那無窮無盡的沙塵裡。命運是一連串的悲劇，對於他們這些背負了國家使命的人，實在有太多沉痛的回憶。

一望無際的沙漠中，浩浩蕩蕩的騎兵在黃沙中策馬奔騰。馬蹄揚處，沙塵瀰天。朝騎兵飛馳的方向望去，遙遠的地平線上，隱隱有一抹綠色，似是一片綠洲。那是希望的原野麼？愛人能在那裡再度重逢麼？

幻象到此戛然而止。

劉解憂閉上眼睛，淚水從滿是皺紋的眼角潸然滑落。

（全書完）

《大漢公主》大事紀

西元前二〇六年（漢高帝元年）——劉邦率軍入秦都咸陽，秦王子嬰投降，秦朝滅亡；項羽入關，自立為西楚霸王，劉邦受封為漢王；劉邦拜韓信為大將，楚漢戰爭開始。

西元前二〇二年（漢高帝五年）——項羽在垓下為漢大將韓信擊敗，退到烏江自殺，年僅三十一歲；劉邦稱帝，即漢高祖。初期建都洛陽，不久遷都長安。

西元前二〇〇年（漢高帝七年）——劉邦在平城白登山被匈奴圍困，後用重金賄賂匈奴單于冒頓的閼氏才得以突圍。

西元前一九九年（漢高帝八年）——劉邦採納劉敬提出的與匈奴和親之策，取宮人女為長公主，嫁給冒頓單于。

西元前一九五年（漢高帝十二年）——劉邦過曲阜以太牢祀孔子，此為歷代帝王首次祭孔；四月，劉邦病逝，葬於長陵。太子劉盈即位，是為惠帝。劉邦皇后呂雉被尊為太后，漸露專權野心。

西元前一九二年（漢惠帝三年）——匈奴冒頓單于致書呂后，用調戲口吻。呂后畏匈奴，卑辭答覆，以宗室女為公主，嫁單于和親。

西元前一八八年（漢惠帝七年）——八月，惠帝死於未央宮。因其無子，取後宮美人之子立為皇帝，史稱少帝，由呂后臨朝稱制，代行皇帝權力。

西元前一八四年（漢高后四年）——呂后廢少帝，改立恒王劉義為帝，更名曰弘，以太后臨制天下，故不稱元年。

西元前一八〇年（漢高后八年）——七月，呂太后死。周勃、陳平等大臣平定諸呂之亂，選定代王劉恒為皇帝，是為漢文帝。

西元前一七四年（漢文帝前元六年）——淮南王劉長謀反，事發後自殺；冒頓單于死，子稽粥立，號老上單于。

文帝遣宗室女翁主為單于閼氏，隨行宦者中行說投降匈奴。

西元前一六七年（漢文帝前元十三年）——因緹縈上書，文帝下令廢除肉刑。

西元前一六一年（漢文帝後元三年）——匈奴老上單于死，子軍臣單于立；大月氏約於本年左右被烏孫攻擊，西遷大夏。

西元前一五七年（漢文帝後元七年）——六月，漢文帝劉恒死，在位二十三年，終年四十六歲，葬霸陵。太子劉啟即位，是為漢景帝。

西元前一五四年（漢景帝前元三年）——吳楚七國之亂爆發，旋即被太尉周亞夫率軍平定。

西元前一五〇年（漢景帝前元七年）——景帝廢皇太子劉榮為臨江王，立夫人王娡為皇后，立王娡所生膠東王劉徹為皇太子。

西元前一四一年（漢景帝後元三年）——景帝死，太子劉徹嗣位，年十六，是為漢武帝。立館陶公主女兒陳阿嬌為皇后；次年以「建元」為年號，是中國歷史上用年號紀年的開始。

西元前一四〇年（建元元年）——董仲舒獻《天人三策》；武帝罷黜百家，獨尊儒術。

西元前一三九年（建元二年）——歌女衛子夫受寵，其弟衛青為太中大夫；武帝初置茂陵邑。

西元前一三八年（建元三年）——張騫初使西域；東方朔諫修上林苑，武帝雖然讚賞其言，卻依舊下令動工修治上林苑。

西元前一三五年（建元六年）——匈奴請求和親，武帝召集大臣議論後，最終下詔同意與匈奴和親；太皇太后竇漪房（文帝皇后，景帝母）死。

西元前一三三年（元光二年）——漢伏擊匈奴單于的馬邑之謀失敗，漢匈關係完全破裂。

西元前一三〇年（元光五年）——春秋決獄盛行；皇后陳阿嬌因巫蠱案被廢；張湯更定刑法，制律令增加到三百五十九章，屬於死罪者四百零九條一千八百八十二事，死罪判例一萬三千四百七十二事。

西元前一二九年（元光六年）——武帝遣車騎將軍衛青、騎將軍公孫敖、輕車將軍公孫賀、驍騎將軍李廣各率萬騎分擊匈奴。衛青因功賜爵關內侯。李廣被匈奴所俘，半路逃回，兵敗當斬，贖為庶人。

西元前一二八（元朔元年）——衛子夫生下長子劉據，被立為皇后；李廣任右北平太守，因善騎射，作戰驍勇，匈奴稱為「漢之飛將軍」，十分敬畏，數年不敢進犯右北平。

西元前一二七年（元朔二年）——衛青率領四萬騎兵反擊匈奴，收復了黃河以南地區。武帝在河南地設置朔方郡，移民十餘萬人築朔方城；武帝詔令天下富豪遷徙茂陵，其中包括郭解。

西元前一二六年（元朔三年）——匈奴軍臣單于死，其弟左谷蠡王伊稚斜自立為單于。軍臣子於單降漢，封涉安侯，不久死；張騫出使西域被匈奴扣留十餘年，趁匈奴內亂逃歸；王太后病死。

西元前一二四年（元朔五年）——公孫弘拜相，封古津侯；衛青率兵向匈奴右賢王發起反擊，因功被拜為大將軍，諸將均受其節制。

西元前一二三年（元朔六年）——大將軍衛青率公孫敖、公孫賀、趙信、蘇建、李廣、李沮六將軍再擊匈奴。嫖姚校尉霍去病率輕騎八百隨大將軍出征，因功被封冠軍侯。

西元前一二一年（元狩二年）——驃騎將軍霍去病率萬騎出隴西擊匈奴，奪得休屠王祭天金人；同年夏天，霍去病又與公孫敖、張騫、李廣等三將軍再擊匈奴，發動河西之戰。匈奴遭受重大損失，渾邪王降漢。

西元前一一九年（元狩四年）——武帝發動漠北之戰，衛青、霍去病兩路大軍各自大勝。匈奴元氣大傷，控制的河西走廊被漢朝接管。衛青、霍去病因功封大司馬；飛將軍李廣自殺；張騫再使西域，欲聯盟烏孫；漢朝將鹽鐵收歸官營。

西元前一一八年（元狩五年）——司馬相如死；丞相李蔡自殺。

西元前一一七年（元狩六年）——驃騎將軍霍去病死，年僅二十四歲。

西元前一一五年（元鼎二年）——張騫出使烏孫歸來，烏孫昆莫派使者數十人隨張騫至漢報謝，漢與西域交通序幕於此揭開。以後張騫所遣副使亦相繼引西域諸國使者來漢。

西元前一〇八年（元封三年）——武帝派趙破奴等率兵征討樓蘭，俘獲其王，樓蘭降漢；司馬遷繼父職任太史令；江都公主劉細君和親烏孫。

西元前一〇六年（元封五年）——衛青死，與平陽公主合葬，其陵墓在茂陵東邊，形似廬山。

西元前一〇四年（太初元年）——改正朔，用夏正，以建寅月——正月為歲首；建章宮建成；江都公主劉細君死；楚國公主劉解憂和親烏孫。

西元前一〇三年（太初二年）——公孫賀拜相；武帝派貳師將軍李廣利伐大宛以奪取汗血寶馬，李廣利失利。

西元前一〇二年（太初三年）——武帝再派李廣利進攻大宛，獲取大宛汗血馬數十匹。此後西域震懼，多遣使來朝貢獻。

西元前一〇一年（太初四年）——匈奴呴犁湖單于死，其弟左大都尉且鞮侯立為單于，派使者送回被匈奴扣留的漢使路充國等人。作為回報，武帝命中郎將蘇武送被扣的匈奴使者北還，蘇武被扣。

西元前九九年（天漢二年）——武帝派李廣利率三萬騎兵出擊匈奴；李陵率五千步卒出擊匈奴被俘。

西元前九七年（天漢四年）——李廣利、韓說、公孫敖等將出擊匈奴。公孫敖稱李陵教單于佈兵防備漢軍，武帝族誅李陵家屬，李陵遂降匈奴。

西元前九一年（征和二年）——巫蠱禍起，公孫賀族誅，皇后衛子夫、太子劉據自殺，先後牽連而死的多達十幾萬人，為有史以來最大冤案。

西元前九〇年（征和三年）——丞相劉屈氂被腰斬；李廣利倒戈投降匈奴；小吏田千秋上書為太子劉據鳴冤，得拜丞相。武帝作思子宮。

西元前八九年（征和四年）——武帝罷方士求神仙事，悔征伐。

西元前八八年（後元元年）——武帝欲立少子劉弗陵為太子，選中霍光為輔政大臣，並將劉弗陵生母鉤弋夫人處死。

西元前八七年（後元二年）——武帝病重，詔立劉弗陵為太子，封霍光為大司馬、大將軍，金日磾為車騎將軍，上官桀為左將軍，受遺詔輔少主，御史大夫桑弘羊亦同受顧命；武帝死，太子劉弗陵即位，為昭帝。

西元前八六年（始元元年）——武帝第三子燕王劉旦謀反被廢；金日磾病死。

西元前八一年（始元六年）——蘇武歸漢，至宣帝神爵二年（西元前六〇年）病死，終年八十餘歲。

西元前八〇年（始元七年 元鳳元年）——桑弘羊、上官桀、蓋長公主、燕王劉旦被人告發謀反，上官桀、桑弘羊遭族誅，蓋長公主和燕王劉旦被逼自殺。

西元前七四年（元平元年）——昭帝死於未央宮，終年二十一歲，葬平陵；李陵死；霍光立武帝孫昌邑王劉賀為帝，不到一月即以劉賀荒淫為由廢其帝位，改立衛太子劉據之孫劉病已為帝，是為宣帝。宣帝長於民間，於朝中全無根基，從此朝政大權完全落入霍光之手，宣帝僅是擺設而已。

西元前七二年（本始二年）——劉解憂上書，請求漢與烏孫共擊匈奴，匈奴在兩方夾擊下大敗。

西元前七一年（本始三年）——匈奴單于親率數萬騎兵擊烏孫，正遇天下大雪，人民、畜產凍死大半，生還者不到十分之一。丁零、烏桓、烏孫乘勢聯兵進攻，共殺匈奴數萬人。匈奴從此勢力大衰，漢邊境漸趨安寧；宣帝皇后許平君被霍光夫人顯兒毒害身死；宣帝立霍光之女霍成君為皇后。

西元前六八年（地節二年）——霍光死。兩年後，霍氏及所有親眷被宣帝族誅。霍成君被廢皇后位，十二年後自殺。

西元前六五年（元康元年）——正月，龜茲王絳賓與王后弟史（劉解憂與翁歸靡長女）朝漢，皆賜印綬，夫人號稱大漢公主，賞賜甚厚；莎車故王弟呼屠徵殺莎車國王萬年（劉解憂與翁歸靡次子）及漢朝使者奚充國，自立為王。漢使馮奉世出使大宛，聞訊立即矯詔假傳漢天子命令，徵發南道諸國軍隊一萬五千人進擊莎車，殺呼屠徵，另立國王。

西元前六〇年（神爵二年）——漢設西域都護府於烏壘城，鄭吉為西域都護，西域諸國歸服於漢朝。匈奴力量日衰，不敢與漢相爭，罷西域僮僕都尉。

西元前五八年（神爵四年）——匈奴握衍朐鞮單于暴虐，國中不附。姑夕王等立稽侯狦為呼韓邪單于，發左地兵四、五萬人西擊握衍朐鞮單于，握衍朐鞮兵敗自殺。

西元前五六年（五鳳二年）——呼韓邪兄左賢王呼屠吾斯立為郅支單于。匈奴內亂不止，貴族多率部降漢。

西元前五三年（甘露元年）——匈奴呼韓邪單于被郅支單于擊敗，向漢稱臣；劉解憂聯絡漢使衛司馬魏和意、副侯任昌刺殺烏孫昆莫泥靡，事不成，泥靡負傷逃走。泥靡子細沈瘦合兵圍魏和意、任昌和解憂公主於赤谷城。漢西域都護鄭吉發諸國兵救之，圍乃解。烏就屠殺泥靡，自立為昆莫。劉解憂侍者馮嫽錦車持節，勸說烏就屠降漢，遂立元貴靡（劉解憂與翁歸靡長子）為大昆莫，烏就屠為小昆莫。

西元前五一年（甘露三年）——正月，匈奴呼韓邪單于到長安朝見宣帝；烏孫大昆莫元貴靡死，其子星靡即位。劉解憂歸漢，宣帝待之如公主之制。馮嫽擔心星靡年幼難於服眾，重新持漢節出使烏孫，鎮撫星靡，為史籍所載第一位女使者。

西元前四九年（黃龍元年）——劉解憂死；宣帝死，太子劉奭嗣位，是為元帝，時年二十七歲。

西元前三六年（建昭三年）——郅支單于殺死漢使谷吉等人。副校尉陳湯稱「犯大漢者，雖遠必誅」，聯同西域都護甘延壽矯制發屯田車師的吏卒和西域十五國軍隊共四萬人，分兩路攻入康居，殺死郅支單于。

西元前三三年（竟寧元年）——正月，呼韓邪單于第三次到長安覲見漢帝，提出願為漢婿，恢復和親關係。元帝遂以宮女王嬙為公主下嫁，並下詔改元為竟寧。王嬙字昭君，姿容豐美，主動應召遠嫁匈奴。離開長安時，文武百官一直送到十里長亭，昭君懷抱琵琶，戎裝乘馬出塞；五月，元帝死，終年四十三歲。

西漢官職簡表

皇帝以下，中央設置三公九卿。石本是計量單位，漢代專指官吏秩級，以計俸祿。漢官吏秩共十八等，秩越高，祿也越高。

三公

三公謂丞相、御史大夫與太尉。丞相掌全國政務；御史大夫主監察執法並掌管圖籍；太尉督理全國軍事。

丞相，居百官之首，俸祿最高，掌佐天子，助理萬機。金印紫綬，秩俸萬石。

丞相府主要官吏：丞相司直，輔佐丞相，檢舉不法，秩俸千石；丞相長史，輔佐丞相，督率諸吏，處理各種政務，秩俸比千石；丞相史，秩俸四百石；丞相少史，秩俸三百石。

太尉，專掌武事，地位和丞相相同，為最高的武官職位，秩俸萬石，金印紫綬。主要是充當皇帝的最高軍事顧問，多半不直接領兵。漢武帝建元二年（西元前一三九年）後不再設置。後武帝改太尉為大司馬，作為大將軍、驃騎將軍的加號。

御史大夫，行使副丞相的職權，是丞相的助理，三公中地位最低。秩俸二千石，銀印青綬。

九卿

九卿是指太常、郎中令，衛尉，太僕，廷尉、大行，宗正，大司農，少府九個機構。

另外，中衛，大長秋，將作大匠的地位和秩俸都與九卿相同，因此把他們和九卿統稱為諸卿。京兆尹，右扶風，左馮翊是三輔（即京師地區）的地方行政長官，有資格參加朝議，具有高於一般郡國長官的特殊地位，因此也得以列於諸卿。

太常，原名為奉常，漢朝景帝時改名為太常。掌宗廟事，一般不參加具體的行政事務，是九卿之首。秩俸中二千石，銀印青綬。

太常機構主要官吏：太常丞，秩俸千石，銅印黑綬，掌凡祭祀及行禮之事，總署曹事，典諸陵邑；太常掾，秩俸四百石，銅印黑綬，助太常丞；太史令，秩俸六百石，銅印黑綬，掌天時、星曆；太史丞，秩俸四百石，銅印黑綬，輔佐太史令；侍詔，秩俸二百石，分掌星曆，龜卜，請雨事；治曆，主曆法。

郎中令，掌宮殿掖門戶，同時也是皇帝的顧問參謀和宿衛侍從。太初元年（西元前一〇四年）改名為光祿勳，秩俸中二千石，銀印青綬。屬官有五官中郎將，左右中郎將，稱三署。署中各有中郎、議郎、侍郎、郎中，皆無定員，多至千人，主要是執戟宿衛宮殿。

主要屬吏：車郎將，秩俸比千石；戶郎將，秩俸比千石；騎郎將，秩俸比千石。此三郎將統稱郎中三將，主宿衛護從。左中郎將，秩俸比二千石；五官中郎將，秩俸比二千石；右中郎將，秩俸比二千石。此三郎將統稱中郎將，主宿衛護從。虎賁中郎將，秩俸比二千石；羽林中郎將，秩俸比二千石。此二將統稱為虎賁羽林，主宿衛護從。光祿大夫，秩俸比二千石；太中大夫，秩俸比一千石；中散大夫，秩俸六百石；諫議大夫，秩俸六百石。此四大夫掌顧問應對，為皇帝謀事。議郎，秩俸六百石，為皇帝謀事。

衛尉，職掌宮門衛屯兵，是皇帝的衛隊長。秩俸中二千石，銀印青綬。

主要屬吏：衛尉丞，秩俸千石，衛尉卿助手；公車司令，秩俸六百石，掌殿司馬門，夜徼宮中；宮殿掖門司馬，秩俸比千石。

太僕，掌車馬，天子每出，負責安排前後的禮儀隊伍。秩俸中二千石，銀印青綬。

屬吏：考工令，秩俸六百石，製作兵器，弓弩刀鎧。

廷尉，主管刑法和監獄以及審判案件，秩俸中二千石。銀印青綬。

屬吏：廷尉丞、廷尉左監、廷尉右監、廷尉左平、廷尉右平、廷尉正。

大行，分管諸侯及外事。秦及漢初稱典客，漢景帝中六年（西元前一四四年）改名大行，太初元年改名大鴻臚。為九卿之一，秩俸中二千石，銀印青綬。

屬吏：治禮丞、卒史、行人、翻譯、主客。

宗正，主管皇室的宗室事務，皇帝、諸侯王、外戚男女的姻親嫡庶等關係都由宗正來記錄。秩俸中二千石，銀印青綬。

屬吏：宗正丞、宗正員吏、公主家令、公主丞。

大司農，主管全國的賦稅錢財，是漢朝的中央政府財政部。凡國家財政開支，軍國的用度，諸如田租，口賦，鹽鐵專賣，均輸漕運，貨幣管理等都由大司農管理。秩俸中二千石，銀印青綬。

屬吏：大司農丞，秩俸千石，掌財政收支的統計財會事；大司農部丞，共有十三人，負責十三州事務；治粟都尉；太倉令。

少府，主管皇室的財錢和皇帝的衣食住行等各項事務以及山海池澤之稅，是皇帝的私庫。秩俸中二千石，銀印青綬。

少府機構屬吏：少府丞，秩俸比一千石，輔佐少府卿治事；符節令，秩俸六百石，率符節臺，主符節事。

蘭臺屬官：御史中丞，秩俸一千石，領殿中蘭臺，掌圖書秘籍，受公卿奏事，糾舉不法；侍御史，秩俸六百石，分五曹辦事；御史員，秩俸六百石，留臺治百官。

尚書屬官：尚書令，秩俸一千石，掌皇上的奏章及出納；尚書僕射，秩俸六百石，主章奏文書；尚書丞，秩俸四百石，佐尚書僕射；太醫令，秩俸六百石，掌諸醫；協律都尉，掌校正樂律。

供皇帝服御諸令丞屬官：織室令，主織；御府令，主天子衣服；水衡都尉，掌上林苑；上林令，主上林；六廄令，掌天子六廄。

黃門令丞屬官：黃門令，掌侍左右，通報內外；中謁者，掌侍左右，通報內外。

除九卿外的其他諸卿

中尉，領京師北軍，掌京師徼循，太初元年改名為執金吾。秩俸二千石。

屬官：中壘令、中壘丞、武庫令、武庫丞等。

將作大匠，原為將作少府，本是從少府中分離出來，主要是掌治宮室，秩俸二千石，銀印青綬。

大長秋，後宮皇后的官署，秩俸二千石。

右扶風，秦置主爵中尉，掌列侯。景帝中六年改為主爵都尉，負責有關封爵的事宜。武帝太初元年改為右扶風（取扶助風化之意），成為地方行政長官。治所長安，轄境約當今陝西秦嶺以北，鄠縣，咸陽，栒邑以西之地。職掌相當於郡太守，因地屬畿輔，故不稱郡，與京兆尹、左馮翊合稱三輔（即把京師附近地區歸三個地方官分別管理）。

京兆尹，秦以內史掌治京師，漢武帝時分置左右內史，太初元年改右內史為京兆尹，分原右內史東半部為其轄區，因地屬畿輔，故不稱郡，職掌相當於郡太守，但參與朝議。治所在長安。

左馮翊，秦以內史掌治京師，漢武帝時分置左右內史，太初元年改左內史為左馮翊，職掌相當於郡太守，因地屬畿輔，故不稱郡。治所長安，轄區約在今陝西渭河以北、涇河以東、洛河中下游地區。

郡國

漢朝在地方實行郡國並行的制度，郡國同級。推行郡縣制的地方，設郡縣兩級政府；建立王國的地方，模仿中央設立一套專門的職官制度。郡的最高長官稱郡守或太守，縣的最高長官稱縣令或縣長。王國諸侯衣食租稅，不干預行政，所以諸侯相是王國的最高長官。地方的守相及縣令長，既是當地最高的行政官員，也是最高的司法官員。

郡國編制：郡守，秩俸二千石，掌一郡大小事；國相，秩俸二千石，掌一國大小事；都尉，秩俸比二千石，掌郡地士兵的徵集與訓練；郡丞，秩俸六百石；長史，秩俸六百石。

郡府屬官：主記事掾史，主錄記事；錄事掾史，主記；門下掾，雜務人員。

縣制

漢朝在郡以下設縣，大縣（萬戶以上）設縣令，小縣（萬戶以下）設縣長，都是一縣的最高長官。與縣同一個級別的地方行政機構還有道、國、邑。國是侯國；邑是皇后，皇太后，公主的封地；境內有少數民族居住的稱為道。

縣官員：縣令，秩俸為一千石至六百石，管轄縣內的所有政務；縣長，秩俸五百石至三百石，管轄縣內的所有政務；功曹史，總揆眾事；縣尉，秩俸四百石至二百石，掌縣軍事；縣丞，秩俸四百石至二百石；縣史，秩俸百石以下。

縣以下的基層機構是鄉，里，亭。漢制，十里一亭，十亭一鄉。鄉官主要有三老：秩、嗇夫、游徼。秩掌教化；嗇夫掌一鄉之行政，兼收賦稅；游徼捕盜賊，官治安。鄉有司法審判權。鄉下有里，什，伍。里（聚族列里以居，里有里門）設里長，什（十家為什）設什長，伍（五家為伍）設伍長。

漢制是十里一亭，十亭一鄉。亭設亭長，秩俸百石以下。掌治安警衛，兼管停留遊客，治理民事，以服兵役滿期之人充任。漢高帝劉邦曾任泗水亭長。亭長下兩卒：一為亭父，掌開閉掃除；一為求盜，掌逐捕盜賊（又名弩父、亭部）。此外，設於城內和城廂的稱「都亭」，設於城門的稱「門亭」，皆置亭長，職掌與村亭長同。

後記

關於《大漢公主》小說

吳蔚

在川流不息的歷史長河中，各個時期在整個歷史過程中所處的地位及其作用是有所不同的。漢朝是中國歷史上特別重要的時期，它奠定了中國封建社會的主要文化，即儒家思想影響下的文化制度，對之後中國的兩千年歷史產生了深遠的影響。正如羅茲‧墨菲（Rhoads Murphey）在《亞洲史》中指出：「中國人在漢朝統治期間取得的領土和確立的政治和社會制度一直維持到二十世紀。中國人至今仍然稱自己為『漢人』，他們因自己是漢代首次確立的典型中國文化和帝國偉大傳統的繼承者而深感驕傲。」

漢朝歷經西漢、東漢，以漢武帝劉徹在位期間最為強盛。武帝好大喜功，「外事四夷之功，內盛耳目之好，徵發煩數，百姓貧耗，窮民犯法，酷吏擊斷，奸軌不勝」。為了維護統治，武帝頻繁頒布律令，強化刑罰，「律令凡三百五十九章，大辟（死刑）四百九條，千八百八十二事，死罪決事比萬三千四百七十二事。」由於律文繁多，法令文書充滿几閣，連主管者也不易遍睹，奸吏往往利用令文煩冗而營私舞弊。在苛嚴的律法下，冤獄遍地，全國監獄多達兩千多所，獄中囚犯猶比肩而立，小說中的一系列的男女主人公均曾捲入或牽連進獄案。

但小說中涉及的一些案子比較特殊，不能靠人力偵破，譬如霍去病正當盛年時離奇病死，又譬如霍去病之子霍嬗跟隨皇帝封禪時暴死於泰山之頂，武帝親口稱其羽化升仙，旁人即使難以相信，也無法追查。小說僅僅是根據當時的背景和局勢，提供一種視角和解釋。

本書原名為《紅豔沙塵》，後來才改為《大漢公主》，實際上是以幾位公主的命運為主線，講述大漢由公主和親到反擊匈奴的過程，完整還原了武帝一朝的歷史興衰。故事起始於張騫第一次出使西域回國，終止於解憂公主自烏孫歸漢。因時間跨越長、地域廣，事件紛繁，人物眾多，所以引入了項籍（項羽）寶藏作為串聯線索。在中國歷史上，有三批巨額寶藏迄今仍是未解之謎，除了本書中提及的項籍寶藏外，還有明末李自成從紫禁城搶掠的財寶，以及太平天國「金銀似海」的聖庫。這些寶藏眾說紛紜，撲朔迷離，失落至今依然下落不明，感興趣的讀者可以另行閱讀相關歷史書籍。

要特別說明的是，《大漢公主》主要架構、故事背景、重大歷史事件及歷史人物命運均嚴格契合了正史。書中所涉及的諸多細節如漢代典章制度、城市格局、皇宮建制、漢人及西域人衣食住行等均取自相關典籍或考古資料。舉例而言，書中兩條重要線索：漢武帝劉徹大規模反擊匈奴前，派驃騎將軍霍去病深入匈奴腹地奪取祭天金人，以及大漢鎮國之寶高帝斬白蛇劍十二年一磨礪，均是真實歷史。

考慮到本書很可能是作者唯一一本以西漢為背景的小說，所以刻意在歷史掌故和風土人情上花費了更多的筆墨，力圖完整再現漢朝最強盛時期的漢人生活和社會風貌。漢代人的精神風貌跟現代中國人有很大不同，小說中的一些故事，雖為作者所杜撰，但都符合時代特色，每位人物的感情衝突，也都表現出與時代相契合的精神。

但有一點，本書是一本用現代語言寫成的歷史小說，作者在語言上並未過於拘泥，某些成語及用詞的實際使用要晚於本書敘述的時代。為照顧讀者的閱讀習慣，避免行文晦澀，在一些自稱、稱呼語上也沒有完全採納漢人的習慣叫法。

《大漢公主》與之前出版的《魚玄機》、《韓熙載夜宴》、《孔雀膽》、《大唐遊俠》、《璇璣圖》、《斧聲燭影》、《包青天：滄浪濯纓》、《和氏璧》、《明宮奇案》等書共同組成了作者正在構思創作的「吳蔚歷史探案系列」。特別感謝讀者長久以來的支持，是你們一直支持著我，我在寫作道路上前進的每一步，都離不開你們的鼓勵。寫作本身是一個不斷學習的過程，你們是我努力前行的最大動力，我愛你們。

國家圖書館出版品預行編目資料

大漢公主／吳蔚著；──初版 . ──臺中市：好讀，2017.07

面：　公分，──（吳蔚作品集；11）（真小說；48）

ISBN 978-986-178-423-6（平裝）

857.7　　106003687

好讀出版

真小說 48

大漢公主

作　　者／吳　蔚
總 編 輯／鄧茵茵
文字編輯／簡伊婕、王智群
封面設計／黃聖文
內頁編排／王廷芬
行銷企劃／劉恩綺
發 行 所／好讀出版有限公司
臺中市 407 西屯區何厝里 19 鄰大有街 13 號
TEL:04-23157795　FAX:04-23144188
http://howdo.morningstar.com.tw
（如對本書編輯或內容有意見，請來電或上網告訴我們）
法律顧問／陳思成律師

戶名：知己圖書股份有限公司
劃撥帳號：15060393
服務專線：04-23595819 轉 230
傳眞專線：04-23597123
E-mail：service@morningstar.com.tw
如需詳細出版書目、訂書，歡迎洽詢
晨星網路書店 http://www.morningstar.com.tw

印　　刷／承毅印刷股份有限公司 TEL:04-23150280
初　　版／西元 2017 年 07 月 15 日
定　　價／450 元
如有破損或裝訂錯誤，請寄回臺中市 407 工業區 30 路 1 號更換（好讀倉儲部收）

Published by How Do Publishing Co., Ltd.
2017 Printed in Taiwan
ISBN 978-986-178-423-6

讀者回函

只要寄回本回函，就能不定時收到晨星出版集團最新電子報及相關優惠活動訊息，並有機會參加抽獎，獲得贈書。因此有電子信箱的讀者，千萬別吝於寫上你的信箱地址

書名：大漢公主

姓名：______________ 性別：□男 □女　生日：____年____月____日

教育程度：________________________

職業：□學生 □教師 □一般職員 □企業主管

□家庭主婦 □自由業 □醫護 □軍警 □其他______________________

電子郵件信箱（e-mail）：______________________ 電話：________________

聯絡地址：□□□ ____

你怎麼發現這本書的？

□書店 □網路書店（哪一個？）__________________ □朋友推薦 □學校選書

□報章雜誌報導 □其他____

買這本書的原因是：____

□內容題材深得我心 □價格便宜 □封面與內頁設計很優 □其他____________

你對這本書還有其他意見麼？請通通告訴我們：

____

你買過幾本好讀的書？（不包括現在這一本）

□沒買過 □ 1 ～ 5 本 □ 6 ～ 10 本 □ 11 ～ 20 本 □太多了

你希望能如何得到更多好讀的出版訊息？

□常寄電子報 □網站常常更新 □常在報章雜誌上看到好讀新書消息

□我有更棒的想法____

最後請推薦五個閱讀同好的姓名與 E-mail，讓他們也能收到好讀的近期書訊：

1. ____

2. ____

3. ____

4. ____

5. ____

我們確實接收到你對好讀的心意了，再次感謝你抽空填寫這份回函

請有空時上網或來信與我們交換意見，好讀出版有限公司編輯部同仁感謝你！

好讀的部落格：http://howdo.morningstar.com.tw/

好讀的臉書粉絲團：http://www.facebook.com/howdobooks

請填妥後對折黏貼，直接投郵即可，無須貼郵票。

廣告回函
臺灣中區郵政管理局
登記證第 3877 號
免貼郵票

好讀出版有限公司　編輯部收

407 臺中市西屯區何厝里大有街 13 號
電話：04-23157795-6　傳眞：04-23144188

沿虛線對折

購買好讀出版書籍的方法：

一、先請你上晨星網路書店http://www.morningstar.com.tw檢索書目
或直接在網上購買

二、以郵政劃撥購書：帳號15060393 戶名：知己圖書股份有限公司
並在通信欄中註明你想買的書名與數量

三、大量訂購者可直接以客服專線洽詢，有專人爲您服務：
客服專線：04-23595819轉230 傳眞：04-23597123

四、客服信箱：service@morningstar.com.tw